ro
ro
ro

Horst Eckert, 1959 in Weiden / Oberpfalz geboren, lebt seit vielen Jahren in Düsseldorf. Er studierte Politikwissenschaft und arbeitete 15 Jahre als Fernsehjournalist. Seine Romane – viele davon preisgekrönt – gelten als «im besten Sinne komplexe Polizeithriller, die man nicht nur als spannenden Kriminalstoff lesen kann, sondern auch als einen Kommentar zur Zeit» (Deutschlandfunk). Mit «Schwarzlicht» und «Schattenboxer» sind bereits zwei Bände seiner Politthriller-Reihe um den Düsseldorfer Ermittler Vincent Che Veih erschienen.

Mehr über den Autor: www.horsteckert.de

«Eckert findet in seinem Thriller aufregende Antworten auf offene Fragen und Widersprüche im haarsträubendsten Kriminalfall der letzten Jahre und treibt ein bisweilen beklemmendes Spiel mit Fiktion und Wirklichkeit.» (Neue Westfälische)

«Eckert hat sich als einer der großen deutschen Krimiautoren etabliert. Seine Polizeithriller sind populär und packend.» (Die Welt Kompakt)

«Einer der besten deutschsprachigen Erzähler.» (Westfalenpost)

Horst Eckert

Wolfsspinne

Thriller

Rowohlt Taschenbuch Verlag

Veröffentlicht im Rowohlt Taschenbuch Verlag,
Reinbek bei Hamburg, September 2017

Umschlaggestaltung Hafen Werbeagentur, Hamburg
Umschlagabbildung Benjamin Guimond / EyeEm / Getty Images
Satz aus der Minion Pro, InDesign,
bei Dörlemann Satz, Lemförde
Druck und Bindung CPI books GmbH, Leck, Germany
ISBN 978 3 499 27185 4

Prolog

▼

Sie kommen fast jede Nacht in mein Zimmer.

Junge Männer, sie ähneln sich wie Zwillinge. Ihr Haar ist so kurz, dass die Kopfhaut durch die Stoppeln schimmert. In meinem Traum tragen sie ein Licht. Es lässt mein Herz rasen und mich aus verschwitzten Laken aufschrecken.

Ich war fünf und spielte mit Schweinchen und Schornsteinfegern, die von Silvester übrig geblieben waren. In meinem Versteck zwischen den Orangenbäumen baute ich ihnen eine Wiese aus Moos und einen Wald aus abgeschnittenen Stielen, die mein Papa unter den Tisch fallen ließ.

Er band Sträuße, meiner Familie gehörte das Geschäft.

In Wirklichkeit trugen die Männer kein Licht, sondern Pistolen.

Manchmal reden sie in meinem Traum mit Papa. Er fleht sie an, nicht zu schießen. Er schenkt ihnen Blumen. Kein Traum bleibt über fünfzehn Jahre derselbe. Aber am Ende liegt mein Vater jedes Mal in seinem Blut am Boden.

Ich weiß nicht, wie oft es geknallt hat. Ich weiß nicht, warum sie mich übersehen haben. Vielleicht war ihnen das kleine Mädchen keine Kugel wert.

«Nadire, geh zu Mama», flüsterte Papa. Dann fielen ihm die Augen zu, und er regte sich nicht mehr.

Drei Tage später war er tot.

Während Mama verhört wurde, durchsuchten Polizisten unsere Wohnung. Sie behaupteten, dass Papa Spielschulden gehabt hätte, eine Geliebte, heimlichen Umgang mit Zuhältern und Menschenhändlern. Weil keiner den Verdacht bestätigen konnte, sprachen sie von einer Mauer des Schweigens, wie sie typisch für die Türkenmafia sei. Dann verloren sie das Interesse an Papas Tod.

Mama musste das Geschäft verkaufen, denn die Kunden blieben weg. Sie ging putzen und wurde krank.

Die Männer schossen mit der gleichen Pistole in Nürnberg, München, Hamburg, Rostock, Dortmund und Kassel. Die Polizei besuchte uns noch einmal. Sie sprach von «Dönermorden», nannte ihre Sonderkommission «Bosporus». Später hörte ich, dass Zeugenaussagen nur ernst genommen wurden, wenn von verdächtig wirkenden Südländern die Rede war.

Nach elf Jahren, an einem Novembertag 2011, wurde die Pistole gefunden. Und die beiden Männer, die seitdem für das Böse stehen. Aber noch immer fehlt mir die Antwort auf die Frage: Warum mein Vater, der Blumenhändler?

In letzter Zeit träume ich wieder öfter von den Zwillingen. Und jeden Tag schneide ich neue Artikel aus der Zeitung, in denen es um den Hass geht.

Überfälle, Anschläge, Morde.

Sie hören niemals auf.

TEIL EINS

Der Überfall

▼

Die Hölle ist leer.
Und alle Teufel sind hier.

William Shakespeare,
Der Sturm

2011 – EISENACH

1

▼

Freitag, 4. November

Auf einmal drangen Schreie aus dem Kundenraum ins Büro. Stefan sprang auf, um nachzusehen. Julia folgte dem Filialleiter nach vorn – nicht zu reagieren, hätte sie falsch gefunden, aber rasch bereute sie ihren Mut.

Die Bankräuber trugen Jogginghosen, Kapuzenjacken und Masken. Wie das Geistergesicht aus einem der *Scream*-Filme sah der eine aus, er fuchtelte nervös mit einem Revolver und brüllte Antje an, die an diesem Vormittag hinter dem Schalter saß: «Geld her, mach sofort den Tresor auf!»

Der Ruhigere trug eine Gorillamaske. Er zog einen älteren Herrn vom Geldautomaten weg und befahl ihm, sich hinzulegen. Eine zweite Kundin kauerte bereits vor dem Aufsteller mit den Prospekten. Der Gorilla bemerkte Stefan und Julia. Er rief dem Nervösen zu: «Schnapp sie dir!»

Julia rannte zurück ins Büro und schloss sich im Glaskasten ein. Ihr fiel ein, dass erst vor zwei Monaten eine Sparkasse in Arnstadt überfallen worden war. Die Täter waren noch nicht gefasst worden.

Ein Hämmern gegen die schussfeste Scheibe ließ sie zusammenzucken. Sie sah Geistergesicht, der die silbrige Waffe gegen Stefans Schläfe drückte. Durch die Löcher in der Maske starrten sie zwei hellblaue Augen an.

Auf Stefans Stirn standen Schweißperlen.

Antje flehte: «Julia, mach jetzt auf, wir geben denen alles!»

Sie gehorchte.

Der Gangster stieß Stefan und Antje zu ihr in den kleinen Raum, der als Notkasse diente. Ein paar tausend Euro in losen Scheinen lagen in der Schublade. Julia griff hinein, doch das Geld entglitt ihren zittrigen Fingern. Sie ging auf die Knie und krabbelte auf allen vieren über den Boden, um die Banknoten einzusammeln und in eine rote Sparkassentüte zu stopfen. Ihr fiel auf, dass der *Scream*-Typ die Enden seiner grauen Jogginghose in die Wollstrümpfe gesteckt hatte. Es sah unmöglich aus.

Schließlich packte der Typ Julia am Arm und zog sie hoch. Sein Griff schmerzte. Sie blickte in die Mündung des Revolvers.

«Wo ist der Tresor? Ihr müsst doch einen Tresor haben!»

«Den kriegen wir nicht auf», erwiderte Stefan. Julia staunte über seine Ruhe.

«Lügner!»

«AKT, automatischer Kassentresor.»

«Was heißt das?»

«Er hat eine Zeitschaltuhr. Jetzt geht da nichts.»

Geistergesicht schlug ihm die Waffe gegen den Kopf. Stefan taumelte und hielt sich an einem Stuhl fest. Blut tropfte zu Boden. Julia wünschte sich ganz weit weg.

Antje sagte: «Los, geben wir's ihnen.»

Im Keller sprang das Licht von selbst an. Julia öffnete den Tresorraum. Die Geldbündel lagen im Regal. Sie hoffte, dass Stefan unterdessen den Alarmknopf drücken würde. Die Polizeiinspektion befand sich an der Ernst-Thälmann-Straße, gerade mal drei Autominuten entfernt.

«Macht bloß keinen Scheiß mit Farbbomben oder so!»

«Haben wir gar nicht.»

Die neuen Hunderter trugen registrierte Nummern. Julia

packte sie in die Tüte zu dem Geld aus der Notkasse. Insgesamt rund siebzigtausend Euro, schätzte sie.

«Münzen?», fragte Antje.

«Könnt ihr behalten.» Der Mann riss den Beutel an sich und stürmte die Treppe hoch.

Julia drückte zur Sicherheit den zweiten Alarmknopf, der neben der Stahltür angebracht war. Spätestens jetzt wusste die Polizei Bescheid.

Antje schloss sich im Tresorraum ein. Julia schlich zurück nach oben. Sie zog es vor, den Überblick zu behalten.

Stefan saß auf seinem Stuhl und drückte sich ein Taschentuch aufs Haar. Die Räuber brachen auf. Am Geldautomaten hielt der Gorilla inne, griff ins Ausgabefach, entnahm die Scheine des Rentners, der noch immer auf dem Boden lag, und warf sie ihm zu.

Die jungen Männer stiegen auf Mountainbikes. Beim Wegfahren rissen sie sich die Masken vom Kopf. Julia sah kurzgeschnittenes Haar. An der nächsten Kreuzung bogen die Räuber ab und waren verschwunden.

Polizeisirenen wurden lauter. Drei Streifenwagen hielten auf dem Nordplatz. Die Flüchtigen haben keine Chance, dachte Julia.

Dann fiel ihr wieder ein, dass die Fahndung nach den Tätern von Arnstadt bislang erfolglos geblieben war. Man spekulierte über ein weiteres Fluchtfahrzeug, das groß genug war, um die Räder darin zu verstauen.

Julia spürte, wie ihr Herz raste. Sie ließ sich zu Boden sinken und vergrub das Gesicht in den Händen.

2015 – DÜSSELDORF

2

▼

Montag, 30. November

Fast wäre Melli Franck gegen den dunklen Wagen geprallt, der vor dem Restaurant halb auf dem Bürgersteig stand. Durch die Regenschlieren am Fenster war die Silhouette des Fahrers kaum zu erkennen. Idiot, dachte sie, hier ist kein Parkplatz. Doch weil das *Greens* Ruhetag hatte, verscheuchte sie ihn nicht.

Sie erreichte das Vordach und schüttelte den Schirm aus. Sie war in Eile, denn sie war in einer Stunde mit ihrer Freundin Marie zur großen Demonstration für Toleranz und gegen Rassismus verabredet, der Gegendemo zu einem geplanten Naziaufmarsch mitten in der Stadt.

Der Gedanke an Marie machte sie kribbelig. Teenagergefühle mit Mitte vierzig – ausgerechnet gegenüber einer Frau. Was ist nur los mit mir?

Melli kramte in ihrer Tasche nach dem Schlüsselbund. Das *Greens* – mein Reich, dachte sie beim Öffnen der Tür und tastete nach dem Lichtschalter.

Unordnung im Gastraum. Das Pult für den DJ, die Stehtische, alles stand noch kreuz und quer herum. Offenbar war es gestern zu spät geworden, um aufzuräumen. Zwei Mäntel hingen an der Garderobe – von ihren Besitzern vergessen.

Melli füllte einen Sektkühler mit Wasser und benutzte ihn als Vase für die Tulpensträuße, die sie vom Wochenmarkt mitgebracht hatte. Morgen früh würde sie die Tische damit schmücken.

Ihr Handy klingelte. Der Name auf dem Display ließ sie stutzen. *Hannig.*

Was wollte der Mistkerl? Melli drückte ihn weg. Fast kippte sie den Kühler um. Ich darf nicht zulassen, dass der Typ mich so aufregt. Er wird nie wieder einen Fuß in mein Restaurant setzen.

Morgen würde sie die ersten Bewerbungsgespräche führen, um ihren bisherigen Küchenchef zu ersetzen. Am meisten versprach sie sich von einem jungen Spanier, der in renommierten Häusern gelernt hatte und darauf brannte, sich zu beweisen. Die Speisekarte würde sich ändern, das war unumgänglich. Wird mein Stammpublikum das akzeptieren? Ich muss behutsam vorgehen, überlegte Melli.

Sie griff nach einem Glas, schenkte sich einen Schluck vom feinen Grauburgunder ein und setzte sich damit an einen Tisch am Fenster. Zuerst sortierte sie die Post nach Dringlichkeit. Dann öffnete sie den cremefarbenen Umschlag, der von ihrem Lieblingswinzer aus Baden stammte. Eine Zahlungserinnerung – habe ich tatsächlich verpennt, die letzte Rechnung zu begleichen?

Melli las die Summe, die der Weinlieferant anmahnte, und glaubte für einen Moment in einen Abgrund zu blicken. Das auch noch, dachte sie.

Der Mann im dunklen Mondeo fühlte sich wie unter einer Tarnkappe. Ein trister Herbsttag, schon dunkel, der Regenschauer wurde kräftiger, aber er saß im Trockenen. Die wenigen Passanten eilten unter Kapuzen oder Schirmen an seinem Auto vorbei und nahmen ihn nicht wahr.

Er fragte sich, wo sein Kumpel blieb. Noch zehn Minuten, beschloss er. Dann erledige ich den Job allein.

Durch die Seitenscheibe behielt er das *Greens* im Blick. Im Fenster konnte er die Wirtin ausmachen. Erst neulich hatte er gelesen, dass es zwischen ihr und ihrem Freund kriselte, diesem Fernsehfritzen von *Tacheles-TV*. Ab und zu sah man Aufnahmen des prominenten Paars in der Zeitung.

Melli Franck – immer noch attraktiv.

Er streifte seine Handschuhe über.

Sie überflog ein zweites Mal die Mahnung des Winzers. Daraufhin lief sie in das Kabuff, das sie, wenn sie zu Scherzen aufgelegt war, ihr «Büro» nannte. Dort setzte sie ihre Lesebrille auf und knöpfte sich die Buchhaltung vor.

Nach Berücksichtigung aller Belege, die noch nicht verrechnet waren, kam sie auf einen Fehlbetrag von knapp zweitausend Euro – den Gegenwert von vierzig Flaschen zum Ausschankpreis. Im Zeitalter von Kassenbons und Kreditkartenzahlung war eine solche Abweichung kaum möglich. Melli konnte sich das nicht erklären. Steckte ebenfalls Hannig dahinter?

Sie dachte nach. Vierzig Flaschen in drei Monaten. Etliche Gläschen hast du selbst abgezweigt. Dir und dem Personal am Ende eines langen Tags einen Drink spendiert, um den Adrenalinpegel herunterzufahren. Dich ruhiggestellt, wenn du mal eine Pille vom Muntermacher zu viel genommen hast.

Das hat ab jetzt ein Ende, beschloss Melli. Künftig würde sie sich selbst und den Angestellten mehr Disziplin abfordern. Die Einkäufe eigenhändig erledigen und am Abend die Letzte sein, die das Restaurant verlässt. Den Ruhetag streichen, falls es sich rechnet.

Keiner ahnte, dass der Laden seit Monaten nichts mehr abwarf. Die Gäste bestellten wie eh und je ihre Wagyu-Steaks und Hummerschwänze, aber die erhöhte Miete fraß alles auf.

Wieder klingelte ihr Handy. Diesmal war es Karsten.

Ihr Freund – war er das noch?

«Ich hab die ganze letzte Nacht versucht, dich zu erreichen», sagte Karsten. «Wo warst du?»

Melli fragte sich, was sie antworten solle. Dass ich das Handy ausgeschaltet und die Nacht bei Marie verbracht habe?

Wie oft habe ich dich wegen des *Greens* um Hilfe gebeten? Stets hast du dich verweigert, alter Geizhals. Aber ich soll dir zur Verfügung stehen, sobald dir der Sinn danach steht.

«Sehen wir uns heute?», fragte er.

«Ich hab dir doch erzählt, dass ich mit Marie auf die Demo gehe.»

«Mit Marie?»

«Für Toleranz und gegen Rassismus.»

«Dein plötzliches Interesse für Politik. Da steckt doch etwas anderes dahinter. Warum gibst du nicht zu, dass du dich mit einem Kerl triffst?»

«Karsten, bitte. Du machst dich lächerlich. Du solltest dich mal hören.»

«Dann sag mir, dass ich mich irre!»

«Lass uns ein andermal reden. Du bist ja völlig übergeschnappt.»

«Melli, ich will jetzt wissen …»

Sie drückte ihn weg.

An Karstens Stelle war schließlich ihr Exmann eingesprungen, um das *Greens* vorläufig vor dem Bankrott zu retten. Erst vor wenigen Tagen hatten sie sich geeinigt, buchstäblich in letzter Minute. Aber die Finanzspritze würde nicht lange reichen. Sie hatte Thorsten unmissverständlich klargemacht, dass sie einen Nachschlag erwartete. Für eine fällige Renovierung und für das Gehalt, das ein guter Küchenchef verlangte. Und für ein paar Fehler der Vergangenheit, die sie auszubügeln hatte.

Melli kämpfte gegen den Drang, eine Tablette einzuwerfen. Zu einem Neuanfang gehörte auch, auf das Teufelszeug zu verzichten.

Der Mann im Mondeo kontrollierte die Uhrzeit. Er versuchte, seinen Kumpel auf dem Handy zu erreichen, doch der ging nicht ran. Hatte er den Job vergessen, oder wollte er sich drücken? Kein Verlass auf den Kerl.

Er beobachtete, wie die Wirtin an ihren Fensterplatz zurückkehrte. Einmal hatte er selbst in dem Lokal gespeist. Melli Franck hatte ihm und seinen Kollegen persönlich die Karten gebracht und ihnen nach dem Mahl einen Grappa auf Kosten des Hauses angeboten. Und zwar nicht das Billigzeug aus dem Supermarkt.

Würde sich die Frau an ihn erinnern? Wohl kaum, vermutete er. Eine wie die merkt sich nur die prominenten Gäste. Und davon hat sie jede Menge, wie es heißt.

Er rief sich ihre Erscheinung ins Gedächtnis, ihre Aufmachung an jenem Abend. Reizvoll dekolletiert, in engsitzenden Hosen, die ihre Beine zur Geltung brachten. Ihren Arsch. Die Lücke zwischen den Schenkeln.

Müsste mal flachgelegt werden.

Er leckte sich die Lippen und nahm den Hammer aus dem Handschuhfach.

Das Handy gab einen Signalton von sich, eine SMS war eingetroffen.

Marie hatte geschrieben.

Bin schon da, freu mich auf dich.

Melli dachte an die Wärme, die sie bei ihrer Freundin empfand – es war mehr als eine gemeinsame Wellenlänge, es ging näher und tiefer. Sie kannte Marie durch ihren Ex, dessen rechte Hand für die Finanzgeschäfte Marie war. Gelernte

Bankerin, studierte Betriebswirtschaftlerin, aber aus einfachen Verhältnissen. Ihr Gehalt schien sie als unsittlich hoch zu empfinden, weshalb sie sich zum Ausgleich in sozialen Projekten engagierte.

Melli musste an Karsten denken, der jegliches Engagement für Flüchtlinge verspottete – und neulich sogar einen Pegida-Häuptling in seiner Talkshow hofiert hatte. Der Kerl hatte eine Deutschlandfahne auf seinem Sessel ausgebreitet, vom «Volk» geschwafelt, das betrogen werde, und seine Kritiker als «undeutsch» bezeichnet. Ein Tiefpunkt in Karstens Karriere, zweifellos.

Sie tippte die Antwort an Marie: *Wo treffen wir uns?*

U-Bahnhof Bismarckstraße, Südausgang.

Gib mir noch eine halbe Stunde.

Lass dir Zeit, Süße.

Ein Blick auf ihre Uhr, dann schlitzte sie den letzten Briefumschlag auf. Er enthielt eine Einladungskarte des Karnevalvereins, dem sie angehörte. Melli erstarrte, als sie las, dass das Vorstandsessen am Ende der Session im *Pfefferkorn* stattfinden würde.

Niemand hatte sie vorab informiert. Eine Entscheidung hinter ihrem Rücken, eiskalt und beschämend. Die letzten Jahre war stets das *Greens* das Restaurant der Wahl gewesen. Und jetzt ausgerechnet das *Pfefferkorn*, wo sie manchmal am Vormittag ihren Kaffee trank und mit dem Wirt übers Wetter plauderte. Ein schmieriger Mistkerl!

Die Konkurrenz war hart in diesen Zeiten. Man intrigierte und streute Gerüchte. Nächstes Jahr speist der Vorstand wieder bei mir, sagte sich Melli. Sie würde hartnäckig bleiben, denn so war es ihre Art.

In ihrer Jugend hatte sie eine Laufbahn als Konzertpianistin angestrebt. Sie übte unermüdlich, gewann Nachwuchspreise und studierte am Konservatorium. Ein paar Jahre nach ihrer

Hochzeit geschah dann der Unfall, der zwei Finger ihrer linken Hand verkrüppelte.

Zuerst hatte sie der Mut verlassen, doch ihr Mann tat alles, um sie aufzufangen. Damals hatten sie sich noch geliebt. Thorsten bezahlte Spezialisten, Operationen, Physiotherapie. Die Finger blieben steif, ihre Depressionen wurden manifest. Thorsten bezahlte den Seelenklempner. Dann machte er sie zur Managerin seiner Gastronomiebetriebe – die neue Aufgabe rettete ihr das Leben.

Melli entdeckte ihren Kampfgeist wieder und ihr Talent als Gastgeberin.

Nach der Scheidung überließ Thorsten ihr das Restaurant. Laut Ehevertrag wäre er nicht dazu verpflichtet gewesen. Und er wird mir weiterhin helfen. Ich weiß das.

Das *Greens* war eine Institution. Hier tafelten nicht nur Geschäftsleute auf Dienstreise, die um die Ecke in den Hotels an der Kö übernachteten. Hier trafen sich Leute, die angesagt waren oder es werden wollten. Leute, die sich gerne zeigten und die Klatschspalten der Yellow Press füllten.

Doch auf Dauer war es teuer, die High Society zu halten. Nach der letzten Mieterhöhung hatte ihr Steuerberater sie eindringlich gewarnt: Weiteres Durchwursteln könne als Insolvenzbetrug ausgelegt werden. Schließlich schlugen auch die Banken Alarm.

Zuerst hatte Thorsten nicht anders reagiert als Karsten. Sie musste alle Register ziehen. Schließlich ließ sich ihr Ex auf einen Deal ein, der fair war, wie sie fand: Sie überschrieb ihm das Lokal zur Hälfte, dafür gab er ihr Luft zum Atmen.

Melli hob das Glas auf ihren Exmann. Ein kalter, zynischer Arsch – warum vergucke ich mich immer in die gleichen Typen? Aber damit ist jetzt Schluss.

Sie dachte an Marie und beschloss aufzubrechen.

Es klopfte an der Eingangstür. Vor Schreck ließ sie fast das Weinglas fallen.

War das Hannig?

Marie Corinth trat zur Seite, um den Menschen Platz zu machen, die aus der U-Bahn ins Freie strömten. Der Regen prasselte auf ihren Schirm. Weiter vorn quäkte eine Stimme über die Lautsprecher. Die Kundgebung würde in zehn Minuten beginnen.

Es ist wichtig, Flagge zu zeigen, dachte Marie. Die Welle der Fremdenfeindlichkeit zu stoppen. Sie freute sich, dass Melli über ihren Newsletter die Stammkunden des *Greens* zum Mitmachen aufgerufen hatte. Damit wurden Kreise erreicht, die sich sonst vielleicht nicht angesprochen fühlten.

Melli hatte es als prominente Unterstützerin der Demo sogar mit Foto in die Zeitung geschafft. Falls das auch als Werbung für das Restaurant dienen konnte – umso besser.

Es wäre nicht schlimm, wenn Melli die erste Rede verpasste. Tausende waren gekommen, schon jetzt ein Erfolg.

Marie fragte sich, wie lang es her war, dass sie zuletzt an einer solchen Veranstaltung teilgenommen hatte.

Sie dachte an ihre Zeit als militante Tierschützerin. Sie war neunzehn gewesen. Mit ihrem damaligen Freund hatte sie einen Anschlag auf ein Versuchslabor ausgeheckt, um die Hunde zu befreien, die dort zu Tode gequält wurden. Süße Beagles in engen Käfigen, die an Schläuchen hingen und mit Chemie vollgepumpt wurden. Aufgebohrte Schädel, Sonden im Gehirn. Sie hatte Fotos gesehen. Schrecklich.

Sechzehn Jahre ist das her – wie naiv ich damals war!

Sie blickte auf die Uhr, dann verstaute sie die Hand wieder in der wärmenden Tasche ihres neuen Mantels. Prada, eigentlich Wahnsinn. Sie hatte das schöne Teil, das sie wochenlang im Schaufenster bewundert hatte, im Winterschlussverkauf ergattert. Für die Hälfte des ursprünglichen Preises – trotzdem noch so viel, dass man dafür eine ganze Flüchtlingsfamilie hätte neu einkleiden können.

Melli lachte nur über ihre Skrupel. Sie war so anders. Sie hatte Stil. Melli betrat einen Raum und stand sofort im Mittelpunkt.

Zum ersten Mal seit langem gab es einen Menschen, den Marie lieben konnte. Sie hatte vieles ausprobiert, Männer wie Frauen, doch mit Melli war es anders. Sie hatten die halbe Nacht geredet und waren Arm in Arm eingeschlafen.

Marie hielt Ausschau nach ihrer Freundin.

Das Klopfen hörte nicht auf.

Melli tippte die Nummer von Viktor in ihr Handy. Viktor Krömer, Mädchen für alles und ihr einziger Vertrauter unter den Angestellten.

«Was gibt's, Melli?»

«Ich bin im Restaurant. Da pocht einer an die Tür. Wenn das Hannig ist …»

«Soll ich die Polizei rufen?»

«Ja, aber warte, Viktor. Ich schau zuerst nach. Bitte bleib dran!»

«Sei bloß vorsichtig, Melli …»

Sie drehte den Schlüssel, zog die Tür auf und trat einen Schritt zurück.

Ein Unbekannter stand unter dem Vordach, nasses Haar, ein Regentropfen hing an der Nasenspitze.

«Was wollen Sie?», fuhr sie den Mann an, heftiger als beabsichtigt.

«Entschuldigung, ich hab heute Nacht meinen Mantel …»

«Schon gut.» Sie wandte sich um, nahm das gesteppte, schwarze Ding vom Haken und drückte es dem Typen in den Arm.

Er deutete zur Garderobe. «Nein, sorry, der andere.»

Melli reichte ihm das zweite Teil, es war aus hellem Popeline mit bunt bedrucktem, seidigem Futter. Dabei nahm sie das Handy wieder ans Ohr.

«Entwarnung, Viktor.»

3

▼

Es schüttete so stark, dass für einen Moment der grüne Neonschriftzug auf dem Vordach das Einzige war, was sich aus der Dunkelheit abhob.

Dann hörte der Regen mit einem Mal auf.

Es ärgerte ihn, dass sein Kumpel noch immer nicht aufgekreuzt war. Er drehte den Autoschlüssel, um die Heizung laufen zu lassen. Mit dem Motor sprang auch das Radio an. Der lokale Sender warnte vor Verkehrsbehinderungen in der Innenstadt. Gleich mehrere Demonstrationen, rechte Deppen, linke Chaoten und jede Menge besorgte Bürger. Sogar der Oberbürgermeister hatte zur Teilnahme aufgerufen – und dafür vom Verwaltungsgericht wegen Verletzung seiner Neutralitätspflicht eins auf den Deckel gekriegt.

Er spürte, wie die Pillen wirkten, die er eingeworfen hatte. Wieder stellte er sich Melli Franck vor. Ihre Beine, ihr Dekolleté – wie würde die Schlampe reagieren, wenn er sie in die Titten kniff? Er malte sich aus, wie sie schrie.

Und wie ihre Seele entschwinden würde.

Während er es ihr besorgte.

Autoscheinwerfer im Rückspiegel, ein Wagen hielt unmittelbar hinter ihm. Die Lichter gingen aus. Sekunden später piepste das Handy. Sein Kumpel hatte eine SMS geschrieben.

Ich bleib draußen und pass auf, okay?

Weichei, dachte er. So einfach kommst du nicht davon. Dieser Job wird richtig schmutzig.

«Sorry, Viktor», sagte Melli ins Handy, nachdem sie den Gast verabschiedet hatte. «Dass ich dich am freien Tag …»

«Kein Problem.»

«Wir müssen morgen übrigens etwas früher anfangen. Umräumen fürs Mittagessen. Zweiertische, weiß eingedeckt. Um halb zehn?»

«In Ordnung.»

«Viktor …»

«Ja?»

«Warst du ebenfalls Kunde bei Hannig?»

«Aber Melli!»

Sie biss sich auf die Lippen. Dummes Misstrauen. Zu oft hatte man sie hereingelegt.

«Ehrlich», beteuerte Viktor. «Ich hatte keine Ahnung, bis er mich ansprach und mir ein paar Steaks aus dem Gefrierschrank verticken wollte. Und dann hab ich dich sofort … das weißt du doch!»

«Vergiss, was ich gesagt habe. Es tut mir leid.»

«Traust du mir nicht mehr?»

«Doch, doch, es ist nur …»

«Was denn, Melli?»

Sie murmelte eine weitere Entschuldigung und beendete das Gespräch. Sie schenkte sich vom Grauburgunder nach, lief ins Büro und suchte in der untersten Schublade des Schreibtisches nach der bunt emaillierten Blechdose. Mit einem kräftigen Schluck spülte sie eine Pille durch die Kehle. Clean bleiben kann ich auch morgen.

Alles wird gut – Maries Worte.

Melli öffnete den Tresor, um auf dem Weg zur Demo schnell

noch die Bareinnahmen des Wochenendes zur Bank zu bringen.

Wieder klopfte es.

Der andere Mantel, dachte Melli.

Immer mehr Menschen stauten sich auf der Bismarckstraße. Selbstgebastelte Schilder mit Sprüchen gegen Rassismus und für ein buntes Miteinander. Fahnen in Rot, Orange und den Farben des Regenbogens. Eine fast euphorische Atmosphäre.

Wir sind Gleichgesinnte. Wir stehen für das Gute.

Willkommenskultur statt Dunkeldeutschland, dachte Marie.

Sie schlang ihren Schal fester um den Hals und stellte den Kragen hoch. Ihre Freundin war jetzt über der Zeit. Ich muss mich daran gewöhnen, dass Melli es mit der Pünktlichkeit nicht immer so genau nimmt, sagte sich Marie.

Auf der Bühne sprach bereits die zweite Rednerin, Wortfetzen wehten herüber. Marie gab ihren Posten auf und drängte nach vorn, um etwas zu verstehen.

Die Frau auf der Bühne vor dem Gewerkschaftshaus vermeldete, dass sich im Moment knapp einhundert Nazis vor dem Hauptbahnhof zusammenrotteten. Sie warteten offenbar noch auf Verstärkung aus Dortmund.

Marie spähte eine Seitenstraße entlang. Das andere Ende war von Polizeifahrzeugen verstellt. Ein Dutzend Beamte rannte in Richtung Bahnhof vorbei. Die blauen Uniformen erinnerten Marie an die Nacht vor sechzehn Jahren.

Sie und ihr Freund Helmut hatten die Kameras übersehen. Beim Zerschneiden des Zauns war der Wachdienst des Tierversuchslabors auf sie aufmerksam geworden. Das Loch war noch nicht fertig, als die Hetzjagd begann.

Helmut schaffte es zu fliehen, sie jedoch strauchelte im unwegsamen Gelände. Die Wachleute nahmen sie fest und beschlagnahmten ihren Rucksack voller Werkzeug und Benzinflaschen. Die Männer lachten sie aus und schubsten sie herum.

Deren Vorgesetzter brachte sie in ein fensterloses Büro voller Monitore, verriegelte die Tür und stellte sie vor die Wahl. Ficken oder Polizei.

Sie protestierte und wehrte sich, doch er schlug sie, bis ihr Kopf dröhnte, warf sie über den Tisch und band sie fest in einem Tempo, als hätte er Übung darin. Nachdem der Mistkerl seinen Spaß gehabt hatte, drohte sie ihm mit der Polizei. Er lachte nur – jeder seiner Mitarbeiter würde zu seinen Gunsten aussagen.

Beim Gedanken an das Schwein ballte Marie die Fäuste. Sie hatte bis heute mit niemandem über die damalige Nacht gesprochen. Nicht einmal mit Melli.

Marie versuchte sich zu orientieren und wählte Mellis Handynummer, um mit ihr einen neuen Treffpunkt zu vereinbaren.

Es meldete sich nur die Mailbox.

Melli nahm den übriggebliebenen Mantel vom Haken, das schwarze Daunending, und öffnete die Tür. Noch ein Unbekannter – sie streckte ihm das Kleidungsstück hin. Nimm es und verpiss dich, ich habe keine Zeit.

Ein harter Stoß.

Melli krachte gegen das DJ-Pult.

Der Schreck und der Schmerz in den Rippen ließen sie nach Luft ringen. Ein zweiter Kerl betrat das Restaurant und drückte die Tür hinter sich ins Schloss. Melli hielt den dicken, gesteppten Mantel vor ihren Körper, als böte er Schutz.

Sie reckte ihr Kinn. «Verdammt, was wollt ihr?»

Die beiden Männer gingen auf sie zu. Der eine grinste und entblößte dabei schlechte Zähne. Melli wich hinter die Theke zurück.

Keinen Widerstand leisten, dachte sie. Bloß nicht das Leben wegen einer überschaubaren Geldsumme aufs Spiel setzen. Oder wegen ihres Pillenvorrats in der Blechdose – falls die Mistkerle es darauf abgesehen hatten.

«Der Tresor ist im Büro», sagte Melli. «Aber macht euch keine falschen Hoffnungen. Viel gibt es nicht zu holen.»

Die Männer nahmen sie in die Zange. Beim Blick in die Gesichter wurde Melli klar, dass es ihnen um etwas anderes ging.

Ein Schlag traf ihren Kopf und ließ sie in die Knie gehen.

Überall Blut. Mein Blut.

4

▼

Über dem Eingang hing ein Banner:

Brigitte Veih, Grenzfall, NRW-Kunstforum 1. 12. 2015 bis 13. 3. 2016.

Vincent fragte sich, ob er sich das wirklich antun sollte. Seine Freundin Nina hatte ihm zugeredet. Deine Mutter würde sich freuen. Und du wirst dich danach ebenfalls besser fühlen.

Ihr Dickschädel seid euch ähnlicher als du denkst, hatte Nina gesagt.

Der Regenschauer trieb Vincent die Treppe hoch bis unter den Dachvorsprung. Er drückte einen Flügel der Glastür auf, atmete tief ein und durchquerte das Foyer. Vor dem Durchgang zum Ausstellungsraum stand eine junge Frau mit einem Tablett voller Getränke. Vincent schnappte sich ein Glas Wasser, damit er etwas hatte, um sich festzuhalten, und trat ein.

Die Vernissage am Vorabend der eigentlichen Ausstellungseröffnung: Weiter hinten lauschten etwa vierzig Leute einer Frau im schwarzen Kostüm. Vincent erkannte die Kuratorin des Kunstforums. Er schnappte die Worte «Heimat» und «Abgrenzung» auf.

Applaus, der offizielle Teil war anscheinend beendet. Die Leute umringten Stehtische, griffen zu Sekt und Salzgebäck. Vielstimmiges Gemurmel.

Der Liedermacher René Hagenberg, ein enger Freund seiner Mutter, winkte Vincent einen Gruß zu. Weitere Gäste kamen ihm bekannt vor. Brigitte stand inmitten einer Menschentraube. Sie war wie immer schlicht gekleidet, Jeans und dunkles Männerhemd, das kurze Haar wirkte ungekämmt. Vincent wollte keine Aufmerksamkeit auf sich ziehen und verzichtete darauf, zu ihr vorzudringen.

Erinnerungen strömten auf ihn ein. Wie seine Mutter ihn zu ihren Freunden in Niederbayern weggab, als er sieben Jahre alt war. Wie kalt sie sich ihm gegenüber verhalten hatte – warum eigentlich?

Als er danach bei den Großeltern aufwuchs, war es tabu, über Brigitte zu sprechen. Nur die Fernsehnachrichten hielten ihn auf dem Laufenden: Fahndung, Festnahme, Hungerstreik und Zwangsernährung – Vincent hatte nie gewusst, ob er seine Mutter verachten oder ihr die Daumen drücken sollte.

Nachdem er den Beruf seines Großvaters ergriffen hatte, wurde es nicht besser. Unter den Kollegen sprach sich herum, dass er der Sohn einer in Köln-Ossendorf einsitzenden RAF-Terroristin war. Kaum ein Tag ohne Anspielungen und abfällige Bemerkungen – und natürlich gab er seiner Mutter die Schuld daran.

Als Brigitte nach zwanzig Jahren Haft entlassen wurde, musste Vincent feststellen, dass sie sich kaum verändert hatte. Keine Herzlichkeit, keine Reue. Dass ihr Sohn Polizist geworden war, empfand sie als Affront. Erst in der letzten Zeit hatte sich ihr Verhältnis ein wenig gebessert.

Prost, Mama, auf deine neuen Bilder! Vincent leerte sein

Glas und stellte es ab. Auf dem Weg nach draußen blieb er noch einmal vor der Stirnwand stehen. Drei Fotos hingen dort, drei Gesichter, deren Blick ihn fixierten: ein trauriges Kind, ein Alter mit zerfurchtem Gesicht, eine hagere Dunkelhäutige mit Kopftuch.

Diese Augen.

Die Aufnahmen drückten Stolz und Würde aus. Vielleicht sogar eine Form von Weisheit. Vincent fragte sich, wie seine Mutter die Leute dazu brachte, so zu gucken. Sie hatte für diese Ausstellung Bewohner von Flüchtlingsunterkünften porträtiert. Stets vor einer weißen Fläche, wie es ihrem Stil entsprach.

Jemand tippte ihn an. Er fuhr herum.

Brigitte stand vor ihm. «Läufst du schon wieder weg?»

«Danke für die Einladung.»

«Gestern habe ich noch eine Ausstellung eröffnet. Im Hauptbahnhof von Leipzig.»

«Gratuliere.»

«Wo ist Ninotschka?»

«Ich treffe sie gleich auf der Demo.»

Brigitte verzog die Mundwinkel. «Glaubst du, die Faschisten lassen sich von eurer Kundgebung beeindrucken?»

Vincent verzichtete darauf, sich auf eine politische Diskussion mit seiner Mutter einzulassen. Er wandte sich zum Gehen, doch sie hielt ihn fest.

«Hast du noch die Briefe meines Vaters?»

«Wieso?»

«Ich will ein Buch über ihn schreiben.»

«Ach.»

«Ich weiß, du würdest lieber eine Decke über seine Vergangenheit breiten. Könnte ja ein schlechtes Licht auf das Land werfen. Auf dich und deinen Beruf.»

«Quatsch, ich frag mich nur, ob die Welt auf ein solches Buch wartet.»

«Das hast du über meine Autobiographie auch gesagt.»

Und mich geirrt, dachte Vincent. *Frei und ohne Furcht* – damit war seine Mutter zum Liebling der Talkshows avanciert. Als sei es schick, Terroristin gewesen zu sein. Dabei enthielt der Erinnerungsband kein Wort der Distanzierung oder Entschuldigung. Echte Aufarbeitung sieht anders aus.

Sie fragte: «Weißt du, dass Gerhard Veih noch in den Achtzigern rechte Propaganda in die DDR geschmuggelt hat?»

«Wer sagt das?»

«Verwandte in Thüringen. Der Scheißkerl war bis zum Schluss ein Hetzer und Nazi-Nostalgiker.»

«Was hast du im Osten gemacht?»

«Familie. Recherche. Ich will mich meiner ganzen Geschichte stellen.»

Vincent fiel ein, dass er als Kind ein paarmal mit seinen Großeltern in Jena gewesen war. Wie seltsam ihm die DDR vorgekommen war, grau in grau und von einem fremden Geruch bestimmt – nach dem Ruß der Trabis und der Kohle, mit der die Häuser geheizt wurden. Es gab Türen ohne Klingel, an denen man klopfen musste. Es gab Häuser, die das Klo im Keller hatten.

Die gleichaltrigen Jungs gafften ihn an wie ein Tier im Zoo. Später erfuhr er, dass sie den Wessi schon an seiner Kleidung erkannten. Und dass sie alles dafür getan hätten, solche Jeans zu besitzen, wie er sie trug.

Beim letzten Mal war es Winter, Ende 1988 – also war er da schon achtzehn gewesen. In Vincents Erinnerung war sogar der Schnee in der DDR grau gewesen.

«Die Leser sollen erfahren, wozu ein ganz normaler Mann fähig ist», sagte Brigitte. «Wenn er glaubt, im Namen Deutschlands zu handeln.»

«Fähig *war*», korrigierte Vincent. «Du sprichst vom Krieg.»

«Ein ganz normaler deutscher Polizist. Und ich spreche vom Holocaust.»

«Schreib, was du willst. Ich wünsch dir viel Erfolg.»

«Ich tu's für mich. Meine Eltern sind der Grund, warum ich wurde, wie ich bin. Das Buch ist eine Reise zu meinen Wurzeln.»

Vincent wollte das nicht vertiefen. Er blickte auf seine Uhr.

«Ich muss los», stellte er fest.

«Wie findest du eigentlich meine Fotos?»

«Soll ich ehrlich sein?»

Brigitte verschränkte die Arme.

«Du wirst immer besser.»

5

▼

Die Menschenmenge war unüberschaubar. Weil auf der Bismarckstraße kein Durchkommen mehr war, wichen die Leute auf die Parallelstraße aus. Das Knattern am Himmel übertönte die Rede aus den Lautsprechern. Zwei Polizeihubschrauber kreisten über den Demonstranten.

«Sie überwachen und zählen uns», sagte Nina. «Was wetten wir? Für eure Pressemeldung teilen sie das Ergebnis durch zwei.»

Man merkt, dass du bei Brigitte wohnst, dachte Vincent. Praktisch die gleiche Einstellung.

«Deine erste Demo, stimmt's?», fragte Nina weiter.

«In meiner Zeit bei der Bereitschaftspolizei habe ich etliche erlebt», antwortete Vincent. «Wir wurden bis nach Berlin geschickt. Damals war dort an jedem ersten Mai die Hölle los.»

«Das gilt nicht.»

«Warum?»

«Da standest du auf der anderen Seite.»

Er lachte. «Heute mach ich's hoffentlich wieder gut.»

Nina gab ihm einen Kuss auf die Wange. «Ich find's schön, dass du mitgekommen bist.»

Vincent legte den Arm um ihre Taille. Gegen den Pegida-Unsinn waren sie sich einig. Wer sich im Namen des Abendlands gegen eine Islamisierung empörte, die in Deutschland nicht stattfand, lehnte in Wirklichkeit die muslimischen Mitbewohner ab. So etwas nennt man Rassismus, fand Vincent, und Rassismus machte ihn fassungslos.

«Warum ist Brigitte nicht hier?», fragte Nina.

«Sie hat doch ihre Vernissage. Außerdem sind wir für ihren Geschmack zu bürgerlich.»

Sie erreichten die Kreuzung. Vincent wollte abbiegen, um zur Kundgebung zu gelangen, die bereits in vollem Gang war, aber Nina zog ihn weiter.

«Wo willst du hin?», fragte er.

«Rate mal.»

«Nicht dein Ernst, oder?»

«Man muss den Faschos zeigen, dass sie nicht willkommen sind. Aber wenn du kneifst, bin ich dir nicht böse.»

«Das Demonstrationsrecht gilt auch für diese Leute», warf Vincent ein. «Das nennt man Rechtsstaat.»

«Darüber lachen die Nazis doch nur.»

Nina setzte ihren Weg fort. Widerstrebend folgte Vincent in Richtung Hauptbahnhof. Wenn er sie nicht aufhalten konnte, dann wollte er sie wenigstens beschützen. Er wusste, dass ein paar Steinewerfer jede Versammlung im Nu in eine Straßenschlacht verwandeln konnten.

Er dachte an Berlin im Jahr 1989, an die Nacht zum ersten Mai. Er hatte gerade bei der Bereitschaftspolizei angefangen. Sie waren zur Verstärkung aus Nordrhein-Westfalen herangekarrt worden. Ein Hagel von Pflastersteinen empfing sie. Zweitausend Randalierer, mehr als dreihundert verletzte Beamte.

Vincent blickte sich um. Zahlreiche Demonstranten nahmen den gleichen Weg wie Nina und er. Bunte Pullover, Jacken und Tücher. Transparente und Lieder – die Leute wirkten friedlich. Zwei Frauen begrüßten Nina, Kolleginnen aus dem evangelischen Krankenhaus, wo sie als Kinderpsychologin arbeitete. Vincent kannte die beiden vom Sehen.

An der Graf-Adolf-Straße ging es nicht weiter. Bereitschaftspolizei stand in dichter Reihe mit Schild und Helm, die Visiere geschlossen, die Hand am umgeschnallten Schlagstock. Dahinter Absperrgitter.

Die Demonstranten riefen: *Deutsche Polizisten schützen die Faschisten!*

«So ein Blödsinn», entfuhr es Vincent.

«Du siehst das anders?», fragte Nina.

«Die Kollegen stehen nicht zum Spaß hier. Es geht um Recht und Gesetz, das weißt du.»

«Wenn du's sagst.»

Weitere Menschen strömten herbei. Nina hakte sich bei Vincent ein. Andere Zeiten, wir sind nicht in Berlin, versuchte er sich zu beruhigen. Du befindest dich unter netten Leuten, nicht im schwarzen Block.

Neue, aggressive Sprechchöre schreckten Vincent aus seinen Gedanken. Aus Richtung des Hauptbahnhofs marschierten die Neonazis heran. Vincent reckte sich und lugte über die uniformierten Kollegen hinweg. Männer in Bomberjacken schwenkten schwarz-rot-goldene Fahnen, vereinzelt auch schwarzweiß-rote: *Wir sind das Volk! Wir sind das Volk!*

Es klang wie eine Drohung.

Die Menschen rund um Vincent gerieten in Unruhe. Ein junger Mann mit einer Aldi-Plastiktüte kam nach vorn – was hatte er vor? Ein Pressefotograf klappte eine Trittleiter auf, erklomm sie und knipste über die Polizisten hinweg den Rechten entgegen.

Die Kerle in Bomberjacken reckten die Fäuste. *Lügenpresse auf die Fresse!*

In den Häusern gingen Fenster auf. Anwohner wollten wissen, was los war, und traten auf ihre Balkone. Vincent registrierte Bärte und Kopftücher – sie befanden sich im Türkenviertel.

Die Nazis schossen Handyfotos von Gegendemonstranten. *Wir kriegen euch alle!*

Um Vincent herum wurde es laut. *Nazis raus! Nazis raus!*

Die Rechten waren jetzt auf gleicher Höhe. Der Junge griff in seine Tüte und schleuderte Konfetti auf die Bomberjacken. Andere versuchten, auf die Straße zu drängen. Schlagstockeinsatz, Keilerei. Die Menge wogte hin und her. Mit Schrecken erkannte Vincent, dass er Nina aus den Augen verloren hatte. Er stellte sich auf Zehenspitzen und suchte nach ihr.

In diesem Moment schlug ihm ein Nazi über die uniformierten Kollegen hinweg mit einer Fahnenstange auf den Kopf.

Vincent spürte, wie ihm Blut in die Stirn lief. Die Stange fuhr erneut herab, er bekam sie zu fassen, entriss sie dem Schläger und stieß sie wütend nach ihm.

Der Beamte, der zwischen ihnen stand, packte Vincents Arm und verdrehte ihn. Ein Schmerz fuhr durch seine Schulter, etwas im Oberarm drohte zu reißen.

«Hey, ich bin ein Kollege!»

«Und ich bin Heidi Klum.»

Vincent wehrte sich und schaffte es, den Kerl abzuschütteln. Sofort nahmen ihn zwei andere in den Schwitzkasten.

«Wir sind Kollegen!», beteuerte Vincent noch einmal.

Sein Kopf wurde nach unten gedrückt. Jemand schlang den Arm um seinen Hals, ihm blieb die Luft weg, ihm brach der Schweiß aus. Er spürte Schläge auf den Rücken und Stöße in die Rippen, fast geriet er ins Straucheln. Im Augenwinkel nahm er ein Blitzlicht wahr.

Die Uniformierten schleiften ihn zu den Fahrzeugen, seine Proteste ignorierend. Nina konnte er nirgendwo entdecken. Stattdessen nahm er wahr, dass viele Demonstranten den Tumult nutzten, um über die Gitter zu klettern und die Straße zu besetzen. Trillerpfeifen und ohrenbetäubendes Geschrei.

Der Gefangenentransporter war ein silberfarbener Mercedes Sprinter ohne Fenster in der hinteren Hälfte. Die Kollegen stießen Vincent in eine winzige Zelle. Lüftungsschlitze, spärliches Kunstlicht. Ein Uniformierter drückte ihn zu Boden, presste sein Gesicht auf das kalte, schmutzige Blech und zerrte ihm die Arme auf den Rücken, um ein Paar Handschellen um die Gelenke zu schließen.

Meine Mutter sollte mich jetzt sehen, dachte Vincent grimmig. Von wegen, ich sei nach meinem Großvater geraten.

Gedämpft waren Funksprüche zu vernehmen, aus der Ferne sich nähernde Sirenen. Die Sprechchöre und Hassparolen wurden leiser – sie entfernten sich oder wurden abgedrängt.

Schritte und Stimmen vor dem Transporter. Vincent legte ein Ohr an die Schlitze und belauschte eine Unterhaltung: Weitere Gegendemonstranten waren festgehalten worden. Vincent vernahm Schmähungen.

Linkes Pack, Drecksbande, Chaotengesocks.

Wieder musste er an Nina denken. Hoffentlich geht es ihr gut.

«Lasst die Leute laufen», befahl ein Mann. «Wir haben den Rädelsführer, das genügt.»

Die Tür wurde aufgerissen. «Ausweis dabei?»

Vincent wurde klar, wer als Rädelsführer gemeint war.

«Innentasche links», erwiderte er.

Eine Hand glitt in seinen alten Anorak. Der Mann fand den Personalausweis. Seine Dienstmarke sowie das Kärtchen mit

Lichtbild und Landeswappen, die ihn als Polizeibeamten auswiesen, hatte Vincent zu Hause in der Lederjacke gelassen.

Draußen gab jemand seine Daten per Funk zur Überprüfung durch.

Dann tat sich eine ganze Weile nichts.

Ein Uniformierter kam herein, schloss Vincent die Handschellen auf und gab ihm den Ausweis zurück. Der Mann war Hauptkommissar, drei silberne Sterne an den blauen Schultern. Mitte vierzig wie er, Schatten um die Augen, zerfurchte Stirn.

«Warum hast du nicht gesagt, dass du ein Kollege bist?»

«Hab ich doch.»

«Mein Gott …»

«Dazu fehlen noch ein paar Beförderungsstufen.»

«Find ich jetzt nicht lustig.»

«Ihr habt mich gewürgt und geschlagen. Fand ich auch nicht lustig.»

«Spiel dich mal nicht so auf! Was hast du hier zu suchen, verdammt noch mal?»

«Rate mal.»

Fragender Blick. «Undercover-Einsatz im linken Milieu?»

«Nein, ich nehme mein Grundrecht auf Demonstrationsfreiheit wahr.»

«Ja, super. Deine Verletzung hast du dir selbst zuzuschreiben, verstanden? Immerhin hast du die Keilerei mit den Rechten provoziert. Wir haben uns nur angemessen verhalten.»

«Ach, wirklich?»

«Versuch gar nicht erst, uns etwas anzukreiden. Würde nicht gut für dich ausgehen. Gegen dich gibt's 'ne Menge Zeugen. Und jeder von ihnen ist ein tadelloser Beamter, verstehst du?»

«Ist klar.»

«Du hörst von uns.»

Damit war Vincent frei. Die Wunde am Kopf pochte. Sein Hals schmerzte.

Zwei Blocks weiter stieß er auf seine Freundin. Ihr war nichts passiert, zum Glück. Sie fielen sich um den Hals. Vincent fühlte große Erleichterung.

Nina half ihm, sich zu säubern. Seine Haare waren verklebt, vermutlich ein Riss in der Kopfhaut. Nicht der Rede wert, befand Vincent.

«Mein Held», sagte sie.

«Unsinn.»

«Weil sich die Bullen auf dich konzentriert haben, konnten unsere Leute die Nazis zurückdrängen.»

«Für die Idioten von der Bereitschaftspolizei bin ich der Rädelsführer.»

«Idioten? Ich dachte, es ginge um Recht und Gesetz!»

Rundherum brachen die Menschen auf, auch die Kundgebung auf der Bismarckstraße war offenbar beendet. Ein Großteil steuerte die Altstadt an.

«Ich könnte ein kühles Bier vertragen», sagte Vincent. «Was hältst du davon?»

Bevor Nina antworten konnte, spielte sein Handy *London Calling*.

Vincent meldete sich.

«Wir haben hier eine Tote», sagte Dominik Roth, der in dieser Woche Mordbereitschaft hatte. «Sieht echt übel aus. Kennst du das *Greens*?»

«Bin schon unterwegs.» Vincent warf seiner Freundin einen Blick des Bedauerns zu und verstaute das Handy. «Sorry.»

«Mörderjagd?», fragte Nina.

«Hab nun mal nichts anderes gelernt.»

«Pass auf dich auf, Vinnie.»

«Du kennst mich doch.»

«Eben.»

6

▼

Vor dem hell erleuchteten Restaurant war der Teufel los. Stau, Gehupe, Blaulichtgeflacker – zahlreiche blau-silberne Streifenwagen blockierten die Fahrspur, darunter auch zwei zivil lackierte VW-Passat sowie ein Bulli der Kriminaltechnik.

Der Taxifahrer fluchte. «Nirgendwo ein Durchkommen! Scheißdemonstranten in der ganzen Stadt! Müssen die wegen ein paar Rechten so ein Theater machen?»

Vincent bezahlte und legte die letzten Meter zu Fuß zurück. Vor dem Eingang fing ihn ein Uniformierter ab.

«Vincent Veih, ich leite …»

«Sorry, Kollege, die Spurensicherung lässt im Moment keinen rein.»

Vincent lugte durch die Tür, entdeckte Dominik in weißer Schutzkleidung und winkte ihn zu sich. Der junge Kollege zog die Latexhandschuhe aus, streifte die Kapuze zurück und fuhr sich durchs Haar.

«Junior, wie sieht's aus?», fragte Vincent. Die Kehle schmerzte noch vom Würgegriff der Kollegen. Sein Atem bildete weiße Wölkchen. Es war kälter geworden.

«Der Notruf ging um 18:42 Uhr in der Leitstelle ein. Keine Angaben zur Person des Anrufers, auf Nachfrage keinerlei Reaktion mehr. Ein Team der Wache Innenstadt war zuerst da.» Dominik wies nach drinnen. «Eine Tote, das Schädeldach zertrümmert. Neben ihr das Handy – offenbar hat sie selbst die Eins-Eins-Null gewählt. Dass sie das noch geschafft hat, mit diesen Kopfverletzungen!»

«Einbruchspuren?»

Junior schüttelte den Kopf. «Die Tür war nicht abgeschlossen, Schlüssel steckt von innen. Bei der Toten könnte es sich um die Wirtin handeln, eine gewisse Melli Franck.»

«Hast du Fotos gemacht?»

Dominik tippte auf seinem Handy und reichte es ihm. Vincent betrachtete das Display.

Er nickte. Sie war es.

Erst neulich hatte er mit Nina im *Greens* gespeist, um zu feiern, dass sie ihrer Beziehung eine zweite Chance gaben. Eigentlich lag der Nobelschuppen jenseits ihrer Preisklasse. Allein die Karte mit Mineralwasser aus aller Welt musste man gesehen haben. Aber an jenem Abend hatte Geld keine Rolle gespielt.

Vincent strich über das Display, weitere Aufnahmen. Eine Blutlache auf dem Boden. Spritzer an der Wand und auf der Theke. Die Tote vor dem Fenster, wo sie endgültig zusammengebrochen oder hingeschafft worden war. Vincent fiel auf, dass sie nicht vollständig bekleidet war. Die Hose hing an den Füßen, die Bluse war aufgerissen. Neben ihr lag ein schwarzer Mantel.

Weitere Fotos von einem anderen Ort: ein Weihnachtsbaum, Familie, ein Selfie mit einer jungen Frau. Vincent hielt Dominik das Handy hin.

«Neue Freundin?»

Der Kollege nahm es ihm ab. «Oh, ich glaub, das Bild muss ich löschen!»

«Junior, Junior.»

«Ein Raubmord scheint jedenfalls nicht vorzuliegen», fuhr Dominik fort. «Es gibt eine Art Büro mit Wandtresor. Steht offen, knapp eintausend Euro in bar.»

«Vielleicht fehlt etwas anderes. Bitte keine voreiligen Schlüsse.»

Dominik zog den Reißverschluss des Overalls auf, unter dem er Straßenkleidung trug, und wühlte einen Zettel aus der Hosentasche. «Die letzten Kontakte ihres Mobiltelefons. Fünfzehn Anrufe am heutigen Tag. Zuletzt eine SMS und ein längeres Telefonat kurz vor achtzehn Uhr.»

«Das alles knöpfen wir uns noch heute vor. Richte dich auf einen langen Abend ein.»

«Chef?»

«Junior?»

«Wie wär's, wenn ich dieses Mal die Mordkommission leite?»

«Anna macht das. Ist sie schon da?»

«Sie und der Neue befragen die Penner, die drüben am Telekom-Gebäude kampieren.»

Zeugen sind hier vermutlich rar, dachte Vincent. In unmittelbarer Umgebung gab es nichts als Bürogebäude. Um die Ecke befand sich die Königsallee mit ihren Banken und Ladengeschäften, Anwaltskanzleien, Werbeagenturen. Wohnungen gab es dort auch, aber ohne Sicht auf den Restauranteingang.

«Früher hatte unsere Dienststelle drei MK-Leiter», sagte Dominik.

«Noch früher gab's 'nen Kaiser.»

«Verstehe. Der dritte Posten ist für unseren Neuen reserviert. Hab ich recht?»

«Hamid? Wie kommst du darauf?»

Dominik zuckte mit den Schultern. «Migrantenförderung im öffentlichen Dienst. Es heißt, Hamid sei der Liebling der Obermuftis. Wenn das so weitergeht, übernehmen die verdammten Muselmänner noch den ganzen Laden hier.»

«Du erzählst gequirlten Unsinn, Junior.»

7

Stille im Präsidium, die Flure dunkel, Leben herrschte nur noch im Erdgeschoss, wo die Wache Bilk untergebracht war, und im entgegengesetzten Trakt der Kriminalwache. An diesem Abend auch im zweiten Stock des Ostflügels. Hier residierte das Kriminalkommissariat 11, die Dienststelle für Tötungsdelikte, die Vincent leitete.

Er hörte Dominik in seinem Büro telefonieren. Zwei Zimmer weiter saß Felix May und bereitete sich auf die Aktenführung vor. Sie hatten ihre Türen offen gelassen, um sich notfalls per Zuruf verständigen zu können. Fabri und seine Leute von der Kriminaltechnik suchten weiterhin den Tatort nach Spuren ab. Die Leiche, das Restaurant, die nähere Umgebung sowie Melli Francks Privatwohnung im Stadtteil Flingern – intensive Arbeit für etliche Tage.

Schritte auf dem Gang, ein Klopfen an der Tür. «Vincent?»

Anna trat ein. Sie trug die Haare neuerdings streichholzkurz und knallblond gefärbt, Vincent hatte sich noch nicht daran gewöhnt. Hamid Belhanda folgte ihr. Der Neue war ein drahtiger Bursche mit kurzem krausem Haar, der bis vor ein paar Wochen noch im Staatsschutz-Kommissariat gearbeitet hatte. Hamid drängte sich nie vor und redete nicht viel – Vincent hatte noch keine Gelegenheit gehabt, ihn richtig kennenzulernen.

«Die Kölner Kollegen haben Karsten Kuhn benachrichtigt, den Freund des Opfers», sagte Anna. «Wir fahren dann mal los.»

«Trefft ihr ihn im Sender oder privat?»

«Bei ihm zu Hause. Willst du …» Sie zögerte.

«Bitte?»

«Willst du mitkommen?»

«Nein, nein. *Du* leitest die Ermittlungen. Ich muss nicht überall dabei sein.»

Anna lächelte, als glaube sie ihm kein Wort.

«Aber fühlt ihm ohne falsche Scheu auf den Zahn», fügte Vincent hinzu. «Versprecht ihr mir das?»

Hamid tippte sich auf den Kopf. «Was hast du da?»

Vincent griff in sein Haar und spürte geronnenes Blut. Die

Kopfhaut spannte an der Stelle. Der Hieb des Naziburschen hatte ihm inzwischen eine Beule eingebracht.

«War zur falschen Zeit am falschen Ort», antwortete Vincent.

Melli Francks Lebensgefährte interessierte ihn. Nachdem Anna und Hamid sein Büro verlassen hatten, zog Vincent seine Tastatur heran und googelte *Karsten Kuhn*. Der derzeit populärste Moderator des WDR, wie es in den Zeitungen hieß.

Tacheles-TV.

Das Foto auf der Webseite zeigte einen Endvierziger mit zurückweichendem dunkelblondem Haar, freundlichem Lächeln und kalten Augen. Kuhn gab jeden Donnerstagabend den Anwalt des Volkes – oder was er darunter verstand.

Vincent hielt den Mann für einen Zyniker und fand es erstaunlich, dass das öffentlich-rechtliche Fernsehen eine angebliche Informationssendung produzierte, die sich mit Krawall und Populismus beim Publikum anbiederte.

Ein paar Klicks weiter landete Vincent auf den Online-Seiten eines Klatschmagazins. Offenbar waren Kuhn und Franck für lautstarke Auseinandersetzungen in der Öffentlichkeit berüchtigt. Mal wurde über Trennung spekuliert, mal Versöhnung vermeldet.

Die beiden besaßen getrennte Wohnungen, die Adresse des Fernsehmoderators befand sich in der Domstadt rund fünfzig Kilometer rheinaufwärts. Vincent musste an seine Beziehung zu Nina denken. Auch sie lebten seit zwei Jahren nicht mehr zusammen. Nachdem sie sich verkracht hatten, war Nina in Brigittes Häuschen auf der anderen Rheinseite eingezogen. Ausgerechnet bei seiner Mutter – Vincent staunte immer noch, wie gut sich die beiden Frauen verstanden.

Eigentlich wäre es praktischer, wenn Nina wieder bei mir wohnen würde, dachte er.

Vincent hörte, wie Dominik sein Telefonat beendete. Dann rief der junge Kollege über den Flur: «Wir haben den Kerl!»

Sie trafen sich zur Dreierrunde am Besprechungstisch in Vincents Zimmer: Dominik, Felix und er.

Junior breitete seine Notizen aus. «Ein gewisser Jens Hannig. Bis vor kurzem Chefkoch im *Greens*. Laut Viktor Krömer, dem Angestellten, mit dem ich gerade gesprochen habe, hat Hannig seine Chefin mehrfach beklaut und Vorräte aus der Kühlkammer auf eigene Rechnung verkauft. Daraufhin hat Melli Franck ihn rausgeschmissen, und er hat sehr emotional auf die Kündigung reagiert.»

«Inwiefern?»

«Drohungen. Das soll so weit gegangen sein, dass Franck Angst vor Hannig hatte.»

«Ist das alles?»

«Am frühen Abend hat die Wirtin Krömer angerufen, weil jemand an der Tür geklopft hatte. Wäre es Hannig gewesen, hätte er umgehend unsere Kollegen verständigen sollen.»

«Behauptet Krömer.»

«Ja.»

«Er soll morgen zur Aussage ins Präsidium kommen.»

«Schon vereinbart.»

«Und weiter?»

«Hannig war's aber nicht, sondern nur ein Gast, der seinen Mantel vergessen hatte. Also falscher Alarm. Die Wirtin hat dann noch eine Weile mit Krömer geplaudert und sich schließlich beruhigt, sagt er.»

«Hat Hannig eine Akte bei uns?»

«Ja. Franck hat ihn wegen des Diebstahls angezeigt.»

Vincent sah Felix an. Der zuckte mit den Schultern.

«Dringender Tatverdacht», insistierte Dominik.

«Hast du Hannigs Adresse?»

«Klar.»

«Okay, Junior, schnapp dir jemanden von der Kriminalwache. Fahrt hin und fühlt dem Koch mal auf den Zahn.»

Dominik und Felix standen auf.

«Gute Arbeit», fügte Vincent hinzu.

Dominik wandte sich um und verneigte sich spöttisch, als überrasche ihn das Lob.

Als Nächstes widmete sich Vincent den weiteren Verbindungsdaten aus dem Handy der toten Wirtin. Ganz oben auf der Liste standen zwei verpasste Anrufe kurz vor neunzehn Uhr – zu diesem Zeitpunkt war Melli Franck bereits niedergeschlagen worden, denn der Notruf war etwas früher eingegangen. Beide Male derselbe Name: *Marie Corinth.*

Kommt mir bekannt vor, dachte Vincent.

Er ging zu Felix hinüber. «Zeig mir noch mal die Abschrift der letzten SMS-Nachrichten.»

Der Kollege schlug eine Akte auf und schob sie über den Tisch.

Marie Corinth: Bin schon da, freu mich auf dich …

Die beiden Frauen hatten sich zur Demo verabredet. Wie er und Nina.

«Gibt es dazu die genaue Uhrzeit?», fragte Vincent.

«Die nennt uns morgen der Netzbetreiber.»

Vincent kehrte in sein Büro zurück und wählte Marie Corinths Nummer.

«Ja, was gibt's so spät?» Eine Stimme, die verschlafen klang, warm und weich. Vincent stellte sich eine üppige Frau vor, Mitte dreißig, dunkelrot geschminkte Lippen. Er wusste, dass er damit wahrscheinlich falsch lag, abgesehen vielleicht vom Alter.

«Frau Corinth?»

«Und wer sind Sie?»

«Vincent Veih, Kripo Düsseldorf.»

«Ist etwas mit Melli?»

«Wie kommen Sie darauf?»

«Sagen Sie mir, was los ist!»

«Können wir uns darauf einigen, dass ich die Fragen stelle und Sie antworten?»

Für ein paar Sekunden war es in der Leitung still.

«Wie kann ich mir sicher sein, dass Sie wirklich von der Polizei sind?»

Nicht dumm, dachte Vincent. Er revidierte sein Bild: ungeschminkt, randlose Brille, das Haar straff zurückgekämmt. Er sagte: «Hören Sie, wir legen jetzt auf, dann wählen Sie die Nummer des Präsidiums. Haben Sie etwas zum Schreiben?»

«Mhm.»

«Acht, sieben und zweimal die Null. Um diese Uhrzeit meldet sich jemand von der Wache unten im Haus. Dann lassen Sie sich mit mir verbinden. Mein Name ist …»

«Veih, ich hab's verstanden.»

Aufgelegt.

Gleich darauf klingelte sein Apparat. So schnell konnte die Frau nicht gewesen sein.

Es war Nina. «Schon die Nachrichten vernommen?»

«Nein.»

«Wir waren fünftausend, nach offizieller Zählung, die anderen nur zweihundert. Die Guten überwiegen also bei weitem.»

«Hoffentlich bleibt das so.»

«Versprich mir, dass du morgen zum Arzt gehst mit deinem Kopf!»

«Ohne wäre es schwierig.»

Sie lachte. Ein leises Tuten, Anklopfgeräusche.

«Sorry, Nina, Arbeit.»

Er drückte sie weg.

«Veih.»

«Corinth.» Die warme Stimme von vorhin, aber ohne Schläfrigkeit. «Stellen Sie Ihre Fragen.»

«Wie ist Ihre Beziehung zu Melli Franck?»

«Wir sind gut befreundet. Sie war mal mit meinem Chef verheiratet. Thorsten Franck, Fondsmanagement und Immobilienentwicklung.»

«Sie haben sich heute SMS-Nachrichten geschrieben. Wann war das?»

«Am frühen Abend, ziemlich genau um sechs Uhr.»

«Wie kommen Sie darauf, Frau Franck sei etwas zugestoßen?»

«Weil sie nicht zur Demo kam. Als ich sie deshalb anrief, ging sie nicht ran. Sonst hat sie ihr Handy stets bei sich. Nicht erreichbar zu sein, ist Melli ein Gräuel.»

«Danke, Frau Corinth, das wär's fürs Erste. In den nächsten Tagen werden wir uns noch einmal melden und einen Termin im Präsidium vereinbaren.»

«Beantworten Sie jetzt meine Frage?»

Vincent holte tief Luft. «Sie haben richtig vermutet. Wir gehen davon aus, dass Ihre Freundin einem Gewaltverbrechen zum Opfer gefallen ist.»

«Nein! War es dieser Koch? In welchem Krankenhaus liegt Melli?»

«Kein Krankenhaus.»

«Ist sie …»

«Frau Franck ist tot, es tut mir leid.»

8

Ein Klopfen schreckte Vincent aus der Arbeit. Dominik schob seinen Kopf durch den Türspalt.

«Hannig sitzt in Gewahrsam», sagte er. «Gib Bescheid, wenn du …»

«Wieso Gewahrsam?», unterbrach ihn Vincent.

«Wir haben ihn festgenommen. Das wolltest du doch.»

«Ich sagte, fühlt ihm mal auf den Zahn. Damit meinte ich keine Zwangsmaßnahme!»

«Ich dachte, du willst ihn vielleicht selbst vernehmen. Immerhin hast du mal ein paar Semester Psychologie …»

«Lass den Scheiß.»

«Warum bist du so sauer?»

«Sag mir, Junior, welchen Grund siehst du für eine Festnahme?»

«Dringender Tatverdacht, Flucht- und …»

«Schwachsinn! Jetzt müssen wir Hannig bis morgen um Mitternacht dem Haftrichter zuführen. Damit stehen wir unnötig unter Druck. Sollten wir nämlich bis dahin keine Beweise gegen den Mann haben, lässt ihn der Richter frei. Und dann ist Hannig gewarnt, kann fliehen, Beweismittel vernichten, sich mit Leuten absprechen, die ihm ein Alibi geben – all das, was du verhindern wolltest. Du hast Mist gebaut, kapierst du das?»

Dominik zuckte mit den Schultern und wirkte beleidigt.

«Hättest du wenigstens noch zwei Stunden mit der Festnahme gewartet», sagte Vincent.

«Wieso?»

«Dann wäre es Dienstag, und es würde genügen, Hannig dem Richter erst am Mittwoch um Mitternacht vorzuführen.»

«Sorry.»

«Um Leiter einer Mordkommission zu werden, musst du noch eine Menge lernen.»

Dominik blickte zu Boden. «Und jetzt?», fragte er störrisch.

«Bring den Kerl her.»

Kaum war Dominik gegangen, klopfte es wieder. Hamid Belhanda, der Neue.

«Wie war's bei Kuhn?», fragte Vincent.

«Der Mann sagt, er war zur Tatzeit in der Redaktion. Er gab uns etliche Namen von Mitarbeitern, die das angeblich bestätigen können.»

«Hat er einen Verdacht, wer es gewesen sein könnte?»

«Da gibt es einen Koch, den seine Freundin entlassen hat.»

«Jens Hannig, ich weiß. Dominik bringt ihn gerade her.»

«Chef?»

«Ja?»

«Dürfte ich dabei sein, wenn du ihn vernimmst? Vielleicht kann ich was lernen. Anna meint, du hättest Psychologie studiert.»

Vincent winkte ab. «Nur vier Semester, dann bin ich zur Praxis zurückgekehrt.»

«Worauf soll ich achten?»

«Körpersprache.»

«Aha.»

«Notier dir die Fragen oder Aussagen, bei denen sich der Verdächtige unwohl fühlt. Es geht dabei nicht bloß um die Mimik. Achte vor allem auf die Füße. Die hat man weniger unter Kontrolle als das Gesicht.»

Vincents Büro füllte sich. Er hatte seine private Pinnwand abgehängt, denn er wollte nicht, dass Hannig sich ablenken ließ oder etwas über ihn erfuhr. Zudem hatte Vincent die Stühle frei im Raum gruppiert. Kein Tisch sollte dem Verdächtigen die Möglichkeit geben, seine Hände ruhig zu stellen, oder den freien Blick auf den Kerl verwehren.

Sie nahmen Platz. Dominik, Hamid, Vincent und der Koch. Jens Hannig war Ende dreißig, groß und massig, kleine Augen hinter geröteten Wangen. Er hielt den Mund leicht geöffnet, die fleischige Unterlippe hing herab. Der Mann strahlte etwas Brutales aus. Vincent fiel es schwer, sich vorzustellen, dass dieser Mann das raffinierte Essen fabriziert hatte, das er mit Nina im *Greens* genossen hatte.

Der Koch hob seine Hände, die mit der Acht gefesselt waren. «Muss das sein?»

«Nicht wenn Sie sich benehmen.» Vincent zeigte ein Lächeln und nickte Dominik zu, der widerwillig die Handschellen aufschloss.

«Ich hab Melli nicht umgebracht», sagte Hannig.

«Nur ein paarmal damit gedroht», erwiderte Dominik.

«Vielleicht fangen wir ganz von vorn an», sagte Vincent, um die Situation zu entspannen. «Wie sind Sie seinerzeit zu Ihrer Anstellung im *Greens* gekommen?»

«Ich sag gar nichts.» Der Koch rieb sich theatralisch die Handgelenke, dann verschränkte er die feisten Arme vor der Brust und warf Dominik einen feindseligen Blick zu.

Vincent ärgerte sich über Dominik. Offenbar hatte der junge Kollege bereits zu viel mit Hannig geredet und ihn in eine Verweigerungshaltung gedrängt.

«Wir wollen doch alle miteinander verstehen, was passiert ist», sagte Vincent.

«Ich hab mit dem Mord nichts zu tun.»

Die Luft im Büro war verbraucht, Hannig roch nach Schweiß. Das Fenster mochte Vincent trotzdem nicht öffnen. Draußen lag die Temperatur beim Gefrierpunkt, und die Heizung im Präsidium lief nachts nur auf Sparflamme.

«Hat mein Kollege Sie schon über Ihre Rechte belehrt?»

«Ja, und ich sag nichts weiter.»

«Komm schon, Hannig», drängte Dominik. «Wir kriegen ohnehin alles raus.»

Vincent warf dem Kollegen einen tadelnden Blick zu. Halt lieber deinen Mund, Junior.

Dominik ignorierte ihn. «Wer soll es denn sonst gewesen sein? Jeder zeigt mit dem Finger auf dich.»

Der Koch wandte sich an Vincent. «Muss ich mir gefallen lassen, dass der Kerl mich duzt?»

«Fakt ist», fuhr Dominik fort, «dass *Sie* Melli Franck bedroht haben.»

«Sie hat *mich* bedroht!» Speichel sprühte von der Unterlippe des Dicken. «Das Miststück wollte mich vernichten. Sie wusste, dass ich vorhab, mich selbständig zu machen, und hat mich nur angezeigt, damit ich keine Lizenz bekomme. Melli wollte verhindern, dass ich ihr Konkurrenz mache. Da war ihr kein Mittel zu absurd!»

«Und dann?»

«Ich will meinen Anwalt sprechen.»

«Um diese Uhrzeit?»

«Ich hab das Recht darauf!» Hannig wurde laut, er lief rot an und zupfte mehrfach an seiner Nase. Vincent fragte sich, ob der Mann unter Drogen stand. Er händigte ihm sein Mobiltelefon aus und hoffte, dass er sich dadurch beruhigen würde.

Der Koch tippte mit seinen dicken Fingern darauf herum und hielt es ans Ohr. Nach ein paar Sekunden verdüsterte sich sein Blick. Nur der Anrufbeantworter, vermutete Vincent. Vor morgen früh wirst du nichts ausrichten.

Der Strafverteidiger-Notdienst wäre auch nachts zu erreichen. Bin ich verpflichtet, dem Kerl die Nummer zu geben? Nein, entschied Vincent.

Er bemühte sich um einen freundlichen Ton. «Herr Hannig, lassen Sie uns die Sache nüchtern betrachten. Zwischen Mord,

Totschlag und fahrlässiger Körperverletzung mit Todesfolge bestehen beträchtliche Unterschiede, gerade auch im Strafmaß. Sie wissen, dass es der Richter positiv wertet, wenn ein Beschuldigter frühzeitig und von sich aus gesteht, bevor Sachbeweise auftauchen, die ihm keine andere Wahl mehr lassen.»

«Fuck!»

«Bitte?»

Hannig zupfte und rieb an seiner Nase. Seine Knie wippten. Adrenalin pur, vermutete Vincent.

«Wenn Sie jetzt nicht mit uns reden, müssen wir Sie über Nacht dabehalten.»

«Ich will den Haftrichter sehen!»

«Das hat Zeit bis morgen Abend.»

Hannig blähte die Backen auf und stieß die Luft aus. Er kratzte sich den Nacken und blickte um sich.

«Darf ich Ihnen einen persönlichen Rat geben?», fragte Vincent. «Sie werden heute Nacht kein Auge zutun, bevor wir uns nicht ausführlich unterhalten haben. Es wird Sie beruhigen, wenn wir offen über alles reden.»

Der Koch sah auf, zusammengekniffene Augen, Abscheu im Blick. «Stecken Sie sich Ihren Rat in den …»

«Werd hier nicht frech, Hannig!», unterbrach ihn Dominik.

Vincent hob die Hand, eine Geste zur Beruhigung. «In Ordnung, Herr Hannig. Wir sprechen uns dann, sobald Sie morgen Ihren Anwalt erreicht haben.» Sie standen auf. «Gute Nacht.»

«Sie mich auch.» Der Mann spuckte auf den Boden.

Dominik baute sich bedrohlich vor ihm auf, Vincent trat dazwischen. Hamid Belhanda schloss die Handschellen um das eine Gelenk des Kochs. Bevor er das andere fassen konnte, hieb Hannig ihm den Ellbogen ins Gesicht und rannte auf den Flur hinaus.

Hamid war zu Boden gegangen.

Vincent kümmerte sich um ihn. Sein Puls war gut zu spüren. Dominik gab den Kollegen der Wache im Erdgeschoss telefonisch Bescheid, damit sie den Flüchtenden am Ausgang abfingen.

Hamid setzte sich auf, sichtlich benebelt. Blut rann aus seiner Nase. «Habt ihr ihn?»

Vincent rannte aus dem Büro. Im Treppenhaus hielt er inne. Keine Schritte zu hören. Er beugte sich über die Brüstung und spähte hinunter. Das Foyer war menschenleer.

Die Pforte am Haupteingang war nachts geschlossen, das Gebäude nur über den Umweg durch die Schleuse der Polizeiwache Bilk zu verlassen.

Als Vincent das Erdgeschoss erreichte, kamen ihm zwei Uniformierte entgegen.

«Falscher Alarm?», fragte der eine.

«Im Gegenteil. Der Mann ist mordverdächtig und hält sich irgendwo im Gebäude auf, falls ihr ihn nicht rausgelassen habt.»

«Hier kam keiner durch die Tür. Nicht in der letzten halben Stunde.»

Etwa ein Dutzend Beamte durchkämmte die Festung vom Keller bis zum Dach. Die meisten Büros waren abgeschlossen, was die Arbeit erleichterte. Sie gingen möglichst systematisch vor, damit sich Hannig nicht in ihren Rücken schleichen und in einem Raum verstecken konnte, den sie bereits durchstöbert hatten. Ganz ließ sich das jedoch nicht ausschließen, denn der Altbau aus den dreißiger Jahren des vergangenen Jahrhunderts verfügte über mehrere Flügel und Treppenhäuser.

Hamid war längst wieder auf den Beinen. Er lehnte Vincents Aufforderung ab, sich ins nächste Krankenhauses fahren zu lassen, und half stattdessen bei der Suche. Gegen die Blutung hatte er sich Klopapier in die Nase gestopft.

Mehrere Male gab es falschen Alarm. Der vermeintliche Gesuchte entpuppte sich jeweils als ein Kollege der Suchmannschaft.

Als Vincent ins Erdgeschoss zurückkehrte, traf er wieder auf Hamid, der seine Nase betastete. «Der Typ kann sich doch nicht in Luft aufgelöst haben! Wo sollen wir jetzt noch suchen?»

«Du solltest dich röntgen lassen.»

«Mir geht's gut.»

«Mit einem Gehirntrauma ist nicht zu spaßen. Doppelbilder sind ein Symptom. Kribbeln und Lähmungserscheinungen. Kopfschmerzen, Müdigkeit.»

«Ich hab nichts von alledem. Halb so wild. Wirklich, Chef.»

«Du und dein Lerneifer.»

«Hannigs Vernehmung lief nicht so, wie du sie dir vorgestellt hast.»

«Das kannst du laut sagen.»

«Warum hast du Dominik nicht unterbrochen?»

«Der Verdächtige darf nicht das Gefühl bekommen, er könnte uns auseinanderdividieren. Das Klischee vom guten und vom bösen Cop funktioniert nur in ganz bestimmten Fällen.»

«Beim Staatsschutz haben wir uns nie Gedanken über Vernehmungstaktik gemacht.»

«Da werden doch auch Leute befragt, oder nicht?»

«Doch, aber das läuft nicht gerade subtil ab. Da werden die Leute nach Schema F abgefragt und in Schubladen gesteckt: links, rechts, Salafist.»

«Du blutest wieder. Willst du nicht doch zum Arzt?»

Hamid verschwand auf der Toilette. Nach wenigen Sekunden riss er die Tür wieder auf.

«Vincent!»

Das Fenster, das nach hinten ging, war aus mattem Glas, nur das obere Segment ließ sich kippen. Die untere Scheibe war zertrümmert. Vincent trat an die Öffnung. Die Scherben lagen draußen. Ebenso die Abdeckung eines Spülkastens, ein altes, schweres Ding aus Keramik. Ein kleiner Fetzen Stoff hing an einer Zacke im weiß lackierten Holzrahmen – er stammte von Hannigs Kleidung, da war sich Vincent sicher.

Draußen erstreckte sich die Baustelle für den Erweiterungstrakt, die seit Monaten stillgelegt war, weil ein Gericht Fehler im Ausschreibungsverfahren festgestellt hatte. Leere Wohncontainer, zerfurchte Erde, eine unvollendete Grube für die Tiefgarage.

Im schwachen Licht der umstehenden Laternen erkannte Vincent Schuhspuren im Matsch. Sie führten zu einer Lücke im Bauzaun.

Wir kriegen dich trotzdem, dachte Vincent.

2011 – EISENACH

9

▼

Freitag, 4. November

Egon Stralke sagte leise seine Einkaufsliste auf, während er die mit Graffiti besprühte Unterführung durchquerte. Milch nicht vergessen, schärfte er sich ein.

Stralke erreichte den Parkplatz einer stillgelegten Diskothek. Ein weißes Wohnmobil parkte hier, wo er sonst nie ein Auto bemerkt hatte, jedenfalls nicht in letzter Zeit. *Sunlight* stand auf dem Alkoven, der sich wie eine Beule über die Fahrerkabine wölbte. Das klang nach Sommer und Urlaub am Meer.

Was mochte das «V» auf dem Nummernschild bedeuten?

Auswärtige Personen, keine Frage. Was wollten die hier?

Als Stralke fast auf gleicher Höhe war, höchstens zehn Meter entfernt, rasten zwei Radfahrer heran. Sie stiegen ab, schlanke Burschen. Rasch verstauten sie die Räder im Heck des Wohnmobils, dann stiegen sie ein, der eine auf der Beifahrerseite, der andere riss die Tür dahinter auf und schwang sich ins Innere. Im gleichen Moment fuhr das große Auto auch schon los. Reifen drehten durch, Staub wirbelte hoch.

Die haben es aber eilig, dachte Stralke.

Über die Feuerwehrzufahrt erreichte er den Lidl-Supermarkt. Drinnen steuerte Stralke das Kühlregal an. Frischmilch war aus, H-Milch wollte er nicht. Deshalb beschwerte er sich bei einer Verkäuferin. Dann packte er ein paar andere Dinge in seinen Korb: Bananen, Butter, Quark.

Beim Anstehen an der Kasse fiel ihm ein, wofür das «V» stand. Die grauen Zellen funktionierten noch. Geschult im jahrzehntelangen Dienst bei den Grenztruppen der Deutschen Demokratischen Republik. Und durch das regelmäßige Lösen der Kreuzworträtsel in der *Super-Illu*.

Vogtlandkreis – im Südwesten von Sachsen.

Draußen fiel Stralke ein Streifenwagen auf. Zwei Uniformierte redeten mit einer Lidl-Kundin, die vor ihm den Markt verlassen hatte. Neugierig gesellte sich Stralke dazu.

«Haben Sie zwei Männer mit Fahrrädern gesehen?», fragte der ältere Polizist.

Die Frau schüttelte den Kopf.

«Mittelgroß, sportlich, Jogginghosen und Kapuzenjacken, hier vor ein paar Minuten?»

«Nein, echt nicht.»

«Aber ich», sagte Stralke. Sofort wandten sich die Uniformierten ihm zu. Ihren Gesichtern konnte er ablesen, dass es um etwas Wichtiges ging. Womöglich wird jemand gesucht, und mir steht eine Belohnung zu, dachte er freudig.

Er stellte die Einkaufstüte ab und begann mit großen Gesten zu berichten. Schneeweißes Wohnmobil, *Sunlight*, V wie Vogtlandkreis. Dort drüben müssten noch die Spuren auf dem dreckigen Asphalt zu erkennen sein. Hohes Tempo in Richtung Norden – Stralke zeigte zur Hauptstraße hinüber.

Die Polizeibeamten notierten seinen Namen, bedankten sich und schritten rasch zu ihrem Fahrzeug.

«Was haben die Kerle denn ausgefressen?», rief Stralke ihnen hinterher.

2015 – DÜSSELDORF

10

▼

Dienstag, 1. Dezember

Oliver Bischoff, der Juniorchef, empfing Ronny an der Rampe, das Klemmbrett mit den Touren in der Linken. Braun gebrannt, das Haar fiel ihm in Locken auf den Kragen – Ronny fragte sich, ob das Natur war oder Minipli.

«Wie heißt du noch mal?» Olivers Atem dampfte in der kalten Morgenluft. Im Unterschied zu gestern war der Himmel klar.

«Ronny Vogt.»

Händeschütteln. «Man riecht gar nicht, wo du die letzten Wochen gearbeitet hast.»

«Hab 'ne Waschmaschine.»

«Fritten braten ist auf Dauer nicht so prickelnd, oder?»

«Geht so.»

«Die Leute in den Imbissbuden nennen wir ‹die Fettigen›. Aber denen, die was draufhaben, bieten wir eine Aufstiegschance. Und wenn ich Aufstieg sage, dann meine ich das auch so.»

«Okay.»

«Hast du was drauf?»

«Kommt darauf an.»

«Wir brauchen jemanden, der notfalls auch mal zulangen kann, wenn du verstehst, was ich meine.»

Ronny rieb sich über den Bart. «Aber was wird Dennis dazu sagen?»

«Ich bin hier der Oberboss.»

«Okay.»

«Dennis ist dein Boss, aber ich bin sein Boss. Er ist letztlich auch nur ein Fettiger. Außerdem ist er ein Nazi, und da ist mein Vater empfindlich. Bist du ein Nazi?»

«Nein.»

«Warum hat Dennis dich dann eingestellt?»

«Kenn ihn von früher.»

«Also doch ein Nazi.»

«Das war einmal. Jetzt nicht mehr.»

«Du lügst mich doch nicht an, oder?»

«Nein.»

«Wer mich einmal anlügt, wird das sein Leben lang bereuen. Und wenn ich sage, sein Leben lang, dann meine ich das auch so.»

Ronny schwieg. Oliver musste seine Entscheidung ganz alleine treffen. Falls Ronny sich aufdrängte, würden die Bischoffs ihm sofort misstrauen.

«Du bist kein Mann vieler Worte», sagte Oliver schließlich. «Das mag ich.»

«Danke.»

«Du kommst aber nicht aus dem Rheinland.»

«Thüringen.»

«Hört man.» Ein langer prüfender Blick. «Ronny.»

«Ronny Vogt.»

«Okay.» Oliver gab ihm das Klemmbrett.

Ronny bemühte sich, keine Erleichterung zu zeigen. Aufnahmeprüfung bestanden, dachte er, zumindest den ersten Teil.

Er blätterte die Touren durch. Ohne die Bestellzettel zu zählen, schätzte er, dass es sechzehn waren – für die Hälfte aller Imbissbuden, die den Bischoffs gehörten und die er an diesem Tag gemeinsam mit dem Seniorchef beliefern würde. Ronny schnappte sich eine Sackkarre und wollte mit dem Beladen des Transporters beginnen.

«Es kommt auf die richtige Reihenfolge an», sagte Oliver und wippte auf den Zehen.

Ronny hielt inne. «Logisch.»

«Welche Bude werdet ihr also zuerst anfahren? Die nächste oder die entfernteste?»

«Die nächste», antwortete Ronny.

«Und warum?»

«Weil ... weil wir dann nicht die längste Strecke voll beladen umherfahren. Das spart Treibstoff.»

Oliver schlug ihm auf die Schulter. «Kluger Mann. Hab ich sofort gemerkt.»

Knut Bischoff, der Senior, kam aus dem Haus.

Er wirkte sehnig, dünner und kleiner als sein Sohn. Ein Daunenanorak schlotterte um seine Schultern. Braun gebrannte Glatze, Reste weißer Haarstoppeln an Schläfen und Hinterkopf. Er humpelte und verzog das Gesicht, als schmerze ihn etwas. Dabei zeigte er mit dem Finger auf Ronny. «Wer ist das?»

«Ronny, der Neue. Arbeitet bei Dennis.»

«Ich schaff das allein. Ich hab das immer allein geschafft.»

«Da waren es noch nicht so viele Touren. Und du warst noch keine fünfundsechzig. Komm schon, Paps, lass uns nicht streiten. Ronny wird dir eine Hilfe sein. Er ist schlauer, als er aussieht.»

Oliver gab Ronny einen Stoß in die Seite und lachte. Dann steckte er seinem Vater einen Gegenstand zu, der in einen blauen Stoffbeutel gehüllt war.

«Das Ding brauch ich auch nicht», knurrte der Seniorchef.

«Keine Diskussion.»

Knut Bischoff warf den Beutel ins Handschuhfach und schloss die Klappe mit einem Schlag seiner Faust. Er wandte sich an Ronny. «Wie war noch mal dein Name?»

«Ronny Vogt.»

Der Alte nickte und warf einen Seitenblick auf Oliver.

Ronny wusste, dass er nur geduldet war, längst nicht akzeptiert.

Raureif hielt sich auf den Dächern, die Morgensonne war zu schwach, um die Luft zu erwärmen, der erste winterliche Tag des Jahres. Sie kreuzten durch das nördliche Umland Düsseldorfs: Meerbusch, Krefeld, Moers. Bischoffs Imbissbuden standen zumeist außerhalb der Innenstädte auf Parkplätzen von Möbelhäusern und Gartencentern, großen Supermärkten und Schulen, an S-Bahn-Stationen oder Rasthöfen in Autobahnnähe. Sie lieferten Getränkepaletten und Lebensmittel: Würstchen in Dosen, Speiseöl in Kanistern, Kartoffelsalat in Plastikeimern, Kleinkram in Kisten und Schachteln.

Zuerst fuhr der Seniorchef selbst, doch bereits nach der ersten Station fand er Gefallen daran, sich kutschieren zu lassen. Allmählich taute er auf.

«Freund von Dennis?»

«Ja.»

«Auch ein Faible fürs Dritte Reich?»

«Die Phase hab ich hinter mir.»

«Das will ich hoffen, Mann. Nazis kann ich nicht ab. Meinen Vater haben sie ins KZ gesteckt, weil er Sozi war und das Maul nicht halten konnte.»

«Verstehe.»

«Als Dennis den Laden in Eller übernommen hat, war ihm der Nazi nicht anzusehen. Ich hätte ihn längst rausgeschmissen, aber Oliver meint, dass der Kerl passable Umsätze einfährt.»

Ronny deutete auf das Dach der Fahrerkabine, wo in einer Halterung ein Baseballschläger klemmte. «Werden wir den brauchen?»

«Nein, aber mein Sohnemann ...» Bischoff zögerte.

«Ja?»

«Weißt du, Oliver ist eben vorsichtig. Er meint es gut mit mir.»

Sie gelangten nach Duisburg-Rheinhausen und hielten an der nächsten Bude. Während Ronny die Bestellung auslud, kassierte der Alte die Tageseinnahmen. Drei Türken arbeiteten hier, ihr Vorarbeiter hieß Mehmet. Ronny ließ sich die Lieferung abzeichnen und nahm die Bestellung für den nächsten Tag entgegen.

Knut Bischoff kam aus der Küche gestürmt. In jeder Hand trug er eine Literflasche Cola – die falsche Marke. Er schleuderte sie gegen die Wand, dass die Bude wackelte und ein gerahmtes Foto der Hagia Sofia zu Boden krachte.

«Was soll das? Denkt ihr, ich krieg's nicht mit, wenn ihr auf eigene Faust Geschäfte macht? Mehmet, hältst du mich für blöd, oder was?»

«Nein.» Der Mann blickte auf seine Schuhspitzen.

Bischoff gab ihm eine Ohrfeige.

«Haben dich deine nichtsnutzigen Cousins dazu angestiftet?»

Mehmet hielt sich die Wange. Der Alte schlug ihm blitzschnell auf die andere.

«Sagt mir, was ich mit euch machen soll, verdammte Saubande!»

Ronny beobachtete, wie sich einer der beiden Cousins einer offenen Schublade zuwandte. Als sich der Mann wieder umdrehte, hielt er ein Küchenmesser in der Hand und stürzte damit auf Bischoff zu.

Ronny packte ihn am Unterarm und warf ihn mit einer Drehung zu Boden. Er trat mit Wucht auf die Faust, Knochen knackten, der Türke schrie auf. Die Finger hatten sich vom Griff gelöst. Ronny kickte das Messer in die andere Ecke.

«Packt eure Sachen», befahl Bischoff fast tonlos. «Ich will euch nie wieder sehen.»

Die drei Männer gehorchten. Sie fuhren mit einem alten BMW davon. Bischoff schloss die Bude ab und stapfte zum Fahrzeug. Ronny verstaute die Sackkarre und gurtete sie fest. Dann kletterte er auf den Fahrersitz.

«Nicht schlecht», sagte Bischoff. «Wo lernt man das, Bundeswehr?»

«Hab 'ne Weile Kampfsport gemacht.»

Bischoff sah auf seine Armbanduhr, eine goldene Rolex. «Wir haben Zeit verloren. Hat Oliver mit dir das Thema Überstunden besprochen?»

Ronny nickte.

«Wir fahren jetzt zum Duisburger Zoo», sagte der Seniorchef. «Dort arbeitet noch so ein Kandidat, den ich in Verdacht habe.»

11

Vincent hatte kaum vier Stunden geschlafen, die Müdigkeit steckte ihm in den Gliedern. Er warf die Espressomaschine an – die erste Tasse des Tages. Er goss einen Schuss H-Milch in den Kaffee, damit er nicht so heiß war, nahm einen Schluck und leerte die Tasse mit dem zweiten.

Er überflog die *Morgenpost*, die er ins Büro mitgebracht hatte. In Dresden waren nach Zählung der dortigen Kollegen zwanzigtausend Menschen dem Aufruf der fremdenfeindlichen Pegida gefolgt. Vincent hatte die Fernsehbilder der vergangenen Wochen vor Augen: *Wir sind das Volk, Deutschland den Deutschen* – eine Stimmung wie zu Beginn der Neunziger, als der Mob in Rostock randalierte und die Polizei Ausländer unter dem Jubel der Bevölkerung aus Hoyerswerda evakuierte.

Vincent griff nach der heutigen Ausgabe des *Blitz*. Sein Mordfall hatte es im Boulevardblatt auf die Titelseite geschafft. Übergroße Lettern: *Blutbad im ‹Greens›: Promi-Wirtin Melli Franck ermordet.*

Die erste Besprechung der Mordkommission hatte Vincent auf den späten Vormittag angesetzt. Zuvor sollten seine Mitarbeiter die Liste des Restaurantpersonals möglichst weit abarbeiten, die Leute ausfindig machen, erste Befragungen anstellen, sich ein Bild machen. Vincent wollte sich unterdessen um die nötige Verstärkung kümmern. Mordfälle mit unbekannten Tätern erforderten mehr Ermittler, als in seiner Dienststelle verfügbar waren.

Auch wenn alles auf Jens Hannig, den flüchtigen Exküchenchef, als Täter hindeutete – es gab zahlreiche Spuren und Hinweise zu bearbeiten, und mit jeder Antwort würden sich neue Fragen auftun. Dafür stand ein Pool erfahrener Kollegen aus anderen Kommissariaten zur Verfügung. Vincent telefonierte, schrieb E-Mails und hoffte auf das Einverständnis der jeweiligen Dienststellenleiter, die nur ungern ihre besten Leute abgaben, und sei es auch nur für beschränkte Zeit.

Nach Hannig wurde unterdessen im gesamten Bundesland gefahndet. Sämtliche Polizeidienststellen waren mit seinem Porträtbild versorgt worden. Die Kollegen auf den Straßen wussten Bescheid. Bahnhöfe und Flughäfen wurden überwacht.

Seine Frau war bereits befragt worden. Angeblich war der Koch in der Nacht nicht zu Hause aufgetaucht. Sein Fahrzeug fehlte, ein schwarzer Mazda.

Vincent knöpfte sich gähnend die Umlaufmappe vor, um zu erfahren, was die übrigen Polizeidienststellen beschäftigte.

Die gestrige Demonstration war bis auf einen Zwischenfall friedlich verlaufen. Eine Festnahme, Vincents Name wurde nicht erwähnt. Zwei Beamte seien verletzt worden – damit bin wohl nicht ich gemeint, dachte er.

Vor einer Flüchtlingsunterkunft im Stadtteil Oberbilk hatte ein Grüppchen Rechter Feuerwerkskörper gezündet. Aufgeschreckte Bewohner riefen die Polizei zu Hilfe, die den Haufen vertrieb. Keine Festnahmen.

Kurz darauf hatten unbekannte Täter an der Hammer Straße im Medienhafen einen Molotow-Cocktail durch das Fenster eines koreanischen Restaurants geschleudert, das zu diesem Zeitpunkt bereits geschlossen hatte. Zum Glück war die Flasche nicht zerbrochen, das Benzin nicht entflammt. Kripokollegen der Wache Bilk vermuteten Schutzgelderpressung oder eine Racheaktion im koreanischen Gangstermilieu.

Vincent fragte sich, warum der Fall nicht bei ihm gelandet war. Man konnte durchaus Mordversuch unterstellen, denn in den Etagen über dem Restaurant befanden sich Wohnungen. Es hätte Tote geben können – wer hier einen Brandsatz warf, nahm das in Kauf. Vincent wollte die Sache in der nächsten Konferenz der Kommissariatsleiter ansprechen.

Sein Handy vibrierte. Eine SMS, abgeschickt von Samy Bräutigam vom KK22 – Drogenfahndung und Organisierte Kriminalität.

Vincent war sofort hellwach.

Eine Melli Franck ist uns bekannt. BTM.

Die Abkürzung stand für das Betäubungsmittelgesetz. Besser gesagt, für Verstöße dagegen.

Die Kollegen vom Rauschgift saßen ein Stockwerk höher auf der dritten Etage. Vincent war bereits aufgesprungen, als sein Telefon klingelte. Auf dem Display erkannte er die Durchwahlnummer von Kriminaloberrat Thann – Leiter der Kriminalinspektion eins und Vincents unmittelbarer Vorgesetzter.

Du musst warten, beschloss Vincent.

Er verließ sein Büro und eilte nach oben.

Samy Bräutigam war ganz in Blau gekleidet, Jeans und ein dicker Pullover, der wie selbstgestrickt aussah. Vor ihm dampfte Tee in einem Keramikbecher. Er wühlte hektisch in den Papierstapeln auf seinem Tisch. «Nimm Platz, Vincent.»

Auch auf dem Besucherstuhl türmten sich Akten. Vincent räumte sie beiseite. «Und?», fragte er.

«Einer unserer Kunden hat dein Mordopfer belastet. Erst vor wenigen Wochen.»

«Rauschgift?»

«Ja, Frau Franck soll ihm das Zeug verkauft haben.» Endlich fand er, was er gesucht hatte. «Hab dir ein paar Kopien gemacht.»

«Wer ist dieser Kunde?»

«Steht alles drin. Ein Kleindealer, der uns Ende Oktober ins Netz gegangen ist. Er hat seine Chefin belastet. Sie soll ihn mit Crystal Meth versorgt haben.»

«Seine Chefin?»

«Ja, der Mann ist Kellner im *Greens*, zumindest hilft er an Wochenenden dort aus.»

Vincent pfiff durch die Zähne. «Erzähl mir mehr. Ich habe jetzt nicht die Zeit, das ganze Material zu studieren.»

«Crystal Meth. In den letzten Jahren sind wir im Rheinland vermehrt darauf gestoßen. Und zwar nicht bloß auf den üblichen Stoff, sondern in Pillenform, rund und weiß wie Aspirin. Der Typ heißt Toni, eigentlich Anton, Gogalla.»

«Ist er auf freiem Fuß?»

«Na klar. Das bisschen, was wir bei ihm gefunden haben, interessiert den Staatsanwalt erst gar nicht. Aber wir hatten gehofft, über ihn und die Wirtin an die größeren Fische zu kommen. Vielleicht auch an den Hersteller. Aber da hat uns der Mord wohl einen Strich durch die Rechnung gemacht.»

«Hat Gogalla einen Kollegen namens Jens Hannig erwähnt?»

«Hannig?»

«Hat im *Greens* gekocht.»

«Nein, der Name sagt mir nichts. Aber ich hör mich mal bei den Kollegen um. Musst du sonst noch etwas wissen?»

«Crystal kenn ich bis jetzt nur aus *Breaking Bad*.»

«Die Chemiker nennen es Methamphetamin oder Pervitin. Im Krieg haben es die Soldaten geschluckt. Gegen die Angst und um wach zu bleiben. Panzerschokolade oder Hitler-Speed.»

«Wie nett.»

«Es ist vergleichsweise billig, wir nennen es Koks für Arme. Du vergisst zu essen und zu trinken und bleibst tagelang wach. Die einen haben Sex wie die Karnickel, die anderen werden aggressiv. Oder malochen wie unter Strom. Den Kater danach bekämpfst du mit der nächsten Dosis, und aus dem Teufelskreis kommst du nicht mehr raus. Der Scheiß macht dich fertig.»

«Habt ihr eine Ahnung, wer die ‹größeren Fische› sind?»

«Schön wär's. Das übliche Zeug, was man raucht oder spritzt, stammt meistens aus tschechischen Hinterhof-Labors und wird über die Vietnamesenmärkte an der Grenze nach Bayern und Sachsen verkauft. Hat sich mit sagenhaften Zuwachsraten zur Nummer zwei entwickelt, gleich hinter Cannabis.»

«Und die Pillen, die ihr bei dem Kellner gefunden habt?»

Samy breitete die Arme aus. «Wir stehen im engen Austausch mit anderen Behörden. Das Landeskriminalamt koordiniert die Arbeit. Sie versuchen seit Monaten, einen verdeckten Ermittler zu installieren, aber du weißt, wie lange das dauern kann.»

«Danke, Samy.» Vincent hob den Hefter mit den Kopien. «Dann werden wir uns diesen Toni …»

«Gogalla.»

«… mal vorknöpfen.»

«Hältst du mich auf dem Laufenden?»

«Ich hab eine viel bessere Idee. Unsere Mordkommission braucht Verstärkung. Und jetzt, wo wir eine Drogenspur haben …»

«Wenn mein Kommissariatsleiter einverstanden ist.»

«Darum kümmere ich mich.» Vincent verabschiedete sich.

London Calling – auf dem Weg zum Treppenhaus griff er nach seinem Handy und nahm den Anruf an.

Möchtegern-MK-Leiter Dominik Roth meldete sich. Anna hatte ihn ins rechtsmedizinische Institut geschickt.

«Was gibt's, Junior, ist die Obduktion schon beendet?»

«Nein, ich musste nur mal kurz an die frische Luft.»

«Wer führt sie durch?»

«Professorin Michels.»

«Die Institutsleiterin selbst? Grüß sie von mir.» Vincent betrat sein Büro und schaltete die Espressomaschine wieder ein. «Also, was hast du zu berichten, Junior?»

«Die Tatwaffe könnte ein handelsüblicher Hammer gewesen sein. Aufschlagfläche zwei mal zwei Zentimeter. Der Täter hat sechs Mal mit großer Wucht zugeschlagen.»

«Sechs Mal?»

«Die Professorin meint, es sei ein Wunder, dass Melli Franck vor dem Eintritt des Todes noch die Leitstelle anrufen konnte. Und jetzt kommt's, Chef: Der Täter hat das Opfer auch noch vergewaltigt. Ziemlich widerlich, oder?»

Vincent erinnerte sich an die Handyfotos vom Tatort und der Leiche. Die verrutschte Hose. Die offene Bluse. Wer vergeht sich an einer Sterbenden?

«DNA?», fragte Vincent.

«Jede Menge. Hannig hat zwar ein Kondom benutzt und hält sich deshalb vermutlich für schlau, aber Fabris Leute haben reichlich Hautschuppen und Haare gesichert. Dürfte nicht schwer sein, sie dem Koch zuzuordnen.»

«Falls er es war.»

«Klar war er es. Warum ist er sonst abgehauen? Hannig ist ein verdammter Perverser, wollen wir wetten?»

12

▼

«Asiate», sagte Knut Bischoff, als sie von der Mülheimer Straße auf den Parkplatz abbogen.

Die mobile Imbissbude, ein weißer Anhänger mit hochgeklapptem Fenster, stand unter fast schon kahlen Bäumen am anderen Ende, wo der Fußweg zum Haupteingang des Zoos begann. Die Frontseite war mit Tafeln behängt, auf denen Fotos das Speisenangebot abbildeten. Ein junges Pärchen stand davor, überlegte es sich anders und ging. Eine Familie rückte an, vier gleiche blaue Wollmützen, deckte sich mit Cola ein und bezahlte.

«Macht von Woche zu Woche weniger Umsatz», erklärte der Seniorchef. «Da stimmt was nicht. Am Wetter kann's nicht liegen. Ich bin mir sicher, der verarscht uns.»

«Noch ein Messerstecher?»

«Nein, im Grunde ganz friedlich. Aber bei dem Typen weißt du nie, woran du bist.»

«Was soll ich tun?»

«Bestell dir etwas, worauf du Appetit hast. Und wenn du bezahlst, passt du auf, ob der Kerl den Betrag in die Kasse eintippt oder ob er das Geld in der Hosentasche verschwinden lässt.»

Ronny stieg aus und ging hinüber. Er musste daran denken, dass sie früher jeden Asiaten als «Fidschi» bezeichnet hatten, er und seine Kumpels. Jena, kurz vor der Wende. Sie hingen im *Winzerclub* ab und klopften rechte Sprüche, um ihre Abneigung gegen das SED-Regime zu demonstrieren.

Er bestellte gebratenen Reis mit Hühnchen zum Mitnehmen. Der Asiate, der allein arbeitete, machte einen höflichen und beflissenen Eindruck. Das Essen kam in einer Styroporschachtel, der Verkäufer legte Plastikbesteck und Serviette dazu und packte alles in eine Papiertüte.

«Darf ich fragen, woher Sie stammen?», sprach Ronny ihn an.

«Mekong-Delta, wieso?»

«Nur so.» Tausende von Kilometern von den Fidschi-Inseln entfernt, überlegte Ronny.

«Ein Getränk?»

«Nein, danke.»

«Macht dann fünf fünfzig.»

Ronny streckte ihm einen Zehner hin. Der Mann lächelte, ließ den Schein verschwinden und kramte in seiner Hosentasche, um das Wechselgeld abzuzählen.

«Tu das nicht», sagte Ronny leise.

Der Vietnamese zuckte zusammen und wurde bleich. Er legte die Handflächen zusammen und deutete eine knappe Verbeugung an, zwei-, dreimal. Dann öffnete er die Kasse und legte den Zehner ins Fach.

Ronny blickte sich zu seinem Chef um. Von dem Transporter war hinter einer Reihe parkender Autos nur die Front zu erkennen. In der Windschutzscheibe spiegelten sich die aufziehenden Wolken.

«Bitte nichts verraten!», flehte der Mann aus dem Mekong-Delta.

«Mach das nie wieder.»

«Nichts verraten, nichts verraten, bitte schön!»

Ronny strich das Wechselgeld ein.

Dann fragte er: «Hast du Stoff?»

«Bitte?»

«Kannst du mir Tabletten verkaufen?»

«Was für Tabletten?»

«Vergiss es.»

Er kehrte mit der Tüte zurück, aus der es nach Fleisch und Knoblauch roch, und setzte sich hinters Steuer. Der Vietnamese starrte quer über den Platz herüber.

«Warum isst du nichts?», fragte Bischoff.

«Kein Hunger.»

«Dann gib her.» Der Seniorchef riss die weiße Papiertüte auf und machte sich über den Inhalt der Styroporschachtel her. Mit vollem Mund fragte er: «Hat er sich in die Hosen gemacht?»

«Ich denke, er weiß jetzt Bescheid.»

«Von den Fettigen braucht dir keiner leidzutun. Dem Nächsten, der uns bescheißt, frittierst du die Hand, bis sie knusprig ist. Das ist die Sprache, die sie verstehen.»

«Wie wär's mit 'ner Kamera?», fragte Ronny.

«Bitte?»

«Schon mal dran gedacht, die Angestellten mit Videotechnik zu überwachen?»

«Sicher.»

«Wer sich beobachtet fühlt, spurt.»

«Oliver will keine Kameras.»

Nachdem Bischoff aufgegessen hatte, stieg er aus, warf die Abfälle in den nächsten Papierkorb und humpelte zum Pinkeln hinter die Sträucher am Rand des Parkplatzes.

Ronny beugte sich zum Handschuhfach vor und holte den Stoffbeutel heraus. Schwarz auf blau der Werbeaufdruck einer Buchhandlung. Der Inhalt war handlich, aber schwer. Bevor Ronny den Beutel öffnete, wusste er schon, worum es sich handelte.

Die Pistole war aus schimmerndem Stahl, schwarze Griffschalen, ein Magazin für acht Patronen. Neun Millimeter, schätzte Ronny. Rasch stopfte er das Ding wieder in das Fach zurück und schloss die Klappe.

Der Alte kehrte zurück. Ächzend nahm er Platz und kniff für einen Moment die Augen zu. Dann starrte er Ronny an, als nehme er seine Anwesenheit zum ersten Mal wahr.

Regentropfen fielen auf die Scheibe. Die Sonne hatte sich verzogen. Ronny startete den Motor und schaltete die Wischer auf Intervall.

«Was ist mit Dennis?», fragte Bischoff.

«Bei ihm wird alles ehrlich in die Kasse getippt.»

«Wenn ich nur ein Hakenkreuz in seiner Bude entdecke», brummte Bischoff, «dann fliegt der Kerl. Sag ihm das, Mann. Mit dem Nazi-Scheiß vergrault er uns nur die Kundschaft.»

«Fahr ich morgen nicht wieder mit Ihnen?»

«Nein, vorerst nicht. Ich glaube, ich brauche doch noch etwas Erholung, bevor ich wieder auf Tour gehe.»

Mist, dachte Ronny. Bei den Fettigen komme ich nie an mein Ziel.

13

▼

Vincent klopfte und betrat Annas Büro.

«Hab ich so etwas wie ‹Herein› gesagt?», fragte sie unwirsch. «Und was guckst du mich so an?»

«Ich frag mich, wie du auf diese Frisur gekommen bist. Und die Farbe …»

«Der Chef ist mal wieder besonders charmant.»

«Nimm's mir nicht übel, aber bist du dir sicher, dass Blond dir steht?»

«Mach, dass du rauskommst!»

«Zuerst erzählst du mir, wie Karsten Kuhn gestern Abend auf dich gewirkt hat.»

«Der Mann hat ein Alibi.»

«Überprüft das gut. Einen Promibonus gibt's nämlich nicht.»

«Ist klar, Chef.»

«Und am Donnerstagabend moderiert er seine nächste Show, trotz des Mordes an seiner Freundin?»

«Ich nehme an, die Sendung ist zu groß, um sie einfach abzusagen.»

«Wie hat er die Nachricht aufgenommen?»

«Rate mal. Wie würdest du denn reagieren? Natürlich hat es ihn tief erschüttert. Über den Krach mit Hannig wusste er Bescheid. Der Koch ist der Einzige, der in seinen Augen als Täter in Frage kommt.»

«Und wie wirkt er sonst?»

«Netter Typ, viel freundlicher als im Fernsehen.»

«Hat dich beeindruckt, was?»

«Jedenfalls ist er deutlich charmanter als du.»

«Danke schön.»

«Bist du jetzt eifersüchtig?»

«Weshalb ich gekommen bin: Erstens hat der Täter Melli Franck laut Obduktion mit einem Hammer niedergeschlagen und vergewaltigt.»

«Meine Güte.»

«Wir sollten in Betracht ziehen, dass er schon einmal mit einem Sexualdelikt in Erscheinung getreten sein könnte.»

«Und zweitens?»

«Es gibt einen Aushilfskellner des *Greens*, der mit Crystal Meth erwischt wurde und behauptet, Melli Franck hätte es ihm verkauft. Also eine Spur ins Drogenmilieu.»

«Ich dachte, Hannig war einfach sauer, weil seine Chefin ihn rausgeschmissen hat!»

«Noch haben wir keinen Beweis gegen Hannig.»

Anna stand von ihrem Stuhl auf. «Wir sollten Viktor Krömer mit der Drogengeschichte konfrontieren. Er gehört zum Personal des …»

«Ich weiß, wer Krömer ist.»

Sie öffnete die Tür. «Sitzt gerade in der Vernehmung bei Bruno oder Felix.»

Sie fanden die beiden Kollegen im Besprechungsraum, wo sie mit Krömer redeten. Der Angestellte des *Greens* war der Letzte gewesen, mit dem Melli Franck vor dem Überfall telefoniert hatte. Von ihm hatten sie gestern Abend auch den ersten Hinweis auf Hannig erhalten.

Bruno Wegmann stellte Vincent und Anna dem *Greens*-Mitarbeiter vor. Felix May saß mit verschränkten Armen da und sagte kein Wort – offensichtlich gefiel es ihm nicht, dass sein Chef und die MK-Leiterin in seine Vernehmung platzten.

Sie gaben Krömer die Hand. Der Mann war etwa fünfzig, schmächtig und klein, die Nase lang und schmal, die Augen traurig, obwohl er lächelte. Krömer deutete eine Verbeugung an – ein Mensch, der es den Leuten recht machen will, dachte Vincent.

«Wir wollen nicht stören, nur eine Frage.»

Bruno nickte und strich sich über den kahlen Schädel. Felix zog die Stirn kraus.

«Herr Krömer, wurde im *Greens* mit Drogen gehandelt?», fragte Vincent.

«Bitte?» Sein Blick wurde unruhig und wich aus. «Damit hab ich nichts zu tun.»

«Das habe ich auch nicht behauptet.»

«Wollen Sie Melli etwas anhängen?»

«Uns liegt eine Aussage vor, die Ihre Chefin belastet. Es heißt, sie hätte …»

«Glauben Sie Hannig kein Wort!»

«Die Aussage stammt nicht von Jens Hannig.»

«Von wem sonst?»

«Wenn Sie etwas wissen, Herr Krömer, sollten Sie darüber reden. Ihr Schweigen hilft Frau Franck nicht mehr. Nur ihr Mörder profitiert davon.»

«Die paar Pillen dann und wann. Ich kann mir nicht vorstellen …»

«Die paar Pillen – geht das konkreter?»

«Sie wissen doch, wie das so läuft in der Gastronomie.»

«Nein, weiß ich nicht.»

Der Mann rieb seinen Nacken. «Man arbeitet bis Mitternacht, die Küchencrew sollte Feierabend machen, doch plötzlich kommt ein Schwung neuer Gäste, die Herrschaften haben Hunger – und Melli kann sie unmöglich fortschicken!»

«Und dann?»

«In solchen Fällen wurde schon mal eine Runde Muntermacher ausgegeben.»

«Das heißt, Frau Franck hat dem Personal diese Pillen spendiert?»

Viktor Krömer nickte vorsichtig.

«Auch Hannig?»

«Wahrscheinlich. Beschwören kann ich es nicht.»

«Crystal Meth?»

«Keine Ahnung, was es war. Ich hab das Mistzeug nie probiert.»

«Aber ein paar Leute haben ganz gern zugelangt, oder?»

«Um wach zu bleiben. Die Arbeit musste weitergehen.»

«Wie oft kam das vor?»

«Zwei- oder dreimal im Monat.»

«Vielleicht auch jedes Wochenende?»

«Allerhöchstens.»

«Kennen Sie Anton Gogalla?»

«Toni? Na klar. Hat *er* Melli angeschwärzt?»

«Was wissen Sie über ihn?»

«Nicht viel. Eigentlich ein netter Typ. Professionell, flink und freundlich. Ich glaube, die Gäste mögen ihn. Er arbeitet im Service als Aushilfe, meistens am Wochenende. Hab ihn aber in letzter Zeit nicht mehr gesehen.»

«Wann zuletzt?»

Krömer dachte eine Weile nach. «Mitte November.»

«Hat Melli ihn seitdem nicht weiter engagiert?»

«Wir dachten, Toni sei mal wieder unterwegs. Manchmal heuert er nämlich auf einem Kreuzfahrtschiff an und ist für ein paar Monate weg.»

Vincent warf Anna einen Blick zu, sie machte sich eine Notiz.

«Wie ist Gogallas Verhältnis zu Jens Hannig?»

«Nicht so gut.»

«Gerade sagten Sie, Sie wüssten nicht viel über Gogalla.»

«Dass er und Hannig sich nicht leiden können, ist offensichtlich.»

«Wieso?»

«Toni ist homosexuell und macht kein Geheimnis daraus. Wenn er in die Küche kommt, macht Hannig jedes Mal einen blöden Schwulenwitz. Toni geht ihm deshalb aus dem Weg, soweit es möglich ist.»

«Und sein Verhältnis zu Melli Franck?»

«Gut.»

«Obwohl Gogalla nur eine Aushilfskraft ist?»

«Melli hatte etwas für Schwule übrig. Immer ein Herz für Minderheiten. Eine mütterliche Ader, wenn Sie wissen, was ich meine.»

«Wir sprachen gerade über Crystal Meth in Tablettenform.»

Krömer nickte.

«Haben Sie jemals beobachtet, dass Ihre Chefin selbst diese Mittel nahm?»

Krömer senkte den Blick.

«Frau Franck hat Ihnen viel bedeutet, nicht wahr?»

Der Mann lächelte, während sich seine Augen mit Tränen füllten.

«Was meinen Sie, war sie abhängig?»

«Was heißt schon abhängig.»

«Nahm sie das Zeug regelmäßig?»

«Mein Gott, Melli hatte so viel Stress im letzten Jahr!» Krömer zog ein blütenweißes Stofftaschentuch aus seiner Hosentasche und schnäuzte sich leise, halb abgewandt. «Sie können sich nicht vorstellen, was Spitzengastronomie bedeutet. Kapriziöse Gäste. Ärger mit den Banken. Streit mit dem Koch. Die zähen Verhandlungen mit ihrem Exmann.»

«Thorsten Franck?»

«Er ist als Miteigentümer eingestiegen, um das *Greens* zu retten. Eigentlich hatte Melli ihren Freund darum gebeten, aber der wollte nicht. Schöner Freund, wenn Sie mich fragen.»

«Karsten Kuhn.» Vincent warf einen Seitenblick auf Anna.

«Ja, der Fernsehfritze», bestätigte Krömer. «Melli hatte ihm schon den Laufpass gegeben, aber dann haben sie sich wieder versöhnt. Ich weiß echt nicht, was sie an ihm fand.»

«Woher bezog Ihre Chefin diese Pillen?», fragte Anna.

«Keine Ahnung.»

«Raus mit der Sprache», sagte Bruno mit seiner tiefen Stimme, die freundlich und einschüchternd zugleich wirken konnte.

Annas Handy klingelte. Sie ging hinaus, um das Gespräch anzunehmen.

Krömer hob die Hände. «Über ihren Dealer habe ich mit Melli nie gesprochen. Aus solchen Dingen halte ich mich raus. Das müssen Sie mir glauben!»

Die Tür ging auf. Anna winkte Vincent zu sich. «Wir haben Jens Hannig.»

14

▼

Marie Corinth schloss ihren Laptop an den Beamer und überprüfte, ob alles funktionierte. Der erste Vorstand des Bankhauses Salomon betrat bereits den Besprechungsraum. Rutger Deilmann, Chief Financial Officer, zuständig für Controlling und Bilanzwesen. Krawatte, modischer Anzug, eng geschnitten und grau. Marie schloss das Programm rasch wieder, die Projektion verschwand.

Der Banker verzog das Gesicht. «Sie wollen uns doch nicht schon wieder die *BetterPlace AG* schmackhaft machen?»

«Lassen Sie sich überraschen, Herr Deilmann.» Marie machte sich auf schwere Verhandlungen gefasst.

Vierter Stock, Chefetage des altehrwürdigen Bankgebäudes an der Königsallee. Der Saal war mit dunklem Parkett und auffälligen Designermöbeln ausgestattet. Reichlich Stuck an der Decke, an der Längswand hing ein echter Gursky: «Boxenstopp», fünf Meter lang. Zwei Teams, Rot und Weiß, wimmelten um ihre Rennwagen. Sie wirkten wie auf einer Bühne arrangiert, und Marie fragte sich jedes Mal, was an dem Foto authentisch und was digital hinzugefügt war.

Gegenüber befand sich die Fensterfront – die Aussicht ging durch die bereits winterkahlen Kronen der Platanen auf den Wassergraben und die teuren Boutiquen an der Ostseite des Boulevards. Über der Gucci-Filiale befanden sich die Geschäftsräume von *Franck Development*. Mit einem Fernglas hätte Marie von hier aus in ihr Büro spähen können.

Nach und nach trafen die weiteren Salomon-Chefs ein. Burkhardt, der Kapitalmarktvorstand. Jürgens, der Chief Risk Officer. Martens, der Kundenvorstand. Keiner grüßte oder würdigte Marie eines Blicks. Die Männer tippten und wischten auf ihren Tabletts oder Smartphones herum.

Vermutlich war es ungewöhnlich, dass sich das komplette Führungsgremium einer Bank zu einem Kunden-Meeting traf. Aber Maries Chef war als Initiator und Verwalter von mehr als vierzig geschlossenen Immobilienfonds der wichtigste Partner der Salomon-Bank. Und die Mitglieder des Vorstandsgremiums hatten auch privat in seine Fonds investiert.

Alle bis auf Rutger Deilmann. Er schaute demonstrativ auf die Uhr, als halte er das Treffen für Zeitverschwendung.

Vorstandssprecher Günther Graf Kock und Maries Chef Thorsten Franck betraten den Raum als Letzte. Die beiden waren dicke Freunde, verbrachten seit Jahren ihren Weihnachtsurlaub gemeinsam auf einer Antilleninsel. Graf Kock, ein schlanker Endfünfziger im britisch wirkenden Dreiteiler, gab Marie die Hand. Wenigstens einer, der kein Macho ist, dachte sie.

Thorsten nahm neben ihr Platz. Sein Schädel war frisch rasiert, die Schuhe poliert, Einstecktuch und Krawatte perfekt auf Hemd und Anzug abgestimmt. Er strahlte sein Siegerlächeln. Als hätte die Kripo nicht auch ihn gestern Abend vom Mord an Melli unterrichtet.

Marie musste an den Beamten denken, der ihr die Nachricht von Mellis Tod mitgeteilt hatte. Eine Telefonstimme, die Vertrauen erweckte. Sie stellte sich einen Bärentypen mit Bauch und Bart vor – aber vielleicht lag sie auch falsch.

Mensch, Melli.

Marie wischte sich rasch den Augenwinkel trocken, kontrollierte mit einem Blick auf den Finger, dass sie nicht den Lidstrich verschmiert hatte, und war froh, dass das Augenmerk der Banker auf Thorsten gerichtet war.

Ihr Chef begrüßte die Anwesenden, als sei er der Hausherr in diesem Gebäude. Wenn es nach seinen Plänen ginge, würde er das auch bald sein. Die Bankvorstände ahnten es nur noch nicht.

«Heute müssen wir besser sein denn je», hatte er beim Mittagessen zu Marie gesagt.

The show must go on.

Marie fragte sich, ob sie dafür stark genug war.

15

▼

Sie schickten Viktor Krömer nach Hause, nachdem sie eine Speichelprobe genommen hatten, um ihn als Täter auszuschließen. Das Röhrchen mit dem Wattestab ging an das Labor der Rechtsmedizin.

Jetzt standen sie im Besprechungsraum zusammen, Vincent, Felix und Bruno. Sie warteten auf Anna, die noch einmal mit der Streifenwagenbesatzung telefonierte, die Hannig ins Marienhospital begleitet hatte.

Der Koch hatte einen Unfall gebaut. Er war, wie es hieß, in falscher Richtung durch eine Einbahnstraße gefahren und, als ein Auto entgegenkam, beim Ausweichen gegen einen Baum geknallt. Blutüberströmt sei er ausgestiegen und weitergelaufen. Die Kollegen, die zum Unfallort gerufen wurden, erkannten in dem demolierten Fahrzeug den Mazda, nach dem gefahndet wurde. Schließlich fanden sie Jens Hannig in einem Hauseingang, wo er zitternd und heulend vor dem kalten Wind Zuflucht gesucht hatte.

«Wetten, dass er unter Drogen stand?», merkte Bruno an.

«Jedenfalls ist er nicht weit gekommen», sagte Vincent.

«Das hat er davon, dass er die Nase unseres arabischen Kollegen demoliert hat», antwortete Felix. «Geschieht ihm ganz recht.»

Die Tür ging auf. Im Hereinkommen steckte Anna ihr Handy in die Tasche. Dann stemmte sie die Hände in die Hüften. «Hannig wird gerade ambulant behandelt. Die Kollegen bringen ihn dann sofort hierher. Die Nacht hat der Dicke übrigens bei der Schwester seiner Frau verbracht, mit der er offenbar ein Verhältnis hat.»

«Ich fass es nicht!», rief Felix aus.

«Das mit der Schwägerin?»

«Dass sich überhaupt eine Frau mit dieser Kackfresse einlässt!»

«Koch den Weibern was Schönes», sagte Bruno, «dann hast du bei ihnen einen Stein im Brett. Absolut. Könnte vielleicht sogar bei dir klappen, Felix.»

«Idiot.»

Sie lachten.

Bis Hannig eintraf, las Vincent an seinem Arbeitsplatz die jüngsten E-Mails und beantwortete die dringlichsten davon. Das Telefon schrillte. Es war Samy Bräutigam, der Rauschgiftfahnder vom KK22.

«Ich habe Neuigkeiten.»

«Schieß los.»

«Gogalla, der Kellner …»

«Was ist mit ihm?»

«Der Typ ist in der Drogensache noch ein zweites Mal vernommen worden, als ich in Urlaub war. Hatte ich gar nicht mitbekommen. Die Kollegen sagen, er sei in Begleitung seines Anwalts erschienen und habe sämtliche Anschuldigungen gegen Melli Franck wieder zurückgenommen.»

«Er hätte sich alles nur ausgedacht?»

«Ganz genau.»

«Merkwürdig.»

«Plötzlich will er das Crystal Meth nicht mehr von ihr bezogen haben, sondern von einem Unbekannten, den er nach der Arbeit in einer Diskothek an der Kö getroffen hat.»

«Nicht besonders glaubwürdig, oder?»

«Schwer zu sagen, Vincent.»

Stimmen auf dem Gang. Zeitgleich mit Hannig war auch dessen Verteidiger eingetroffen. Vincent legte auf, trat in die Verbindungstür zum Geschäftszimmer und sagte zu Nora, der Sekretärin: «Falls jemand etwas von mir will: Ich bin in einer Vernehmung.»

Sie deutete auf einen Teller auf ihrem Tisch. «Käsekuchen, auch ein Stück?»

Vincent stellte fest, wie hungrig er war. Er griff zu und biss hastig ab. «Bist ein Schatz, Nora!»

Im Flur kam ihm Hamid Belhanda entgegen. Seinem Gesicht war der Zusammenstoß mit Hannig noch deutlich anzusehen. Der Nasenrücken und die Haut über dem linken Jochbein waren blau angelaufen.

«Darf ich bei der Vernehmung …»

Vincent tippte sich an die Nase.

«Nichts gebrochen, sagt der Doc.»

«Fang dir nicht wieder einen Haken ein, Hamid.»

«Hab ich nicht vor.»

Sie betraten Anna Winklers Büro, wo der ehemalige Küchenchef des *Greens* bereits Platz genommen hatte. Dass der Mann, vor dessen Jähzorn sich Melli Franck so gefürchtet hatte, einen Unfall erlitten hatte, war unübersehbar. Er trug ein dickes Pflaster unter dem Haaransatz. Desinfektionssalbe hatte die Stirn bräunlich eingefärbt. Das Ganze machte den Dicken nicht hübscher.

Nur ein Stuhl war noch frei. Hamid wollte ihn Vincent überlassen, doch Vincent zog es vor, sich gegen den Heizkörper zu lehnen. Von hier aus hatte er Hannig besser im Blick.

Anna platzierte ein Aufnahmegerät in der Tischmitte, ein analoges Teil aus der Steinzeit. Sie fummelte daran herum und drückte den Knopf.

Hannig signierte einige Papiere, die ihm sein Anwalt hingelegt hatte. Er tat sich schwer dabei – seine Hände waren vor dem Bauch gefesselt.

«Sorgen Sie dafür, dass meinem Mandanten die Handschellen abgenommen werden», verlangte der Strafverteidiger. «Sie haben hier den Hut auf, Herr Veih. Das ist doch unwürdig!»

«Vergessen Sie nicht, dass Herr Hannig meinen Kollegen niedergeschlagen hat, dass er geflohen ist und wir den halben Tag nach Ihrem Mandanten suchen mussten.»

Der Koch vermied den Blickkontakt mit Hamid und zeigte keine Regung.

Der Anwalt sagte: «Ihre Leute haben ihn misshandelt. Schauen Sie ihn an!»

Vincent winkte ab.

Anna nahm den Rekorder erneut in die Hand, schüttelte ihn und hielt ihn ans Ohr, um zu prüfen, ob die Kassette lief.

«Hast du nichts Digitales?», fragte Vincent.

«Nein.» Sie klang genervt.

Hamid schüttete Salbeibonbons auf einen Teller. Der Anwalt griff danach und lutschte schmatzend.

Hannig sagte: «Ich bin bereit. Alle Fakten auf den Tisch.»

«Na, das freut uns aber», antwortete Vincent. In der Vorbesprechung hatte er mit Anna vereinbart, behutsam mit dem Verdächtigen umzugehen.

Der Anwalt nahm noch ein Bonbon. «Denken Sie daran, Herr Hannig, dass Sie nichts sagen müssen, was Sie belasten könnte.»

Der Koch verhakte seine Füße hinter den Stuhlbeinen – ein Zeichen der Anspannung. Hamid hatte es auch bemerkt und warf Vincent einen Blick zu. Vincent deutete ein Kopfschütteln an. Muss nichts bedeuten. Wegen Mordverdachts vernommen zu werden ist für niemanden ein Spaß.

«Dann schildern Sie uns mal Ihren gestrigen Tagesablauf», begann Anna.

«Ich war in Oldenburg bei meinen Eltern.»

«Von Anfang an, bitte. Wann sind Sie in Düsseldorf losgefahren?»

«Morgens kurz nach halb neun. Und erst am Abend war ich wieder zurück.»

«Wann genau?», fragte Vincent.

«Gegen zwanzig Uhr. Das weiß ich, weil ich den Fernseher angemacht und von der Tagesschau noch den Wetterbericht gesehen habe.»

Vincent wechselte einen Blick mit Anna. «Von Oldenburg hierher sind es etwa vier Stunden Fahrt, oder?»

«Dreieinhalb. Bin gut durchgekommen, nur ein Tankstopp, ausnahmsweise kein Stau.» Hannig wandte sich an seinen Anwalt. «Hat Lisa die Quittung gefunden?»

«Steckte in Ihrer Jacke.» Der Anwalt entnahm seiner Aktentasche einen Zettel und reichte ihn Vincent.

Es war der Beleg einer Aral-Tankstelle, Kraftstoff für exakt fünfzig Euro. Ausgedruckt an der Raststätte Tecklenburg-West. Unweit von Osnabrück, rund zwei Autostunden von Düsseldorf entfernt, schätzte Vincent.

Datum von gestern, bezahlt um Viertel vor sechs. Wer hier getankt hatte, konnte unmöglich nur eine Stunde später in Düsseldorf gewesen sein, um Melli Franck zu töten.

«Aus den Handydaten der Ermordeten geht hervor, dass Sie versucht haben, sie anzurufen», sagte Vincent.

«Das war während des Tankstopps.»

Der Anwalt breitete die Arme aus. «Laut Medienberichten wurde die Wirtin des *Greens* getötet, als mein Mandant nachweislich unterwegs war. Herr Hannig besitzt ein Alibi. Wasserdicht und sauber wie ein Bohnenfurz.» Der Mann stand auf, die Tasche bereits in der Hand. «Kommen Sie, Herr Hannig.»

«Moment», sagte Vincent.

«Was wollen Sie noch?»

«Das sind nichts als ungeprüfte Angaben. Wer sagt uns, dass nicht jemand anders das Auto vollgetankt hat, zum Beispiel Ihre Frau, Herr Hannig?»

«Oder Ihre Schwägerin», ergänzte Anna und verzog das Gesicht.

Der Anwalt wedelte vor ihrem Gesicht mit dem Zeigefinger herum. «Und der Anruf? Über den Mobilfunkbetreiber können Sie feststellen, dass mein Mandant an der Raststätte Tecklenburg war.»

«Sein Handy, nicht er selbst.»

«Sie spalten Haare, meine Liebe.»

«Und selbst wenn Ihr Mandant seine Eltern besucht hat, kann er doch die Tat in Auftrag gegeben haben.»

«Meinen Sie wirklich, mit einer solchen Räuberpistole könnten Sie den Haftrichter beeindrucken?»

«Herr Hannig hat immerhin einen Kollegen bewusstlos geschlagen.»

«Dafür wird man ihn sicher zur Rechenschaft ziehen, aber er ist kein Mörder.»

«Was war der Zweck Ihres Anrufs bei Melli Franck?», fragte Vincent den Koch.

«Ich wollte sie um eine Aussprache bitten. Die Sache im Guten beilegen.»

«Im Guten.»

«Ja.»

«Uns ist bekannt, dass Ihre Chefin an manchen Tagen der Belegschaft Aufputschmittel spendiert hat. Kleine, weiße Pillen. Was wissen Sie darüber?»

Der Anwalt legte dem dicken Koch die Hand auf die Schulter. «Darauf müssen Sie nicht antworten.»

Hannig rieb sich mit gefesselten Händen das Gesicht und

zupfte mehrfach an seiner Nase. Seine Fußspitzen wiesen in Richtung Tür – ein Fluchtreflex.

«Nehmen Sie gelegentlich Drogen, Herr Hannig?»

«Kein Kommentar», sagte der Anwalt.

«Kein Kommentar», echote der Koch und räusperte sich.

«Woher bezog Melli Franck diese Pillen? Hat sie Ihnen gegenüber jemals ihre Quelle erwähnt? Früher, als Sie noch nicht zerstritten waren?»

Hannig schüttelte den Kopf.

Das Telefon auf Annas Schreibtisch klingelte.

Keiner sagte ein Wort.

Anna ging ran und meldete sich. Dann streckte sie Vincent den Hörer hin.

Es war Thann, der Inspektionsleiter.

«Steigen Sie jetzt in die Fußstapfen Ihrer durchgeknallten Mutter, Kollege Veih?»

«Ich weiß nicht, was Sie meinen.»

«Kommen Sie sofort in mein Büro!»

«Ich bin gerade in einer …»

«Sofort!»

Vincent gab den Hörer zurück. Zu Hannig sagte er: «Um ganz sicherzugehen, hätten wir gern eine Speichelprobe von Ihnen, um sie mit den Spuren am Tatort zu vergleichen.»

Der Anwalt wollte etwas einwenden, doch Hannig schnitt ihm das Wort ab. «Kein Problem, Herr Kommissar.»

«Und halten Sie sich bitte zur Verfügung für den Fall, dass sich noch weitere Fragen ergeben. Ein Bohnenfurz mag zwar sauber sein …», Vincent warf dem Anwalt einen Blick zu, «aber stinken tut er trotzdem.»

16

▼

Marie Corinth konnte nicht aufhören, an Melli zu denken. Als hätte sie Watte in den Ohren und einen Schleier vor den Augen, bekam sie kaum mit, was ihr Chef den Vorstandsmitgliedern der Salomon-Bank unterbreitete. Reiß dich zusammen, Marie, befahl sie sich. Die Sitzung ist wichtig. Für *Franck Development* geht es ums Ganze.

Thorsten Franck referierte über den Kaufhauskonzern *BetterPlace*, der seit Jahren in Notlage war und dessen Mehrheitsaktionärin Annelie Schuck-Denzer, Erbin der Denzer-Dynastie, neulich erst einen Verkauf ihrer Anteile an einen Konkurrenten angekündigt hatte.

«Ich habe Frau Schuck-Denzer dahingehend beraten, dass sie das Kapital der *BetterPlace AG* stattdessen um weitere achtzig Millionen Euro aufstockt», sagte Thorsten in einem Tonfall, als ginge es ums morgendliche Müsli. «Das dürfte die kurzfristige Klemme des Konzerns beseitigen. Und damit sind wir bei der guten Nachricht des Tages. *BetterPlace* muss also die Verträge für seine Premium-Warenhäuser nicht neu verhandeln, die Miete fließt unvermindert an *Golden Daffodil*, und es bleibt uns erspart, die fünf Häuser womöglich verlustreich abzustoßen.»

Golden Daffodil war einer von Thorstens geschlossenen Immobilienfonds. Der Handelskonzern hatte sich zuletzt Geld verschafft, indem er seine besten Häuser an ihn verkauft hatte. Ein Griff nach dem Strohhalm, ein Deal auf Kosten der Zukunft.

Thorsten hatte sich die Not der *BetterPlace AG* zunutze gemacht. Der Kaufpreis war ein Schnäppchen gewesen, und die Miete lag deutlich über Marktniveau. Die meisten Salomon-Vorstände hatten privat in den Fonds investiert und profitierten prächtig – solange sich *BetterPlace* noch über Wasser hielt.

«Woher will Frau Schuck-Denzer die achtzig Millionen für eine Aufstockung nehmen?», fragte Vorstandssprecher Kock sichtlich überrascht.

Franck streckte seine Arme aus und strahlte.

«Unmöglich!» Graf Kock wedelte abwehrend mit seinen manikürten Händen. «Von uns auf keinen Fall. Wirklich nicht, Thorsten! Bei allem Respekt, aber wir kennen die angespannte Vermögenslage der Dame nur allzu gut. Sie geht mit *Better-Place* ein zu hohes Risiko ein.»

«Es gibt keine Alternative, Günther.»

«Salomon kann die Kreditlinie für Frau Denzer nicht weiter erhöhen. Bei aller Liebe. Nicht um eine solche Summe.»

«*BetterPlace* ist im Kern gesund», erwiderte Thorsten. «Frau Corinth wird uns das im Detail darlegen. Schauen Sie sich die Zahlen erst einmal an, meine Herren.» Er nickte Marie zu. «Frau Corinth?»

Sie schaltete den Beamer ein und präsentierte eine Reihe von Kurven und Kuchendiagrammen, die belegen sollten, dass es mit dem Kaufhauskonzern gehörig aufwärtsgehen würde, sobald ihn eine Kapitalspritze über das kommende Quartal retten würde. Die derzeit noch hohen Lohnkosten resultierten aus Abfindungen beim Personalabbau, schon im nächsten Jahr würde dieser Posten weit geringer ausfallen. Die Gewerkschaft sei zudem einverstanden, die Gehälter der verbliebenen Angestellten um ein weiteres Jahr einzufrieren. Und die Landesregierung wolle eine Vorruhestandsregelung unterstützen, damit der Konzern auf billigere Leiharbeit ausweichen könne.

Doch die Bankleute blieben bei ihren Bedenken.

«Da scheinen eine Menge frommer Wünsche im Spiel zu sein», nörgelte der Graf.

«Was ist, wenn die Damenoberbekleidung von *BetterPlace*

wieder die falsche Frühjahrskollektion einkauft?», fragte Chief Risk Officer Jürgens, der jüngste Vorstand, und hakte die Daumen hinter seine roten Hosenträger.

«Aber meine Herren», widersprach Maries Chef. «Wollen Sie, dass ein Dax-Konzern zusammenbricht und Zehntausende ihre Arbeit verlieren?»

Stirnrunzeln, Schulterzucken.

«Und denken Sie, wie gesagt, an *Golden Daffodil.* Wollen Sie den Fonds partout gegen die Wand fahren? Mit *BetterPlace* würde auch er notleidend werden, denn im Insolvenzfall wären die Mietverträge für die Warenhäuser hinfällig. Frau Corinth kann Ihnen gern vorrechnen, in welchem Umfang das Ihre privaten Einlagen entwerten würde.»

Marie schlug ihre Unterlagen auf.

«Nicht nötig», sagte Graf Kock. Sein Mund war ein blutleerer Strich, die Kiefermuskeln arbeiteten. Sein halbes Vermögen steckte im besagten Immobiliengeschäft.

«Aber woher sollte Salomon das Geld nehmen?», fragte Rutger Deilmann. «Wenn wir den Kapitalmarkt bemühen …»

«Das ist nicht nötig», unterbrach ihn Thorsten.

«Was schlägst du vor?», fragte der Graf.

«Ich habe einen weiteren Fonds gegründet, *Golden Rose*, dem die Salomon-Bank ihr schönes Gebäude verkaufen wird.» Eine weit ausholende Geste. «Ihr habt hier ein Juwel in allerbester Lage, die Investoren werden Schlange stehen. Salomon wird Finanzierungsmodelle anbieten – eine Win-Win-Situation für sämtliche Beteiligten. Und natürlich sind Sie, meine Herren, herzlich eingeladen, aus eigener Tasche ebenfalls zu investieren. Es winkt eine noch ergiebigere Goldgrube als *Golden Daffodil.*»

Garantiert ergiebig für Thorsten, dachte Marie. Er ging kein großes Risiko ein, denn er verdiente in Form von Verwaltungsgebühren und Provisionen.

«Auf Kosten der Bank, die zum Mieter wird», sagte Deilmann.

Thorsten ignorierte den Einwand. «Frau Corinth, wie hoch veranschlagen wir die zu erwartende Rendite?»

«Zwölf Prozent per annum.»

Thorsten zeigte sein bestes Verkäuferlächeln. «Sie kennen meine Referentin. Frau Corinth rechnet aus Prinzip konservativ. Nach meiner eigenen Schätzung kann *Golden Rose* sogar bis zu achtzehn, zwanzig Prozent erwirtschaften. Und das in diesen Zeiten!»

Der Graf tuschelte mit seinem Nebenmann. Ein anderer Bankvorstand tippte etwas auf seinem Tablet. Leuchtende Blicke, die Stimmung drehte sich.

«Nicht Ihr Ernst», widersprach Deilmann.

«Warum nicht?», fragte der Graf.

«Muss ich das wirklich erklären? Wer sich auf Kosten des eigenen Unternehmens bereichert, handelt rechtswidrig. Ich kann vom Verkauf unserer Immobilie nur auf das entschiedenste abraten.»

Marie wusste, dass Rutger Deilmann im Vorstandsgremium als Außenseiter galt. Er fehlte bei den Jagdgesellschaften des Grafen ebenso wie bei den Golfausflügen, die sie für Thorstens wichtigste Kunden organisierte.

Kock schüttelte den Kopf. «Wir handeln im Gegenteil zum Wohl der Bank, wenn wir Thorstens Vorschlag folgen. Ich hätte selbst auf diese Lösung kommen müssen. Eleganter können wir keine frische Liquidität besorgen.»

«Um einen weiteren Kredit zu gewähren, der nie und nimmer …»

«Geld zu verleihen ist unser Job.» Graf Kock erhob sich von seinem Stuhl und zeigte beide Daumen. «Thorsten, ich hab ein gutes Gefühl!»

Auch die anderen standen auf. Marie fuhr ihren Laptop herunter und sortierte die Unterlagen. Die Salomon-Leute machten sich auf den Weg in ihre Büros.

Thorsten hielt den Grafen zurück. «Stephan?»

«Ja?»

«Ich will diesen Stinkstiefel nicht länger in eurem Vorstand sehen.»

«Meinst du Deilmann?»

«Siehst du nicht, wie er gegen dich arbeitet? Würde mich nicht wundern, wenn er hinter deinem Rücken seine Fäden spinnt, um sich beim alten Salomon anzubiedern. Sieh zu, dass du ihn loswirst. Der Typ hat es auf deinen Posten abgesehen.»

Der Graf schien nachzudenken. Wortlos führte er Marie und Thorsten zum Aufzug, der exklusiv dem Bankvorstand vorbehalten war und ohne Zwischenstopp hinunter ins Foyer des Gebäudes führte.

Er nahm Maries Hand, hauchte einen Kuss und zwinkerte. «Es schmerzt unsere Bank noch immer, dass Thorsten Sie seinerzeit abgeworben hat. Übrigens eine tolle Präsentation, Frau Corinth!»

«Vielen Dank.»

Mein Chef und seine Fonds, dachte Marie, als sie hinaus auf die Königsallee traten. Wie ein Jongleur, der geschickt die Bälle im Spiel hält. Bis sich einer als schwer wie ein Medizinball erweist und ihm doch aus den Händen plumpst.

Noch am Wochenende hatte sie erwogen, sich beruflich zu verändern. Bei Melli einzusteigen – warum nicht? Sie hätte ihrer Freundin geholfen, das *Greens* in Schuss zu bringen. Die Buchführung hätte sie mit Links erledigt.

«Ich hoffe, die Polizei kriegt den Kerl, der Melli erschlagen hat», sagte sie.

Ihr Chef nickte.

Aber Marie erkannte, dass er in Gedanken mit seinen Bällen jonglierte.

17

▼

Vincent eilte in den ersten Stock hinunter, wo im Westflügel die großen Tiere der Behörde ihre Büros hatten. So auch Kriminaloberrat Karl Thann, sein Inspektionsleiter.

Zuletzt hatte sich ihr Verhältnis einigermaßen entspannt, denn Vincent und sein Team hatten zwei Fälle aufklären können, die wegen ihrer politischen Folgen hohe Wellen schlugen. Es hatte Lob aus dem Ministerium gegeben, und Thann, der so etwas wie selbstverständlich auf sich bezog, hatte sich nachhaltig geschmeichelt gefühlt.

Doch sein Ton am Telefon hatte nichts Gutes versprochen.

Steigen Sie jetzt in die Fußstapfen Ihrer durchgeknallten Mutter?

Vincent klopfte an die Vorzimmertür und trat ein. Die Sekretärin war nicht an ihrem Platz. Nebenan telefonierte Thann, die Verbindungstür stand offen. Kurzer Blickkontakt – keine Geste der Begrüßung, kein Zeichen, dass sich Vincent schon mal setzen sollte.

Er betrachtete das Mannschaftsfoto von Fortuna Düsseldorf an der Wand. Es war mit unleserlichen Unterschriften übersät und schon etwas älter: Die Trikots trugen noch das Logo des Suppenherstellers Zamek.

«Unser Sprecher versucht, auf die Presse einzuwirken», sagte Thann in den Hörer und lehnte sich weit zurück.

Vincent nahm auf dem Besucherstuhl Platz.

Der Inspektionsleiter kratzte sich den Schorf einer Rasierwunde vom Hals, blickte auf den Fingernagel und leckte daran. «Ja, sehe ich genauso, Herr Präsident.»

Die Tür des Vorzimmers wurde geöffnet. Die Sekretärin kehrte an ihren Schreibtisch zurück. Vincent lächelte hinüber, sie ignorierte ihn.

«Er sitzt gerade vor mir. Ja … ja.»

Schließlich legte Thann auf und musterte Vincent.

«Lassen Sie gefälligst meine Mutter aus dem Spiel», sagte Vincent.

«Sie haben uns da einen Riesenmisthaufen vor die Tür gekippt, Kollege Veih!»

«Was bedeutet das mit dem Einwirken auf die Presse?»

«Dreimal dürfen Sie raten. Sie wissen doch, unter welchen Druck die Behörde gerät, sobald Verfehlungen von Kollegen in der Öffentlichkeit breitgetreten werden.»

«Verfehlungen?»

«Stellen Sie sich nicht dumm, Kollege Veih. Was Sie sich gestern geleistet haben, überschreitet alle Grenzen.»

«Auch ein Polizeibeamter darf an Demonstrationen teilnehmen.»

«Aber nicht an vorderster Front. Laut Beamtengesetz haben wir Neutralität zu wahren. Und der Spaß vergeht spätestens, wenn es um Landfriedensbruch und Widerstand …»

«Bitte?»

«Der Vorwurf steht im Raum. Hoffen wir, dass die Staatsanwaltschaft auf ein Ermittlungsverfahren verzichtet. Aber selbst dann kann Ihre Entgleisung …»

«Herr Thann …»

«Lassen Sie mich ausreden, Kollege Vincent *Che* Veih!»

Vincent zuckte mit den Schultern.

«Polizeibeamte sind auch außerdienstlich zu Wohlverhalten verpflichtet! Wie steht unsere Behörde da, wenn ein Kriminalhauptkommissar mit einer Dachlatte auf Demonstranten und Kollegen losgeht?»

«Ich bin nicht …»

«Können Sie mir vielleicht erklären, wie Sie Ihr Verhalten mit der Vorbildfunktion eines Dienststellenleiters in Einklang bringen wollen?»

«Der Nazi hat *mich* angegriffen!» Vincent fasste sich an den Kopf, die Beule war gut spürbar.

«Die Beamten der Bereitschaftspolizei stellen das etwas anders dar.»

«Schwachsinn.»

«Unabhängig von der strafrechtlichen Klärung durch die Staatsanwaltschaft sieht sich unser Behördenleiter gezwungen, ein disziplinarrechtliches Vorermittlungsverfahren einzuleiten. Um der Presse den Wind aus den Segeln zu nehmen, würde es der Polizeipräsident sehr begrüßen, wenn Sie die Leitung Ihrer Dienststelle vorerst ruhen lassen und Ihrer Stellvertreterin Anna Winkler übertragen würden.»

Vincent konnte das Adrenalin in seinem Körper förmlich spüren. Kampflos würde er seinen Posten niemals aufgeben. Dass er Anna schätzte, hatte damit nichts zu tun.

«Und wenn nicht?», fragte er.

«Wollen Sie es tatsächlich auf eine Konfrontation anlegen?»

«Ich habe mir nichts zuschulden kommen lassen, Herr Thann. Die Konfrontation geht von Ihnen und dem Präsidenten aus.»

«Mann, Mann, Mann!»

Vincent schwieg.

«Und was war gestern Abend los? Anna Winkler hätte an Ihrer Stelle einem Mordverdächtigen vermutlich nicht die Handschellen abgenommen. Wegen dieser Fehlleistung …»

«Geht es Ihnen um die Sache, oder suchen Sie nur einen Grund, mir vor den Karren zu fahren? Für den Mord kommt der Koch übrigens nicht in Frage.»

Thann malte mit dem Kugelschreiber Kringel auf seine Schreibunterlage. Dann blickte er auf. «Wissen Sie, was ich mir gerade überlege?»

«Nein.»

«Als junger Schutzpolizist durfte ich Ihren Großvater noch

erleben. Ein Urgestein unserer Behörde. Leute wie er haben in den Siebzigern einer ganzen Generation von Polizeibeamten beigebracht, was es bedeutet, für Ordnung einzutreten. Da waren wir keine Dienstleister, nicht wahr, sondern staatliche Autorität. Wie hätte Ihr Großvater auf Sie reagiert, Kollege Veih? Auf Ihr Verhalten am Montagabend und auch hier?»

«Mich erschossen?»

Thann schüttelte betrübt den Kopf. «Beten Sie zu Gott, dass die Presse Ihren Fall nicht hochkocht. Dann kann ich nämlich wirklich nichts mehr für Sie tun.»

18

▼

«Lass es uns beenden», sagte Ronny und zerteilte mit seiner Gabel das Amuse-Bouche – Gänseleberpraline an Quittengelee.

«Himmel, mein Guter, was ist passiert?», fragte Bastian Schwenk mit vollem Mund.

«Nichts.»

«Was hast du dann?»

«Die Schnauze voll bis obenhin.»

«Du übertreibst.»

«Wir kommen keinen Schritt weiter. Und morgen soll ich wieder die Fritteuse bedienen. Für diesen Nazi.»

«War doch schon immer dein bevorzugtes Milieu.»

«Scheiß drauf, Bastian. Damit haben wir abgeschlossen.»

Sein Gegenüber beäugte die Lichtbrechung in seinem Weinglas und hob eine Augenbraue.

«Ich habe Bücher gelesen», fügte Ronny hinzu. «Ich war in Israel.»

«Hört, hört.» Bastian schmunzelte. «Und dort haben sie dich umgedreht?»

«Hey, ich war nie ein Nazi. Verwechsle mich nicht mit der Rolle, die ich mal gespielt habe!»

«Schon gut.»

«Für dich gespielt habe!»

«Beruhig dich, mein Guter.»

Ronny senkte die Stimme. «Du hast gesagt, Dennis sollte nur mein Türöffner bei den Bischoffs sein. Du hast mich auf eine Drogenbande angesetzt, nicht auf die rechte Szene. Oder spielst du immer noch das alte Spiel?»

«Vorbei ist vorbei.» Bastian Schwenk nahm einen Schluck vom Pouilly Fumé, schmatzte, nickte anerkennend.

«Ich will's hoffen.»

Sein Kumpel stellte das Glas ab, sah ihn an, schüttelte den Kopf.

«Was ist?»

«Dein Bart. Du siehst damit so verändert aus. Muss mich erst noch daran gewöhnen. Aber Vollbart ist hip, hab ich gehört. Vermutlich rennen dir die Weiber die Bude ein, oder?»

«Nicht die Bude, die du mir besorgt hast.»

Bastian lachte laut.

Der Kellner trat an den Tisch, um die Bestellung aufzunehmen. Das Restaurant war klein, die Gegend nicht die beste, aber die Küche laut Bastian mit einem Stern im Guide Michelin ausgezeichnet. Typisch Bastian, dachte Ronny. Schon früher hatte er gern die besten Lokale für ihre Treffen gewählt. Dabei sah man ihm den Hang zum feinen Essen nicht an. Für einen Zweiundfünfzigjährigen mit Schreibtischjob hatte sich Bastian erstaunlich gut gehalten.

Ein halbes Jahr lang hatten sie für die Staatssicherheit der DDR zusammengearbeitet. Nach der Wende achtzehn Jahre für den Verfassungsschutz Thüringens, bis im November 2011

Schluss damit war. Und jetzt war Bastian erneut sein Führungsbeamter.

Welche Kapriolen das Leben doch schlug.

«Je länger ich drüber nachdenke, desto weniger wohl ist mir bei der Sache», sagte Ronny, nachdem der Kellner gegangen war.

«Was meinst du?»

«Wusstest du, dass ich monatelang krank war? Depressionen, Burnout, nenn es, wie du willst.»

«Tut mir leid.»

«Also mach ich ein Sabbatjahr, um den Kopf frei zu bekommen. Lass mich anschließend zum Landeskriminalamt versetzen. Sie nehmen mich unter der Bedingung, dass ich weiter undercover arbeite. Okay, denke ich, Hauptsache nicht wieder in der rechten Szene. Und dann forderst ausgerechnet du mich wieder an und lässt mich in der Frittenbude eines Neonazis arbeiten. Warum werde ich dich niemals los?»

Bastian beugte sich zu ihm vor. «Weil du dich in der Szene nun mal gut auskennst, weil wir über Dennis Molitor eine Chance haben, an Bischoff ranzukommen, und», er schwenkte sein Weinglas und studierte den kreisenden Inhalt, «weil wir schon immer ein gutes Team waren, oder etwa nicht?»

«Das letzte Mal …»

«Psst!», machte Bastian. «Sprich niemals über diese Zeit. Nicht hier und nirgendwo sonst. Das meine ich ernst.»

Die Eingangstür ging auf – jedes Mal ein Adrenalinschub für Ronny. Neue Gäste kamen herein. Eine Bedienung nahm ihnen die Mäntel und Schirme ab. Anzugträger, Geschäftsleute. Niemand aus dem Umfeld der Bischoffs, stelle Ronny fest.

Für den Notfall verfügte er über eine Legende, die alles erklärte, aber ihm war es lieber, von solchen Lügen keinen Gebrauch machen zu müssen.

«Sag mir lieber, wie's heute war», sagte Bastian leise.

«Ich habe Knut Bischoff bei seiner Tour begleitet.»

«Ist doch großartig!»

«Scheiß drauf, nichts ist großartig! Der Mann ist gesundheitlich ein Wrack, und sein Sohn hat seinen Platz eingenommen. Die Familie hat Angst vor Überfällen. Warum, das weiß ich nicht.»

«Und sonst?»

«Der Alte ist der klassische Ausbeuter mit Hang zur Gewalt, nur …»

«Ja?»

«In puncto Drogen konnte ich rein gar nichts feststellen.»

«Dann ist der junge Bischoff unser Mann.»

«Du stellst Spekulationen an, sonst nichts.»

«Sei nicht so pessimistisch, mein Guter.»

«Wie gesagt, morgen brate ich erst einmal wieder Fritten. Gehen Sie direkt auf Los, fangen Sie bei Null wieder an. Und dass ich bei Dennis arbeite, bringt mir nur Nachteile. Die Bischoffs hassen die Nazis. Ich weiß nicht, was das Theater noch soll. Ich hab's echt satt bis hier!»

Eine junge Frau in langer, weißer Schürze brachte Rindertatar, das sie nicht bestellt hatten – offenbar ein zweites Amuse-Bouche. Bastian bat um eine Flasche Wasser und flirtete ein wenig mit der Bedienung.

Ronny nahm sich vor, sich nicht länger von Bastian bequatschen zu lassen. Zu oft war das bereits geschehen. Schon zu DDR-Zeiten, als Bastian wie ein großer Bruder für ihn war, der ihn durchschaute und beschützte. Er musste daran denken, wie sie sich kennengelernt hatten. Siebenundzwanzig Jahre war das her. Ronny war sechzehn, Bastian Mitte zwanzig und schon damals mit einem Selbstbewusstsein ausgestattet, dem Ronny nichts entgegenzusetzen hatte. Bastian stellte sich ihm als junger Vopo vor und horchte ihn umfassend über die Verwandten aus dem Westen aus, die gerade zu Besuch gekommen waren.

Dass Bastian Schwenk in Wahrheit für die Staatssicherheit arbeitete, war Ronny von Anfang an klar gewesen.

Ihre Beziehung erwies sich rasch als segensreich. Bastian räumte Schwierigkeiten beiseite, die sich Ronny in der Schule durch regimefeindliche Sprüche eingehandelt hatte. Er bewirkte, dass Ronnys Mutter eine neue Stelle fand, nachdem sie wegen eines Ausreiseantrags ihren Job als Erzieherin verloren hatte. Ronny fiel Bastians Ansage ein: *Mit dir haben wir Großes vor* – Balsam für die Seele eines ungefestigten Jugendlichen.

Zum Ausgleich verlangte er nur Kleinigkeiten. Bastian wollte über die Hooligan- und Skinheadszene auf dem Laufenden bleiben, in der Ronny damals verkehrte. Wer äußert sich kritisch über Partei und Staat? Wie steht es um subversive Kontakte ins Ausland?

Im Sommer 1989 war es damit vorbei. Ronny ging mit seiner Mutter über Ungarn in den Westen. Doch als er nach ein paar Jahren als junger Erwachsener nach Thüringen zurückkehrte, nahm Bastian ihn erneut unter seine Fittiche.

Wie dieser Mann mit seiner Stasi-Vergangenheit in eine Behörde der blutjungen Landesregierung wechseln konnte, erstaunte Ronny noch heute. Bastian war es offenbar gelungen, seine Spuren zu tilgen. Oder das neugeschaffene Landesamt für Verfassungsschutz scherte sich nicht darum.

Weil kein Zweiter so erfolgreich die rechte Szene Thüringens erforschte.

Mit mir als Undercover-Mann, dachte Ronny.

Und nun hatte Bastian ebenfalls die Behörde gewechselt und war im nordrhein-westfälischen Landeskriminalamt gelandet. Ausgerechnet im Rheinland treffen wir uns also wieder. Gemeinsam gegen eine Crystal-Meth-Bande.

Die Kapriolen des Lebens.

Die Frau in der weißen Schürze schenkte ihnen Mineralwasser ein. Sie räumte die leeren Teller ab. Bastian lächelte vor sich hin, bis sie weg war.

Dann hob er wieder die Augenbraue. «Mach das Beste draus, mein Guter.»

«Dennis Molitor und seine Jungs erinnern mich an unsere schlimmste Zeit.»

«Ich weiß.»

Der erste Gang wurde serviert. Ein Kunstwerk, dachte Ronny. Er musste noch einmal in der Karte nachsehen, um zu wissen, was es war.

«Ich hab dir doch von dem drogensüchtigen Kellner erzählt, der seine Chefin belastet hat?», fragte Bastian.

«Ist er wieder aufgekreuzt?»

«Nein, aber die Wirtin ist tot. Jemand hat sie gestern erschlagen. Das ganze Restaurant ist voll mit ihrem Blut, hab ich gehört.»

Ronny schwieg.

Bastian schaufelte etwas auf seine Gabel und führte sie zum Mund. Auf halbem Weg hielt er inne. «Crystal Meth. Diese Leute zersetzen die Gesellschaft. Sie gehen über Leichen. Vergiften unsere Kinder. Verstehst du jetzt, mein Guter, dass es wichtig ist, was wir tun?»

19

▼

Vincent ließ seinen Wagen vom Parkplatz des Präsidiums rollen, fädelte sich in den Verkehr Richtung Innenstadt ein und drehte das Radio lauter.

Eine Kultursendung im WDR-Hörfunk besprach Brigittes Ausstellungen in Düsseldorf und Leipzig. Fotokunst vom Feinsten, hieß es, von «eindrücklicher politischer Relevanz» war die Rede – Vincent ertappte sich bei dem Gefühl, stolz auf seine Mutter zu sein. Fast vergaß er den Ärger mit seinem Vorgesetzten.

Vincent erreichte die Straße, in der er wohnte, und fand eine Parklücke im Halteverbot. Er sah Licht in den Fenstern seiner Wohnung.

Nina war da.

Sie hatte gekocht. Ein einfaches Nudelgericht mit Zucchini, Tomaten und Schafskäse. Vincent verputzte seine Portion mit großem Appetit. Dabei berichtete er Nina von seiner Unterredung mit Inspektionsleiter Thann.

«So war es schon immer», kommentierte sie. «Vom Kaiserreich bis heute – die Obrigkeit schützt die Rechten und jagt die Linken.»

«Ich wusste gar nicht, dass du Historikerin bist.»

«Du weißt, was ich meine.»

«Ich betrachte mich nicht als Linken.»

«Aber deine Behörde tut das.»

«Ein Zeuge wäre nicht schlecht», sagte Vincent und verteilte geriebenen Grana Padano über seine Spaghetti. «Jemand, der bestätigt, dass die Stange von einem Nazi stammte, der zuerst zugeschlagen hat.»

«Bei wem kann ich die Aussage machen?»

«Aber du hast doch gar nicht mitbekommen, wie ich geschlagen wurde.»

«Na und?»

«Ich will nicht, dass du für mich lügst.»

Sie zuckte mit den Schultern.

Vincent räumte Geschirr und Besteck in die Spülmaschine. Nina öffnete eine Flasche Rotwein und stellte zwei Gläser auf den Tisch. Sie kennt sich hier noch bestens aus, dachte Vincent.

Nina reichte ihm ein Glas. «Ich mach mir Sorgen um Brigitte.»

«Warum?»

«Seit ein paar Tagen bekommt sie gruselige Hass-Mails. Beleidigungen unter der Gürtellinie. Weil sie die Flüchtlinge nicht nur fotografiert hat, sondern auch ehrenamtlich in der Betreuung mitarbeitet. Nachdem die Zeitung darüber berichtet hat, ist es richtig schlimm geworden. Sie solle Deutschland verlassen, wenn sie die Ausländer so liebe. Da sind auch handfeste Drohungen dabei, grässliche Nazi-Phantasien: Vergewaltigung, Lagerhaft und Gaskammer.»

«Sie sollte nicht ohne Pfefferspray aus dem Haus gehen.»

«Ich habe ihr geraten, Anzeige zu erstatten, doch von der Polizei will sie nichts wissen.»

«Das dachte ich mir.»

«Ihr neuer Freund begleitet sie meistens, zumindest abends.»

«Sie hat einen Freund?»

«Habe ich dir das nicht erzählt?»

Vincent wunderte sich, dass ihn diese Neuigkeit bewegte. Warum soll sich Brigitte nicht auch mit fünfundsechzig noch verlieben? Gönn deiner Mutter das Glück, sagte er sich.

«Harald ist vier, fünf Jahre jünger als sie und betreibt einen kleinen Verlag, der hauptsächlich Lyrik herausbringt.»

«Harald, und wie noch?»

«Den Nachnamen weiß ich jetzt nicht. Willst du den Mann überprüfen?» Nina lachte.

«Lyrik?»

«Warum nicht?»

«Antiimperialistische Kampflieder?»

«Nein, ganz normale Gedichte.»

«Na ja, immerhin hat sie einen Beschützer.»

«Das Haus ist etwas eng geworden», sagte Nina.

«Er wohnt bei euch?»

Nina nickte. «Seine Frau hat ihn rausgeworfen.»

«Auch das noch.» Vincent ließ den Wein in seinem Glas kreisen. «Und wenn du wieder bei mir einziehst?»

Jetzt war es raus.

Nina schwenkte ihr Glas ebenfalls und sagte nichts.

Er nippte und kontrollierte das Etikett an der Flasche. «Hast du den mitgebracht?»

«Schmeckt er dir?»

«Mhm.»

«Und wie kommst du in deinem Fall voran?», fragte Nina.

«Eine Menge Spuren, aber noch keine Lösung in Sicht.»

«Es geht um die Wirtin vom *Greens*, stimmt's? Im Radio kam etwas darüber.»

«Sie war mit Karsten Kuhn befreundet.»

«Ich weiß.»

«Aus der *Gala* oder aus der *Bunten*?»

«So was les ich nicht, weißt du doch.»

«Nur beim Friseur.»

Nina lachte wieder – er liebte dieses Lachen.

«Wie findest du die Talkshow?», fragte Vincent.

«Ist mir zu trashig.» Nina nahm einen Schluck vom Wein und kaute lange darauf herum. «Du hast recht, er hat zu viel Säure.»

«Ich habe doch gar nichts gesagt.»

Sie stellte ihr Glas weg. «War das ernst gemeint, dass ich wieder bei dir einziehen soll?»

Vor zwei Jahren hatte Nina mit einem Anwalt gepennt, mit dem sie auch beruflich zu tun hatte. Mittlerweile glaubte Vincent ihr, dass es nur ein einmaliger Ausrutscher gewesen war. Aber vor kurzem hatte der gleiche Anwalt erneut eine Mutter vertreten, deren Kind Nina psychologisch betreute. Solche

Begegnungen waren nicht zu vermeiden. Vincent musste mit seiner Eifersucht zurechtkommen.

«Oder wird es dann hier zu eng?», fragte er.

Nina ergriff seine Hand. «Käme auf einen Versuch an.»

20

Ronnys Problem bestand nicht darin, in der Fremde zu arbeiten. Verdeckte Ermittler wurden oft aus anderen Bundesländern angefordert. Denn wer vor Ort unbekannt ist, läuft nicht so schnell Gefahr, enttarnt zu werden.

Als vor etlichen Wochen in Erfurt die Anfrage aus Nordrhein-Westfalen eintraf, hatte sich Ronny beim Stichwort Drogenmilieu ein Leben in Luxus und feinen Anzügen ausgemalt, einen teuren Sportwagen, ein Penthouse in bester Lage. Das Gegenteil war eingetroffen. Das schicke Düsseldorf kannte er nach wie vor nur vom Hörensagen. Der einzige Lichtblick waren die Restaurantbesuche mit Bastian.

Ronny stieg aus dem verbeulten Fiat Panda, den man ihm besorgt hatte. Der Wind pfiff durch die finstere Straße, es roch nach Pisse. Nur ein paar Meter weiter rauschte ein Zug vorbei.

Seine Bleibe befand sich im Hinterhaus. Die Schritte hallten in der Durchfahrt. Das Mondlicht ließ das regennasse Pflaster im Hof glänzen. Kein Baum, kein Blumenkübel. Im Vorderhaus flackerten einige Fenster bläulich – Nachbarn sahen fern.

Der Seitenflügel und das Hinterhaus lagen ganz im Dunkeln.

Unten befanden sich die Büros einer Produktionsfirma für Werbevideos. Im ersten Stock ein Loft, das ein Pärchen in den Dreißigern bewohnte, dem er noch nicht begegnet war. Die beiden waren «kreativ tätig», hatte der Vermieter erklärt. Darüber zwei kleine Wohnungen.

Die eine glich einer stillgelegten Baustelle, während der Renovierungsarbeiten war dem Hausbesitzer offenbar das Geld ausgegangen. Die andere hatte er erst gar nicht in Angriff genommen – Ronnys zugige Bude.

Die Eingangstür zum Hinterhaus war wie immer nicht abgeschlossen. Er fand den Lichtschalter. Die Neonröhren summten und flackerten, die Holztreppe knarrte. Wie einst in der DDR, dachte Ronny.

Auf dem letzten Treppenabsatz lag ein Bündel. Ronny erkannte einen Wintermantel mit Kapuze. Haare quollen hervor. Frauenstiefel am anderen Ende.

Die Person atmete hörbar – völlig gleichmäßig.

Ronny stupste sie an.

Die Frau fuhr hoch und riss die Augen auf.

«Wer bist du?», fragte er.

«Bin die Sandra. Und du?»

«Was machst du hier?»

«Pennen. Siehst du doch. Ich wohne hier.»

«Im Treppenhaus?»

«Im ersten Stock. Lass mich jetzt. Ich will schlafen.»

Sie machte Anstalten, sich wieder hinzulegen. Ronny zerrte sie hoch. Ihr Atem roch nach Alkohol.

«In der Kälte holst du dir den Tod», ermahnte er die Nachbarin. «Geh in deine Wohnung.»

«Hab keinen Schlüssel.»

«Und dein Mann?»

«Ist noch nicht da.»

«Dann kommst du erst einmal zu mir. Ich mach uns einen Tee. Besser, du wartest im Warmen auf deinen Mann. Hey, nicht wieder hinlegen!»

Die Frau hielt den Becher umklammert, um ihre Finger zu wärmen. Den Mantel hatte sie anbehalten. «Sagtest du, im Warmen?»

Obwohl Ronny die Heizung tagsüber nicht abgestellt hatte, waren es in dem Raum, den der Vermieter Wohnküche nannte, höchstens achtzehn Grad. Keine Wohnung, um Besuch zu empfangen, dachte er. Ihm fiel auf, dass sein Gast bei jedem Geräusch, das von draußen zu hören war, aufhorchte.

«Hey, ich will dir ja nicht zu nahe treten, aber …» Sandras Stimme hallte von den kahlen Wänden wieder. Es gab keinen Teppich und nur wenige Möbel. Umzugskisten stapelten sich in der Ecke.

«Aber was?»

«Besonders gemütlich hast du's nicht.»

«Bin erst vor kurzem eingezogen.»

«Ich denke, schon vor zwei Monaten, oder?»

«Hier bleibe ich sowieso nicht, deshalb lohnt sich das Auspacken nicht.»

«Verstehe.»

Den Koffer mit den Sommersachen hatte Ronny noch gar nicht angerührt. Bis zum Anbruch der warmen Jahreszeit bin ich längst wieder zu Hause, dachte er.

«Der Markt ist schwierig zurzeit. Aber wenn du etwas suchst – ich bin Maklerin.»

«Maklerin?»

«Hast du etwas gegen diesen Beruf?»

«Nein. Der Typ aus dem Vorderhaus meinte nur, dass du und dein Mann in der Kreativbranche arbeiten würdet.»

«Mark ja, ich nicht. Mark ist Werbetexter. Wobei Makler auch sehr kreativ im Texten sind.» Sie lachte. «Ich seh dich übrigens morgens, wenn du zur Arbeit gehst. Was machst du so?»

Ronny log ihr seine Legende vor: Er habe in Jena einen

Laden betrieben, Fahrräder und Outdoor-Klamotten, doch sein Partner habe ihn betrogen und das Geschäft sei in die Pleite gerauscht. Steuerschulden, unbezahlte Rechnungen und die Ehe im Arsch. Und jetzt der Neuanfang am anderen Ende der Republik.

«Vorerst helfe ich bei einem Bekannten in einer Imbissbude aus», erklärte er.

«Hab ich auch mal gemacht.»

«Ehrlich?»

«Im Akkord Bockwurst häckseln, Soße drauf und Currypulver.»

«Welchen Senf zur Frikadelle, meine Dame, mittel oder extrascharf?»

«Für mich bitte mit zwei Extratütchen Majo.»

Sie lachten.

Sandra schlürfte Tee, dann erzählte sie, warum sie auf dem Treppenabsatz gelandet war. Sie und ihr Mann waren ausgegangen, in ein Brauereilokal an der Oststraße, und nach dem dritten Altbier hatten sie sich gezofft. Er war wutentbrannt abgehauen. Daraufhin beschloss sie, noch eine Weile zu bleiben, um ihn schmoren zu lassen. Doch als sie nach Hause kam, war er nicht da. Und sie ohne Schlüssel.

Vermutlich, so Sandra, suche Mark sie jetzt überall. Oder er schlief bei einer Kollegin aus seiner Agentur. Ronny merkte Sandra an, dass ihr der Gedanke zu schaffen machte.

«Könnte ich notfalls über Nacht hier bleiben?», fragte Sandra.

Sie hörten Schritte auf dem Hof.

Sandra sprang auf und lief zum Fenster. Unten klapperte eine Mülltonne, dann entfernten sich die Schritte wieder. Jemand aus dem Vorderhaus hatte zu später Stunde seinen Abfall weggebracht.

«Du kannst nebenan mein Bett haben», sagte Ronny.

«Auf keinen Fall.»

«Für mich tut's der Sessel hier, ehrlich.»

«Kommt nicht in Frage. *Ich* schlaf im Sessel.»

Sie trank ihre Tasse leer, er schenkte ihr nach. Dann musste er zur Toilette.

«Hast du vielleicht eine Decke?», rief sie durch die geschlossene Badezimmertür.

«In einem der Kartons. Warte, ich geb sie dir gleich.»

Als er nach dem Zähneputzen in die Wohnküche zurückkehrte, hatte Sandra die Decke bereits gefunden und sich darin eingehüllt. Sie kauerte vor einer geöffneten Umzugskiste und blätterte in einem Fotoalbum.

Ronny entriss es ihr.

Ein loser Abzug fiel heraus und segelte zu Boden. Sandra hob ihn auf und betrachtete die Aufnahme. «Deine geschiedene Frau?» Sie las die Widmung auf der Rückseite. «Liese. Netter Name.»

Er nahm ihr auch das Foto ab, steckte es zurück in das Album und verstaute es im Koffer mit den Sommerklamotten, der auch weitere persönliche Dinge enthielt. Wütend zog er den Reißverschluss zu.

«Bin ich dir zu neugierig?»

Er wich ihrem Blick aus. Am liebsten hätte er die Frau rausgeworfen.

Sie räusperte sich. «Ich warte am besten im Treppenhaus. Irgendwann muss der Mistkerl ja nach Hause kommen.»

Ronny rückte den Sessel an den lauwarmen Heizkörper. Er schob einen Stuhl als Fußstütze dazu. «Hier», sagte er.

«Stör ich auch wirklich nicht?»

Ronny schüttelte den Kopf.

Sandra nahm Platz und wickelte sich fester in die Decke. Nur ihr Kopf lugte hervor, ihr Blick folgte ihm.

«Ist das bequem genug?»

Sie nickte heftig, als müsse sie auch eigene Zweifel zerstreuen.

Ronny zog sich in sein Schlafzimmer zurück. Eine Weile suchte er mit seinem Fernglas die Fenster des Vorderhauses ab, ohne etwas zu erkennen. Dann legte er sich ins Bett.

21

▼

Vincent lag wach. Neben ihm schlief Nina tief und fest. Er bemühte sich, nicht an seinen Fall zu denken. Und nicht an den Streit mit seinem Chef, der ihn am liebsten kaltstellen und die Leitung des Kommissariats Anna Winkler übertragen wollte.

Hat Thann bereits mit ihr darüber gesprochen? Versucht er, einen Keil zwischen mich und meine Kollegen zu treiben? Auf wen kann ich überhaupt noch zählen?

Das Recht ist auf meiner Seite, redete Vincent sich ein.

Nicht grübeln, lieber Schäfchen zählen …

Schließlich stieg er aus dem Bett, suchte im Dunkeln seinen Bademantel und schlich aus dem Zimmer. In der Küche bereitete er sich einen Tee zu – Minze, Süßholz, Lavendel. Mit der dampfenden Kanne und dem Material, das Samy Bräutigam ihm kopiert hatte, setzte er sich an den Tisch.

Das Dossier über Crystal Meth. Vincent erfuhr, dass die Droge in erster Linie der Leistungssteigerung diente. Damit entspricht sie dem Zeitgeist, der die Selbstoptimierung des Menschen zur Maxime erhebt, dachte Vincent. Schneller, höher, weiter – immer und in jeder Beziehung.

Die Medien malten das Gespenst von der Körperfresser-Droge an die Wand. Sie zeigten Bilder von Konsumenten mit verfaulten Zähnen und Geschwüren im Gesicht. Doch schlimmer waren die Wirkungen auf Gehirn und Nerven.

Nichts macht schneller abhängig.

Erst vor einer Woche war im Stadtteil Benrath ein junger Mann unter Crystal-Einfluss ums Leben gekommen. Er wollte von Balkon zu Balkon in die Nachbarwohnung klettern, hatte seine Fertigkeiten überschätzt und war abgestürzt. Andere Opfer erlagen dem plötzlichen Herztod oder landeten mit Psychosen für lange Zeit in der Klinik.

Die Pillen, die den Experten die größten Sorgen bereiteten, bestanden aus purem N-Methylamphetamin. Während das Schnupfen oder Rauchen von Kristallen die Schleimhäute zersetzte, waren die kleinen, runden Dinger problemlos einzunehmen – die Hemmschwelle sank, der Konsum nahm umso rascher zu.

Zunächst hatten die Drogenfahnder die Produktionsstätte der weißen Tabletten in Westafrika verortet und die kalabrische Mafia als Schmuggler in Verdacht. Doch Kontrollen an den Flughäfen und in den Grenzregionen brachten nicht den erhofften Erfolg. Inzwischen glaubte man, dass die Pillen in Deutschland hergestellt wurden.

Sie mussten nicht importiert werden. Sie waren schon da.

Vincent stieß auf die Adresse von Toni Gogalla, dem Kellner, der Melli Franck in seiner ersten Aussage verpetzt hatte. Der Mann wohnte an der Goebelstraße, also ganz in der Nähe, doch dort hatten ihn die Kollegen bislang nicht angetroffen.

Vincent nahm sich vor, die Suche selbst in die Hand zu nehmen, gleich morgen früh.

22

▼

Ronny stellte fest, wie hellhörig seine Wohnung war. Ab und zu knarrte nebenan der Sessel. Einmal vernahm er Schritte und stellte sich vor, wie seine Nachbarin ans Fenster trat und nach ihrem Mann Ausschau hielt. Dann rauschte die Klospülung.

Den Koffer mit den Sommersachen und den Büchern hatte er mit ins Schlafzimmer genommen. Er musste an die Geschichten denken, die das Fotoalbum offenbarte. Nichts davon war für Sandras Augen geeignet.

Anfang der Neunziger war er aus dem Westen zurückgekehrt, wohin seine Mutter mit ihm kurz vor dem Mauerfall abgehauen war. Niemand hatte sie in der Bundesrepublik mit offenen Armen empfangen. Nicht der Staat, erst recht nicht die Verwandtschaft, die ihnen das Gefühl gab, lästig zu sein.

Erst in Neuss-Uedesheim, dann in Hannover. Dort hatte Ronny eine Ausbildung bei der Polizei absolviert und es immerhin drei Jahre lang ausgehalten.

In Thüringen war er Bastian wiederbegegnet, der ihm eine Stelle in seiner Behörde beschaffte, dem Landesamt für Verfassungsschutz.

Die Skinheads von Jena kannte Ronny noch aus der DDR-Zeit. Doch die alten Freunde wie Max und Gerri hatten sich gewandelt. Sie grölten nicht mehr bloß «Heil Hitler», um die SED-Bonzen zu ärgern. Stattdessen begriffen sie sich als Elite, deren Bestimmung es war, Punks und Ausländer zu bekämpfen, um Deutschland zu retten. Auch mit dem neuen Staat hatten sie nichts am Hut.

Rudolf Heß war ihr Gott.

Ronny stieß das Ausmaß von Hass und Gewalt ab, aber Bastian erwartete von ihm, dass er mitmachte. Wie in seinen letzten Monaten in der DDR lieferte er regelmäßig seine Berichte ab, nur dass er dies jetzt als Beamter tat.

Laut seiner Legende war er arbeitslos. Ehemaliger Hausmeister eines abgewickelten Unternehmens. Nach einiger Zeit heuerte er in einem Laden an, der nationalistische Bücher verkaufte, Musik-CDs mit entsprechendem Liedgut sowie allerlei esoterischen Kram über nordische Götter und Sonnwendfeiern. Ab da war er rund um die Uhr Teil der rechten Szene.

Durch Max und Gerri lernte er Liese kennen.

Bis zu seiner Beförderung in den gehobenen Dienst verging kaum ein Jahr, ohne dass er dafür studieren musste. Es war eine wilde Zeit, selbst im Staatsdienst herrschte Anarchie, denn keiner begriff die neuen Regeln. Alle waren verunsichert, am meisten die Chefs, die ihre Weisungen aus dem Ministerium erhielten. Und spätestens nach den Ausschreitungen von Rostock und den Brandanschlägen von Mölln und Hoyerswerda lieferten sich die Geheimdienstbehörden einen Wettstreit, wer die meisten Neonazis als Spitzel unter Vertrag nahm.

Bastian war der König unter den V-Mann-Führern. Und Ronny als verdeckter Ermittler die Quelle Nummer eins. Sie beherrschten Ideologie und Slang. Für die Skins der rechten Szene war Ronny zweifellos einer der ihren.

Bald gewöhnte er sich an den Hass – und verachtete sich dafür. Er befolgte alle Anweisungen seiner Behörde, bis er selbst nicht mehr wusste, wer er eigentlich war. Er schloss Freundschaften und musste sich eingestehen, dass es eine dunkle Seite in ihm gab, die Spaß daran fand, zu saufen und zu grölen und den starken Macker zu markieren. Sein einziger Draht zur übrigen Welt war Bastian, der dafür sorgte, dass sich Ronny nicht völlig in seiner Rolle verlor, und ihm unzählige Male aus der Klemme half. Auf niemanden sonst konnte sich Ronny verlassen.

Seine Affäre mit Liese war stürmisch und unkompliziert,

der reine Spaß. Damals war sie erst siebzehn. Gleich am ersten Abend gingen sie miteinander ins Bett und waren sofort ein Paar. Nach Ronnys Gefühl harmonierten sie perfekt, aber trotzdem hielt die Beziehung nicht lange.

Vielleicht war er ihr nicht radikal genug. Nicht so wild wie Gerri, nicht so fanatisch wie Max. Den Schmerz der Trennung ließ er sich nicht anmerken, denn er durfte den Anschluss an die Gruppe nicht verlieren.

Bastian verlangte das von ihm.

Liese ging mit Max, dann mit Gerri. An ihrer Freundschaft änderte das nichts. Zu viert fuhren sie zu Skin-Konzerten, gründeten die Anti-Antifa-Gruppe Ostthüringen, die Kameradschaft Jena, besuchten den Mittwochstammtisch des landesweiten Heimatschutzes, bauten ein Netzwerk Gleichgesinnter in ganz Deutschland und darüber hinaus. Sie klebten Propagandazettel an Laternenmasten, mischten Ausländer und Linke auf, die sie Zecken nannten, verbrachten Wochenenden mit Wehrsportübungen und feuchtfröhlichen Feiern am Lagerfeuer. Sie schändeten Denkmäler des Holocaust und bauten Bomben.

Erst Attrappen, dann richtige.

Ronny redete sich ein, dass er nur in seinem Auftrag als verdeckter Ermittler mitgemacht hatte. Oder auch wegen Liese?

Ich war ein verdammter Idiot, schalt sich Ronny.

Ein Güterzug klapperte schier endlos vorüber. Es klang wie Lieses Nachname.

Schittko-Schittko-Schittko …

Dann hörte Ronny Schritte und war endgültig wach.

Er verfolgte mit, wie die Wohnungstür geöffnet wurde.

Im Treppenhaus knarrten die Stufen. Die Klingel im Loft unter ihm tönte gedämpft. Danach vernahm Ronny ein Pochen gegen die Tür im ersten Stock. Zuerst zart, dann wütend und heftig. Schließlich hörte es auf.

Ronny lauschte.

Sandra kehrte zurück, und das Schloss der Wohnungstür schnappte wieder ein. Ronny wartete darauf, das Ächzen des Sessels zu vernehmen. Doch es blieb still.

Dann bewegte sich die Klinke seiner Tür.

Die Nachbarin trat in das Zimmer.

«Mir ist kalt», sagte sie.

Er hielt den Atem an.

«Darf ich zu dir kommen?»

Ronny rückte zur Seite.

Sandra ließ ihren Mantel zu Boden fallen, darunter trug sie eine Art Partykleid aus dünnem Stoff. Kein Wunder, dass sie friert, dachte er.

Für einen Moment verharrte Sandra. Im Mondlicht konnte Ronny nicht viel erkennen, kaum Farben, nur vage Konturen. Aber ihm war klar, wie schön seine Nachbarin war.

Schließlich schlüpfte sie zu ihm unter die Decke. Ihr Haar duftete nach Pfirsichen. Zaghaft streichelte Ronny ihren Arm, ihre Schulter, ihre Wange. Sie antwortete, indem sie sich gegen ihn presste.

Zwei Menschen, die Wärme suchten. Ihre Beine umschlangen einander. Er küsste Tränen von ihren Wangen. Schließlich zog sie ihr Kleid bis über die Hüften hoch. Er spürte, wie ein Zittern durch ihren Körper lief.

Ronny musste an damals denken. Jena-Winzerla, die erste Zeit mit Liese – als sein Leben außer Kontrolle geriet.

Sandra stieg auf seinen Schoß.

Ich kann es mit ihr nicht tun, wie ich es mit Liese gemacht habe, sagte er sich.

Dann warf er seine Nachbarin auf den Rücken und tat es doch.

Sie keuchte.

Sie schrie.

2011 – EISENACH

23

▼

Freitag, 4. November

Ronny hatte so geparkt, dass er Max und Gerri sofort im Blick haben würde, sobald sie auftauchten. Eigentlich musste es jeden Moment so weit sein, und je länger es dauerte, desto mehr befürchtete er, dass etwas schiefgelaufen war. Wo blieben die beiden nur?

Ihm wurde bewusst, dass er mit den Fingern auf das Lenkrad trommelte. Wer ihn sah, musste ihn für übergeschnappt halten. Ronny hob die Hände und legte sie ganz sachte wieder ab.

Noch nie hatte ihn eine Tour mit Max und Gerri so mitgenommen. Nicht Arnstadt, nicht Stralsund – nicht einmal Nürnberg im Jahr 2000, als es zum ersten Mal nicht um einen Banküberfall gegangen war, sondern um Mord. Tatenlos hatte Ronny all die Jahre mit ansehen müssen, wie Max und Gerri raubten und töteten. Und sich durch nichts und niemand davon abbringen ließen. Schon gar nicht durch ihn. Seine Behörde schien dennoch lange Zeit nicht zu stören, was vor sich ging.

Heute war alles anders.

Aktion Wolfsspinne.

Die Uhr am Armaturenbrett sprang auf neun Uhr vierzig. Ronny überlegte, nach hinten zu gehen, um am Funkscanner die Frequenzen der hiesigen Polizei abzuhören. Doch in diesem Moment kamen seine Kumpels um die Ecke und rasten auf ihren Rädern heran.

Sie rissen die Heckklappe auf, um die Bikes zu verstauen. Im gleichen Moment ließ Ronny den Motor an und legte den Gang ein. Max setzte sich mit einer roten Plastiktüte neben ihn, Gerri stieg hinten ein. Noch bevor sie ihre Türen geschlossen hatten, ließ Ronny die Kupplung kommen, und das Wohnmobil raste los.

Max kletterte nach hinten, schüttete den Inhalt der Tüte auf den Tisch und ließ einen leisen Pfiff hören. «Auf jeden Fall mehr als in Arnstadt.»

«Hey, Ronny», rief Gerri. «Das Gesicht des Filialleiters hättest du sehen sollen, als Max als Gorilla vor ihm stand!»

Die beiden begannen das Geld zu zählen. Vor dreizehn Jahren waren sie in den Untergrund abgetaucht. In den *Nationalsozialistischen Untergrund*, wie sie es nannten.

Und Ronny hatte ihnen geholfen, wo er nur konnte.

Er unterquerte die Autobahn und fuhr in westlicher Richtung aus der Stadt, bis die asphaltierte Straße am Waldrand in einen unbefestigten Forstweg überging. Zweige wischten an der Karosserie entlang, Schlaglöcher ließen das Wohnmobil schaukeln. Als die Bäume das große Fahrzeug vor Blicken aus der Luft schützten, hielt Ronny an.

Wahrscheinlich würde der zuständige Kripochef aus Gera Hubschrauber einsetzen. Das Drehbuch sah den Auftritt der Polizei jedoch erst für später vor.

Aktion Wolfsspinne – die Bezeichnung hatte sich Bastian Schwenk einfallen lassen, der eine Vorliebe für Tierdokumentationen im Fernsehen hatte.

Ronny wandte sich um. Seine Nervosität hatte sich nicht gelegt. Im Gegenteil.

«Siebzigtausend und ein paar Zerquetschte!» Max lachte.

«Nicht schlecht.»

«Was machen wir eigentlich hier?», fragte Gerri. «Liese wartet. Lass uns auf die A4 fahren!»

«Geht nicht», widersprach Ronny. «Dort kontrollieren die Bullen.»

«Hey, so schnell sind die nicht.»

«Das wollen wir lieber nicht testen, oder?»

Gerri zuckte mit den Schultern und holte sich eine Erdbeermilch aus dem Kühlschrank.

Für die beiden war Ronny einer der ihren. Sie hatten keine Ahnung, dass er Bastian und damit das thüringische Landesamt für Verfassungsschutz über alles informierte, was abging. Vor elf Jahren, nach dem ersten Mord, war Ronny täglich auf den Befehl gefasst gewesen, er solle aussteigen. Stattdessen hatte man ihn ermuntert, dranzubleiben und weiterzumachen. Man wolle über jeden Schritt informiert sein, hieß es.

Doch jetzt verhielt sich plötzlich alles anders. Die Polizei war ihnen auf den Fersen. Seit Arnstadt waren einige Leute bei der Kripo ganz besessen von der Idee, eine Raubserie aufzudecken, die ihrer Meinung nach bis ins Jahr 1998 zurückreichte. Auch alte Überfälle in Zwickau, Chemnitz und Stralsund schrieben die Ermittler den gleichen Tätern zu – ohne wissen zu können, wie recht sie damit hatten.

Ronny hatte Bastians Worte im Ohr: *Unseren Chefs in Erfurt geht der Arsch auf Grundeis.* Die Horrorvorstellung bestand darin, dass die Polizei die Gruppe schnappte und herausfand, wie sehr der Verfassungsschutz von Beginn an involviert gewesen war. Zwar hatte das Landesamt auch einige Dienststellen der Kripo infiltriert, doch auf lange Sicht würde die Öffentlichkeit davon erfahren. So weit durfte es auf keinen Fall kommen.

Deshalb ist bereits Arnstadt zu viel gewesen, dachte Ronny. Mit dem heutigen Bankraub hatten Max und Gerri den Bogen völlig überspannt. Ronny wusste, dass ein Abschalten des NSU schon nach Heilbronn erwogen worden war. Damals hatte Bastian es den Chefs noch ausreden können. Vier Jahre lang hatte sich die Gruppe seitdem ruhig verhalten. Eine Einheit von Schläfern – für Ronny hätte es so weitergehen können. Doch sein Einfluss war zu gering.

Max machte sich jetzt am Funkscanner zu schaffen. Es rauschte und knackte.

Gerri schlürfte die süße Erdbeerpampe zu Ende, fuhr sich mit dem Ärmel über den Mund und zerknüllte die leere Packung. «Höchste Zeit für neue Aktionen. Die Bewegung tritt auf der Stelle. Die Kameraden verlangen nach einem Signal.»

«Was stellst du dir vor?»

«Mit unserer Beute können wir Sprengstoff kaufen.»

Aus dem Scanner drangen schwerverständliche Stimmen. Max blickte auf. «Sie sind uns auf den Fersen. Ich hab gerade was von ‹Fahndungsring dreißig› aufgeschnappt. Überall Kontrollen. Die Bullen filmen sämtliche Kennzeichen.»

«Sag ich doch», kommentierte Ronny.

«Und jetzt, Driver, wie lange müssen wir hier warten?»

«So lange, wie es dauert.»

«Wir hätten gleich die Autobahn nehmen sollen», brummte Gerri. «Da gab's den Fahndungsring noch nicht.»

«Hätte, hätte, Fahrradkette», sagte Max, der sich in Streitigkeiten manchmal auf Ronnys Seite schlug. «Habt ihr übrigens den *Spiegel* gelesen? Da hieß es, jemand kenne ‹die wahren Täter› der Döner-Morde. Was steckt hinter so einer Meldung?»

«Geht dir nicht aus dem Kopf, was?», spottete Gerri.

«Als wollte uns jemand warnen. Damit wir uns ruhig verhalten oder so.»

«Wir halten schon viel zu lange still.»

«Ronny, was meinst du?»

Gerri lachte. «Wenn es nach Ronny ginge, würden wir in Schweden Rüben anbauen.»

Ronny schwieg. Er hatte keine Lust, das Thema zu vertiefen. Vor ein paar Jahren hatte er versucht, Liese zum Abhauen zu überreden. Es gab da ein Aussteigerprogramm für Neonazis, das Jobs auf einem Bauernhof in Südschweden anbot. Doch Liese hatte ihn abblitzen lassen, die anderen hatten davon Wind bekommen, und Gerri verspottete ihn deshalb noch heute.

Ronny sah zu, wie seine Begleiter ihr Geld zurück in die Tüte packten. Ihn durchfuhr ein kalter Schauer, weil ein Teil von ihm die Beute bejubelte – seine dunkle Seite. Das Frösteln hielt an, als er an die theatralischen Worte dachte, mit denen Bastian seinen Auftrag erläutert hatte: *Die Wolfsspinne ist ein gnadenloser Jäger. Meister der Tarnung. Schlägt blitzschnell zu.*

Nein, beschloss Ronny und blickte hinaus in den herbstlichen Wald. Ich kann das nicht.

2015 – DÜSSELDORF

24

▼

Mittwoch, 2. Dezember

Der Name des Kellners stand auf dem vergilbten Klingelschild an der Goebelstraße: *Anton Gogalla.*

Vincent klingelte mehrfach. Eigentlich sollte der frühe Morgen eine gute Zeit sein, um jemanden zu Hause anzutreffen, der abends arbeitete. Doch die Gegensprechanlage blieb stumm.

Er drückte die Klinke. Die Haustür war unverschlossen. Er betrat einen kahlen, fast bis zur Decke gefliesten Flur. Eine Reihe grauer Blechbriefkästen an der Seitenwand. Zu Vincents Verwunderung trugen sie Nummern statt Namen.

Aus einem von ihnen quollen Umschläge. Zeitungen stapelten sich obenauf. Vincent zog einen Brief aus dem Schlitz. Er war an Toni Gogalla adressiert.

Eine Nachbarin stiefelte die Treppe herab. Heller Mantel, ein dicker Schal mehrfach um den Hals geschlungen. Sie nieste in ein buntes Taschentuch.

«Wo finde ich Herrn Gogalla?», sprach Vincent sie an.

«Zweiter Stock, mittlere Tür. Sagen Sie Toni, dass er endlich mal die Pakete abholen soll, die der DHL-Bote für ihn bei mir abgegeben hat.»

Vincent zeigte auf den vollen Briefkasten. «Vielleicht ist er verreist. Hat er wieder auf einem Kreuzfahrtschiff angeheuert?»

«Sonst gibt er mir immer vorher den Schlüssel, damit ich den Kasten für ihn leere.» Sie zuckte mit den Schultern, wischte sich die gerötete Nase und verließ das Haus.

Vincent ging nach oben und klingelte noch einmal bei Gogalla. Keine Reaktion. Er klopfte an die Tür und schnupperte am Schlüsselloch. Kein Verwesungsgeruch feststellbar. Trotzdem rief Vincent die Leitstelle an, damit sie den Schlüsseldienst anforderte.

Während er auf die Kollegen wartete, musste er an Nina denken. Heute Abend wollte sie wieder bei ihm einziehen – zur Probe. Ob das gutging?

Am Morgen hatte er Nina die Briefe mitgegeben, nach denen seine Mutter ihn gefragt hatte. Feldpost ihres Vaters an seine Verlobte, die später Vincents Oma wurde. Zweiter Weltkrieg, Drittes Reich.

Als junger Polizist hatte Gerhard Veih einem Regiment angehört, das in Polen stationiert gewesen war. Die Beamten verfrachteten die jüdische Bevölkerung aus den Gettos in die Vernichtungslager. Sie töteten alle, die flohen, und massakrierten deren Helfer. In seinen Briefen beschrieb Gerhard Veih grässlichste Verbrechen, als wären sie normaler Alltag. Erst nach dem Tod der Großeltern war Vincent auf den Schuhkarton gestoßen, in dem seine Oma die Korrespondenz all die Jahrzehnte aus unerklärlichen Gründen aufbewahrt hatte.

Er erinnerte sich daran, dass er Rotz und Wasser geheult hatte, als er sie Nina zum ersten Mal gezeigt hatte. Wie konnte ich meinen Opa lieben? Wie kannst du seinen Enkel lieben? Wieviel Nazi-Gene stecken in mir?

Vielleicht gingen seiner Mutter ganz ähnliche Fragen durch den Kopf.

Ich will mich meiner ganzen Geschichte stellen.

Wieder einmal fragte sich Vincent, wer eigentlich sein Vater war. Welche Eigenschaften er seinem Erzeuger verdankte, dessen Identität Brigitte nie preisgegeben hatte. Warum reagierte sie so schroff und feindselig, sobald er danach fragte?

Er stellte sich vor, was er seinen Vater beim ersten Zusammentreffen fragen würde. Wie habt ihr euch kennengelernt? Was hat Brigitte dir bedeutet, wie kam es, dass ihr euch getrennt habt? Hätte sich alles auch anders entwickeln können – eine normale Familie, eine behütete Kindheit?

Die Besatzung eines Streifenwagens traf ein, die beiden uniformierten Kollegen hatten den Mann vom Schlüsseldienst im Schlepptau. Innerhalb von Sekunden öffnete er die Tür. Vincent und die Kollegen nahmen sämtliche Räume in Augenschein, bis feststand, dass Gogalla nicht tot in seiner Wohnung lag und es keine offensichtlichen Spuren eines Verbrechens gab.

Der Handwerker setzte ein neues Schloss ein, denn nur so konnten sie die Wohnung sichern. An die Tür klebten die Kollegen die Nachricht, auf welcher Polizeiwache Gogalla die neuen Schlüssel abholen könne.

Sie würden den Mann festhalten, sobald er auftauchte.

Zurück im Hausflur sah sich Vincent die Zeitungen auf dem Briefkasten genauer an. Es waren zwölf Ausgaben der *Morgenpost*. Die älteste stammte von Donnerstag, dem neunzehnten November. Demnach war Gogalla seit gut zwei Wochen verschwunden.

25

▼

Als Ronny erwachte, war Sandra fort.

Ist klar, dachte er. Zurück zu ihrem Mann. Und trotzdem empfand er ihren klammheimlichen Rückzug als Verlust.

Er war spät dran. Rasch zog er seine Klamotten über. Auf

das Frühstück verzichtete er. Von dem Menü, das ihm Bastian gestern Abend spendiert hatte, war er noch einigermaßen satt.

Ronny lüftete und schlug das Bett auf. Dabei fand er Sandras Slip. Ein winziges schwarzes Teil aus Kunstfaser. Ronny staunte, dass so wenig Stoff einen ganzen Hintern verpacken konnte.

Es ist also kein Traum gewesen – er beschloss, den Slip als Omen dafür zu betrachten, dass er Sandra wiedersehen würde.

Auf dem Weg nach unten blieb er vor ihrer Tür in der ersten Etage stehen. War sie da? Sollte er klingeln und sie wecken? Wie würde sie reagieren? Und ihr Mann – wenn sie in ihr Loft zurückkehren konnte, dann bedeutete es, dass er nach Hause gekommen war. Und dass Sandra vermutlich beschlossen hatte, ihrer Ehe eine zweite Chance zu geben.

Ronny las das Klingelschild: *Sandra & Mark* – helles Holz, ein ungleichmäßiges Rechteck mit abgerundeten Kanten und aufgemalten Blüten. Vielleicht ein selbst gebasteltes Geschenk von Freunden zur Hochzeit. Den dazugehörigen Familiennamen kannte Ronny vom Briefkasten in der Einfahrt zum Hinterhof: *Meerkamm*.

Unsere gemeinsame Nacht hat Sandra nicht sonderlich beeindruckt, schätzte Ronny.

Sein Handy klingelte. Er trabte die Treppe hinunter und meldete sich. «Vogt.»

«Oliver hier. Mein Vater hat ’nen Arzttermin. Ich übernehme seine Tour mit. Du arbeitest also heute wieder bei Dennis, okay?»

Ronny bestätigte. Ich hab’s befürchtet, dachte er. Der junge Nazi hat nichts mit dem Crystal-Meth-Geschäft zu schaffen – dessen war sich Ronny inzwischen sicher. Und das war alles, was er bislang in Erfahrung gebracht hatte.

Auf der Fahrt zu Dennis setzte er sich eine Frist: Wenn ich bis zum Wochenende nicht weiterkomme, schmeiße ich den

Undercover-Job hin. Currywurst häckseln und die Neugier von Dennis und seinen Freunden nach Skinhead-Abenteuern aus den Jahren nach der Wende befriedigen – das bringt mich keinen Schritt weiter.

Ich hab dir doch von dem drogensüchtigen Kellner erzählt. Die Wirtin ist tot. Das ganze Restaurant ist voll von ihrem Blut. Verstehst du jetzt, mein Guter, dass es wichtig ist, was wir tun?

Hatte Bastian damit andeuten wollen, dass ausgerechnet die Bischoffs in diesen Mord verwickelt waren?

Der Imbiss, den Dennis Molitor als Subunternehmer der Bischoffs leitete, war kein mobiler Stand auf einem Parkplatz wie die meisten anderen, sondern eine Gaststätte im Stadtteil Eller. Ein kleiner Raum mit Glastheke und Stehtischen, Gästetoiletten und einem Hinterzimmer.

Von hier aus hatte Knut Bischoff einst sein Imbiss-Imperium aufgebaut. Keine besonders attraktive Gegend, aber zentral im Stadtteil und nahe einer S-Bahn-Station gelegen, was Kundschaft garantierte.

Der Name des Lokals leitete sich phantasielos von der Adresse ab: *Gumbert 18*. Für glühende Anhänger der nationalsozialistischen Revolution allerdings ein Volltreffer, denn die *18* stand in deren Augen für den ersten und den achten Buchstaben des Alphabets, also für die Initialen des einstigen Führers des Tausendjährigen Reichs.

«Guten Morgen, Kamerad!», grüßte Dennis. Er war groß, übergewichtig und dunkelblond. Knapp dreißig Jahre alt, wurde aber wegen seines glatten, runden Gesichts meist jünger geschätzt. Er bevorzugte Klamotten mit dem Logo der Marke *Thor Steinar*, aber wer dieses Signal nicht verstand, sah ihm den Nazi nicht an.

Dennis bediente jeden Gast freundlich, solange die Hautfarbe stimmte. Seine Stimme dominierte mühelos den Raum, und Ronny stellte sich vor, dass Dennis auch Opernsänger hätte werden können, wenn irgendwelche Synapsen in seiner Kindheit oder Jugend vorteilhafter verknüpft worden wären.

Er hatte Dennis vor mehr als einem Jahrzehnt als blutjungen Skinhead bei einem Konzert der Band *Noie Werte* in der Gegend von Stuttgart kennengelernt. Die Combo galt damals als heißer Tipp, zu dem die Fans von weit her pilgerten. In der Folgezeit war ihm der Junge bei einigen Rudolf-Heß-Gedenkmärschen aufgefallen, schon damals wirkte Dennis wie ein kleiner Führer. Unter Insidern hatte sich Ronnys Zugehörigkeit zum NSU herumgesprochen – heute betrachtete Dennis ihn als eine Art Veteran, der in Ehren zu halten sei.

Bastian Schwenks Worte: *Der Plan ist, dass wir uns das zunutze machen.* Nichts leichter als das. Vor acht Wochen hatte Ronny im *Gumbert 18* nach einem Job gefragt, und schon am nächsten Tag konnte er dort anfangen.

Kurz vor acht Uhr gab es den ersten Andrang. Scharen von Schulkindern legten ihre Frühstücksgroschen in Süßigkeiten an. Dennis war bei ihnen beliebt.

Ronny reinigte unterdessen das Frittieröl von gestern, indem er es durch den Handfilter goss. Er schnitt Zwiebeln auf Vorrat und wusch die leeren Aufbewahrungsboxen aus. Später verzog sich Dennis ins Hinterzimmer, vermutlich um an der kommenden Ausgabe seiner Kameradschaftszeitung *Düsseldorfer Beobachter* zu basteln, und Ronny übernahm die Arbeit hinter dem Verkaufstresen.

Gegen elf Uhr hielt ein Transporter mit der Aufschrift *Bischoff Food & Catering* vor dem Laden.

Der Juniorchef betrat das Lokal, braun gebrannter denn je. Solarium, vermutete Ronny. Dann war die Lockenpracht sicher auch nicht echt. Ihm folgte Lucky, ein drahtiger, quirliger Kerl, selbstbewusst, aber hässlich – mehrere von Luckys Zähnen waren braune Stummel. Welche Frau küsst so etwas, fragte sich Ronny jedes Mal, wenn er ihn traf.

Oliver und Lucky taten das, was er und der Seniorchef gestern auf ihrer Route erledigt hatten. Liefern, Bestellung aufnehmen, abkassieren. Sie waren in Eile, kaum Zeit für Smalltalk.

«Wo ist Matze?», fragte Lucky nur, als sie fertig waren.

«Kommt später», antwortete Dennis.

Oliver reckte den Zeigefinger in seine Richtung. «Keine Politik in unserem Laden. Du bedienst auch Flüchtlinge.»

«Aber nur wenn sie bezahlen.»

«Ist klar.» Oliver klopfte Ronny auf die Schulter. «Mein Daddy sagt, er verdankt dir sein Leben.»

Dann waren sie draußen, der Transporter stieß eine Rußwolke aus und verschwand.

Kurz darauf kreuzte Matthias auf.

Er war Anfang zwanzig und stammte aus Vorpommern. Als Bundeswehrsoldat hatte er in Afghanistan gedient. Seit seiner Rückkehr bezog er Hartz IV und jobbte stundenweise im *Gumbert 18*. Während des Kriegs am Hindukusch hatte sich Matthias einen Knacks in der Seele zugezogen. Beschuss durch die Taliban, abgeschnitten von Verstärkung, neben ihm waren Leute gestorben – etwas in dieser Art. Ungewohnte Situationen bereiteten ihm Schweißausbrüche. Kundenandrang vor dem Tresen war für ihn bereits der Härtetest. Länger als zwei, drei Stunden hielt der Veteran den Job nicht aus.

Matthias befüllte die Spender auf den Stehtischen mit Papierservietten. Er redete nur, wenn man ihn etwas fragte, aber heute verblüffte er Ronny mit einer spontanen Erklärung: «M-m-mit dir arbeite ich lieber als mit d-deiner V-V-Vorgängerin.»

Ronny wusste nicht, ob der Exsoldat schon immer gestottert hatte oder erst seit Afghanistan. «Was war mit ihr?»

«Hat mich immer nur aufg-g-gezogen.»

«Und deshalb hat Dennis sie rausgeworfen?»

«Nachdem sie auch noch Witze über seine Frik-k-kadellen gemacht hat.»

«Wo man sich doch keine gesünderen Delikatessen vorstellen kann», erwiderte Ronny.

Matthias kicherte eine ganze Weile vor sich hin.

Gegen Mittag wurde es voll, die Kundschaft stand Schlange. Dennis hatte sich angelesen, dass die optimale Frittiertemperatur bei einhundertsiebzig Grad liege und man nicht mehrere Portionen tiefgekühlter Pommes auf einmal ins Fett schütten dürfe. Die Gäste murrten nicht, obwohl sie warten mussten. Die Bude galt als hygienisch, die Pommes als lecker. Sie hatten zu dritt alle Hände voll zu tun.

Später verschwand Dennis wieder nach hinten, und auch Ronny gönnte sich eine Pause. Mit einer Bulette und reichlich Senf auf der Pappe folgte er Dennis.

Auf dem Tisch lagen Unmengen von CDs. Nach Interpreten geordnet – allesamt Nazibands, deren Lieder auf dem Index standen. Dennis steckte die Tonträger in kleiner Stückzahl in Umschläge. Offenbar arbeitete er eine Bestellliste ab.

Unter der Reichskriegsflagge saßen zwei Schüler, die Ronny bereits kannte. Auch sie wirkten wie ganz normale Jungs, keine Glatzen, keine sichtbaren Tattoos, keine Springerstiefel. Der eine las in einem abgegriffenen Buch, wanderte mit dem Finger über die Zeilen und bewegte die Lippen dabei. Ronny erhaschte einen Blick auf den Einband: *Wir tragen die Fahne – Panzerjagd in Süddeutschland 1945*.

«Schwänzt ihr schon wieder die Schule?», fragte er.

«Lass sie doch», wiegelte Dennis mit seiner Opernstimme ab. «Das sind wahre Prachtexemplare ihrer jungen Generation. Gute deutsche Burschen, die es satthaben, von linksversifften Gehirnwäschern indoktriniert zu werden, und sich lieber etwas echte Bildung holen!»

Die Kids grinsten. Der zweite Junge brütete über einem Kreuzworträtsel. Er kaute an seinem Bleistift und haderte mit den Kästchen, die noch weiß waren. «Wichtige Erfindung des zwanzigsten Jahrhunderts», las er vor und warf einen fragenden Blick in die Runde.

«Gaskammer», antwortete Dennis.

Die Kids lachten sich schlapp.

Matthias hatte bereits wieder Feierabend und gesellte sich mit einer Flasche Bier zu ihnen. Er hielt sie lässig zwischen drei Fingern und lehnte den Kopf gegen die Wand.

Die Armee konnte ihren Afghanistankrieger nicht mehr gebrauchen, eine Rente war er dem Staat auch nicht wert. Vielleicht hätte er gegen die Entlassung klagen können, doch dazu fehlte es ihm an Energie.

«Matze, hattest du eigentlich beim Bund mal mit dem Militärischen Abschirmdienst zu tun?», wollte Dennis wissen.

«Und w-w-wenn schon.»

«Sie sprechen jeden an, der national denkt», warf Ronny ein. «Und jeden, der aus dem Osten kommt.»

«Gar nicht so übel, sich als Spitzel anwerben zu lassen», sagte Dennis. «Kriegst Kohle und musst trotzdem nichts ausplaudern. Die Systemknechte sind zu blöd, um zu merken, wie man sie verarscht.»

«Ich hab dem Offizier vom G-g-geheimdienst gesagt, er soll sich verpissen.»

«Und sie haben dich nicht rausgeworfen?»

«Sie haben mich an allen W-waffen ausgebildet.»

«Tatsächlich?»

«Zuletzt war ich Sprengm-m-m- …»

«Meister», half Ronny.

«Und Ausb-b-bilder im Rang eines Obergefreiten.»

«Bei Max war's nicht anders.»

«Ronny meint Max vom Nationalsozialistischen Untergrund», erklärte Dennis den beiden Schülern.

Die Kids staunten. Matthias schloss die Augen und setzte die Flasche an den Mund.

«So!» Dennis klatschte in die Hände. «Die Schule ist aus. Ab nach Hause, ihr Jungvolk, genug studiert für heute!»

Die Jungen gehorchten und trollten sich. Matthias stellte seine Flasche ab und wollte ebenfalls gehen. Dennis hielt ihn zurück.

«Am Freitag haben wir Kameradschaftsabend», tat er kund. «Ich hoffe, ihr zwei seid dabei. *White Pagan Madness* wird spielen. Die beste Band seit *Landser*. Die kennst du doch, Ronny.»

«Klar.»

«Und Odin Naumann wird einen Vortrag halten. Hab ich euch schon von Odin erzählt?»

Matthias schnitt eine Grimasse.

«Ja, hast du», antwortete Ronny. «Hab gar nicht mitbekommen, dass er seine Strafe bereits abgesessen hat.»

Naumann war eine Legende. Als blutjunger Anwalt hatte er Andreas Baader und Ulrike Meinhof verteidigt und in den Siebzigern im Knast gesessen, weil er dabei zu weit gegangen war. In der Haft schwor er der RAF ab und erkämpfte sich später die Zulassung als Anwalt zurück. Während der Wiedervereinigung erfolgte sein Wandel, der alle vor den Kopf stieß, die ihn bis dahin für einen Linken gehalten hatten.

Unvermindert stritt Naumann gegen den US-amerikanischen Imperialismus. Für unterdrückt hielt er jedoch nicht mehr die Dritte Welt, sondern das sogenannte deutsche Volk. Er vertrat die NPD vor dem Bundesverfassungsgericht, als die Regierung einen Verbotsantrag stellte, und gewann.

Immer wieder hatte Naumann selbst Gerichtsverfahren am Hals, meist wegen Holocaustleugnung oder Volksverhetzung. Naumann erhielt Geldstrafen, Freiheitsentzug auf Bewährung, schließlich musste er sogar für längere Zeit ins Gefängnis – seiner neuen Fangemeinde galt er nun als Symbolfigur der Standhaftigkeit. Zudem hatte er im Knast programmatische Schriften verfasst und sich zum Theoretiker des nationalen Widerstands aufgeschwungen. Ronny erinnerte sich, dass bereits Liese und Max die Traktate verschlungen hatten.

Der Mann musste schon über siebzig sein. Eigentlich hieß er Ole Naumann, wie Ronny wusste. Seine linken Gegner verspotteten ihn zunächst wegen seiner Germanenverehrung als Odin. Irgendwann hatte sich Naumann den Spitznamen angeeignet – vermutlich seine grimmige Art, Humor zu zeigen.

Die Türklingel riss Ronny aus seinen Gedanken. Kundschaft hatte den Laden betreten, zwei Damen mit Dackel. Ronny ging nach vorn und baute sich hinter der Theke auf.

«Zweimal die dicke, lange Wurst», sagte die eine.

«Größe spielt nämlich doch eine Rolle», fügte die andere hinzu.

Die Frauen kicherten. Sie kamen jeden Mittwoch und sagten immer den gleichen Dialog auf. Ronny schnitt Brötchen in zwei Hälften und machte die Krakauer heiß.

«Für mich bitte mit Ketchup und Zwiebeln.»

«Scharf?», fragte Ronny.

«Danke, bin ich selbst.»

Durch die Verbindungstür hörte Ronny mit, was nebenan gesprochen wurde.

«Sprengmeister, echt jetzt?», fragte Dennis.

«N-na und?»

«Solche Leute brauchen wir. Odin wird sich freuen, dich kennenzulernen!»

26

▼

Zur Besprechung der *Mordkommission Restaurant* drängten mehr als dreißig Kolleginnen und Kollegen in den großen Raum. Fast alle, die Vincent aus anderen Dienststellen angefragt hatte, waren von ihren Chefs freigegeben worden, darunter auch Samy Bräutigam vom Rauschgift.

«Willkommen im Team», begrüßte ihn Vincent.

Samy reichte ihm eine Kopie. «Das fehlt noch in dem Material, das ich dir gegeben habe. Toni Gogalla kam am zehnten November in die Dienststelle und gab diese Erklärung ab, die sein Anwalt vorbereitet hatte.»

«Der Widerruf seiner Anschuldigungen gegen Melli Franck.»

«Ganz richtig.»

Vincent sah sich das Blatt an. Briefkopf mit eindrucksvollem Wappen. Die Kanzlei eines Dr. Neudecker. Ganz unten Gogallas Unterschrift. Fünf oder sechs Sätze in logisch klingendem Juristendeutsch – damit war die Wirtin reingewaschen.

Vincent reichte das Blatt an Felix May weiter, der die Akten zur Leichensache Franck führte. Zu Samy sagte er: «Heute Morgen wollte ich Gogalla einen Besuch abstatten. Offenbar ist er seit zwei Wochen nicht mehr in seiner Bude gewesen. Kann es sein, dass es ihm in der Stadt zu heiß geworden ist?»

«Du meinst, die Hintermänner des Drogenrings könnten wegen der Festnahme auf ihn aufmerksam geworden sein?»

«Dann müssten sie davon erfahren haben. Was meinst du, Samy, ist das denkbar?»

«Eigentlich nicht. Jedenfalls nicht von uns.»

«Okay, lassen wir das mal so stehen. Bleiben noch ein paar Fragen offen. Vor allem: Wo könnte der Kellner Unterschlupf finden?»

Nora ließ eine Liste herumgehen, in die sich jeder mit Handynummer eintragen sollte. Auf dem Tisch dampften die Kaffeebecher, das letzte private Gemurmel erstarb. Endlich schneite auch die Staatsanwältin herein.

«Sorry», sagte sie nur.

«Willkommen», begrüßte Vincent die Vertreterin der Justiz. «Cornelia Förster ist neu bei der Düsseldorfer Staatsanwaltschaft, und zumindest für uns vom KK11 ist es das erste Mal, dass wir miteinander zu tun haben. Auf gute Zusammenarbeit.»

Die Kollegen klopften Zustimmung.

Förster war jung, gerade mal dreißig, schätzte Vincent. Sie trug ein schickes dunkelblaues Kostüm, als habe sie anschließend einen Termin beim Justizminister. Ihr eilte der Ruf voraus, ehrgeizig zu sein.

Vincent registrierte, wie sie Unterlagen aus ihrer Tasche zog, einen Kugelschreiber ausprobierte und die ganze Zeit den Blickkontakt mit ihm vermied.

Spinne ich, oder hat die Frau etwas gegen mich?

Er stellte reihum die Kripokollegen vor, die sich untereinander nicht alle kannten. Dann übergab er das Wort an Anna Winkler.

Sie verbuchte zwei Dinge als vielversprechend: Es gab Täter-DNA, und das Zeitfenster für den Mord konnte aufgrund der Mobilfunkdaten von Melli Franck und ihres eigenen Notrufs relativ präzise definiert werden.

Fabri von der Kriminaltechnik referierte die weitere Spurenlage. Zwei Tatortvermesser des Landeskriminalamts unterstützten ihn dabei. Sie hatten das Innere des *Greens* mit einer Spezialkamera aufgenommen. Was der Beamer auf die Leinwand warf, wirkte verblüffend dreidimensional. Per Mausklick konnten die Techniker das Bild drehen und Details heranzoomen. So gewann Vincent den Eindruck, er bewege sich selbst durch das Restaurant – fast wie ein Täter, der seinem Opfer nachsetzt.

«Hier liegt ein Wintermantel», erklärte Fabri. «Seht ihr das Teil, neben der Toten? Die Haare und Hautschuppen an der Leiche stammen von nur einem Täter, aber an dem Mantel haben wir Spuren von weiteren Personen sichergestellt. Vielleicht – ich spinne mal etwas herum – haben die Täter das Kleidungsstück zurückgelassen, weil es mit Blut besudelt war. Es handelt sich um einen schwarzen Herrenmantel einer italienischen Luxusmarke, Kunstfasermaterial, mit Daunen gefüllt und so gut wie neu. Vielleicht kann man herausbekommen, wo das Ding gekauft wurde.»

«Gute Idee», lobte Vincent.

«Als Nächstes haben wir die Schuh- und Fingerspuren verglichen. Bei den vielen Spurenlegern – Gäste, Personal – eine ziemlich komplexe Arbeit, wie ihr euch vorstellen könnt. Aber wir sind uns jetzt schon ziemlich sicher, dass es zwei Täter waren. Der eine hat dem Opfer den Fluchtweg abgeschnitten, der andere hat es vergewaltigt und vermutlich auch niedergeschlagen. Den Hammer haben wir bis jetzt nicht gefunden. Offenbar haben ihn die Täter mitgenommen.»

Vincent eröffnete die Diskussion. Freies Spekulieren über mögliche Motive. «Stichwort Sexualdelikte», sagte er. «Was macht der Abgleich mit ähnlichen Fällen?»

«Wir sind noch dabei, eine Liste zu erstellen», antwortete Anna.

«Wie sieht es mit dem Alibi des Küchenchefs aus?», fragte Staatsanwältin Förster.

«Mehrere Leute haben bestätigt, dass Hannig in Oldenburg war», antwortete Felix May, der Aktenführer. «Auch stimmt seine DNA nicht mit der des Täters überein. Das gilt übrigens für das gesamte Personal, soweit wir es bis jetzt überprüfen konnten, also bis auf Anton Gogalla.»

«Gab es vielleicht Drohungen aus der rechten Szene?», fragte Hamid Belhanda. «Ich habe gehört, dass die Wirtin zur Gegendemonstration am Montag aufgerufen hat.»

Vincent schien die Schlussfolgerung zu weit hergeholt. Den anderen in der Runde ging es offenbar ähnlich, keiner ging darauf ein.

«Wir haben noch gar nicht über Karsten Kuhn gesprochen», meldete sich Bruno Wegmann und strich über seine Glatze. «Wir brauchen unbedingt eine DNA-Probe von diesem Fernsehfritzen!»

«Wir prüfen gerade sein Alibi, und es scheint sich zu bestätigen», sagte Anna.

«Für mich sieht es trotzdem nach einer Beziehungstat aus. Muss ja nicht Kuhn gewesen sein. Da hatte jemand voll die Hasskappe auf, absolut. Sechs Schläge mit einem Hammer – um eine Frau wehrlos zu machen, braucht es nicht dieses Ausmaß an Gewalt.»

Vincent kamen Samys Worte in den Sinn, der ihm von dem Crystal Meth erzählt hatte: *Die einen haben Sex wie die Karnickel, die anderen werden aggressiv.*

Die Kollegen hatten es eilig, an ihre Arbeitsplätze zurückzukehren. Vincent winkte der Staatsanwältin, doch die folgte Felix May in dessen Büro, vermutlich um Akten zu studieren. Daraufhin wandte er sich Anna Winkler zu.

«Wann sprechen wir noch einmal mit Karsten Kuhn?», fragte er.

«Wir waren doch schon am Montagabend bei ihm.»

«Da wussten wir noch nichts von Crystal Meth.»

«Der Aushilfskellner hat seine Aussage zurückgenommen.»

«Dafür hat Viktor Krömer bestätigt, dass seine Chefin Pillen nahm.»

«Willst du Kuhn so kurz vor seiner Sendung befragen?»

«Wir sind alle im Stress, nicht nur er. Was ist los mit dir?»

Anna seufzte. «Okay, damit du Ruhe gibst.»

«Und ich will dabei sein.»

«Traust du mir nicht?»

Vincent musste grinsen. «Womöglich erliegst du seinem Charme.»

«War's das?» Anna legte den Kopf schief. «Und was glotzt du schon wieder auf meine Haare?»

«Man sagt, dass eine neue Frisur auf einschneidende Änderungen im Privatleben hinweist.»

«Das geht dich nichts an.» Anna rauschte aus dem Raum.

Als Vincent ebenfalls auf den Flur trat, stieß er fast mit der Staatsanwältin zusammen.

«Frau Förster, ich wollte …»

«Was gibt's denn noch?»

«Fünf Minuten, bitte.» Er führte die junge Frau in sein Büro und schloss die Verbindungstür zum Geschäftszimmer. Die Espressomaschine war im Bereitschaftsmodus. Vincent legte eine Kapsel ein.

«Espresso oder einen Verlängerten?»

«Fünf Minuten, mehr Zeit habe ich wirklich nicht.»

Vincent fand, dass stark und schwarz zu ihr passte, und drückte den entsprechenden Knopf. «Was haben Sie gegen mich?»

«Ich? Gar nichts. Nicht persönlich.»

«Aber?»

«Ehrlich gesagt wundere ich mich schon, dass Sie noch immer diese Dienststelle leiten.»

«Bitte?»

«Wie man hört, sind Sie am Montagabend nicht nur gegen friedliche Demonstranten vorgegangen, sondern auch gegen die eigenen Kollegen gewalttätig geworden.»

«Wer behauptet denn so etwas?»

«Ich habe die Bilder gesehen.»

«Welche Bilder?»

«Und es wird gegen Sie ermittelt. Hat man Ihnen das noch nicht mitgeteilt?»

«Bullshit!»

Sie verschränkte die Arme. «Wissen Sie, was ich mich vorhin während der Sitzung gefragt habe? Warum zieht dieser Mann aus seiner Haltung gegen die staatliche Ordnung nicht die Konsequenz und verlässt den Polizeidienst?»

Es kochte in Vincent. «So sieht also die neue Generation von Staatsanwälten aus.»

«Wie meinen Sie das?»

«Sie reden über meine Haltung, dabei haben Sie keine Ahnung, wer ich bin und was am Montag los war. Bloß nicht die Scheuklappen abnehmen. Es könnte ja der Karriere schaden.»

«Hören Sie …»

Vincent öffnete die Tür. «Die fünf Minuten sind um, Frau Förster.»

Sie trank die Tasse leer, stellte sie ab und schenkte ihm ein kaltes Lächeln. «Ihr Kaffee ist wesentlich besser als Ihre Manieren.»

Er rief seine E-Mails ab. Vom Inspektionsleiter stammte die Botschaft, Vincent solle nicht an der für fünfzehn Uhr angesetzten Pressekonferenz zum Mordfall Melli Franck teilnehmen und sich stattdessen von der Leiterin der Mordkommission vertreten lassen. *Wir haben beschlossen, Sie vorerst aus der Schusslinie zu nehmen.*

Markus Braun, der Behördensprecher, hatte ihm ebenfalls eine Nachricht geschickt: *Zu deiner Info, siehe Anhang. Noch hat die Presse nichts davon gebracht, also keine Panik.*

Der Anhang enthielt Fotos.

Als Vincent sie öffnete, wurde ihm klar, welche Bilder die

Staatsanwältin gemeint hatte. Aufnahmen von der Demonstration – Vincents Pulsschlag beschleunigte sich.

Sie zeigten, wie er mit der Fahnenstange auf einen Skinhead einstieß. Wie er einen uniformierten Kollegen wegschubste. Wie zwei weitere Beamten ihn abführten. Sein wutverzerrtes Gesicht.

Vincent erinnerte sich an das Blitzlicht, das er während des Gerangels wahrgenommen hatte. Thanns Worte von gestern: *Wie steht unsere Behörde denn da?*

Es klopfte, auf Vincents Aufforderung hin betrat Anna das Zimmer. «Der Inspektionsleiter meint, ich soll heute Nachmittag vor der Presse auftreten. Nicht dass du glaubst, ich hätte mich vorgedrängelt. Oder hätte ich nein sagen sollen?»

«Schon gut, Anna.» Vincent drehte den Monitor zu ihr hin. «Hast du die Fotos auch schon gesehen?»

Ein kurzes Nicken. «Mir geht ebenfalls der Hut hoch, Vincent, wenn die Nazis mitten in der Stadt aufmarschieren dürfen. Aber wir sollten nicht auf jede Demo gehen.»

«Jede? Das war meine erste. Und ich würde es wieder tun.»

Heute hatte die Zeitung neue Nachrichten zur Not der Flüchtlinge gebracht. Hunderte Tote im Meer vor Libyen. Zäune und Stacheldraht an Ungarns Grenze zu Serbien. In Sachsen und Berlin hatten unbekannte Täter Behelfsunterkünfte abgebrannt, die für Asylbewerber vorgesehen waren. Trotzdem taten die meisten Politiker in Deutschland so, als seien die Flüchtlinge das Problem, nicht die Ausländerfeinde.

«Du solltest deine Emotionen im Griff behalten», sagte Anna.

«Die Bilder lügen. Der Typ mit der Stange hat mich angegriffen, nicht umgekehrt.»

Anna grinste. «So würde ich auch argumentieren.»

«Nein, ehrlich.» Vincent neigte den Kopf und teilte das Haar über der Beule. «Hier, siehst du den Schorf?»

Anna nickte. «Ich bin mir sicher, du stehst das durch, Vincent.»

Er fragte sich, ob sich die Kollegin schon als seine Nachfolgerin betrachtete.

«Und du?», wollte er wissen. «Ich meine die Pressekonferenz.»

«Hab doch diesen Lehrgang gemacht. Atemübungen und Rhetorik.»

«Sag den Medienfritzen, dass fünfundvierzig Kripobeamte aus verschiedenen Dienststellen an der Leichensache arbeiten. Das macht Eindruck.»

«Aber so viele sind wir gar nicht.»

«Wenn du mich und die Pressestelle mitzählst, kommt es in etwa hin.»

«Danke für den Tipp.»

Nachdem Anna sein Zimmer verlassen hatte, rief Vincent den Behördensprecher an.

«Braun.»

«Hallo, Markus, hier Vincent. Wer verschickt diese Fotos in alle Welt?»

«Ich war das nicht.»

«Woher stammen sie überhaupt?»

«Ein Reporter vom *Blitz* hat mir die Aufnahmen gemailt», antwortete Braun. «Er hat von irgendwoher aufgeschnappt, dass der irre Typ auf den Bildern ein Polizeibeamter sein könnte, und wollte meine Bestätigung. Natürlich hab ich gemauert. Aber ich musste die Behördenleitung informieren. Das verstehst du doch.»

«Danke für den ‹irren Typen›.»

«Beruhig dich, Vincent. Keiner hat ein Interesse daran, dich den Medien auszuliefern. Schon gar nicht die Chefetage.»

«Da bin ich mir nicht so sicher.»

«Warum regst du dich wegen ein paar Nazis so auf? Eine

Minderheit an Spinnern wird es immer geben. Unsere Demokratie hält das aus.»

«Solange es Leute gibt, die sie aufhalten.»

«Gewalt ist keine Lösung.»

«Der Skinhead hat zuerst zugeschlagen.»

«Ach ja?»

«Was dachtest du denn?»

«Dann mach das mal deinem Inspektionsleiter klar.»

Vincent beendete das Gespräch und fuhr sich durchs Haar. Sogar Markus Braun hält mich für einen Krawallmacher.

Durchatmen.

Er sah auf die Uhr. Zeit für die Kantine.

Das Telefon schrillte. Auf dem Display eine Nummer der Behörde. Ein Kollege meldete sich, dessen Namen Vincent kein Gesicht zuordnen konnte: «Modrick, KK21.»

Vincent wusste sofort Bescheid. Das Kommissariat bearbeitete unter anderem Beamtendelikte. Kollegen, die gegen Kollegen ermittelten.

«Hast du morgen Mittag Zeit?»

«Ist das eine Vorladung, Modrick?»

«Lass uns den Ball flachhalten, Kollege Veih. Glaub bloß nicht, dass mir die Angelegenheit Spaß macht. Die Behördenleitung verlangt einen Bericht, und wir beide werden liefern, um unsere Ruhe zu haben. Du nimmst das doch nicht persönlich, oder?»

«Landfriedensbruch und Widerstand gegen die Polizei?»

«Ich bin mir sicher, wir werden den Verdacht entkräften. Morgen, dreizehn Uhr?»

Vincent bestätigte den Termin und legte auf. Eigentlich hat der Sachbearbeiter für Beamtendelikte recht freundlich und verständnisvoll geklungen, dachte er.

Dann fiel Vincent ein, dass er selbst seine übelsten Mordverdächtigen ebenso anpackte.

27

▼

Gegen sechzehn Uhr erschien die Freundin von Dennis, um Ronny abzulösen. Sie war ebenfalls um die dreißig und trug ihr blondes Haar zu einer auffälligen asymmetrischen Frisur geschnitten. Ringe in der Nase und einer Augenbraue. Es hieß, sie sei früher mit einem Rocker der Bandidos liiert gewesen, der sie übel behandelt habe. Bei Dennis habe sie Schutz gefunden.

Ronny ging ins Hinterzimmer, um sich zu verabschieden. Dennis hatte das Telefon am Ohr und bedeutete ihm mit einer Geste, dass er warten solle.

Der Tisch war noch immer mit Stapeln von CDs und wattierten Umschlägen bedeckt. *Störkraft, Oithanasie, Angry Aryans, Sturmtruppen* und *Werwolf* – einige der Bands hatte Ronny live erlebt. Ihre Liedtexte verherrlichten die weiße Rasse, sie riefen zur Gewalt gegen Schwarze, Türken sowie Linke auf und feierten den Nationalsozialistischen Untergrund. Offenbar hatte diese Propaganda wieder Konjunktur.

Ronny musste sich allerdings eingestehen, dass ihm manche Konzerte auch Spaß bereitet hatten. Alkohol half, den Nazischeiß auszublenden.

Dennis legte auf. Er wirkte bedrückt.

«Bist du mit dem Auto da?», fragte er. «Den Transporter habe ich gerade verliehen.»

«Wohin soll ich dich fahren?»

«Krankenhaus.»

«Geht's dir nicht gut?»

«Meine Mutter liegt dort.»

Sie brachen auf.

Ronny wusste, dass die Frau in einem Pflegeheim lebte, weil sie vor einigen Jahren einen Schlaganfall erlitten hatte. Auf der Fahrt zum Marienhospital erzählte Dennis, dass sie sich eine Lungenentzündung eingefangen hatte und auf der Intensivstation lag.

«Wenn sie stirbt, bin ich der letzte Molitor», sagte er.

«Hast du keinen Vater mehr?»

«Er hat sich umgebracht. Weihnachten 2012 hab ich ihn auf dem Dachboden gefunden. Mit 'nem Strick um den Hals. Ganze achtundfünfzig Jahre ist er geworden. Zuletzt war er nur noch ein Wrack.»

«Tut mir leid.»

«Der Alk und der Kummer, weil man ihn aus seinem geliebten Laden rausgeschmissen hat. Und vor lauter Aufregung darüber bekam Mama ihren Schlaganfall.»

«Was für einen Laden hatte dein Vater denn?»

«Er war Friseur. Hab ich dir nicht erzählt, dass er Kultstatus hatte? Ich hab's schriftlich, stand in einem Stadtmagazin. Als Vater eine Niete, aber Haareschneiden konnte er wie kein Zweiter. Eine Zeit lang ist sogar die Prominenz zu ihm gepilgert, weil sein Style in Mode kam. Damals war das Hafenviertel noch eine Schmuddelgegend. Aber dann hat man ihm die Miete raufgesetzt, bis er nicht mehr mithalten konnte. Heute ist da ein Koreaner. Woher haben diese Scheiß-Asiaten bloß das Geld für die Miete? Das geht doch nicht mit rechten Dingen zu!»

«Meinst du das Restaurant, in das am Montag ein Molli geworfen wurde?»

«Hat zwar nicht gezündet, aber ich bin mir sicher, dass die Schlitzaugen kapiert haben, was Sache ist.»

«Die Koreaner können doch nichts dafür.»

«Wie meinst du das?»

«Wenn einer das Schwein ist, dann der Vermieter, der deinen Vater vor die Tür gesetzt hat.»

«Da hast du recht. Der kommt auch noch dran. Übrigens ebenfalls ein Prominenter. Kennst du Helmut Pabst?»

«Den Politiker?»

«Ein Arschloch, wie es im Buche steht. Von allen Systemfunktionären tönt er am lautesten von Willkommenskultur. Dem kann's gar nicht schnell genug gehen, Deutschland an die Kanaken zu verschenken.»

Sie erreichten das Krankenhaus. Dämmerung und Nieselregen. Ronny fuhr möglichst nah an den Eingang.

Dennis rieb seine Hände. «Am Freitag bereden wir, wie das alles weitergeht. Ich sag's dir, Alter, das Volk hat längst die Schnauze voll, und der Widerstand formiert sich. Du kommst doch zu unserem Treffen? Die Nummer eins wird zu uns sprechen.»

«Odin.»

«Ganz genau. Er freut sich schon darauf, dich kennenzulernen. Ehrlich.»

Ronny dachte nicht daran, auch noch die Freizeit mit den Nazis zu verbringen. Er hoffte, bis dahin wieder für Oliver Bischoff zu arbeiten. Die Spur der Drogen zu verfolgen.

Dennis legte ihm seine Pranke auf die Schulter. «Halt dir den Freitagabend frei. Ich hol dich dann ab.»

28
▼

Vincent beratschlagte sich mit Felix in dessen Büro, wo sich die Akten der *MK Restaurant* auf der Kommode stapelten. Anna stieß hinzu, sie kam gerade aus der Pressekonferenz. Vincent hatte ihr schon einmal den Auftritt vor den Medien überlassen, weil er nicht besonders scharf darauf gewesen war. Aber damals hatte *er* das entschieden.

«Wie war's?», fragte er.

«Hab deinen Rat befolgt», antwortete Anna. «Fünfundvierzig Kommissarinnen und Kommissare – die Zahl hat die Medienleute beeindruckt.»

«Hoffentlich bringen sie das Foto von Toni Gogalla. Das könnte bei der Fahndung helfen.»

«Ein Typ vom *Blitz* hat übrigens nach dir gefragt.»

«Was wollte er wissen?»

«Warum du nicht an der Pressekonferenz teilnimmst. Thann hat geantwortet, dass du aus Zeitgründen mich geschickt hättest.»

«Wie nett.»

«Gibt es sonst Neuigkeiten?», fragte Felix.

«Der Besitzer des Mantels hat sich gemeldet», sagte Anna.

«Wann?», fragte Vincent.

«Warum fragst du das?»

«Weil ich es schätze, über solche Dinge zeitnah unterrichtet zu werden.»

«Hör mal, Vincent …»

«Soll ich kurz den Raum verlassen?», fragte Felix. «Damit ihr das, was auch immer da brodelt, unter euch austragen könnt?»

«Da brodelt nichts», sagte Vincent. «Oder?»

Anna holte hörbar Luft. «Der Mann war heute Mittag am Tatort, weil er den Mantel angeblich in der Nacht zum Montag nach einer Geburtstagsfeier im Restaurant vergessen hatte. Die Spurensicherung ließ ihn nicht rein. Deshalb rief er bei uns an.»

«Hat er ein Alibi?»

«Er ist Inhaber eines Reisebüros und hat, wie er behauptet, am Montag bis spät abends gearbeitet. Wir überprüfen das. Ich hab auch eine Speichelprobe veranlasst, damit wir gegebenenfalls eine DNA-Spur schon mal ausschließen können.»

«Danke, Anna.» Es sollte versöhnlich klingen.

«Nichts zu danken.» Ihr Blick war giftig.

London Calling – das Handy. Vincent entschuldigte sich bei seinen Kollegen und nahm das Gespräch an.

Fabri meldete sich. «Wir haben im Restaurant eine Dose mit Pillen gefunden. Genauer gesagt, in dem kleinen Raum, der Melli Franck als Büro gedient hat. Mehr als vierzig Tabletten in einem hübschen, alten Emaille-Behälter. Medizin bewahrt man anders auf, würde ich mal behaupten. Ich hab das Zeug ins LKA-Labor schaffen lassen. Wenn's gut läuft, haben wir morgen das Ergebnis.»

«Ich danke dir.»

Vincent gab die Information an Anna und Felix weiter. Mehr als vierzig Pillen – wenn es sich um Crystal Meth handelte, ging das nicht mehr als Eigenbedarf durch. Was die erste Aussage des Aushilfskellners zu bestätigen schien und den Widerruf per anwaltlicher Erklärung umso dubioser wirken ließ.

«Haben wir etwas Neues zu Toni Gogalla?», fragte Vincent.

«Wir haben seinen Freund ausfindig gemacht», erklärte Felix. «Vor einer halben Stunde – ich hoffe, das ist jetzt zeitnah genug.»

«Schon gut, weiter!»

«Der Freund heißt Vogler und ist Flugbegleiter bei Air Berlin. Hat Gogalla seit Mitte November nicht mehr gesehen und macht sich Sorgen.»

«Wer ist an ihm dran?»

«Samy Bräutigam vom Rauschgift.»

«Vielleicht ist es Gogalla in der Stadt zu heiß geworden, nachdem die Kollegen vom Rauschgift ihn in die Mangel genommen hatten», spekulierte Anna.

«Nein, von uns hat der Kellner nichts zu befürchten. Die Menge, die bei ihm gefunden wurde, ist zu gering für ein Ermittlungsverfahren.»

«Du meinst also …»

«Wenn er Angst hat, dann nicht vor der Polizei.»

Das Telefon auf Felix' Schreibtisch klingelte, der Kollege nahm den Hörer ab und drückte die Taste zum Mithören. «May.»

«Die Pforte. Hier ist eine Frau Corinth für euch. Bin ich bei dir richtig?»

Vincent beugte sich zum Telefon vor. «Wir holen sie ab.»

Sie gingen mit Marie Corinth fürs Protokoll zunächst die Punkte durch, die Vincent bereits am Montagabend telefonisch abgeklärt hatte. Sie sprachen über Hannig, den gefeuerten Küchenchef, und über die Furcht der Wirtin vor der Rachsucht des Mannes.

Vincent musste sich eingestehen, dass er sich ein falsches Bild von Melli Francks Freundin gemacht hatte. Ihr Haar hatte die Farbe von Zimt, sie trug es halblang und schlicht. Blaue Augen unter fast farblosen Wimpern, blasse Haut mit wenigen Sommersprossen um die Nase. Keine Frau, die auf Anhieb alle Blicke auf sich zog. Auch nicht die Person, die Wert darauf legte. Aber sie strahlte etwas aus, das Vincent beeindruckte: Willensstärke und Intelligenz.

«Wissen Sie etwas über Drogenkonsum?», fragte er.

«In Bezug auf Hannig?»

«Nein, auf Frau Franck.»

Marie Corinth zuckte mit den Schultern. «Sie hat ab und zu ein Glas Wein getrunken, aber wer tut das nicht?»

Vincent wechselte einen Blick mit Anna, während Felix die Aussage in seinen Computer tippte.

«Pillen, Tabletten, Aufputschmittel?», fragte Anna.

«Nicht dass ich wüsste.»

Ihre Körpersprache deutete nicht darauf hin, dass sie log oder etwas verbarg. Die Wirtin hat das Crystal Meth vor ihrer Freundin verheimlicht, vermutete Vincent.

«Wer könnte ihren Tod gewünscht haben?», fragte er.

«Außer Hannig?»

«Richtig.»

«Sie hat keine Erben, oder? Geschieden, keine Kinder, beide Eltern tot. Gibt es ein Testament?»

«Wir haben keines gefunden.»

«Abgesehen von dem Koch hatte sie mit niemandem Streit, soviel ich weiß. Sie hat sich über fiese Konkurrenten beschwert, ohne konkreter zu werden, aber ein Mordmotiv erkenne ich da nicht. Nein, keine Ahnung, wer da noch in Frage kommt.»

«Das Restaurant stand wirtschaftlich auf wackligen Füßen, stimmt's?»

«Bis vor kurzem, ja. Karsten Kuhn wollte ihr nichts leihen, und meine bescheidene Hilfe hat Melli ausgeschlagen. Schließlich hat sie Thorsten Franck als Teilhaber ins Boot geholt.»

«Also ihren Exmann.»

«Wie der Deal genau aussieht, müsste ich nachschauen.»

«Herr Franck ist zugleich Ihr Chef?»

«Ja, genau.»

«Durch ihn kannten Sie Frau Franck also?»

«Ich bin etwa vor fünf Jahren zu *Franck Development* gekommen. Damals fand unsere Weihnachtsfeier im *Greens* statt. Etwa zu der Zeit ließen die beiden sich scheiden.»

«Was wissen Sie darüber?»

«Sie hatten sich auseinandergelebt. Er brachte kein Verständnis dafür auf, dass Melli mehr sein wollte als die attraktive Frau an seiner Seite.»

«Gab es Streit?»

«Davon habe ich nichts mitbekommen. Die Trennung ging von Melli aus, und Thorsten hat sich damit abgefunden, zumal er keine finanziellen Einbußen hatte. Es gab einen Ehevertrag. Melli stand nichts aus dem Vermögen zu. Thorsten überließ ihr das *Greens* und kam sich dabei großzügig vor.»

«Sie mögen ihn nicht», konstatierte Vincent.

«Doch, er ist …» Sie suchte nach Worten. «Auf gewisse Weise bewundernswert. Unkonventionell und kreativ. Und einigermaßen charismatisch.»

«Aber?»

«Seine Leidenschaft gilt nun mal dem Geld. Menschen sind ihm weitgehend egal.»

«Ein Soziopath?»

«So weit würde ich nicht gehen. Ein Zyniker, vielleicht. In unserer Branche trifft man solche Charaktere häufig. Man muss ein guter Verkäufer sein und skrupellos genug, um Leute übers Ohr zu hauen.»

«Seine Geschäftspartner können einem leidtun.»

Corinth lachte. «Die sind meistens genauso drauf und verdienen sehr gut durch ihn.»

«Also kennen Sie Melli seit fünf Jahren», fragte Anna.

«Nähergekommen sind wir uns eigentlich erst in den letzten Wochen.»

«Nähergekommen?», hakte Vincent nach.

Corinth räusperte sich. Mehr als ihre Wangen errötete ihr Hals. «Ich glaube nicht, dass das hier eine Rolle spielt.» Sie drückte ihren Rücken durch und hob das Kinn. «Ich arbeite ehrenamtlich für einen Verein, der sich um Kinder in Not kümmert, und ich konnte Melli Franck dafür gewinnen, unser aktuelles Projekt für Flüchtlingskinder zu unterstützen.»

«Erzählen Sie uns mehr über sie», bat Anna. «Soweit wir wissen, verlief ihr Leben nicht ganz ohne Brüche. Ich kann mir vorstellen, dass Sie als Freundin …»

Marie Corinth brach in Tränen aus.

Vincent legte seine Hand auf ihren Arm. «Sie und Melli waren ineinander verliebt, stimmt's?»

Die Zeugin nickte.

«Und wusste Mellis Freund davon?»

Wieder ein Räuspern. «Keine Ahnung.»

Vincent warf Anna einen Blick zu.

Morgen knöpfen wir uns diesen Fernsehtypen vor.

29

▼

Ronny überquerte den gepflasterten Hof. Er fühlte sich müde und ausgelaugt.

Die Fenster des Lofts im Hinterhaus waren erleuchtet – der Anblick weckte die Erinnerung an die vergangene Nacht. Ronny stieg die Treppe hoch, und mit jeder Stufe wuchs seine Nervosität. Im ersten Stock hielt er inne.

Sandra und Mark.

Ohne lange nachzudenken, drückte er die Klingel.

Schritte auf knarrenden Dielen. Die Tür ging auf. Der Typ war groß und sah passabel aus. Kinnbart, Jeans und weißes Hemd. Ein paar Jahre jünger als ich, schätzte Ronny. Aus dem Loft strömte wohlige Wärme ins Treppenhaus.

«Vogt», stellte sich Ronny vor. «Der Nachbar über Ihnen.»

«Freut mich.»

«Ist Ihre Frau da?»

«Nein, kann ich etwas ausrichten?»

«Sie meinte, sie würde mir bei der Wohnungssuche helfen, und …»

Der Typ rümpfte die Nase und bedachte ihn mit einem abschätzigen Blick.

Ronny wurde klar, dass er nach Frittenbude stank.

«Hat sie das wirklich gesagt?», fragte sein Nachbar.

«Ja.»

«Sandra arbeitet in einem Maklerbüro, das auf, na ja, Luxusimmobilien spezialisiert ist. Außerdem ist sie heute nicht da.

Warum suchen Sie nicht einfach im Internet nach etwas Passendem? Nichts für ungut, Herr Vogt. Schönen Abend noch.»

Der Nachbar schloss die Tür.

Außerdem ist sie heute nicht da – Ronnys Herz tat einen Sprung.

Von seinem Schlafzimmer aus spähte er eine Viertelstunde lang in das einzige Fenster des Lofts, das er einsehen konnte, weil der Raum sich bis in den Seitenflügel erstreckte. Der Typ ging auf und ab. Sandra ließ sich tatsächlich nicht blicken. Die beiden sind immer noch verkracht, mutmaßte Ronny.

Er zog die Schublade des Küchentischs auf. Unter Sandras schwarzem Slip lag ein Handy, ein altes Fabrikat von Nokia. Kein Smartphone, wie er es bei sich trug.

Damit wählte er Bastians Nummer beim Landeskriminalamt NRW.

Keiner ging ran.

Mit der Mobilfunknummer hatte er mehr Erfolg.

Sein Führungsbeamter nannte keinen Namen, keine Dienststelle. Wie damals in Thüringen, dachte Ronny. Du kriegst den Kerl aus dem Geheimdienst raus, aber nicht den Geheimdienst aus dem Kerl.

Draußen ratterte eine S-Bahn vorbei. *Schittko-Schittko …*

«Wo brennt's denn, mein Guter?»

«Ich weiß jetzt, wer hinter dem Anschlag auf das Koreaner-Restaurant steckt.»

«Bevor du weitersprichst – womit rufst du an?»

«Mit dem sicheren Handy, was denkst du denn?»

«Reg dich nicht auf. Man darf doch fragen.»

«Dennis Molitor war's. Ausländerhass und persönliche Rache. Versuchter Mord, würde ich sagen.»

«Ach.»

«Und er handelt mit indizierter Nazi-Musik. Das ist die Handhabe.»

«Wofür?»

«Wenn ihr heute noch seinen Imbiss aufsucht, werdet ihr im Hinterzimmer eine größere Menge volksverhetzender Ware entdecken. Und das gibt einen guten Grund für die Überwachung von Telefon und E-Mail-Verkehr und für weitere Durchsuchungen in Wohnung und Garage – was willst du mehr? Dabei findet ihr garantiert genügend Beweise, um seiner gesamten Kameradschaft das Handwerk zu legen!»

«Unmöglich, Ronny.»

«Verdammt, wieso?»

«Mensch, das muss ich dir doch nicht erklären!»

«Komm mir jetzt nicht damit, dass ich dann verbrannt wäre.»

«Natürlich wärst du das! Molitor würde sofort wissen, dass der Tipp von dir kam. Dein Leben wäre womöglich in Gefahr!»

«Aber der Mann plant weitere Anschläge!»

«Wir haben dich wegen einer Drogenbande angefordert. Nicht wegen irgendwelcher halbstarken Möchtegernnazis. Das hast du gestern Abend selbst betont, mein Guter. Und jetzt beruhige dich bitte.»

«Wenn du wirklich meinst …»

«Bleibt es bei morgen Abend?»

«Klar.» Ronny räusperte sich. «Noch etwas.»

«Was denn?»

«In der Wohnung unter mir lebt eine Frau, deren Büroadresse ich gern wüsste. Im Internet bin ich nicht fündig geworden. Ihr Name lautet Sandra Meerkamm.»

Bastian lachte. «Cherchez la femme?»

Ronny spürte, wie ihm das Blut in den Kopf schoss. Gut, dass Bastian ihn jetzt nicht sah. «Sie ist Immobilienmaklerin. Wie die Firma heißt, weiß ich nicht. Aber du kriegst das doch sicher raus.»

«Maklerin?»

«Ich will nicht länger in der Bruchbude bleiben, in die du mich da gesteckt hast. Wird nicht einmal anständig warm hier.»

«Warum klingelst du nicht bei ihr?»

«Schlaumeier. Hab ich schon. Aber sie ist nicht da.»

«Unser Herr Vogt ist in neuer Liebe entflammt. Hast du endlich Liese Schittko aus deinen Träumen verbannt? Dass ich so etwas noch mal erleben darf!»

TEIL ZWEI

Abgeschaltet und geschreddert

▼

In diesem Moment hatte ich den Eindruck, als läge mein ganzes Leben ausgebreitet vor mir, und ich dachte: Das ist eine verdammte Lüge.

JEAN-PAUL SARTRE,
DIE MAUER

2011 – EISENACH

30

▼

Freitag, 4. November

Unmöglich, beschloss Ronny.

Er saß noch immer auf dem Fahrersitz und starrte in den Wald. Der Wind wehte welke Blätter gegen die Scheibe. Eine Stimme in ihm lobte seine Entscheidung, sich dem Befehl der Behörde zu widersetzen. Aber er brachte es nicht übers Herz, sich nach hinten zu den Kameraden zu gesellen. Er spürte, wie ihn die Frage nach seiner Loyalität zerriss.

Ich bin ein Verräter, so oder so.

Er warf einen Blick in den Rückspiegel: Max hielt nach Verfolgern Ausschau, während Gerri die Waffen überprüfte – seine liebsten Spielzeuge.

Ronny kannte das Arsenal, das sie im Wohnmobil mit sich führten: zwei Pumpguns – Winchester 1300 Defender und Mossberg Maverick 88 –, die beiden Revolver – Alpha Proj Kaliber achtunddreißig sowie Melcher neun Millimeter –, schließlich die Česká-Pistole CZ 70 und die Pleter-MP. Ein gutes Dutzend weiterer Schießeisen bewahrten die Jungs in der Zwickauer Wohnung auf, darunter die CZ 83, die ihr berüchtigtes Erkennungszeichen geworden war und wegen der man auch von den Česká-Morden sprach.

«Wir brauchen neue Aktionen», fing Gerri wieder an. «Das Ausländerpack fühlt sich in unserem Land viel zu sicher.»

«Das besprechen wir mit Liese», beschied Max. «Okay?»

«Wozu haben wir all die schönen Listen? Die Waffen? All die Kameraden, die uns zuarbeiten? Der Typ in Kassel – das ist schon mehr als fünf Jahre her!»

«Du hast ja recht. Aber weißt du, welchem Kameraden noch zu trauen ist? Es gibt zu viele Spitzel. Wenn wir wieder zuschlagen, müssen wir aufpassen. Und es muss etwas Großes sein. Nicht nur irgendein Kanake.»

Gerri brummte nur.

Ronny fragte sich erneut, wer ihm näherstand. Die beiden Männer, mit denen er so viel Zeit verbracht und die er hierher kutschiert hatte, oder Bastian Schwenk und sein Arbeitgeber, das Landesamt für Verfassungsschutz.

Max spielte erneut am Funkscanner und stieß auf klare Stimmen aus dem Äther. Man hatte zwei Radfahrer und das Wohnmobil auf einem Parkplatz gesehen. Die Einsatzkräfte konzentrierten sich nun auf das Stadtgebiet. Die Kontrollen an der A4 wurden aufgegeben.

Logisch ist das nicht, dachte Ronny.

«Endlich», sagte Max. «Auf nach Zwickau.»

«Noch jemand eine Erdbeermilch?», fragte Gerri.

«Hast du nicht was mit mehr Prozenten?»

«Rotkäppchensekt?»

«Judenblut!»

Die beiden Männer lachten. Gerri bückte sich zum Kühlschrank. Ronny wurde klar, dass er nicht nur Bastian enttäuschen würde, wenn er sich der Anordnung widersetzte. Die Behörde würde mich verstoßen, mir die Rückkehr ins richtige Leben verwehren. Ich würde eine Linie überschreiten und wäre für immer Teil des NSU, dachte er. Ich will das nicht mehr. Keine neuen Aktionen.

Er zwängte sich durch die Lücke zwischen den Sitzen nach hinten und griff in den Alkoven, wo Gerri die Winchester verstaut hatte.

«Was hast du vor?», fragte Max.

Gerri richtete sich auf. Ronny feuerte aus der Hüfte. Das schwere Flintenlaufgeschoss riss einen Krater in Gerris linke Schläfe. Die andere Kopfhälfte explodierte. Der Kamerad schlug gegen die Seitentür und sackte zu Boden.

Der Rückstoß war heftig gewesen. Die Wand des Wohnmobils war völlig besudelt. Ronny zitterte und hätte die Pumpgun am liebsten fallen gelassen. So laut und heftig hatte er sich das nicht ausgemalt. Doch jetzt gab es kein Zurück mehr.

«Was soll der Scheiß?», schrie Max.

«Das fragst du?», brüllte Ronny zurück.

Max machte einen Schritt auf ihn zu und streckte die Hand aus. «Gib das her!»

Ronny zog den Vorderschaft zurück, die leere Patronenhülle flog heraus, er schob den Schaft nach vorn – *ratsch-ratsch*. Die Flinte war erneut geladen.

Er richtete sie auf Max.

«Du kannst doch nicht …»

Ronnys Stimme überschlug sich. «Warum fangt ihr wieder mit den verdammten Überfällen an, warum hört ihr nicht auf mich?»

«Sie werden uns nicht kriegen!»

«Hast du eine Ahnung!»

«Kamerad, lass mich abhauen, bitte.» Max ging heulend auf die Knie. «Warum? Ich meine, wie kannst ausgerechnet du – wir sind doch …»

Ronny stieß ihm die Mündung des Laufs gegen die Zähne und drückte ab.

Die Wucht des Schusses warf Max gegen die Rückwand.

Noch mehr Blut und Dreck. Ronny wurde flau im Magen, er schaffte es aber, nicht zu kotzen. Ohne nachzudenken, lud er noch einmal nach. *Ratsch-ratsch*.

Die zweite Hülse fiel zu Boden. Sie rollte, bis sie in der roten

Lache um Gerris Kopf zum Stillstand kam. Es stank nach Pulverschmauch. Ronny warf die Pumpgun hin und kletterte über Gerris Leiche zurück auf den Fahrersitz.

Die Detonation der beiden Treibladungen hallte in Ronnys Ohren als schrilles Pfeifen nach. Sein Puls galoppierte, sein Atem ging viel zu schnell. Er umklammerte das Lenkrad, um sein Zittern unter Kontrolle zu halten.

Verfluchte Scheiße, was habe ich getan?

Nach einer halben Ewigkeit hatte er sich so weit beruhigt, dass er sich fahrtüchtig und in der Lage fühlte, die restlichen Weisungen zu befolgen. Er startete den Motor, wendete das Fahrzeug und steuerte Stregda an, ein Wohngebiet am nördlichen Stadtrand Eisenachs. Nur einen guten Kilometer entfernt befand sich der Lidl-Markt, hinter dem man sie beobachtet hatte. Ronny fuhr bergauf, die Anliegerstraßen wurden schmal. Bastians Plan bestand darin, das Wohnmobil in einer Gegend zu parken, in der es die Polizei noch heute entdecken würde.

Ronny fühlte sich wie unter Strom. Ein Roboter, der funktionierte, während seine Gedanken Karussell fuhren. Nie hatte er sich das Ende des NSU vorgestellt. Schon gar nicht auf diese Art.

Wie kannst ausgerechnet du – wir sind doch …

Freunde, dachte Ronny. Für Max und Gerri war ich das.

Ich habe zwei Freunde getötet.

Er sah ein Straßenschild: *Am Schafrain*. Links eine Wiese mit Entwässerungsgraben sowie eine Baustelle, rechts eine Reihe von neueren Häusern. Ronny hielt an und spähte in alle Richtungen. Kein Mensch zu sehen, gut so.

Weiter im Plan.

Er zog Handschuhe an und rieb das Lenkrad mit einem Lappen ab. Das Armaturenbrett, die Innenseite der Fahrzeugtür, den Rückspiegel. Dann griff er nach seiner Tasche und stieg nach hinten zu den Toten.

Dort wischte er seine Fingerspuren von der Winchester und legte sie vor Max' Füßen ab. Danach leerte er den Papierkorb auf die Sitzbank unter dem Fenster. Er fand Gerris Flachmann, fast leer, nur noch ein winziger Schluck, den er über den Papierabfall und seinen Lappen goss. Er legte ein paar Klamotten dazu, von denen er annahm, dass sie leicht brannten. Alle Spuren sollten vernichtet werden, zumindest soweit sie auf ihn hinwiesen.

Als er nach dem Feuerzeug suchte, fiel sein Blick aus dem Fenster.

Verdammt – zwei Uniformierte.

Was machten die denn jetzt schon hier?

Weiter hinten hatten sie ihren Streifenwagen abgestellt. Offenbar waren sie allein gekommen. Keine Verstärkung, kein Hubschrauber, kein Spezialeinsatzkommando. Vielleicht war es Zufall, dass die beiden hier aufkreuzten.

Oder kommen sie, um auch mich abzuschalten?

Ronny ging in Deckung. Die nächste Waffe in seiner Reichweite war die Maschinenpistole der kroatischen Marke Pleter. Bürgerkriegserprobt, wie Gerri gern betont hatte.

Vorsichtig lugte Ronny nach draußen. Die Kollegen checkten das Wohnmobil. Der eine notierte das Kennzeichen, der andere gab die Nummer per Funk an die Zentrale durch.

Ronny richtete den Lauf gegen das Dach und gab einen einzelnen Schuss ab.

Die Polizisten rannten wie die Hasen und sprangen hinter einem Papiercontainer in Deckung. Ronny wollte ein zweites Mal feuern, doch die Mechanik der MP versagte. Er warf die Pleter zu Boden. Von wegen erprobt.

Er schnipste das Feuerzeug an und hielt die kleine Flamme an verschiedene Stellen des Papierhaufens. Zunächst wollte der

Kram nicht brennen. Ungeduldig versuchte Ronny es am Stoff der Klamotten, dann wieder am schnapsgetränkten Papier. Endlich loderte der Haufen lichterloh. Das Feuer schlug immer höher und qualmte. Ronny musste husten.

Fast hätte er das Wichtigste vergessen.

Er entnahm seiner Tasche zwei Pistolen der Marke Heckler & Koch, Modell P2000. Ganz in Schwarz, geladen und gesichert. Die eine warf er zwischen die Leichen, die andere schob er ins Feuer.

Bastian hatte ihm verraten, woher die Waffen stammten. An einem Apriltag vor gut vier Jahren waren sie im schwäbischen Heilbronn zwei Polizisten abgenommen worden. Bei dieser Aktion war eine junge Beamtin getötet worden, die aus Thüringen stammte. Ihr Kollege hatte lange im Koma gelegen und wollte sich danach an nichts mehr erinnern.

Auf die beiden Dienstpistolen würden sich die Ermittler als Erstes stürzen und den Mord von Heilbronn als geklärt bezeichnen, obwohl Max und Gerri damals nur eine Nebenrolle gespielt hatten.

Das Feuer ließ bereits die Dachverkleidung schmelzen. Brennendes Plastik tropfte, der Rauch ätzte in Ronnys Lungen. Er hielt die Luft an.

Habe ich etwas vergessen? Ist das Spurenbild schlüssig genug? Bin ich wirklich aus dem Schneider? Bastian hatte ihm genaue Anweisungen gegeben, wie der Tatort zu hinterlassen sei, doch Ronny fehlte die Zeit, um alles noch einmal zu überprüfen.

Er riss die Seitentür auf, die aus Richtung des Papiercontainers nicht zu sehen war, und atmete tief durch. Er sprang über den niedrigen Lattenzaun in den Graben, der die Wiese begrenzte und einigermaßen trocken war. Er lief ihn bis zum Ende entlang, erst dort wandte er sich um.

Die Flammen züngelten bereits weit aus dem Dach des

Wohnmobils, dichter Rauch stieg auf, giftige schwarze Schwaden. Das ganze Fahrzeug schien zu rumoren, es knackte und prasselte. Als protestierten die Seelen der beiden Toten gegen das, was er getan hatte.

Ein Nachbar stand auf seinem Balkon und fotografierte den Brand mit dem Handy. Die Polizisten duckten sich noch immer hinter den Container, Ronny sah ihre Köpfe. Einer horchte in sein Funkgerät. Offenbar warteten sie auf Verstärkung oder Anweisungen.

Normale Bullen, schlussfolgerte Ronny. Sie sind ratlos, ohne jeden Plan.

Keine Killer.

Ohne Hast ging er zum zweiten Wagen hinüber, den Bastian ihm besorgt hatte. Niemand achtete auf ihn. Der Brand lenkte alle Augen ab. Und wenn nicht – notfalls würde der Einsatzleiter aus Gera jeden Zeugen ignorieren, der eine dritte Person beschrieb. Ronnys Behörde hatte viele Arme, und sie reichten ziemlich weit.

Er stieg in das Auto. Seine Erregung hatte sich noch nicht gelegt. Er bemerkte, dass seine Hände wackelten, als rühre er einen Teig. Mühsam fummelte er den Zündschlüssel ins Schloss.

Reiß dich zusammen, verdammt!

Ronny fuhr auf der A4 ostwärts in Richtung Zwickau. Die Bilder der zerschossenen Gesichter begleiteten ihn. Und immer wieder Max, wie er vor ihm kniete.

Wie kannst ausgerechnet du – wir sind doch …

Ronny erinnerte sich an den Jugendklub von Jena-Winzerla, in dem alles begonnen hatte. Damals hätte er sich nicht träumen lassen, wie sich alles entwickeln würde. Die Radikalisierung. Das Abtauchen in den Untergrund. Die Anschläge. Was die drei auch unternahmen, er hatte ihnen geholfen: Wohnungen, Ausweispapiere, Waffen. Die Kommunikation mit auswärtigen Unterstützern, das Auskundschaften der Ziele. Und den Driver gespielt.

Sie hatten ihm stets vertraut. Und Bastian war voller Lob: *Du bist der wertvollste Mann des gesamten Landesamts, ohne deine Arbeit hätte unser Chef niemals eine solche Karriere machen können.*

Doch das war es nicht wert, dachte Ronny.

Mensch, Bastian, was hast du aus mir gemacht?

Ronny fuhr nicht schneller als achtzig Sachen und hielt sich strikt auf der rechten Spur, um keinen Unfall zu riskieren. Er war noch immer aufgewühlt. Eine Art Schüttelfrost und Übelkeit. Auch das Pfeifen im Ohr wollte nicht vergehen.

Schluss damit, sagte sich Ronny. Nie mehr Undercover. Gebt mir einen Schreibtischjob: Eingangspost sortieren, Stempel auf Aktenstücke drücken, Vorgänge abheften, irgend so etwas.

Nur eine letzte Sache gab es noch zu tun. Eine weitere Person war abzuschalten, und Ronny war sich bewusst, was vom Gelingen der *Aktion Wolfsspinne* abhing. Nicht bloß die Karrieren einiger Beamter. Nicht nur seine eigene Freiheit. Es ging um weitaus Grundsätzlicheres.

Ein Skandal würde den Ruf der deutschen Geheimdienste nachhaltig zerstören und ihre Handlungsfähigkeit schwer beeinträchtigen – und das in Zeiten steter Terrorgefahr. Sicherheit und Fortbestand der Bundesrepublik Deutschland standen letztlich auf dem Spiel. Was sind dagegen schon ein paar Morde?

Bastians Worte: *Du denkst vielleicht, es sei zynisch, mein Guter, aber das ist nun mal die Realität.*

Drei Zivilwagen mit Blaulicht rauschten auf der Gegenseite als Konvoi in höchstem Tempo vorbei. Ronny wusste, dass jetzt in Eisenach der Teufel los war.

Er setzte den Blinker, trat das Gaspedal durch und wechselte auf die linke Spur, um endlich den litauischen LKW vor ihm zu überholen. Er passierte die Ausfahrt Gotha. Noch einhundertvierzig Kilometer bis Zwickau. Er umklammerte das Lenkrad mit beiden Händen, als könne er Saft daraus pressen.

Der letzte Teil seines Auftrags war der schwierigste.

Es ging um Liese.

Die Reifen rumpelten über die Nähte der Betonplatten und raunten ihren Namen.

Schittko-Schittko-Schittko.

2015 – DÜSSELDORF

31

▼

Donnerstag, 3. Dezember

Als Vincent erwachte, kroch Nina unter ihrer Bettdecke hervor und beugte sich über ihn.

Nackt, wie sie war.

«Wie findest du meine Brüste?»

Was für ein Anblick, dachte er. So sollte jeder Tag beginnen.

«Sie sind ungleich groß», beklagte sich Nina.

«Quatsch.»

«Doch, sind sie.»

«Kein Mensch ist absolut symmetrisch. So ist eben die Natur.»

«Und die Brustwarzen schielen.»

«Nina, du spinnst.»

«Saskia hatte schönere Brüste, stimmt's?»

«Du hast die schönsten der Welt.» Vincent wusste, dass er sich mit jeder anderen Antwort auf Glatteis begeben würde.

«Sie könnten größer sein.»

«Für mich sind sie genau richtig.»

«Saskia …»

«Ich habe jetzt wirklich keine Lust, über Saskia zu reden!» Er schnappte mit seinen Lippen nach Nina und schnupperte den Duft ihrer Haut.

Ihre Hände glitten unter die Decke. «Ah, da ist jemand schon aufgestanden.»

Ein verstohlener Seitenblick auf den Wecker – für einen Quickie reicht die Zeit, beschloss Vincent.

Während er den Frühstückstisch deckte, dachte er daran, wie gut es ihm tat, Nina wieder um sich zu wissen. Sie hatten vereinbart, die Zeit ihrer Trennung zu ignorieren, als sei nie etwas gewesen – nicht ihr Seitensprung mit Jens, dem Anwalt, nicht Vincents kurze Beziehung mit Saskia, der Journalistin. Aber es fiel ihnen schwer, sich daran zu halten.

Vincent wusste, dass er Nina verletzt hatte. Statt ihr nachzulaufen, hatte er sich innerhalb weniger Tage in ein Abenteuer mit einer deutlich jüngeren Frau gestürzt, aus dem mehr hätte werden können, wenn er dazu bereit gewesen wäre.

Die Erinnerung an Saskias Brüste ließ ihn lächeln.

Er nahm den Teebeutel aus der Kanne – Grüntee, Zimt, Orange – und goss zwei Tassen voll. Dann lief er hinunter zum Briefkasten, entnahm die *Morgenpost* und studierte auf der Treppe die Überschriften der Titelseite.

In Budapest harrten Tausende von Flüchtlingen aus Syrien und Afghanistan auf dem Bahnhof aus. Die Behörden verweigerten ihnen die Weiterfahrt nach Wien oder München, obwohl man ihnen kurz zuvor noch Tickets verkauft hatte. Die Bundesregierung erbarmte sich und erklärte sich bereit, die Leute in Deutschland aufzunehmen.

Eine kleine Meldung am Rand elektrisierte Vincent.

Anti-Pegida-Demonstration: Kripo ermittelt gegen Kollegen.

Seine angebliche Randale war also an die Öffentlichkeit gedrungen.

Undichte Stellen gab es immer wieder. Einen Kollegen oder jemanden von der Staatsanwaltschaft, der sich bei den Medien beliebt machen wollte, vielleicht auch gegen Geld. Oder der

Vincent schaden wollte – womöglich sogar jemand aus der Chefetage.

Immerhin erwähnt der Artikel meinen Namen nicht, stellte Vincent fest.

Dann beschlich ihn eine düstere Ahnung. Er machte kehrt und lief aus dem Haus. Auf der anderen Straßenseite gab es einen Kiosk.

Annas Worte von gestern, nach der Pressekonferenz: *Ein Typ vom* Blitz *hat übrigens nach dir gefragt.*

Vincent kaufte ein Exemplar des Boulevardblatts. Das Foto der Rangelei mit den Kollegen lief über die halbe Titelseite. Auf sein wutverzerrtes Gesicht wies ein Pfeil.

Beim Lesen der Schlagzeile hatte Vincent Mühe, das Blatt ruhig in Händen zu halten.

Eine Vorverurteilung, dachte er. Nein, eine Hinrichtung.

Schläger-Demonstrant im Schwarzen Block – ein Kripobeamter in Leitungsfunktion!

Vincents Welt war aus den Fugen.

32

▼

In seinem Büro stellte er die Tasche ab. Die Verbindungstür zum Geschäftszimmer war angelehnt. Vincent hörte, wie nebenan Dominik Roth aus dem *Blitz* vorlas: «Vincent V., Sohn einer RAF-Terroristin, arbeitet bei der Düsseldorfer Polizei als Erster Kriminalhauptkommissar.»

«Das ist heftig. Absolut.» Bruno Wegmanns tiefe Stimme.

Vincent zog die Tür auf. «Lasst euch nicht stören.»

Die Kollegen wandten sich zu ihm um: Junior, Anna, Bruno, Hamid Belhanda sowie Nora, die Sekretärin.

Vincent leerte sein Posteingangsfach.

«Du musst die Zeitung verklagen!», empörte sich Nora.

Hamid ergänzte: «Chef, wir stehen voll und ganz hinter dir.»

Vincent kehrte in sein Büro zurück. Würde man ihm allen Ernstes nach einem Vierteljahrhundert im Polizeidienst wegen haltloser Vorwürfe am Zeug flicken? Er weigerte sich, das zu glauben.

Sein Handy spielte den Klingelton. Nina war dran.

«Alles wird gut», sagte sie.

«Wenn du das meinst.»

«Ich kenne eine Zeugin für deine Unschuld. Dagmar wird sich im Lauf des Tages bei dir melden.»

Dagmar – der Name sagte ihm nichts.

«Sie ist die Schwester einer Kollegin», erklärte Nina. «Sie lief im Block der Antifa, die wegen deines Gerangels …»

«Wie das klingt!»

«Dagmar meint, dass sie nur dank deiner Hilfe die Nazis stoppen konnten.»

Antifa – na prima, dachte Vincent. Die linksradikale Horde, als deren verbeamteter Rädelsführer ich nun gelte.

«Mit ihrer Aussage dürfte dein süßer Hintern gerettet sein.»

«Danke, Nina.»

Das Telefon klingelte wieder. Vincent rechnete mit Inspektionsleiter Thann, aufgebracht wegen der Zeitungsveröffentlichung, doch es war Felix May.

«Du sagtest, du willst alle Infos zeitnah.»

«Was gibt's, Felix?»

«Die Pillen in der Blechschatulle, die Fabris Leute im Schreibtisch der Toten gefunden haben, entsprechen exakt der Ware, die den Drogenfahndern seit geraumer Zeit zu schaffen macht. Und dasselbe Zeug haben wir auch in Melli Francks Privatwohnung entdeckt. Noch einmal rund fünfzig Pillen in Sichtverpackungen zu je zehn Stück.»

«Was sagt die Rechtsmedizin?»

«Die Wirtin hat den Stoff selbst konsumiert, und zwar nicht bloß ab und zu. Die Leiche weist relativ hohe Werte auf.»

Vincent bedankte sich.

Er rief Samy Bräutigam an. «Wir sehen uns gleich bei der Besprechung?»

«Klar.»

«Du hast mit Gogallas Freund telefoniert, diesem Flugbegleiter?»

«Hab ich. Vogler heißt der Mann.»

«Kann er etwas zur Herkunft der Pillen sagen?»

«So weit bin ich noch nicht. Als ich ihn erreicht habe, war er gerade auf Kuba. Aber heute Vormittag kommt Vogler zurück. Er will um zwölf Uhr im Präsidium sein.»

«Versprich ihm Straffreiheit in Drogensachen, falls er offen über alles spricht. Geh behutsam mit ihm um. Wir müssen wissen, was Gogalla ihm erzählt hat. Wenn die beiden fest liiert sind, weiß der Mann vielleicht ein paar Details über Melli Franck, die Gogalla euch gegenüber verheimlicht hat.»

«Wirst du dabei sein?»

«Mal sehen, ob ich's schaffe.»

«Und, Vincent …»

«Ja?»

«Halt die Ohren steif. Du weißt schon, was ich meine.»

«Danke, Samy.»

Vincent atmete tief durch. Dann las er die jüngsten E-Mails, die auf seinem Konto eingegangen waren. Polizeioberrat Thann hatte sich auch auf diesem Weg noch nicht gemeldet. Vermutlich beratschlagte sich der Inspektionsleiter gerade in einer Krisensitzung mit dem Behördenleiter darüber, wie man diesen linksextremen Vincent Che Veih am schnellsten loswerden könnte.

Schließlich rief er beim Landeskriminalamt an und ließ sich mit dem Sachbearbeiter verbinden, der dort für die Crystal-Meth-Geschichte zuständig war. Samys Worte: *Sie versuchen seit Monaten, einen verdeckten Ermittler zu installieren.* Am Telefon wollte der LKA-Kollege nicht darüber reden, weshalb Vincent einen Besuch für den späten Vormittag vereinbarte.

Auf dem Flur traf er Anna Winkler und Cornelia Förster, die Staatsanwältin. Die beiden Frauen unterbrachen ihre Unterhaltung.

«Morgen, Frau Förster», grüßte Vincent.

«Respekt, Herr Veih, Sie sind jetzt richtig prominent. Übrigens habe ich nachher ein Gespräch mit Ihrem Inspektionsleiter.»

«Schön für Sie.»

Ein kaltes Lächeln. «Ich hätte größtes Verständnis, falls Sie sich lieber auf Ihre privaten Belange konzentrieren und die Leitung Ihrer Dienststelle in andere Hände geben wollen.»

Förster sah zu Anna hinüber. Die Kollegin senkte den Blick. Alles klar, dachte Vincent.

«Danke für Ihre Anteilnahme, aber ich komme zurecht», sagte er.

«Das werden wir ja sehen», antwortete die Staatsanwältin.

33
▼

Während Ronny das Frittieröl durch den Filter goss, malte Dennis mit dickem Filzstift ein Schild: *Sondertarif Schokoriegel – kauf drei, zahl zwei!*

Es war bereits der zweite Anlauf. Beim ersten Versuch hatte Dennis das erste «e» in «Riegel» vergessen.

«Bringt das etwas?», fragte Ronny skeptisch.

«Verdreifachten Umsatz!»

«Aber du machst keinen Gewinn mehr.»

Dennis tippte sich an den Kopf. «Ich hab das durchgerechnet. Trotz des Rabatts steigt bei dreifachem Umsatz der Gewinn in der Summe. Die Menge macht's.»

«Hast du ein BWL-Seminar belegt, oder was?»

«Dafür brauch ich keine Uni.»

«Aber was sollen die Schulkinder mit drei Schokoriegeln?»

«Was weiß ich. Meinetwegen können sie das Zeug auf dem Schulhof weiter verticken.»

Ronny wischte die Stehtische sauber. Dennis stellte das Schild auf. Die ersten Kids betraten das *Gumbert 18*.

Ein Steppke verlangte drei Snickers. Dennis kassierte und zwinkerte Ronny zu. Draußen vor dem Laden standen weitere Schüler und berieten sich.

«Hast du von dem Polizisten gelesen, gegen den wegen Landfriedensbruchs ermittelt wird?», sagte Dennis zu Ronny. «Die Mutter von der linken Bullen-Zecke war bei der RAF, verstehst du? Statt sie für immer wegzusperren, hat man sie vorzeitig entlassen. Jetzt spielt sie die Kanakenfreundin. Fotografiert Asylbetrüger und wird dafür auch noch mit Preisen überhäuft.» Er hob die Stimme. «Unsere Steuern. Da krieg ich so 'nen Hals!»

Eine Schülerin betrat den Imbiss.

Dennis strahlte wieder. «Was darf's sein, Prinzessin?»

Das Mädchen orderte dreimal Twix.

Dennis stieß Ronny triumphierend in die Seite.

Um acht Uhr war der Ansturm der Schulkids vorüber. Dennis stierte in die Kasse. «Blöde Blagen», schimpfte er und raufte sich die Haare. Dann riss er sein Schild in Fetzen.

Der Umsatz war nur geringfügig gestiegen. Meist hatten sich

die Kinder zu dritt zusammengetan und eines der ihren für den Einkauf vorgeschickt.

Dennis verzog sich ins Hinterzimmer.

Später traf Matthias ein. Gemeinsam bereiteten sie sich aufs Mittagsgeschäft vor. Bevor der Andrang startete, nahm sich Ronny ein Paar Wiener, gab Senf auf die Pappe und suchte sich ein Brötchen aus dem Korb. Damit gesellte er sich zu Dennis nach nebenan.

Die CD-Stapel waren fast vollständig abgetragen. Auf dem Boden stand ein Wäschekorb mit Umschlägen, gefüllt und adressiert.

«Warum warst du eigentlich nicht auf der Demo?», fragte Dennis.

«Bringt doch nichts.»

«Doch, wir machen das jetzt jeden Montag. Du wirst sehen, wir werden mehr, die anderen weniger. Irgendwann kriegen wir die Gutmenschen mürbe.»

«Wie geht es eigentlich deiner Mutter?», wollte Ronny wissen.

Dennis erklärte, dass das Antibiotikum nicht anschlug und die Klinik es mit einem zweiten Mittel versuchte. Dann regte er sich darüber auf, dass der Staat den Kranken wirksame Hilfe verweigere und stattdessen Asylanten mit Smartphones und Luxusfahrrädern ausstatte. Das wisse er aus sicherer Quelle.

«Ich drücke deiner Mutter die Daumen», sagte Ronny.

«Lieb von dir», antwortete Dennis. «Aber eins ist klar: Wenn Mama abnippelt, dann rumst es hier gewaltig, das versprech ich dir!»

34

▼

Vincent wartete zur verabredeten Zeit an der Pforte des Landeskriminalamts. Auf der anderen Seite des weitläufigen Foyers glitt eine Aufzugtür zur Seite. Ein Mann im Anzug trat aus der Kabine.

«Ist er das?», fragte Vincent den Pförtner.

«Keine Ahnung», antwortete der Mann hinterm Empfangstresen.

Mit ausgestreckter Hand eilte der Anzugträger Vincent entgegen. Keine eins siebzig groß, aber sichtlich energiegeladen und eine elegante Erscheinung: Das Sakko saß wie angegossen, im offenen Hemdkragen war ein Seidentuch verknotet. Weiße Fäden im Haar. Anfang fünfzig, schätzte Vincent.

Samy Bräutigams Worte: *Das Landeskriminalamt koordiniert die Arbeit.*

«Bastian Schwenk», stellte sich der Anzugträger vor. «Freut mich sehr.»

«Vincent Veih. Schön, dass Sie so rasch Zeit haben.»

«Und Sie vermuten, dass ich Sie in Ihrem Mordfall weiterbringen könnte?»

«Ich hoffe es.»

«Kommen Sie.»

Sie fuhren in die sechste Etage. Vincent versuchte sich in Smalltalk, um mögliche Spannungen abzubauen. Mit dem LKA verbanden ihn gemischte Erfahrungen.

«Sie sind nicht im Rheinland aufgewachsen, stimmt's?», fragte er.

«Hört man das?»

«Ein wenig.»

«Ich stamme aus Thüringen.»

Der Fahrstuhl hielt. Schwenk ging voraus. Ein langer Flur, sie betraten ein Büro. Fernblick über kahle Felder. Der Rhein umrahmte sie in einer weiten Schlaufe. Der Hafen lag auf der anderen Seite des Gebäudes.

«Bitte», sagte der LKA-Beamte und wies auf die Besprechungsecke. Zwei Sessel und eine Art Couchtisch.

Alles in diesem Zimmer wirkte neu oder fast unbenutzt. Außer einem Miró-Kunstdruck kein Schmuck an den Wänden. Vincent vermisste eine Pflanze oder eine Pinnwand voller Urlaubskarten. Der Schreibtisch war penibel aufgeräumt. Nur auf einem Sideboard standen drei volle Aktenordner – das allein sah nach Arbeit aus.

«Sie haben also eine Crystal-Meth-Spur», begann Schwenk.

«Ja, die Tabletten, hinter denen Sie her sind. Von unserer Drogenfahndung weiß ich, dass es Bemühungen gibt, einen Kollegen undercover in Dealerkreise einzuschleusen. Wie ist der Stand der Dinge?»

«Wir stehen noch am Anfang.»

«Okay.»

«Bis unser Mann Ergebnisse liefern kann, wird noch viel Wasser den Rhein hinabfließen.»

«In meinem Fall …»

«Melli Franck, die Wirtin des *Greens*.»

«Richtig.»

«Ein gutes Restaurant, ich war einmal dort. Wäre ein Jammer, wenn es schließen müsste. Womit kann ich konkret helfen, Herr Veih?»

«Die Frau konsumierte Crystal und trieb vermutlich Handel damit. Haben Sie vielleicht Erkenntnisse über sie?»

«Nur das Gerücht, das dieser Kellner in die Welt gesetzt und dann wieder dementiert hat. Wie heißt er noch mal?»

«Anton Gogalla.»

«Ja, stimmt. Was macht Ihre Suche nach ihm?»

«Deshalb komme ich zu Ihnen, Herr Schwenk. Ihre Behörde verfügt über Zielfahnder, und ich dachte, auf dem kurzen Dienstweg …»

Schwenk streckte seinen Zeigefinger aus. «Ich kümmere mich darum.»

«Das freut mich.»

«Schicken Sie mir bitte etwas Schriftliches, das ich weiterleiten kann. Sobald mein Direktor grünes Licht gibt, werden sich die Kollegen der Zielfahndung mit Ihrer Dienststelle in Verbindung setzen, Herr Veih.»

«Danke.»

«Keine Ursache, mein Guter. Wir wollen doch beide das Gleiche.» Der LKA-Mann wirkte, als sei damit für ihn die Unterredung beendet.

«Wie deuten Sie Gogallas Verschwinden?», fragte Vincent.

«Eine Strafverfolgung hat er jedenfalls nicht zu befürchten.»

«Das sehe ich auch so.»

«Wer wusste von seiner Aussage? Hat Melli Franck davon erfahren und Gogalla unter Druck gesetzt?»

«Sie war nur ein kleines Rädchen im Drogengeschäft.»

«Sind Sie sich da sicher?»

«Kein Vermögen. Das *Greens* warf kaum etwas ab. Sie musste kämpfen.»

«Verstehe.»

«Woher stammt der Stoff?»

«Das Crystal?»

«Davon reden wir doch die ganze Zeit.»

Schwenk hob eine Augenbraue. «Wie gesagt, unser Undercover-Mann muss sich erst noch herantasten. Sie können sich denken, welche Vorsicht da geboten ist.»

«Klar.»

«Die Sicherheit des Kollegen hat allerhöchste Priorität.»

«Das will ich nicht bestreiten, Herr Schwenk. Aber an wen tastet er sich heran? Wer sind die Leute? Können Sie nicht etwas konkreter werden? Um einen verdeckten Ermittler einzusetzen, muss doch ein Anfangsverdacht ...»

«Lieber Herr Veih», unterbrach ihn der Mann und zupfte an seinem Halstuch. «Bitte bringen Sie mich jetzt nicht in Verlegenheit. Was passiert denn, wenn ich Ihnen ein paar Namen nenne? Sobald Ihre Mitarbeiter jemandem auf die Pelle rücken, wäre mein Mann auf der Stelle tot. Bitte, Herr Veih, warten wir ab, was er liefert. Das kann dauern, aber unter Umständen auch ganz zügig gehen.»

Vincent nickte. Es ärgerte ihn zwar, dass Schwenk ihm ein unprofessionelles Vorgehen unterstellte, aber er hätte sich anstelle des LKA-Kollegen nicht anders verhalten.

Sein Handy vibrierte. Eine SMS. Vincent musste sie nicht lesen, um zu wissen, dass Anna Winkler unten auf dem Parkplatz wartete, um ihn nach Köln zur Befragung von Karsten Kuhn mitzunehmen.

Sie standen auf. Händeschütteln. Schwenk begleitete ihn zu den Aufzügen.

«Ich war mal in Thüringen», sagte Vincent. «In Jena.»

«Ach, was hat Sie denn dorthin geführt?»

«Verwandtenbesuch, lange her. Damals gab es die DDR noch.»

Schwenk nickte nachdenklich. «Und plötzlich fallen die Grenzen, und nichts ist mehr an seinem Platz. Die Leute ziehen von hier nach dort. Unruhe entsteht. Und aus der Unruhe folgt Kriminalität. Habe ich recht?»

«Wir halten Kontakt», antwortete Vincent.

«Unbedingt, mein Guter.»

Ein Scheinwerferpaar blendete kurz auf. Vincent erblickte einen zivil lackierten VW-Golf. Hamid Belhanda, der Neue, saß hinter dem Steuer. Der Motor lief bereits. Vincent stieg hinten ein.

Er blickte auf die blondierten Haare von Anna, die auf dem Beifahrersitz saß. Etwas in ihm verkrampfte sich. Wie schnell es gehen kann. Noch vor ein paar Tagen waren er und seine Stellvertreterin ein perfektes Team gewesen – zumindest hatte er es stets so empfunden.

«Wie war's?», fragte Anna.

«Zum Mäusemelken. Das LKA geizt mit seinen Erkenntnissen. Keine Namen, keine Andeutung, nichts. Der Typ hat mich behandelt, als wüsste ich nicht, was ein verdeckter Ermittler ist.»

«Und Gogalla?»

«Die Zielfahnder werden sich um ihn kümmern.»

«Immerhin.»

Vincent sah auf seinem Smartphone nach, ob er wichtige E-Mails erhalten hatte, etwas Offizielles vom Inspektionsleiter. Das war nicht der Fall.

Belhanda sagte: «Freunde von mir waren auch auf der Demo gegen die Nazis. Wenn du Zeugen brauchst …»

«Wäre nicht schlecht», antwortete Vincent.

Er blickte auf die Uhr seines Handys. Exakt jetzt sollte er bei Modrick vom KK21 antanzen. Doch Vincent hatte keine Lust auf diese Farce und sich deshalb entschlossen, gar nicht erst mitzuspielen. Als Beschuldigter war er ohnehin zu keiner Aussage verpflichtet, abgesehen davon, dass die Vorwürfe gegen ihn haltlos waren.

Leckt mich doch, dachte er.

Sie hatten die Stadt verlassen und rasten über die Fleher Brücke auf die andere Rheinseite. Hamid fuhr einen heißen Reifen.

Nach links ging der Blick über Wiesen und auf die ersten Häuser von Uedesheim. In dem Dorf, das zu Neuss gehörte, war Vincent aufgewachsen. Er musste an seine Verwandtschaft aus Jena denken. Die Nichte seiner Oma und deren Junge – sein Cousin zweiten Grades oder so ähnlich.

Im Sommer nach seinem Besuch in der DDR hatten Mutter und Sohn bei den Veihs auf der Matte gestanden. Sie waren über Ungarn aus dem Osten geflohen, kurz bevor ohnehin die Mauer geöffnet wurde. Mehr als ein Vierteljahrhundert war das jetzt her, längst Geschichte.

Unruhe entsteht.

Weil Grenzen fallen und Leute umziehen? Schwachsinn, dachte Vincent.

Ihm fiel sein Großvater ein, für den Ordnung der Lebenszweck gewesen war.

Aus Gründen, die Vincent damals nicht verstanden hatte, waren die beiden DDR-Flüchtlinge mit Gerhard Veih nicht zurechtgekommen oder der nicht mit ihnen. Bald darauf zogen Mutter und Sohn weiter, der Kontakt ging verloren. Während draußen die schier endlosen Chemiewerke von Dormagen vorbeizogen, versuchte Vincent, seine Erinnerungen zu sortieren. Der Junge war ein wenig jünger als ich gewesen. Wie hießen die Leute noch mal?

Vincent hatte die schiefe Nase und das struppige Haar des Cousins vor Augen. Sein unbeholfenes, schüchternes Auftreten. Kein überflüssiges Wort. Aber wenn er den Mund aufmachte, war der Dialekt schrecklich.

Vincent dachte an Brigittes Bemerkung vom Montag: *Weißt du, dass dein Opa noch in den Achtzigern rechte Propaganda in die DDR geschmuggelt hat?*

Gerhard Veih, deutscher Polizist. Strenger Vater und Großvater. Vincent lief ein Schauer über den Rücken: Womöglich hatten wir Naziliteratur im Gepäck, als wir in die DDR fuhren.

«Der Dom!», Hamid Belhanda strahlte und wies nach vorn.

Zwei Kirchturmspitzen schoben sich über den Horizont.

Fünfzehn Minuten später fanden sie einen Stellplatz in der weitverzweigten Tiefgarage des Westdeutschen Rundfunks.

35

▼

Ronny genehmigte sich noch eine Cola. Dennis saß vor dem Laptop, den er unter der Reichskriegsflagge aufgeklappt hatte – offenbar klickte er sich durch die Online-Nachrichten.

«Wahnsinn», kommentierte er. «Reine Zermürbungstaktik. Die Systemknechte machen sie fertig.»

«Wen?»

«Die Kameradin Schittko.»

Ronny lugte ihm über die Schulter. Es ging um den NSU-Prozess. Ein Foto zeigte Liese im Saal des Münchner Oberlandesgerichts. Hohe Stirn, das dunkle Haar offen. Sie wirkt anders als früher, dachte Ronny. Ernst und streng.

«Ich druck dir die Artikel aus», sagte Dennis. «Ich weiß ja, dass ihr eng verbunden wart.»

Der Printer surrte und spuckte Blatt um Blatt mit Prozess-Infos aus. Dennis legte Ronny mitfühlend seine Pranke auf die Schulter.

Ronny überflog die Berichte, um ihn nicht zu enttäuschen. Überall stand das Gleiche – die Medien schrieben offensichtlich voneinander ab. Sie nahmen die Version der Bundesanwaltschaft trotz ihrer Lücken und haarsträubenden Ungereimtheiten für bare Münze.

Der Vorsitzende Richter verlangte eine schlüssige Begründung für Lieses Antrag, die bisherigen Pflichtverteidiger zu entlassen. Sie hatte bereits einen neuen, doch der war noch nicht eingearbeitet. Sollte der Richter nachgeben, müsste die

Zeugenvernehmung in weiten Teilen wiederholt werden – und das in einem Prozess, der bereits seit über zweieinhalb Jahren lief.

Ronny fragte sich, was Lieses Strategie war.

Die Journalisten spekulierten, dass sie mit den Nerven fertig sei. Das Gericht hatte bereits längere Pausen eingeräumt, um sie zu schonen. Sicherheitsauflagen, über die sich Liese aufgeregt habe, seien gestrichen worden. So verzichte man auf die Motorradeskorte beim täglichen Transport vom Gefängnis zum Prozessgebäude.

Ronny fragte sich, welche Strategie die staatlichen Stellen verfolgten.

Die Eingangstür bimmelte. Matthias stotterte eine Begrüßung. Anscheinend war das keine übliche Kundschaft. Dennis ging hinaus, um nach dem Rechten zu sehen.

Ronny folgte ihm und erblickte Lucky und seinen Bruder Adrian, die sich vor der Theke aufgebaut hatten. Lucky zeigte seine schlechten Zähne. Adrian trug trotz der Kälte zur Jeans nur einen enganliegenden Pulli, der seine Muskelpakete zur Geltung brachte.

«Matze und Ronny, ihr kommt mit uns», befahl Lucky.

«W-w-was ist los?»

«Oliver braucht euch.»

«Unmöglich», widersprach Dennis. «Gleich brummt hier das Mittagsgeschäft …»

«Du hast gar nichts zu melden, Dickerchen», sagte Adrian.

Ronny und Matthias schlüpften in ihre Jacken und folgten den beiden Brüdern.

«Dein Schuh quietscht», sagte Lucky zu Adrian.

«N-n-nicht bezahlt?», kommentierte Matthias.

Lucky packte den Exsoldaten am Kragen und riss ihn zu sich heran. «Einen hattest du frei. Wenn du dich aber noch einmal über meinen Bruder lustig machst, gibt's Ärger.»

Sie stiegen in den Transporter, der vor dem *Gumbert 18* in zweiter Reihe parkte. Dahinter hatte sich bereits eine Schlange gebildet. Jemand hupte. Lucky stieg wieder aus und lief in die Mitte der Straße. Offenbar wusste er nicht, von welchem Auto das Hupen gekommen war, denn er kehrte unverrichteter Dinge zurück.

Adrian startete den Motor und würgte ihn beim Losfahren wieder ab. «Scheißkarre!»

«Mehr Gas», empfahl Lucky.

«Dann säuft der Motor ganz ab.»

«Lass mich ans Steuer.»

«Nichts da.»

Endlich dröhnte der Transporter die Gumbertstraße entlang. Lucky ließ das Fenster herunter. «Irgendwie riecht's hier nach altem Fett, was meinst du, Adrian, woher kommt das bloß?»

«Mach zu, mir ist kalt.»

«Wohin geht's?», fragte Ronny.

«Zum neuen Laden», antwortete Adrian, ihn kurz im Rückspiegel musternd. «Wir sollen ihn renovieren.»

«Zu viert?»

«Es hat Drohungen gegeben. Oliver meint, Verstärkung wäre nicht schlecht.»

«D-d-drohungen?», fragte der Afghanistanveteran.

Lucky wandte sich auf dem Beifahrersitz um und ließ seine Fingerknöchel knacken. «Seid froh, dass ihr euch das Nazi-Gesabber von Dennis nicht länger anhören müsst. Willkommen bei den Legionären. Geschieht nicht oft, dass jemand von den Fettigen Karriere macht!»

36

▼

Tacheles-TV lief jeden Donnerstag im Ersten. Das Format galt als frech und innovativ, weshalb Vincent sich einige Ausgaben angesehen hatte, als die Sendung neu gewesen war.

Der Anfang war stets der gleiche: Ein aufgekratzter Karsten Kuhn auf dem Weg von der Garderobe ins Studio, der in die Kamera erzählte, welche Themen er heute *nicht* behandeln würde. Daraus entwickelte er einen Wochenrückblick im Schnelldurchgang, gespickt mit mehr oder weniger gelungenen Witzen. Dann trat der Moderator ins Rampenlicht und beantwortete den tosenden Applaus mit dem Spruch: «Geht alles von Ihrer Zeit ab.»

Als nächstes schlenderte Kuhn durch die Zuschauerreihen und wählte anscheinend willkürlich drei Freiwillige aus, die im Anschluss an die Talkrunde als Jury die Gäste bewerten sollten. Kuhn bat sie um eine kurze Vorstellung, schließlich verriet er das Thema des Abends und sagte den Satz: «Und darüber wollen wir reden, meine Damen und Herren. Tacheles reden.»

Wenn der Talk vorbei war, hängte Kuhn dem von der Jury gekürten Verlierer unter seinen Gästen eine alberne Kette um – ihr roter Anhänger aus Filz symbolisierte die «Labertasche der Woche».

Vincent hatte die Beobachtung gemacht, dass ausgerechnet der Talkgast mit den interessantesten Argumenten abgestraft wurde. Dafür, dass er vom Mainstream abwich oder seine Meinung allzu engagiert vertrat.

Daran dachte Vincent, als sie einem schlaksigen Studenten folgten, der sich bei *Tacheles-TV* als Bote verdingte. Es ging durch lange, verwinkelte Kellergänge bis zu einer zweiflügligen, rot lackierten Stahltür, auf die ein B gemalt war. Der Student zog sie auf. «Dort drüben, das ist er.»

Die Erklärung wäre nicht nötig gewesen. Karsten Kuhn sah aus wie auf dem Bildschirm. Schwarzer Anzug, weißes Hemd ohne Krawatte, die obersten Knöpfe geöffnet. Er stand mitten in der Dekoration auf einer Markierung aus gekreuztem Klebeband. Ein Beleuchter richtete seine Scheinwerfer auf ihn aus. Vincent wunderte sich, dass es dafür kein Lichtdouble gab. Oder wollte Kuhn ihnen etwas vorführen – schaut her, wie wichtig ich bin?

Händeschütteln. Anna stellte Vincent vor. Dabei strich sie mehrfach mit den Fingern durch ihr kurzes Haar. Unsicher wie ein kleines Mädchen, dachte Vincent.

Der Talkmaster führte sie zur Sitzgruppe. «Darf ich Sie bitten, für den Beleuchter meine heutigen Gäste zu spielen?» Zuerst platzierte er Hamid. «Sie sind der investigative Journalist der *Süddeutschen Zeitung*. Die Statur dürfte stimmen.»

«Investigativ», wiederholte Hamid und grinste. «Gern.»

Kuhn wies Vincent den nächsten Sessel zu. «Sie sind der Autor, der über die Mordserie des Nationalsozialistischen Untergrunds forscht. Und Frau Winkler, bitte an meine rechte Seite.»

«Darf ich fragen, wer ich bin?», fragte Anna mit leuchtenden Augen.

«Brigitte Veih.» Kuhn zwinkerte Vincent zu.

«Sie haben meine Mutter eingeladen?»

«Es geht um den NSU und um den Prozess, der in München gegen Liese Schittko geführt wird. Ihre Mutter stellt unbestreitbar eine Expertin für politischen Terrorismus dar.»

«Ich glaube kaum, dass sie sich zum Affen machen lässt.»

«Keine Angst. Mit der Labertasche wird jemand anderes ausgezeichnet.»

«Das Ganze ist abgekartet?»

Kuhn verzog das Gesicht. «Muss ich das beantworten, Herr Veih?»

«Und die Juroren sind bezahlte Darsteller?», fragte Hamid.

«Denken Sie, wir überlassen etwas dem Zufall?»

«Kommen wir zur Sache, Herr Kuhn», sagte Vincent.

Der Moderator stand auf, klatschte in die Hände und rief den Technikern zu: «Würden bitte alle mal das Studio verlassen?»

«Wir können auch woanders hingehen», schlug Anna vor.

«Nicht nötig.»

Türen krachten, dann war es still bis auf das Summen einer Klimaanlage.

«Was macht die Suche nach Mellis Mörder?», fragte Kuhn.

«Der Koch, der Ihre Freundin bedroht hat, scheidet aus», sagte Vincent. «Sein Alibi wurde bestätigt.»

«Und jetzt?»

«Wir gehen sämtlichen Hinweisen nach», erwiderte Vincent. «Und einer lautet, dass Ihre Freundin Crystal Meth konsumiert hat, und zwar nicht wenig.»

Kuhn schwieg.

«Das muss Ihnen doch aufgefallen sein.»

«Nicht immer.»

«Wie müssen wir das verstehen?»

«Sie nahm die Pillen selten in meiner Gegenwart, und es war nicht so, dass sie dann ein anderer Mensch wurde, high oder weggetreten. Eigentlich nahm sie das Giftzeug nur, um die Entzugserscheinungen abzufedern.»

«Das haben Sie toleriert?»

«Man kann sich ja nicht ständig streiten.»

«Was Sie trotzdem oft genug getan haben, wie man hört.»

Kuhn zuckte mit den Schultern.

«Was war der Grund?»

«Melli hatte alle möglichen Eskapaden und Launen. Aber wenn sie nicht wusste, wie sie finanziell über die Runden kommen sollte, ist sie zu mir gekommen.»

«Das *Greens* hat ihr Exmann gerettet.»

«Soll er doch. Im Vergleich zu dem bin ich ein armer Schlucker, glauben Sie mir. Aber ich habe mich schon gewundert, dass ein Unternehmer wie Thorsten Franck in ein solches Projekt investiert. Melli hatte den Laden nicht im Griff, wenn Sie mich fragen.»

«Wissen Sie, ob Frau Franck die Drogen auch weiterverkauft hat?»

«Sie meinen …»

«Wir fanden rund neunzig Tabletten in ihrem Besitz. Das deutet sehr auf Handeltreiben hin.»

«Kann ich mir nicht vorstellen. Melli war doch keine Kriminelle!» Kuhn überlegte ein paar Sekunden. «Außerdem hätte sie dann nicht unter Geldsorgen gelitten.»

«Meinen Sie?»

«Sind die Gewinnmargen im Rauschgiftgeschäft nicht enorm?»

«Woher bezog sie den Stoff?»

«Hat sie mir nicht verraten.»

«Keine Andeutungen?»

«Ich hab Melli mal gefragt, ob sie nicht Angst davor hat, sich mit kriminellem Pack einzulassen. Man wird erpressbar, liefert sich aus. Solche Leute schrecken bekanntlich vor nichts zurück. Gute Manieren darf man da jedenfalls nicht erwarten. Korrigieren Sie mich, wenn ich falschliege.»

«Und?»

«Sie schwor, dass alles gesittet und diskret zuginge. Sie sagte etwas von alten Freundschaften oder Verbindungen, auf die sie sich verlassen könne.»

«Namen?»

«Hat sie nicht genannt.»

«Wissen Sie, wo Ihre Freundin die Nacht vor ihrem Tod verbracht hat?»

«Nein.»

«Haben Sie sich darüber Gedanken gemacht?»

«Natürlich. Sonntags hat Melli nie bis in den Abend gearbeitet, und ich hatte Karten für die Oper in Düsseldorf. Die Zauberflöte.»

«Schade, oder? Sie müssen ganz schön sauer gewesen sein.»

«Ich war verärgert, ja. Aber ich habe, wie gesagt, ein Alibi, Streichen Sie mich endlich von Ihrer Liste.»

Vincent musterte den Mann. Kuhn zeigte kein Anzeichen von Unsicherheit.

«Schon mal daran gedacht», fuhr der Moderator fort, «dass es ein Räuber war, der Mellis Restaurant willkürlich ausgewählt hat? Gehen Sie doch mal dieser Überlegung nach. Ich weiß zufällig, dass Ihre Stadt als Hochburg des Einbruchsdiebstahls gilt und Ihre Behörde weit davon entfernt ist, das Problem in den Griff zu kriegen.»

Da kommt sich einer ziemlich schlau vor, dachte Vincent. «Es war kein Raubmord», entgegnete er.

«Wie wollen Sie das wissen?»

Anna blickte Vincent an, eine steile Falte auf der Stirn, als wolle sie sagen: Verschon den armen Mann mit den grausigen Details.

«Das Bargeld lag im offenen Tresor», erklärte Vincent. «Das Ausmaß an Brutalität war enorm, und Melli Franck wurde vergewaltigt, bevor sie starb.»

Kuhn rieb sein Gesicht mit beiden Händen. Anna schaute zu Boden und schüttelte den Kopf. Vielleicht hätte ich es doch nicht sagen sollen, dachte Vincent.

«Dann war es einer der Typen, an die Melli etwas verkauft hat.»

«Meinen Sie?»

«Wir wissen doch, wozu Leute unter dem Einfluss von Crystal Meth fähig sind.»

Womit wir bei Toni Gogalla wären, dachte Vincent.

«Nehmen Sie ebenfalls Drogen, Herr Kuhn?», fragte Hamid.

Der Moderator verschränkte die Arme. «Das geht Sie wirklich nichts an, Herr …»

«Belhanda», sagte Hamid ruhig.

«Einen Scheißdreck geht Sie das an, Herr Bella-Hand! Aber trotzdem gebe ich Ihnen eine Antwort. Ich sage es nur einmal, damit das für uns alle klar ist: Die Antwort lautet nein!» Er stand auf. «So. Unser Student wird Sie …»

Kuhn holte ein Handy aus der Innentasche seines Jacketts und tippte eine Kurzwahlnummer ein. «Lars, zeigst du den Herrschaften von der Polizei noch einmal den Weg?»

Für die Rückfahrt nahm Vincent auf dem Beifahrersitz Platz. «Ein echter Fernsehstar», sagte er. «Jetzt sind wir aber mächtig beeindruckt, oder?»

Anna entgegnete: «Ich fand's nicht korrekt, wie ihr mit Kuhn umgesprungen seid. Der Mann trauert um seine Freundin.»

Vincent ahmte Kuhns Redeweise nach. «Ich sag's nur einmal, die Antwort lautet nein, *Herr Bella-Hand!*»

Hamid lachte.

«Und was hat's gebracht?», wollte Anna wissen.

«Alte Freunde», antwortete Vincent. «Alte Freundschaften oder Verbindungen, denen Melli Franck vertraut hat. Den Hinweis fand ich höchst interessant. Wer könnte damit gemeint sein?»

Schweigen im Wagen.

London Calling.

Vincent kramte nach seinem Handy. Das Düsseldorfer Präsidium. Eine Durchwahlnummer, die ihm nicht geläufig war.

«Samy hier», meldete sich Bräutigam. «Vogler war gerade hier, der Freund von Toni Gogalla. Wir sind vielleicht einen Schritt weiter, Vincent.»

«Was sagt der Mann?»

«Melli Franck ließ sich das Crystal Meth von einem Pizzaboten liefern.»

«Von wem genau?»

«Das wusste Vogler nicht. Nur dass Gogalla mal einen Pizzaservice erwähnt hat.»

«Weißt du, wie viele es davon allein in Düsseldorf gibt?»

«Hab im Branchenverzeichnis nachgesehen. Eine ganze Menge.»

Vincent bedankte sich und steckte das Handy in die Jacke zurück.

«Was Neues, Chef?», fragte Hamid.

«Ja. Gib Gas und setz mich beim Tatort ab, *Herr Bella-Hand*.»

«Wird gemacht, Sir.» Hamid zwinkerte ihm zu.

37

▼

Die Restauranttür war verschlossen. Ein Pappschild vermeldete: *vorübergehend kein Betrieb*. Vincent hörte Stimmen und klopfte. Weil sich nichts tat, rief er Fabri auf dessen Handy an, der ihm schließlich öffnete.

«Brauche ich Schutzkleidung?»

«Im Gastraum nicht mehr. Büro und Küche schon. Was willst du?»

«Habt ihr die Müllcontainer schon durch?»

«Ja.»

«Ich suche Pizzakartons.»

«Hey, wir sind im *Greens*!»

«Es heißt, Melli Franck habe sich Pizza liefern lassen.»

«Warum sollte sie?»

Die Müllcontainer standen in einem ansonsten leeren Raum vor einer zweiten Tür, die verriegelt war und wahrscheinlich ins Freie führte. Kein Fenster, es stank – seit dem Mord war nicht geleert worden.

Vincent zog sich Handschuhe über. Er durchwühlte den Container für Papier und Pappe, ohne einen Pizzakarton zu finden. Er hatte erwartet, dass ihm eine große, flache Schachtel sofort auffallen würde, aber vielleicht hatte man sie zerrissen, damit sie weniger Platz einnahm.

Er wiederholte seine Suche und drehte jeden Fetzen mehrfach um.

Nichts.

Fabri hat recht, dachte Vincent. Ins *Greens*, das eine hervorragende Küche besaß, würde sich niemand lauwarme, mit billigen Zutaten belegte Teigfladen schicken lassen. Voglers Zeugenaussage beruhte auf reinem Hörensagen. Vielleicht hatte er seinen Freund falsch verstanden. Oder Gogalla hatte ihm Unsinn erzählt.

Vincent kehrte in den Gastraum zurück. Fabri saß vor seinem Laptop, tippte etwas und telefonierte zugleich. Aus der Küche drangen Geräusche. Vincent trat in den Durchgang. Ein Kollege im weißen Overall kratzte etwas aus einer Fliesenfuge. Ein zweiter klebte eine Arbeitsfläche mit Folienstreifen ab, um Fingerspuren zu sichern.

Vincent fragte: «Hat jemand in diesem Laden einen Pizzakarton gesehen?»

Kopfschütteln.

Der Chef der Spurensicherung trat zu ihm. «Keinen Schritt weiter.»

«Ich weiß.»

Fabri rief den Kriminaltechnikern zu: «Wer von uns hat den Müll durchsucht?»

«Das muss Kuno gewesen sein.»

Fabri telefonierte mit dem Kollegen, dann wandte er sich an Vincent: «Kann sich nicht erinnern, sagt er. Hat nur nach Waffen oder blutigem Zeug geguckt. Aber du hast doch gerade den Müll …»

«Nicht den gesamten», sagte Vincent.

«Dann viel Spaß!»

Es gab noch zwei weitere Container in dem Raum neben den Toiletten. Weil der Behälter für wiederverwertbare Verpackungen weniger stank als der andere, suchte Vincent darin zuerst.

Fehlanzeige.

Als er den letzten Deckel hob, surrten Wolken kleiner Fliegen hervor. Der Behälter war zu zwei Dritteln mit Küchenabfällen gefüllt. Vincent erkannte Fischköpfe und Gräten. Er hielt die Luft an und schlug nach den Fliegen. Trotz seiner Handschuhe ekelte er sich davor hineinzugreifen.

Dann überwand er sich.

Essensreste, fauliges Gemüse, Fleischteile mit starkem Madenbefall. Je tiefer er drang, desto weniger konnte er definieren, um welche Nahrungsmittel es sich einmal gehandelt hatte. Fliegen krabbelten über sein Gesicht und versuchten, in die Nase zu dringen. Mit seinen verdreckten Handschuhen konnte Vincent sie nicht wegwischen.

Dann entdeckte er das Eck eines flachen Kartons. Er zog das Ding aus dem Dreck. Quadratisch und in den italienischen Nationalfarben bedruckt.

Pronto-Pasta-Pizza.

Dem Gewicht nach zu urteilen, war die Schachtel voll. Vincent schloss den Container und legte den Karton auf dem Boden ab. Er bemühte sich, nur die äußersten Kanten zu berühren, und hob den Deckel an. Pizza Margherita, schätzte Vincent. Soweit man das unter dem grün blühenden Schimmelbefall noch erkennen konnte.

Vincent zitierte Fabri herbei.

«Und jetzt?», fragte der Kriminaltechniker. «Gegessen hab ich schon.»

«Könnt ihr auf der Pappe noch Fingerspuren nachweisen?»

Der Kollege zog die Mundwinkel nach unten. «Käme auf einen Versuch an.»

38

▼

Der neue Laden der Bischoffs erwies sich als kleines Restaurant in einer Gegend, die Ronny noch nicht kannte. Überwiegend Blockbebauung aus den Fünfzigern. Die lieblosen Fassaden konnten einen frischen Anstrich gebrauchen.

Sie bogen vor dem Lokal in eine Seitenstraße, fuhren auf einen weitläufigen Garagenhof und hielten vor einem Bauschuttcontainer neben einem Hintereingang. Durch diesen betraten sie einen Flur. Sie passierten eine Kellertreppe, die laut Beschilderung zu den Toiletten führte, und gelangten in einen Raum, der offenbar als Küche diente.

Das Mobiliar war angekokelt, Wände und Decke rußgeschwärzt. Brandgeruch hing in der Luft.

Oliver begrüßte sie knapp. Mit verschränkten Armen beaufsichtigte er, wie ein Glaser eine neue Fensterscheibe einsetzte. Er tippte mit dem Fuß gegen eine Kiste Bionade. «Bedient euch.»

Der Glaser war fertig.

«Sie auch», forderte Oliver ihn auf.

«Nein, danke.» Er reichte ihm einen Zettel zur Unterschrift.

Oliver las und runzelte die Stirn. «Eine ganze Stunde Fahrtzeit?»

«Dreißig Minuten hin, dreißig zurück.»

Oliver kritzelte hastig seinen Namen.

Der Handwerker nickte zur Küchenzeile hinüber, die übel aussah. «Hat's hier etwa gebrannt?»

«Passiert schon mal, wenn man eine Fritteuse falsch bedient.»

«Und dann hat sie der Koch in Panik durchs Fenster geschmissen?»

«So ungefähr.»

Oliver geleitete den Mann zum Vordereingang nach draußen. Es knirschte unter ihren Sohlen. Ronny sah die Scherben der alten Scheibe auf dem Fußboden. Also war etwas von draußen hereingeworfen worden, nicht umgekehrt.

Vom Gastraum her roch es faulig – Schwefelwasserstoff.

«Wem gehörte der Laden vorher?», fragte Ronny.

Adrian setzte seine Bionade ab und wischte sich mit dem Ärmel über den Mund. «Libanesen. Unangenehme Leute. Ihr Fraß ist ungenießbar. Bevor sie eine Pizza ausliefern, spucken sie darauf.»

Oliver kehrte zurück. «Meine Fresse! Eine Stunde Fahrtzeit – ich fass es nicht! Und dann stellt der Idiot auch noch blöde Fragen. Noch eine Bemerkung, und ich hätte ihm meine Neun-Millimeter-Glock gezeigt.»

«Labertasche der Woche», kommentierte Adrian.

Lucky zeigte seine braunen Stummel und schlug seinem Bruder auf die Schulter.

«Folgendes», sagte Oliver. «Ihr räumt hier alles raus. Und wenn ich sage, alles, dann mein ich alles.» Er sah sich um. «Bis auf den Tisch, den nehmen wir zum Tapezieren. Der ganze Rest kommt in den Schuttcontainer, der auf dem Hof steht. Wir sanieren die Kakerlakenbude von Grund auf. Mit der Küche fangt ihr an. Der Rest kommt morgen dran, heute stinkt es noch zu sehr. Lasst die Fenster offen, verstanden? Bei der Arbeit wird euch schon warm. Ach ja, und zwei von euch halten Wache. Einer hinten an der Einfahrt zum Hof, der andere vorn an der Straße. Ich traue den Libanesen nicht.»

«Wie erkennen wir sie?», fragte Ronny.

«Was soll ich sagen? Südländer eben. Lucky und Adrian, ihr wisst, wie sie aussehen.»

«Fahren Mercedes», sagte Adrian.

«Ich bin dann mal weg, Lampen besorgen.»

Ronny warf einen Blick an die Decke. Die halbkugelförmige Abdeckung der Leuchte war zersprungen, mehrere Einschusslöcher ringsherum. Ronny verstand, warum die Vormieter sauer waren. Die Bischoffs studierten offenbar keine Immobilienanzeigen, wenn sie ein neues Lokal suchten. Sie schalteten auch kein Maklerbüro ein.

Stinkbomben, Pistolenschüsse und Feuer – dass die bisherigen Restaurantbetreiber nicht zur Polizei gegangen waren, konnte nur einen Grund haben.

Sie hatten ebenfalls Dreck am Stecken.

Ronny und Matthias zerlegten das Mobiliar, um es nach draußen zu schaffen. Schon nach einer halben Stunde hörte Ronny die Tür und quietschende Sohlen. Adrian kam bibbernd herein, rieb sich die Arme und befand, dass er lange genug hinter der Gaststätte Wache geschoben hatte.

Er wandte sich an Matthias. «Wie war der Winter in Arschghanistan?»

«Arschk-k-k…»

«Kälter als im Rheinland, vermute ich mal. Also kannst du das hier ab, Matze. Und du, Ronny, löst Lucky ab, okay?»

Ronny trat auf die Straße und ließ sich von Lucky die Kerle genauer schildern, auf die er achtgeben sollte: Muskeltypen, das schwarze Haar voller Gel, Fünftagebart und Goldkettchen. Ronny schaute sich um. Die Beschreibung traf in dieser Gegend auf viele Leute zu.

Er deutete auf das große Neonschild über dem Laden. «*Pronto-Pasta-Pizza* – was ist das für ein Name?»

«Oliver will ihn vorerst behalten, warum auch nicht, wenn's eine etablierte Marke ist?»

Ronny entschied sich für einen Schuss ins Blaue. Er wollte endlich wissen, was Sache war. «Klingt zumindest unverfänglicher als *Pronto-Pillen*», sagte er.

Lucky glotzte ihn an. Für einen unerträglich langen Moment fürchtete Ronny, sich verraten zu haben. Dann zeigte Olivers Legionär seine hässlichen Zähne.

«Humor hast du, Alter, das muss man dir lassen!»

39

▼

Als Vincent ins Präsidium zurückkehrte und sein Büro betrat, rief Nora ihm durch die offenstehende Verbindungstür zu: «Der Inspektionsleiter hat versucht, dich zu erreichen.»

«Und?»

«Er war sehr ungehalten.»

«Wo ist er jetzt?»

«Feierabend.»

«Wir reißen uns hier den Arsch auf, und Thann wirft mir nur Knüppel zwischen die Beine.»

«Die Kollegen in dieser Dienststelle stehen hinter dir.»

«Bis auf diese und jenen, stimmt's?»

«Ich petze nicht. Aber es wurden schon Wetten darauf abgeschlossen, wann du deinen Schreibtisch räumen musst.»

«Thann wird den Kürzeren ziehen.»

«Bist du dir sicher?» Nora schob ihm ein Blatt Papier hin. Briefkopf der Behörde. «Der Präsident hat vorhin eine Presseerklärung verschicken lassen. Ich hab's dir ausgedruckt.»

Es waren drei kurze Absätze – eine Reaktion der Polizei auf die Veröffentlichung im *Blitz*. Das zuständige Kommissariat prüfe, ob Straftaten im Zusammenhang der Beteiligung eines Beamten an der Demonstration für Toleranz und gegen Rassismus vom vergangenen Montag vorliegen. Davon unabhängig untersuche die Behördenleitung, ob die Teilnahme ein Dienstvergehen darstelle.

Landesbeamtengesetz, politische Neutralität, außerdienstliches Wohlverhalten …

Die Buchstaben verschwammen vor Vincents Augen.

Er eilte zurück an seinen Schreibtisch und checkte die E-Mails. Eine stammte von seinem Inspektionsleiter: *Sie haben Ihren Termin beim KK21 ignoriert. Sie sind nie zu erreichen und lassen sich verleugnen. Die Konsequenzen haben Sie sich selbst zuzuschreiben!*

Vincent überprüfte sein Handy. Zwei verpasste Anrufe von Thanns Apparat. Vincent las die Zeitangabe auf dem Display. Sein Vorgesetzter hatte es versucht, als Vincent die Abfälle des *Greens* durchwühlte.

Er rief Markus Braun an, den Behördensprecher. «Was soll diese Presseerklärung? Wollt ihr mich öffentlich aufs Schafott führen?»

«Du hättest den ursprünglichen Entwurf sehen sollen! Das Schlimmste konnte ich gerade noch verhindern.»

«Warum seid ihr nicht zu einer klaren Gegendarstellung in der Lage? Ich habe mir nichts zuschulden kommen lassen!»

«Wenn du die Erklärung liest, dann erkennst du, dass ein Hintertürchen zu deiner Rehabilitierung offenbleibt.»

«Na toll.»

«Du kannst dir nicht vorstellen, wie unseren Chefs derzeit die Muffe geht. Der Präsident hat Schiss vor der Ministerin, und die hat eine Heidenangst vor der öffentlichen Meinung, zumal sich der *Blitz* ohnehin gern auf sie einschießt.»

«Womit muss ich rechnen, was meinst du?»

«Füsilieren und klammheimliches Verscharren vor der Friedhofsmauer.»

«Im Ernst.»

«Man fragt sich, ob du als Vorgesetzter des KK11 noch tragbar bist. Und worin stattdessen deine Zukunft bestehen soll.»

Vincent beendete das Gespräch und wählte Ninas Nummer im Evangelischen Krankenhaus. Sie ging sofort ran, klang aber genervt.

«Sorry, wenn ich störe», sagte Vincent.

«Das tust du in der Tat. Was gibt's denn?»

«Wolltest du mir nicht Zeugen besorgen?»

«Klingt, als bräuchtest du mehrere.»

«So viele wie möglich.»

«Hat sich Dagmar noch nicht bei dir ...»

«Nein.»

«Wird schon, Vincent. Hab Geduld.»

«Bis später, Nina», sagte er noch, aber sie hatte bereits aufgelegt.

Eigentlich müsste ich die Behörde verklagen, überlegte Vincent. Wegen seelischer Grausamkeit gegenüber ihren Mitarbeitern. Die Polizei wird von Karrieristen geleitet, die man so lange befördert, bis ihre Unfähigkeit augenfällig wird. Bei jedem Regierungswechsel erfinden Ministerialbeamte das Rad neu und strukturieren den Laden um. Längst sind wir mehr mit der Dokumentation unseres Tuns beschäftigt als mit eigentlicher Polizeiarbeit. Und weil der Papierkram verwaltet werden muss, bläht man den Wasserkopf immer weiter auf – zulasten der Kommissariate.

Die gesamte Chefetage schielt auf die Politik. Auf die Befindlichkeit der Ministerin.

Scheiß drauf.

Das Telefon klingelte.

Die Nummer auf dem Display stammte nicht aus dem Präsidium. Hat der Anruf mit dem Mord an Melli Franck zu tun? Ist das überhaupt noch *mein* Fall? Das Klingeln blieb hartnäckig.

Vincent hob den Hörer ab.

«Freimuth Auersberg», meldete sich eine Stimme, die unwirsch klang, irgendwie in Eile. «Sie erinnern sich?»

«Natürlich, was wollen Sie?»

Der Mann am anderen Ende der Leitung war Strafverteidiger, und zwar nicht irgendeiner. Niemand verstand es wie Auersberg, die Behörden zu piesacken. Erst letztes Jahr hatte er das Landgericht zur Korrektur eines Fehlurteils gezwungen – die Polizei hatte den Falschen geschnappt und Beweise gefälscht.

«Ich habe Ihnen gerade ein Fax geschickt», sagte Auersberg. «Wenn Sie daran interessiert sind, dass ich das Mandat übernehme, dann schicken Sie mir die Erklärung möglichst schnell mit Ihrer Unterschrift zurück.»

«Welches Mandat?»

«Ihre Mutter meint, Sie könnten Unterstützung gebrauchen.»

Es hat sich also schon bis zu Brigitte herumgesprochen, dachte Vincent. Er stellte sich vor, wie es wäre, mit dem Anwalt im Schlepptau bei Dienstbesprechungen mit dem Inspektionsleiter aufzukreuzen. Er würde vielleicht das Verfahren zu seinen Gunsten entscheiden. Das Klima wäre jedoch für immer vergiftet.

«Als Erstes sollten wir klären, mit welchem Ziel Sie in die Auseinandersetzung gehen wollen, Herr Veih.»

«Ich will meinen Posten behalten.»

«Als Leiter eines Kommissariats?»

«Als Leiter *meines* Kommissariats.»

«Das wird nicht leicht.»

«Das kann sein, Herr Auersberg, aber ich glaube, ich stehe

das alleine durch. Nichts für ungut. Haben Sie vielen Dank und grüßen Sie meine Mutter.»

«Wie Sie meinen, Herr Veih.»

Nachdem der Anwalt aufgelegt hatte, wog Vincent den Hörer noch eine Zeit lang in der Hand. Brigitte sorgt sich um meinen Job, dachte er, obwohl sie nie verstanden hat, dass ausgerechnet ihr Sohn Polizist geworden ist.

Mama, was ist los mit dir?

40

▼

Den Mercedes bemerkte Ronny erst im letzten Moment.

Seit beinahe zwei Stunden schob er hier draußen schon Wache. Inzwischen war es dunkel geworden und kälter. Er beschwerte sich nicht, weil er wollte, dass man in ihm einen pflegeleichten Kumpan sah. Vielleicht hatte er seinen Mund ohnehin schon zu weit aufgemacht. Als er den Vietnamesen nach Tabletten fragte. Als er Lucky gegenüber auf die Pillen anspielte. Ich sollte mich besser zurückhalten.

Im Umkreis von einhundert Metern kannte er nun jeden Hauseingang. Die Reinigung, den Bäcker, die Apotheke, sämtliche Auslagen in den Schaufenstern auf beiden Seiten der Werstener Dorfstraße. Er wanderte auf und ab – nicht weil er hoffte, dadurch als normaler Passant zu erscheinen, sondern um nicht zu frieren.

Scheißwinter.

Der Mercedes war ein blitzblankes, knallgelbes Coupé. Ronny sprintete darauf zu und umklammerte zugleich das Handy, um die anderen zu warnen.

Doch es war Oliver Bischoff, der dem Sportwagen entstieg. Kein Mitglied einer feindlichen Gang auf Kriegspfad.

«Neuer Wagen?»

«Wieso fragst du?»

«Mercedes. Die Libanesen. Ich dachte schon …»

Oliver lachte. «Die fahren schwarze Limousinen.»

«Das hättest du uns sagen können.»

«Lucky und Adrian kennen sich aus. Und du brauchst nicht alles zu wissen, denn ein wenig Alarm schadet nie. Hält munter und beweglich.» Er öffnete den Kofferraum. «Hilf mir mal.»

Ronny trug zwei Eimer mit Wandfarbe ins *Pronto-Pasta-Pizza* und stellte sie im Flur bei den Tapetenrollen ab. Danach wies der Juniorchef ihn an, zwei Kartons vom Beifahrersitz zu holen und das Auto abzuschließen.

Laufbursche, dachte Ronny. Toller Job. Aber immer noch besser, als bei Dennis Molitor abhängen und zu Nazi-Sprüchen ablachen zu müssen.

Die Kartons enthielten fabrikneue Deckenlampen. Italienische Ware, Glas aus Murano. Extraschickes Design und starke Leuchtkraft.

«Ihr sollt es schön hell haben, wenn es draußen düster ist», sagte Oliver. «So bin ich zu euch.»

Lucky zog eine Grimasse. «Nichts ist dem Boss für uns zu teuer.»

«Wir brauchen einen Elektriker», sagte Adrian.

«Kommt nicht in Frage», widersprach Oliver. «Das montieren wir selbst.»

«Hast du den Sicherungskasten gesehen?»

«Adrian hat recht», pflichtete sein älterer Bruder ihm bei. «Der ganze Elektroscheiß in diesem Laden müsste erneuert werden. Sonst hängst du beim Montieren zitternd am Kabel und verschmorst.»

«Nach der Nummer mit dem Glaser kommt mir kein Handwerker mehr in diesen Laden.» Er äffte den Mann nach: «Hat's hier etwa gebrannt?»

Damit war die Diskussion beendet.

Bischoff junior riss den ersten Karton auf, hob die Lampe heraus und legte sie auf den Tisch. «Anleitung liegt bei. Freiwillige vor. Wer sich meldet, bekommt eine Flasche Lambrusco von mir spendiert.»

Ein Moment der Stille.

«Ich k-k-kann das.» Matthias hob die Hand.

Vielleicht ist das in Afghanistan dein Verhängnis gewesen, dachte Ronny. Dass du dich zu oft freiwillig gemeldet hast.

Während der Veteran die Lampen anschraubte, orderte Oliver Fritten und Bratwurst von der nächstgelegenen Imbissbude des Bischoff-Imperiums. Sie gingen mit dem Zeug in den Transporter hinter das Haus, weil die Heizung in dem Fahrzeug funktionierte und es dort nicht nach Schwefelwasserstoff stank. Matthias kam ein paar Minuten später nach.

«Alles klar, Matze?», fragte Oliver. «Niemand verschmort?»

Der Exsoldat grinste.

Oliver blickte triumphierend die Brüder an. «Geht doch!»

Nach dem Essen arbeiteten sie zu viert weiter. Oliver befand, dass es ausreiche, wenn er in seinem Wagen den Kreuzungsbereich vor der Pizzabude überwachte. Mittlerweile hielt sich die Furcht vor den Libanesen offenbar in Grenzen.

Nach einer weiteren Stunde hatten sie das gesamte Lokal tapeziert bis auf den großen Gastraum, in dem sich der Dunst von Stinkbomben am hartnäckigsten hielt. Lucky redete Oliver die Idee aus, die feuchten Tapeten heute noch mit Farbe zu überziehen, und sie machten Feierabend.

Ronny verdrückte sich rasch. Er hatte noch etwas vor.

41

▼

Marie Corinth druckte ihren Text aus. Sie hatte das Gefühl, nichts mehr daran verbessern zu können. Was sie für den Prospekt von *Golden Rose* gedichtet hatte, klang nach einer überzeugenden Mischung aus Seriosität und lockendem Finanzmarktlatein – die Herzen der Glücksritter, die lieber Verluste riskierten, als Steuern zu bezahlen, würden höher schlagen.

Sie klopfte an die Bürotür ihres Chefs, um ihm den Entwurf vorzulegen, doch es kam keine Antwort. Deshalb ging sie eine Tür weiter und fragte: «Ist Thorsten schon weg?»

Stefanie, die Sekretärin, nahm die Finger von der Tastatur und zog den Kopfhörer von den Ohren. «Ist nach Essen gefahren. Er trifft den Schuhverkäufer.»

«Verstehe.»

Als Schuhverkäufer bezeichneten sie einen Geschäftspartner Thorstens, Eigentümer einer Ladenkette mit unzähligen Verkaufsstellen in ganz Europa und einer der reichsten Männer Deutschlands. Ein Teil seines Geldes steckte in zahlreichen Fonds, die *Franck Development* aufgelegt hatte. Wenn Thorsten ihn überzeugen konnte, bei *Golden Rose* einzusteigen, bestand die Chance, dass seine Rechnung aufging.

Marie beschloss, ihrem Chef den Text auf den Tisch zu legen. An manchen Tagen war er schon vor ihr im Büro. An dem neuen Fonds hing nicht zuletzt die Existenz des kriselnden Kaufhauskonzerns *BetterPlace* – und weiterer Fonds wie *Golden Daffodil*. Das Kartenhaus durfte nicht einstürzen.

Die Tür war nicht abgeschlossen. Marie platzierte die Mappe mit dem Ausdruck so, dass sie ihrem Chef sofort auffallen würde.

Sie bemerkte einen Ordner, dessen Aufschrift in ihr einen ganzen Schwall an Gefühlen auslöste: *Greens*. Marie nahm ihn und blätterte darin. Das Restaurant war Mellis Anker in der Welt gewesen, das Zentrum ihrer Existenz. Selbst im Bett hatte Melli von ihren Sorgen gesprochen. Und von ihren Plänen, mit geänderter Speisekarte neue Kunden anzusprechen, ohne die Stammgäste zu vergraulen. Von ihrem festen Vorsatz, das Personal besser zu kontrollieren.

Alles wird gut – Mellis Worte noch am Sonntag.

Achtzehn Stunden später hatte man sie erschlagen.

Marie erkannte, dass sich Thorsten die Buchführung der letzten Jahre von seiner Exfrau hatte aushändigen lassen. Mellis Steuerberater hatte alles korrekt zusammengestellt, und Marie verstand den Inhalt der Zahlenkolonnen auf Anhieb.

Das Restaurant hatte im gesamten letzten Jahr keinen Cent Gewinn abgeworfen. Seit dem Sommer nur noch rote Zahlen. Melli musste von ihrem Ersparten gelebt haben.

Marie begriff, dass sich der Betrug des Küchenchefs nur geringfügig ausgewirkt hatte. Die paar geklauten Rinderfilets fielen kaum ins Gewicht. Auch dass Melli selbst gelegentlich Wein und Lebensmittel entnommen oder Freunde eingeladen hatte, konnte die Misere nicht erklären.

Der Laden rentierte sich einfach nicht.

Marie war erschüttert. Mellis Optimismus erschien als haltlose Träumerei.

Nebenan klingelte das Telefon.

«Für dich, Marie!», rief die Sekretärin.

«Ich nehm's in meinem Zimmer an», antwortete Marie und stellte den Ordner zurück.

Auf dem Weg in ihr Büro begann sich Marie zu wundern. Warum hat Thorsten in den Betrieb investiert? Nur aus Mitgefühl mit seiner Ex? Sentimentale Gefühle kannte sie an ihrem Chef bislang nicht.

42

Ronny trug noch seine Arbeitskleidung und musste von der fettigen Bratwurst aufstoßen, die Oliver spendiert hatte. Er öffnete die Tür des *Pfefferkorn*. Ein weiteres konspiratives Treffen in einem weiteren kulinarischen Juwel der nordrhein-westfälischen Landeshauptstadt.

Er fand Bastian Schwenk am Ende des L-förmigen Raums in einer Art Séparée. Die Leute am einzigen Nachbartisch waren Japaner. Ronny fühlte sich sicher.

«Ein Pizza-Lieferservice?», fragte Bastian, nachdem Ronny Bericht erstattet hatte.

«Ja, und du hast recht. Die Bischoffs stecken im Rauschgiftgeschäft. Mit dem *Pronto-Dingsda* expandieren sie offenbar ihr Vertriebsnetz.»

«Bist du dir sicher?»

«Hundertpro.»

Bastian sah den Kellner hereinkommen und rief: «Zwei Gläser Champagner!» Dann wandte er sich wieder Ronny zu. «Du bist ein Genie, mein Guter, das ist der Durchbruch!»

Der erste Gang bestand aus marinierter Jakobsmuschel mit Wasabi-Eis an Rote-Bete-Carpaccio.

«Wir brauchen allerdings Beweise», murmelte Bastian mit vollem Mund. «Gerichtsverwertbare Beweise.»

Ronny stocherte im Essen und beschloss, sich lieber an den Weißwein zu halten. Ihm war inzwischen schlecht von der Wurst.

«Schmeckt's dir nicht?», fragte Bastian.

Ronny musste niesen. Hoffentlich habe ich mir beim Wacheschieben keine Erkältung eingefangen, dachte er. Aber wenigstens liefert meine Arbeit die ersten Ergebnisse. Endlich.

«Rate mal, wen ich heute im Landeskriminalamt getroffen

habe», sagte Bastian gut gelaunt, als sie beim zweiten Gang angelangt waren – Rehmedaillons, Cranberrys und Kürbispüree.

«Keine Ahnung», antwortete Ronny und schnäuzte sich ausgiebig.

«Einen Verwandten von dir. Beamter bei der hiesigen Polizei. Sein Opa war ebenfalls Polizist. Du hast mal bei den Leuten gewohnt. Na, klingelt's?»

«Vincent Veih?»

«Er hat mir erzählt, dass er zu DDR-Zeiten mal zu Besuch bei euch in Jena war. Fast hätte ich gesagt: Klar, weiß ich doch!» Bastian lachte und verschluckte sich fast. «Immerhin hab ich euren Westbesuch damals observiert. Der Beginn meiner Karriere!»

«Warum war er denn bei dir?»

«Wegen des Mordes an dieser Wirtin. Er wollte wissen, wo das Crystal Meth herstammt.»

«Wüssten wir ebenfalls gern.»

«Hab ich ihm auch gesagt.»

Ronny versuchte, sich den entfernten Cousin in Erinnerung zu rufen. Lange her. Als sie nach ihrer Flucht in Uedesheim ankamen, war Vincent etwa neunzehn Jahre alt und trug einen schrecklich gefärbten Irokesenschnitt, der allmählich herauswuchs. Hatte gerade die Lehre geschmissen. Zwei Wochen später ließ er sich das Haar schneiden und trug sich mit dem Gedanken, zur Polizei zu gehen, weil er das auf einmal für sinnvoll hielt. Ein Ex-Punk, der Bulle werden wollte.

Die Kapriolen des Lebens, dachte Ronny.

Die Idee, Beamter zu werden, überzeugte ihn dann ebenfalls – wegen der Sicherheiten, die das mit sich brachte. Nachdem er und seine Mutter nach Hannover weitergezogen waren, bewarb er sich dort und wurde prompt genommen.

Der Beginn *seiner* Karriere.

Zuletzt brachte der Kellner einen Teller mit Pralinen aus eigener Herstellung. Ronny musste aufstoßen.

«Greif zu», forderte Bastian ihn auf.

Ronny hielt sich an seiner Espressotasse fest.

Bastian zog eine Augenbraue hoch. «Du hast mich noch gar nicht gefragt, mein Guter.»

«Was denn?»

«*Cherchez la femme.* Oder hast du deine romantischen Absichten schon wieder aufgegeben?»

«Erzähl.»

«Teufel-Immobilien», sagte Bastian. «So heißt der Arbeitgeber deiner Holden. Residiert in der Karlstadt in einem schnuckeligen Häuschen aus dem achtzehnten Jahrhundert.» Er warf Ronny eine Visitenkarte zu. «Hab mich dort umgesehen, aber keine Sonja entdeckt.»

«Sandra.»

«Auch keine Sandra. War wohl gerade auf Außentermin.»

«Danke, Bastian.»

«Beste Freunde helfen sich, ist doch klar. Digestiv?»

«Lieber nicht.»

Zum Abschied drückte ihm Bastian eine Tüte in die Hand. «Ich will, dass du in diesem Pizzaschuppen einen Sender installierst.»

«Puh!», machte Ronny.

«Gerichtsverwertbare Beweise, verstehst du? Kriegst du das hin?»

Ronny nickte.

«Kannst du mit einem Zieh-fix umgehen?»

«Weißt du doch.»

Bastian berührte seinen Arm und blickte ernst. «Aber lass dich bloß nicht erwischen, Ronny.»

Kein Licht im Loft. Auf dem Weg nach oben hielt Ronny im ersten Stock inne und legte das Ohr an die Tür der Meerkamms. Er hörte Stimmen, Schüsse, Sirenen – das Spätprogramm in der Glotze, irgendein Krimi. Sonst war es ruhig.

War Sandra immer noch nicht zurückgekehrt?

Ronny ging zu seiner Bude hoch, zog die stinkenden Klamotten aus und nahm ein heißes Bad. Dann suchte er mit dem Fernglas die Fenster im Vorderhaus ab. Schatten, Schemen, Fernsehflimmern. Wieder musste er niesen.

Ronny stellte den Wecker und ging zu Bett. Er schnupperte an Sandras Slip.

Morgen gehe ich auf Wohnungssuche.

43

▼

Im Ersten lief Karsten Kuhns Sendung, aber Vincent sah kaum hin, bis es endlich um seine Mutter ging. Sie zeigten einen Einspielfilm über ihre jüngsten Fotoarbeiten und ihr Engagement für Flüchtlinge – die Ex-Terroristin, wie sie mit syrischen Kindern lachte.

Vincent erzählte Nina von Auersbergs Anruf – in Brigittes Auftrag.

«Was hast du gegen den Anwalt?», fragte Nina.

«Ich kann ihn mir nicht leisten», antwortete Vincent. «Außerdem schaffe ich das auch so.»

«Deine Vorgesetzten wollen dich abservieren. Wenn du Auersberg nicht magst, kann ich Jens einmal fragen, ob in seiner Kanzlei …»

«Erwähn bitte nicht diesen Namen!»

Vincent hörte Brigittes Stimme und wandte den Blick zur Mattscheibe. Typisch meine Mutter, dachte er. Schwarzes

T-Shirt zur schwarzen Jeans, spitze Nase im rundlich gewordenen Gesicht, die Haare kurz, natürliches Grau.

«Der Knast ändert die politische Einstellung nicht», sagte seine Mutter. «Woher auch? Die Gefangenschaft kapselt dich ab, die Gruppe kocht im eigenen Saft, du verlierst den Draht zum gesellschaftlichen Diskurs und zu allem, was deinen Horizont erweitern könnte.»

«Haben Sie das selbst so erlebt, Frau Veih?»

«Natürlich, Herr Kuhn. In einer solchen Situation hält man jede abweichende Meinung für Verrat. Man lebt in einem paranoiden Zustand.»

«Später hat sich herausgestellt, dass tatsächlich der Geheimdienst einen Spitzel auf Sie angesetzt hatte. Sie wurden verraten.»

«Im Rückblick habe ich es im Unterschied zu einigen anderen noch gut erwischt. Ich bin am Leben.»

Kuhn drehte sich leicht, blickte auf das Kärtchen in seiner Hand, sah wieder auf. «Herr Reuter, Sie behaupten in Ihrem jüngsten Buch, dass deutsche Geheimdienste auch im Fall des Nationalsozialistischen Untergrunds ihre Finger im Spiel hatten.»

Vincent wies auf den Bildschirm und sagte zu Nina: «Auf dem Sessel saß ich heute Mittag.»

Der zweite Gast ergriff das Wort. «Zum Beispiel beim Mord an Halit Yozgat …»

Die Schrifteinblendung: *Kai Reuter, Sachbuchautor und NSU-Experte.*

Kuhn erklärte: «Im April 2006 in einem Internetcafé in Kassel.»

«Richtig», fuhr Reuter fort. «Hier hält die Polizei zum ersten Mal keine ominöse Türkenmafia für tatverdächtig, sondern einen Deutschen. Und zwar einen Beamten des hessischen Verfassungsschutzes, der nachweislich vor Ort war, aber die Schüsse laut seiner Aussage nicht wahrgenommen hat.»

«Lass uns ausschalten, Vincent», forderte Nina. «Brigitte ist durch. Die anderen sind doch nur Labertaschen.»

Vincent ignorierte sie. Sein kriminalistisches Interesse war geweckt.

Der Moderator warf ein: «Das war der Mann, der das Internetcafé benutzt hat, um unbemerkt von seiner Frau in einem Seitensprungportal zu chatten.»

«Zumindest sollten wir das glauben. Aber der Mann verwickelte sich in heillose Widersprüche. Bei ihm zu Hause fand man Nazi-Literatur, und schon als Jugendlicher war er in seinem Dorf als Klein Adolf bekannt.»

«Jugendsünde. Abgehakt, oder?»

«Es geht noch weiter: Der zuständige Richter hielt den Mordverdacht gegen den Verfassungsschutzbeamten für begründet und genehmigte einen Lauschangriff. Daraufhin hörte die Polizei mit, wie sein Chef zu ihm sagte: ‹Ja, wenn man weiß, dass da was passiert, dann fährt man doch nicht hin!› – Ich frage Sie, Herr Kuhn, wie deuten Sie einen solchen Dialog?»

Vincent wollte dem Mann zurufen: Wedel nicht mit dem Finger in der Luft. Wisch die Speichelbläschen aus dem Mundwinkel. All das wird die Jury gegen dich verwenden. Aber vermutlich stand ohnehin schon fest, dass man Kai Reuter zum Verlierer wählen würde. Um seine kritischen Einwände abzuwerten.

Ein älterer Typ mit Fliege, der gegenüber saß, mischte sich ein: «Die Ermittlungen gegen den Beamten wurden bekanntlich eingestellt.»

«Nachdem sie vom hessischen Landesamt für Verfassungsschutz gründlich torpediert worden sind. Der damalige Innenminister, heute Hessens Ministerpräsident, hat am laufenden Band Aussageverbote erteilt, um die Verwicklung seines Geheimdienstes zu vertuschen. Ich frage Sie: Ist das Leben nicht unser höchstes Rechtsgut? Stattdessen wurden wichtige Papiere vernichtet, Akteneinsicht unter Vorwänden verweigert. Et cetera, et cetera.»

«Sicher gab es Pannen, aber daraus eine Verschwörungstheorie zu stricken ist zutiefst unseriös.»

Die Einblendung: *Hartmut Wendelstein, Journalist und Geheimdienstexperte.*

Nina richtete die Fernbedienung auf den Bildschirm, er wurde schwarz.

«Was machst du da?», rief Vincent.

«Ich mag's nicht mehr hören. Schlimm genug, wie man *dir* mitspielt. Die Diskussion raubt mir das Vertrauen in diesen Staat, und das möchte ich nicht. Ich will heute Nacht in Ruhe schlafen können!»

Vincent schaltete wieder ein.

Nina verließ das Wohnzimmer.

Inzwischen ging es um den Überfall auf die beiden Polizisten in Heilbronn. Eine Tote, ein Schwerverletzter. Vincent erinnerte sich: Es war die letzte bekannte Mordtat des NSU. Ihm wurde bewusst, dass ihn diese Leichensache noch stärker aufbrachte als die anderen, weil es sich bei der Frau um eine Kollegin handelte.

Aus Angst, unterbrochen zu werden, redete der Buchautor immer hastiger. «Zwei Beamte der baden-württembergischen Polizei waren nachweislich Mitglieder des Ku-Klux-Klans. Das können Sie wohl kaum als amerikanische Südstaaten-Folklore abtun, Herr Wendelstein …»

«Natürlich nicht, aber …»

«Und einer dieser beiden Rassisten fungierte am Tag des Mordes als unmittelbarer Vorgesetzter des Opfers. Außerdem hatte das private Umfeld der jungen Polizistin Kontakte in die Thüringer Neonazi-Szene. Wollen Sie ernsthaft behaupten, dass die Frau ein Zufallsopfer war?»

«Selbstverständlich, denn so lautet das Ermittlungsergebnis der Bundesanwaltschaft, und da sitzen nun mal die Experten.»

«Deren Begründung lautet, dass es die Rechtsterroristen auf die Waffe der Polizistin abgesehen hätten. Dabei hatte der NSU überhaupt keinen Mangel an Waffen! Und wozu sollten die Täter aus Sachsen dreihundert Kilometer und mehr bis nach Heilbronn fahren, um zwei Pistolen zu rauben? Wer sagt uns überhaupt, dass die beiden Männer im Wohnmobil von Eisenach die Täter des Polizistenmords in Heilbronn waren? Bis dahin hatten sie es ausschließlich auf Migranten abgesehen!»

Sein Gegenüber lächelte gönnerhaft. «Lassen wir doch die Kirche im Dorf, Herr Reuter. Immerhin wurden die Dienstpistolen der Opfer im besagten Wohnmobil …»

Vincent hörte nebenan einen Sektkorken knallen. Er stand auf und ging in die Küche. Seine Freundin schenkte sich ein Glas ein. Sie schmollte.

«Was ist los, Nina?»

«Ich dachte, wir feiern meinen Einzug bei dir. Ich dachte, du freust dich. Stattdessen sitzt du vor der Glotze.»

«Meine Mutter ist im Fernsehen. Und findest du nicht, dass sie eine gute Figur macht? Sogar über ihre eigene Vergangenheit äußert sie sich nachdenklicher, als ich es je von ihr vernommen habe.»

«Weil du nie richtig hingehört hast.»

Vincent nahm ein zweites Sektglas aus dem Schrank und setzte sich zu Nina.

«Schön, dass du wieder da bist», sagte er. «Lass uns nicht streiten.»

«Tu nicht so, als hätte *ich* damit angefangen.»

«Okay, der Klügere gibt nach.»

Nina musste lachen.

Sie stießen an.

Vincent hörte, wie Karsten Kuhn nebenan über Liese Schittko sprach. Er trat in die Tür und hörte zu.

«Wie heute zu erfahren war, hat sie vor dem Oberlandesgericht in München angedeutet, ihr Schweigen zu brechen.» Der Moderator stand vor dem Publikum, offenbar hatte er die Talkgäste bereits verabschiedet. «Und das wäre eine sensationelle Wende im NSU-Prozess. Die Republik sehnt sich nach der Wahrheit. Und sind wir heute der Wahrheit auf die Spur gekommen? Haben meine Gäste Tacheles geredet? Mit dieser Frage komme ich jetzt mal zu unserer heutigen Jury …»

Vincent bückte sich nach der Fernbedienung. Rote Taste, Stille.

Nina stand mit beiden Gläsern in der Tür. Spöttisch fragte sie: «Jetzt, wo's spannend wird?»

Vincent schwirrte der Kopf vor lauter Tatorten: Eisenach, Zwickau, Kassel und Heilbronn.

Ihm schwirrte der Kopf vor lauter Zweifeln.

44

▼

Ronny lag noch lange wach, lauschte den Regentropfen auf dem Fensterbrett und hing seinen Gedanken nach. Irgendwann musste er eingeschlafen sein, denn plötzlich wurde er aus dem Schlaf gerissen.

Der Wecker.

Drei Uhr morgens, tiefste Nacht.

Ronny zog sich warm an und ging mit der Tüte, die Bastian ihm gegeben hatte, hinunter zu seinem Auto. Eiseskälte, der Regen hatte aufgehört. Einige Sterne blinkten am Himmel.

Ronny fuhr quer durch die Stadt, fand die Werstener Dorfstraße und bog vor dem *Pronto-Pasta-Pizza* in die Burscheider. Im Schritttempo passierte er die Einfahrt zum Garagenhof. Er parkte zwei Straßenecken weiter und ging zum Hintereingang des neuen Ladens der Bischoffs.

Niemand begegnete ihm.

Das spurenlose Türenöffnen mit dem Zieh-fix beherrschte er nach wie vor. Verdeckt vom Bauschuttcontainer, aus dem die alte Möblierung ragte, hatte er innerhalb einer Minute das Schloss geknackt.

Im Dunkeln fand er den Weg in die Küche. Ein Rumpeln, als er gegen den Tisch stieß. Ronny tastete nach seiner Taschenlampe.

Er benötigte Licht.

Das Fenster war ohne Vorhang. Sein Herz klopfte heftig. Er stellte sich vor, dass die Nachbarn ihn entdeckten und die Polizei riefen. Dann würde Oliver in Kürze über ihn Bescheid wissen.

Habe ich eine Wahl? Ronny knipste sein Mini-Maglite an, steckte es sich zwischen die Zähne und stieg auf den Tisch. Es musste schnell gehen.

Im unruhigen Punktstrahl der Taschenlampe nahm Ronny das Glas der neuen Lampe ab, brachte die Hochleistungswanze an und verschraubte die Stromzuleitung des Minisenders mit der Lüsterklemme.

Maglite aus. Runter vom Tisch. Durchatmen.

Er trat hinaus auf den Hof und schaute sich um.

Keine Menschenseele.

Doch – Licht in einem Fenster über den Garagen.

War da jemand? Ronnys Pulsschlag beschleunigte sich. Dann erkannte er, dass es sich bei dem Schein nur um die Spiegelung einer Laterne handelte.

Er zog die Kapuze über den Kopf, packte die Tüte mit dem

Werkzeug fester und trollte sich zügig zu seinem Panda. Mit jedem Schritt wuchs sein Triumphgefühl.

Er dachte an Bastian.

Wir sind immer noch ein tolles Team. Trotz allem.

2011 - EISENACH

45

▼

Freitag, 4. November

Kurz vor Erfurt bog Ronny auf einen Parkplatz ab. Die Fahrspur teilte sich. Links parkten die Lastzüge in zwei Reihen, Ronny wählte den rechten Weg und stoppte unweit des Toilettenhäuschens zwischen einigen Pkw.

Er überprüfte, ob sein Handy Netzempfang hatte, stieg aus und entfernte sich zu Fuß bis zum Entwässerungsgraben, der die Grenze des Geländes markierte. Jenseits davon stieg die Böschung steil zum Wald hin an.

Ronny schaute sich um. Kein Mensch in Hörweite. Niemand, der ihn zu verfolgen schien. Immer noch kein Killer, der danach trachtete, *ihn* abzuschalten.

Nach wie vor konnte er es nicht fassen, was er vor einer guten Stunde getan hatte. Die Leute an der Spitze seiner Behörde – was ging in ihnen vor, wenn sie jahrelang den NSU unter ihre Fittiche nahmen, dann aber seine Liquidierung anordneten? Verfolgten sie ein Konzept? Ihm fiel eine Unterhaltung ein, die er einmal mit Bastian geführt hatte, in einem Moment des Zweifels, schon eine Weile her.

«Kannst du mich mal über die Reviergrenzen und Kompetenzverteilungen aufklären?», hatte Ronny seinen Führungsbeamten gefragt. «Bundesnachrichtendienst, Militärischer Abschirmdienst, Bundesamt für Verfassungsschutz, dazu sechzehn verschiedene Landesämter? Mensch, Bastian, für jedes gottverdammte Bundesland ein eigener Geheimdienst – wofür soll das gut sein?»

«Kannst du in den entsprechenden Gesetzen nachschlagen.»

«Hier draußen erkenne ich nur verheerenden Kuddelmuddel.»

«Solche Anwandlungen habe ich auch manchmal. Geht wieder vorbei.»

«Und ich hab die Landeskriminalämter und lokalen Polizeibehörden noch gar nicht mitgezählt. Alle mit ihren eigenen Spitzeln und geheimen Informanten. Wir treten uns gegenseitig auf die Füße!»

«Das werden wir zwei nicht ändern.»

«Wir verteilen Steuergelder an die Szene. Wer ist wirklich Nazi, wer arbeitet für den Staat? Keiner hat den Durchblick, ich schwör's.»

«Du machst dir zu viele Gedanken, mein Guter. Wir beschaffen nur die Information. Fürs Auswerten sind in unserer Behörde andere zuständig.»

Bastians Antwort hatte ihn damals nicht zufriedengestellt. Aber wenn jetzt das Chaos herrscht, muss ich das nutzen, um zu überleben, dachte Ronny.

Der Verfassungsschutz kann nicht alle Mitwisser töten.

Und auch Liese darf nicht sterben.

Ein junger Uniformierter führte Egon Stralke in einen überheizten Raum am Ende des Flurs und wies auf einen Konferenztisch, der unordentlich von Stühlen umgeben war. Schlechte Luft, fand Stralke. Zu wenig Sauerstoff.

«Bitte, warten Sie hier einen Moment.»

Bevor Stralke eine Frage stellen konnte, war der Mann verschwunden und hatte die Tür zugezogen. Schritte auf dem Flur. Gedämpfte Stimmen aus dem Büro nebenan.

Stralke spürte einen Anflug von Panik. Habe ich die Milch zurück in den Kühlschrank gestellt, die Kaffeemaschine ausgeschaltet? Ist die Wohnungstür auch wirklich abgeschlossen? Meist prüfte er alles doppelt, aber die Polizisten, die ihn zur Aussage auf die Wache gebracht hatten, waren in großer Eile gewesen.

Er blickte auf seine Uhr. Ließ seine Finger auf der Tischplatte tanzen. Schließlich stand er auf und begann, sich umzusehen.

Offenbar war er in einem Zimmer für größere Besprechungen gelandet. Es gab Stelltafeln voller Fotos und angepinnter Zettel. Stralke trat näher, aber er hatte seine Lesebrille nicht dabei.

Zwei Männer in Zivil kamen herein. Händeschütteln, sie stellten sich vor. Die Namen vergaß Stralke sofort wieder, aber ihre Höflichkeit imponierte ihm.

Ich bin wichtig, dachte er.

Sie setzten sich. Der Jüngere schlug ein großes Notizbuch auf. «Dann berichten Sie mal», sagte der Ältere, ein Mann mit hoher Stirn und dichtem Schnauzbart.

Stralke begann mit den Graffiti in der Unterführung, die man endlich mal mit ordentlicher Wandfarbe überstreichen sollte – seine Meinung. Er schilderte das Wohnmobil, schneeweiß, V für Vogtland, den Rest des Kennzeichens hatte er sich nicht gemerkt. Die zwei Männer mit ihren Rädern, fitte Burschen, etwa dreißig, höchstens fünfunddreißig. Durchdrehende Reifen, als das Wohnmobil davonbrauste.

«Die hatten es ganz schön eilig», sagte Stralke. «Wie Bankräuber auf der Flucht.»

Dass die Männer die Sparkasse am Nordplatz überfallen hatten, wusste Stralke inzwischen. Er wollte von seinen Problemen erzählen, im Supermarkt frische Vollmilch zu ergattern, und das in Zeiten der Marktwirtschaft, doch der Mann mit dem Schnauzer unterbrach ihn.

«Herr Stralke, wo, sagen Sie, sind die beiden Männer eingestiegen?»

«Einer hinten, einer auf der Beifahrerseite.»

«Und im nächsten Moment fuhr das Wohnmobil los?»

«Aber wie die Formel eins!»

«Das geht nicht. Einer muss auf der Fahrerseite eingestiegen sein.»

«War aber nicht so.»

«Doch. Wir haben nur zwei Männer im Wohnmobil gefunden.»

«Sie haben die Bankräuber geschnappt?»

«Also noch einmal von vorn. Die Männer verstauen ihre Räder, und dann?»

«Krieg ich eine Belohnung?»

«Beantworten Sie meine Frage, Herr Stralke.»

«Wenn Sie wegen mir auf die Spur der Bankräuber gekommen sind …»

«Bitte, Herr Stralke.»

«Wie ich schon sagte. Einer hinten, einer auf der Beifahrerseite.»

«Nun machen Sie es doch nicht so kompliziert! Unser Chef zerreißt uns in der Luft, wenn wir ihm das so präsentieren. Was meinen Sie, was momentan hier los ist?»

«Es gab nur *zwei* Männer», sagte der Jüngere, der bisher noch kaum ein Wort gesprochen hatte.

Stralke wandte sich an ihn. «Wissen *Sie* etwas von einer Belohnung? Ich lebe nämlich von nur tausend Mark … nein, Euro, Rente im Monat, verstehen Sie?»

«Ich glaube, in Baden-Württemberg wurden dreihunderttausend Euro ausgeschrieben.»

«Baden-Württemberg?»

«Ja, für die Ergreifung der Mörder einer Polizistin.»

«Waren das die gleichen Leute?»

Auch der andere Beamte zeigte sich überrascht.

«Wahnsinn», entfuhr es Stralke.

«Normalerweise gibt es die Belohnung erst nach einem rechtskräftigen Urteil, ich kann daher nicht versprechen, dass …»

«Die Kerle waren also Mörder?»

«Noch ist das nicht offiziell. Die Spurenauswertung läuft noch. Also müssen wir Sie bitten, vorerst darüber Stillschweigen zu bewahren.»

«Aha.»

«Herr Stralke?»

«Was wollten Sie noch mal wissen?»

«Dieses kleine Detail in Ihrer Aussage: Der eine Täter stieg also auf der *Fahrerseite* ein, der andere auf der Beifahrerseite, richtig?»

«Okay.»

«Keine dritte Person?»

Stralke schüttelte heftig den Kopf. «Habe niemanden sonst gesehen.»

Und das entspricht der Wahrheit, überlegte er.

Der jüngere Beamte schrieb alles auf.

Der mit der Schuhbürste unter der Nase lächelte. «Na also, Herr Stralke, die kleinen grauen Zellen funktionieren noch bestens!»

Freundliche Leute, dachte Stralke. Profis eben.

Ronny vergewisserte sich ein zweites Mal, dass keiner ihn hören konnte. Dann wählte er die Nummer des sicheren Handys, das er seiner wichtigsten noch lebenden Quelle zugesteckt hatte.

Liese Schittko meldete sich sofort.

«Du musst sofort aus der Frühlingsstraße verschwinden», sagte er.

«Ronny? Bist du das? Was'n los? Wo bleibt ihr?»

«Max und Gerri sind tot. Wenn du am Leben bleiben willst, musst du .. »

«Wie, tot?»

«Wir haben keine Zeit zu diskutieren. Tu, was ich dir sage. Dein Leben ist in Gefahr!»

«Was ist denn passiert?»

«Nach dem blöden Ding in der Sparkasse sind sie erwischt worden, und dann … Angeblich sieht es nach Selbstmord aus, aber …»

«Was heißt das?», unterbrach sie ihn. «Warst du nicht bei ihnen?»

«Du weißt doch, dass ich gegen den Überfall war. Wir hatten uns zuvor getrennt. Aber ich hab den Polizeifunk mitverfolgt. Schüsse aus nächster Nähe, hieß es da.»

«Gerri und Max hätten sich niemals selbst …» Ihr versagte die Stimme.

«Seh ich auch so.»

«Meinst du, die Bullen …»

«Vielleicht auch der Geheimdienst – wer auch immer es war, hat es jetzt womöglich auf dich abgesehen.»

«Aber wo soll ich hin?»

«Fahr zu André.»

«Und was mach ich mit den Katzen?»

«Vergiss die Katzen!»

«Geheimdienst, sagst du?»

«Die ganze Wahrheit werden wir wohl nie erfahren.»

«Und warum glaubst du, dass die auch mich …»

«Es ist doch seltsam, dass wir jahrelang nicht gefasst wurden. Denk daran, wie sie dich als Informantin anwerben wollten. Sie haben es immer wieder versucht und sogar eure Flucht gedeckt. Sie müssen Bescheid gewusst haben. Und wenn der NSU jetzt auffliegt … also, diese Peinlichkeit können die sich nicht leisten, nehme ich an. Vielleicht haben sie es auch auf weitere Kameraden abgesehen. Denk an die Sache in Heilbronn.»

«Bei André kann ich nicht bleiben. Höchstens ein paar Tage.»

«Dann bleibt nur eines: Du musst dich stellen.»

«Bist du verrückt?»

«Lass dich auf einen Deal ein. Sie werden dich am Leben lassen, wenn sie wissen, dass du schweigen wirst.»

«Ich soll im Knast vermodern?»

«Damit wärest du erst einmal in Sicherheit vor den Mördern von Gerri und Max.»

«Scheiße, Scheiße, Scheiße!»

«Du und André, ihr verschickt vorher noch die Bekennervideos, die wir mal vorbereitet haben. Die zeigen nur Max und Gerri, stimmt doch, oder?»

«Soweit ich mich erinnere …»

«Und ich besorg dir unterdessen einen Anwalt. Hörst du mir zu, Liese?»

«Mhm.»

«Denk immer dran, dein Schweigen ist deine Lebensversicherung, verstehst du das?»

«Mein Schweigen.»

«Für alle Zeit. Egal, was irgendwer dir bietet. Lügenpresse oder so. Womöglich werden Max und Gerri als die alleinigen Mörder gelten, und du kommst mit ein paar Jahren Knast davon, wenn überhaupt. Auf jeden Fall aber mit dem Leben, Liese.»

«Ich kann das nicht.»

«Was ist die Alternative?»

Sie schwieg einen Moment, dann fragte sie: «Und du?»

«Mach dir um mich keine Sorgen.»

«Werden sie nicht auch hinter dir her sein?»

«Steh ich als Bombenbauer auf der Fahndungsliste? Bin ich

mit euch in den Untergrund gegangen? Nein, der Verfassungsschutz hat keine Ahnung von mir.»

«Und wenn doch?»

«Da gibt es andere, die jetzt tiefer im Schlamassel stecken. Allen voran du.»

«Warum muss es auf diese beschissene Art enden?»

«Immerhin sind wir mehr als dreizehn Jahre lang unentdeckt geblieben.»

«Wir hätten vielleicht doch nach Schweden gehen sollen!»

«Jammern hilft nicht. Max und Gerri sind jetzt Märtyrer, und die Erinnerung an sie wird die kommende Generation befeuern. Der Kampf geht weiter, wenn auch ohne uns.»

Ich rede noch immer wie einer von ihnen, dachte Ronny.

Hauptsache, Liese kauft es mir ab.

Er beobachtete das Geschehen auf dem Rastplatz. Ein LKW-Fahrer rauchte neben seinem Zugwagen eine Zigarette und glotzte von weitem herüber. Eine Frau fing ein kreischendes Kind ein und trug es zu ihrem Auto zurück.

Stille im Äther.

«Liese, bist du noch dran?»

«Was mache ich mit der Wohnung?»

«Benzin.»

«Und wann sehen wir uns wieder?»

Ronny dachte an die frühen Neunziger, als sie beide für einige Monate ein Paar waren, wild und zu allem bereit. An die Zeit, als die Liebe Jahre später noch einmal aufflackerte und er mit Schweden liebäugelte. Habe ich ernsthaft angenommen, Liese wäre zum Ausstieg bereit?

«Ronny?»

«Dein Schweigen rettet auch mich. Zu niemandem ein Wort. Versprich mir das.»

Ein Moment der Stille, dann sagte sie: «Ich weiß nicht recht.»

«Denk drüber nach, dann wirst du begreifen, dass das die einzige Lösung ist. Und wir sehen uns wieder, selbstverständlich.»

«Versprochen?», fragte sie, und er staunte über die Dringlichkeit in ihrer Stimme.

2015 – DÜSSELDORF

46

▼

Freitag, 4. Dezember

Die heutige Ausgabe der *Morgenpost* berichtete über zwei angetrunkene Nazis, die in Nauen, Brandenburg, mit Messern bewaffnet in eine Flüchtlingsunterkunft eindrangen und die Bewohner in Schrecken versetzten, bis die Kerle von der Polizei überwältigt wurden. Brandstiftungen in weiteren Unterkünften an verschiedenen Orten Deutschlands. Zwei verletzte Flüchtlinge bei einem Feuer in Baden-Württemberg – sie waren aus Angst vor den Flammen aus dem Fenster gesprungen. Von den Tätern keine Spur.

In Düsseldorf hatte eine rechte Gruppierung für jeden Montag der Vorweihnachtszeit eine Demonstration durch die Innenstadt angemeldet – nach dem Vorbild von Pegida in Dresden. Der Kommentar auf Seite zwei der Zeitung empfahl, sich den Nazis nicht entgegenzustellen, sondern die Aufmärsche zu ignorieren. Sie würden schon von selbst aufhören.

So ähnlich hat man sich das wohl auch vor 1933 vorgestellt, dachte Vincent: Es wird schon nicht so schlimm kommen.

Keine weiteren Meldungen zur Demo vom vergangenen Montag und seiner vorübergehenden Festnahme – offenbar war das Thema durch. Vincent sah sich in seiner Haltung bestätigt. Nur weil sein Inspektionsleiter am Rad drehte, hatte er noch lange nichts zu befürchten.

Um sicherzugehen, holte er sich den *Blitz* vom Kiosk. Auf

dem Weg dorthin durchnässte ihn der Regen. Im Laden zog er die Boulevardzeitung aus dem Ständer.

Und Vincents Welt verfinsterte sich mit einem Schlag.

Das Blatt hatte seine gestrige Skandalgeschichte um den randalierenden Kripobeamten Vincent V. weitergedreht. Weil die Gehälter im öffentlichen Dienst für jedermann transparent waren, hatte ein Redakteur bis auf den Euro exakt ausgerechnet, wie viel der Leiter des KK11 auf der Besoldungsstufe A13 verdiente – der Artikel erweckte den Eindruck, als verschwende der Staat Steuergelder an einen linksradikalen Verfassungsfeind, der jederzeit wieder ausrasten könnte. Als sei auf die Polizei kein Verlass.

Die Worte des Pressesprechers gingen Vincent durch den Kopf: *Der Präsident hat Schiss vor der Ministerin, und die hat eine Heidenangst vor der öffentlichen Meinung.*

Er lief zu seinem Auto und beeilte sich, ins Präsidium zu kommen. Als er sein Büro betrat, rief er als Erstes bei Kriminaloberrat Thann an. Dessen Sekretärin meldete sich.

«Herr Thann wollte mich gestern sprechen», sagte Vincent.

«Er ist gerade nicht an seinem Platz. Versuchen Sie es vielleicht in einer halben Stunde noch einmal.»

Kaum hatte er aufgelegt, klingelte der Apparat.

«Veih.»

«Da sind Sie ja!» Es war Thann. Dem Klang nach zu urteilen, telefonierte er mit dem Handy. «Wo haben Sie gestern Nachmittag gesteckt? Warum sind Sie nie zu erreichen?»

«Bin ich doch. Gestern hatte ich nur das Handy nicht gehört. Gerade hab ich's in Ihrem Büro versucht, aber …»

«Schluss mit den ständigen Ausreden!», unterbrach ihn der Inspektionsleiter. «Ich sitze hier bei Kriminaldirektor Engel, und er wünscht, dass Sie unverzüglich zu uns kommen.»

Benedikt Engel, Leitender Kriminaldirektor und Chef der Kriminalpolizei, war die Nummer drei in der Behördenhierarchie und bildete zumindest optisch einen Gegensatz zu Thann. Engel war groß gewachsen und hätte in seinem dunkelblauen Dreiteiler mit schmaler Krawatte als Model für Herrenoberbekleidung durchgehen können. Er stand auf, um Vincent mit Handschlag zu begrüßen. Thann, der wie immer sein sandfarbenes Cordsakko mit Lederflicken an den Ellbogen trug, tat es mit gequälter Miene seinem Vorgesetzten nach.

Vincent bemühte sich darum, ruhig zu bleiben. Schließlich war er unschuldig.

Engel bat seine Sekretärin per Telefon um eine dritte Kaffeetasse. Sie nahmen Platz.

«Herr Veih», begann der Kripochef, «wir haben ein Problem mit Ihnen. Wie sollten wir Ihrer Meinung nach verfahren?»

«Da die Vorwürfe haltlos sind …»

Thann fiel ihm ins Wort: «Sie sind weder der Vorladung gefolgt, noch haben Sie es für nötig empfunden, sich wenigstens schriftlich zu äußern. Sie legen eine untragbare Leck-mich-am-Arsch-Haltung an den Tag!»

«Ich verstehe, dass die Berichterstattung für Unruhe sorgt. Aber schuld daran bin nicht ich, sondern es sind die Kollegen vom Einsatztrupp, die mich in Verdrehung der Tatsachen als Störer hinstellen.» Vincent schilderte den Ablauf vom Montagabend, wie er ihn erlebt hatte.

«Da steht Aussage gegen Aussage», erwiderte Thann. «Fakt ist, dass Sie im Antifa-Block nichts zu suchen hatten.»

«Ich habe mein Recht auf Demonstrationsfreiheit wahrgenommen wie Tausende von Mitbürgern auch, darunter Stadträte und Landtagsabgeordnete aller Parteien, der Oberbürgermeister dieser Stadt sowie Mitglieder der Landesregierung. Und dieses Recht hat sich bis an die Polizeiabsperrung erstreckt, die ich im Übrigen nicht angetastet habe.»

«Wenn das so wäre …»

«Ich habe lediglich eine Latte zurückgestoßen, mit der mich ein Nazi geschlagen hat. Hier, fühlen Sie mal.» Er neigte den Kopf und deutet auf die Stelle.

Engel verschränkte die Arme und warf einen Blick auf Thann.

«Kann es sein», fragte Vincent, «dass in unserer Behörde einige Beamte den Rechtsextremisten näherstehen als denjenigen, die für Toleranz und gegen Rassismus eintreten?»

«Sehen Sie, Herr Kriminaldirektor, genau das meine ich», rief Thann. «Uneinsichtigkeit auf ganzer Linie! Selbst aus seiner Dienststelle erreichen mich Klagen über mangelnde Führungsfähigkeit. Kollege Veih polarisiert sein Team.»

«Wie bitte?»

«Herr Kriminaldirektor, mir fehlt, ehrlich gesagt, die Vertrauensbasis, um weiter mit dem Kollegen Veih als Kommissariatsleiter zu arbeiten.»

Engel strich verlegen seine Krawatte glatt und schwieg.

«Ich hätte einen Vorschlag», sagte Vincent.

«Der wäre?»

«Sie weisen die Anschuldigungen der Medien zurück, damit mein Team und ich in Ruhe der Mordsache Melli Franck nachgehen können. Polizeiarbeit – vielleicht ist der Begriff bekannt.»

«Sehen Sie?» Thann war rot angelaufen. «Diese Impertinenz!»

Engel schüttelte den Kopf. «Herr Veih, das Ministerium verlangt eine rasche und klare Reaktion unserer Behörde. Wir könnten eine Menge Ärger vermeiden, falls Sie freiwillig auf Ihre Leitungsfunktion …»

«Auf keinen Fall», entschied Vincent.

«Wie Sie meinen, Herr Veih. Dann werden Sie in Kürze von uns hören.»

47

▼

Die Scheibenwischer arbeiteten im schnellen Gang. Die Schranke hob sich, der Pförtner ließ Vincent bis zur Rechtsmedizin durchfahren. Das Institut war in einem Neubau untergebracht. Beim Aussteigen peitschte Vincent der Wind den Regen ins Gesicht.

Die Leiterin, Professorin Michels, hatte ihr Büro im Erdgeschoss. Eine drahtige Person, etwa im gleichen Alter wie er, braune Augen, das Haar straff zurückgebunden. Vincent kannte sie als echte Koryphäe ihres Fachs – in all den Jahren ihrer Zusammenarbeit hatte er sich stets auf ihr Urteil verlassen können.

«Danke, dass Sie so kurzfristig Zeit gefunden haben», sagte Vincent. «Ich hätte zwar zum Polizeiarzt …»

«An Ihrer Stelle wäre ich da auch etwas misstrauisch.»

Michels führte Vincent in ein Untersuchungszimmer und bat ihn, Platz zu nehmen. Während sie auf seinem Kopf nachsah und sein durchnässtes Haar beiseitestrich, betrachtete er die Poster an der Wand: Elfen in Bonbonfarben, süße Äffchen auf Bäumen, eine Tigerente. In einem Regal lagerte Spielzeug. Offenbar hatten Michels und ihr Team es oft mit jungen Patienten zu tun. Wie belanglos ist mein Problem gegen einen Fall von Kindesmissbrauch, dachte Vincent.

Seine Wunde war längst von Schorf bedeckt und heilte, die Beule kaum noch zu ertasten.

Die Professorin maß die Verletzung und machte Fotos – das ganze forensische Programm. «Warum kommen Sie erst nach vier Tagen zu mir?», fragte sie.

«Dreieinhalb.»

«Das hätte sofort genäht werden müssen. Es wird eine Narbe geben.»

«Wenn ich mit fünfundvierzig noch volles Haar habe, neige ich nicht zur Glatzenbildung, oder?»

«Vermutlich haben Sie recht.» Michels ging an ihren Schreibtisch und notierte etwas. «Was ist mit Verletzungen durch Polizeigewalt bei der Festnahme?»

«Einen Tag lang hatte ich Beschwerden beim Schlucken und Sprechen, aber das ist vorbei. Auch meine Schulter und die Rippen spüre ich kaum noch.»

«Oberkörper frei machen.»

Vincent gehorchte. Pullover, Hemd und Unterhemd – er hasste Jahreszeiten, in denen er mehr als ein oder zwei Schichten Kleidung benötigte. Michels ließ sich nicht anmerken, ob sie von seinen antrainierten Muskeln beeindruckt war. Im Zimmer war es kühl. Vincent bekam eine Gänsehaut.

«Wo wurden Sie geschlagen?»

Er zeigte ihr die Stelle.

«Äußerlich nichts zu sehen», sagte sie. «Wir sollten ein CT anfertigen, auch vom Halsbereich.»

«Nein, lieber nicht», widersprach Vincent und zog sich wieder an. «Sie wissen doch, wie das ist. Wer Polizeibeamte anzeigt, hat eine Gegenanzeige wegen Widerstands sicher. Und vor Gericht gelten Polizisten stets als die besseren Zeugen.»

«Das trifft dann auch auf Sie zu.»

«In dem Fall bin ich der Störenfried.»

«Sagten Sie nicht, dass ohnehin wegen Widerstands ermittelt wird?»

«Ich bin mir sicher, dass der Vorwurf fallengelassen wird, sobald ich erst einmal Zeugen aufgetrieben habe. Es reicht mir, wenn ich mit Ihrer Hilfe beweisen kann, dass ich von den rechten Demonstranten angegriffen wurde – und nicht umgekehrt. Die Computertomographie sollten wir uns sparen.»

«Wie Sie meinen.»

«Ihr Befund wird mir schon sehr helfen.»

«Besteht die Gefahr, dass man Sie künftig von den Tötungsdelikten abzieht?»

«So schnell geht das hoffentlich nicht.»

«Ich drücke Ihnen die Daumen. Die Berichterstattung im *Blitz* ist ja ziemlich übel.»

«Über mich schreiben sie derzeit mehr als über den Mord im *Greens*. Womit wir beim zweitem Thema wären, das ich mit Ihnen gern besprechen möchte.»

«Dass Melli Franck regelmäßig N-Methylamphetamin konsumierte, wissen Sie?»

«Crystal Meth, ja.»

«Den schriftlichen Bericht bekommen Sie noch heute. Der Täter hat das Opfer übrigens auch mit einem langen Gegenstand vaginal und anal misshandelt und stark verletzt. Ich tippe auf den Stiel des Hammers. Wurde der schon gefunden?»

«Nein, leider.»

Die Rechtsmedizinerin überprüfte den Sitz ihres Kittels. «Würde mich nicht wundern, wenn der Kerl generell auf sadistische Praktiken abfährt.»

«Oder er hatte selbst Crystal genommen.»

Sie blickte ihn streng an. «Herr Veih, was sagen Sie zu jemandem, der in alkoholisiertem Zustand den Hitlergruß macht?»

«Dass man mir literweise Schnaps einflößen könnte, ohne dass ich auf eine solche Idee käme.»

«Eben. Crystal Meth baut Hemmungen ab, manchmal ganz extrem. Aber was unter Drogeneinfluss ausbricht, muss bereits im Täter schlummern.»

Michels brachte ihn zum Ausgang.

«Wie lange arbeiten wir eigentlich schon zusammen?», fragte sie.

«Seit Sie den Posten hier übernommen haben, Frau Professorin.»

«Fast sechs Jahre also. Nach all der Zeit – wie wär's, wenn wir uns duzen?»

«Gern.» Er streckte ihr die Hand hin. «Ich heiße Vincent.»

Sie schlug ein. «Ulrike.»

«Danke für alles.»

«Ich bin übrigens ebenfalls auf der Demo gewesen.» Die Professorin lachte. «Mit einem Schild, das ich selbst gebastelt hatte. Aber weiter als bis zur Bühne vor dem Gewerkschaftshaus bin ich nicht gekommen. Mich wie du den Neonazis entgegenzustellen, hab ich mich nicht getraut.»

48

▼

Zurück in seinem Büro, machte sich Vincent im Internet schlau. Es gab einen Lieferservice namens *Pizza-Pronto*. Ein anderer hieß *Pronto-Pizza* und besaß sogar zwei Filialen. Doch nur ein Laden in Düsseldorf hieß *Pronto-Pasta-Pizza*, wie die Beschriftung des Kartons aus dem Müllbehälter des *Greens* lautete. Vincent notierte eine Adresse in der Werstener Dorfstraße.

Bruno Wegmann war der Kollege, dem Vincent am meisten vertraute. Er bat ihn, die Besitzverhältnisse zu erforschen und zu prüfen, ob polizeiliche Erkenntnisse über den Inhaber vorlagen. Dann machte er sich auf den Weg.

Nach zwanzigminütiger Fahrt parkte Vincent sein Auto in Sichtweite des Lokals. Er verharrte hinter dem Steuer und beobachtete den Eingang.

Er konnte keinen Publikumsverkehr erkennen. Fast schien es, als hätte das Lokal am Vormittag geschlossen. Doch hinter dem Schaufenster war Licht. Vincent glaubte eine Bewegung auszumachen. Jemand arbeitete dort.

Melli Franck ließ sich das Crystal Meth von Pizzaboten liefern.

Nach einer Weile fuhr ein gelber Mercedes-Sportwagen vor und hielt auf Höhe der Pizzabude in zweiter Reihe. Ein Mann im schwarzen Mantel stieg aus. Mitte dreißig, mittellanges Haar, Minipli-Löckchen. Seine Sonnenbräune fiel sogar aus der Entfernung auf. Er ging schnellen Schritts zum Eingang und verschwand im Inneren des Lokals.

Düsseldorfer Autonummer – Vincent notierte sie und schoss ein Handyfoto des Wagens. Er rief die Leitstelle an und erfuhr den Namen des Halters: Oliver Bischoff.

Ein paar Punkte in Flensburg, sonst lag nichts vor.

Als der Regen nachließ, befand Vincent, dass es Zeit war, einen näheren Blick zu riskieren. Er stieg aus und ging die Straße entlang, spähte zur Pizzeria hinüber, ohne mehr zu erkennen, betrat die nächste Bäckerei und kaufte eine Laugenbrezel. Mit der Papiertüte in der Hand kehrte er auf der anderen Straßenseite zurück.

Auf Höhe des Schaufensters verlangsamte er sein Tempo, nahm die Breze aus der Tüte und biss ab. Dabei warf er einen raschen Blick ins Innere des Ladenlokals.

Bis auf einen Tapeziertisch kein Mobiliar. Zwei Handwerker auf Leitern. Sie schwangen Farbrollen.

Vincent gelangte an die Kreuzung und folgte der Querstraße bis zur nächsten Einfahrt. Ohne zu zögern, betrat er eine Art Hinterhof, der auf zwei Seiten von Garagen gesäumt war. Zwischen ihnen führte eine breite Gasse in einen zweiten Hof.

Dort erblickte Vincent die Rückseite der Pizzeria. Einen zweiten Eingang. Davor stand ein großer Container, voll mit ausrangiertem Mobiliar. Offenbar wurde hier gründlich renoviert.

Vincent machte sich auf den Rückweg zu seinem Auto. Bevor er einstieg, sah er noch einmal zu dem Sportwagen hinüber.

Ein nagelneues AMG-Coupé, ein Spielzeug für reiche Leute. Vincent schätzte den Preis auf mehr als hundertfünfzigtausend Euro. Wie fühlt man sich, wenn man in einem solchen Schlitten durch die Lande fährt?

Mit dem Backen von Teigfladen verdienst du das nicht.

In diesem Moment traten die beiden Handwerker aus dem Lokal. Der Jüngere trug eine Basecap, den Schirm nach hinten gedreht, weiße Farbsprenkel auf schwarzem Stoff. Springerstiefel, Camouflage-Hose und ein viel zu weites Hemd.

Der Ältere trug Turnschuhe, Jeans und ein altes, rotes Sweatshirt. Sein Gesicht kam Vincent bekannt vor. Die etwas schiefe Nase, das struppige, blonde Haar …

Ein Phantom aus der Vergangenheit.

Groß ist er geworden. Schlank geblieben. Gepflegter Vollbart. Ein Mann, auf den die Frauen abfahren, schätzte Vincent. Er lief auf die beiden zu, ohne auf den Verkehr zu achten. Ein Radfahrer musste ausweichen und schimpfte, ein Auto hupte.

Der Mann im Sweatshirt schnäuzte sich. Dann öffnete er den Kofferraum des gelben Flitzers und hob einen Farbeimer heraus.

«Ronny!», rief Vincent im Näherkommen.

Die beiden Männer starrten ihn an.

«Ronny Vogt!», wiederholte der Kerl.

Die Westverwandtschaft, schoss es Ronny durch den Kopf. Er spürte einen Anflug von Panik. Vincent Veih ist bei der Kripo.

Rate mal, wen ich heute im Landeskriminalamt getroffen habe.

Was will der Typ von mir? Ausgerechnet hier und jetzt?

Ronny erinnerte sich an den Mord an der Wirtin – Crystal Meth war im Spiel. Eine Undercover-Weisheit fiel ihm ein: Nichts ist lästiger als eine konkurrierende Behörde.

«Ich kenne Sie nicht», entgegnete Ronny, wandte Vincent den Rücken zu und trug den Farbeimer in das Lokal.

Oliver Bischoff kam gerade aus der Küche, in der Hand hielt er einen Prospekt für Gaststätteneinrichtungen. Er deutete aus dem Fenster.

«Wer ist das, Ronny?»

«Keine Ahnung. Hab ihn nie gesehen.»

«Jetzt quatscht er mit Matze.»

Ronny nieste in seine Armbeuge. Dann fragte er: «Einer von den Libanesen?»

«Sieht er etwa so aus?»

«Nein, aber vielleicht haben sie ihn geschickt, um uns auszuspionieren.»

«Glaub ich nicht.»

Oliver starrte weiterhin hinaus. Ronny fuhr fort, die Wand zu streichen, doch er fand keine Ruhe. Er unterbrach die Arbeit wieder, ging nach nebenan und nahm sich einen Fruchtjoghurt aus der Palette, die Oliver als Verpflegung zur Verfügung gestellt hatte. Er riss die Folie ab.

Unwillkürlich musste er zur Decke hinaufblicken.

Die Lampe, die Wanze.

«Das war doch Ronny, oder nicht?», fragte Vincent verwirrt.

Der Typ in der Camouflage-Hose blickte ihn misstrauisch an.

«Vincent Veih, Kripo Düsseldorf», stellte sich Vincent vor. «Und Sie sind …?»

«W-w-warum fragen Sie?»

«Gehören Sie zu der Gaststätte?»

Der Bursche hievte wortlos zwei weitere Farbeimer aus dem Wagen und drückte den Kofferraumdeckel zu.

«Bleibt das nach der Renovierung ein Pizza-Lieferservice, oder kommt da etwas anderes rein?»

Der Junge nahm die Kappe mit den Farbspritzern ab, kratzte sich und setzte das Ding wieder auf. Er schaute sich nervös nach dem Lokal um. Dann bückte er sich nach den Eimern und wandte sich zum Gehen.

«Warten Sie, junger Freund.» Vincent holte auf, fischte eine Visitenkarte aus seinem Portemonnaie und steckte sie dem jungen Handwerker in die Brusttasche seines Hemds. «Richten Sie Ronny aus, er soll sich bei mir melden.»

Ohne eine Antwort trug der Kerl die Wandfarbe zur Pizzeria und drückte mit der Schulter die Eingangstür auf.

Hinter dem großen Fenster bemerkte Vincent die Lockenmähne von Oliver Bischoff, des Typen im schwarzen Mantel, dem das AMG-Coupé gehörte.

49

▼

Während Vincent in seinen Wagen stieg, gab sein Handy Laut. Er nahm das Gespräch an. Es war Bruno.

«Das Haus, in dem sich die Pizzeria befindet, gehört einer Ursula Dittrich. Sagt dir der Name etwas?»

«Sollte er?»

«Ihr seit längerem verstorbener Mann war der stadtbekannte Industrielle Werner Dittrich. Chemiebranche, Klebstoffe und Lacke. Hat seine Firma vor Jahrzehnten an die Henkel AG verkauft. Ursula Dittrich ist fast hundert Jahre alt und lebt in einem Pflegeheim hier in der Stadt. Ein Anwalt betreut den Besitz. Ein Dr. Johannes Neudecker.»

«*Den* Namen habe ich irgendwo schon mal gehört, aber ich komme gerade nicht drauf.»

«Du meinst vielleicht Rupert Neudeck von der Hilfsorganisation Cap Anamur.»

«Nein.»

«Oder die Schauspielerin Christine Neubauer.»

«Quatsch. Weder noch.»

«Pächter des Lokals ist jedenfalls ein Ayoub El-Arabi. Libanesischer Geschäftsmann. Über ihn habe ich nichts weiter gefunden. Keine Akte bei uns.»

«Libanese?»

«Viele Pizzerien sind in arabischer Hand.»

«Ich bin dort einem Oliver Bischoff begegnet. Fährt ein Mercedes S63 AMG Coupé. Keine Akte bei uns, ich hab das schon gecheckt. Bischoff klingt nicht gerade arabisch. Sah aus, als würde der Mann dort eine Renovierung beaufsichtigen.»

«Vielleicht hat ein Pächterwechsel stattgefunden.»

«Wenn es so wäre, gibt es zwei Möglichkeiten. Entweder hat El-Arabi sein Drogengeschäft an einen anderen Ort verlegt, oder Bischoff hat ihn aus dem Business gekickt und sein Revier übernommen. Wir sollten ein Auge auf beide werfen – El-Arabi und Bischoff.»

Und in Erfahrung bringen, welche Rolle Ronny spielt, dachte Vincent. Er beendete das Gespräch und behielt die Pizzeria im Blick. Seit Ronny und dem jungen Typen mit der Kappe hatte keiner das *Pronto-Pasta-Pizza* betreten und niemand das Lokal verlassen, zumindest nicht durch den Vordereingang.

Vincent irritierte die unverhoffte Begegnung mit Ronny. Im allerersten Moment hatte sich Vincent gefreut, ihn nach so langer Zeit zu treffen. Aber Ronny hatte reagiert, als hätte er etwas zu verbergen.

Vincent musste an 1989 denken. An den netten, schüchternen Ronny mit dem fremden Dialekt. Gemeinsam mit seiner Mutter ausgebrochen aus der untergehenden DDR. Ein Junge, der kein Wässerchen trüben konnte – zumindest war er ihm damals so vorgekommen.

Ronny, wer bist du heute?

Auf der Rückfahrt zum Präsidium begann es erneut zu regnen.

Vincent zappte durch die Kanäle des Radios, bis er auf Nachrichten stieß. Laut Bundeskriminalamt hatte es in diesem Jahr mehr als doppelt so viele rechtsextrem motivierte Gewalttaten gegeben wie im letzten. Und im NSU-Prozess in München hatte Liese Schittko ihre bisherigen Pflichtverteidiger wegen einer angeblichen Verletzung des Anwaltsgeheimnisses angezeigt.

Damit kommt sie nicht durch, dachte Vincent. Das Gericht wird den Prozess niemals platzenlassen. Nicht in diesem fortgeschrittenen Stadium. Nicht in einem Fall, der weltweit Beachtung findet.

Plötzlich fiel Brigittes Name. Auf die Ausstellung ihrer Flüchtlingsporträts im Hauptbahnhof von Leipzig sei ein Anschlag verübt worden. Farbbeutel und Schmierereien. Ein Mob vermummter Vandalen hatte minutenlang gewütet, kein Passant war eingeschritten. Die Stiftung der Deutschen Bahn hatte die Ausstellung finanziert – sie sollte für Toleranz und Integration werben.

Er wählte Brigittes Handynummer.

«Veih», meldete sie sich.

«Hier auch», sagte er. «Habe gerade von Leipzig gehört. Schlimme Sache. Tut mir sehr leid, Brigitte.»

«Deshalb rufst du mich an?»

«Ich habe tatsächlich auch eine Bitte. Du hast neulich erzählt, dass du im Osten Verwandtschaft besucht hast. Ich würde mich gern mal mit dir über ein paar dieser Leute unterhalten.»

«Jetzt passt es schlecht. Aber komm doch heute Abend zur Flüchtlingshilfe *Stay*. Ich habe ein paar Sachen hier, die Nina bei mir vergessen hat. Die kannst du dann mitnehmen.»

Als Vincent den Parkplatz der Festung erreichte, klingelte

sein Handy, eine unbekannte Nummer im Display. Er hielt in der ersten freien Lücke und tippte auf das grüne Symbol.

«Veih.»

Eine leise, männliche Stimme stotterte aufgeregt: «Es w-w-wird einen Anschlag g-g-geben. Dennis M-m-molitor, der Typ ist g-g-gefährlich.»

Vincent wusste sofort, wer der anonyme Anrufer war: der Bursche in der Militärhose und mit dem Käppi voller Farbspritzer, dem er gerade sein Kärtchen zugesteckt hatte.

Aber wen zum Teufel meinte er?

«Was für ein Anschlag?», fragte Vincent.

Ein gleichmäßiges Tuten – der Anrufer hatte bereits aufgelegt.

Vincent wog sein Smartphone in der Hand.

Wie sollte er diese Meldung einordnen? Ein angeblicher Anschlag. Ein Name, der ihm nichts sagte und in den Ermittlungen zum Fall Melli Franck noch nie aufgetaucht war. Schon auf der Straße vor der Pizzeria war ihm der junge Mann etwas seltsam vorgekommen. Vielleicht hatte er einfach nicht alle Tassen im Schrank.

Um gleich noch einmal zum *Pronto-Pasta-Pizza* nach Wersten zurückzukehren und sich den Anrufer vorzuknöpfen, fehlte Vincent die Zeit. Schließlich hatten sie immer noch einen Mordfall aufzuklären.

Auf seinem Schreibtisch fand er einen großen Zettel, den ihm Bruno Wegmann hingelegt hatte. Darauf standen allerlei Namen, Adressen und Telefonnummern, auch die des Anwalts, der für die hochbetagte Industriellenwitwe Ursula Dittrich das Pizzalokal in Wersten verpachtete.

Dr. Johannes Neudecker, Bahnstraße 20.

Vincent fragte sich erneut, woher ihm der Name bekannt vorkam. Er sah in seinem Notizbuch nach, wurde aber nicht fündig. Dann gab er Neudecker in das Suchprogramm seines E-Mail-Ordners ein. Keine Treffer – mit dem Mann hatte er nie per elektronischer Post kommuniziert. Vincent konnte sich auch an keine persönliche Begegnung erinnern.

Er ging hinüber zu Felix May, dem Aktenführer.

«Sagt dir der Name Neudecker etwas? Ein Dr. Johannes Neudecker, von Beruf Rechtsanwalt und Vermögensberater? Mir ist, als sei der Name schon mal im Zusammenhang mit Melli Franck aufgetaucht.»

Felix schüttelte den Kopf. Er öffnete Dateien in seinem Rechner und ließ den Namen ebenfalls als Suchwort durchlaufen.

Vincent nahm sich unterdessen die Spurenakten vor, die auf mehrere Ordner verteilt auf der Kommode standen. Ungeduldig blätterte er im ersten Band von vorn nach hinten, dann knöpfte er sich den zweiten vor. Er hatte nicht die Zeit, den ganzen Wust im Detail zu erfassen. Aber er hoffte, dass ihn etwas auf diesen Seiten daran erinnern würde, in welchem Zusammenhang er den Namen des Vermögensverwalters aufgeschnappt hatte.

«Nichts», sagte Felix.

Vincent begann an seiner Ahnung zu zweifeln, doch im nächsten Moment stieß er auf den Namen des verschwundenen Aushilfskellners und wusste, dass er nah dran war.

Nach kurzem Blättern fand er das Papier, das er selbst zur Akte hinzugefügt hatte: die Kopie einer Erklärung, die der Kellner und Crystal-Konsument Toni Gogalla gegenüber den Kollegen des KK22 abgegeben hatte – anlässlich seines zweiten Auftritts im Präsidium Anfang November, als Gogalla seine Anschuldigung gegen die Wirtin des *Greens*, sie habe ihm Drogen verkauft, zurückgenommen hatte.

Ein Schreiben, das Seriosität ausstrahlte. Ein Stempel und eine Unterschrift mit weit ausholenden Schnörkeln. Im Briefkopf ein Wappen. Die Büroanschrift stimmte überein: Bahnstraße, mitten in der City.

Rechtsanwaltskanzlei Dr. Johannes Neudecker – der feine Anwalt der Industriellenwitwe hatte den Crystal-Meth-Junkie Gogalla beraten.

«Hier», sagte Felix. «Ich hab den Mann im Internet gefunden. Die Kanzlei ist klein, aber edel. Neudecker ist laut seiner Homepage auf Steuerrecht spezialisiert.»

«Macht er auch Strafrecht?»

«Davon steht hier nichts.»

Vincent zeigte seinem Kollegen die Kopie.

«Wieso lässt sich der Kellner ausgerechnet von *dem* vertreten?»

«Was wollen wir wetten, dass Neudecker nicht von Gogalla bezahlt wurde?»

«Du meinst …»

«Vielleicht hat ein Dritter den Anwalt eingeschaltet, dem es daran gelegen war, Melli Franck in der Drogengeschichte aus der Schusslinie zu nehmen.»

«In einer Strafsache, die wegen Geringfügigkeit ohnehin nicht weiter verfolgt wurde.»

«Seltsam, nicht wahr?»

50

▼

Ronny musste nicht lange auf sie warten. Kurz nach halb fünf hielt ein weinroter Mini mit dem Schriftzug der Immobilienfirma im absoluten Halteverbot vor dem Hauseingang. Sandra stieg aus, öffnete ihren Schirm und stutzte, als sie Ronny in der Tür stehen sah.

«Überraschung!», sagte er.

«Was machst *du* hier?»

«Wenn du willst, geh ich wieder.»

«Wär mir lieber.» Sie sah auf die Uhr. «Ich erwarte einen Kunden. Müsste jeden Moment aufkreuzen.»

«Der Kunde bin ich.»

Sandra blickte ihn finster an. «Das nennt man stalken.»

«Nein, ich bin wirklich auf Wohnungssuche.»

«Du weißt, was die hier kostet?»

«Behandelst du alle Kunden so freundlich?»

«Du rufst in meiner Firma an und verlangst ausdrücklich nach mir, dann soll ich dir abnehmen, dass du nur auf Wohnungssuche bist?»

«Müssen wir das auf der Straße besprechen?»

«Na schön.» Sie kramte den Schlüssel aus ihrer Tasche, öffnete die Tür und schüttelte das Wasser vom Schirm. Ronny stieg hinter ihr die Treppe hoch.

In betont geschäftsmäßigem Ton erklärte sie: «Aufgrund seiner Infrastruktur und der Nähe zum Medienhafen gehört Unterbilk zu den aufstrebenden Vierteln der Landeshauptstadt. Das Haus stammt aus dem Jahr 1907 und wurde vor zwölf Jahren grundlegend saniert.»

Im vierten Stock schloss Sandra die linke Wohnungstür auf und ging voraus.

«Die Wände der Maisonette sind gestrichen, das Parkett frisch abgezogen und versiegelt. Für die Küche will der Vormieter fünftausend Euro Abstand, aber das sollte sie dir wert sein. Einbaumöbel von Bulthaup, Herd von Gaggenau, wie neu.»

Sandra pries den großen Kühlschrank an, der Eiswürfel zubereiten konnte. Diese Frau kennt dich nur als Imbissbudenaushilfe, dachte Ronny. Und ein Streit mit dem Ehemann ist noch lang keine Trennung.

Aber in ihren Augen lodert Feuer, so kam es ihm vor. Das

Erlebnis von neulich verlangt nach einer Fortsetzung. Als Sandra die Küche verlassen wollte, blockierte Ronny den Weg.

«Was willst du von mir?», fragte sie. «Die Miete kannst du dir gar nicht leisten!»

«Woher willst du das wissen?»

Sie zuckte mit den Schultern, als bedürfe es keiner weiteren Begründung.

«Ich frag mich höchstens, ob drei kleine Zimmer Elfhundertfünfzig kalt wert sind.»

«Du hast die Dachterrasse noch nicht gesehen.»

«Dann zeig sie mir.»

Über eine Wendeltreppe ging es zur Terrasse hinauf. Der Blick ging über die Dächer des Viertels auf den Rheinturm, weiter links stand die tiefe Sonne, von den Regenwolken verschleiert und blass wie der Mond. In ein paar Minuten würde sie untergegangen sein.

Wirklich nicht schlecht, dachte Ronny.

«Wie gefällt eigentlich *dir* die Wohnung?», fragte er.

Sandra verschränkte die Arme. «Wieso mir?»

«Ist groß genug für zwei, was meinst du?»

«Du spinnst», sagte sie leise.

Ronny parodierte Maklerlatein: «Zwölf Quadratmeter Dachterrasse, eine Seltenheit in einem Altbau wie diesem. Südwestseite, Bangkirai-Boden, bestens gepflegt. Man sieht sogar den Rheinturm, das Wahrzeichen der Stadt.»

«Du solltest Immobilienmakler werden.»

«Sag ich doch, dass wir zusammenpassen.»

«Schlag dir aus dem Kopf, was immer du dir einbildest.»

«Darf ich dich wenigstens zum Abendessen einladen? Gleich gegenüber gibt's ein nettes Lokal.»

«Vergiss es, Ronny.»

«Was hast du gegen mich?»

«Ich weiß jetzt, wer die Frau auf dem Foto ist.»

Ihm war sofort klar, was sie meinte. Vorgestern Nacht bei ihm zu Hause. Das Bild, das aus dem Album gefallen war.

«Der Prozess in München», fuhr Sandra fort. «Die widerliche Hexe, die so viele Leute auf dem Gewissen hat. Ich hab sie gestern in den Nachrichten gesehen. Was hast du mit dieser Frau zu schaffen?»

«Ich kann dir alles erklären.»

«Bist du einer von *denen*?»

«Nein, um Gottes Willen! Ich bin … Nein, ich darf dir das nicht verraten, es ist alles hochgeheim. Glaub mir, Sandra, es ist nicht so, wie es auf den ersten Blick …»

Sie hob die Hände. «Verarschen kann ich mich alleine. Lass mich gefälligst in Ruhe.»

Während sie die Wendeltreppe hinunterstieg, fingerte er in seinen Taschen nach dem Dienstausweis, der ihn als Mitarbeiter des Landeskriminalamts Thüringen zu erkennen geben würde, aber natürlich trug er ihn nicht bei sich. Nicht in den Arbeitsklamotten, in denen er bei Dennis Molitor oder den Bischoffs aufkreuzte.

Die Wohnungstür fiel ins Schloss.

Ronny rannte Sandra hinterher. Im Treppenhaus schallten die Schritte. Er nahm zwei Stufen auf einmal, aber Sandra hielt ihren Vorsprung. Als er aus dem Haus trat, stieg sie bereits in den Mini ihrer Firma.

Ronnys Handy klingelte.

Er nahm das Gespräch an. «Ja?»

«Bist du's, Ronny?» Luckys Stimme. «Der Juniorchef will dich sehen. Sofort. Und wenn Oliver sofort sagt, dann meint er sofort.»

«Ist klar.»

«Also, wenn du ein reines Gewissen hast, dann schwing deinen Arsch ins neue Lokal, aber *pronto*!»

«Kein Problem», sagte Ronny, drückte die Taste mit dem roten Symbol und versuchte, einen kühlen Kopf zu bewahren.

Der Mini stand noch da. Sandra hatte den Motor abgewürgt. Der Anlasser orgelte.

Doch Ronny fehlte jetzt die Zeit, zu ihr hinüberzugehen.

Am Abend noch einmal einbestellt zu werden, war für ihn ein Novum. Was hatte das zu bedeuten?

Während er zu seinem Wagen ging, wurde ihm flau im Magen. Luckys Worte klangen in seinen Ohren nach: *Wenn du ein reines Gewissen hast.*

51

▼

Als Vincent sein Büro betrat, klingelte sein Handy. Er legte die Jacke ab und nahm das Gespräch an.

«Dagmar hier. Spreche ich mit Vincent?»

Für einen Moment war er verwirrt.

«Nina hat mich gebeten, dich anzurufen. Du suchst Leute, die bezeugen, dass der Nazi dich angegriffen hat, stimmt das?»

Die Entlastungszeugin, endlich. Vincent überwand seine Scheu, eine Unbekannte zu duzen, was er sonst nur bei Kollegen tat. «Würdest du eine Aussage zu meinen Gunsten machen?»

«Ninas Freunde sind auch meine Freunde, und wenn es gegen die Bullen geht …»

«Vorsicht, ich bin selbst einer.»

«Okay, es soll auch anständige geben.» Die Frau ließ ein Lachen hören. «Obwohl ich bisher noch keinen kennengelernt habe.»

«Wann kannst du ins Präsidium kommen?»

«Vorher sollten wir vielleicht meine Aussage einüben.»

«Heißt das, du hast in Wirklichkeit gar nichts mitbekommen?»

«Ist doch egal, oder?»

Mist, dachte Vincent. «Nein, Dagmar. Ich brauche eine echte Augenzeugin, keine Aussage aus Gefälligkeit. Damit würdest du dich nur strafbar machen. Und ich mich als Anstifter.»

«Merkt doch keiner.»

«Trotzdem.»

«Du bist nicht bloß ein anständiger Bulle, sondern zu gut für diese Welt, fürchte ich.»

«Warst du allein bei der Demo?»

«Mit Freunden.»

«Vielleicht kann einer von denen den Vorfall bezeugen.»

«Okay, ich hör mich mal um», versprach Dagmar.

Vincent bedankte sich.

Das wird nichts, dachte er.

52

▼

Lucky nahm Ronny am Eingang des *Pronto-Pasta-Pizza* in Empfang und führte ihn in den hinteren Raum, wo Oliver Bischoff am Tisch saß und über seinem Plan brütete, wie in Zukunft die Pizzeria einzurichten sei. «Guten Abend», grüßte Ronny.

Oliver lehnte sich zurück und musterte ihn.

Lucky holte ein Bündel Geldscheine aus der Hosentasche, das von einer Metallklammer zusammengehalten wurde, zog einen Zehner heraus und reichte ihn dem Chef.

«Wir haben gewettet», erklärte Oliver. «Lucky meinte, du würdest kneifen.»

«Wieso, was gibt's?» Ronnys Herzschlag beschleunigte sich.

«Wer war der schräge Typ, der dich und Matze heute Mittag angesprochen hat?»

«Wirklich keine Ahnung.»

«Er wusste deinen Namen, sagt Matze.»

«Der Haken ist bloß, dass ich seinen nicht kenne. Keine Ahnung, was der Typ wollte. Mit Matthias hat er länger gequatscht, oder?»

Oliver und Lucky tauschten Blicke.

«Vielleicht kennt Matthias den Typen. Habt ihr ihn schon gefragt?»

Lucky hatte plötzlich eine Pistole in der Hand. «Wir haben einen Verräter in unseren Reihen. Und Matze meint, *du* wärst das.»

Nicht panisch werden, befahl sich Ronny. «Wie kommt er denn darauf?»

«Unserer Meinung nach gibt es nur zwei Möglichkeiten. Entweder liegt Matze damit richtig.» Eine Pause, gefährlich lang. «Oder er ist selbst der Maulwurf und will dir den Schwarzen Peter zuschieben.»

Ronny sah Lucky an, dann Oliver. Er hielt ihren Blicken stand. Lucky kratzte sich mit der Mündung seiner Waffe am Hinterkopf.

«Das hätte ich von Matthias nicht vermutet», sagte Ronny. «Wie kommt er darauf? So ein Unsinn!»

«Es sind zu viele Lügen in der Welt», erwiderte Oliver. «Man weiß nicht, wem man noch vertrauen kann.»

«Echt schlimm.» Lucky schnupperte an der Pistole.

«Hab ich euch jemals schlecht behandelt?», fragte Oliver. «Sag's mir, Alter.»

«Nein», antwortete Ronny. «Immer korrekt.»

«Sind wir nicht wie eine Familie?»

«Kann sich keiner beklagen.»

«Und trotzdem ist einer von euch beiden ein Polizeispitzel.»

«Polizei?»

Oliver schnipste eine Visitenkarte auf den Tisch. «Der schräge Typ ist ein Bulle.»

Ronny nahm das Kärtchen in die Hand. Das Landeswappen Nordrhein-Westfalens und eine Telefonnummer. *Vincent Che Veih, Erster Kriminalhauptkommissar, Kriminalpolizei Düsseldorf.*

«Ist die echt?», fragte er und legte die Karte zurück.

«Wir haben sie in Matzes Sachen gefunden.»

«Also, wer von euch beiden ist der Maulwurf?», fragte Lucky.

Ronny schüttelte den Kopf. «Bis gerade eben hätte ich für Matthias noch die Hand ins Feuer gelegt.»

«Wir auch, nicht wahr, Oliver?»

«Was ich am meisten hasse», sagte der Juniorchef, «sind Klugscheißer, die mich hinters Licht führen wollen. Verstehst du das, Ronny?»

«Klar.»

«Du bist klüger, als du tust. Bist du ein Klugscheißer?»

«In der Schule hat mich mal einer so genannt.»

«Und?»

«Hab ihn vermöbelt.»

Wieder wechselten Oliver und Lucky einen Blick. Sie verzogen keine Miene.

«Wer mein Vertrauen missbraucht, muss das übel büßen», sagte Oliver schließlich. «Und wenn ich übel sage, dann …»

Ronny nickte.

Schweigen im Raum.

Oliver fasste in die Innentasche seiner Jacke, dann legte er ein kleines Ding auf den Tisch, kaum größer als ein Daumennagel. Elektronische Kleinteile, zusammengelötet, zwei durchtrennte Kabel.

Auch das noch.

«Wo habt ihr das gefunden?», fragte Ronny.

«Du weißt, was das ist?»

«Ich hab mich vor Jahren mal in Kreisen bewegt, die der Inlandsgeheimdienst aus politischen Gründen abgehört hat. Das Ding hat im Telefon gesteckt, stimmt's? Bei mir war mal das Telefon angezapft.»

«Ganz kalt», antwortete Lucky.

«Es war in einer Lampe», sagte Oliver.

«In welcher?»

Der Juniorchef zeigte zur Decke. «Matze hat sie angebracht, als wir im Transporter Brotzeit machten.»

«Scheiße.»

«Exakt meine Rede.»

«Und was sagt er dazu?»

«Er kann es nicht ganz schlüssig erklären.»

«Aber er bleibt dabei, dass du der Verräter bist», ergänzte Lucky.

«So ein Idiot!», rief Ronny aus. «Der hat sie doch nicht mehr alle!»

«Vielleicht sollten wir das Theater beenden.»

Oliver zog ebenfalls eine Pistole aus seinem Schulterholster. Wie die von Lucky ein beachtliches Kaliber. Ronny fragte sich, wie er lebend aus der Nummer herauskommen sollte.

«Hier lang», sagte Oliver und wies mit der Waffe die Richtung.

Sie stiegen die Treppe hinunter. Ronnys Knie wurden weich, er hielt sich am Handlauf fest. Im Keller gab es neben den Toiletten eine dritte Tür mit der Aufschrift *Privat*.

Oliver drückte sie auf und winkte. Ein kurzer Flur, eine weitere Tür aus grauem Stahl. Oliver klopfte mit seiner Pistole dagegen und ließ Ronny vorausgehen.

53

▼

Als es klopfte und Kripochef Engel das Büro betrat, war Vincent auf das Schlimmste gefasst.

«Welch hoher Besuch in meiner bescheidenen Hütte», sagte er und wies auf den Besprechungstisch.

«Wir müssen reden», entgegnete Engel. «Sie wissen auch, worüber.» Er drückte die Tür hinter sich zu. Bevor er Platz nahm, schloss er auch die Verbindungstür zum Geschäftszimmer.

Vincent erinnerte sich an die Worte von Behördensprecher Markus Braun, gestern am Telefon: *Füsilieren und klammheimliches Verscharren vor der Friedhofsmauer.*

«Das Innenministerium hat die Angelegenheit in die Hand genommen.» Der Leitende Kriminaldirektor reichte ihm ein Schreiben. «In Absprache mit unserem Präsidenten geht diese Erklärung gerade an die Medien hinaus. Ich finde, Sie sollten davon erfahren, bevor sie die Runde macht.»

«Wie rücksichtsvoll», antwortete Vincent.

Er konnte nicht glauben, was da stand. Jeder Satz ein Schlag ins Gesicht: ernste dienstrechtliche Konsequenzen, Umsetzung auf einen weniger exponierten Posten innerhalb der Behörde, sorgfältige Untersuchung und Prüfung weiterer Sanktionen.

Losgelöst von der strafrechtlichen Relevanz sei das Verhalten des Beamten eine Frage von Moral und Anstand und im Fall von Herrn V. in keiner Weise akzeptabel, betont die Ministerin.

Sie wollen mich opfern, ohne eine Untersuchung abzuwarten.

«Sie bleiben bei der Kripo, Herr Veih», sagte Engel. «Das konnte ich für Sie herausschlagen.»

«Warum kann ich nicht weiter im KK11 arbeiten?»

«Unter der Leitung von Frau Winkler?»

«Ist das Ihr Ernst? Anna soll mich beerben?»

«Inspektionsleiter Thann drängt darauf, und dem Präsidenten gefällt die Vorstellung, etwas für die Frauenquote zu tun.»

Vincent schüttelte den Kopf. «Unmöglich, Herr Engel.»

«Wie soll ich das verstehen?»

«Wie wäre es mit einem Kompromiss? Wir könnten …»

«Das hier *ist* bereits der Kompromiss.»

«Aber ich stecke mitten in einer Mordermittlung!»

«Kommen Sie mir nicht damit. Es geht um das Ansehen der Behörde sowie der Innenministerin.»

«Was bedeutet da schon ein Mord?»

«Werden Sie jetzt nicht zynisch.»

Vincent zerknüllte die Presseerklärung und warf sie in den Papierkorb.

Engel stand seufzend auf und drückte Vincents Schulter, als fühle er mit ihm. «Sie gehen jetzt erst einmal nach Hause, Herr Veih. Nehmen Sie Urlaub, feiern Sie Ihre Überstunden ab. In der Zwischenzeit finden wir eine neue Dienststelle für Sie.»

Es dauerte einen Moment, bis Vincent begriff, was der Kripochef damit meinte.

54

▼

Klamme Kälte und ein übler Gestank schlugen Ronny entgegen. Der Kellerraum war nur spärlich möbliert. Die Wände kahl und in der gleichen abwaschbaren Estrichfarbe gestrichen wie der Boden.

Zwei Glühbirnen sorgten für Licht. Unter einer saß Luckys Bruder Adrian mit einem weiteren von Olivers Legionären an einem kleinen Tisch. Sie brachen ihr Würfelspiel ab und starrten Ronny an. Werkzeug lag vor ihnen, ein Hammer, eine Zange. Und zwei Revolver.

Unter der anderen Birne saß ein Mann – nackt bis auf das Paar Springerstiefel, in dem seine Füße steckten. Man hatte ihn mit Klebeband an seinen Stuhl gefesselt und übel zugerichtet. Er hatte sich eingekotet, daher der Gestank. Unter dem Stuhl glänzte eine Pfütze blutigen Urins.

Erst beim zweiten Hinsehen erkannte Ronny, dass es sich um Matthias handelte.

Sein Kopf hing kraftlos nach unten. Die blutunterlaufenen Augen waren fast zugeschwollen. Der ganze Körper rot von Schlägen. Eine Hand zertrümmert, die Nägel herausgerissen. Die Lippen aufgeplatzt, Blut lief in langen Fäden herab. Im Mund steckte ein Knebel.

Der Afghanistanveteran hob den Kopf etwas an. Sein Blick fixierte Ronny und fuhr ihm durch Mark und Bein.

Ich kann nichts zu meiner Entlastung vorbringen, dachte Ronny.

«Lucky hat ganze Arbeit geleistet», sagte Oliver. «Und du bringst es jetzt zu Ende.»

Er streckte Ronny seine Waffe hin.

«Mach schon!»

Matthias stöhnte durch den Knebel. *Mmmhm!*

Ronny richtete den Lauf gegen die Stirn des Jungen und zitterte dabei.

Mhm! Mhm! Mhm!

Ronny senkte die Pistole.

Nein. Nie wieder.

«Mach schon, Alter!», schrie Oliver. Er hielt ein Handy hoch. Das Display erleuchtet. Eine Nummer war zu lesen. «Weißt du, was das ist? Die Nummer von dem Bullen. Matze hat mit ihm telefoniert. Bring's also verdammt noch mal zu Ende!»

Ich kann das nicht, dachte Ronny.

Lucky hob seine Waffe. «Oder steckst du mit Matze unter einer Decke?»

Ronny hörte, wie dicht hinter ihm die Hähne zweier Revolver gespannt wurden.

Er zielte erneut auf Matthias.

Mmmmmmmhm!

Ronny drückte ab.

Die Wucht des Projektils riss den Kopf des ehemaligen Soldaten nach hinten und verteilte Blut und hellen Glibber über die Wand. Der Stuhl kibbelte, blieb aber stehen.

Ronny ließ die Pistole fallen.

Endlich sah ihn Matthias nicht mehr so vorwurfsvoll an.

Die anderen steckten ihre Waffen weg. Oliver legte ihm die Hand auf die Schulter. «Das erste Mal ist immer am schwersten.»

«Gratuliere», sagte Lucky. «Du bist jetzt einer von uns!»

55

▼

Vincent parkte auf dem Gehsteig vor dem Haus in der Hüttenstraße, wo er sich mit seiner Mutter verabredet hatte. Er wartete eine Weile, doch Brigitte ließ sich nicht blicken. Schließlich verließ er das Auto, betrat den Laden, an dessen Fenster in roten Buchstaben *Stay* stand, und fragte nach ihr.

Man schickte ihn über den Hinterhof in ein großes Atelier. Ein Dutzend halbwüchsige Jungen standen dort gemeinsam mit seiner Mutter um einen riesigen Tisch, den zahlreiche Papierausdrucke im A4-Format bedeckten. Sie unterhielten sich auf Englisch und Arabisch, ein Jugendlicher übersetzte. Vincent bekam mit, dass Brigitte nicht mit Lob geizte. Ein weiterer Teil ihrer Fotoausbeute war mit Klebeband an der Wand befestigt: Szenen aus der Stadt, Schwäne im Volksgarten, Selfies der Kids.

Drei Männer kamen herein, offenbar Betreuer, die ihre Schützlinge in ihre Unterkünfte zurückbringen sollten. Die Verabschiedung dauerte eine Weile. Der Jüngste umarmte Brigitte, und sie hielt ihn lange fest. Die Szene gab Vincent einen Stich – als Kind hatte er solcherlei Zuwendung meistens vermisst.

Seine Mutter stellte ihn den Jugendlichen vor. «This is my son Vincent. He is a policeman.»

Alle gaben ihm respektvoll die Hand, dann verschwanden sie mit ihren Betreuern nach draußen.

«Sie lieben die deutsche Polizei», sagte Brigitte.

«Unbegleitete Minderjährige?», fragte Vincent.

Sie nickte. «Und wenn du sie fragst, wer schon mal einen Sterbenden gesehen hat, gehen sämtliche Finger in die Höhe. Der Kleine vorhin – er hat miterleben müssen, wie seine Mutter vor Lesbos ertrunken ist.» Brigitte packte ihre Kameraausrüstung in einen Alukoffer. «In dem Workshop geht es vor allem darum, dass die Kids zur Ruhe kommen und sich spielerisch ihrer neuen Heimat annähern.»

Sie übergab Vincent eine Sporttasche voller Dinge, die Nina gehörten. Er verstaute sie im Kofferraum, während Brigitte ihren Regenschirm über ihn hielt.

«Wo hast du dein Auto?», fragte er.

«Das hat schon wieder den Geist aufgegeben. Harald hat mich heute früh hergebracht. Und jetzt kann ich ihn nicht erreichen. Deshalb wollte ich dich fragen, ob du …»

«Natürlich.» Er nahm seiner Mutter den Alukoffer ab und stellte ihn zu Ninas Tasche.

Dichter Feierabendverkehr, vor jeder Kreuzung stauten sich die Autos. Vincent lobte seine Mutter für ihren gestrigen Auftritt in Karsten Kuhns Talkshow. Er sagte: «Ich finde es toll, was du mit den jungen Flüchtlingen machst. Aber warum hängst du es an die große Glocke?»

«Vom Workshop haben sie keine Bilder gezeigt. Ich würde gar nicht zulassen, dass da gefilmt wird. Das würde kolossal stören.»

«Und was ist mit dem Artikel neulich in der Zeitung? Da war ein Foto, wie du mit kleinen Kindern zeichnest. Brauchst du als Fotografin eine solche PR?»

«Du glaubst, ich tu die Flüchtlingsarbeit nur deshalb? Hältst mich für publicitygeil?»

«Nein, versteh mich nicht falsch …»

«Hör zu, mein Sohn. Eine Reporterin der *Morgenpost* hat über ehrenamtliche Hilfe geschrieben. Stichwort Willkommenskultur. Sie hat mit vielen Helfern gesprochen, aber nur meinen Namen erwähnt. Und warum? Weil die anderen Helfer anonym bleiben wollten. Aus blanker Angst. Sie wollen den Faschos nicht als Zielscheibe dienen. So weit sind wir schon wieder in diesem Land!»

«Und du fürchtest dich nicht?»

«Hass-Mails bekomme ich ohnehin, seit ich mich mit dem Thema beschäftige. Außerdem: Wo kämen wir hin, wenn wir uns alle von Angst steuern lassen würden?»

«Du hast recht.»

Sie schwiegen eine Weile. Vincent erreichte die Autobahn, die stadtauswärts führte. Er sagte: «Weshalb ich dich angerufen habe …»

«Ja?»

«Ronny Vogt ist in der Stadt, und ich muss ihn sprechen.»

«Denkst du, ich wüsste, wo er sich aufhält?»

«Wer könnte mir da weiterhelfen? Du kennst doch die Verwandtschaft.»

«Nur zum Teil. Ronnys Großmutter war eine Schwester deiner Oma. Seine Mutter ist meine Cousine. Zu ihr habe ich keinen Kontakt, aber einen anderen Cousin habe ich im letzten Jahr in Jena besucht.»

«Das muss dann Ronnys Onkel sein, oder?»

Brigitte nickte. «Thomas Wildenroth. Wildenroth war ja auch der Mädchenname meiner Mama. Sein Hobby ist die Ahnenforschung. Hat sich dann als knallharter Rechter entpuppt. Pegida-Fan, voll die völkische Denke.»

«Wie hast du es mit dem Mann ausgehalten?»

«Am ersten Tag fand ich ihn sogar ganz nett. Da hatten wir noch nicht über Politik gesprochen. Am zweiten Tag habe ich mir andauernd auf die Zunge gebissen, weil ich keinen Streit wollte.»

Vincent musste lachen. «So kenne ich dich gar nicht.»

«Seine Schwester hat einen Kerl namens Vogt geheiratet, der früh gestorben ist. Da muss Ronny noch ein kleines Kind gewesen sein.»

«Weißt du, was aus ihnen …»

«Die Frau lebt irgendwo im Westen. Sie heißt Monika, wenn ich mir das richtig gemerkt habe. Vielleicht kann dir Thomas weiterhelfen.»

«Ich ruf ihn an.»

Seine Mutter kramte ihr Handy hervor, um nach Wildenroths Nummer zu suchen.

«Mist, Akku leer», sagte sie schließlich. «Passiert mir ständig.»

«Ich krieg die Nummer raus.»

«Der Besuch bei Thomas hat mich an meine Jugend erinnert. Mein Vater hat auch immer von ‹unserem Volk› gesprochen und von der ‹Fremdbestimmung durch die Besatzer›. Von der Ausbeutung durch das ‹jüdische Kapital›. Das hat alles seine Wurzeln in der Ideologie der Nazis. Sprich besser nicht über Politik mit Thomas, wenn du ihn anrufst, Vincent. Vor allem nicht über Asylpolitik. In seinen Augen bringen die Flüchtlinge nur Verbrechen und Krankheiten zu uns und liegen dir und ihm auf der Tasche.»

Bremslichter flammten auf, ein Stau vor der Ausfahrt Neuss-Uedesheim.

«Mein Cousin fährt jeden Montag zum Fahnenschwenken nach Dresden», sagte Brigitte. «Er ist beleidigt, wenn man den Pegida-Rassismus mit dem der Nazis vergleicht, denn er hält sich für einen völlig normalen Deutschen. Das Schlimme ist: Womöglich ist er das auch.»

Im Schritttempo gelangten sie zur Ampelkreuzung und auf die Bundesstraße. Links dunkle Nacht, rechts die Lichter eines Industriegebiets.

«Wir haben so viel über die Verwandtschaft gesprochen und über deinen Vater …»

«Weil du mich gefragt hast.»

«Dann verrat mir doch endlich, wer *mein* Vater ist.»

«Ach, Vincent.»

«Warum willst du nicht verstehen, wie wichtig mir das ist?»

«Es bringt dir nichts.»

«Hast du meinen Vater geliebt?»

«Nenn mich verblendet, aber ich war damals verliebt. Ja, du warst ein Kind der Liebe. Und fühlst du dich jetzt besser?»

«Wie war das zu der Zeit?»

«Alle haben mir zur Abtreibung geraten. So war das.»

«Erzähl weiter.»

«Ich war neunzehn. Fing gerade erst an, mein politisches Bewusstsein zu entwickeln. Und da war ein Mann, zu dem alle aufschauten. Er kam in den Knast, während ich schwanger war. Ich dachte, wir sind eine Familie, sobald er rauskommt. Doch dann wurde alles ganz anders.»

«Lebt er noch?»

«Es reicht, Vincent. Ich möchte nicht weiter an den Kerl erinnert werden.»

«Warum?»

«Es ist besser, wenn du nicht alles weißt.»

«Wie kannst du das behaupten?»

«Vertrau ausnahmsweise einmal deiner Mutter.»

Sie erreichten die ersten Häuser Uedesheims. Vincent bog an der Ampelkreuzung ab und fuhr auf das Ortszentrum zu. Die Vorgärten und Klinkerfassaden weckten in ihm Erinnerungen und gemischte Gefühle.

Vincent parkte hinter dem altem Nissan seiner Mutter, der unter einer Laterne stand. Während Brigitte unter dem Vordach die Haustür aufschloss, holte Vincent ihren Alukoffer aus dem Kofferraum.

Ein Aufschrei ließ ihn herumfahren.

Zwei Gestalten rangelten mit seiner Mutter – Schläge, Tritte, Gebrüll.

«RAF-Nutte, Araberfotze!»

Vincent rannte hinüber, die Kerle flohen. Brigitte lag im Blumenbeet und hielt sich den Bauch. Vincent half ihr hoch. Die jungen Typen waren über den Zaun gesprungen und im Dunkeln verschwunden.

«Bist du verletzt?»

«Weiß nicht.»

Er brachte seine Mutter ins Haus und legte sie im Wohnzimmer auf das Sofa. Es war kalt. Harald, ihr Freund, war nicht da. Vincent machte alle Lichter an, legte ein Kissen unter Brigittes Beine und breitete eine Decke über sie. Ihr Puls war deutlich zu spüren – ein gutes Zeichen.

«Scheißkerle», sagte sie leise.

«Tut's sehr weh?»

«Die waren noch jung, keine zwanzig.»

«Sag schon, wo tut's weh?»

«Ach, halb so wild.»

Vincent rief die Leitstelle der Neusser Polizeibehörde an, beschrieb, was vorgefallen war, und gab die Adresse durch. Leider hatte er in der Hektik nicht viel mehr als dunkle Anoraks und ihre jugendlichen Stimmen wahrgenommen. Einer trug Wollmütze, der andere Kapuze. Aber wenn sich die Kollegen beeilten, konnten sie die Schläger dingfest machen. Es waren noch keine fünf Minuten vergangen.

Er wandte sich Brigitte zu. «Soll ich einen Krankenwagen rufen, oder traust du dir zu, mit mir zu fahren?»

«Wohin?»

«In die nächste Klinik. Du musst geröntgt werden. Brüche, innere Verletzungen, ein Schädeltrauma – bevor das alles nicht ausgeschlossen ist, lass ich dich nicht allein.»

«Mir fehlt nichts!» Brigitte schleuderte die Decke von sich und setzte sich auf. Sie ging zum Fenster und spähte hinaus. Dann bückte sie sich, um die Heizung aufzudrehen. Dabei zuckte sie zusammen und verzog das Gesicht.

«Du musst dich untersuchen lassen.»

«Aber kein Krankenwagen.»

Sie gingen wieder hinaus zu seinem Auto. Wie friedlich dieses Kaff wirkt, dachte Vincent. Von den beiden Schlägern nichts zu sehen. Von Polizei allerdings auch nichts.

56

▼

Matthias wird nie wieder stottern, nie wieder lachen. Ich habe einem unschuldigen und wehrlosen Menschen das Leben geraubt.

Ronnys Gefühle brachen mit solcher Wucht über ihn herein, dass er sich gründlich verfuhr und die Navigations-App seines Smartphones starten musste, um den Heimweg zu finden.

Sein Kopf schmerzte, was vermutlich an den Reinigungsmitteln lag. Während Lucky und Adrian die Leiche wegschafften, hatten Ronny und der weitere Bischoff-Legionär, ein junger

Mann namens Tobias, Gummihandschuhe übergezogen und die Wände des Kellerraums mit ätzenden Chemikalien abgeschrubbt, bis sie sicher sein konnten, dass keine DNA-Spuren mehr nachweisbar sein würden.

Zuvor hatte sich Oliver mit einer klaren Ansage verabschiedet: «Morgen Nachmittag brauche ich jeden einzelnen von euch, und zwar topfit. Wenn alles läuft wie geplant, werden wir am Abend einen guten Grund haben zu feiern. Und damit meine ich einen richtig guten Grund!»

Ronny und Tobias arbeiteten stumm und konzentriert. Sie verloren kein Wort über Matthias. Als sie fertig waren, fragte Ronny: «Was hat Oliver gemeint? Wofür sollen wir fit sein?»

«Erster Samstag im Monat», antwortete Tobias, als sei damit alles erklärt, und fragte zurück: «Wird das etwa deine erste Transaktion?»

«Bis gestern war ich noch ein Fettiger.»

«Ist klar, Alter. Musst dir aber nicht in die Hosen machen. Oliver übertreibt mal wieder. Die Libanesen werden sich wohl kaum blicken lassen.»

«Meinst du?»

«Letztlich war es sogar zu ihrem Besten, die Stadt zu verlassen. Wegen der Wirtin. Irgendwann wären die Bullen draufgekommen, dass El-Arabi sie beliefert hat.»

«Was haben wir damit zu tun?»

«El-Arabi vertickt das gleiche Zeug wie wir. Er war für das Stadtzentrum zuständig. Kennst du den Begriff von der friedlichen Koexistenz?»

«Schon mal gehört.»

«Aber den Leuten, die das Sagen haben, wurde nach dem Tod der Wirtin die Verbindung zu den Libanesen zu heiß.»

«Verstehe.»

«Und deshalb …» Tobias machte eine Geste, die das gesamte Lokal umfasste.

«Wenn aber Matthias das *Pronto-Pasta-Pizza* verpfiffen hat …»

«Egal. Oliver macht jetzt eine schicke, exklusive Italienerbude daraus. Eine Art Steuersparmodell. Für den Vertrieb brauchen wir das vorerst nicht. Sollen die Bullen doch kommen und das Lokal durchsuchen. Sie werden nichts finden.»

Sie warfen die Lappen in den Mülleimer und wuschen sich die Hände.

«Ein Gang durch die Altstadt sollte noch drin sein», schlug Tobias vor. «Kommst du mit, Alter, auf ein Bierchen?»

Ronny legte die Hand auf den Bauch. «Ohne mich, Kumpel. Mir ist echt flau im Magen.»

«Verständlich, das erste Mal.» Tobias lachte und tätschelte ihm die Schulter.

Wenn du wüsstest, dachte Ronny.

Er erreichte seine Straße und fand eine Parklücke. Ich muss Bastian Bescheid geben, dachte er. Für morgen war etwas Wichtiges geplant. *Wird das etwa deine erste Transaktion?*

Im Schatten des Durchgangs zum Hinterhof zeichneten sich zwei Gestalten ab. Ronny fragte sich, ob die beiden Männer etwas von ihm wollten, und ballte unwillkürlich die Fäuste. Dann erkannte er Dennis Molitor in Begleitung eines Mannes, den er zum ersten Mal sah.

«Mensch, Ronny, fast pünktlich. Musstest du für Oliver noch etwas erledigen?»

«Nichts Besonderes, wieso?»

«Und wo ist unser Sprengmeister und Afghanistanveteran? Der wollte doch auch mitkommen, oder nicht?»

«Wohin?»

«Zum Kameradschaftsabend. Den hast du doch nicht etwa vergessen!»

Ronny fiel es wieder ein: Dennis war seit Tagen ganz aus

dem Häuschen deswegen. *Der Widerstand formiert sich.* Und «Odin» Naumann würde reden.

Sie stiegen in Dennis Molitors VW-Transporter. Ronny nahm hinter den beiden Platz. Dennis stellte seinen Begleiter vor: «Bolle, mein Adjutant und engster Vertrauter.»

Der Kamerad streifte die Kapuze zurück und entblößte einen kahlrasierten Schädel. Auf seinen muskulösen Nacken hatte er sich eine Rune tätowieren lassen. Ronny kannte das Zeichen: die Wolfsangel – das Zeichen der berüchtigten SS-Panzerdivision «Das Reich».

Ronny fragte sich, was er hier wollte. Er zog am Griff der Schiebetür, um auszusteigen.

«Was ist los?», fragte Dennis.

«Fahrt lieber ohne mich. Mein Magen ist nicht ganz in Ordnung.»

«Reiß dich zusammen. Odin will dich kennenlernen!»

Bolle reichte ihm eine Flasche Wodka nach hinten. Ronny trank, es brannte und füllte ihn mit Wärme.

«Hey, lass mir noch was übrig!», protestierte Bolle.

Dennis fuhr los, und die Beschleunigung ließ die Schiebetür ganz aufgleiten. Regen spritzte ins Innere, bis Ronny mit Schwung die Tür wieder ins Schloss krachen ließ.

Er dachte erneut an Matthias. Plötzlich war er froh, nicht allein in seiner kalten Bude zu sitzen. Ohne Gesellschaft würde er die Nacht nicht überleben.

Sie durchkreuzten die Stadt und überquerten den Rhein. «Eine hübsche Nachbarin hast du übrigens», sagte Dennis und nahm über den Rückspiegel Blickkontakt auf.

«Ach ja?»

«Fickst du sie?»

«Meine Sache.»

Ronny fragte sich, ob Sandra etwas ahnte. Hatte er ihr zu viel verraten? Was, wenn sie gequatscht hatte? Er machte sich auf weitere Fragen gefasst, doch Dennis lenkte den Bulli still durch die Nacht.

Es wurde immer ländlicher. Nach fast einstündiger Fahrt durch endlosen Regen hielten sie vor der Scheune eines Bauernhofs. Mindestens vierzig Fahrzeuge parkten bereits auf einer schlammigen Wiese. Ronny erkannte Kennzeichen aus allen Teilen Deutschlands, auch einige Belgier und Holländer.

Die Einladung zum Kameradschaftstreffen war konspirativ erfolgt. Selbst Dennis hatte den Ort erst am Nachmittag erfahren. Offiziell galt die Zusammenkunft als Geburtstagsfeier, wie Dennis gut gelaunt erklärte, weil die Polizei private Veranstaltungen nicht so einfach verbieten konnte.

Ronny war sich sicher, dass Beamte in Zivil sämtliche Nummernschilder fotografieren würden und die Gästeschar mit V-Leuten verschiedener Verfassungsschutzbehörden durchsetzt war. Warum sollten die ehemaligen Kollegen ihre Strategie geändert haben?

Sie betraten die Scheune. Dennis begrüßte Bekannte. In einem von ihnen glaubte Ronny, Matthias zu sehen. Ich brauche mehr zu trinken, dachte er und steuerte auf die Theke zu.

57

Nachdem man Brigitte in ein Untersuchungszimmer der Notambulanz geschickt hatte, versuchte Vincent die Zeit zu nutzen und per Handy den Cousin seiner Mutter in Jena zu erreichen.

Thomas Wildenroth freute sich, mit einem bislang unbekannten Verwandten zu reden, und lenkte das Gespräch sofort auf sein Hobby, die genealogische Forschung. Dass sich Vincent nicht weiter für den Stammbaum der Familie interessierte, konnte der Mann gar nicht fassen, gab jedoch bereitwillig Auskunft.

Wildenroth erinnerte sich, dass Ronny in Hannover Polizeibeamter geworden war, den Beruf aber nicht lange ausgeübt habe. Mitte der Neunziger sei er nach Jena zurückgekehrt. Angeblich arbeitete er dort in einem Laden namens *Wolfszeit – Bücher und mehr*, der sich auf spirituelle und historische Schriften spezialisiert hatte. Wildenroths Kontakt zu seinem Neffen war allerdings nie eng gewesen und brach etwa um die Jahrtausendwende ab.

Vincent ließ sich die Telefonnummer von Ronnys Mutter durchgeben. Monika Vogt lebte offenbar immer noch in Hannover. Dort ließ Vincent es lange klingeln. Nach ein paar Minuten versuchte er es noch einmal – vergeblich.

«Du bist ja immer noch hier! Hast du kein Privatleben?»

Seine Mutter stand vor ihm. Ihre Jacke trug sie zu einer Kugel gerollt unterm Arm. Die Schwester winkte den nächsten Patienten ins Zimmer.

«Wollen sie dich nicht dabehalten?», fragte Vincent.

«Kommt nicht in Frage.»

«Wenn es aber nötig ist …»

«Kliniken gehorchen dem Gesetz des Kapitals und sind dazu da, aus Krankheit Profit zu schlagen. Nicht mit mir, mein Lieber. Nicht wegen ein paar Prellungen.»

«Bist du dir sicher?»

«Wo kann ich mir hier ein Taxi rufen?»

«Ich fahr dich.»

Auf dem Weg nach draußen kamen sie an einer Toilette vorbei. Brigitte verschwand und kam ohne ihre Jacke wieder.

«Was ist los?», fragte Vincent. «Du wirst frieren, nur in deinem dünnen Pulli.»

«Die Typen haben mich bespuckt. Ich kann das Ding nicht mehr tragen.»

Tränen schimmerten in ihren Augen.

Vincent öffnete die Tür zur Damentoilette und sah sich im Vorraum um. Der Papierkorb war mit einer frischen Plastiktüte ausgekleidet und enthielt ausschließlich Brigittes Jacke. Vincent zog die Tüte heraus und verknotete sie.

Im Auto drehte Vincent die Heizung bis zum Anschlag auf. Er bot seiner Mutter an, bei ihm und Nina zu übernachten, doch das lehnte sie ab. Also ging es zum zweiten Mal an diesem Tag nach Uedesheim.

«Warum lenken die ihre Wut nicht gegen die Richtigen?», fragte Brigitte.

«Was meinst du?»

«Gegen die Konzerne, die den Planeten zerstören und die Menschen ausbeuten. Gegen die Großaktionäre, die dabei immer reicher werden. Stattdessen prügeln die jungen Leute auf die Schwächsten ein. Auf Flüchtlinge, die Hilfe brauchen.»

Und auf dich, dachte Vincent.

Sie telefonierte mit ihrem Freund, dem Lyrik-Verleger, den sie «Harry» nannte, und erzählte ihm in erstaunlich ruhigen Worten, was geschehen war. Offenbar weilte er bei einer Veranstaltung in Köln, versprach aber, sofort aufzubrechen.

Kurz darauf hielt Vincent vor dem Haus. Der Anblick war ein Schock. In ihrer Abwesenheit hatten Sprayer die Fassade verunziert. Eine Parole verlief quer über die gesamte Vorderfront.

Weg mit den Asylanten und ihren Unterstützern!

Vincent rief noch einmal die Kollegen in Neuss an. Er ließ sich mit dem zuständigen Wachdienstleiter verbinden. Die beiden Kerle seien nicht gesichtet worden, hieß es. Vincent fragte sich, ob man überhaupt nach ihnen gesucht hatte.

Er berichtete, dass sie zurückgekehrt waren, um eine Hassparole an der Wand zu hinterlassen. Die Farbe war noch frisch.

Wie konnte es sein, dass sie dabei nicht erwischt worden waren? Wieso fühlten sich diese Leute so sicher? Vincent schimpfte und wurde laut.

Der Kollege geriet in Verlegenheit. Sie seien überlastet, behauptete er schließlich. Vermehrte Streifenfahrten vor Flüchtlingsunterkünften würden alle Kräfte binden.

Vincent brach entnervt die Diskussion ab.

Seine Mutter hatte inzwischen Tee zubereitet. Er beschloss zu bleiben, bis ihr Freund eintreffen würde.

«Meine Jacke liegt noch in deinem Auto», sagte sie. «Du hast recht, so etwas wirft man nicht weg. Die Flüchtlinge sind froh über ein solches Stück. Ich werde es in die Reinigung geben.»

«Dafür habe ich das Teil nicht gerettet.»

«Sondern?»

«Spucke bedeutet Täter-DNA. Und morgen, spätestens Montag, besucht dich ein IT-Spezialist, der sich die Droh-E-Mails ansieht, die du in letzter Zeit erhalten hast.»

«Kommt nicht in Frage!»

«Wir müssen die verdammten Kerle kriegen. Du sollst nie wieder Angst haben, wenn du vors Haus gehst.»

«Mein Computer geht aber den Staat nichts an.»

Vincent beschloss, Brigittes Sturheit als gutes Zeichen zu nehmen. Allzu schlecht konnte es ihr nicht gehen.

58

▼

Die Luft war stickig und verqualmt. Ruppige Begrüßungsrituale, lautstarkes Imponiergehabe. Ein kleines Podium war aufgebaut, Mikro und Lautsprecher. Dorthin lotste Dennis seine beiden Begleiter.

Ole Naumann lenkte sofort alle Aufmerksamkeit auf sich.

Er wirkte wie jemand, der den Lauf der Welt begriffen hatte und keinen Widerspruch duldete. Trotz seiner abgewetzten, einfachen Klamotten wirkte er smart, was vielleicht an seinen asketischen Gesichtszügen lag, an seinem direkten Blick und an der randlosen Brille, die ihm eine Art intellektueller Aura verlieh. Sein weißer Kinnbart und der schmale Haarkranz um die Glatze waren millimeterkurz gestutzt.

Sobald Naumann sprach, entfaltete sich sein Charisma. Er drückte sich sehr gewählt aus, seine Stimme klang angenehm, und was er sagte, wirkte logisch. Ronny erinnerte sich daran, wie seine Schriften Liese und Max begeistert und noch weiter radikalisiert hatten.

In seiner Ansprache griff Naumann vor allem die Flüchtlingspolitik an: «Fragt ihr euch nicht auch, wie viele Ausländer das Land noch aufnehmen soll? Müssen wir uns nicht permanent wundern, warum die Regierung gegen ihr eigenes Volk handelt?»

Er tat, als stünde er für Freiheit und Demokratie. Verschwörerisch und im Stil der DDR-Diktatur handele die Kanzlerin – als Erfüllungsgehilfin einer Fremdherrschaft. Mit suggestiven Fragen, energischen Gesten und aufbrausendem Ton forderte Naumann den Beifall des Publikums heraus. Und erhielt ihn.

Nachdem Juden und Alliierte es im Zweiten Weltkrieg nicht geschafft hätten, die deutsche Rasse zu vernichten, bestünde nun ihr Plan darin, so viele Neger, Araber und Zigeuner ins Land zu schaffen, bis die Deutschen in der Unterzahl seien und durch Vermischung ihr Erbgut verschwinde. Auf diese Art planten die Besatzer die Ausrottung des Volkes. Dagegen müsse man sich wehren – mit allen Mitteln.

Ole Naumann hob die Stimme, seine Faust fuhr durch die Luft. «Die Millionen und Abermillionen gefallener Landsleute der beiden Weltkriege hätten sicher kein Problem damit, liebe Kameradinnen und Kameraden, wenn wir uns jeder einen

Knüppel schnappen und diese ganze gutmenschliche Multikulti-Idiotie nietenkurz und hagelklein schlagen!»

Jubelstimmung in der Scheune. Die Sieg-Heil-Rufe wollten kaum enden. In den Gesichtern erkannte Ronny eine brutale Mischung aus Hass und Euphorie.

Als die Ansprache beendet war, packte Dennis ihn am Ärmel, zog ihn vor das Podium und stellte ihn dem alten Herrn vor.

«Ronny Vogt», wiederholte Naumann. «Hab ich den Namen nicht schon mal gehört?»

«Er war mit Liese Schittko eng befreundet», erläuterte Dennis.

Händeschütteln. Naumann erwies sich als einer der Typen, die besonders fest zudrückten, als müsse er beweisen, noch besonders rüstig zu sein. Er musterte Ronny und sagte: «Schittko, eine Ikone unserer Bewegung. Ihr neuer Verteidiger – ich selbst habe ihn ausgebildet, bevor mir die Besatzerknechte zum zweiten Mal die Anwaltszulassung raubten. Wir stehen in Kontakt. Auf Kanälen, die das Unterdrückerregime nicht kontrolliert. Deshalb kann ich Ihnen versichern, dass es der Kameradin hervorragend geht. Sie schaut voller Zuversicht nach vorn.»

«Das ist schön», sagte Ronny.

«Ich habe Erfahrung darin, Mandanten auf unorthodoxe Art freizubekommen.»

«Wie bitte?»

Der Alte lachte. «Neunzehn-siebzig, Andreas Baader.»

«Ronny kann behilflich sein», schlug Dennis vor. «Er kennt ein ganzes Netzwerk an Kameraden, die man aktivieren kann. Leute, die schon dem ersten NSU geholfen haben. Nicht wahr, Ronny? Die nationale Befreiung wird wie eine Feuersbrunst über das Land ziehen!»

«Ein Schritt nach dem anderen», sagte Naumann. «Erst die Finanzierung.»

Dennis stand stramm. «Der Plan steht.»

«Und die Umsetzung?»

«Nur eine Frage von Tagen.»

«Das wollte ich hören, Kamerad Molitor.»

Dennis strahlte.

Ronny organisierte sich eine Flasche Riesling. Dann stieg er mit den anderen eine knarrende Holztreppe hinauf. Während in der Scheune die Party begann, berieten sich in einem hoffnungslos überfüllten Raum unter dem Dach die Führer zahlreicher Kameradschaften von Aachen bis Zwickau. Ronny kannte kaum einen von ihnen. In kurzer Zeit war eine neue Generation herangewachsen, so schien es.

Und ich nehme wieder meine alte Rolle ein. Mittendrin und die Ohren gespitzt.

Von unten hämmerte Musik durch die Bretter. Zigarettenqualm erschwerte das Atmen. Eine Liste wichtiger Handynummern ging um. Die hat am Montag der Geheimdienst auf dem Tisch, dachte Ronny. Man wird eure Gespräche mithören und über geplante Straftaten informiert sein. Was nicht heißt, dass man euch nicht gewähren ließe.

Odin Naumann putzte seine Brille. Sein knappsitzender Pullover brachte Muskeln zur Geltung. Der eitle Alte verbringt jeden Tag in der Muckibude, erkannte Ronny.

Naumann gab die Parole aus: Der *Nationalsozialistische Untergrund 2.0* werde aus einem Netz autonom und klammheimlich operierender Gruppen bestehen – wenn der Staat eine Sektion knackte, würden andere weitermachen.

«Wir brauchen Geld für Wohnungen und Bewaffnung!», warf jemand ein.

«Bankraub kommt nicht mehr in Frage», fügte ein anderer hinzu. «Das geht nicht mehr so simpel wie nach der Wende im Osten.»

«Macht euch darüber keine Gedanken», antwortete Naumann. «Die Düsseldorfer Kameraden kennen eine Quelle, die in Bälde sprudeln wird. Stimmt's, Molitor?»

«Über die Details kann ich natürlich nicht reden», dröhnte die Stimme von Dennis, der selbstzufrieden lachte.

Im Anschluss entspann sich ein Disput darüber, ob der Terror gegen Flüchtlinge zu richten sei, gegen Ausländer aus der Mitte der Gesellschaft, gegen Gutmenschen, die für die Willkommenskultur stünden, oder gegen die Vertreter der Systemparteien, die tagtäglich Deutschlands Untergang auf Befehl der USA und Israels exekutierten – Dennis brachte als Beispiel Helmut Pabst ins Spiel, die rechte Hand der nordrhein-westfälischen Ministerpräsidentin. Jede Wortmeldung lieferte ein neues Argument, die Stimmung war hitzig.

Ronny bekam nicht mit, ob es ein Ergebnis gab. Es war ihm egal. Nicht meine Baustelle, beschloss er. Seine Weinflasche war geleert, und er sah Naumann und die anderen Nazi-Typen doppelt, was verwirrend und auch belustigend wirkte.

Er wankte die Treppe hinunter – der Nazi-Pogo-Party entgegen.

Die Band *White Pagan Madness* bestand aus vier Typen in schwarzer Phantasieuniform – Runen auf dem Revers, mit Nieten besetzte Schulterstücke, die Brust voller Orden. Sie spielten eine Variante von Black Metal: Gitarrenriffs in endloser Wiederholung, rasend schnelles Schlagzeug, heiser brüllender Gesang. Ronny versuchte, den Text auszublenden, in dem es um Blitzkrieg, die Ehre der Herrenrasse und die Wiederauferstehung des Führers ging.

Er reagierte seine Wut auf sich selbst auf der Tanzfläche ab – inmitten einer Horde junger Männer, betrunken wie er, die sich fröhlich anrempelten und die Refrains mitgrölten.

Irgendwann fand er sich nassgeschwitzt am Rand des Geschehens wieder. In der Hand eine Flasche Bier, von deren

Inhalt er beim Tanzen mehr verschüttet als getrunken hatte. Er sah sich nach Frauen um, doch die hübscheren waren offenbar vergeben. Eine wie Sandra war ohnehin nicht dabei.

Ich verdiene keine Liebe, dachte er. Ich bin ein Nichtsnutz, ein mehrfacher Mörder.

Er tauschte seine Bierflasche gegen eine Pulle holländischen Genever, die verwaist herumstand und fast noch zur Hälfte gefüllt war, und ließ sich damit neben den großen Lautsprecherboxen der Band zu Boden sinken. Er trank einen langen Schluck, dann döste er mitten im Lärm weg, und sein Kopf kippte gegen das harte, vibrierende Holz.

Irgendwann weckte ihn der Druck seiner Blase. Die Band hatte aufgehört und ihr Equipment weggeräumt, ohne dass es Ronny mitbekommen hatte. Er stand auf, fand mühsam sein Gleichgewicht und machte sich auf die Suche nach den Toiletten.

Die Musik kam inzwischen vom Band. Pärchen tanzten eng umschlungen, knutschten und fummelten in den ruhigeren Ecken. Vor dem einzigen Klo standen die Leute an. Ronny wollte nicht warten. Er suchte den Ausgang und trat ins Freie.

Die kalte Luft traf ihn wie ein Schlag ins Gesicht. Um nicht zu stürzen, tastete er sich an der Mauer der Scheune entlang, bis er überzeugt war, allein zu sein, dann pisste er in einen Strauch. Auf dem Rückweg verlief er sich, stolperte und fiel in das feuchte Gras. Über ihm reflektierte eine kahle Baumkrone ein Licht, das vom Parkplatz herüberstrahlte.

Der Himmel dahinter war schwarz – Finsternis bis in ewige Ferne.

Ronny begann zu zittern. Er hatte gelesen, dass es nicht wehtat, wenn man erfror. Er hoffte, dass es tatsächlich so war, und stellte sich seine Seele vor, wie sie Aufnahme in den Tiefen des Weltalls fand – weitab von irdischer Schuld.

Dann hörte er Stimmen, die er kannte. Zwei Männer verabschiedeten sich. Der laute Bariton gehörte unverkennbar zu Dennis Molitor.

Die andere Stimme trug die Färbung seiner thüringischen Heimat.

Ronny spähte zwischen den Büschen hindurch. Eine Gestalt kam jetzt auf ihn zu – ein schlanker Mann im Anzug, Tuch um den Hals, schneller Schritt. Der Autoschlüssel klimperte zwischen seinen Fingern, und das Mondlicht ließ sein grau meliertes Haar schimmern.

Das ist doch …

Ronny hielt den Atem an und regte sich nicht. In geringer Entfernung stiefelte Bastian Schwenk an ihm vorbei. Der Kollege blickte nicht herüber und war im nächsten Moment zwischen den Autos verschwunden. Immer mehr Teilnehmer des Treffens brachen nun auf. Lachen und Gejohle, klirrende Flaschen, startende Motoren.

Nein, das *kann* er nicht gewesen sein, dachte Ronny.

Was sollte ausgerechnet Bastian an diesem Ort verloren haben? Das liegt am Alkohol. Matthias ist auch nicht da, obwohl er mir ständig erscheint.

Ronny rappelte sich mühsam auf und kehrte zurück ins Warme.

An der Theke wurde zu seiner Enttäuschung nichts mehr verkauft. Ronny äußerte seinen Unmut und wurde laut, was nichts half. Ihm wurde bewusst, dass er lallte. Als er sich nach einer Bierflasche bücken wollte, um zu überprüfen, ob sie noch etwas Trinkbares enthielt, geriet er ins Wanken.

Starke Arme hielten ihn fest. «Du bist hackedicht, Alter», sagte Dennis. «Blau wie eine Horde Wikinger. Komm, wir fahren nach Hause. War ein langer Tag.»

Sein Skinhead-Kumpel Bolle hakte Ronny auf der anderen Seite unter, und zu dritt machten sie sich auf den Weg.

Ronny fragte sich, ob Dennis Molitor und Bastian Schwenk sich möglicherweise kannten. Was hatten ein Drogenermittler des hiesigen Landeskriminalamts und ein führender Neonazi miteinander zu bereden? Nichts, beschloss Ronny. Ich habe Gespenster gesehen, basta.

Der Regen prasselte auf den VW-Bulli, die Scheibenwischer quietschten leise. Ab und zu erhellten Scheinwerfer entgegenkommender Autos das Wageninnere. Ronny bekam Schluckauf, dann schlummerte er ein.

Das Klingeln eines Handys weckte ihn. Dennis kramte in seinen Taschen nach seinem Mobiltelefon. Der Transporter geriet ins Schlingern.

«Lass doch», sagte Bolle. «Was will schon jemand mitten in der Nacht?»

«Vielleicht das Krankenhaus.»

Dennis entsperrte das Handy und meldete sich. Eine Weile hörte er stumm zu, dann schrie er und schlug auf das Lenkrad ein.

Ein entgegenkommendes Auto hupte – sie waren über die Mittellinie geraten.

Dennis murmelte: «Mamamamamama.»

«Was'n los?», fragte Ronny.

«Sie ist tot.» Nach einer Weile fügte er hinzu: «Jetzt hab ich nur noch die Bewegung.»

Die Strecke vom Auto in sein Bett schaffte er nur, weil Dennis und Bolle ihn stützten. An Sandras Tür wollte Ronny haltmachen und klingeln, doch seine Begleiter hielten ihn davon ab.

Schließlich lag Ronny im Bett, und die Welt drehte sich.

Er träumte von Sandra.

Er träumte von Liese.

Dann erschien ihm eine große Fläche, die er zu säubern

hatte. Überall hafteten kleine Brocken. Matthias starrte ihn an. Auch Max und Gerri sahen zu.

Ronny wurde wach und schleppte sich ins Bad, weil ihm schlecht war.

Die Welt drehte sich und kippte.

2011 – ERFURT

59

▼

Freitag, 11. November

Sie nannten es «Aktion Konfetti».

In seiner Amtsstube schob Ronny Packen um Packen in den Aktenvernichter. Die Maschine arbeitete leise und effektiv. Er konnte bis zu zehn Seiten auf einmal in den Schlitz schieben, ohne dass das Gerät einen Papierstau erlitt. Ab und zu ertönte ein *Pling*, wenn die Klingen eine Büroklammer erfassten. Die Schnipsel fielen in einen Behälter, der zweiunddreißig Liter fasste.

Nebenbei verfolgte Ronny die Pressekonferenz der Ministerpräsidentin, die der Mitteldeutsche Rundfunk übertrug, auf dem Monitor seines Bürocomputers. Bastian hatte ihm die Live-Sendung empfohlen: «Pass auf, das gibt eine Eins-a-Märchenstunde, mein Guter!»

Christine Lieberknecht blickte durch ihre randlose Brille entschlossen in die Fernsehkameras. Sie trug ihre Kurzhaarfrisur wie einen Helm. Ihre knautschige Stimme klang schrill, als sie lauter wurde: «Der in den letzten Tagen bekanntgewordene Rechtsterrorismus übersteigt alles bisher Vorstellbare und ist mit aller Härte des Gesetzes und unter Ausschöpfung aller rechtsstaatlichen Mittel zu bekämpfen!»

Ronny wusste nicht, ob er lachen oder weinen sollte. Er zerriss den Aktendeckel und schredderte auch ihn.

Die Kaffeemaschine röchelte, die Brühe war durchgelaufen.

Ronny stoppte die Arbeit und goss sich ein – sein schwarzer Porzellanbecher trug die Aufschrift *Jemand muss den Job ja machen.*

Zynismus regiert die Welt, dachte Ronny.

Er schüttete kalten Wacholderschnaps in den Kaffee. Das Gemisch hatte die perfekte Trinktemperatur. Ronny wusste, dass er im Moment zu viel Alkohol trank. Die Phase geht wieder vorbei. Er nahm einen Schluck und fuhr sich mit dem Handrücken über den Mund.

Hunderte von Akten stapelten sich auf dem Tisch, der Inhalt ganzer Archivregale. Weg damit, bevor sie womöglich der Polizei in die Hände fallen – so lautete die Ansage von ganz oben. Der Berg schien seit dem Morgen kaum geschrumpft zu sein. Das dauert bis zum Abend, schätzte Ronny.

Die Stimme aus den Computerlautsprechern übertönte das Surren des Aktenvernichters: «Speziell wir in Thüringen müssen die Rolle der Polizei und des Verfassungsschutzes klären und offenlegen. Sobald Mängel oder Fehler erkannt werden, müssen und werden wir die notwendigen Konsequenzen ziehen, ohne Rücksicht auf Ansehen oder Stellung der Person!»

Auf den Aktendeckeln standen Namen. Hinter jedem von ihnen verbarg sich eine V-Person des Verfassungsschutzes. Ronny kannte sie alle.

Otto, Primus, Piatto.

Treppe, Tonfall, Terrier.

Tinte, Trabit, Tonfarbe, Tobago.

Erst jetzt fiel ihm auf, wie viele der Tarnnamen mit «T» begannen – offenbar hatte das Thüringer Landesamt ein Faible für diesen Buchstaben. Einige Spitzel hatte er selbst geführt. Er kannte die Klarnamen: Tino, Ralf, Carsten, Thomas, Michael, Jan, Achim, André und Enrico. Einige von ihnen waren Helfer des NSU, andere zählte Ronny zum inneren Kreis. Die Grenzen waren fließend.

Und auch ich habe dazugehört – im Auftrag meiner Behörde.

Für die Bundesanwaltschaft hatte sich die Sache dagegen erledigt. Zwei waren tot, die Dritte hatte sich gestellt, mehr war da nie gewesen.

Ronny öffnete den nächsten Ordner und riss die Seiten heraus. Weg mit den Protokollen, in denen die Wahrheit stand.

Die Ministerpräsidentin sagte: «Ich bin in tiefstem Maße erschüttert.»

Alles wird zu Konfetti, dachte er. Die Arbeit von zwei Jahrzehnten. Fast mein ganzes bisheriges Berufsleben.

Ein Lämpchen ging an. Ronny hob den vollen Müllsack heraus und verknotete ihn. Dann stülpte er einen frischen Beutel in den Behälter.

«Dass die Täter, die neun Gewerbetreibende mit Migrationshintergrund und eine Polizistin ermordet haben, aus Thüringen, aus Jena, aus unserer Gesellschaft stammen, muss uns mit tiefer Scham erfüllen!»

Nur zehn Morde, begangen von einem Trio – Ronny staunte, wie schnell und reibungslos sich sämtliche Ermittler darauf geeinigt hatten. Während er Säcke mit Schnipseln füllte und der Berg auf seinem Tisch allmählich schrumpfte, schredderten Mitarbeiter des Bundesamts in Köln Hunderte weiterer V-Personen-Dokumente. Vernichtete der baden-württembergische Verfassungsschutz Unterlagen über Abhöraktionen gegen den Ku-Klux-Klan. Zerschnipselten Beamte der Berliner Behörde ihre Akten über das Netzwerk von *Blood and Honour.* Ließ der Militärische Abschirmdienst ein geheimes Protokoll aus dem Jahr 1995 verschwinden – die Befragung von Max in seiner damaligen Kaserne von Bad Frankenhausen.

Wie Ronny wusste, hatte sein Kumpel bereitwillig geplaudert, weil die vernehmenden Offiziere ihm versicherten, dass sie Linke und Ausländer hassten wie er. Sie hatten dabei sehr glaubhaft auf ihn gewirkt.

Zugleich surrten die Aktenvernichter in den Verfassungsschutzämtern von Dresden, Hannover und Magdeburg, München und Düsseldorf. Auch einige Polizeidienststellen löschten fleißig. In Thüringen verschwanden Ermittlungsakten zum sogenannten Heimatschutz, in Berlin gingen Berichte von V-Leuten verloren, und beim Bundeskriminalamt in Wiesbaden lösten sich die jüngsten Telefondaten von Liese Schittko in Wohlgefallen auf.

Ronny erinnerte sich an Lieses bange Frage am Handy: *Wann sehen wir uns wieder?*

Er trank den Becher mit einem Zug leer. Das Gemisch brannte im Magen. Er drehte die Pressekonferenz lauter, um die Stimmen in seinem Kopf zu übertönen.

«Es muss alles ans Licht», forderte die Ministerpräsidentin und blickte entschlossen. «Die Aufklärung wird noch weitere Helfer und Helfershelfer überführen. Es ist noch nicht zu Ende!»

Von wegen, dachte Ronny. Er kannte die Sprachregelung seiner Behörde für den Notfall. Sollte die Vernichtungsaktion bekannt werden, würde man behaupten, dass die Akten schon vor langer Zeit ausgesondert worden waren. Löschfristen befolgt, dem Datenschutz genüge getan. Außerdem hätte es sich um bedeutungsloses Material gehandelt, das keinesfalls mit dem NSU zu tun hatte.

Sollte auch diese Lüge durchschaut werden, würde man sich auf ein Versehen hinausreden, auf eine Kette bedauerlicher Missgeschicke – der Verfassungsschutz als Verein von Pech und Pannen.

Alte Agentenweisheit: Der beste Geheimdienst ist derjenige, den man unterschätzt.

Im schlimmsten Fall würde es personelle Konsequenzen

geben, Bauernopfer. Ernsthafte Folgen waren ausgeschlossen, denn schließlich diente die *Aktion Konfetti* dem Quellenschutz. Ein Argument, das in den höheren politischen Kreisen immer zog. Informationen gewinnst du nur, wenn du deinem Spitzel auch in schlechten Zeiten Treue garantierst. Nur so ist konspirative Arbeit möglich.

Was sind dagegen schon einige Morde – noch so ein Agentenspruch.

Wenn Ronny zurückblickte, gab es keine Krise, aus der die Geheimdienste nicht noch mächtiger hervorgegangen wären. Im Namen der Sicherheit wurden Pannen belohnt, der Apparat wuchs weiter. Das Lieblingsspielzeug der Regierungen. Ihr Machtvehikel, gegen wen auch immer.

Ronny verknotete den nächsten Sack. Staub tanzte im Sonnenlicht, das durch die Lamellen der Jalousie fiel. Es roch nach altem Papier.

Er schenkte seinen Becher noch einmal voll.

Die Tür ging auf.

Bastian Schwenk kam herein. Blendend gelaunt schlug er Ronny auf die Schulter. «Und, wie ist es, mein Guter?»

«Rate mal.»

«Mach nicht so 'n Gesicht! Wir sind davongekommen. Wir werden immer davonkommen!»

«Und wofür soll es gut sein?»

Bastian nahm Ronnys Bürobecher, schnupperte und trank.

Die Ministerpräsidentin blickte in die Kamera und trug die letzten Zeilen ihres Textes vor. «Ich verspreche eine schonungslose und uneingeschränkte Aufklärung!»

«Macht sie das nicht großartig?», fragte Bastian.

«Als würde sie selbst daran glauben», sagte Ronny.

«Zwei Jahre Amtszeit hat sie noch, das müsste reichen.»

«Wofür?»

«Saubermachen und neu anfangen.»

«Was willst du damit andeuten?»

Bastian hob die Tasse. «Verrätst du mir das Rezept von diesem geilen Gesöff?»

2015 – DÜSSELDORF

60

▼

Samstag, 5. Dezember

Der Himmel war nach einer durchregneten Nacht überraschend klar und hell, nur ein paar rosafarbene, fedrige Wolken standen über der Stelle, an der gerade die Sonne aufging. Gestern hatte Hektor auf richtigen Auslauf verzichten müssen. Umso größeren Spaß wollte Karoline Henke ihrem Labrador an diesem Morgen gönnen. Hier, am Baggersee südlich von Neuss, konnte sie ihn von der Leine lassen, ohne dass ein Typ vom Ordnungsamt ihr eine teure Verwarnung aufbrummte. Hektor durfte sich austoben.

Und ihr tat der Spaziergang ebenfalls gut. Die Beine vertreten, die Lungen turnen lassen, wie ihr Opa es immer genannt hatte, und die Gedanken durchlüften, was dringend nötig war. Bei *Haneke-Mediaconsult* standen Änderungen bevor, sie musste Entscheidungen treffen. Was bringt es mir, wenn ich dem Angebot meines Chefs folge, mit ihm in die Zentrale nach München zu wechseln? In erster Linie Stress, überlegte Karoline.

Hektor kannte den Weg. Er lief voraus, blieb ab und zu schnüffelnd stehen, jagte weiter und war minutenlang nicht zu sehen. Nur ein Rascheln verriet ihn, manchmal hörte sie sein Hecheln.

An diesem See wurde schon lange kein Kies mehr gefördert, die Bagger waren abgezogen. Die Natur hatte die Ufer erobert, ein kleines Paradies zwischen Industriegebiet und Autobahn, die viel leiser herüberbrummte, als man vermuten sollte.

Karoline erreichte den Strand, an dem sie sich im Sommer nach Feierabend manchmal sonnte. Am Wasser saß Hektor, wandte sich nach ihr um und wedelte mit dem Schwanz. Doch heute warf sie keinen Stock in den See.

«Nein», sagte Karoline. «Zu kalt.»

Hektor schlich auf und ab, dann verrichtete er sein Geschäft. Am Ende des Strands verlief der Pfad zwischen Gestrüpp und Böschung weiter, ohne dass man das Wasser sah. Karolines Gummistiefel versanken zentimetertief im Matsch, die Sohlen schmatzten. Sie dachte wieder an die Firma. Wenn ich bleibe und mit dem neuen Chef nicht zurechtkomme, werde ich bereuen, nicht nach München gegangen zu sein. Verdammte Zwickmühle.

Der zweite, kleinere Strand. Hektor hetzte an ihr vorbei, als hätte er nicht gerade erst eine langwierige Entzündung seiner Pfote überstanden. Karoline schritt schneller voran. Dann wurde das Ufer sumpfiger. Karoline beschloss, oberhalb der Böschung weiterzugehen, und stieg den steilen Hang hinauf. Bei jedem Schritt rutschte sie auf dem weichen, sandigen Boden einen halben zurück. Außer Atem überblickte sie schließlich einen Großteil der Wasserfläche. Die Runde war fast geschafft.

Hektor bellte einer Wildgans hinterher, die laut flatternd aufstob. Karoline erfreute sich an seiner Lebenslust. Dem Tier würde ein Umzug nichts ausmachen, überlegte sie. Aber ich müsste mir neue Kontakte aufbauen. Andererseits war es eine Auszeichnung, dass ihr Chef sie gefragt hatte. Und es könnte sich finanziell lohnen. Warum nicht etwas Neues wagen?

Der Weg ging zwischen jungen Birken zur Landstraße zurück, an der sie immer parkte. Plötzlich tat sich vor ihr ein

Krater auf. Auf einer Länge von mehreren Metern war die aufgeweichte Uferböschung abgerutscht und der Weg über Nacht verschwunden.

Hektor sprang hinunter zum Wasser und löste dabei eine kleine Sandlawine aus. Dann kletterte er bis zur halben Höhe zurück, wo er etwas zum Schnüffeln fand.

Karoline tastete sich an der Abbruchstelle vorbei. Als sie den Pfad wieder erreichte, blickte sie zurück. Der Hund war noch immer dort unten. Offenbar hatte er einen alten Schuh ausgegraben.

«Hektor!»

Ihr Begleiter ließ sich nicht beirren.

«Hektor, komm jetzt!»

Karoline hatte die Zeitschaltuhr an der Kaffeemaschine auf halb neun gestellt. Nach dem Frühstück würde sie wie jeden Samstag ihre Mutter besuchen. Von München aus ginge das nicht mehr so häufig, überlegte sie.

Der Hund zerrte weiter an dem Schuh.

«Lass das, verdammt!»

Dann erkannte Karoline, was dem neugierigen Labrador Widerstand leistete. Der Schuh war ein schwarzer, lederner Schnürstiefel, und darin steckte ein Fuß. Ein ganzes Bein, korrigierte sich Karoline. Es war nackt, blass und behaart.

Wie konnte das sein? Lag da ein Mensch in dem groben Sand, der bis gestern die steile Böschung gebildet hatte? Ihr erster Impuls war, hinabzusteigen und den armen Mann zu befreien. Doch ihr war klar, dass es dafür viel zu spät war.

So blass wie dieses Bein sind nur Leichen.

61

Ronny schlug die Augen auf. Es schrillte und hämmerte in seinem Kopf, als hätte man ein Stahlwerk dorthin verlegt. Über ihm schwebte die Kloschüssel – mein Gott, was mache ich auf den Fliesen des Badezimmers?

Er setzte sich langsam auf, trotz aller Vorsicht nahm der Kopfschmerz sogar zu. Etwas roch unangenehm, und Ronny sah an sich herab: Flecken von Kotze auf seiner Brust. Angewidert zog er sich den Pullover vom Leib.

Dann wurde ihm klar, dass der schrille Ton nicht seinem Kater geschuldet war. Das Handy war ihm offenbar aus der Hosentasche gerutscht – es rappelte mit erleuchtetem Display auf den Fliesen zwischen weiteren Spritzern von Erbrochenem und gab den Klingelton von sich.

Ronny griff danach und schaffte es, das grüne Symbol zu drücken. «Ja?»

«Oliver hier. Ich dachte schon, dir wäre etwas zugestoßen, Alter.»

«Was ist los?»

«Na, die Transaktion. Hat Tobias es dir nicht erklärt?»

«Nicht so richtig.»

«Egal. So gegen fünfzehn Uhr kriegst du den nächsten Anruf. Halte dich bereit, verstanden? Ich brauche heute jeden Mann!»

«Fünfzehn Uhr», wiederholte Ronny.

Oliver Bischoff hatte aufgelegt.

Du bist jetzt einer von uns.

Legionär. Leute töten. Als Nächstes womöglich die gegnerische Truppe eines gewissen El-Arabi, falls diese Typen doch nicht kampflos das Feld räumten. Ein Albtraum.

Ronny trat an das Waschbecken und warf drei Aspirin in ein Glas mit Wasser. Er stellte fest, dass er immer noch Doppelbilder sah. Während sich die Tabletten sprudelnd auflösten, suchte er das sichere Telefon und drückte Bastians Nummer in die Tasten.

«Schwenk.»

«Ronny hier. Morgen, Bastian.»

«Du hörst dich schrecklich an. Hast du Stacheldraht geschluckt?»

«Ich mach nicht mehr weiter. Nie wieder verdeckter Ermittler!»

«Jetzt, wo du zum inneren Kreis gehörst?»

Ronny stutzte. Woher wusste er das? Dann fiel ihm ein, dass er Bastian von den Renovierungsarbeiten im *Pronto-Pasta-Pizza* berichtet hatte. Wahrscheinlich meinte er das.

«Was ist los mit dir, mein Guter? Warum rufst du an einem Samstagmorgen an? Dass du aussteigen willst, kann ja wohl nur ein Scherz sein.»

Ronny räusperte sich. Der Geschmack in seinem Mund war wirklich übel. Ich habe einen Mord begangen. Das ist los.

«Es wird eine Transaktion geben», sagte er. «Heute, im Lauf des Nachmittags.»

«Einen Drogendeal?»

«Ja, glaube schon.»

«Wo und wann?»

«Genauere Instruktionen erhalte ich erst am Nachmittag. Und wie ich Oliver kenne, erfahre ich dann nur, wo ich mich einfinden soll, und nicht den Ort, an dem der Deal vonstattengeht.»

«Okay. Macht nichts. Pass auf. Hörst du mir zu?»

«Ja.»

«Lass dein Handy im Standby-Modus. Nicht das sichere, sondern dein Smartphone. Damit kann ich dich orten.»

«Was hast du vor?»

«Na, was wohl? Eine Observation. Mit etwas Glück erfahren

wir sogar, woher das Crystal Meth stammt. Die Quelle, verstehst du? Wir wären endlich am Ziel! Lass es uns zu Ende bringen, danach kannst du tun, was du willst.»

Ronny atmete tief durch. Er dachte an Matze. Oliver Bischoff und seine Legionäre durften nicht ungeschoren davonkommen. «Na gut, das eine Mal noch.»

Nach dem Telefonat trank Ronny das Schmerzmittel, dann legte er sich wieder hin, dieses Mal in sein Bett. Er schloss die Augen. Wieder sah er Matthias, den Afghanistanveteranen. Er konnte ihn hören. Er presste seine Fäuste gegen die Ohren, aber es half nichts.

Mhm! Mhm! Mhm!

62

▼

Den Samstagmorgen hatte sich Vincent anders vorgestellt. Dass ihn seine Behörde abserviert hatte, steckte ihm bleischwer in den Knochen. Und ihm war nicht klar gewesen, dass Nina ihren Vormittag für den Sport reserviert hatte. Das Frühstück, das er zubereitete, rührte sie kaum an. Sie wechselten nur wenige Sätze, dann war sie bereits zu ihrem Power-Yoga-Kurs verschwunden.

Er holte die *Morgenpost* aus dem Briefkasten. In Berlin hatten zwei Betrunkene in der S-Bahn eine ausländische Familie angepöbelt und auf die Kinder uriniert. Brennende Asylbewerberheime in Hagen und bei Magdeburg. Der bayerische Ministerpräsident forderte, neuankommende Flüchtlinge im Niemandsland der Grenze zu internieren.

Und in Düsseldorf war ein Kriminalhauptkommissar von seinem Posten entfernt worden, weil er bei der Demonstration am Wochenbeginn als Schläger aufgetreten sei – die Meldung im Lokalteil übernahm die Wortwahl der Ministerin in weiten Teilen.

Vincent rief seine Mutter an.

«Mir geht's gut», sagte sie.

«Wirklich?»

«Nein, das Graffito an meinem Haus macht mich krank. Aber für deine Kollegen sind das alles keine Faschisten, sondern nur dumme Jungs, stimmt's?»

Er konnte ihr nicht einmal widersprechen.

Nach dem Gespräch holte Vincent seine Hanteln aus dem Schrank und versuchte, damit seinen Frust abzureagieren. Zwanzig Kilo in jeder Faust. Das gesamte Programm für Oberkörper und Arme, bis seine Muskeln nicht mehr gehorchten und sämtliche Sehnen brannten. Er hatte das schon längere Zeit nicht mehr gemacht und stellte fest, dass er völlig außer Form war.

Ausgepumpt stieg er unter die Dusche.

Erneut versuchte er, Monika Vogt in Hannover zu erreichen, doch wie gestern Abend meldete sich niemand unter der Nummer, die Ronnys Onkel ihm gegeben hatte. Vincent fiel der Buchladen in Jena ein, in dem sein Cousin angeblich gearbeitet hatte.

Vincent fuhr seinen Rechner hoch, suchte im Internet und erfuhr, dass *Wolfszeit – Bücher und mehr* schon lange nicht mehr existierte. Doch sein Rechercheeifer war geweckt.

Hier stand, dass das Inhaber-Ehepaar des Ladens zu den führenden Neonazis im Ostdeutschland der neunziger und frühen nuller Jahre gehört hatte. Zweitweise betrieben sie Filialen in Chemnitz und Dresden. Sie publizierten Untergrundzeitschriften wie *Sachsenheil* und *Nationaler Endsieg*.

Was hatte Onkel Wildenroth gesagt? Spirituell und historisch.

Wie man's nimmt, dachte Vincent.

Er klickte weiter und staunte über den Reichtum an Informationen, den Beobachter der rechten Szene zusammentrugen. Er las, dass einer der drei gesuchten Bombenleger, die später als NSU zu schlimmer Berühmtheit gelangten, die Zeitschriften des Ehepaars mit Geld aus Banküberfällen unterstützt hatte. Zudem versorgte er sie mit Artikeln, die er im Untergrundversteck des Trios verfasste. Rassistische Propaganda, Aufrufe zur Bildung weiterer Zellen und zum Mord an Migranten, Gewerkschaftern und linken Politikern. Taten statt Worte, so das Motto.

Hatte Ronny davon gewusst, womöglich sogar mitgemacht?

Und nun bewegte sich der schüchterne Junge von früher im Umkreis einer hiesigen Drogenbande, die möglicherweise mit dem Mord an Melli Franck in Verbindung stand.

Vincent glaubte nicht an Zufälle.

Er tigerte eine Weile durch die Wohnung, räumte auf, setzte die Waschmaschine in Gang. Dann rief er Bruno Wegmann an.

«Was gibt's Neues, Champion?», fragte er. «Ist die Morgenbesprechung schon vorüber?»

«Hier drehen alle am Rad, absolut, es ist schrecklich», antwortete der Exboxer, der vor etlichen Jahren von der Kriminalwache zum KK11 gewechselt war.

Vincent hätte ihn gern zum dritten MK-Leiter gemacht, doch Kriminaloberrat Thann hatte dem nicht zugestimmt. Weshalb Vincent auf die Besetzung des Postens aus Trotz ganz verzichtet hatte.

«Eine Kollegin tut sich dabei besonders hervor», ergänzte Bruno.

«Ich weiß. Thann will mich durch Anna ersetzen.»

«Dein Posten soll so bald wie möglich neu ausgeschrieben werden. Der Giftzwerg hat eigens seinen freien Samstagmorgen geopfert, um uns die frohe Botschaft zu überbringen. Und rate mal, wer die freie MK-Leiter-Stelle kriegen soll: angeblich unser Junior.»

«Tut mir leid für dich.»

«Außerdem will uns der Giftzwerg ein Profiler-Team des Landeskriminalamts zur Seite stellen.»

«Er installiert Anna als Chefin und traut ihr nicht zu, dass sie ohne die Leute von der operativen Fallanalyse zurechtkommt?»

«Angeblich war das Annas Idee. Sie geht jetzt davon aus, dass Franck das Zufallsopfer eines Serienvergewaltigers und Mörders war, der erneut zuschlagen könnte.»

«Will sie die Drogenspur ignorieren? Gogalla und das *Pronto-Pasta-Pizza*?»

«Statt dem weiter nachzugehen, werden wir nun das Wochenende damit verbringen, unsere Liste abzuarbeiten und sämtlichen polizeibekannten Sittenstrolchen auf die Füße zu treten.»

«Na ja, ganz falsch ist das nicht.»

«Denkst du wirklich? Meiner Meinung nach war der Mord geplant, weil die Wirtin jemandem im Weg stand. Außerdem waren die Täter zu zweit. Das spricht nicht gerade für ein typisches Sexualdelikt.»

«Stimmt genau, Champion. Aber andererseits hat der Typ, der die Sterbende vergewaltigt hat, einen gewaltigen Sprung in der Schüssel. Das bestätigt auch die Rechtsmedizinerin. Vielleicht findet ihr unseren Mann tatsächlich unter den Vorbestraften, kann ja sein.»

«Vincent, du bist zu nachsichtig mit Anna. Sie will sich profilieren, indem sie die Ermittlungen beschleunigt. Das läuft auf blinden Aktionismus hinaus. Nach dem Motto: Was nicht in mein Bild passt, fällt unter den Tisch.»

«Dann gehen eben wir dem Drogenaspekt nach.»

«Sagtest du *wir*?»

«Ich hab einen freien Tag, mehr nicht. Von einer Suspendierung hab ich nichts vernommen. Und bis man mich in eine andere Dienststelle umsetzt, wird noch einige Zeit verstreichen. Zumal ich mich dagegen wehren werde.»

«Was hast du vor, Vincent?»

«Einkaufen. Frische Brötchen, Obst und Eier. Vielleicht etwas Ziegenkäse und ein paar Tomaten vom Bauernmarkt. Wenn Nina vom Sport kommt, gibt's ein zweites Frühstück.»

Bruno lachte. «Du weißt genau, was ich meine.»

«Wie wär's, wenn wir in Kontakt bleiben?»

«Gern.»

«Wenn's rauskommt, kriegst du Schwierigkeiten.»

«Scheiß drauf. Für mich bist du der Chef.»

«Dann bitte ich dich vorläufig um eines: Halt mich auf dem Laufenden. Du hast doch meine private E-Mail-Adresse, oder?»

«Klar.»

«Um es mit den Worten des Terminators zu sagen: I'll be back.»

«Im Ring war das mein Motto, wenn ich mal was auf die Fresse bekommen habe.»

«Und genau so sehe ich das auch.»

Vincent begann, eine Einkaufsliste aufzustellen. Dann strich er alles durch, dachte von neuem nach und schrieb zunächst ein einziges Wort auf den Zettel.

Spuren.

DNA, Fasern, Schuh- und Fingerspuren würden erst relevant sein, sobald man einen Verdächtigen und damit Vergleichsmaterial hatte. Doch ein paar Aspekte fand Vincent schon jetzt bemerkenswert.

Erstens:

Karsten Kuhn hatte das Mordopfer gekannt wie kaum ein anderer. Er wusste von der Drogensucht seiner Freundin. Wer war ihre Bezugsquelle gewesen? Laut Kuhn jemand, dem Melli Franck vertraute.

Vincent notierte: *Alte Freundschaften oder Verbindungen.*

Alt hieß in dem Zusammenhang: vor ihrer Beziehung mit Kuhn, also mindestens drei Jahre. Vielleicht auch wesentlich älter.

Zweitens:

Die Aussage von Gogallas Freund hatte Vincent zu der Pizzeria im Stadtteil Wersten geführt. Zu Oliver Bischoff, einem Libanesen namens El-Arabi und zu einem Anwalt, der die Hausbesitzerin vertrat und zugleich Toni Gogalla geholfen oder ihn gar veranlasst hatte, bei der Polizei seine belastenden Angaben gegen Melli Franck zurückzunehmen.

Dr. Johannes Neudecker.

Vincent suchte in seinen Notizen die private Telefonnummer von Karsten Kuhn. Er fand eine Handynummer. Noch besser.

Nach dem dritten Klingeln meldete sich der TV-Moderator. Die Stimme klang, als benutze er die Freisprechanlage eines Autos. Das Ticken eines Blinkers war zu hören.

«Veih, Kripo Düsseldorf, wir waren am Donnerstag …»

«Ich weiß, wer Sie sind, Herr Veih. Sie wollen mich etwas fragen, also schießen Sie los!»

«Drei Namen. Vielleicht fällt Ihnen zu einem davon etwas ein.»

«Probieren wir es.»

«Bischoff, Oliver Bischoff.»

«Nein, nichts.»

«Ayoub El-Arabi.»

«Der Großwesir des Islamischen Staates?»

«Dr. Johannes Neudecker.»

«Tut mir leid. Da klingelt überhaupt nichts.»

«Schade, war ein Versuch.»

«Immerhin tun Sie noch so, als würde sich die Polizei für den Mord an meiner Freundin interessieren.»

«Ihre Bemerkung finde ich nicht lustig.»

«Sie war auch nicht so gemeint, Herr Veih.»

Vincent legte auf. Er befeuchtete den Finger, blätterte weiter in seinen Unterlagen und stieß auf die Nummer von Viktor Krömer. Von allen Angestellten des *Greens* hatte Krömer der Wirtin am nächsten gestanden. Vincent tippte die Ziffern in das Tastenfeld.

Die Wohnungstür ging. Schritte auf dem Flur. Ein Reißverschluss und Geraschel an der Garderobe. Nina rief herüber: «Heute war's mal wieder anstrengend. Wir haben Handstand geübt, danach zwei Saunagänge – ich fühl mich noch ganz schlaff!»

Vincent presste den Hörer ans Ohr. Nur das Freizeichen.

Nina stand in der Tür. Ihr Blick signalisierte, dass sie auf Zärtlichkeiten aus war, zu denen ihr am Morgen die Zeit gefehlt hatte.

«Massierst du mir den Rücken?», fragte sie.

Krömer meldete sich. Vincent gestikulierte abweisend in Ninas Richtung. Schmollend zog sie ab.

«Veih hier, Kripo Düsseldorf. Entschuldigen Sie die Störung am Samstagmorgen, Herr Krömer, es geht um den Mord an Ihrer Chefin. Ich nenne Ihnen drei Namen und wüsste gern, ob Frau Franck zu einem der drei Männer in irgendeiner Beziehung stand.»

«Bitte.»

«Johannes Neudecker, Oliver Bischoff, Ayoub El-Arabi.»

«Wie war der erste noch mal?»

Vincent spürte, wie sein Puls schneller ging. «Neudecker. Dr. Johannes Neudecker. Kein Arzt, sondern ein Anwalt.»

«Nein, nie gehört.»

«Wirklich nicht? Keinen der drei Namen?»

«Ich habe ein gutes Gedächtnis, weil Stammgäste es schätzen, wenn man sie mit ihrem Namen anspricht. Ich kenne einen *Neuenbeck*, aber der heißt nicht Johannes und hat auch keinen Doktortitel.»

«Danke trotzdem.»

Vincent legte auf. Er hörte, wie sich Nina in der Küche einen Espresso zubereitete. Ich sollte zu ihr gehen, dachte er, und sie die Abfuhr von eben vergessen lassen.

Stattdessen wählte er die Nummer von Marie Corinth.

Zwar hatte die Frau keine Ahnung von Melli Francks Drogensucht, und ihre Freundschaft mit der Wirtin war erst vor kurzem intimer geworden. Aber vielleicht wusste Corinth trotzdem etwas über Mellis «alte Verbindungen».

Ich darf keine Möglichkeit auslassen.

Vincent zählte die Töne in der Leitung mit. Eins, zwei …

«Ja?»

«Frau Corinth?»

«Wer will das wissen?»

«Hier spricht Vincent Veih, Kripo Düsseldorf.»

«Ich erinnere mich an Sie. Entschuldigen Sie meine Vorsicht.»

Vincent erklärte sein Anliegen. Dabei hatte er ihr Bild vor Augen: zimtfarbenes Haar, blasse Haut, ein Gesicht, das Willensstärke verriet.

Bischoff – kein Treffer.

El-Arabi – ebenfalls nichts.

«Und drittens haben wir noch einen Herrn Neudecker.»

Ein Moment des Schweigens.

«Frau Corinth, sind Sie noch dran?»

«Ja, Melli hat nie einen Neudecker erwähnt. Aber …»

«Aber was?»

«Wie heißt der Mann mit Vornamen?»

«Johannes Neudecker.»

«Natürlich kenne ich ihn. Er geht bei *Franck Development* ein und aus. Ein Geschäftsfreund meines Chefs.»

«Der Anwalt Dr. Neudecker? Kanzlei in der Bahnstraße?»

«Ganz genau. Er vertritt einige unserer wichtigsten Investoren. Und berät Thorsten in zahlreichen Vertragsangelegenheiten. Vor allem, wenn es um Steuerfragen geht.»

«Kann es sein, dass er auch Frau Franck schon länger kannte?»

«Das weiß ich nicht. Warum fragen Sie das?»

Vincent antwortete, dass er über Ermittlungsdetails nicht sprechen dürfe, bedankte sich und legte auf.

Seine Freundin stand wieder in der Tür. Sie hob ihr Sweatshirt an und ließ Haut aufblitzen.

«Ist das der Rücken, den ich massieren soll?», fragte er.

Nina lachte und hob das Sweatshirt noch etwas weiter.

Vincent sprang auf. Nina kreischte, floh vor ihm ins Schlafzimmer und warf sich aufs Bett. Als er sie erreichte, drehte sie sich auf den Bauch.

«Zuerst massierst du mich wirklich.»

63

▼

Manchmal hatte Marie Corinth den Eindruck, sie lebte nur für ihre Arbeit. Wie an jedem Werktag war sie mit dem Fahrrad zum Büro gefahren, auch am morgigen Sonntag würde sie wahrscheinlich ein paar Stunden hier verbringen müssen. Ihrem Chef ging es ähnlich, nur benutzte er eines seiner Flugzeuge – er jettete quer durch die Republik von Krisensitzung zu Krisensitzung.

Mit jedem Tag verdüsterten sich die Prognosen für die *Bet-*

terPlace AG. Im Rekordtempo häufte der Kaufhauskonzern neue Schulden an. Nur Johann Holtrop, der unbeirrbare Vorsitzende des *BetterPlace*-Vorstands, glaubte noch, die Insolvenz abwenden zu können, indem er weitere Kreditquellen erschloss.

Thorsten Franck unterstützte Holtrop dabei. Vor drei Jahren hatte er den Mann der Mehrheitsaktionärin Annelie Schuck-Denzer aufgeschwatzt. Schon zu der Zeit kriselte die *BetterPlace AG*, und Johann Holtrop, damaliger Manager des Jahres, galt als einer, der jeden Karren aus dem Dreck ziehen würde.

Umgehend tat Thorsten das, was er immer tat. Er fädelte gemeinsam mit Holtrop einen Immobilienfonds ein, den er *Golden Daffodil* nannte, die goldene Narzisse. Der Verkauf der fünf wichtigsten Warenhäuser an diesen Fonds half *BetterPlace* über die erste Durststrecke hinweg. Und die happigen Mieten, die der Konzern dem Fonds bezahlen musste, ließen bis heute die Investorenherzen höherschlagen. Natürlich hatte sich auch Holtrop selbst an dem Fonds beteiligt.

Jeder Monat, um den die Insolvenz von *BetterPlace* hinausgezögert werden konnte, ließ die Narzisse länger blühen. Ein guter Grund, der Welt weiszumachen, dass die Pleite abwendbar sei.

Der andere Grund war Thorstens neues Projekt *Golden Rose*, das noch nicht ganz unter Dach und Fach war. Wieder ein Kauf-Miet-Geschäft, diesmal ging es um das Stammhaus der Salomon-Bank. Ein Niedergang des Kaufhauskonzerns würde das Geldinstitut in seiner Existenz gefährden – und damit auch den Erfolg der goldenen Rose.

Zwei Fonds, ein Interesse. Dass ein verzögerter Zusammenbruch von *BetterPlace* auch Kapital vernichten würde, stand auf einem anderen Blatt. Es war das Geld der anderen, der Salomons und Schuck-Denzers, die nicht ahnten, was ihre

Manager wie Holtrop und Graf Kock zusammen mit Thorsten ausheckten.

Am Ende werden Zehntausende von Verkäuferinnen und Hunderte von Bankangestellten ihren Job verlieren, dachte Marie. Und ich helfe dabei.

Sie nahm sich vor, ein Monatsgehalt für einen guten Zweck zu spenden.

Ihr Computer gab einen Ton von sich. Eine E-Mail hatte sie erreicht. Absender: Dr. Johannes Neudecker. Der Anwalt formulierte für Thorsten die Verträge rund um *Golden Rose*. Gerade hatte sie noch mit dem Kommissar über Neudecker gesprochen. Beim Lesen der Mail ging Marie die Frage Vincent Veihs nicht aus dem Kopf.

Kann es sein, dass er Frau Franck schon länger kannte?

Konnte es sein, dass Neudecker etwas mit Mellis Tod zu tun hatte?

Maries Neugier war geweckt. Sie ging kurzerhand hinüber ins Büro ihres Chefs, um dort nach einer Antwort zu suchen. Sie drückte leise die Tür hinter sich zu und blickte sich mit klopfendem Herzen um.

Ich bin allein in der Firma, versuchte sie sich zu beruhigen. Und es ist übliche Praxis, dass ich hier in Thorstens Abwesenheit nach Unterlagen stöbere.

Über der Kommode hingen Aufnahmen von Gebäuden, die verschiedenen Fonds von *Franck Development* gehörten. Allesamt sehr stilvoll in Schwarzweiß abgelichtet: stattliche Altbauten, moderne Glastürme, darunter Meisterwerke namhafter Architekten. Einige von ihnen galten als Wahrzeichen der Städte, in denen sie errichtet worden waren. Thorsten ist zu Recht stolz auf das Imperium, das er verwaltet, fand Marie.

Sie öffnete den Aktenschrank. Ganz unten lagerten Unterlagen zu Geschäften, mit denen sie nichts zu tun hatte. Thorsten besaß Businessjets, die er vercharterte, und eine Securityfirma mit Sitz in Berlin, die auf Personenschutz für Manager spezialisiert war. An weiteren Unternehmen hielt er Anteile: an einer Baufirma, einer chemischen Fabrik, an Gastronomiebetrieben. Marie überflog Massen an Papierkram – nichts darin über Neudecker.

In den Fächern darüber standen die Ordner zu den diversen Immobilienfonds. Mit den meisten von ihnen war Marie vertraut. Den ersten in der Reihe nahm sie heraus. Er war lange vor ihrer Zeit angelegt worden. Sie las die Beschriftung und stutzte.

Matala.

Sie glaubte sich zu erinnern, dass Melli den Namen erwähnt hatte – als den eines Orts, an dem sie einmal gelebt hatte. Sie schlug den Ordner auf.

Es handelte sich um Prospekte und Verträge zu einem Immobilienfonds aus dem Jahr 2000, dem ältesten Fonds, den *Franck Development* aufgelegt hatte. Marie las die Namen der Anteilseigner. Thorsten selbst war darunter – er musste sich des Geschäftserfolgs sehr sicher gewesen sein. Bei späteren Fonds beschränkte er sich meist auf die Rolle des Verwalters.

Dr. Johannes Neudecker zählte ebenfalls zum Kreis der Investoren. Des Weiteren einige Familien, denen Neudecker als Vermögensverwalter diente – deutscher Geldadel, klingende Namen.

Ein weiterer Geldgeber weckte in ihr alte Erinnerungen – auf ihn hier zu stoßen, erstaunte Marie.

Helmut Pabst.

Ihre erste große Liebe.

Gemeinsam mit Helmut hatte sie den Zaun des Tierversuchslabors durchschnitten, um die armen Beagles zu befreien. Was hatte sie Helmut gehasst, als er sie auf der Flucht vor den Wachleuten im Stich gelassen hatte! Danach hatte er sich fast ein halbes Jahr lang nicht bei ihr gemeldet. Als hätte er sich vor ihr versteckt – aus schlechtem Gewissen.

Marie sagte sich, dass sie Helmut unrecht tat. Er wusste nichts von ihrer Vergewaltigung durch den Chef der Security. Aber sein Abtauchen hatte ihre Gefühle auf den Nullpunkt gekühlt. Als Helmut sie nach Monaten zum ersten Mal wieder anrief, gab sie ihm einen Korb.

Wie kam sein Name auf diese Liste? Woher hatte er die Mittel, um in einen von Thorstens Fonds einzusteigen? Kurz zuvor war Helmut noch ein armer Schlucker gewesen, Jurastudent vor dem ersten Staatsexamen und ständig klamm – immer, wenn sie sich im Café trafen, war klar, dass Marie bezahlen würde, denn nur sie bezog als Auszubildende der Stadtsparkasse ein regelmäßiges Einkommen.

Heute war Helmut ein hohes Tier der Landesregierung, wie Marie aus der Zeitung wusste.

Sie setzte sich an Thorstens Schreibtisch. Wieder kam sie sich vor wie eine Diebin. Ihr Herz schien fast zu zerspringen.

Die oberste Schublade war abgeschlossen. Die anderen zog sie nacheinander auf und stöberte darin. Ihre Finger ertasteten gerahmte Fotos. Sie holte sie hervor.

Thorsten und Melli als Brautpaar – Marie erinnerte sich, dass sie die Aufnahme kannte. In ihren ersten Wochen bei *Franck Development* hatte sie noch auf Thorstens Schreibtisch gestanden.

Anfang der Neunziger musste das Bild gemacht worden sein. Melli war gerade erst zwanzig. Im schicken schwarzen Kostüm wirkte sie bezaubernd. Kunstvoll frisiert, einen Brautstrauß aus weißen Rosen in der Hand. Sie strahlte.

Der Anblick gab Marie einen Stich.

Warum musstest du sterben?

Thorsten stand neben ihr und sah ebenfalls blendend gut aus. Das selbstsichere Lachen hatte er schon damals drauf, stellte Marie fest. Der Sohn eines Bauunternehmers und die hoffnungsvolle Nachwuchspianistin – Marie stellte sich den Pomp vor, mit dem die beiden ihre Hochzeit gefeiert hatten.

Das zweite Bild war einige Jahre später entstanden und zeigte vier Männer an einem Strand. Thorsten stand in der Mitte und legte die Arme um die Schultern der anderen, ganz das Alphatier. Die Kerle trugen T-Shirts und Shorts. Es herrschte Abendstimmung: lange Schatten, eine rötlich angestrahlte Klippe im Hintergrund. Im Fels gähnten Löcher, von der Sonne unerreicht. Marie strich mit dem Daumen über den Lockenschopf links außen.

Helmut.

Hier also hast du dich nach der Sache mit dem Tierversuchslabor versteckt. Ihr Daumen folgte der Kontur seines schlanken, noch jugendlichen Körpers. Sie fragte sich für einen Moment, was vielleicht hätte werden können.

Vergiss es, Marie.

Der Mann auf der rechten Seite trug einen Schnurrbart. Er blickte ernst in die Kamera und war mindestens zehn Jahre älter als die anderen.

Neudecker.

Den Vierten, der am breitesten lachte, hatte Marie noch nie gesehen.

Sie legte die Aufnahmen wieder an ihren Platz und schloss die Schubladen. Für einen Moment war sie versucht, Thorstens Rechner hochzufahren, um auch darin zu spionieren. Doch wahrscheinlich waren die Dateien durch ein Passwort gesichert. Und selbst wenn nicht – eine solche Grenzüberschreitung erschien Marie dann doch ungehörig.

Zurück in ihr Büro. Marie nahm an ihrem Computer Platz und gab «Matala» in die Suchmaschine ein. Sie erfuhr, dass es sich um einen Ferienort im Süden Kretas handelte. Vor Jahrzehnten eine Hochburg der Hippies aus aller Welt, die dort in antiken Wohn- und Grabhöhlen gehaust hatten. Der Sage nach war Zeus am Strand von Matala in Gestalt eines Stiers aus dem Meer gestiegen. Mit ihm Europa, eine phönizische Prinzessin, die er entführt hatte.

Kreta, na klar – Marie erinnerte sich jetzt daran, was Melli ihr erzählt hatte. Vor sechzehn Jahren hatten sie und Thorsten dort einen ganzen Sommer verbracht. Er versuchte sich an einem Bauprojekt, und Melli hoffte, über den Unfall hinwegzukommen, der ihre Karriere als Pianistin beendet hatte – mehrmals musste sie in jenen Wochen den Aufenthalt unterbrechen und zu OP-Terminen nach Düsseldorf fliegen, letztlich ohne befriedigendes Ergebnis.

Was aus dem Hotel geworden war, das Thorsten in dem Dorf errichten wollte, wusste Marie nicht. Aber sie war sich sicher, dass Melli ebenfalls Fotos aus jener Zeit aufbewahrt hatte. Sie war der Typ gewesen, der nur ungern etwas wegwarf.

Marie fand das Kärtchen, das der Kommissar ihr gegeben hatte, und wählte die aufgedruckte Mobilfunknummer. Sie wunderte sich, wie aufgeregt sie schon wieder war.

«Veih.»

«Marie Corinth. Eine Frage.»

«Ja?»

«Was hat Herr Neudecker mit Mellis Tod zu tun?»

«Wie gesagt, über die Ermittlungen kann ich nicht …»

«Ich habe noch einmal nachgedacht. Es ist sogar sehr wahrscheinlich, dass Melli und Neudecker sich kannten.»

64

▼

Vincent traf sich mit Fabri, der die Schlüssel hatte, vor dem Haus. Sie stiegen über eine knarrende Holztreppe zur Wohnung hinauf. Quer über dem Schloss und dem Türrahmen klebte die amtliche Siegelmarke mit dem Wappen Nordrhein-Westfalens und der gesetzlichen Belehrung, dass sich strafbar mache, wer das Siegel ablöse. Dazu der rote Aufkleber des KK11 mit Datum und nochmaliger Mahnung.

«Ich muss dich warnen», sagte Vincent. «Du wirst dich nicht beliebt machen, indem du mich hier reinlässt.»

«Bist du suspendiert?»

«Noch nicht.»

«Na also.»

Fabri löste die beiden Siegel ab und schloss die Tür auf. Dann gab er Vincent ein Paar Latexhandschuhe. Sie betraten die Wohnung.

Dass das *Greens* zuletzt nicht gut gelaufen war, wusste Vincent. Trotzdem hatte er sich Melli Francks Zuhause luxuriöser vorgestellt. Es bestand aus einer schlicht eingerichteten Wohnküche, einem Bad ohne Fenster, einem unordentlich vollgestopften Schlafzimmer und einem Raum voller Regale, der kaum größer als eine Abstellkammer war. Hier stand auch ein Schreibtisch. Das meiste an Möbeln stammte von Ikea.

«Tagebücher haben wir übrigens nicht gefunden», sagte Fabri.

«Alte Fotos?»

Er deutete auf die Regale. «Viel zu viele.»

Es klingelte. Marie Corinth stand am Hauseingang. Vincent bat sie über die Gegensprechanlage herauf. Auch ihr verpasste der Chef der Tatortgruppe ein Paar Handschuhe.

Zu dritt knöpften sie sich das kleine Arbeitszimmer vor und

traten sich gegenseitig auf die Füße. Irgendwann gab Corinth auf und suchte nebenan weiter. Vincent vertraute ihr und ließ sie machen.

Es gab Fotoalben aus fünf Jahrzehnten, beginnend mit der Hochzeit von Melli Francks Eltern. Kartons mit unsortierten Bildern. Kladden, in die das spätere Mordopfer Tickets eingeklebt hatte, Eintrittskarten, Polaroids. Und seitenweise Reiseeindrücke notiert.

«Sagtest du nicht, ihr hättet keine Tagebücher gefunden?», fragte Vincent.

Fabri verzog das Gesicht. «Das Zeug ist aus den Neunzigern.»

«Hier sind noch mehr Fotos!», rief Corinth aus dem Schlafzimmer.

«Den Mörder findest du darauf nicht», kommentierte Fabri leise.

Vincent ging hinüber. Den Raum dominierte ein Doppelbett. Eine rosafarbene Decke aus glänzendem Satin lag über das Bettzeug gebreitet. Vincent warf einen Seitenblick auf Marie Corinth. Ihr Gesicht lief rot an, als könne sie Gedanken lesen.

Er stellte sich die Frau mit dem zimtfarbenen Haar in diesem Bett vor, zusammen mit der Wirtin des *Greens* – der Gedanke irritierte ihn sehr.

Marie half den beiden Polizisten, sämtliche Alben, losen Bilder und Reisenotizen in die Wohnküche zu tragen. Sie breiteten alles auf dem Esstisch aus und versuchten, das Material in eine chronologische Reihenfolge zu bringen.

Immer wieder stießen sie auf Matala.

Melli und Thorsten – meist hatten sie sich gegenseitig vor der Küstenlandschaft fotografiert. Ab und zu Gruppenbilder. Junge Leute, Sommer, Strand und Felsen, ausgelassene Stimmung. Unverkennbar eine Clique. Marie machte Vincent Veih auf ein Bild aufmerksam, das dem ähnelte, das sie in Thorstens Schreibtisch entdeckt hatte.

Sie deutete auf den älteren Typen mit Schnauzer und Käppi. «Das ist er. Johannes Neudecker, der Anwalt, nach dem Sie gefragt haben.» Sie tippte auf ihren Chef. «Thorsten Franck, damals noch mit Melli verheiratet.»

«Der Lockenschopf ganz links kommt mir bekannt vor», sagte Vincent Veih.

Marie hatte schon wieder einen Kloß im Hals. «Helmut Pabst», antwortete sie.

«*Der* Pabst?»

«Ja, der Chef der nordrhein-westfälischen Staatskanzlei, wenn Sie den meinen. Aber damals, vor mehr als sechzehn Jahren, war er noch ein unbeschriebenes Blatt.»

Helmut galt heute als rechte Hand der Ministerpräsidentin. Und mit Mitte vierzig als jung genug, um weitere Karriere zu machen.

«Sie kennen ihn näher?», fragte Veih.

«Wir kannten uns mal, bevor er in die Politik ging.» Marie war es unangenehm, darüber zu reden. Etwas an dem Kommissar verunsicherte sie.

Verstohlen musterte sie ihn. Ein ehrliches Gesicht. Dieser Mann wäre nicht abgehauen, dachte sie. Aber er wäre auch gar nicht erst mit ihr in ein Beagle-KZ eingebrochen. Oder doch?

Während Corinth von einem Immobilienprojekt erzählte, das Thorsten Franck gemeinsam mit Pabst und Neudecker gegründet hatte, sah sich Vincent den vierten Typen genauer an. Er trug nichts als Badeshorts, und seine Haut hatte offenbar zu viel Sonne abbekommen. Das rote Gesicht umrahmte ein lückenhafter Vollbart. Er schien der Jüngste auf dem Foto zu sein, vielleicht Anfang zwanzig.

«Eine ganz ähnliche Aufnahme bewahrt mein Chef in seinem Büro auf», bemerkte Corinth.

«Geschäftspartner, die sich im Urlaub kennengelernt haben?»

«Scheint so», antwortete Corinth.

«Und die gemeinsam groß geworden sind.»

«Das nennt man eine Seilschaft», warf Fabri ein.

«Wo wurde das Bild aufgenommen?»

«Matala», sagte Corinth. «Das ist auf Kreta. Und Matala hat Thorsten auch seinen ersten Fonds genannt.»

Fabri blätterte in einem der Reisetagebücher und las vor: «10. Juli 1999. Auch die dritte OP hat mir keine Besserung gebracht. Alles Mist. Meine Finger können gerade noch das Weinglas halten. Wir machen schwer auf Hippie. Frederick ist mein Reiseführer in verborgene Innenwelten. Nur Thorsten behält einen klaren Kopf. Sogar hier denkt er ans Geldverdienen.» Er runzelte die Stirn. «Reiseführer in verborgene Innenwelten – wie muss ich mir denn das vorstellen?»

Vincent wandte sich an Corinth. «Ist das dieser Frederick? Könnte er der vierte Mann sein, der lachende Junge?»

«Keine Ahnung, tut mir leid.»

Vincent fand ein weiteres Foto, das den Jungen mit dem Fusselbart zeigte. Bierflasche in der einen Hand, Zigarette in der anderen. Sie wirkte selbstgedreht. Oder wie ein Joint.

Johannes Neudecker war noch ein paarmal zu sehen. Auf einem Abzug machte der Anwalt sogar ein halbwegs fröhliches Gesicht. Er saß am Tisch eines Strandrestaurants und stieß mit Melli Franck an.

Alte Freundschaften und Verbindungen, dachte Vincent.

Er bat Fabri, das Material ins Präsidium zu schaffen.

London Calling. Auf dem Display Brunos Nummer.

«Champion, was gibt's?»

«Wir haben eine neue Leichensache, Chef. Kennst du den

Baggersee auf der anderen Rheinseite beim Autobahndreieck Neuss-Süd? Jemand hat dort einen Toten verscharrt. Ich dachte mir, du solltest wissen, was abgeht, auch wenn es nichts mit unserer toten Wirtin zu tun hat.»

«Wer von uns ist vor Ort?»

«Deine Möchtegernnachfolgerin, gemeinsam mit Dominik und Hamid. Unser Marokkaner ist übrigens auf unserer Seite.»

«Freut mich.»

«Hamid sagt, er wüsste, dass dir übel mitgespielt wird.»

«Was soll das heißen?»

«Keine Ahnung. Frag ihn selbst.»

Vincent steckte das Handy ein. Er wandte sich an Fabri. «Es hat einen Leichenfund gegeben. Wie kommt es, dass Anna dich nicht zum Tatort bestellt?»

«Das ist eine längere Geschichte.»

«Und die Kurzfassung?»

«Zwischen Mann und Frau geschehen bisweilen die seltsamsten Dinge.»

Vincent lachte und verabschiedete sich von dem Kriminaltechniker. Fast hätte er Marie Corinth vergessen. Als Vincent auch ihr die Hand gab, schien es ihm, als schieße ihr erneut das Blut in die durchscheinende Haut ihrer Wangen.

65

▼

Die Stelle war nicht zu verpassen. Neben der Landstraße parkten auf einem Grasstreifen mehrere blau-weiß lackierte Polizeifahrzeuge aus Neuss sowie zwei Zivilwagen und ein Transporter der Düsseldorfer Behörde. Vincent stellte sein Auto dahinter ab und suchte den Weg. Er sah den See schimmern und ging darauf zu.

Er fluchte, weil seine Schuhe im Morast versanken und schon nach wenigen Schritten hoffnungslos verdreckt waren. Gummistiefel wären nicht schlecht gewesen, dachte er. Womöglich hatte er sogar ein Paar im Kofferraum, aber jetzt war es zu spät.

Keine dreißig Meter von der Straße entfernt erreichte er rot-weißes Absperrband. Weiter hinten war ein Stück der Böschung als Lawine ins Wasser abgerutscht. Die Kriminaltechniker bewegten sich vorsichtig auf der abschüssigen Halde, doch sie konnten nicht verhindern, dass der aufgeweichte Sand unter ihren Schritten immer weiter zum See hin absackte.

Die Leiche war bereits nach oben gebracht worden. Sie lag auf dem Rücken, wie sie im Sand gefunden worden war. Männlich, zwischen zwanzig und dreißig Jahre alt, schätzte Vincent. Bis auf die schwarzen Lederstiefel an den Füßen war der Tote nackt. Die roten Stellen am ganzen Körper waren Blutergüsse, die ihm zu Lebzeiten zugefügt worden waren. Geplatzte Haut an manchen Stellen. Eine Hand war besonders stark verletzt – bei näherem Hinsehen erkannte Vincent, dass die Fingernägel fehlten. Auch das Gesicht sah übel aus. Vincent erschauerte bei dem Gedanken an das Leid, das der junge Mann offenbar erlitten hatte.

Auf der Stirn befand sich ein kleines, schwarzes Einschussloch.

Vincent nahm Rufe war, Unruhe am Tatort. Ein Techniker filmte, die anderen zogen Kleidung aus dem Untergrund – offenbar hatte man sie mit dem Toten vergraben: ein Hemd, eine Hose im Camouflage-Muster, Unterwäsche.

Als eine Kollegin auch ein schwarzes Käppi barg, das mit weißen Farbspritzern übersät war, wusste Vincent, dass er dem jungen Mann zu seinen Lebzeiten begegnet war. Gestern erst. Ihm fiel der Anruf ein, dem er womöglich eine zu geringe Bedeutung beigemessen hatte.

Es wird einen Anschlag geben. Dennis Molitor. Der Mann ist gefährlich.

Vincent rief Bruno an und bat ihn zu recherchieren, was es in den Dateien zu diesem Namen gab. Das hätte ich sofort veranlassen sollen, überlegte er.

Anna eilte auf ihn zu. «Was willst *du* hier, Vincent?»

«Mir ein Bild machen.»

«Ich dachte, du arbeitest nicht mehr im KK11.»

«Wart's ab.»

«Was soll das heißen?»

«Dass mich die Behördenleitung nicht einfach abservieren kann. Ich kenne meine Rechte. Kampflos werde ich das Feld nicht räumen.»

«Wenn du auf Konfrontationskurs gehst, machst du es dir nur noch schwerer. Du wirst den Kürzeren ziehen.»

«Das hättest du wohl gern.»

«Ich mein's gut.»

«Ist klar, Anna.»

Er stieg über das Absperrband, zückte sein Handy und fotografierte das Gesicht des Toten. «Wisst ihr schon, um wen es sich handelt?»

Die Kollegin verneinte.

«Ich habe den jungen Mann gestern beim *Pronto-Pasta-Pizza* gesehen. Das ist der Laden, aus dem Melli Franck vermutlich ihre Drogen bezog. Damit haben wir eine Verbindung zum Mord im *Greens*.»

Annas Augen funkelten. «So, du hast ihn gesehen? Herzlichen Dank für die zeitnahe Information!»

Noch mehr Aufregung ein paar Meter unterhalb. Vielleicht die Tatwaffe, vermutete Vincent. Doch dann bemerkte er, dass eine Hand aus dem sandigen Untergrund ragte.

Eine zweite Leiche.

Anna stöhnte auf.

Hamid Belhanda kam in Begleitung eines weiteren Kriminaltechnikers aus der anderen Richtung herbei. Sie trugen Schutzkleidung und hatten offenbar die Umgebung nach Spuren abgesucht.

«Hallo, Hamid», sagte Vincent.

Der Kollege vermied den Blickkontakt mit ihm.

«Und?», fragte Anna.

«Nur die Abdrücke von Hundepfoten und Stiefeln, vermutlich von der Finderin.»

«Also kamen die Täter von der Landstraße her.»

«Aber dort sind die Spuren unbrauchbar. Zu aufgeweicht und ausgewaschen.»

Anna nickte.

Noch immer tat Hamid, als sei Vincent Luft.

Unterdessen war der zweite Körper komplett freigelegt worden. Ebenfalls eine männliche Leiche, allerdings vollständig bekleidet. Vincent ging näher ran und fotografierte das Gesicht.

Ebenfalls keine dreißig, schätzte er. Die Seiten des mit Sand verklebten Kopfes waren in Hipster-Art kurz geschoren, das Deckhaar lang. Dunkler Vollbart, markante Nase. Die Augen waren hell und auf makabre Art lebendig – die Höhlen waren voller Maden, die durcheinanderwimmelten.

Der Tod verändert das Aussehen eines Menschen. Die Muskulatur erschlafft, Tiere tun sich gütlich. Das Blut senkt sich ab und färbt die unteren Hautpartien dunkel, während der Rest umso blasser erscheint.

Das Gesicht des Bärtigen war frei von Totenflecken – er war ebenfalls auf dem Rücken liegend vergraben worden. Die Kleidung entsprach der Jahreszeit, der Mantel war in der Bauchgegend voller Blut. Vincent schätzte, dass darunter die tödliche Verletzung zu finden war. Und noch mehr Madenzeug und sonstiges Geziefer.

Er schrieb eine SMS an Samy Bräutigam vom Rauschgift. *Den Typen zu Lebzeiten schon einmal gesehen?* Vincent hängte seine Porträtaufnahme der Leiche an die Nachricht und schickte sie an Samys Handynummer.

Dann schaute er sich nach Hamid um. Der Kollege schien mit den Bestattern zu telefonieren. Als er sein Handy wegsteckte, sprach Vincent ihn an. «Na, Herr *Bella Hand*?»

«Tag, Chef.»

«Was machen deine Freunde bei der Gewerkschaft?»

«Wie bitte?»

«Du sagtest, sie waren am Montag bei der Demo. Du wolltest sie mal ansprechen.»

«Ja, genau.»

«Und?»

«Hat nichts gebracht. Sorry, Chef.»

«Schade, ich dachte, du hättest einen Zeugen. Weil Bruno meinte, du *wüsstest*, dass an den Vorwürfen gegen mich nichts dran ist.»

Hamid senkte den Blick. Dann sah er zu Anna hinüber, die sich gerade mit dem Rechtsmediziner unterhielt. Sie standen in Hörweite.

«Dass ich's wüsste, ist übertrieben», antwortete Hamid leise. «Ich nehm's eben an, wie alle Kollegen in der Dienststelle.»

Dominik Roth kam herbei. Auch er trug Schutzkleidung. Er warf Vincent einen erstaunten Blick zu, sagte aber nichts und gesellte sich zu Anna.

«Wie alle Kollegen», wiederholte Vincent.

Hamid nickte, sah ihn aber nicht an.

«Dann hat Bruno dich also missverstanden?»

Vincents Handy vibrierte kurz. Samy Bräutigam hatte geantwortet.

Sieht nach Toni Gogalla aus.

Vincent tippte: *Wie sicher?*

99 Prozent. Nach einigen Sekunden kam eine weitere Nachricht: *Wie ist es passiert? Brauchst du mich?*

Vielleicht später, vielen Dank.

Vincent rieb sich den Nacken. Noch eine Verbindung zum Fall Melli Franck. Der Aushilfskellner war nicht geflohen, sondern aus dem Weg geräumt worden. Von den gleichen Leuten, die auch den Jungen in den Springerstiefeln auf dem Gewissen hatten – dessen war sich Vincent sicher.

Er klärte Anna über die Identität des zweiten Toten auf und erntete lediglich ein schmallippiges Dankeschön.

Auf dem Rückweg zu seinem Auto glitt Vincent aus und wäre fast im Matsch gelandet. Er schaffte es gerade noch, sich an einer dünnen Birke festzuhalten.

Ein grässlicher Ort, dachte Vincent, und ging hastigen Schrittes auf sein Auto zu.

66

▼

Der Anruf kam mit einstündiger Verspätung und bestellte Ronny für siebzehn Uhr zur Lagerhalle von *Bischoff Food & Catering* im Gewerbegebiet von Düsseldorf-Reisholz. Es wurde gerade dunkel, als er dort mit seinem Fiat Panda eintraf.

Licht im Büro. Ronny klopfte an die Tür. Adrian öffnete ihm.

«Komm rein, Alter, jetzt sind wir vollzählig.»

Ronny zählte sieben Leute, drei davon kannte er noch nicht.

Oliver begrüßte ihn mit Handschlag. «Wie siehst du denn aus, Alter?»

«Wird das ein Schönheitswettbewerb?»

«Ha, ein Mann mit Humor. Ich hoffe, du bist halbwegs nüchtern.»

Ronny hatte sich an der Tankstelle Pfefferminzbonbons gekauft, um seine Fahne zu überdecken. «Klar», sagte er.

Lucky tastete ihn ab, fand sein Smartphone und legte es zu den Handys der anderen auf den Tisch. Er registrierte Ronnys fragenden Blick und erklärte: «Dient deiner Sicherheit. Handys senden Signale, und die Netzbetreiber speichern das. Wenn es hässlich wird, müssen die Bullen nicht wissen, dass du in der Nähe warst. Wir kommunizieren ausschließlich mit Walkies.»

So viel zum Thema Observation durch Bastian und das LKA, dachte Ronny.

Oliver drückte ihm eine Waffe in die Hand. Sie sah aus wie der Revolver, mit dem Ronny den ehemaligen Soldaten erschossen hatte. Am liebsten hätte er sie dem Juniorchef über den Schädel gezogen.

«Gibt's auch ein Holster?», fragte er.

«Hört, hört», sagte Lucky. «Der Neue wünscht sich ein Täschchen für die Wumme. Womöglich aus Echsenleder und mit Swarovski-Steinen besetzt?»

«Steck sie dir in den Hosenbund», empfahl Oliver. «Tun wir alle. Über die Anschaffung von Holstern denke ich nach, wenn die Transaktion gut ausgeht.»

Sie verteilten sich auf zwei Transporter. Ronny wurde den Brüdern zugeteilt. Adrian trug die gleichen quietschenden Adidas-Treter wie immer, der linke klang anders als der rechte. Ronny stieg nach hinten in den Laderaum, gemeinsam mit Tobias, der ihm gestern beim Putzen des Kellerraums geholfen hatte. Die Waffe drückte unangenehm gegen seine Hüfte. Ronny hoffte, dass sich kein Schuss löste, falls der Wagen durch ein Schlagloch rumpelte.

Er hatte keine Ahnung, wohin es ging. Das eintönige Schaukeln machte ihn schläfrig. Er hatte sich zwar mit Kaffee gedopt, extrastark und eine ganze Kanne voll, aber gegen den Restalkohol kam das kaum an.

Ronny bekam mit, dass sie mindestens zweimal die Route änderten. Adrian fuhr, Lucky kommunizierte per Funkgerät mit dem anderen Fahrzeug. Offensichtlich gestaltete sich die Absprache mit der Gegenseite kompliziert. Die Stimmung war spürbar gereizt.

Endlich hielten sie an. Ronny stieg aus und streckte seine Gliedmaßen. Sie standen auf einem kleinen Parkplatz am Rand einer Autobahn. Hinter einem dicht bewachsenen Grünstreifen rauschte der Verkehr vorbei, ein endloser Strom auf mehreren Spuren.

Außer den beiden Ford Transit parkte im Moment niemand hier.

«Hoffentlich ist das der richtige Ort», murrte Lucky.

«Sieht anders aus als beim letzten Mal, oder?», fragte Adrian.

«Alles ist anders.»

Oliver winkte seine Leute zu sich. Er trug drei gutgefüllte Tüten in der Hand und blickte auf die Uhr.

«Die Ware müsste in wenigen Minuten eintreffen», erklärte Oliver. «Adrian und ich steigen zu unserem Lieferanten ins Auto. Ihr passt auf, dass uns niemand stört. Lucky und Ronny, ihr beiden postiert euch in eurem Transit weiter vorn. Sollte der Deal aus irgendeinem Grund platzen, will ich das Geld zurückhaben. Das heißt, ihr nehmt erst die Reifen des Lieferanten unter Beschuss, dann die Leute im Auto. Verfolgt sie, wenn es sein muss, und macht sie kalt.»

«Ist klar», antwortete Lucky.

Ronny folgte ihm zurück zum Transporter. Sie fuhren ein Stück und hielten in der Kurve, die weiter vorn auf die Autobahn führte.

«Ich fahre und du schießt», sagte Lucky. «Hast ja gezeigt, dass du's draufhast.»

Im Außenspiegel konnte Ronny beobachten, wie sich ein

dunkles Auto der Gruppe um Oliver näherte. Groß und bullig – ein Geländewagen. Die Scheinwerfer blendeten Ronny.

«Woran merken wir, ob etwas schiefläuft oder nicht?», fragte er.

«Lichtzeichen», erwiderte Lucky ohne weitere Erläuterung.

Ronny konnte nur raten, was passierte. Im Inneren des Geländewagens ging die Beleuchtung an. Oliver und Adrian stiegen zu. Zumindest sah es danach aus.

67

▼

Am frühen Abend hielt es Vincent nicht länger zu Hause aus. Er wollte wissen, was mit Hamid los war. Er nahm sein Auto und fuhr nach Norden.

Kennedydamm, Danziger, dann ein Stück auf der neuen Schnellstraße, die am Flughafen vorbei in Richtung Duisburg führte.

Das Handy. Bruno.

«Sorry, Chef, dass es etwas gedauert hat. Dafür habe ich einiges über diesen Molitor in Erfahrung gebracht. Verurteilungen wegen Körperverletzung und Volksverhetzung. Gesessen hat er allerdings nie. Er arbeitet in einer Gaststätte in Eller, und jetzt kommt's. Du hast gestern einen Bischoff erwähnt, den du bei der Pizzeria in Wersten gesehen hast.»

«Richtig.»

«Er ist auch der Arbeitgeber von Molitor.»

Noch eine Verbindung, dachte Vincent. Allerdings ging es in dem Anruf des Jungen um einen ominösen Anschlag, nicht um Drogen oder Melli Franck.

Ausfahrt Angermund.

Vincent hielt in einem Neubauviertel. Noch nicht alle Reihenhäuser waren fertiggestellt. Hamid hat sich ein ruhiges Fleckchen ausgesucht, dachte Vincent. Viel Grün in nächster Nähe. Das Gegenteil eines sozialen Brennpunkts.

Er fand die Hausnummer. Kein Zaun um den Vorgarten, der aus einem Stück Rasen bestand. Buchsbaum längs des kurzen Plattenwegs. Eine Designer-Außenleuchte an der Hauswand. Auf dem metallenen Klingelschild nur der Nachname: *Belhanda*. Vincent drückte den Messingknopf.

So also wohnt mein marokkanischer Kollege, dachte er und korrigierte sich sofort. Hamid ist Deutscher. Trinkt Altbier, wovon ich schon einmal Zeuge wurde, drückt an Wochenenden der Fortuna die Daumen und würde vermutlich das Rheinland als seine Heimat bezeichnen, wenn man ihn danach fragte. Deutscher mit marokkanischem Migrationshintergrund – was auch immer das bedeutete.

Der Kollege öffnete. Er starrte Vincent an, dann senkte er den Blick und brachte kein Wort heraus.

«Stör ich?», fragte Vincent.

«Komm rein, Chef.»

Im Flur nahm Hamid ihm die Jacke ab und hängte sie an die Garderobe. In der Ecke lehnte ein elegantes Teil, das nach High-Tech aussah. Vincent erinnerte sich, dass er als Kind mit Pfeil und Bogen über die Rheinwiesen von Uedesheim gelaufen war und Indianer gespielt hatte. Aber das hier war kein Spielzeug, sondern ein teures Sportgerät samt Zielvorrichtung und Stabilisatoren.

«Betreibst du das ernsthaft?», fragte Vincent.

«Wenn ich dazu komme. Entschuldige bitte die Unordnung.» Hamid führte Vincent ins Wohnzimmer. Der Fernseher lief, die Sportschau. «Was trinkst du?»

«Nichts, danke.»

«Setz dich, ich bin gleich bei dir.»

Vincent blickte sich um. Glasfront zur Terrasse, die von

einer Hecke umrahmt war. Draußen setzten ein paar Lampen Lichtakzente. Vincent konnte einen Sandkasten und eine Rutsche ausmachen. Die Belhandas hatten also Kinder. Aber offenbar war der Nachwuchs ebenso wenig zu Hause wie die Ehefrau.

Die Einrichtung des Wohnzimmers bestand ganz klassisch aus Sitzgruppe, Teppichen und Schrankwand. Ein paar Romane standen im Regal. Kochbücher, Reiseführer für Irland, Bretagne, Normandie. Auf dem gläsernen Couchtisch ein orientalisch gemusterter Teller mit Obst. An der Wand ein gerahmtes Bild – arabische Kalligraphie.

Hamid trug ein Tablett herein und stellte es auf dem Tisch ab. Er schaltete den Fernseher aus und goss dampfendes Wasser in zwei Gläser mit frischer Minze. Auf einem Teller häuften sich Gebäckstückchen, überzuckerte Kugeln aus dunklem Teig.

«Schön habt ihr's hier.» Vincent deutete auf das Bild. «Sieht interessant aus. Arabisch?»

«Eine Baraka, eine Art Talisman.»

«Aha.»

«Es bedeutet: Im Namen des barmherzigen und gnädigen Gottes.»

«Und das bringt Glück?»

Der Kollege lachte. «Es soll auch wirken, wenn man nicht daran glaubt.»

Vincent griff nach seinem Glas, pustete hinein und stellte es wieder ab. Noch zu heiß. «Entschuldige, dass ich so hereinplatze, aber ich glaube, wir müssen reden.»

«Ich kann dir nicht helfen, Chef, so leid es mir tut.»

«Du weißt etwas.»

«Ich habe einem Freund versprochen, nicht darüber zu reden.»

«Hat es mit deiner früheren Arbeit beim Staatsschutz zu tun?»

«Zwing mich bitte nicht, einen Verrat zu begehen.»

«Ist es Verrat, die Wahrheit zu sagen?»

«Unter Umständen schon.»

«Sollten wir uns nicht der Wahrheit verpflichtet fühlen?»

«Ich verstehe, dass du mir jetzt böse bist, aber …»

«Bin ich nicht. Ich hoffe nur, dass du weißt, was du tust.»

«Wenn ich rede, kannst du mir dann versprechen, dass es unter uns beiden bleibt?»

Vincent schwieg.

Hamid rutschte auf seinem Sessel ganz nach vorn. «Ich weiß nicht, warum ich andauernd in solche Situationen gerate. Ich such mir das nicht aus, ehrlich. Als ich zur Kripo kam, hat mich die Behörde ins KK51 gesteckt, weil man meinte, ich sei prädestiniert für Ermittlungen im islamistischen Milieu, verstehst du? Ich hab immer versucht, ein guter Beamter zu sein. Aber natürlich bekam ich Stress mit der marokkanischen Communitiy.»

«Ich will dir keinen Stress bereiten.» Mit diesen Worten stand Vincent auf.

«Bleib da, Chef. Ich kann dir alles erklären. Aber du musst mir versprechen, dass es unter uns bleibt.»

Vincent atmete tief durch. «Okay, du hast mein Wort.»

Hamid senkte die Stimme. «Ein Kollege in meiner früheren Dienststelle – wir sind befreundet, und er darf wegen mir keine Schwierigkeiten kriegen. Wenn du nämlich weitererzählst, was er mir verraten hat, kriegt er ein Riesenproblem.»

«Von mir erfährt keiner etwas.»

Hamid blickte Vincent lange an. «Der Staatsschutz hat die Nazis auf Video.»

«Die Demonstration vom Montag?»

Hamid nickte.

«Auch die Szene, wie mir einer die Transparentstange über den Schädel zieht?»

«Ich kenn das Video nicht, aber mein Kumpel hat's mir so erzählt.»

Vincent schüttelte den Kopf. Er musste lächeln. Der Kollege machte sich übertriebene Sorgen. «Mensch, Hamid, alles ist gut! Mein Anwalt wird ohnehin die Ermittlungsakte einsehen und damit das Video. Also bin ich aus dem Schneider!»

Hamid schüttelte den Kopf.

«Worauf willst du hinaus?» Vincent begann zu begreifen. «Willst du behaupten, dass das Video ...»

«Es ist gar nicht zu den Akten gegeben worden.»

«Wie kann das sein?»

«Jemand hat's auf dich abgesehen.»

«Den Eindruck habe ich auch.»

«Mein Kumpel meint, an dir soll ein Exempel statuiert werden, dass sich kein Polizeibeamter ungestraft in politische Auseinandersetzungen mischen soll. Schon gar nicht öffentlich und auf der falschen Seite.»

«Aber warum machen die Kollegen vom KK51 das mit?»

«Da sind knallharte Rechte darunter. Außerdem mischt der Verfassungsschutz mit. Du solltest mal hören, wie die über Ausländer reden oder über Leute mit Hintergrund.»

Vincent dachte an Ninas Worte: *Vom Kaiserreich bis heute ...*

«Der Nazi, der dich geschlagen hat, ist außerdem mit einem von denen verwandt», ergänzte Hamid.

«Und dein Freund? Lässt ihn das kalt?»

«Natürlich nicht. Dem stinkt das wie mir, aber er hat nichts zu melden.»

«Ein Außenseiter, wie du einer warst.»

Hamid nickte.

«Ein Kollege mit Hintergrund, wie du es nennst.»

«Bitte hör jetzt auf, mich auszuhorchen. Mehr kann ich dir wirklich nicht sagen.»

Die Wohnungstür wurde aufgeschlossen. Schritte auf dem

Flur, Kinderstimmen. Frau Belhanda ließ sich in der Tür blicken. Klein, zierlich, dunkles Haar. Kein Kopftuch, stellte Vincent fest.

«Hamid, du hast mir gar nicht gesagt, dass du Besuch erwartest.»

«Das ist Vincent, mein Chef.»

«Guten Tag. Sie bleiben doch hoffentlich zum Essen.»

«Vielen Dank, aber wir hatten nur kurz etwas zu besprechen.»

Vincent stand auf. Hamid begleitete ihn zur Garderobe und reichte ihm die Jacke. Frau Belhanda kam mit einer kleinen Blechdose. «Darf ich Ihnen etwas Gebäck für Ihre Frau mitgeben?»

Nina stand nicht auf Süßigkeiten, aber Vincent bedankte sich und nahm die Dose entgegen, um nicht unhöflich zu wirken.

«Sie müssen uns unbedingt mit Ihrer Frau und Ihren Kindern wieder besuchen.»

«Keine Kinder», sagte er. «Aber mit meiner Freundin komme ich gern.»

«Und du musst mit Erhan reden», sagte sie zu ihrem Mann. Ihre besorgte Miene verriet, dass Hamid mit ihr über seinen Gewissenskonflikt gesprochen hatte.

«Erhan – dein Kumpel im KK51?», fragte Vincent.

Hamid rang um eine Antwort.

«Keine Angst», sagte Vincent und berührte den Arm des Kollegen. «Es bleibt unter uns. Versprochen ist versprochen. Schade nur, dass ich deshalb nichts damit anfangen kann.»

68

▼

Ronny wandte sich um und blickte zurück. Die Zeit dehnte sich quälend lang. Unverändert stand der dunkle Geländewagen vor dem zweiten Ford Transit, umringt von Olivers Legionären, die den Deal bewachten. Was in dem dunklen, bulligen Wagen vor sich ging, konnte Ronny nicht erkennen.

Er fragte sich, ob es Bastian Schwenk vielleicht geschafft hatte, ihm auch ohne die Handysignale zu folgen. Falls Bastian sich jetzt blicken ließ oder ein Spezialeinsatzkommando schickte, um die Bande in flagranti festzunehmen, würde ein heilloses Chaos ausbrechen. Besser nicht.

Ich denke schon wie ein Mitglied der Bande, stellte Ronny fest.

«Wovor hat Oliver so große Angst?», fragte er seinen Nebenmann.

«Ich glaube, die Größenordnung macht ihn nervös», antwortete Lucky. «Immerhin übernehmen wir jetzt zusätzlich das Geschäft von El-Arabi.»

«Verstehe.»

Schweigend warteten sie. Nichts tat sich. Mit jeder Minute schien Lucky unruhiger zu werden. Er warf eine weiße Pille ein. «Auch eine?»

Ronny lehnte ab.

«Warum brauchen die so lange?», fragte Lucky.

«Sie zählen das Geld», mutmaßte Ronny.

«Quatsch. Das wird gewogen. Die müssten längst fertig sein.»

Ein Lastwagen rollte heran und hielt so, dass er den Blick auf den Geländewagen versperrte. Lucky zog seine Pistole und legte sie in den Schoß. Mit beiden Händen am Lenkrad wartete er ab, auf seiner Unterlippe kauend und in den Rückspiegel starrend.

Ronny zog ebenfalls seine Waffe.

Der Fahrer des LKW stieg aus und verschwand in den Büschen.

«Der Ruf der Natur», kommentierte Lucky und behielt den Spiegel im Blick. «Pass auf, Alter. Wenn die anderen Scheiße bauen, dann tun sie's jetzt.»

Ronny entsicherte seine Pistole und ließ die Scheibe heruntergleiten. Luckys Anspannung hatte sich auf ihn übertragen. In seiner Phantasie sprang jeden Moment ein SEK-Trupp vom LKW oder seilte sich von herbeischwebenden Hubschraubern ab. Blendgranaten, Reizgas – das ganze Programm.

Es würde Tote geben.

Der Fahrer kam zurück, nestelte im Gehen am Hosenstall und stieg ein. Langsam fuhr der Truck an ihnen vorbei und beschleunigte in Richtung Autobahn. Ronny atmete auf.

Lucky bleckte seine schlechten Zähne.

Im nächsten Moment ging am SUV die Warnblinkanlage an.

«Einmal, zweimal, dreimal», zählte Lucky mit.

Jemand schwenkte eine Taschenlampe.

«Yes!», rief Lucky.

Der schwarze Geländewagen fuhr an ihnen vorbei, ein Toyota Landcruiser, wie Ronny jetzt erkannte. Die Scheiben waren verdunkelt, die Nummernschilder verschmiert, und im nächsten Augenblick war der Wagen bereits im Strom der Autobahn verschwunden.

Sie stiegen aus und rannten zu den anderen. Jubelgeschrei aus allen Kehlen. Sie tanzten um fünf Pilotenkoffer, die auf dem Asphalt eine Reihe bildeten. Oliver strahlte. Er und Lucky klatschten sich ab.

«Erst bringen wir das Zeug nach Hause, dann wird gefeiert», sagte Oliver. «Und wenn ich sage, wir feiern, dann meine ich, dass wir's richtig krachenlassen!»

Ronny versuchte, sich seine Enttäuschung nicht anmerken zu lassen. Er würde Bastian mit leeren Händen entgegentreten. Vom Kennzeichen des Landcruisers hatte er gerade mal den ersten Buchstaben erraten können.

Vielleicht ein K.

Von Kiel bis Konstanz konnte das alles bedeuten.

69

▼

Als Vincent nach Hause kam, stand Nina auf dem kleinen Balkon und rauchte. Er gesellte sich zu ihr. «Ist dir nicht kalt?», fragte er.

«Erst meine Zweite heute», sagte sie, als müsse sie sich entschuldigen. «Wie geht's deiner Mutter?»

«Sie gibt sich cool, aber einen solchen Angriff steckt keiner so einfach weg.»

«Sie könnte bei uns übernachten.»

«Das hab ich ihr auch vorgeschlagen, aber du kennst sie ja.»

«Immerhin hat sie jetzt Harald.»

«Den hab ich gestern Abend noch kennengelernt.»

«Und wie findest du ihn?»

«Weiß ich noch nicht. Ich frag mich, was der Typ von meiner Mutter will.»

Nina lachte und zog an ihrer Zigarette. Durch die Glastür fiel warmes Licht auf sie. Auch jenseits der vierzig eine attraktive Frau, dachte er. Eigentlich mehr denn je.

«Ich find's gut, dass ihr euch mal nicht kabbelt», sagte sie. «Brigitte und du.»

«Ich hatte gehofft, sie verrät mir endlich, wer mein Vater ist.»

«Ach, dieses Thema wieder.»

«Sie sagt mir nicht einmal, ob er noch lebt.»

«Wie alt war Brigitte, als sie dich bekam? Neunzehn, zwanzig? In dem Alter macht man Fehler, die man gern verdrängt. Ging mir nicht anders.»

«Aber du hast kein Kind aus der Zeit.»

«Zum Glück.»

«Sie behauptet, ich sei ein Kind der Liebe gewesen.»

«Warum sollte Brigitte nicht zu romantischen Gefühlen fähig sein?»

«Wenn sie den Mann geliebt hat, warum macht sie dann ein Geheimnis um ihn?»

«Hör auf zu bohren, Vincent.»

«Hat sie dir etwas von damals erzählt?»

«Sie hat bloß mal erwähnt, dass sie nach dem Abi nach Westberlin ging. Eine Flucht vor ihrem strengen Vater. Und in Berlin ist sie schnell ins linksradikale Milieu geraten. Es war die Zeit der Baader-Befreiung.»

«Sag bloß, sie war sogar daran beteiligt!»

«Sie hat in einer Anwaltskanzlei gejobbt, in der die Szene ein und aus ging.»

«Das wusste ich ja gar nicht. Und ich hab gedacht, ich hätte alles gelesen, was je über sie geschrieben wurde.»

«Hat sie's nicht in ihrer Autobiographie erwähnt?»

Vincent schüttelte den Kopf.

Wer auch immer mein Vater war, die Beziehung scheint nicht lange gehalten zu haben, überlegte er. Brigitte hatte ihn in Neuss zur Welt gebracht, nicht in Berlin. Und als sie es in Uedesheim endgültig nicht mehr ausgehalten hatte, war sie mit ihm nach Hamburg gezogen.

Vincent fielen Brigittes Worte ein: *Da war dieser Mann, zu dem alle aufschauten.*

«Weißt du, wie der Anwalt hieß?», fragte er.

Nina tat einen letzten Zug und drückte den Stummel in einen Aschenbecher. «Ach, Vincent!»

«Sag schon!»

«Du bist dein ganzes fünfundvierzigjähriges Leben sehr gut ohne einen Vater ausgekommen.»

«Weißt du's, oder weißt du's nicht?»

«Nein, ich weiß es wirklich nicht. Und wer auch immer es ist, offenbar hat der Kerl deine Mutter ziemlich enttäuscht. Du verletzt sie bloß, indem du sie immer wieder mit dem Thema konfrontierst.»

Vincent schlang die Arme um seinen Leib, denn er begann zu frieren.

«Lass uns reingehen», sagte Nina. «Es gibt Sekt. Komm, wir feiern dein freies Wochenende. Ist selten genug»

«Nach Feiern ist mir nicht zumute.»

«Bitte, Vincent. Ein Crémant aus dem Elsass. Der Gute vom Dealer um die Ecke.»

Er folgte ihr nach drinnen ins Warme. Während sie die Flasche öffnete und Gläser aus dem Schrank holte, ging er noch einmal ins Arbeitszimmer, um zu kontrollieren, ob neue E-Mails eingegangen waren. Tatsächlich: Bruno Wegmann hatte ihm eine Nachricht geschickt, und zwar schon am frühen Nachmittag.

Damit müssen wir uns dank deiner Möchtegernnachfolgerin an diesem Wochenende beschäftigen (siehe Anhang). Wahnsinn, oder?

Er druckte die Liste aus. Sie umfasste zwölf Seiten und mindestens zweihundert Vergewaltiger oder dringend Tatverdächtige aus den letzten fünf Jahren, inklusive Vorgehensweise, Alter und Adresse. Längst nicht alle Männer waren verurteilt worden, oft lautete die Anmerkung nur lapidar: *Verfahren eingestellt.*

Vincent schätzte, dass die Zahl der angezeigten Vergewaltigungsdelikte in dem Zeitraum mehr als doppelt so hoch lag – allein in dieser Stadt. Die Aufklärungsquote lag bei etwa siebzig Prozent. Also müssten es eigentlich mehr Namen sein. Offenbar waren bereits zahlreiche Täter aussortiert worden, die weggezogen oder in Haft waren.

«Kommst du, Schatz?», rief Nina herüber. Sie hatte Musik aufgelegt. Gregory Porter sang *No Love Dying*.

Vincent bezweifelte, dass man durch Abarbeiten einer solchen Liste den Mörder von Melli Franck finden konnte. Man müsste, wenn man es ernst meinte, die Suche auf den gesamten Ballungsraum ausdehnen. Neun Millionen Menschen wohnten im Umkreis von nur fünfzig Kilometern.

Eine Nadel im Heuhaufen, dachte er.

70

▼

Sie fuhren durch die kalte Nacht nach Hause. Adrian hatte wieder den Platz hinter dem Steuer übernommen und suchte mit der Rechten im Autoradio nach Musik, die ihm gefiel. Bei Hardrock blieb er hängen und drehte lauter.

Runnin' with the devil.

Lucky warf eine weitere Tablette Crystal Meth ein, als handle es sich um ein Vitaminpräparat. «Mannomann, was bin ich rattenscharf», sagte er. «Ich sag's euch, ich werde die ganze Nacht durchvögeln!»

Oliver hatte angeblich einen kompletten Puff gemietet. Ronny taten die Frauen leid, mit denen sich Lucky abgeben würde. Hoffentlich hielt er dabei den Mund geschlossen.

Die Rückfahrt verging wie im Flug. Sie parkten vor dem Lagerhaus. Oliver trank im Gehen aus einer Champagnerflasche, Schaum ergoss sich über seine Jacke. Er reichte die Pulle an Lucky weiter. Adrian grölte den Hardrock-Schlager von vorhin. Die drei fassten sich an den Schultern und hüpften im Kreis.

Ronny, Tobias und die übrigen Legionäre trugen die Koffer ins Büro. Ronny fand den Lichtschalter, die Neonröhren unter der Decke flackerten, dann war es hell.

Sie blickten in die Mündung einer abgesägten Schrotflinte.

«Psst», machte der Typ, der eine schwarze Sturmhaube trug. Er war groß und wirkte dick – vielleicht hatte er auch unter seiner hellen Windjacke eine Schutzweste an, die auftrug.

Weitere Männer umringten sie. Sie trugen Baseballschläger und waren ebenfalls vermummt. Ronny stellte seinen Koffer ab und hob die Hände. Die anderen taten es ihm nach.

Einem Legionär gelang die Flucht aus dem Zimmer. Tobias wollte ebenfalls abhauen. Ein Schlag mit der Keule streckte ihn nieder. Vermummte traten ihn. Ronny versuchte einzuschreiten, doch der Typ mit der Schrotflinte riss ihn zurück.

Oliver kam in das Büro. Er hielt eine Pistole in der Hand und feuerte sofort. Die Schrotflinte antwortete. Ein Vermummter drückte Ronny in die Ecke hinter dem Schrank, als wolle er ihn in Sicherheit bringen. Warte hier, sagte seine Geste.

Ronny fragte sich, warum der Kerl das tat. Waren das womöglich Polizisten, die wussten, wer er war? Ronny blickte zu den Handys hinüber, die noch immer auf dem Tisch lagen. Leitete Bastian diesen Einsatz?

Olivers Beine ragten hinter einem Stapel Getränkekisten hervor und rührten sich nicht. Ronny konnte nicht erkennen, wie schwer der Juniorchef verletzt war. Eine weitere Schrotsalve ließ Flaschen bersten, billiger Wein überschwemmte den Fußboden.

Tobias zog im Liegen seine Pistole. Baseballschläger trafen ihn erneut. Knochen knackten. Die Vermummten griffen nach den Koffern.

Dabei erkannte Ronny eine Rune, die an einem breiten Nacken zwischen Kragen und Sturmhaube hervorlugte: die Wolfsangel. Die Windjacke des Dicken mit der Flinte trug das Logo der Nazi-Marke Thor Steinar.

Bolle und Dennis.

Das Licht ging aus. Schreie von draußen, Schüsse durchs Fenster. Glassplitter flogen, Mündungsfeuer und Pulverschmauch ganz nah. Patronen klirrten zu Boden. Ronny duckte sich tiefer in sein Versteck. Er vernahm Laufschritte und Türenschlagen. Ein Wimmern ganz nah – Oliver oder Tobias.

Auch draußen gab es einen Schusswechsel. Motoren jaulten auf, und Autos entfernten sich vom Parkplatz. Ronny hatte keine Ahnung, wer da wen verfolgte.

Stille.

Ronny zählte bis zehn, dann tastete er nach der Schreibtischlampe, knipste sie an und erblickte ein Schlachtfeld, im wörtlichen Sinn. Zerschlagene Möbel, zerfetzte Kartons.

Mittendrin lag Tobias. Sein Kopf, seine Kleidung waren rot. Blut, nicht Wein, schätzte Ronny. Eine Wade stand unnatürlich ab. Gesplitterte Knochen hatten sich durch den Jeansstoff gebohrt.

Ronny legte die Finger auf die Halsschlagader des Legionärs. Der Pulsschlag war zu ertasten, aber schwach.

Plötzlich spürte er etwas Hartes an seiner Schläfe – die Mündung einer Pistole.

Oliver stand über ihn gebeugt.

«Ich hab mich geirrt», sagte er und musste heftig husten. «*Du* bist der Verräter.»

«Mit dem Überfall hab ich nichts zu tun.»

«Sag's mir, Alter, wer war das? Bullen, oder wer?»

Die Nazibande, dachte Ronny. Ihm fiel ein, wie Dennis Molitor auf dem gestrigen Kameradschaftsabend geprahlt hatte: *Die Umsetzung ist nur eine Frage von Tagen.*

Bloß dass sie Drogen erbeutet haben, kein Geld.

«Alter, spiel hier nicht den Ahnungslosen. Du bist unverletzt und hast deine Waffe noch im Hosenbund, also steckst du mit diesen Arschlöchern unter einer Decke. Du hast ihnen den Tipp gegeben, wer sonst?»

Ronnys Blick fiel wieder auf die Smartphones auf dem Tisch. *Ich kann dich damit orten.*

Gestern Abend: Dennis und Bastian, die seltsame Begegnung.

Plötzlich war ihm auch das klar.

Oliver drückte die Waffe härter gegen Ronnys Schläfe. «*Du* solltest tot sein, nicht der arme Matze! Sag schon, wer waren diese Schweine?»

Ronny schlug die Pistole beiseite. Der Schuss krachte gegen die Decke, Ronny packte Olivers Handgelenk und brachte den Kerl zu Fall, während Putz auf sie herabrieselte.

Polizeisirenen ertönten in der Ferne.

Oliver stöhnte vor Schmerzen. Ronny rang ihm die Waffe ab, dann ließ er ihn los und trat einen Schritt zurück.

Immer mehr Sirenen, aus allen Richtungen kamen sie näher.

«Worauf wartest du?», fragte Ronny. «Hau endlich ab!»

Oliver guckte ihn an, dann begriff er und schleppte sich aus dem Büro.

Ronny suchte sein Handy und steckte es ein. Mit seinem Taschentuch wischte er Olivers Waffe ab. Dann zog er seine Pistole aus dem Hosenbund, wischte sie ebenfalls sauber und steckte sie Tobias in die Hose. Ich habe nicht geschossen. Nicht hier.

Blaulichtgeflacker drang durch die Fenster ins Büro. Tobias ließ ein leises Wimmern hören – besser als nichts, dachte Ronny.

Er nahm die Hände hoch und trat langsam durch die Tür. «Polizei, nicht schießen!»

Vier oder fünf Scheinwerferpaare blendeten ihn. Noch mehr Sirenen von nah und fern – der Sound einer Stadt in heller Aufregung.

«Wir brauchen einen Krankenwagen», rief Ronny. «Dadrinnen liegt ein Schwerverletzter!»

Hände packten ihn und rissen ihn vorwärts. Ein Stoß ließ ihn gegen einen Streifenwagen prallen. Er stützte sich auf eine Kühlerhaube und wurde abgetastet.

«Ich bin ein Kollege», erklärte er. «Ronny Vogt, Landeskriminalamt Thüringen. Als verdeckter Ermittler für das hiesige LKA im Einsatz.»

«Sind dadrinnen noch bewaffnete Personen?»

«Nein, nur der Verletzte.»

Uniformierte liefen hinein und kamen kurz darauf wieder.

«Der Mann ist ohne Lebenszeichen», meldete eine Polizistin.

Auch das noch, dachte Ronny.

Der Beamte, der ihn festhielt, sagte: «Selbst wenn es stimmt, was du behauptest, bist du erst einmal festgenommen. Du hast das Recht zu schweigen und dir einen Anwalt zu nehmen.»

«Ich hab lange genug geschwiegen», antwortete Ronny. «Ich will reden. Mit Kriminalhauptkommissar Vincent Che Veih. Bringt mich zu ihm.»

TEIL DREI

Terror

▼

I could not kill
the way you kill.
I could not hate.
I tried, I failed.

Leonard Cohen,
Nevermind

2015 – DÜSSELDORF

71

Sonntag, 6. Dezember

Vincent schlich aus dem Zimmer und schloss sachte die Tür, um Nina nicht zu wecken. In der Küche bereitete er das Frühstück vor und brühte einen Tee – Salbei, Ingwer, Holunder. So richtig wach war er noch nicht.

Mit einem Ohr hörte er die Nachrichten im Radio. Zwölftausend Flüchtlinge waren am gestrigen Tag über Wien und Salzburg in München angekommen. Daraufhin hatte die Bundesregierung den Zugverkehr von und nach Österreich eingestellt. In Sachsen randalierten fremdenfeindliche Anwohner gemeinsam mit Neonazis vor Unterkünften für Asylbewerber.

Zugleich war in Nordrhein-Westfalen Helmut Pabst, der Leiter der Staatskanzlei, zum Flüchtlingskoordinator der Landesregierung ernannt worden. Seine Hauptaufgabe bestehe darin, für eine menschenwürdige Unterbringung der Hilfsbedürftigen zu sorgen. «Wir schaffen das», so wurde er zitiert – Vincent gefiel, dass Pabst damit Stellung gegen die Hysteriker und Propheten des Untergangs bezog, die ansonsten die Meinungsbildung beherrschten.

Ihm fiel ein, was Marie Corinth gestern gesagt hatte: *Wir kannten uns mal, bevor er in die Politik ging.*

Das Telefon. Hamid Belhanda. Vincent drehte das Radio leiser.

«Morgen, Hamid, was verschafft mir die Ehre?»

«Sorry, dass ich so früh …»

«Schieß los.»

«Erhan lässt fragen, ob im KK11 vielleicht eine Stelle frei ist.»

«Er möchte ebenfalls weg vom Staatsschutz?»

«Dafür bietet er dir eine Kopie des Videos. Du weißt schon, welches ich meine.»

«Er schlägt also einen Deal vor.»

«Ja, was soll ich ihm sagen?»

«Dass ich darüber nachdenke. Ich danke dir, Hamid.»

Vincent legte auf und begann, Obst für sich und Nina zu schneiden. Apfel, Orange, Ananas – Letztere von weit her eingeflogen. Schlechte Klimabilanz, aber lecker.

Erneut das Telefon. Anna Winkler.

«Stör ich?», fragte sie.

«Dann wäre ich nicht rangegangen.»

«Wollen wir uns nicht wieder vertragen?»

«Klingt, als bräuchtest du meine Hilfe.»

«Sei nicht eingeschnappt, Vincent. Ich kann nichts dafür, dass man dich …»

«Sag mir lieber, was los ist.»

«Auf einem Betriebshof in Reisholz hat es gestern Abend eine Schießerei gegeben. Ein Schwerverletzter und eine Festnahme. Der Kerl behauptet, er arbeite fürs LKA Thüringen, und verlangt, mit dir zu sprechen.»

«Ein Mann mit Gespür für die wichtigen Leute.»

«Kennst du einen Ronny Vogt?»

Mit einem Schlag war Vincent hellwach.

Zwanzig Minuten später saßen sie sich gegenüber – bei Vincent zu Hause. Sie hatten zwei Stunden Zeit, danach würde Anna ihn wieder abholen lassen, um ihn gemeinsam mit Staatsanwältin Förster auszufragen.

Ronny sah schlecht aus, fand Vincent. Wirres Haar, gerötete Augen. Er roch, als stecke er seit Tagen in denselben Klamotten.

Nina war aufgestanden. Sie hatte sich einen Bademantel übergezogen und packte ihr Frühstück auf ein Tablett. Vincent versuchte, sie und Ronny einander vorzustellen, doch Nina verschwand wortlos mit dem Tablett aus der Küche.

«Deine Freundin hat was gegen mich», stellte Ronny fest.

«Ach was.»

«Soll ich wieder gehen?»

«Quatsch, Ronny, ich freu mich, dass wir uns wiedersehen. Vor zwei Tagen wolltest du noch nicht mit mir reden.»

Sein Gegenüber rieb sich den Bart. «Seitdem ist viel geschehen.»

«Die Schießerei draußen in Reisholz.»

«Nicht nur.»

«Was noch?»

«Ich habe einen Menschen getötet.»

«Bitte?»

«Es ging nicht anders.»

Vincent glaubte zuerst, sein Cousin mache einen bösen Scherz, doch dann erkannte er, wie ernst es Ronny meinte. Er begann zu erzählen. Ohne Punkt und Komma sprudelte es aus dem Mann heraus, den Vincent nur als stillen Jungen kannte.

Als er Matthias erwähnte, der als Soldat in Afghanistan gewesen war und seitdem stundenweise in einer Frittenbude gejobbt hatte, konnte er nicht mehr weiterreden und brach in Tränen aus.

Vincent zog ein Tempo aus einer Packung und gab es ihm.

Ronny berichtete weiter. Über eine Wanze, ihre Entdeckung durch Oliver Bischoff und einen Kerl namens Lucky. Schließlich über die Hinrichtung des jungen Bundeswehr-Veteranen.

Ronny ließ den Kopf sinken und schluchzte in das Papiertaschentuch. Schlimmer kann ein Undercover-Einsatz nicht entgleisen, dachte Vincent. Der arme Kerl ist durch die Hölle gegangen. Das Landeskriminalamt hat ihn verheizt und im Stich gelassen.

Er berührte Ronnys Arm. «Die Typen, die dich genötigt haben, sind schuld am Tod des Jungen, nicht du.»

Und auch ich trage einen Anteil daran, dachte Vincent. Er hatte die Stimme von Matthias noch im Ohr: *Es wird einen Anschlag g-g-geben* – auch wegen dieses Anrufs hat Oliver Bischoff ihn für einen Polizeispitzel gehalten. Hätte ich dem Jungen nicht meine Karte zugesteckt, wäre er vielleicht noch am Leben.

Ronny sah Vincent mit müden Augen an und wischte sich den Rotz von der Nase. «Ich habe noch zwei Männer auf dem Gewissen.»

«Du bist hier, um dir alles von der Seele zu reden. Ich sitze hier als dein Verwandter», beteuerte Vincent. «Vergiss den Kommissar.»

Die Geschichte, die sein Cousin endlich zu erzählen begann, führte weit in die Vergangenheit und in den Osten der Republik. Stück für Stück wurde Vincent ihre Dimension klar. Ihm fiel die jüngste Ausgabe von *Tacheles-TV* ein. Ein Sachbuchautor hatte über den Nationalsozialistischen Untergrund referiert. Vincent wusste noch genau, wie Nina darauf reagiert hatte: *Es raubt mir das Vertrauen in diesen Staat, und das möchte ich nicht.*

Ronnys Version übertraf die wildesten Mutmaßungen.

Er nannte eine Flut von Namen, die sich Vincent nicht merken konnte, und sprang in den Zeiten vor und zurück. Vincent staunte, über wie viele Jahre man seinen Cousin als verdeckten Ermittler in der rechtsextremen Szene eingesetzt hatte. Ohne eine Verschnaufpause, ohne Betreuung oder Beistand. Ronny verschmolz mit seiner Legende, verlor offenbar die Distanz zum Nazi-Milieu und machte sich zum Handlanger der Terroristen, nur um seinem Führungsbeamten zu liefern, was der verlangte.

Bastian Schwenk – Ronny hatte dem Mann vertraut. Seine einzige Verbindung zur Welt außerhalb des braunen Sumpfs.

Vincent kam es vor, als sei Schwenk für Ronny ein Ersatz für den Vater gewesen, den er als Junge verloren hatte. Der Mann hat meinen Cousin um den Finger gewickelt und gnadenlos ausgenommen.

Auch das Vorgehen der Verfassungsschutzämter machte Vincent zunehmend fassungslos. Ihm wurde klar, wie diese Apparate arbeiteten. Wahllos rekrutierten sie V-Leute und boten ihnen bedingungslosen Schutz – eine Praxis mit fataler Eigendynamik: Beamte setzten alles daran, Morde und Banküberfälle zu decken, statt zu verhindern.

Die Geheimdienste sahen nicht weg.

Sie mischten mit.

Anscheinend herrschten in diesen Behörden Machthunger und blanker Zynismus. Kalte Karrieristen, denen egal war, was sie anrichteten. Anders konnte sich Vincent nicht erklären, was geschehen war. Laut Ronny hatte der Staat allein in Thüringen mindestens zweihunderttausend D-Mark in die Nazi-Kameradschaften gepumpt.

Erst als im November 2011 die Verwicklung der Sicherheitsbürokratie aufzufliegen drohte, zog sie die Reißleine – und machte ausgerechnet Ronny zum Vollstrecker. Keiner lebte so dicht an den Haupttätern wie er. Keiner war so geeignet, sie zu töten.

Aktion Wolfsspinne nannte es Ronny.

Wieder brach der Verwandte aus Jena in Tränen aus. «Scheiße, ich träume jede Nacht von Max und Gerri, verstehst du das?»

«Würde mir genauso gehen.»

«Am liebsten wäre ich tot!»

«Ronny, sag so was nicht.»

Man müsste die Verfassungsschutzbehörden unverzüglich auflösen, dachte Vincent empört. Sämtliches Führungspersonal vor Gericht bringen. Und die NSU-Ermittlungen von neuem starten.

Vincent schenkte Tee nach. «Eines verstehe ich nicht, Ronny. Warum spielt die Bundesanwaltschaft mit? Warum behauptet Karlsruhe wider besseres Wissen, dass Max und Gerri Selbstmord begangen hätten und der Terror nur von den beiden und Liese Schittko betrieben wurde?»

«Lieber ein Spatz in der Hand als die fetten Tauben auf dem Dach.»

«Du meinst, man hat es sich einfach gemacht?»

«Na klar. Damit ist das Böse aus der Welt.»

«Und die Szene in Thüringen und Sachsen, die Mittäter in Dortmund, Kassel, Nürnberg, Baden-Württemberg …»

«Du weißt selbst am besten, welchen Ermittlungsaufwand man eigentlich betreiben müsste.»

«Die Bundesregierung könnte die Bundesanwaltschaft anweisen …»

«Tut sie aber nicht.»

«Man müsste die Büros der Geheimdienste durchsuchen, Akten beschlagnahmen …»

Ronny lachte auf.

«Also werden viele Unterstützer straffrei davonkommen», fasste Vincent zusammen.

«Und nicht nur das.»

«Was meinst du damit?»

«Man hat das Trio geopfert, um in aller Stille ein neues Netzwerk aufzubauen. Diese Leute träumen von Aufstand und Machtergreifung.»

«Wen meinst du damit? Die Nazis oder den Verfassungsschutz?»

«Die Nazis in den Verfassungsschutzbehörden. Es gibt sie. Anders lässt sich das alles nicht erklären.»

Vincent brauchte einen Moment, um zu begreifen, was sein Gegenüber da gesagt hatte.

«Womit wir bei der gestrigen Schießerei angelangt wären», ergänzte Ronny.

«Wie hängt das zusammen?»

«Erklär ich dir. Und das wird noch einmal richtig eklig.»

Vincent blickte auf die Uhr. Sie hatten noch eine halbe Stunde, bis Anna seinen Cousin holen würde.

Das dritte Kapitel von Ronnys Erzählung servierte Vincent ein weiteres Ensemble übler Gestalten. Vor Dennis Molitor hatte ihn Matthias bereits gewarnt. Er hörte des Weiteren von einem Skinhead, auf dessen Nacken ein SS-Symbol tätowiert war. Von einem geistigen Führer namens Odin, der den Rassenkrieg predigte. Von einem Kameradschaftsabend samt Abgesandten aus allen Teilen Deutschlands.

Ronnys Stimme stockte. Er räusperte sich. Dann erwähnte er, dass er im Alkoholnebel Bastian Schwenk wahrgenommen hatte.

Für Vincent ergab das einen schrecklichen Sinn.

Ronny berichtete über die Transaktion am nächsten Tag. Alles lief wie am Schnürchen, bis eine maskierte Horde Oliver Bischoffs Firmenzentrale überfiel und mit fünf Koffern voller Crystal Meth verschwand.

«Ich habe die Wolfsangel gesehen», schloss Ronny seinen Bericht. «Das Tattoo auf dem Nacken. Es war dieser Bolle. Und ich bin mir sicher, dass Dennis die Aktion angeführt hat.»

Vincent atmete tief durch. «Weißt du, wie sich die Sache für mich darstellt? Du hast die Drogenbande nicht für das LKA ausspioniert, sondern in Wahrheit für die Nazis.»

Ronny nickte.

«Bastian Schwenk war vielleicht schon immer ein Teil des rechten Netzwerks. Das würde manches erklären. Dein alter Kumpel hätte dich demnach in die Bande eingeschleust, weil Dennis Molitor und seine Nazi-Kameraden nicht selbst in den inneren Kreis der Bischoff-Legionäre gelangen konnten. Eigentlich sollte der Überfall bereits auf dem Autobahnparkplatz stattfinden. Aber weil Schwenks Trick mit der Handypeilung nicht geklappt hat, konnten die Nazis erst zuschlagen, als ihr wieder zurück in Reisholz wart.»

«So sehe ich das inzwischen auch», sagte Ronny.

«Das bedeutet aber, dass die Nazis nicht erreicht haben, was sie wollten. Statt des Geldes haben sie nur einen Haufen Tabletten erbeutet.»

«Du unterschätzt sie, Vincent. Das Zeug loszuwerden, ist kein Problem für diese Leute. Die verfügen über vielfältige Verbindungen. Zu Türstehern oder zu Biker-Gangs. Das war schon bei Max und Gerri so.»

«Tatsächlich?»

«Gerri war Autoknacker, bevor er Skinhead wurde.»

«Wie viel sind die Drogen wert, was meinst du, Ronny?»

«Genug, um mit dem Erlös eine kleine Untergrundarmee auszurüsten.»

«Matthias hat mich übrigens noch am Freitag angerufen und vor Dennis Molitor gewarnt. Wie schätzt du die Gefahr ein, dass er einen Anschlag plant?»

Ronny zuckte mit den Schultern. «Der Kerl ist ein Fanatiker, dem nichts radikal genug sein kann.»

«Dann sollten wir keine Zeit verlieren. Zuerst sorgen wir dafür, dass sich Anna und meine Kollegen um Oliver Bischoff und seine Legionäre kümmern. Und wir knöpfen uns parallel die Nazis vor.»

«Wie willst du das anpacken?»

«Es gibt einen Staatsanwalt, mit dem ich gut kann. Dem erzählst du die Geschichte noch einmal.»

«Alles?»

«Auf keinen Fall! Was du bis November 2011 für den Verfassungsschutz getrieben hast, lässt du weg. Auch Oberstaatsanwalt Kilian würde ein so heißes Eisen nicht anfassen.»

«Und Matthias?»

«Dieses Thema verschweigst du ebenfalls. Wir konzentrieren uns auf Dennis Molitor und seine Düsseldorfer Kameradschaft. Kilian muss uns Durchsuchungsbeschlüsse für jeden Nazi besorgen, den du in dieser Gegend kennst. Wir dürfen nicht warten, bis die erste Bombe hochgeht.»

«Du hast recht.»

«Stehst du das durch, Ronny?»

«Klar.»

«Nur eine Frage noch. Was weißt du über den Mord an Melli Franck, der Wirtin des *Greens*?»

«Vermutlich ist sie zum Risiko geworden.»

«Wem?»

«Den Leuten, die das Crystal Meth in Umlauf bringen. Den Typen im Toyota Landcruiser mit dem verschmierten Nummernschild.»

Vincent ging nach nebenan in sein Arbeitszimmer und kehrte mit der Liste zurück, die sein Kollege Bruno ihm gestern gemailt hatte. «Magst du einen Blick auf diese Namen werfen?»

«Was ist das?»

«Melli Franck ist von ihrem Mörder vergewaltigt worden. Deshalb gibt es die Überlegung, dass er wegen eines Sexualdelikts schon einmal aufgefallen sein könnte. Hier sind die entsprechenden Täter der letzten fünf Jahre.»

«Vergewaltiger?»

«Ich weiß, man müsste die Liste um Missbrauch und Nötigung ergänzen, um alle Fälle sadistischer Gewalt, um die aus dem Umland. Aber irgendwo müssen wir anfangen.»

Ronny überflog die Namen. Vincent fiel auf, dass er an einer Stelle kurz innehielt. Als Ronny am Ende angelangt war, blätterte er wieder zurück. Sein Finger wanderte von Namen zu Namen. Wieder stoppte er bei der gleichen Person.

Heiko Lucke.

«Wer ist das?», fragte Vincent. «Kennst du ihn?»

Ronny kratzte sich die behaarte Wange.

Ein Handy klingelte.

Ronny zuckte zusammen. Er fasste in seine Jackentasche. «Ein Anruf auf dem sicheren Telefon!»

«Bastian Schwenk?»

Ronny nickte. Er hielt ein schrillendes Handy in der Hand, ein fast schon antikes Nokia-Teil zum Aufklappen.

«Tu so, als sei alles in Ordnung», beschwor ihn Vincent. «Als hätten wir ihn nicht in Verdacht.»

Ronny drückte eine Taste und meldete sich. Er hörte zu und sagte nicht viel. Dann lachte er – offenbar hatte Schwenk einen Scherz gemacht. Schließlich steckte er das Handy wieder ein.

Er war blass geworden.

«Was will der Mann?», fragte Vincent.

«Reden, sagt er.» Ronny rieb sein Gesicht mit beiden Händen. «Er holt mich heute Nachmittag von zu Hause ab.»

«Wie konntest du dich darauf einlassen? Das ist viel zu gefährlich!»

«Selbst wenn Bastian in die Sache verstrickt sein sollte – er würde mir nichts antun.»

«Mensch, Ronny!»

«Lass mal. Wir kennen uns seit achtundzwanzig Jahren. Er steht mir nahe wie ein Bruder.»

«Warum hast du nicht wenigstens auf einem öffentlichen

Ort bestanden? Ein Café, zum Beispiel, wo es Zeugen gibt, wo ihr nicht allein seid?»

«Du hast doch gesagt, ich soll so tun, als wüsste ich nicht Bescheid.»

«Steig auf keinen Fall in sein Auto ein!»

«Wie will ich dann erfahren, was er vorhat?» Ronny blickte Vincent an. Er sah jetzt noch erschöpfter aus. «Ich hab was wiedergutzumachen, verstehst du das nicht?»

72

▼

Marie schloss die Eingangstür zu *Franck Development* auf. Stille im gesamten Haus – an Sonntagen erschien es ihr wie ein Raumschiff weit abseits des wirklichen Lebens.

Sie hängte ihren Prada-Mantel an den Garderobenhaken und fuhr ihren Rechner hoch. Sie las die E-Mails, die seit gestern eingetroffen waren, eine dringlicher als die andere.

Thorsten Franck hatte das Konzept der *Golden Rose*-Präsentation noch einmal über den Haufen geworfen. Marie musste die PR-Agentur neu briefen. Dass das Salomon-Gebäude eine der führenden Privatbanken des Landes beherbergte, die für zuverlässige Mieteinnahmen sorgte, solle gestrichen werden – offenbar räumte Thorsten dem Institut keine Zukunft mehr ein. Stattdessen müsse der Prospekt den Charme des Gebäudes betonen. Nirgendwo sonst in Deutschland gebe es ein Palais aus dem frühen 19. Jahrhundert in solch exponierter Lage auf dem Markt.

Champs-Élysées, so hieß nun die Leitlinie. Ein neuer, werbewirksamer Name solle für das Haus gefunden werden.

Anwalt Johannes Neudecker hatte Ergänzungen zum Vertragstext geschickt. Er wollte eine Stiftung dazwischenschalten, um Steuern zu sparen. Und um die Identität einiger Investoren zu verschleiern, dachte Marie. Manager, die ihre Bank in den Ruin führen, um privaten Reibach zu machen, fliegen ungern auf.

Bevor sich Marie an die Arbeit machte, ging sie nach nebenan, um sich die Akte *Matala* zu holen. Besser jetzt als später. Im Lauf des Tags konnte Thorstens Sekretärin aufkreuzen. Oder Thorsten selbst.

Marie staunte, wie ruhig sie blieb, während sie den Ordner aus dem Chefbüro holte und über den Flur zu ihrem Schreibtisch trug. Kein beschleunigter Puls – als sei sie bereits eine routinierte Spionin.

Sie las weiter, wo sie gestern aufgehört hatte, und erfuhr, dass der Immobilienfonds namens Matala die Düsseldorfer Stadthalle, ein Konzertgebäude sowie das neue Kongresszentrum im Norden Düsseldorfs errichtet hatte. Die Miete, die Stadt und Messegesellschaft zu entrichten hatten, stieg jährlich um garantierte fünf Prozent, der Vertrag lief über drei Jahrzehnte. Ein Risiko war damit ausgeschlossen. Bis zum Jahr 2030 würde der Deal ein Vielfaches der Investitionssumme einspielen.

Matala kam einer Lizenz zum Gelddrucken gleich.

Dem Briefwechsel mit dem damaligen Oberbürgermeister konnte Marie entnehmen, dass sich die Stadt aus politischen Gründen auf das Geschäft eingelassen hatte. Man wollte den Bau nicht aus eigenen Mitteln stemmen, denn dafür wäre ein Kredit nötig gewesen. Mit dem Versprechen der Schuldenfreiheit ließen sich in jener Zeit Wahlkämpfe gewinnen. Dass die Kreditkosten weit geringer geblieben wären als die Mieten, die Thorstens Fonds einstrich, schien keine Rolle zu spielen.

Marie fragte sich, welchen Anteil ihr Exfreund daran hatte.

An ihrem Rechner googelte sie *Helmut Pabst*.

Unzählige Treffer. Nach dem zweiten Juristischen Staatsexamen hatte der heutige Staatskanzleichef des Landes Nordrhein-Westfalen seine berufliche Laufbahn im Büro des Düsseldorfer Oberbürgermeisters begonnen – als Referent. Das war im Herbst 1999, nachdem er Melli, Thorsten und die anderen auf Kreta kennengelernt hatte.

Was folgte daraus? Auf Helmuts Einfluss ist es kaum zurückzuführen, dass der Deal zustande kam, überlegte Marie. Ein Referent stand in der Hierarchie weit unten. Aber offenbar war er trotzdem nützlich für Thorsten gewesen.

Marie forschte weiter. Helmuts Einlage in den Fonds betrug glatte fünfhunderttausend, damals noch in D-Mark. Woher stammte das Geld? Wohlhabende Eltern hatte Helmut nicht, das wusste Marie.

War er nur ein Strohmann?

Für wen?

Helmut stieg rasch zum Büroleiter auf und wechselte später als Geschäftsführer zur städtischen Marketing- und Tourismus-GmbH. Nach der letzten Landtagswahl holte ihn die Ministerpräsidentin in ihr Kabinett, wo er seitdem im Rang eines Staatssekretärs die politischen Geschäfte koordinierte.

Eine Karriere, die Marie ihrem Freund kaum zugetraut hätte. Zumindest nicht vor sechzehn Jahren.

Sie trug den Ordner zurück. Vor Thorstens Schreibtisch blieb sie stehen. Sie rüttelte an der obersten Schublade – verschlossen. Aber das Schloss sah sehr simpel aus. Öffne mich, rief es ihr zu.

Marie bog eine Büroklammer zurecht und stocherte im Schlüsselloch. Der Draht gab nach. Sie nahm ihn doppelt, drückte den Widerstand beiseite – die Schublade ließ sich aufziehen.

Briefe, Papiere, eine Sammlung kleiner Spielzeug-Straßenkreuzer aus Blech. Und mehrere identisch aussehende Moleskine-Notizbücher, deren schwarze Deckel von einem Gummiband gehalten wurden.

Marie begann zu stöbern. Daten, Abkürzungen, Zahlenkolonnen. Sie wurde nicht schlau daraus und legte die Bücher weg.

Ein dünner Ordner enthielt Verträge. Da schau an: Vor vierzehn Jahren hatte Thorsten seinem Freund Helmut Pabst ein mehrstöckiges Haus im Medienhafen verkauft. Zum symbolischen Preis von einhundert Euro. Fünf Wohnungen und ein Ladenlokal, in dem ein Friseur namens Molitor seinen Salon betrieb – allein von den Mieteinnahmen konnte man vermutlich leben. Und seitdem waren gerade in diesem Viertel die Preise explodiert.

Wieder fragte sich Marie, welche Gegenleistung Helmut erbracht hatte.

Noch einmal knöpfte sie sich die Notizbücher vor. Eines fungierte als Adress- und Telefonbuch. Marie erkannte die Namen der reichsten Familien Deutschlands. Der Schuhverkäufer, die *BetterPlace*-Mehrheitsaktionärin, die gesamte Salomon-Sippe. Sie stieß auf die geheimen Handynummern der Manager-Elite des Landes. Johann Holtrop, Günther Graf Kock. Die großen Kaliber.

Ihr fiel ein Name auf, dem sie gestern in Mellis Wohnung begegnet war, und hatte den sonnenverbrannten Burschen auf dem Urlaubsschnappschuss vor Augen. Wie lautete noch mal der Eintrag im Reisetagebuch, den der Kollege von Kommissar Veih vorgelesen hatte?

Frederick ist mein Reiseführer in verborgene Innenwelten.

Frederick. Der Nachname lautete Dittrich. Jetzt wurde ihr klar, um wen es sich handelte: um den Enkel von Werner Dittrich, der in den dreißiger Jahren in dieser Stadt die gleichnamigen Chemiewerke gegründet hatte. Seit deren Verkauf an Henkel lebte die weitverzweigte Familie von Aktien- und

Immobilienbesitz. Sie gründete Stiftungen, um Gutes zu tun und Steuern zu sparen. Sie sammelte Kunst, mehrte ihren Ruhm und wurde immer reicher.

Marie beschloss, Kommissar Veih zu informieren.

Sie legte alles zurück, wie sie es vorgefunden hatte, und drückte die Schublade zu. Dann fummelte sie ihr selbstgebasteltes Werkzeug in das Schlüsselloch, um den Riegel einschnappen zu lassen.

Im gleichen Moment hörte sie Geräusche an der Eingangstür. Ein Scharren im Schloss.

Vor Schreck ließ Marie die verbogene Büroklammer fallen. Sie ging auf die Knie, tastete hastig nach dem Drahtding, konnte es aber nicht finden. Rasch lief sie in ihr Büro und rang nach Atem.

Die Eingangstür sprang auf, Schritte im Flur.

Marie räusperte sich. «Hallo, Thorsten!» Sie trat ihrem Chef entgegen und zeigte ein Lächeln.

«Gut, dass du da bist. Hast du meine Mail schon gelesen?» Er ging in sein Büro und warf seine Tasche auf den Schreibtisch.

«Was hältst du von ‹Grand Palais› als neuem Namen für das Haus?»

Thorsten guckte mürrisch. «Vielleicht etwas zu dick aufgetragen.»

«Oder ‹Rosen-Palais› in Anspielung auf *Golden Rose*?»

«Ach, nee.»

«Und wie wär's mit ‹Kö-Palais›?»

Er weitete die Augen. «Perfekt! Kö-Palais! Marie, du bist großartig, was würde ich ohne dich tun?»

Im Augenwinkel sah Marie die verbogene Büroklammer gleich neben dem Tischbein liegen. Habe ich die Schublade noch verriegelt?

Er wird schon nichts bemerken, hoffte Marie.

73

▼

Am liebsten wäre Ronny einfach in seinem Fiat Panda sitzen geblieben. Nach Stunden anstrengender Vernehmungen fühlte er sich ausgelaugt. Zuerst hatte er bei Vincent sein Innerstes nach außen gekehrt. In den anschließenden Sitzungen musste er sorgfältig taktieren, was äußerste Konzentration verlangte. Was darf ich wem verraten? Was behalte ich besser für mich?

Zwei Staatsanwälte, ein halbes Dutzend Kommissare, andauerndes Nachfragen. Nun war er wieder allein – und zählte die Minuten bis zu seinem Treffen mit Bastian. Seinem Kumpel, seinem Bruder. Der womöglich ein Verräter war.

Vincents Verdacht: *Bastian Schwenk war schon immer Teil des rechten Netzwerks.*

Ronny durchforschte sein Gedächtnis und kam zu dem Ergebnis, dass es noch weit mehr Anhaltspunkte für diese These gab, als er mit Vincent erörtert hatte. Und womöglich galt die Verflechtung nicht nur für Bastian, sondern auch für weitere Beamte des Thüringer Verfassungsschutzes bis hinauf in leitende Positionen. Die Behörde hatte den NSU allzu lang gewähren lassen, obwohl sie durch Ronnys Berichte in die meisten Anschläge eingeweiht gewesen war.

Ich muss Bastian dazu bringen, seine Mitschuld aufzudecken, dachte er. Und offenzulegen, was er über Dennis Molitor weiß. Über den Verbleib der Drogen und die weiteren Pläne der Düsseldorfer Kameradschaft. Wenn ich das schaffe, ist mein Leben wieder etwas wert. Ronny gab sich einen Ruck. Er stieg aus und durchquerte die Zufahrt zum Hinterhof, der ihm grauer vorkam denn je. Der Wind drückte Rauch aus einem der Schlote herab. Es roch nach Kaminfeuer, und Ronny stellte sich vor, dass irgendwo im Haus eine Familie bei Kaffee und Kuchen saß.

Er wollte die Tür zum Hinterhaus öffnen und wurde fast über den Haufen gerannt. Ein großer Kerl stürmte heraus. Kinnbart, Ledermantel über den Schultern, Koffer in der Hand. Mark aus dem ersten Stock, erkannte Ronny. Anscheinend ohne ihn zu bemerken, eilte der Nachbar weiter, setzte den Koffer auf das Pflaster und zog ihn unter lautem Gerumpel hinter sich her zur Straße.

Ronny ging die Treppe hoch. In seiner Wohnung roch es noch immer nach dem Betrunkenen, der vorletzte Nacht hier gepennt hatte. Er riss ein Fenster auf, duschte und zog frische Sachen an. Er fuhr sich mit dem Bartschneider durchs Gesicht und sprühte Eau de Cologne auf seinen Hals – der Stress fiel allmählich von ihm ab.

Aus dem Loft unter ihm vernahm er ein Rumpeln. Schranktüren, Schubladen.

War Mark schon wieder zurückgekehrt? Oder …

Ronny wollte es wissen. Er lief die Treppe hinunter und klingelte. Kurz darauf ging die Tür auf.

Sandra stand vor ihm. Jogging-Klamotten, die Haare zum Dutt gedreht.

Sie verschränkte die Arme. «Weißt du was? Ihr Männer seid die Pest!»

Er streckte ihr seinen Dienstausweis hin.

«Was soll das, Ronny Vogt?»

«Nimm schon. Vergleich das Foto. Bitte, Sandra.»

Ihr Blick wanderte vom Kärtchen auf ihn und zurück. «Landeskriminalamt Thüringen?»

«Sag ich doch.»

«Schön für dich, aber was geht mich das an?»

«Mein Job in der Imbissbude war nur Tarnung, wie gesagt. In Wirklichkeit lassen wir eine Drogenbande hochgehen. Und eine Nazi-Verschwörung.»

«Wow. Bist ’n toller Typ.» Sie gab das Kärtchen zurück. «Vermutlich gibt's 'ne Menge Frauen, die du mit deinem Geheimscheiß beeindrucken kannst.»

«Darf ich dir einen Vorschlag machen?»

Sandra runzelte die Stirn.

«Ich hab noch vierzig Minuten, bevor ich wieder losmuss», sagte Ronny. «Komm rüber, ich mach uns Tee. Wir können beide ein wenig Beistand gebrauchen, meinst du nicht?»

Während der Tee in den beiden Porzellanbechern dampfte, taute Sandra auf und begann ihm vorzuschwärmen, wohin sie am liebsten verreisen würde – einmal rund um den Globus durch tropische Gefilde. Sie könne als Tauch-Guide arbeiten, zur Qualifikation benötige sie nur noch eine letzte Prüfung. Ihr Traum sei es, das Hobby für einige Zeit zum Broterwerb zu machen: Sonne, Meer und schicke Ferienresorts.

Es klang in Ronnys Ohren, als habe sie mit Mark abgeschlossen. Als sei sie auf größtmögliche Veränderung aus. Er stellte sich vor, ein Teil davon zu sein: Palmen, Hawaiihemd, Piña Colada. Nur kann ich nicht tauchen, fiel ihm ein. Und ein erneutes Sabbatjahr ist nicht drin.

Außerdem klingelt gleich Bastian.

Ronny schenkte ihr den letzten Rest aus der Kanne ein. «Kann sein, dass ich den heutigen Tag nicht überlebe.»

«Klar, hinter James Bond sind die Killer her.» Sandra zwinkerte.

Er zog sich Hemd und T-Shirt vom Leib.

Sandra sprang von ihrem Stuhl auf. «Du hast da etwas falsch verstanden. Ich seh mich jetzt nicht als Bond-Girl!»

Ronny packte eine Schatulle auf den Tisch. Er holte ein Mikro heraus, nicht größer als ein Centstück. Dazu einen Minisender mit Knopfbatterie, ein Gewirr dünner Kabel sowie eine Rolle mit hautfarbenem Klebeband.

«Bitte hilf mir, mich zu verkabeln.»

«Drogenbande und Nazi-Verschwörung, ist klar.» Sie schüttelte den Kopf. «Ronny, ich glaube dir kein Wort.»

«Das ist kein Spiel, Sandra.»

Er beschrieb ihr, wie sie das Kabel auf seinem Leib fixieren sollte. Wenn Bastian ihn abtastete, durfte er nichts spüren.

Er atmete tief ein und spannte die Muskeln, um zu prüfen, ob das Pflaster hielt. Er checkte den Sender und klebte das kleine Kästchen an die Innenseite seines Schenkels.

Seine Nachbarin nähte das Mikro anstelle eines Knopfs ans Hemd. Täuschend echt, befand Ronny. Er zog sich vorsichtig an und kontrollierte sein Aussehen im Spiegel.

Das sichere Handy klingelte – es war so weit.

Sandra berührte zart seine Schulter. «Pass auf dich auf, James.»

Ronny lächelte. Er war bereit.

74

▼

Vincent versuchte, seine Gedanken zu sortieren. An den weiteren Vernehmungen Ronnys hatte er nicht teilgenommen. Auch nicht am großen Meeting seiner Dienststelle mit Staatsanwältin Förster, aber von Bruno Wegmann hatte er erfahren, dass spätestens ab morgen die Kommunikation von Oliver Bischoff überwacht werden würde sowie die seiner sogenannten Legionäre – erst einmal Beweise sammeln.

Den Nazis wollte Vincent dagegen so rasch wie möglich auf die Pelle rücken. Deshalb bekniete er Oberstaatsanwalt Kilian, ihm grünes Licht für eine Razzia zu geben. Zeitgleich wollte er mit ausgewählten Kollegen die Wohnungen von Dennis Molitor und allen seiner Kumpanen durchsuchen, von denen er durch Ronny wusste.

Um Kilian zu überzeugen, hatte Vincent ihm in leuchtenden Farben ausgemalt, was er bei Dennis, Bolle und Co. zu finden hoffte: Waffen, illegale Tonträger in rauen Mengen, volksverhetzendes Propagandamaterial.

Womöglich sogar die Drogen.

«Die Festnahme der Nazis wird den Mordfall Melli Franck und auch die Schießerei in Reisholz in den Schatten stellen», hatte Vincent vorhergesagt. «In Ihrer Behörde werden Sie der Star sein, Herr Kilian, und keiner wird mehr von Frau Förster schwärmen, dieser intriganten Streberin.»

Damit hatte er Kilian geködert.

Anschließend war es nur noch eine Kleinigkeit gewesen, Kripochef Engel zu überreden, Vincents Beurlaubung für die Dauer der Razzia und ihrer Nachbearbeitung aufzuheben. Auch Engel witterte die Chance, einen Erfolg für sich persönlich zu verbuchen. Sollte die Aktion jedoch scheitern, würde Vincent als Sündenbock herhalten müssen. Dessen war er sich bewusst.

Vincent klingelte am Eingang des Hauses an der Kaiserstraße, in dem der Anwalt residierte, den seine Mutter ihm vermittelt hatte. Im letzten Jahr war Vincent schon einmal hier gewesen. Damals hatte Auersberg die Gegenseite vertreten.

Es summte, und Vincent betrat das noble Treppenhaus. Freimuth Auersberg erwartete ihn an der Tür im zweiten Stock.

«Danke, dass Sie am Sonntag Zeit für mich haben.»

«Ihr Fall wird mir ein Vergnügen sein, Herr Veih.»

Sie gaben sich die Hand. Vincent wunderte sich, dass der Mann, der zu den prominentesten Strafverteidigern des Landes zählte, so freundlich und normal wirkte. Mittelgroß, schütteres Haar. Hosenträger über einem weißen Hemd, die Ärmel hochgekrempelt.

«Herr Altintop ist schon da», sagte der Anwalt und ging voraus in sein Büro.

Dort begrüßte Vincent den Kollegen vom Staatsschutz. Erhan Altintop war ein junger Typ, vielleicht noch zu unerfahren, um Leichensachen zu bearbeiten. Aber ein wacher Blick, ehrliche Augen.

«Hamid hat mir von dir erzählt», sagte Vincent.

«Und mir von dir. Tut mir leid, was bei uns gegen dich läuft.»

«Eines muss ich von vornherein klarstellen, Erhan. Ich werde mich nach Kräften dafür einsetzen, dass du ins KK11 umgesetzt wirst, aber letztlich liegt die Entscheidung nicht in meiner Hand.»

«Ist klar.»

Vincent deutete auf die DVD, die in einer schmalen Hülle ohne jede Beschriftung auf dem Beistelltisch lag. «Ist es das?»

Erhan nickte.

«Du wirst Ärger bekommen.»

«Egal, das ziehen wir durch.»

«Mal sehen», sagte Auersberg, griff nach dem Datenträger und schob ihn in das Laufwerk seines Laptops.

«Ich weiß nicht, ob ich Sie bezahlen kann», sagte Vincent zu ihm.

«Sind Sie nicht in der Gewerkschaft?»

«Doch, aber mit den Leuten kann ich erst morgen sprechen.»

«Gehen wir davon aus, dass es klappt.»

Der Staranwalt bewegte die Maus und klickte ein paarmal. Dann betrachteten sie das Video auf dem großen Monitor.

Die Demo.

Vincent fragte sich, von welchem Standpunkt aus gefilmt worden war. Vielleicht ein Fenster im ersten Stock auf der gegenüberliegenden Straßenseite. Minutenlang nahm die

Kamera die Gegendemonstranten hinter der Absperrung ins Visier. Nahaufnahmen, einzeln herangezoomte Gesichter – Vincent erkannte sich und Nina.

Sprechchöre wurden vernehmbar, ein scharfer Schwenk auf die heranziehenden Nazis.

Fahnen, gereckte Fäuste, schreiende Fratzen.

Schon im nächsten Moment konzentrierte sich die Kamera wieder auf die bunt gekleideten Antifaschisten – es wirkte, als gingen die Kollegen vom Staatsschutz davon aus, dass Straftaten von dort zu erwarten seien, nicht von den Fremdenhassern und Rechtsextremisten.

Der Angriff mit der Dachlatte kam aus heiterem Himmel, war aber deutlich zu sehen. Der Nazi, der zuschlug, trug eine Kapuze, sein Gesicht war von der Kamera abgewandt. Er holte ein zweites Mal aus.

Vincent sah sich an den Kopf fassen, dann die herabsausende Stange packen und zurückstoßen. Fast im gleichen Moment stürzte sich der Uniformierte, der dabeistand, auf ihn – als hätte der Kollege nur auf einen Vorwand gewartet, sich einen Gegendemonstranten zu schnappen.

Einen Moment später war Vincent bereits abgeführt. Seine Gegenwehr war nicht der Rede wert. Aber man sah noch, wie mehrere Kollegen der Einsatzhundertschaft nach ihm schlugen, bevor die Kamera wegschwenkte.

Jetzt zeigte das Video, wie Leute in größerer Zahl über die Absperrung stiegen, um die Nazis am Weiterziehen zu hindern. Polizisten mit geschlossenen Helmen und gezogenen Schlagstöcken drängten sich dazwischen, dann brach die Aufnahme ab. Besser gesagt die Kopie, die Erhan Altintop angefertigt hatte.

Vincent war voller Groll auf die Kollegen, die ihn festgenommen hatten, und zugleich erleichtert, dass ihn seine Erinnerung nicht getrogen hatte. Er war Opfer, nicht Aggressor – jeder Richter würde das nach Betrachten des Films so beurteilen.

«Über meine Kosten brauchen Sie sich keine Gedanken mehr zu machen», sagte Auersberg gut gelaunt. «Die Staatskasse muss bezahlen, denn wir werden gewinnen.»

«Sie haben mich gefragt, mit welchem Ziel ich in die Auseinandersetzung gehen möchte.»

«Leiter Ihrer Dienststelle zu bleiben, ich weiß.»

«Und die Verantwortlichen für die Intrige müssen ihre Posten verlieren. Die Behörde darf nicht noch einmal …»

«Erst einmal geht es um Sie, Herr Veih, und noch ist der Pudding nicht gegessen.»

Auf der Straße verabschiedete sich Vincent von Erhan. Er spürte, dass dem Kollegen die Angst in den Knochen steckte. Er drückte dessen Hand.

«Hab vielen Dank.»

«Hamid meint, du bist in Ordnung.»

«Wenn er das sagt.»

«Beim Staatsschutz werde ich nach alldem nicht bleiben können.»

«Wir kriegen das hin.»

Erhan nickte, wirkte aber nicht ganz überzeugt. Er steckte die Hände in seine Taschen, zog den Kopf ein und machte sich auf den Weg zur U-Bahn.

London Calling. Vincent griff nach dem Smartphone.

Es war Marie.

«Der vierte Mann auf dem Foto aus Matala, der junge Hippietyp …»

«… namens Frederick.»

«Richtig. Ich habe ihn in den Unterlagen entdeckt. Mit Nachnamen heißt er Dittrich. Er hält ebenfalls Anteile an Matala.»

«Dittrich – woher kommt mir der Name bekannt vor?»

«Eine alteingesessene Düsseldorfer Familie, weit verzweigt und sehr wohlhabend. Der Großvater war Chemiker und hat in der Nazizeit eine Fabrik gegründet, als Rohstoffe knapp wurden und man aus allem Möglichen Treibstoff für die Armee gewinnen wollte.»

Jetzt fiel der Groschen. «Werner Dittrich, so hieß der Opa.»

«Sie kennen diese Leute?»

«Die Witwe lebt noch. Hochbetagt. Und Anwalt Neudecker kümmert sich um ihr Vermögen.» Wie er auch die Immobilie verwaltet, in dem sich das *Pronto-Pasta-Pizza* befindet, dachte Vincent.

«Ganz genau.»

«Was macht eigentlich Frederick Dittrich heute?»

«Ich kann das recherchieren.»

«Nein, das überlassen Sie besser uns.»

«In Matala hat alles begonnen, nicht wahr, Herr Veih?»

75

▼

Als Ronny auf die Straße trat, lehnte Bastian Schwenk an seinem alten Golf, den er schon in ihren gemeinsamen Tagen in Thüringen und Sachsen gefahren hatte. Sein heller Mantel stand offen und ließ einen himmelblauen Anzug sehen, ein weißes Hemd und ein seidenes Halstuch, das gelb und blau gemustert war. Der ältere Kollege öffnete die Beifahrertür.

Bastian umarmte ihn zur Begrüßung. Ronny spürte, wie er ihm auf den Rücken klopfte. Keine Verdrahtung ist perfekt. Da mag das Kabel noch so dünn sein und sorgfältig abgeklebt – am besten nicht daran denken.

Der Sender an seinem Bein war eingeschaltet. Auf eine Waffe zu seinem Schutz hatte Ronny verzichtet. Er hätte sie nicht vor Bastian verbergen können.

Tu, als sei alles in Ordnung.

Ronny begann leicht zu schwitzen.

Bastian startete den Wagen. «Warum hast du dich nicht gemeldet, mein Guter? Was hab ich mir Sorgen um dich gemacht!»

«Nach der Schießerei …»

«Ich hab davon gehört. Zum Glück ist dir nichts passiert! Hast du mitgekriegt, wer die Bischoffs überfallen hat?»

Er tut, als wisse er nicht Bescheid, dachte Ronny. Als hätte er nicht selbst die Finger im Spiel.

«Wohin fahren wir?», fragte Ronny.

«Kennst du die Insel Hombroich?»

«Nein.»

«Dann wird es aber Zeit. Ein reicher Kunstsammler hat sich ein paar Galeriegebäude in die hübsche Landschaft setzen lassen. Definitiv ein Paradies für Schöngeister. Also unwahrscheinlich, dass wir dort auf jemanden von den Bischoffs treffen.»

«Das spielt jetzt keine Rolle mehr.»

«Wie kommst du darauf?»

«Für die Bande bin ich verbrannt. Oliver hält mich seit dem Überfall für einen Spitzel, davon muss ich ausgehen. Einen Moment lang wollte er mich sogar töten. Er dachte, ich stecke mit den Nazis unter einer Decke.»

«Mit welchen Nazis?»

«Die ihm die Drogenlieferung abgenommen haben.»

«Du hast sie erkannt?»

Ronny nickte.

«Doch nicht etwa Dennis Molitor?»

«Er und seine Leute.»

Bastian schüttelte den Kopf. «Diese Idioten!»

Er fuhr auf der A57 in Richtung Krefeld, blieb auf der rechten Spur und bog gleich wieder ab. Ausfahrt Neuss-Reuschenberg. Je weiter sie sich von Düsseldorf entfernten, desto mulmiger wurde Ronny zumute.

Ich muss den Kerl zum Reden bringen.

«Die Nazis sitzen jetzt auf einem Berg von Crystal-Meth-Tabletten», sagte er.

«Mein Guter, ich mache mir solche Vorwürfe!»

«Wieso?»

«Womöglich habe ich Dennis auf diese Idee gebracht.»

Ronny staunte, dass Bastian von sich aus davon sprach. Er schien sich sehr sicher zu fühlen.

«Du musst wissen, dass ich den Kerl schon vor einiger Zeit angezapft habe. Ich wusste, dass er mit verbotenen Musik-CDs handelt, und dachte, ich hätte ihn damit in der Hand. Ursprünglich sollte er mein Zugang zur Bischoff-Bande sein. Aber die Bischoffs können Dennis nicht riechen und haben ihn auf Distanz gehalten. Deshalb konnte er nichts liefern.»

«So musste ich ran.»

«Ronny, der Profi. Ganz genau.»

Hinter Reuschenberg verließen sie die Landstraße, der Golf rollte quer über einen Parkplatz. Der Mann, der einst wie ein älterer Bruder für ihn gewesen war, steuerte das entlegenste Ende an. Der ideale Ort, um eine unliebsame Person auszuschalten, schoss es Ronny durch den Kopf.

Bastian stieg aus. Ronny folgte ihm. Sie gingen in ein Kassenhäuschen, Bastian kaufte zwei Tickets. Der Ausgang lag auf der anderen Seite. Dort führte eine Treppe einen Hang hinunter.

Naturbelassene Gegend, bei schönem Wetter sicher ein Idyll. Ein Flüsschen verzweigte sich und bildete eine Insel mit Tümpeln, Grasland und Gebüsch. Auf den Hauptwegen zu den Ausstellungsgebäuden schlenderten einige Besucher.

Bastian führte Ronny auf einen Trampelpfad, der am Wasser entlangführte. Hier waren sie allein. «Bist du dir sicher, dass es die Rechten waren?», fragte Bastian.

«Ich habe Bolle gesehen. Sein Tattoo.»

«Wer ist Bolle?»

Als ob du das nicht wüsstest, dachte Ronny. «Ein Skinhead-Kumpel von Dennis. War am Freitag mit uns beim Kameradschaftsabend.»

«Meinst du dieses Treffen auf dem Bauernhof kurz vor der holländischen Grenze?»

«Du warst auch dort. Ich hab dich gesehen.»

Jetzt war es raus.

Sie setzten sich auf eine Bank. Bastian knöpfte seinen Mantel zu und schlug den Kragen hoch, um den Wind abzuhalten.

«Ja, ich hatte mich mit Dennis verabredet. Es gab Gesprächsbedarf.»

«Du hast ihm von der bevorstehenden Transaktion erzählt.»

Er hob eine Augenbraue. «Wie meinst du das?»

«Wie ich es sage.»

Wenn er mich wirklich umbringen will, bräuchte er eine Pistole mit Schalldämpfer, überlegte Ronny. Aber das Mikro wird den Schuss trotzdem aufnehmen, und das genügt als Beweis. Mein Tod wird nicht umsonst sein.

«Hör zu, mein Guter, du hast mich erst am Samstagmorgen von der geplanten Drogenübergabe in Kenntnis gesetzt. Meinst du, ich fahr zum Kameradschaftsabend, um die Rechten gegen die Bischoff-Bande aufzuhetzen? Warum sollte ich das tun?»

«Weil die Nazis Geld für ihren neuen NSU brauchen. Weil Dennis Molitor und Ole Naumann dich um Hilfe gebeten haben. Weil du der Idee einer nationalen Revolution schon immer ausgesprochen wohlwollend gegenüberstandest.»

«Wie bitte?»

«Was haben wir denn all die Jahre getan? Den rechten Terror gefördert!»

«Damit ist schon lange Schluss. Was meinst du, warum ich den thüringischen Verfassungsschutz verlassen habe und nach Düsseldorf gezogen bin?»

«Du arbeitest auch nicht nebenher noch für den Geheimdienst?»

«Und du?»

«Na, hör mal! Ich hab den Laden so etwas von satt! Mir kommt das Kotzen, wenn ich an früher denke.»

«Siehst du, mir geht's genauso. Unterstell mir also nicht so einen Scheiß!»

Kein Wimpernzucken, kein falscher Blick. Entweder habe ich mich in Bastian geirrt, oder er ist ein verdammt guter Schauspieler, dachte Ronny.

Warum zieht er nicht einfach seine Waffe?

«Worüber hast du mit Dennis geredet, Bastian?»

«Es ging um dich.»

«Um mich?»

«Er wollte wissen, ob du jetzt an seiner Stelle für mich arbeitest und wie lang das schon geht. Ich hab's geleugnet, um dich zu schützen. Ist doch klar.»

«Wie kam er darauf, hab ich etwas falsch gemacht?»

«Er hat sich gewundert, dass ich ihn seit Wochen in Ruhe lasse. Genau gesagt, seit du in seiner Bude angefangen hattest. Nein, mein Guter, du hast dich völlig richtig verhalten. Wenn jemand einen Fehler begangen hat, dann war ich das. Dass die Bischoffs, für die er arbeitet, mutmaßlich mit Crystal Meth handeln, hat er nur durch mich erfahren. Und so kam er offenbar auf die blöde Idee, sein eigenes Ding aufzuziehen. Peng, peng, peng – her mit den Pillen!»

Eine Familie wanderte vorbei. Das Kind stapfte beherzt in die Pfützen. Die Mutter blickte für einen Moment herüber.

«Fährst du mich wieder zurück?», fragte Ronny.

«Natürlich.»

Sie erreichten die Autobahn. Bastian beschleunigte den alten Golf, und sie wurden Teil des breiten, blechernen Stroms, der über die Südbrücke die Stadt ansteuerte.

Ronny kam es albern vor, dass er für einen Moment Vincents Befürchtung geteilt hatte, Bastian könnte ihm etwas antun wollen.

«Warum hast du mich nicht angerufen?», fragte sein Kumpel.

«Erst hat Oliver Bischoff versucht, mich zu töten, und dann ist schon die Polizei aufgekreuzt. Als ich im Gewahrsam saß, dachte ich, unsere Verbindung sollte erst einmal geheim bleiben.»

«Hast du mit Vincent Veih gesprochen?»

«Ja, heute früh.»

«Was hat er vor?»

«Seine Leute werden die Bischoffs beobachten, weil er meint, dass sein Mordfall mit der Drogensache zusammenhängt.»

«Auf keinen Fall überhastet zuschlagen!»

«Sag du ihm das, Bastian.»

«Was kannst du über die Leute berichten, mit denen sich Bischoff junior getroffen hat?»

«Das Auto war ein schwarzer Toyota Landcruiser. Getönte Scheiben, das Nummernschild unkenntlich gemacht. Das ist leider alles.»

«Okay, ich werde mich mit Veih in Verbindung setzen. Oliver Bischoff wird bald wieder versuchen, an Drogen zu kommen. Er darf die Pipeline zu seiner Kundschaft nicht austrocknen lassen, denn sonst ist er weg vom Fenster. Wenn wir Glück haben, bekommen wir eine zweite Chance.»

«Aber ohne mich. Nach dem Desaster von gestern …»

«Ist klar, mein Guter. Du hast recht, deine Mission ist beendet. Ich werde deinem Chef in Erfurt meinen Bericht schicken. Höchstes Lob. Was du geleistet hast, ist enorm.»

Ronny spürte einen Kloß im Hals. Was zählte seine Arbeit, wenn Matthias dafür mit dem Leben bezahlt hatte?

Bastian hielt an. Sie standen vor Ronnys Zuhause.

«Und jetzt bloß nicht sentimental werden, mein Guter. Es heißt Abschied nehmen. Aber wir bleiben in Kontakt. Ich melde mich, sobald ich mal in Thüringen bin. Dann lädst du mich zum Essen ein, okay?»

«Versprochen.»

«Und wenn ich mal wieder einen verdeckten Ermittler brauche …»

«Vergiss es. Ich werde mir eine ruhige Dienststelle suchen und ganz normalen Polizeidienst schieben.»

«Du wirst dich langweilen.»

«Das glaube ich nicht.»

Sie umarmten sich.

«Halt die Ohren steif», sagte Bastian.

Ronny spürte, wie ihn der Abschied rührte.

Der alte Golf fuhr davon.

Ronny betrat seine Wohnung und erschrak. «Was machst du hier?»

Sein Cousin zweiten Grades saß am Tisch. Vor ihm lag ein grauer Kasten mit Reglern und allerlei Leuchtdioden. Daneben ein Paar Kopfhörer. Vincent hielt das Fotoalbum in der Hand – offenbar hatte er darin geblättert.

Ronny entriss es ihm.

«Interessant», sagte Vincent Veih.

«Ich war keiner von denen, das musst du mir glauben. Ich wollte nur Liese dazu überreden, dass sie an diesem Programm teilnimmt. Das Bundesamt für Verfassungsschutz hat damals Ausstiegswillige nach Schweden geschickt.»

«Du warst verliebt.»

«Ach was.»

«Gib's zu, Ronny.»

«Ich weiß nicht. Lange her.»

«Immerhin bewahrst du die Bilder auf.»

Ronny riss die Abzüge aus den Fotoecken und zerfetzte einen nach dem anderen.

Vincent stoppte ihn und nahm ihm den Rest aus der Hand.

Ronny zeigte auf die Kopfhörer. «Hast du mitgehört? Von hier aus, über die ganze Distanz?»

Sein Cousin nickte. «Bruno hat dein Signal empfangen und verstärkt.»

«Wer ist Bruno?»

Es klopfte.

«Lass ihn rein», sagte Vincent.

Ronny öffnete seine Wohnungstür. Draußen stand ein großer Kerl mit Wampe, schiefer Nase und vernarbten Augenbrauen. Er gab Ronny die Hand, fest wie ein Schraubstock.

«Bruno Wegmann», stellte er sich vor. «Ich arbeite in Vincents Dienststelle.»

«Sie sind mir gefolgt?», fragte Ronny.

«Meinst du, ich hätte dich diesem Kerl ohne Schutz ausgeliefert?», antwortete Vincent anstelle seines Kollegen. «Bruno hätte dich jederzeit rausgehauen. Er war mal Niederrhein-Champion im Amateurboxen, Schwergewicht.»

«Das sieht man.»

Wegmann lachte. «Ein paar Jährchen her.»

«Wie schätzt du deinen Führungsbeamten ein?», fragte Vincent.

«Wir haben uns in ihm geirrt.»

«Weil er dich am Leben gelassen hat?»

«Nicht nur deshalb. Bastian hat mich überhaupt nicht ausgehorcht. Er hat sich ausschließlich für die Bischoffs interessiert. Wenn er für die Nazis arbeiten würde, hätte er doch wissen wollen, was wir gegen sie unternehmen werden.»

«Was meinst du, Bruno?»

«Ronny könnte recht haben.»

«Hast du alles mit anhören können?»

«Ja, klar. Was Schwenk gesagt hat, klang schlüssig. Und warum sollten wir einem Kollegen vom Landeskriminalamt misstrauen?»

Vincent dachte anders darüber. Er hielt alles für möglich. Aus Prinzip.

«Wer ist Heiko Lucke?», fragte er Ronny.

«Ich bin mir nicht sicher …»

«Der Name steht auf der Liste der Vergewaltiger. Du hast zweimal gestutzt, als du ihn gelesen hast.»

«Weil du sadistische Gewalt erwähnt hast. Nur so ein Gefühl, aber …»

«Sprich's aus.»

«Einer von den Legionären wird Lucky genannt. Drahtiger Typ, auffällig schlechte Zähne. Hat einen jüngeren Bruder namens Adrian.»

Vincent und Bruno blickten sich an.

«Ich kümmere mich darum», sagte der Exboxer.

Es klopfte schon wieder. Ronny ging zur Wohnungstür.

Sandra stand vor ihm. Sie hatte sich umgezogen und trug eine engsitzende Hose und einen Pulli mit schwarz-weißem Norwegermuster. Das Haar fiel ihr über die Schultern. Ronny nahm ihr Parfum wahr und konnte nicht anders, als sie anzustarren.

«Stör ich?», fragte sie.

Vincent Veih packte den Funkempfänger ein. «Wir sind schon weg. Komm, Bruno.»

76

▼

Endlich gab Oberstaatsanwalt Kilian das Signal zum Zugriff.

Sonntagabend, drei Minuten vor zwanzig Uhr.

Fünfundvierzig Kollegen an acht Orten: vier Wohnungen, zwei Garagen und ein Büro sowie das Imbisslokal *Gumbert 18* in der gleichnamigen Straße des Stadtteils Eller.

Kilian war noch immer nicht wohl bei der Sache.

Vincent hatte nun ebenfalls Bammel.

Er konnte sich an keine Razzia erinnern, die mit so heißer Nadel gestrickt worden wäre. Vorausgegangen waren Stunden hektischer Vorbereitung. Ronny hatte die Namen geliefert: Dennis Molitor, Bolle Stowasser und zwei weitere Neonazis, die er in dringendem Verdacht hatte, in der Nacht zum Dienstag am Anschlag auf das koreanische Restaurant im Hafenviertel sowie am gestrigen Überfall in Reisholz beteiligt gewesen zu sein.

Erhan konnte eine Kollegin seines Staatsschutz-Kommissariats dazu bewegen, ihre Erkenntnisse beizusteuern. Beamte in Zivil besorgten die Aufklärung vor Ort. Sie hatten Fotos der vier jungen Männer, Außenaufnahmen der zu durchsuchenden Objekte und eine Grundrissskizze der Frittenbude in der Gumbertstraße. Sie kannten Mitbewohner und Anfahrtswege, sie wussten über zweite Ausgänge Bescheid.

Kripochef Engel sorgte für die Unterstützung durch die Polizeiinspektionen vor Ort. «Die Sache mit dem Video, ein unglaublicher Fauxpas», hatte Engel gesagt. «Davon hatte ich natürlich keine Ahnung, Herr Veih.»

Vincent war sich bewusst, dass Engel ihn trotzdem im Fall eines Fehlschlags kreuzigen würde.

In der Einsatzbesprechung hatte Vincent sämtliche Durchsuchungskräfte in die Lage eingewiesen: die Vorgehensweise dargestellt, die erhofften Beweismittel benannt, Behandlung und Registrierung der Asservate angesprochen und alle Beteiligten ermahnt, die Eigensicherung nicht zu vernachlässigen – möglicherweise waren Widerstandshandlungen zu erwarten.

Zuletzt hatte Vincent die Handys eingesammelt, damit kein Wort über die geplante Aktion nach außen drang.

Oberstaatsanwalt Kilian ordnete die Durchsuchungen selbst an. Abwehr einer Gefahr in Verzug – mit dieser Begründung durfte das ermittelnde Team auf einen richterlichen Beschluss verzichten und ersparte sich Tage des Wartens.

Die Dringlichkeit war zweifellos gegeben.

Es wird einen Anschlag g-g-geben.

Er saß in einem zivil lackierten Opel Astra und hatte den Eingang des *Gumbert 18* im Blick. Neben ihm Hamid Belhanda, auf der Rückbank Erhan Altintop. Gerade hatte ein Mann das Lokal betreten. Ein Kunde, kein Nazi, schätzte Vincent, weshalb er beschloss, noch etwas zu warten.

Bepackt mit vollen Tüten, verließ der Typ die Imbissstube. Das Klirren von Bierflaschen schallte über die Straße. Da hat sich einer für einen langen Fernsehabend eingedeckt, dachte Vincent. Er griff nach dem Funkgerät und forderte die übrigen Teams auf, ihre Position zu bestätigen.

Alle waren bereit.

«Zugriff», sagte Vincent.

Sein Team stürmte das Lokal.

Eine Frau wischte den Tresen sauber. Ende zwanzig bis Anfang dreißig, deutlich übergewichtig, blondes Haar, asymmetrische Frisur. Zahlreiche Ringe in den Ohren, der Nase, der rechten Augenbraue. Gemäß der vorliegenden Beschreibung handelte es sich um Molitors Freundin.

«Kriminalpolizei», sagte Vincent, zeigte seine Marke und händigte der Frau den Durchsuchungsbeschluss aus, der

Kilians Unterschrift trug. Vincent fragte sie, ob er einen Nachbarn als Zeugen hinzuziehen solle. Sie verneinte. Auf dem Durchsuchungsprotokoll, das er vorbereitet hatte, ließ er sich diesen Verzicht quittieren.

Lärm im Hinterzimmer.

Zwei junge Burschen wollten durch das Fenster türmen – den uniformierten Kollegen in die Arme, die sich auf der Rückseite des Hauses postiert hatten.

Erhan blieb an der Seite der Frau, Vincent und Hamid machten sich an die Durchsuchung. Sie fanden eine Reichskriegsflagge, die das hintere Zimmer verunzierte, einen Laptop sowie einige Kisten mit druckfrischem Propagandamaterial – Pamphlete aus der Feder eines gewissen Ole Naumann.

Vincent erinnerte sich: Ronny hatte erwähnt, dass sein Künstlername «Odin» lautete. Ein notorischer Holocaustleugner und umjubelter Vordenker der rechtsextremen Szene.

Sie beschlagnahmten die Sachen und trugen sie zu ihrem Astra.

Vincent fragte die Blonde, wo sich Molitor aufhalte. Sie gab sich ahnungslos.

Er bat Hamid und Erhan, im Lokal zu warten und Molitor festzunehmen, sobald er aufkreuzte. Die beiden Jugendlichen ließ er ins Präsidium bringen, wo sie eine Weile schmoren sollten.

Dann fuhr er mit der Blonden zu ihrer Wohnung, die sie mit ihrem Freund teilte. Auf dem Weg dorthin nahm er Funkkontakt zu den anderen Teams auf.

Schlechte Nachrichten: In einer Wohnung waren die Durchsuchungskräfte in eine Party geplatzt. Sie stießen auf Widerstand, die Situation drohte, aus dem Ruder zu laufen. Verstärkung war angefordert.

Im Fall einer Panne brauche ich mich im Präsidium nicht mehr blicken zu lassen, dachte Vincent. Wo zum Teufel befinden sich die illegalen Nazirock-CDs, von denen Ronny gesprochen hatte? Die Waffen, die es geben musste, die geraubten Drogen?

Molitors Wohnung lag unweit der Imbissbude. Die Frau wurde hysterisch, als sie bemerkte, dass Vincents Kollegen bereits die Tür aufgebrochen hatten und die Räume durchsuchten. Man gab ihr den Beschluss, der sich auf die Wohnung bezog. Wieder verzichtete sie auf das Hinzuziehen von Zeugen – keiner will seine Nachbarn dabeihaben, wenn die Polizei in den eigenen vier Wänden nach Beweisen für Straftaten sucht.

So also sieht es daheim bei Neonazis aus, dachte Vincent: Adolf Hitler und Rudolf Hess gerahmt über dem Küchentisch. Was geht im Kopf von jemandem vor, der solche Verbrecher verehrt? Am liebsten hätte er die Blonde zur Rede gestellt und ihr eine Lektion in Geschichte erteilt.

Im Schlafzimmer hing ein Ausschnitt aus einer Zeitschrift – gerahmt hinter Glas.

Es ging um den Salon eines Friseurmeisters namens Walter Molitor. Gelegen im damals noch proletarischen Hafenviertel und eingerichtet wie zu Opas Zeiten. Die männliche Kundschaft bekam einen Haarschnitt verpasst, der schon in den Sechzigern out gewesen war. Erstaunt berichtete das Magazin über ein paar Größen der Kunst- und Musikszene, die genau diesen Stil für den letzten Schrei erklärten. Und plötzlich pilgerten angeblich auch junge Leute zu Molitor in die Hammer Straße.

Vincent kniff die Augen zusammen und besah sich das Haus, das auf dem Ausschnitt abgebildet war. Er winkte die Blonde herbei. Sie erklärte ihm, dass es sich bei dem Friseur um den Vater ihres Freundes handelte und der Artikel Anfang der Neunziger in einem Stadtmagazin erschienen war, das es heute nicht mehr gab. Ursprünglich hatte er in Walter Molitors Friseurladen gehangen.

«Ist da nicht jetzt ein Koreaner?», fragte Vincent.

«Weiß nicht. Da geh ich nicht hin.»

«Warum nicht?»

«Die Schlitzaugen haben meinen Schwiegervater in den Selbstmord getrieben. Die bringen Krankheiten in unser Land. Vogelgrippe und so. Voll eklig, da geht man nicht hin!»

«Also wissen Sie es doch. Dort ist jetzt ein koreanisches Restaurant.»

Sie schwieg.

«Der Koreaner, bei dem es neulich gebrannt hat», ergänzte Vincent.

Molitors Freundin zog die Augenbrauen zusammen. «Na und, kann ich doch nichts dafür! Warum bleiben die nicht in ihrem Land?»

Die Kollegen beschlagnahmten die Porträts der Nazigrößen sowie jede Menge Literatur über Weltkriegsschlachten und die Überlegenheit der weißen Rasse. Vincent ließ sie auch den gerahmten Artikel einpacken.

Im Papierkram, mit dem eine Schublade im Küchenschrank vollgestopft war, fanden sich Molitors Handyrechnungen der letzten Monate, jeweils inklusive einer Liste der Verbindungen – anhand der Nummern würden sich die Kontaktpersonen des Mannes ermitteln lassen.

«Gibt es zu dieser Wohnung einen Kellerraum oder eine Dachbodenkammer?», fragte Vincent.

Die Blonde zuckte mit den Schultern.

«Können wir uns dort einmal umsehen?»

«Klar.»

«Und wir wissen, dass ihr Freund unweit von hier zwei Garagen gemietet hat.»

«Keine Ahnung.» Ihre Hand fuhr an den Kragen ihrer Bluse.

Er wandte sich ab, hob das Funkgerät und drückte die Sprechtaste. «Vincent für Bruno.»

«Hier Bruno», kam die Antwort.

«Wie schaut's aus?»

«Nichts. Wir brechen gerade auf. Und bei dir?»

«Wirklich nichts? Seid ihr sicher?»

«In der einen Garage lagert allerlei Werkzeug und ein Satz Sommerreifen, in der anderen steht Molitors VW-Bulli. Das Fahrzeug ist sauber. Wir haben die Sitze ausgebaut und hinter den Radkappen nachgeschaut. Keine Drogen, nichts.»

Vincent bemerkte, dass Molitors Freundin zu lauschen versuchte.

«Und unter dem Fahrzeug?», fragte er ins Funkgerät.

Die Blonde wandte sich ab und verschränkte die Arme.

Vincent wies einen Uniformierten an, nicht von ihrer Seite zu weichen, damit sie ihren Freund nicht per Handy warnte.

Dann lief er die Treppe hinunter zu seinem Wagen.

77

▼

Auf der Fahrt zu den Garagen funkte Vincent die übrigen Teams noch einmal an und erhielt neue Informationen. In der Partywohnung war endlich Ruhe eingekehrt. Fünf Festnahmen zum Zweck der Identitätsfeststellung. Ein Butterfly-Messer beschlagnahmt, zwei Dolche sowie eine geringe Menge Marihuana. Wo sich Dennis Molitor aufhielt, wollte keiner verraten.

Offenbar war Bolle Stowasser ebenfalls ausgeflogen, der Skinhead mit der Rune am Hals. Auch in seiner Wohnung hing ein Hitlerbild an der Wand, wie Vincent erfuhr. Auf dem Küchenschrank ein Wehrmachtsstahlhelm. Im Regal eine Sammlung von Plastikpanzern und Weltkrieg-II-Kampfflugzeugen aus dem Modellbaukasten. Nazi-Orden in einer Schublade sowie zwei lose Neun-Millimeter-Patronen – ohne die dazugehörige Waffe.

Vincent erreichte eine Unterführung. Hinter den Gleisanlagen erstreckte sich ein Gewerbegebiet. Schrotthandel, Autowerkstatt, Garagenverschläge. Zwei davon hatte Dennis Molitor angemietet. Beide Tore standen offen, Molitors Bulli parkte jetzt im Freien.

Bruno kam Vincent entgegen. «Du hattest recht, Chef.»

Zwei Uniformierte standen da und rauchten. Vincent grüßte sie. Dann betrat er die leere Garage.

In der Mitte des Betonbodens ragte der Deckel einer Falltür hoch, unbehandelte Holzbretter mit nagelneuen Eisenbeschlägen. Das Schloss war aufgebrochen. Sprossen einer stählernen Leiter führten ins Dunkel. Vincent vernahm einen stechenden Geruch.

«Warst du schon unten?»

«Klar.» Bruno hob die Hände. «Hab aber nichts angefasst.»

«Wonach sieht's aus?»

«Kanister mit Chemikalien, abgesägte Rohrstücke, lauter so 'n Scheiß.»

«Eine Bombenwerkstatt?»

«Absolut.»

Vincent holte sein Handy hervor und wählte die Nummer des Kollegen Fabri. Tut mir leid, dachte er, dass ich dir den Sonntagabend verderbe, aber wenn es um Spurensicherung geht, brauche ich in diesem Fall den Besten.

Gegen halb zwölf kehrte Vincent ins Präsidium zurück. Er war erstaunt, den Oberstaatsanwalt zu dieser Stunde noch anzutreffen. Kilians Augen leuchteten – vermutlich in Erwartung der morgigen Pressekonferenz, auf der er die Beute präsentieren würde: Nazi-Devotionalien, selbstgebastelte Sprengkörper samt Zünder, Propagandamaterial.

Die Durchsuchungsteams trudelten ebenfalls ein. Im Besprechungsraum stapelte sich das beschlagnahmte Material. In der vierten Wohnung hatten die Kollegen tatsächlich größere Mengen an Musik-CDs gefunden, Nazi-Rock, martialische Cover, beigelegte Heftchen mit volksverhetzendem Inhalt. Der Wohnungsinhaber hatte behauptet, nicht zu wissen, um was es sich handelte. Er habe das Material lediglich für Dennis Molitor aufbewahrt.

Vincent schätzte, dass es tagelanger Vernehmungen bedurfte, um Lüge und Wahrheit zu sortieren. Er hoffte, dass es Kilian schaffen würde, Haftbefehle zu erwirken. Vincent wollte die rechten Kameraden getrennt halten. Sie sollten sich nicht absprechen können.

Papierkram, Computer und Datenträger gingen weiter an die Staatsanwaltschaft, denn nur sie war auf richterlichen Beschluss hin befugt, das zu sichten. Der Rest wanderte in die Asservatenkammer.

Vincent sagte zu Kilian: «Molitor hat einen Versandhandel mit indizierter Musik betrieben. Wetten, dass Sie die Buchführung auf der Festplatte finden?»

Der Oberstaatsanwalt versprach, mehrere Leute gleich morgen mit der Auswertung zu beauftragen.

Die dann Wochen dauern wird, befürchtete Vincent.

Zum wiederholten Mal funkte er Hamid und Erhan an. Dennis Molitor hatte sich noch immer nicht im *Gumbrecht 18* blicken lassen, obwohl die beiden Jugendlichen ihn dort erwartet hatten. Ging der Ober-Nazi womöglich durch die Lappen, weil er gewarnt worden war?

Vincent fand die Burschen in einem Zimmer der Wache Bilk. Ein Uniformierter passte auf sie auf. Sie spielten Mau-Mau und waren guter Dinge.

«War etwas Besonderes?», fragte Vincent den Kollegen.

«Nein, die Jungs sind okay.»

«Haben sie nicht über Heimweh geklagt?»

«Den Kleinen hab ich zu Hause anrufen lassen, damit sich seine Mama keine Sorgen macht.»

«Mit dem Handy?»

«Warum nicht?»

Vincent ließ sich das Telefon des Jungen aushändigen. Er entriegelte die Sicherung und wählte die Anrufliste. Ganz oben stand eine Mobilfunknummer.

Er drückte auf das grüne Symbol.

Eine voluminöse Stimme tönte aus dem Gerät. «Nils? Ist die Luft endlich …»

«Dennis Molitor», unterbrach Vincent. «Für Sie wird die Luft nirgends rein sein. Ich kann Ihnen nur raten …»

Es tutete, der Nazi hatte aufgelegt.

Vincent knallte das Handy auf den Tisch. «Die Mama, ist klar!» Er packte den Kollegen am Kragen seiner Uniform. «Bei Beamten wie dir weiß ich nie, ob das Blödheit ist oder Komplizenschaft!»

Die Jungen kicherten. Sie verstummten, als er sich ihnen zuwandte.

Sie sehen so normal aus, dachte Vincent.

Was läuft da falsch in diesem Land?

2015 – MÜNCHEN

78

▼

Montag, 7. Dezember

Der Konvoi verließ den Hof des Gefängniskomplexes an der Stadelheimer Straße pünktlich um halb acht. Liese saß mit gefesselten Händen auf der Rückbank eines gepanzerten Mercedes-Geländewagens älteren Baujahrs, der als mittleres von drei Fahrzeugen losfuhr, und blickte durch die getönte Scheibe zurück. Im obersten Stockwerk des Neubaus war seit März 2013 ihr Zuhause gewesen: Frauenabteilung, Trakt 3 AB, Zelle 124.

Zwei Jahre und neun Monate.

Sie hatte es sich dort gemütlich gemacht, soweit es ging. Selbstgebastelte Deko an der Wand wie schon in Chemnitz und Zwickau, dafür hatte sie ein Händchen. Dazu Ansichtskarten, die ihr Freunde aus ganz Deutschland schickten, und Fotos ihrer Liebsten, allen voran die Oma, aber auch alte Bilder von Max, Gerri und Ronny – glückliche Zeiten.

Liese Schittko war die einzige Gefangene mit privater Kleiderkammer, weil in ihrer Zelle nicht alles Platz fand. Und wenn sie im Gefangenenladen Kosmetik oder Schokolade kaufte, musste sie nicht sparen – ihre Unterstützer füllten regelmäßig ihr Konto.

In der Hierarchie der Gefangenen rangierte sie ganz oben. Als Königin mit treuem Gefolge. Beim Hofgang gab sie manchmal Autogrammstunden. Vor allem die jungen Hühner lasen ihr die Wünsche von den Augen ab. Und wer sie nicht bewunderte, kuschte aus Angst. Das galt für Junkies und Diebinnen ebenso wie für Vollzugsbeamtinnen. Eine von ihnen ließ sie sogar von ihrem Büro aus telefonieren, wenn Liese das wollte.

Mit einem Leben in Freiheit natürlich kein Vergleich.

Die vorausfahrende BMW-Limousine schaltete das Blaulicht ein. Auch sie war gepanzert. Ein identisches Auto fuhr hinterher. Bis vor kurzem hatte es zusätzlich eine Motorradeskorte gegeben. Bis zu dreißig vermummte Spezialkräfte. Im Höllentempo mit Martinshorn quer durch die Münchner Innenstadt. Erst Andi hatte damit Schluss gemacht.

Liese schüttelte ihr Haar, das sie am Morgen frisch gewaschen und etwas heller gefärbt hatte, und warf Andreas Puhlfürst einen langen Blick zu. Ihr vierter Pflichtverteidiger stöberte im Inhalt seines Aktenkoffers, als bereite er sich auf den Verhandlungstag vor. Er sah hoch und erwiderte ihr Lächeln.

Heute war der Tag, hatte er verraten. Sie fragte sich, ob Andi wusste, wie es im Detail ablaufen würde. Oder ist er genauso gespannt und aufgeregt wie ich?

Monatelange Vorbereitung lag hinter ihnen, und Liese wusste, dass viele Menschen auf diesen Moment hingearbeitet hatten. Reiß dich zusammen, sagte sie sich. Jetzt zu kneifen hieße, all die Helfer vor den Kopf zu stoßen. Sie hatte keine Ahnung, wo es enden würde, aber da musste sie durch.

Sie dachte an Ronny: *Wir sehen uns wieder, selbstverständlich.*

Vielleicht schon morgen.

Keiner im Wagen redete ein Wort. War die Stimmung anders als sonst? Ahnten ihre Begleiter etwas? Kann nicht sein, beruhigte sich Liese.

«Jemand hat mir gestern erzählt, dass Hitler und der schwule Röhm auch in Stadelheim gesessen haben», rief sie in die Runde. «Hammer, oder?»

«Sogar in derselben Zelle», antwortete der Polizist, der vorn auf dem Beifahrersitz saß.

«Echt jetzt?»

«Nummer siebzig.»

«Gemeinsam?»

Sie lachten.

Liese hätte gern gewusst, wie der Bulle ohne seine Sturmhaube aussah.

Dann zwinkerte sie Andi zu, dem jungenhaften Anwalt mit seinen rosigen, glattrasierten Wangen und der randlosen Brille, die ihm etwas Streberhaftes verlieh. Schritt für Schritt hatte er Hafterleichterungen für sie ausgehandelt, sogar bezüglich des Transports. Eskorte und Martinshorn schlage der Gefangenen aufs Gemüt, hatte er argumentiert. Mittelfristig drohe Verhandlungsunfähigkeit. Daraufhin war der Bewachungsaufwand reduziert worden – der Vorsitzende Richter wollte nicht riskieren, den Prozess platzenzulassen.

Aber noch immer handelte es sich um drei gepanzerte Autos und hochgerüstete Aufpasser. Mit Schusswaffen hält man uns nicht auf. Und mit Sprengstoff tötet man alle Insassen, auch mich. Wie soll das also laufen?

Sie überquerten die Isar und gerieten auf der Kapuzinerstraße in einen Stau. Das vordere Fahrzeug schaltete für Sekunden die Sirene ein. Liese seufzte. Die Autos wichen zur Seite. Durch die Gasse ging es voran.

«Hey, was soll die Eile?», rief Liese scherzend nach vorn. «Ohne uns fängt die Verhandlung nicht an!»

Der Polizist auf dem Beifahrersitz lachte. Ein sympathischer Typ.

In hohem Tempo fuhren sie am Hauptbahnhof vorbei. Das wird nichts mit meiner Befreiung, dachte Liese. Nicht heute, nicht diese Woche. Vielleicht sogar besser so. Flucht war nicht Freiheit. So wie in Zwickau würde es vermutlich nicht wieder werden, als die Polizei sie zwar suchte, ihr aber nie allzu nahe kam – fast als halte jemand seine schützende Hand über sie.

Wenn Odin mit seiner Prognose recht hatte, dass die nationale Revolution bald bevorstand, brauchte sie ohnehin nur abzuwarten.

Andi klappte seinen Aktenkoffer zu. Mit beiden Händen hielt er ihn fest. Liese beobachtete, wie er die Lippen zusammenkniff – ein blutleerer Strich.

Sie erreichten die Nymphenburger Straße. Vor ihnen ragte der Betonbunker des Strafjustizzentrums auf. Ein paar Demonstranten tummelten sich vor dem Haupteingang. Sie hielten Schilder mit Namen und Gesichtern der getöteten Ausländer hoch.

Liese musste an Gerri denken, der meistens geschossen hatte. Ein cooler Typ. Nie habe ich einen Kerl mehr geliebt als ihn. Auch nach vier Jahren kann ich nicht begreifen, dass er und Max tot sind.

Der Konvoi bog ab, nahm die Zufahrt zur Tiefgarage, passierte die Kontrollen und verschwand in den Katakomben.

Das war's.

Wie an jedem Prozesstag rollten sie quer durch das Untergeschoss bis unmittelbar vor die graue Stahltür, hinter der die Aufzüge lagen. Die Blaulichter erloschen. Der Wagen vor ihnen war zur Seite ausgeschert und machte sich bereits auf den Heimweg. Lieses Mitfahrer stiegen aus. Drei bewaffnete Justizbeamte warteten bereits, um sie zum Schwurgerichtssaal zu geleiten.

Der nette Beifahrer öffnete ihr die Tür. Im Sehschlitz der Sturmhaube erkannte Liese zwei wache, hellblaue Augen, gebräunte Haut und feine Lachfältchen.

«Ich heiße Liese, und du?»

«Sorry, aber Naziweiber sind nicht mein Fall.»

Arschloch, dachte Liese.

Der zweite BMW stoppte hinter dem Geländewagen. Auch ihm entstiegen zwei Vermummte. Zu Lieses Erstaunen lief der eine nach vorn und zielte mit einer Maschinenpistole auf die gesamte Gruppe.

«Hinlegen! Alle hinlegen!»

Er feuerte einen Warnschuss gegen die Decke.

Sechs Männer warfen sich mit ausgestreckten Armen auf den Betonboden. Nur der Partner des Polizisten zögerte.

«Liese und der Anwalt, kommt aus der Schussbahn!»

Sie folgten der Anweisung. Liese kam die Stimme des Mannes bekannt vor. Ein fränkischer Einschlag – ihr fielen Wehrsportübungen in den Wäldern Nordbayerns ein, nächtliche Strategiesitzungen vor den Anschlägen in Nürnberg.

Der Mann drückte Andi die MP in die Hand, dann knipste er Lieses Handschellen mit einem Bolzenschneider entzwei und gab ihr einen Beutel mit Kabelbindern – damit sollte sie die Männer auf dem Boden fesseln. Im nächsten Moment hatte er bereits eine zweite Waffe aus seiner Jacke gezogen, eine Pistole mit langem Schalldämpfer, und ging auf den Polizisten zu, mit dem er gekommen war.

«Hinlegen! Du auch, Kollege! Mach keinen Scheiß!»

«Du bist ja verrückt!»

Der Franke richtete seine lange Pistole auf seinen Partner, der nicht gehorchen wollte, und drückte, ohne zu zögern, ab. Der Schuss klang wie ein Schlag gegen ein Kissen. Der Geländewagen kriegte Blutspritzer ab. Der Getroffene fiel um und zuckte, dann erstarrte er mit geöffnetem Mund.

Liese zeigte auf den Bullen, der sie beleidigt hatte und zu ihren Füßen lag.

«Den auch», sagte sie.

Ein zweiter Knall.

Freiheit – was für ein geiles Gefühl!

2015 – DÜSSELDORF

79

▼

Obwohl es gestern Abend nach den Durchsuchungen und ersten Vernehmungen sehr spät geworden war, stand Vincent am Montagmorgen so früh auf wie gewöhnlich – er war nicht gewillt, den Nazi-Fall aus den Händen zu geben.

Eine Frau, die gestern in der Partywohnung zur Identitätsfeststellung festgenommen worden war, hatte Dennis Molitor wegen des Anschlags auf das koreanische Restaurant belastet. Und Ronny hatte bezeugt, dass Dennis und Bolle die Bischoffs überfallen und einen Legionär namens Tobias fast totgeschossen hatten. Mehrfacher Mordversuch, schwerer Raub, versuchte Brandstiftung – seit heute Nacht wurden beide bundesweit mit Haftbefehl gesucht.

Auf der Fahrt ins Präsidium schaltete Vincent das Radio ein. In Passau hatten Flüchtlingskinder die Nacht frierend unter freiem Himmel verbracht, während in München Unterkünfte leerstanden. Der Bundesinnenminister stellte die Asylsuchenden als Gefahr dar, die es einzudämmen gelte, und das Mitgefühl der ehrenamtlichen Helfer als einen Störfaktor. Und der bayerische Ministerpräsident sprach davon, er werde «bis zur letzten Patrone» für einen Stopp des Zuzugs kämpfen.

Vincent wollte bereits ausschalten, als Helmut Pabst zitiert wurde. Nicht die Flüchtlinge seien das Problem, sondern der Fremdenhass vieler Deutscher, habe der neue Flüchtlingsbeauftragte Nordrhein-Westfalens in einem Interview geäußert und damit für Aufregung gesorgt. Die Anfeindungen rissen nicht ab, selbst aus der eigenen Partei.

Vincent konnte sich nicht entsinnen, wann ihn zuletzt die politische Diskussion im Land so beunruhigt hätte.

Er stieg im zweiten Stock der Festung aus dem Paternoster. Auf dem Flur des KK11 kam ihm Anna Winkler entgegen.

«Was machst du hier?», fragte sie.

«Ich gehe meiner Arbeit nach.»

«Klär das mal mit dem Inspektionsleiter. Der hat angeordnet, ihm Meldung zu machen, sobald du dich hier blicken lässt. Und so leid es mir tut, Vincent …»

«Verpetz mich doch!»

Vincent ließ sie stehen und ging in sein Büro. Nora grüßte durch die offene Verbindungstür herüber. Er betrat das Geschäftszimmer, um seine Post aus dem Fach zu holen.

Nora blickte von ihrem Monitor auf. «Der Giftzwerg hat angeordnet …»

«Ich weiß.»

«Er schäumt wegen der Razzia. Angeblich will er das Disziplinarverfahren gegen dich beschleunigen und dich ganz aus dem Dienst entfernen.»

«Thann wird noch mehr außer sich sein, wenn erst mein Anwalt beim Präsidenten war.»

«Bist du dir sicher, dass du nicht den Kürzeren ziehen wirst?»

«Ja.»

«Klingt nach einem guten Tag.»

Das Telefon auf seinem Schreibtisch schrillte. Vincent ging ran.

«Veih.»

«Ulrike hier.» Vincent erinnerte sich, dass er und die Leiterin der Rechtsmedizin sich neuerdings duzten. «Die DNA stimmt überein. Tobias Hentrich, der bei der Schießerei in

Reisholz schwer verletzt wurde, ist einer der beiden Täter aus dem *Greens.*»

«Der Vergewaltiger?»

«Eher nein, wenn du mich fragst, aber mit letzter Sicherheit lässt sich das nicht unterscheiden. Von den beiden Tätern ist er zumindest derjenige, der nicht so viele Spuren hinterlassen hat.»

«Danke. Das ist ein Riesenschritt.»

«Wie geht's dir, Vincent?»

«Von Stunde zu Stunde besser.»

Er rief Bruno Wegmann an. Der Kollege war ebenfalls schon an seinem Platz, obwohl auch er sich die halbe Nacht wegen der Razzia um die Ohren geschlagen hatte.

«Morgen, Chef. Ich wette, die halbe Dienststelle meldet gerade dem Giftzwerg, dass du eingetroffen bist.»

«Weißt du, wie es dem angeschossenen Legionär geht?»

«Tobias Hentrich? Wurde operiert, liegt aber noch im Koma. Die Ärzte wollen ihn im Lauf des Tags aufwachen lassen. Ich geb dir Bescheid, sobald er ansprechbar ist.»

«Die DNA stimmt überein, sagt die Professorin.»

«Bingo!»

«Und was wissen wir inzwischen über Heiko Lucke?»

«Der Mann hat tatsächlich einen jüngeren Bruder namens Adrian.»

«Dann ist er der Legionär, den Ronny als Lucky kennt und dem er jede Schweinerei zutraut. Was wetten wir, dass er der zweite Mann ist, der Vergewaltiger?»

«Da halte ich nicht dagegen.»

«Sobald wir seinen Aufenthaltsort kennen, schicken wir Heiko Lucke ein Spezialeinsatzkommando.»

«Weiß Anna schon Bescheid?»

«Okay, stimm das mit ihr ab, Champion. Immerhin ist sie bei uns noch Leiterin der Mordkommission.»

80

▼

Dass Bastian Schwenk ihn nicht erschossen hatte, empfand Ronny wie eine zweite Geburt. Wie konnte ich meinem alten Freund nur unterstellen, für die Neonazis zu arbeiten?

Ronny saß bei Nora im Geschäftszimmer und konnte auf einem Monitor mitverfolgen, was sich in Vincents Büro abspielte. Gemeinsam mit dem ehemaligen Boxer vernahm sein Cousin vor laufender Videokamera die Freundin von Dennis.

Der gepiercte Pummel mit der asymmetrischen Frisur spielte die Ahnungslose. Dennis soll Kontakte zu Rechtsradikalen unterhalten haben? Unmöglich. Eine Kammer unter dem Garagenboden? Nie davon gehört. Fotos von Hitler und Hess in der Wohnung – was ist schon dabei?

Gleich zweifelt sie auch noch an, dass Hitler ein Nazi war, dachte Ronny.

Aber Dennis würden die Gedächtnislücken seiner Freundin nichts helfen. Andere Zeugen belasteten ihn sowie Runen-Tattoo-Bolle schwer, und es gab bereits eine Menge Sachbeweise, nicht zuletzt die Bombenwerkstatt. Noch immer waren beide Männer wie vom Erdboden verschwunden. Mitsamt den Drogen, die sie beim Überfall auf die Bischoffs erbeutet hatten.

Ronny fiel es schwer, dem Gespräch zu folgen. Er musste ständig an Sandra denken. Die Nacht hatte er bei ihr verbracht. Mit ihrem Freund hatte sie definitiv Schluss gemacht. Zum ersten Mal konnte sich Ronny vorstellen, ganz in diese Stadt zu ziehen.

Er wusste, dass er Sandra nicht drängen durfte. Es war für sie beide noch ganz neu.

Auch das war seine zweite Geburt.

Ronny bekam mit, dass Vincent Molitors Freundin nach

Hause schickte. Bruno Wegmann geleitete sie hinaus. Ronny wusste, dass man ihre Telefone überwachen würde. Aber auch Dennis konnte sich das denken, er würde auf der Hut sein, wenn er mit ihr sprach.

Ronny öffnete die Verbindungstür. Sein Cousin blätterte in einer Broschüre. Ein ganzer Stapel davon lag auf dem Tisch – Pamphlete, die im Hinterzimmer des *Gumbert 18* beschlagnahmt worden waren.

Vincent schüttelte den Kopf. «Ekliges Zeug.»

Ronny erkannte, dass es sich um Odins Machwerke handelte. «Max und Liese waren ganz besessen davon.»

«Und Gerri?»

«War nicht so sehr der Theoretiker.»

«Verstehe.» Vincent legte die Sachen in einem Schrank ab, als wolle er sie sich möglichst weit vom Leib halten. «Diese Vorstellungen vom Rassenkrieg – wie weit sind die verbreitet?»

«Zeig mir einen Rechten, der sich nicht für etwas Besseres hält. Als Teil des deutschen Volkes oder als Angehöriger der weißen Rasse. Die einen beziehen sich direkt auf die Nazis, die anderen haben ihre Wurzeln in den USA. Ku-Klux-Klan, White Supremacy. Über die britische Skinhead-Bewegung gelangte das zu uns. Blood and Honour, Combat 18, wie sie alle heißen.»

«Und zugleich hält man sich für bedroht.»

«Deshalb die Aggressivität.»

«Man ist also überlegen und trotzdem eine aussterbende Art?»

«Den Widerspruch erklärt man sich mit allerlei Verschwörungstheorien. War es nicht schon immer so? Früher war das Böse das Judentum, heute wahlweise der Islam oder die USA, manchmal auch immer noch die Juden.»

«Und Naumann?»

«Nenn ihn eitel, narzisstisch, verbohrt oder wahnhaft. Vielleicht ist er eine Mischung von alldem.» Ronny legte die Füße auf den Besprechungstisch. «Ole Naumann trat in den frühen Neunzigern auf den Plan und ist für viele zum neuen Propheten geworden.»

«Was weißt du noch über ihn?»

Ronny zuckte mit den Schultern. Wo sollte er beginnen? Er hatte einst mehrere Ordner über den Mann angelegt – und in den Tagen nach dem 4. November 2011 mit allen anderen durch den Aktenvernichter gejagt.

«Man nennt ihn Odin.»

«Hab ich gehört.»

«Er war Anwalt von Beruf. Zweimal hat er seine Zulassung verloren. Erstaunlich ist, dass er ganz früher extrem links außen stand. Während der Studentenbewegung hat er in Berlin eine Kanzlei gegründet. Um 1968 herum.»

«Anwaltskanzlei», wiederholte Vincent leise. «In Berlin.»

«Westberlin, um exakt zu sein. Naumann hat Andreas Baader und Ulrike Meinhof verteidigt und ist nach der Baader-Befreiung untergetaucht. Er wurde geschnappt und hat sich im Knast vom Terrorismus losgesagt. Als er rauskam, ist er ruck, zuck zum Nazi mutiert. Muss man sich mal vorstellen, eine Wende um hundertachtzig Grad. Andererseits: Hatte die RAF nicht auch etwas fürchterlich Totalitäres?»

«Die Baader-Befreiung war 1970, oder?» Vincent fuhr sich mit beiden Händen durchs Haar.

«Dürfte hinkommen.»

Das RAF-Thema scheint ihn sehr zu bewegen, dachte Ronny. Ihm fiel ein, was seine Mutter gesagt hatte, als sie ’89 vorübergehend bei den Veihs untergekommen waren. Im Flüsterton, denn in Uedesheim war das Thema tabu gewesen: *Tante Brigitte sitzt seit Jahren im Gefängnis.*

«Was willst du noch über Odin wissen?», fragte Ronny. «Er

ist, wie gesagt, ein notorischer Holocaustleugner. Schwarze sind für ihn Ungeziefer, Flüchtlinge würde er am liebsten ins Gas schicken. Mir gegenüber hat er sich damit gebrüstet, dass er einst Lieses neuen Verteidiger ausgebildet hat. Und über ihn Kontakt mit ihr pflegt.»

«Du hast ihn getroffen?»

«Beim Kameradschaftsabend letzten Freitag. Hab ich dir nicht erzählt, dass Odin der Hauptredner war?»

«Nein.»

«Na ja, ich war ziemlich betrunken.»

«Wie sieht er aus?»

«Odin?»

«Ja.»

«Hager und mit Brille, wie man sich einen Gelehrten vorstellt. Er schafft es, die Leute zu fesseln. Hat sich gut gehalten für sein Alter. Geschätzte fünfundsiebzig, aber ich wette, der trainiert noch regelmäßig seinen Body. Da habt ihr etwas gemeinsam, der Alte und du, würde ich sagen.»

Vincent verzog keine Miene.

«Der Mann scheint dich ja ziemlich zu interessieren», fügte Ronny hinzu.

Das Telefon klingelte. Vincent ging ran, hörte zu, legte auf.

«Mein Anwalt», sagte er.

«Hat er dir den Arsch gerettet?»

«Wird er mir gleich persönlich sagen.»

Ronny nickte. «Verstehe. Dann geh ich mal. Viel Glück. Und wenn etwas ist – du hast meine Nummer.»

Ronny trat durch die Glastür ins Freie. Kalter Wind schlug ihm ins Gesicht. Er knöpfte seine Jacke zu. Ein Moment der Orientierungslosigkeit, bis ihm einfiel, wo er seinen alten Fiat abgestellt hatte.

Sein Smartphone klingelte.

Dennis.

«Besorg dir ein Prepaid-Handy», sagte der untergetauchte Neonazi hastig, «und ruf mich zurück.»

«Ich hab schon eins.» Ronny nannte ihm die Nummer des sicheren Handys.

Dennis legte sofort auf.

Ronny spürte ein Kribbeln. Der Typ vertraut mir noch immer. Soll ich mitspielen, um seinen Aufenthaltsort zu erfahren? Ronny ermahnte sich, seinem Vorsatz treu zu bleiben: Nie wieder undercover, schon gar nicht im rechtsextremen Milieu.

Das würde nicht gut ausgehen. Und du würdest Sandra verlieren, bevor du sie gewonnen hast.

Zweite Geburt – verdirb es nicht.

Das Nokia schrillte.

Ronny zuckte zusammen. Er spürte das Adrenalin, als er das kleine Gerät aufklappte und sich meldete.

«Liese Schittko», begann Dennis. «Die bayerischen Kameraden haben sie heute früh befreit.»

«Machst du Witze?»

«Sie ist jetzt auf dem Weg ins Rheinland.»

Ronny musste an Ole Naumanns Worte denken: *Ich habe Erfahrung darin, Mandanten auf unorthodoxe Art freizubekommen.* Noch am Freitagabend hatte er das für reine Prahlerei gehalten.

«Wie sicher ist dein Prepaid-Handy?», fragte Dennis. «Hast du womöglich eine App draufgeladen, durch die man dich orten kann?»

«Es ist kein Smartphone, verstehst du? Kein Internet, keine Apps. Man kann damit nur telefonieren. Und nur ganz wenige Leute haben die Nummer. Leute, denen ich voll vertraue. Leute wie du.»

«Hey, du hast es immer noch drauf, Alter.»

«Und jetzt sag mir, was mit Liese ist.»

«Sie lässt dich grüßen. Sie freut sich darauf, dich wiederzusehen. Das ist alles, was ich dir momentan sagen kann.»

«Danke.»

«Ich hab mir überlegt, dass du uns eventuell helfen könntest.»

«Inwiefern?»

«Indem du die Kameradin für ein, zwei Tage bei dir versteckst.»

«Wie stellst du dir das vor? Die ganze Republik ist hinter ihr her.»

«Dich hat man nicht auf dem Schirm, Alter. Oder willst du kneifen?»

«Wann soll das sein?»

«Das klingt schon besser. Die Kameradin wird sich bei dir melden. Ich muss jetzt Schluss machen.»

Aufgelegt.

Ronny klappte das Handy zu. Er blies die Wangen auf und ließ die Luft entweichen. Er blickte sich um – kein Kollege in der Nähe, der mitgehört haben könnte.

Wahnsinn. Er fühlte sich unter Strom, als hätte es die letzten vier Jahre nicht gegeben. Als sei er wieder mittendrin.

81

▼

An Montagen herrschte eine fast schläfrige Ruhe auf dem Markt am Carlsplatz. Nicht einmal die Hälfte der Stände hatte geöffnet. Marie steuerte den erstbesten Blumenverkäufer an und ließ sich aus Helikonien, Rispen und Zierblättern einen repräsentativen Strauß binden.

Ihr ging Helmut Pabst nicht aus dem Sinn. Er bezog Stellung

gegen Ausländerfeindlichkeit und versprach Wohnraum für Flüchtlinge. Er prüfe die Eignung der ehemaligen Vodafone-Zentrale am Rheinufer, hieß es.

Kein übler Kerl, dachte Marie. Auch nicht als Politiker.

Aber welcher Art waren seine Geschäfte mit Thorsten Franck?

Mit ihrem Fahrrad erreichte Marie das Geschäftshaus an der Königsallee, in dem *Franck Development* residierte. Sie warf die Blumen der letzten Woche in den Müll, füllte frisches Wasser in die Vase und stellte die Helikonien auf den Empfangstresen. Eigentlich die Aufgabe der Sekretärin, aber Stefanie fehlte der Geschmack für solche Dinge.

Marie vernahm Stimmen hinter der Milchglastür des Konferenzraums. Für einen Moment wurden sie lauter, und Marie stellte fest, dass ihr Chef schlechter Laune war. Wie lange würde die Sitzung dauern?

Rasch betrat sie Thorstens Büro und ließ die Tür angelehnt. Von wegen geübte Spionin – ihr Herz schlug wie beim ersten Mal bis in den Hals. Sie trat vor den Schreibtisch und rüttelte an der obersten Schublade.

Verschlossen.

Sie kniete sich auf den Boden und tastete neben dem Tischbein nach der Büroklammer, die sie gestern fallen gelassen hatte.

Da war nichts.

Die Putzfrau hat aufgeräumt, sagte sich Marie und bastelte aus einer neuen Klammer einen weiteren Dietrich. Sie stocherte im Schlüsselloch, schließlich konnte sie die Schublade öffnen.

Die schwarzen Notizbücher fehlten.

Mist, dachte Marie. Hat Thorsten etwas gemerkt und die Aufzeichnungen fortgeschafft?

Sie öffnete den Aktenschrank und erschrak. Mehrere Unterlagen fehlten. Noch gestern hatten ihr geschlossene Reihen von

Ordnern entgegengeblickt. Jetzt wirkte der Inhalt des Schranks wie ein Gebiss, dem man hier und da Zähne gezogen hatte.

Was hatte das zu bedeuten?

Auch die Akte *Matala* stand nicht mehr da.

Fieberhaft schloss Marie den Schrank und ließ auch den Riegel der Schublade wieder einschnappen.

Auf dem Flur stieß sie fast mit Stefanie zusammen, die gerade aus der Toilette kam.

«Weißt du, wo Thorsten steckt?», fragte Marie.

Stefanie nickte in Richtung des Konferenzraums. «Herr Dr. Neudecker und Herr Dittrich sind bei ihm. Da würde ich jetzt lieber nicht stören. Dicke Luft, verstehst du?»

«Um was geht es?»

«Keine Ahnung. Geht mich auch nichts an.»

Marie ging in ihr Büro und fuhr den Rechner hoch. Sie war zu aufgewühlt, um mit der Arbeit an *Golden Rose* fortzufahren. Stattdessen durchsuchte sie das firmeninterne Netzwerk nach Dateien, in denen der Name Helmut Pabst auftauchte. Wahllos druckte sie alles aus und begann zu lesen, konnte sich jedoch nicht konzentrieren. Kurzerhand stopfte sie den gesamten Stapel in ihre Tasche.

Hinter der Milchglasscheibe am Ende des Gangs wurde noch immer debattiert. Marie tischte der Sekretärin das Märchen eines Zahnarzttermins auf und verließ die Firma.

Auf der Treppe kam ihr die Putzfrau entgegen.

«Waren Sie heute früh nicht schon bei uns?», fragte Marie.

«Ging leider nicht. Ein verhexter Tag. Mein Junge ist krank, und ich musste ihn bei meiner Schwester unterbringen. Aber ich hole alles nach, versprochen.»

Marie wünschte gute Besserung für den Kleinen.

Also hat Thorsten die Büroklammer entdeckt, dachte sie.

Und daraus seine Schlüsse gezogen.

Zu Hause hielt Marie es nicht lange aus. War es vielleicht ein Fehler gewesen, von der Arbeit abzuhauen? Würde Thorsten das als Schuldeingeständnis werten?

Sie packte ihren privaten Laptop in die Tasche und radelte ins Hafenviertel. Sonst liebte sie es, während der Fahrt entlang des Rheins die Gedanken schweifen zu lassen. Doch dieses Mal zermarterte sie sich den Kopf und fand keine Antwort.

Was soll ich Thorsten sagen? Wo finde ich einen Job, falls er mich rauswirft? Zur Salomon-Bank kann ich nicht zurückgehen, denn die hat selbst keine Zukunft mehr.

Marie passierte das Landtagsgebäude, das WDR-Funkhaus, die schiefen Bürotürme von Frank Gehry. Vor einem Café kettete sie ihr Rad an. Das Lokal war groß und neu, viel Tageslicht und helles Mobiliar. Es tat ihr gut, unter Leuten zu sein. Sie fand einen freien Tisch, klappte ihren Computer auf und machte sich an die Arbeit.

Zwei Cappuccinos und ein Mineralwasser später war sie noch immer nicht schlauer. Worin hatte Helmuts Arbeit für *Franck Development* bestanden? Die Fondsanteile, das Haus – wofür war dies der Lohn gewesen? Durch das Fenster konnte Marie das koreanische Restaurant sehen, in dem es vor einer Woche gebrannt hatte. Von außen wirkte es unversehrt. Offenbar war der Betrieb wiederaufgenommen worden.

Marie rief sich die Notizbücher in Erinnerung, die Thorsten vor ihr in Sicherheit gebracht hatte. Eines davon war voller Listen gewesen. Daten, Abkürzungen, Zahlenkolonnen. Eine Erklärung drängte sich ihr auf, doch der Gedanke war zu unschön, um ihn weiterzuverfolgen.

Sie ging zum Tresen, um zu bezahlen. Unter der Decke hing ein Bildschirm, auf dem stumm ein Nachrichtenkanal lief. Marie betrachtete ein Foto, das sie aus der Zeitung kannte und das Hassgefühle in ihr auslöste, obwohl ihr die Frau nie begegnet war: Liese Schittko, die Mittäterin des NSU.

Es folgte die Außenaufnahme eines hässlichen Gebäudes, Siebziger-Jahre-Architektur, und ein Schnitt auf Männer in dunklen Anzügen, die eine Bahre in ein Bestattungsfahrzeug schoben. Die Textzeile, die über den Börsenkurseinblendungen durchs Bild lief, machte Marie fassungslos.

NSU-Prozess: Überfall auf Gefangenentransport in München. Unbekannte erschossen zwei Polizisten. Liese Schittko flüchtig.

«Ihr Wechselgeld», sagte die Bedienung.

Marie schob es als Trinkgeld über den Tresen zurück. Sie wollte etwas dazu sagen, bekam aber kein Wort heraus. Als sie ins Freie trat, erschien ihr die kalte, feuchte Luft wie eine haushohe Brandung, die den Atem raubte.

Das Stadttor war ein gläserner Turm am Rand des Hafenviertels, der die Zufahrt zum Rheinufertunnel überragte. In den oberen Etagen residierte die Staatskanzlei.

Irgendwo dort war Helmuts Büro.

Ich muss mit ihm reden, dachte sie.

Im riesigen Foyer des Gebäudes war es kalt und zugig. Marie nahm die Rolltreppe in den ersten Stock. Dort versperrte ihr ein Sicherheitsmann den weiteren Weg und fragte nach einem Hausausweis. Der Anblick seiner Uniform ließ sie an ihr Erlebnis im Tierversuchslabor denken – warum zum Teufel kocht diese Erinnerung in letzter Zeit so oft hoch?

Marie wandte sich zum Empfang und verlangte, zu Helmut Pabst vorgelassen zu werden.

Die Frau hinter dem Tresen lächelte freundlich. «Staatskanzlei?»

Dumme Frage, dachte Marie und nickte.

«Sind Sie angemeldet?»

«Nein, aber es ist wichtig.»

Die Angestellte telefonierte kurz, dann sagte sie: «Herr Pabst ist leider nicht zu sprechen.»

Marie griff nach dem Telefon und drückte die Taste für

Wahlwiederholung. Sie ignorierte den Protest der Frau hinterm Tresen und blickte nach oben. Erst das neunte Stockwerk überspannte beide Hälften des Stadttors und das luftige Foyer. Irgendwo dort oben musste es jetzt klingeln.

Eine gelangweilte Männerstimme meldete sich. Ein Referent, dachte Marie. Im schlimmsten Fall ein Praktikant, der keine Ahnung hatte.

«Ich muss mit Helmut reden.»

«Herr Pabst ist nicht da.»

«Sagen Sie ihm, Marie ist hier. Marie Corinth. Ich warte.»

«Er ist in Berlin. Den nationalen Flüchtlingsgipfel vorbereiten. Tut mir leid.»

Marie überlegte. «Ich nehme an, Sie rücken seine Handynummer nicht heraus, oder?»

«Richtig, Frau …»

«Kann ich ihm wenigstens meine Nummer hinterlassen?» Marie gab sie durch. Zur Sicherheit zweimal, langsam, zum Mitschreiben. Ob der Typ sie tatsächlich weiterleiten würde, ob er sie überhaupt notierte, stand in den Sternen.

Marie gab das Telefon zurück. Die Angestellte lächelte nicht mehr. Der Security-Typ hatte sich so nah neben ihr aufgebaut, dass sie sich fast berührten. Marie machte, dass sie wegkam.

Sie fuhr den Weg zurück und kettete ihr Rad vor dem Koreaner an. Das Haus war einer der wenigen Altbauten an dieser Straße. Drei Stockwerke, neue Fenster, ausgebautes Dach. In diesem Stadtteil mehrere Millionen wert, dachte Marie.

Sie betrat das Lokal. Es roch nach neuem Teppichboden, nicht nach Küchendunst. Die Speisekarte umfasste ein gutes Dutzend Seiten. Eigentlich hatte Marie keinen Hunger. Weil sie aber seit dem Frühstück nichts gegessen hatte, bestellte sie ein Wok-Gericht mit Gemüse und Glasnudeln. Bereits nach wenigen Minuten wurde es serviert. Sie stocherte lustlos darin herum und probierte ein paar Bissen.

Sie war der einzige Gast. Ein untersetzter Asiate, der vermutlich der Wirt war, lächelte von der Theke herüber. Dieser Mann zahlt also Miete an Helmut, dachte sie. Liegt es am Anschlag von letzter Woche, dass niemand außer mir hier einkehrt?

Ihr Handy klingelte.

«Was ist so wichtig, Marie?»

«Hallo, Helmut!»

«Seit sechzehn Jahren warte ich, dass du dich meldest.»

«Lügner.»

«Ich hab nur ganz kurz Zeit, Marie, was gibt's?»

«Wir müssen reden. Wann bist du zurück?»

Sie hörte, wie jemand Helmut ansprach, ein kurzer Wortwechsel, dann meldete er sich wieder. «Bist du noch dran? Hör zu, Marie, am besten vereinbarst du einen Termin mit meiner …»

«Es geht um Matala.»

Schweigen im Äther.

«Rate mal, in welchem Restaurant ich gerade sitze.»

«Bitte?»

«Der Koch spart nicht an Chilischoten, das muss man ihm lassen.»

«Marie, was willst du?»

«Die Zusammenhänge begreifen. Du und Matala. Was musstest du für Thorsten tun, damit er dir das Haus geschenkt hat?»

«Das ist ewig her!»

«Dass Melli tot ist, weißt du?»

«Ich hab's gelesen. Und du begibst dich in Gefahr, wenn du weiter nachbohrst.»

«Willst du mir drohen?»

«Nein, Marie, du verstehst mich falsch.»

«Dann rede Klartext!»

Marie vernahm ein tiefes Einatmen.

Der Wirt war an ihren Tisch getreten. «Geschmeckt?»

Sie nickte.

«Nachtisch?»

Marie winkte ab. Der Mann nahm den Teller mit.

Helmut sagte: «Morgen Vormittag kann ich mir eine Stunde freinehmen. Um der alten Zeiten willen. Elf Uhr?»

«Wo?»

«Erinnerst du dich an das Café, in das wir früher so gern …»

«Natürlich.»

«Ich freu mich auf dich, Marie, aber sag den anderen nicht, dass wir uns treffen.»

«Den anderen?»

«Na, du weißt schon, wen ich meine.»

Die alte Clique aus Matala, dachte Marie.

82

▼

Vincent öffnete leise die Tür zum großen Saal und schlich hinein. Die Pressekonferenz zur gestrigen Razzia war in vollem Gang. Oberstaatsanwalt Kilian und Kripochef Engel rühmten sich selbst und die Polizei für ihr Vorgehen gegen rechtsextremistische Strukturen und ließen Fahndungsfotos verteilen. Dann präsentierten sie einige der beschlagnahmten Beweismittel.

Blitzlichter, Fotografengedränge, aufgeregte Zwischenfragen von Journalisten.

Engel bemerkte Vincent und nickte ihm unauffällig zu.

Die Sympathiebezeugung kommt reichlich spät, dachte Vincent. Er hätte es bevorzugt, wenn sich der Kripochef von vornherein auf seine Seite gestellt hätte. Dass er nicht mit auf dem Podium saß, war Vincent egal. Sein Anwalt hatte einen

Sieg auf ganzer Linie errungen, und im Moment zählte nur das für ihn.

Die Staatsanwaltschaft hatte das Ermittlungsverfahren gegen ihn bereits eingestellt. Und ging aufgrund des Videos wegen Unterschlagung von Beweismitteln gegen Unbekannt vor. Das Blatt hatte sich binnen Stunden gewendet. Auersberg stimmte mit der Behördenleitung und dem Ministerium eine Erklärung ab, die noch heute an die Medien gehen und Vincent auch öffentlich rehabilitieren würde.

Zurück in seinem Büro, wählte Vincent die Handynummer seiner Freundin – vergeblich. Daraufhin versuchte er es mit der Nummer ihres Arbeitsplatzes in der Kinderambulanz des Evangelischen Krankenhauses und wurde weiterverbunden.

Hoffentlich störte er sie nicht bei der Arbeit.

«Holsten», meldete sie sich.

«Hast du eine Minute?», fragte er.

«Schatz, was gibt's?»

«Ich wollte dir nur sagen: Die Vorwürfe gegen mich sind aufgehoben und die Beurlaubung auch.»

Sie lachte. «An die hast du dich sowieso nicht gehalten.»

«Freust du dich nicht mit mir?»

«Doch. Bis zum nächsten Krach mit deinem Inspektionsleiter.»

«Mein Anwalt ist großartig.»

«Und zuerst wolltest du nichts mit Auersberg zu tun haben. Nur weil Brigitte ihn für dich angesprochen hat.»

Vincent fragte sich, ob es wirklich daran gelegen hatte.

«Heute Abend feiern wir», sagte Nina, und sie beendeten das Gespräch.

Es klopfte an der Tür. Anna Winkler und Felix May.

«Glückwunsch, Chef», sagte Felix. «Du bleibst uns also doch erhalten.»

«Ich habe nie mit etwas anderem gerechnet», beteuerte Anna.

«Was wollt ihr?»

«Dich zeitnah informieren. Wir haben Heiko Lucke alias Lucky. Ein Spezialeinsatzkommando hat ihn in Mettmann geschnappt, wo er mit seinem Bruder ein Fitnessstudio betreibt. Und Tobias – wie heißt er mit Nachnamen?»

«Hentrich», sagte Felix.

«Tobias Hentrich ist aufgewacht. Der eine redet kein Wort, und der andere verlangt Straffreiheit nach der Kronzeugenregelung.»

«Was sagt die Staatsanwältin dazu?»

«Ein Deal ist ihr zu schmutzig in diesem Fall, und ich kann das auch verstehen.»

«Aber ohne eine Aussage werden wir nie erfahren, warum Melli Franck sterben musste.»

«Ganz einfach. Weil Heiko Lucke ein Psycho ist.»

«Womöglich gibt es einen Auftraggeber, der dann ungeschoren davonkommt. Wollen wir das?»

«Dann sprich du mit der Staatsanwältin.»

Bei dem Gedanken sträubten sich Vincent die Nackenhaare.

Felix verließ das Zimmer, Anna blieb in der Tür stehen.

«Vincent?», fragte sie.

«Was gibt's noch?»

«Wollen wir uns wieder vertragen?»

«Mal sehen.»

Nachdem auch sie gegangen war, wählte er die Nummer der Staatsanwältin. Während er dem Freizeichen lauschte, griff er mit der Rechten zur Computermaus und rief seine E-Mails ab.

In einer Betreffzeile las er einen Namen, der ihn neugierig machte: *Liese Schittko.*

Vincent ließ den Hörer auf die Gabel sinken und klickte die Nachricht an – ein Fahndungsaufruf oberster Dringlichkeitsstufe an alle Polizeidienststellen der Republik: Die mutmaßliche NSU-Terroristin Liese Schittko war am Morgen in München auf dem Weg zu ihrem Verhandlungstermin unter Einsatz von Schusswaffen befreit worden. Zwei Kollegen waren tot. Als Täter hatte man einen Beamten des Münchner Spezialeinsatzkommandos ermittelt, der sich erst vor einigen Wochen aus Nürnberg in die bayerische Landeshauptstadt hatte versetzen lassen.

Sie waren zu dritt geflohen, wie es hieß, der SEK-Mann, die Angeklagte und ihr Anwalt, offenbar in dessen Fahrzeug. Eine Überwachungskamera hatte es aufgenommen, unmittelbar bevor der Alarm ausgelöst wurde. Fotos und Beschreibungen der drei Flüchtigen waren an die Mail angehängt.

Fünf Stunden waren seit den Ereignissen vergangen. Vermutlich hatten die Flüchtigen ihr Auto längst gewechselt. Sie konnten überall sein. Liese Schittko hat Bewunderer und Unterstützer in allen Teilen der Republik, schätzte Vincent.

Ronny fiel ihm ein.

Im gleichen Moment klingelte das Telefon.

«Veih.»

«Ach, Sie sind's. Ich hatte nur Ihre Nummer auf meinem Display. Sie haben gerade versucht, mich zu erreichen, um was geht's?»

Wie er den herablassenden Ton der Staatsanwältin hasste. «Frau Förster, ich möchte Sie bitten, Tobias Hentrich entgegenzukommen. Ein Deal wäre sehr nützlich.»

«Wofür?»

«Melli Franck war kein Zufallsopfer. Es ging vermutlich um Drogen, und Tobias Hentrich hilft uns vielleicht, die Hintergründe aufzudecken.»

«Woher nehmen Sie Ihre Zuversicht?»

«Reden Sie mal mit den Kollegen vom Rauschgift oder vom Landeskriminalamt.»

«Genau das ist der Punkt.»

«Wie meinen Sie das?»

«Wir ermitteln den Mord an Melli Franck. Für bandenmäßige Drogenkriminalität sind andere zuständig. Dass wir die DNA-Spuren bereits zuordnen können, ist ein großartiger Erfolg Ihrer Mitarbeiterin Anna Winkler und ihres Teams. Und damit ist für uns der Drops gelutscht, muss ich Ihnen das wirklich erklären?»

Ressourcenschonendes Management, dachte Vincent. Der große Hit bei Polizei und Justiz. Tu nur das Allernötigste. Verursache so geringe Kosten wie möglich.

«Deshalb habe ich auch veranlasst, dass die Telefonüberwachung der Firma Bischoff und ihrer Mitarbeiter …»

«Schläger und Killer, meinen Sie.»

«Jedenfalls wird die Überwachung eingestellt. Haben Sie denn nicht gemerkt, wie viele Kräfte das unnütz bindet?»

Fick dich, dachte Vincent und legte auf.

Er tippte die Durchwahlnummer von Felix.

«Welche Erkenntnisse hat uns die TÜ von Bischoff und seinen Leuten gebracht?», fragte er.

«Sie wurde gerade eingestellt.»

«Ich weiß. Die Staatsanwältin war eben so nett, mich davon in Kenntnis zu setzen.»

«Tut mir leid, dass sie noch immer kein Fan von dir ist, Chef.»

«Ich hab dich was gefragt.»

«Bischoff scheint bei der Schießerei eine Verletzung davongetragen zu haben. Aber keine Ahnung, wo er sich aufhält. Die Leute halten sich am Telefon bedeckt. Von denen ist ja keiner blöd. Oder hast du gedacht, die reden offen über Straftaten?»

«Was noch?»

«Nichts. Nur Privatkram, der uns nichts angeht. Oliver Bischoff hat seine Karre verkauft und trauert ihr nach. Der AMG hier, der AMG da. Aber das ist auch schon ziemlich alles.»

«Privatkram? Mit dem Autokauf hat er sich locker einhunderttausend Euro verschafft. Er wird einen zweiten Anlauf starten, um im Crystal-Meth-Geschäft zu bleiben. Das ist ein relevanter Hinweis, verstehst du?»

«Nicht mehr unsere Baustelle, oder?»

Vincent atmete tief durch. «Sorg bitte dafür, dass das KK22 in Kenntnis gesetzt wird.»

«Schon geschehen.»

«Und auch das LKA. Federführend ist dort ein Kollege namens Bastian Schwenk.»

«Wie du meinst.»

Vincent knallte den Hörer auf die Gabel. Kapiert denn niemand, was da läuft? Womöglich würden Heiko Lucke und Tobias Hentrich straffrei davonkommen. Die DNA-Spuren bewiesen laut der Rechtsmedizinerin nicht zweifelsfrei, wer von beiden zugeschlagen und vergewaltigt hatte. Welcher Richter würde ausschließen können, dass einer der beiden den Mord vielleicht sogar verhindern wollte? Und dieser eine – es konnte im Prinzip jeder von beiden gewesen sein.

Im Zweifel für die Angeklagten.

Lucky und Tobias brauchten nur beide vor Gericht zu schweigen.

Heiko Lucke trug Handschellen, die Hände ruhten in seinem Schoß. Vincent hatte ihn in den Besprechungsraum des KK11 bringen lassen, die Tische zur Seite gestellt und den Mann auf einen Stuhl in die Mitte gesetzt. Gemeinsam mit Bruno und Hamid saß er dem Mann gegenüber. Vincent belehrte ihn als

Mordverdächtigen. Lucke nahm es gelassen und verzichtete auf anwaltlichen Beistand.

«Was haben Sie vor genau einer Woche am frühen Abend gemacht?», fragte Hamid.

«Muss ich mal nachdenken.»

«Tun Sie das.»

«An dem Tag war ich mit dem Seniorchef auf Tour, die Fettigen abkassieren.»

«Die Fettigen?»

«Frittenbrater.»

«Verstehe.»

«Der Alte war nach seiner Kur zum ersten Mal wieder auf Achse, und wir haben danach mit ein paar anderen auf seine Gesundheit angestoßen. Und ich habe mir gemeinsam mit Tobias und dem Juniorchef ein paar neue Frittenbrater für die Filiale in Rheinhausen ausgeguckt. Ist nicht leicht, verlässliche Leute zu finden.»

«Was davon war zwischen achtzehn und neunzehn Uhr?»

«Sie stellen Fragen.»

«Ist unser Job.»

«Wissen Sie, wenn es um Vergangenes geht, bin ich nicht gerade ein Experte. Ich lebe mehr im Hier und Jetzt.»

«Soll heißen?»

«Dass ich mich nicht genau erinnern kann. Vielleicht war ich um die Zeit auch im Studio in Mettmann. Ach, da fällt mir ein, das mit den neuen Leuten für Rheinhausen war erst später. Mittwoch oder so. Sehen Sie? Ich und Gedächtnis.»

«Sie sollten dieses Gespräch etwas ernster nehmen», sagte Bruno.

Heiko Lucke sah ihn ein paar Sekunden lang an, dann zeigte er mit dem Finger auf ihn. «Niederrheinmeister im Schwergewicht 1999?»

«1998.»

«Ich war zu der Zeit im Boxgeschäft. Kennen Sie Speedy? Hab ich promotet. Speedy hätte Sie aus den Schuhen geschlagen, wenn Sie zu den Profis gegangen wären.»

«Speedy war Fallobst. Ich habe *ihn* aus den Latschen geboxt, als er noch bei den Amateuren war.»

«Zur Sache», sagte Vincent. «Sie wollen sich also nicht erinnern?»

«Wollen, ja. Können, leider nein.»

«Wir haben Toni Gogalla und Matthias Schiller gefunden.»

«Sind das Leute, die ich kennen müsste?»

«Man nennt Sie Lucky, stimmt das?»

«Weil das Glück auf meiner Seite ist.» Der Mann zeigte ein breites Lächeln, und Vincent fragte sich, warum er nicht zum Zahnarzt ging.

«Ihr Freund Tobias ist aufgewacht.»

«Grüßen Sie ihn von mir.»

«Sein gebrochenes Bein konnte operiert werden.»

«Das freut mich für ihn.»

«Und zum Glück hat sein Erinnerungsvermögen nicht gelitten.»

Für einen Moment entglitt Lucky die Kontrolle über seine Mimik. Er verschränkte die Arme und scharrte mit den Füßen. «Wie meinen Sie das?»

«Gehen Sie davon aus, dass er Ihnen die alleinige Schuld am Tod von Melli Franck zuschieben wird.»

«Sie bluffen, Herr Kommissar. Das würde Tobias nie tun.»

«Und wenn die Spurenlage seine Aussage bestätigt, ist der Fall damit geklärt.»

«Ich glaube Ihnen kein Wort. Sie wollen doch nur, dass ich ihn belaste und mich irgendwie verquatsche.»

«Ihr Freund Tobias gibt an, Sie hätten Matthias Schiller bei lebendigem Leib die Fingernägel der rechten Hand herausgerissen», log Vincent. «Sie nannten ihn Matze, stimmt's?»

Lucky nagte an seiner Unterlippe.

«Sie haben den jungen Mann beschuldigt, für die Polizei zu arbeiten. Das wird nun Herr Hentrich tun. Die Staatsanwältin hat mit ihm nämlich einen Deal vereinbart. Tobias Hentrich wird morgen gleich nach der Visite sein Zimmer auf der chirurgischen Station gegen eine sichere Wohnung an einem unbekannten Ort eintauschen, wo er umfassend aussagen wird. Ich sage nur: Zeugenschutzprogramm. Schöner Freund, was?»

Lucky blickte zu Boden.

«Sie können sich ausrechnen, was das bedeutet. Tobias kommt straffrei davon, Sie dagegen kriegen lebenslänglich und kommen wegen besonderer Schwere der Schuld wahrscheinlich niemals mehr frei.»

«Mir würde das an Ihrer Stelle stinken», ergänzte Hamid.

«Warum erzählen Sie mir das?»

«Weil ich Ihnen die Chance einräumen möchte, Ihre eigene Version darzulegen. Weil ich finde, dass jeder Mensch gehört werden sollte.»

«Klingt, als seien Sie ein echter Wohltäter.»

«Weil das Glück auf Ihrer Seite ist», sagte Hamid.

«Zumindest die Sicherungsverwahrung könnten Sie sich ersparen», fuhr Vincent fort. «Mit ehrlicher Reue und einem Geständnis beeindrucken Sie das Gericht.»

«Was Sie nicht sagen.»

«Ein paar Stunden haben Sie noch Zeit. Aber sobald Tobias morgen früh die Klinik verlässt, kann ich nichts mehr für Sie tun.»

Heiko Lucke rieb sich das Gesicht eine Weile mit beiden Händen, dann saß er wieder ganz ruhig da. «Jetzt würde ich doch gern meinen Anwalt kontaktieren.»

«Natürlich.»

Nachdem Lucke aus dem Raum geleitet worden war, strahlte

Hamid und hob beide Daumen. «Super-Bluff, Chef. Bis morgen haben wir ein Geständnis, wetten?»

Vincent sammelte seine Unterlagen ein. «Zehn zu eins, dass Lucky nicht reden wird.»

Hamid legte einen Zehn-Euro-Schein auf den Tisch. «Was meinst du, Champion?»

Bruno schüttelte den Kopf. «Speedy war wirklich reines Fallobst!»

83

▼

Marie trug ihr Fahrrad in den Keller. Hinter ihr lag ein Tag, der sie fast aus der Bahn geworfen hatte. Der Gedanke, morgen wieder bei *Franck Development* auf der Matte zu stehen, machte ihr zu schaffen. Wie wird es weitergehen? Was soll ich Thorsten sagen?

Ihr war, als schleppe sie ihr doppeltes Körpergewicht, während sie die Treppe zu ihrer Wohnung hochstieg. Ein Glas Wein und frühzeitig ins Bett – zu mehr würde sie heute nicht mehr fähig sein. Die Holzstufen knarrten. Aus der Wohnung ihrer schwerhörigen Nachbarin war der Fernseher zu hören: aufgeregte Rufe, das Gekreisch schleudernder Autos, der Knall eines Aufpralls.

Marie steckte den Schlüssel ins Schloss ihrer Wohnungstür. Schon beim ersten Ruck sprang sie auf. Marie wich zurück.

Wie konnte das sein?

Eigentlich drehte sie den Schlüssel stets zweimal. Die Gegend war nicht die beste, die Haustür oft unverriegelt. Deshalb schloss sich Marie sogar ein, wenn sie sich in ihrer Wohnung aufhielt, ob bei Tag oder Nacht.

Sie starrte auf den dunklen Türspalt und wagte es nicht einzutreten. Leise vernahm sie das Brummen des Kühlschranks in ihrer Küche. War da ein Atmen, ganz nah, gleich hinter der Tür?

Sei kein Angsthase, sagte sich Marie. Da ist nichts. Sie drückte die Tür auf, tastete nach dem Lichtschalter und blickte in den Flur, der leer war bis auf die Kommode ihrer Großmutter und die große Bodenvase mit den Ilex-Zweigen, deren rote Beeren ihr so gefielen.

Sie stellte ihre Tasche im Wohnzimmer ab, sammelte Blüten auf, die von der Orchidee auf dem Fensterbrett gefallen waren, und wandte sich dem Durchgang zur Küche zu, um sich ein Glas Wasser einzuschenken, als sie hinter sich das Quietschen eines Schuhs vernahm.

Ohne sich umzusehen, begann Marie zu rennen. In der Küche riss sie einen Stuhl um und lief auf den Flur, auch wenn sie sich keine großen Hoffnungen machte, auf diese Art ihren Verfolger aufhalten zu können.

Sie warf die Vase um, ein Scheppern, ein Fluchen – der Kerl war auf den nassen Fliesen ausgeglitten und mit dem Kopf gegen die Kommode gekracht. Marie nahm nicht mehr war, als dass er groß war, Handschuhe trug und nach einem Messer griff, das er fallen gelassen hatte.

Marie hastete die Treppe hinunter. Der Unbekannte holte auf.

Kalte Luft zog durch die Haustür herein, durch die gerade Ermine, ihre Lieblingsnachbarin, ihr krähendes Baby schob. Ermine hielt Marie die Tür auf und machte große Augen, als sie den Mann bemerkte, der ihr auf den Fersen war. Marie entriss ihr den Kinderwagen und schob das Baby ihrem Verfolger vor die Beine.

Vom Geschrei bekam sie nicht viel mit. Sie rannte den Gehsteig entlang, ohne sich um die Blicke der Passanten zu scheren. Sie nutzte eine Lücke im Straßenverkehr, wechselte auf die andere Seite und drückte sich in den Schatten eines Hauseingangs, um zu Luft zu kommen.

Der Mann trat aus ihrer Haustür. Im Licht der Straßenlampe erkannte Marie ein ausladendes Kinn und eine wulstige Stirn, die Schatten auf die Augen warf. Sein enger Pullover brachte sein breites Kreuz und muskulöse Schultern zur Geltung. Er trat auf die Kreuzung und spähte in alle Richtungen. Er rieb sich den Kopf mit der behandschuhten Faust. Marie glaubte, seine Gedanken lesen zu können: *Verdammt, wohin ist sie bloß verschwunden?*

Er sah in ihre Richtung. Ein vorbeirasendes Auto zwang ihn zurück aufs Trottoir. Marie drückte ihre Wange gegen die rau verputzte Mauer und machte sich so schmal wie möglich. In ihrem Rücken ging die Tür auf. Ein Rentner trat ins Freie, an der Leine ein großer Hund, der den Alten ungeduldig weiterzog.

Der große Mann lief auf die nächste Kreuzung zu, blickte sich suchend um und sprach dabei in sein Handy.

Marie holte ihr Smartphone aus der Hosentasche und rief den Kommissar an.

«Veih.»

«Jemand ist hinter mir her», sagte Marie und stellte fest, wie heftig ihr Atem ging.

«Frau Corinth?»

«Sie müssen mir helfen!»

84

▼

Die Tagesschau zeigte die Fahndungsfotos des Trios, das seit heute das Land in Atem hielt: Liese Schittko, ihr Anwalt Andreas Puhlfürst sowie der SEK-Beamte, der Schittkos Bewacher überrumpelt und zwei von ihnen kaltblütig ermordet hatte. Man wusste inzwischen seinen Namen und dass er an seinem früheren Wohnort mit einer «Kameradschaft Franken» sympathisiert oder ihr sogar angehört hatte.

«Wahnsinn», empörte sich Nina. «Solche Leute gibt es bei der Polizei?»

«Was ein Kollege in seiner Freizeit treibt, ist nun mal Privatsache.»

«Trotzdem unglaublich. Und dann lässt man den Kerl auch noch als Bewacher dieser Frau mitfahren?»

Vincent musste daran denken, dass einst zwei Polizisten in Baden-Württemberg als Mitglieder des Ku-Klux-Klans aufgefallen waren, ohne dass es für sie dienstliche Konsequenzen gehabt hätte. Und wenige Jahre später war einer von ihnen der Dienstvorgesetzte von Michèle Kiesewetter gewesen – ausgerechnet am Tag ihrer Ermordung durch den NSU in Heilbronn.

Es kommt alles wieder, dachte Vincent.

Über die Mattscheibe flimmerte die Tiefgarage des Münchner Strafjustizzentrums mit den beiden abgedeckten Leichen sowie Schildern, die Spuren markierten. Große, dunkle Flecken auf Beton, Flatterband und Kriminaltechniker in weißen Overalls. Bestatter, die vor dem Gebäude Leichenboxen in schwarze Fahrzeuge schoben.

Vincent fühlte sich an die siebziger Jahre erinnert. Er und seine Großeltern hatten stumm auf den Fernseher gestarrt, der ihre wichtigste Quelle gewesen war, um sich über seine Mutter auf dem Laufenden zu halten.

Der Türgong riss Vincent aus seinen Gedanken. Er stand auf und drückte den Knopf der Gegensprechanlage. «Dritter Stock.»

Nina trat zu ihm in den Flur. «Warum fragst du mich nicht, bevor du diese Frau zu uns einlädst?»

«Sie ist eine Zeugin und fühlt sich zu Hause nicht sicher.»

«Wir können nicht allen Zeuginnen Asyl gewähren, die sich verfolgt fühlen.»

«Du redest wie der CSU-Vorsitzende, weißt du das?»

Nina verdrehte die Augen.

Es klopfte an der Tür. Vincent öffnete und hieß Marie Corinth willkommen. Sie wirkte gehetzt, ihr Blick fand keine Ruhe. Eine Hand krallte sich um den Schulterriemen ihrer Laptop-Tasche, in der anderen hielt sie eine pralle Aktenmappe.

Vincent deutete auf die Sachen. «Sind Sie etwa noch einmal in Ihre Wohnung gegangen?»

Sie nickte.

«Mutig.»

Sie begann zu heulen.

Vincent zeigte der Frau das Gästezimmer, nahm ihr den schicken Mantel ab und hängte ihn an die Garderobe. Dann bat er seine Freundin, dem Gast für die Nacht einen ihrer Pyjamas zu leihen.

London Calling. Vincent entschuldigte sich und nahm das Gespräch an. Es war Hamid Belhanda.

«Rate mal, welchen Anwalt Heiko Lucke angerufen hat.»

Vincent spürte ein Kribbeln. «Wenn du mich so fragst, tippe ich auf Neudecker.»

«Treffer, Chef. Dr. Johannes Neudecker. Der gleiche Fachanwalt für Steuersachen mit Kanzlei in Kö-Nähe, der auch schon den Kellner Toni Gogalla vertreten hat.»

«Und will Lucke reden?»

«Du hast die Wette gewonnen.»

«Behalt dein Geld, Hamid. Soll uns keiner nachsagen, wir ließen uns bei den Ermittlungen von Gewinnerwartungen leiten.»

«Danke.»

«Welchen Eindruck macht unser Mann?»

«Als wäre das Glück auf seiner Seite.»

Vincent hatte nichts anderes erwartet.

Sie setzten sich an den Küchentisch. Corinth hielt sich an ihrem Weinglas fest. Vincent hatte eine Packung Rosmarincracker gefunden, doch niemand rührte sie an. Nina lehnte in der Tür und hörte ihnen zu. Offenbar bot das Fernsehprogramm keine bessere Unterhaltung.

«Kennen Sie den Mann?», fragte Vincent.

Corinth schüttelte den Kopf.

«Würden Sie ihn wiedererkennen?»

«Ich glaube schon.»

Sie begann, im Detail von ihrem Erlebnis zu erzählen, und kämpfte dabei erneut mit den Tränen. Vincent gab ihr ein Papiertaschentuch. Sie nippte vom Weißwein und wurde allmählich ruhiger.

«Am Vormittag werde ich mich übrigens mit Helmut Pabst treffen», sagte sie schließlich. «Danach wissen wir hoffentlich mehr über Matala.»

«Sie haben Zugang zum Leiter der Staatskanzlei?»

Corinth lächelte schwach. «Habe ich Ihnen nicht gesagt, dass wir uns ganz gut kennen?»

Vincent holte den Lugana aus dem Kühlschrank und wollte nachschenken, doch Corinth wehrte ab.

«Was raten Sie mir, soll ich morgen ins Büro gehen?»

«Rufen Sie an und melden Sie sich krank. Ist vielleicht besser so.»

«Meinen Sie, mein Chef steckt hinter dem Mann mit den Handschuhen?»

«Abwarten. Erst einmal werden wir uns gleich morgen früh einige Fotos ansehen.»

Vincent lag neben Nina im Bett. Der Mond schien durchs Fenster, seine rechte Seite wirkte wie angeknabbert. Das fahle Licht störte Vincent, aber die Jalousie blieb oben, weil Nina behauptete, bei völliger Dunkelheit Angstzustände zu bekommen.

«Bist du noch sauer auf mich?», fragte Vincent, als er spürte, dass seine Freundin ebenfalls nicht schlief.

«Ich wüsste nicht, wieso.»

«Unser Gast.»

«Passt schon. Du machst alles richtig.»

Sie rollte sich zu ihm herüber und legte ihren Kopf auf seine Schulter.

«Ich glaube, ich weiß jetzt, wer mein Vater ist», sagte er.

Vincent hatte Ronnys Worte im Ohr: *Anwalt … eitel, narzisstisch, wahnhaft … ruck, zuck zum Nazi mutiert.*

«Und?», fragte Nina. «Zufrieden?»

«Ich hätte auf Brigitte hören sollen.»

Voller Abscheu dachte er an den Alten, der sich Odin nannte. Ein Vordenker der extremen Rechten, Hassprediger und notorischer Holocaustleugner.

Ein Albtraum.

Vincent fror. Er drehte sich von seiner Freundin weg. Am liebsten hätte er sich am Ende der Welt in einer tiefen Höhle verkrochen.

Nina tastete nach seiner Hand und drückte sie.

85

Dienstag, 8. Dezember

Gegen zwei Uhr morgens betrat Adrian Lucke die Klinik durch den Haupteingang. Er stiefelte zügig am Empfang vorbei, als gehöre er zum nächtlichen Betrieb. Vor den Aufzügen wartete eine Schwester mit einem Krankenbett. Ihr Blick machte ihm klar, dass er weder als Patient noch als Angestellter durchging. Deshalb ging er geradeaus weiter in den Wartebereich der Notfallambulanz und nahm dort Platz, um sich zu sammeln und eine Taktik zu überlegen.

Ein pickliger junger Mann blickte herüber. Adrian schloss die Augen, damit ihn der Typ nicht ansprach. Dabei fasste er sich an den Ärmel, in dem er den Schraubenzieher versteckt hielt. Ich tu es für dich, Lucky, wie du es jederzeit für mich tun würdest.

Eine Schwangere und ihr Freund verließen das Behandlungszimmer. Kurz darauf ertönte ein dezentes Summen. Das Pickelgesicht stand auf und humpelte zur Tür. Aus einem anderen Zimmer kam eine Ärztin und verschwand in einem Raum am Ende des Flurs. Auch ihre Sohlen quietschen, stellte Adrian fest.

Mit raschen Schritten betrat er das Zimmer, das sie verlassen hatte. Er entdeckte einen Spind und öffnete ihn. Oben lag etwas Gestricktes, darunter hing an einem Haken ein weißer Kittel. Adrian streifte ihn über, nahm einen Kugelschreiber vom Schreibtisch und steckte ihn in die Brusttasche. Zur Vervollständigung seiner Tarnung griff er sich noch ein hellblaues Formular aus einer Ablage.

Der Kittel war ihm zu klein. Wie sah das aus? Adrian betrachtete sich im Spiegel neben der Tür. Er strich sein Haar zurück und reckte sein markantes Kinn. Bodybuilder-Hormone hatten ihm nicht nur die Muskeln wachsen lassen. Seine Größe flößte den Leuten Respekt ein. Das war nicht immer so gewesen.

Die Stirn, die sich über seinen Augenbrauen wölbte, nannte sein älterer Bruder «Denkerstirn». Er und Lucky sahen sich kein bisschen ähnlich, verschiedene Väter, doch ihrer Beziehung tat das keinen Abbruch. Wer einem von ihnen schaden wollte, bekam es mit beiden zu tun.

Adrian machte sich auf den Weg. Im Aufzug drückte er den Knopf für die dritte Etage – *Chirurgie*. Der Schraubenzieher rutschte ihm aus dem Ärmel. Er schob das Ding zurück.

Nie hätte er gedacht, dass ausgerechnet Tobias plaudern würde. Für ein armseliges Leben im Zeugenschutzprogramm war der Idiot also bereit, Lucky zu verraten. Laut Neudecker hatte ihn eine unerfahrene Staatsanwältin namens Förster weichgeklopft – die Pissnelke sollte man als Nächstes kaltmachen, dachte Adrian.

Alles meine Schuld. Warum musste ich meine Freundin zum sechzigsten Geburtstag ihres Vaters begleiten, obwohl Lucky mich an seiner Seite gebraucht hätte? Stattdessen hatte er Tobias ins *Greens* mitgenommen. Tobi, das Verräterschwein.

Ich bringe es in Ordnung, schwor sich Adrian. Die Spitze des Schraubenziehers hatte er mit einer Feile bearbeitet. Schärfer als jedes Messer.

Der Aufzug hielt. Adrian trat auf den Flur und orientierte sich an den Hinweisschildern. Zwei Schwestern kamen näher. Adrian bog in einen Seitengang ab. Er drückte sich gegen die Wand und wartete, bis die Schritte verklungen waren.

Er wollte die breite Glastür zur chirurgischen Station aufdrücken, aber wie von Geisterhand öffneten sich schon im Näherkommen beide Flügel. Die Notbeleuchtung brannte. Leere Betten standen längs der Wand aufgereiht.

Kein Mensch zu sehen – alles schlief. Irgendwo piepsten Maschinen. Adrian fragte sich, wie hoch auf dieser Station der Anteil der Patienten war, die überlebten.

Tobi würde mit Sicherheit zu den Abgängen gehören. Dafür würde er höchstpersönlich sorgen.

Zimmer zweiundvierzig, hatte Neudecker gesagt.

Adrian schob vorsichtig die Tür auf. Im Mondlicht erkannte er zwei Betten. Das eine war leer, im anderen schlief der Verräter. Es wäre besser gewesen, wenn die Scheiß-Nazis ihm den Schädel zerhauen hätten, nicht bloß das Bein.

Adrian ließ das blaue Formular fallen, zog den Schraubenzieher aus dem Ärmel und umklammerte den Holzgriff mit beiden Händen. Er trat an das Bett, die Füße im schulterbreiten Abstand, und holte weit aus, wobei er tief einatmete – Körperbeherrschung nach Art fernöstlicher Meister: Das Zentrum der Kraft ist die Mitte.

Wieder und wieder fuhr der Schraubenzieher in den Kerl auf dem Bett. Adrian dachte daran, wie schmächtig er als Kind gewesen war. Für die Bande aus der Nachbarschaft das perfekte Opfer. Ohne Lucky hätte er nicht überlebt. Und du Mistkerl wolltest meinen Bruder anschwärzen?

Adrian hob seine Waffe noch einmal und stach mir größter Wucht dorthin, wo er im Halbdunkel Tobis Hals vermutete, die empfindlichste Stelle.

Er hielt inne. Tobis Haare waren verrutscht. Seit wann trug der Kerl ein Toupet?

Das Licht ging an. Adrian blinzelte.

«Polizei, Waffe weg und Hände hoch!»

Zwei Typen zielten mit Pistolen auf ihn.

Der eine hielt ihm eine Kripomarke hin. Bulliger Typ, kahlrasierter Schädel, die Nase breit und nicht ganz gerade – Boxervisage, dachte Adrian.

Er blickte noch einmal auf das Bett und vermisste das Blut.

Er hatte eine Puppe abgestochen.

Das Ding trug einen Schlafanzug und eine Perücke, die Tobis dunkler Matte ähnelte, zumindest mit etwas Phantasie.

«Wird's bald?», fragte der Boxer-Bulle.

86

▼

Noch vor dem Frühstück besorgte sich Vincent am Kiosk den *Blitz* – das Boulevardblatt fand die Unschuld des Düsseldorfer Kriminalhauptkommissars, den es noch vor kurzem in fetten Lettern angeprangert hatte, keiner Zeile wert. Stattdessen prangte auf der Titelseite ganz groß ein Foto von Flüchtlingen, die irgendwo in Südosteuropa von Uniformierten wie eine Viehherde über einen Deich getrieben wurden, sowie die Überschrift: *Wer stoppt endlich die Völkerwanderung?*

In der *Morgenpost* entdeckte Vincent ebenfalls nichts über seine Rehabilitierung. Er blätterte die Dienstagsausgabe zweimal durch und ärgerte sich. Ganz klein im Politikteil war die Meldung zu lesen, dass in Magdeburg ein Mob von rund dreißig Neonazis einen Syrer mit Baseballschlägern krankenhausreif geschlagen hatte. Etwas größer wurde über die Razzia in Düsseldorf berichtet, aber nur im Lokalteil.

Dort stand auch, dass gestern Abend wie am Montag zuvor einige Dutzend Rechtsradikale durch die Innenstadt marschiert waren. Die Gegendemo dieses Mal kaum größer. Die weitaus stärksten Kräfte hatte offenbar die Polizei mobilisiert.

Während der Fahrt ins Präsidium hörte Vincent Radio. Auf WDR2 wurde Helmut Pabst interviewt. Der Flüchtlingsbeauftragte der Landesregierung lehnte eine Begrenzung der Asylbewerberzahl als grundgesetzwidrig ab. Jeder Einzelfall sei zu prüfen und wer aus Krieg und Elend geflohen sei, könne nicht dorthin zurückgeschickt werden.

Vincent fiel Marie Corinth ein: *Habe ich Ihnen nicht gesagt, dass wir uns ganz gut kennen?* Die Lesbe und der Politiker – als sei da vor einiger Zeit etwas gelaufen.

Auf den Stufen zum Eingang des Präsidiums kam Vincent die junge Staatsanwältin entgegen.

«Morgen, Frau Förster, so früh schon im Einsatz?»

Sie lief an ihm vorbei, verbissene Miene, kein Gruß.

Vincent nahm den Paternoster. Im zweiten Stock suchte er sein Büro auf und legte die Jacke ab. Er hörte Erhans Stimme aus dem Geschäftszimmer.

Der junge Staatsschutz-Kollege saß halb auf Noras Schreibtisch. Die beiden plauderten angeregt miteinander. Vincent grüßte und klopfte gegen den Rahmen der Verbindungstür.

Erhan folgte ihm in sein Büro. Vincent entging nicht, wie Nora dem jungen Kurden hinterhersah. Er schloss die Tür und schaltete die Espressomaschine ein.

«Kaffee?»

«Hab ich gerade schon bei eurer Sekretärin bekommen.»

«Nora scheint dich zu mögen.»

Erhan lachte. «Findest du?»

«Du hast zweifellos Chancen.»

«Meine Mutter fand meine bisherigen Freundinnen immer zu dünn.»

«Dann greif zu. Deine Mutter wird glücklich sein.»

Erhan wurde wieder ernst. «Im KK51 geht's übrigens rund. Mein Chef muss mit seiner Suspendierung rechnen. Die Staatsanwaltschaft prüft, ob sie wegen des unterschlagenen Videos ein Ermittlungsverfahren gegen ihn einleitet, und weitere Kollegen zittern.»

«Geschieht ihnen recht.»

«Es kommt noch besser. Ich hab gehört, dass mein Chef deinen Chef belastet. Angeblich sei es dessen Idee gewesen, das Video unter Verschluss zu halten.»

Der Giftzwerg. Sieht ihm ähnlich, dachte Vincent.

«Hast du etwas über Molitor und Stowasser erfahren?», fragte er.

«Dennis Molitor wurde offenbar vom Geheimdienst als V-Mann geführt.»

«Was?»

«Ja, eine Kollegin hat mir verraten, dass der Typ in der Szene damit geprahlt hat, Geld von zwei Beamten des Verfassungsschutzes zu erhalten, angeblich dreihundert Euro für jedes Treffen. Und dass er ihnen nichts als alte Pamphlete eines gewissen Odin zusteckt oder angebliche Neuigkeiten, die ohnehin längst im Netz stehen.»

Vincent musste daran denken, was Ronny ihm über die Praxis der Verfassungsschützer erzählt hatte. Überall rekrutierten sie Spitzel. Und es floss reichlich Geld. Statt die Radikalisierung der Szene zu stoppen, förderte der Geheimdienst sie mit Steuergeldern.

Er ging hinüber zu Anna Winkler.

«Was gibt's Neues bei dir?», fragte er.

«Du hast mal wieder nicht angeklopft.»

«Hab vorhin deine neue Freundin getroffen, die Staatsanwältin. Machte einen ziemlich gestressten Eindruck.»

«Sie ist nicht meine Freundin. Wie kommst du darauf?»

«Jetzt erzähl schon.»

«Dass Adrian Lucke in die Falle gegangen ist, weißt du?»

«Bruno hat mir eine SMS geschickt.»

«Und jetzt behauptet der Mann, Tobias Hentrich hätte Melli Franck erschlagen und vergewaltigt. Aber erstens war Adrian Lucke selbst gar nicht dabei, und zweitens können wir davon ausgehen, dass er nur seinen älteren Bruder schützen will.»

«Immerhin wissen wir jetzt, dass Dr. Neudecker, der feine Anwalt, auch hier seine Finger im Spiel hat.»

«Adrian Lucke möchte ebenfalls einen Deal abschließen.»

«Wird er uns die Hintermänner des Drogengeschäfts verraten?»

«Er behauptet jedenfalls, sie zu kennen.»

«Wie reagiert die Staatsanwältin?»

«Will sich erst noch mit ihrem Chef beraten, aber Frau Förster ist jetzt bereit, über einen Deal nachzudenken. Du hast gewonnen, Chef. Gratulation.»

Vincent hob abwehrend die Hand. «Die Falle war Brunos Werk. Er hat Tobias Hentrich verlegen lassen, die Puppe gebastelt und sich die halbe Nacht in der Klinik um die Ohren geschlagen.»

«Aber du hattest die Idee, stimmt's?»

Sie hört nicht auf, mir Honig ums Maul zu schmieren, dachte Vincent und verschränkte die Arme. «Du wolltest wissen, ob wir uns wieder vertragen.»

«Ja.»

«Beim Staatsschutz wird wahrscheinlich eine Kommissariatsleiterstelle frei. Das wäre was für dich. Ich weiß nämlich aus sicherer Quelle, dass unserem Präsidenten die Vorstellung gefällt, etwas für die Frauenquote zu tun.»

Das Lächeln verschwand aus Annas Gesicht. Offenbar hatte sie eine andere Antwort erhofft. Aber Vincent war sich sicher, dass sich die Kollegin mit dem Gedanken anfreunden würde, auf einer anderen Dienststelle Karriere zu machen.

Sein Handy klingelte. Oberstaatsanwalt Kilian. Auf dem Rückweg in sein Büro nahm Vincent das Gespräch an.

«Endlich erwische ich Sie, Herr Veih. Es gibt Neuigkeiten, die Sie sicher …»

«Etwa die Anschlussinhaber, mit denen Molitor per Handy Kontakt hat?»

«Nein, die Anfrage beim Netzbetreiber läuft noch.»

«Aha.»

«Aber der beschlagnahmte Laptop aus der Nazi-Wohnung …»

«Schon ausgewertet? Sie sind aber schnell!»

«Ist das Ironie oder Sarkasmus?»

«Blanke Freude, Herr Kilian.»

«Mein Mitarbeiter hat mich gerade unterrichtet, welche Webseiten Dennis Molitor in den letzten Tagen besucht hat.»

«Und?»

«Das meiste dreht sich um Helmut Pabst, den Leiter der nordrhein-westfälischen …»

«Was haben die beiden miteinander zu tun?»

«Molitor scheint ganz besessen von dem Mann zu sein.»

87

▼

Marie stand auf, als Helmut das Café betrat. Ihr Herz schlug heftiger, und die Angst vor Männern, die sie töten wollten, war verflogen.

Er hat sich gut gehalten, stellte sie fest. Immer noch die frechen Locken, die ihn so jungenhaft wirken lassen. Mit einem Mal fühlte sie sich in die Vergangenheit versetzt.

«Helmut», sagte sie.

«Entschuldige die Verspätung», antwortete er.

«Zehn Minuten, nicht der Rede wert.»

«Sechzehn Jahre.»

«So kann man's auch sehen.»

«Und du hast dich nicht verändert.»

«Lügner.» Marie lachte. «Wo sind deine Leibwächter?»

«Ich brauche keine. Schon gar nicht in unserer Eisdiele.»

Helmut nahm Maries Hand, dann umarmten sie einander. Er riecht gut, dachte Marie, ein herbes Rasierwasser.

«Sie bieten ihr Eis jetzt auch im Winterhalbjahr an», sagte sie. «Muss am Klimawandel liegen.»

«Heute übernehme ich die Rechnung.»

Sie bestellten Vanilleeis, dazu je einen Cappuccino, wie früher. Helmut erklärte, dass er nicht viel Zeit hätte, und beklagte sich über die Mehrarbeit als Flüchtlingskoordinator. Das Eis wurde serviert, sie stürzten sich sofort darauf. «Himmlisch», sagte Helmut.

«Dann will ich gleich zur Sache kommen», erwiderte Marie.

«Bitte.»

«Wozu hat Thorsten dir das Haus im Hafenviertel geschenkt? Und den Anteil an seinem ersten Immobilienfonds?»

«Den Anteil habe ich längst zurückgegeben. Dass ich das Haus behalten habe, ist ein Fehler, ich geb's zu. Aber rein juristisch ist alles verjährt.»

«Was ist verjährt, Helmut? Was hast du getan?»

Er sah sich um.

Marie hatte einen Tisch am Fenster gewählt, dessen unmittelbarer Nachbartisch frei war. Keiner konnte ihre Unterhaltung mitverfolgen. Maries Blick fiel nach draußen, wo ein pummeliger Typ in Windjacke und Trainingshose gerade sein Fahrrad abstellte. Nicht an einer Straßenlaterne, wie Marie es getan hätte, sondern quer zwischen zwei Autos. Ihr fiel auf, dass er das Rad nicht abschloss. Vielleicht war es zu alt, um geklaut zu werden.

Helmut nahm ihre Hand. «Ich weiß, dass ich dir vertrauen kann, aber sag mir, warum willst du das wissen?»

«Melli …»

«Sie wird davon nicht wieder lebendig.»

«Ich muss wissen, was mein Chef mit ihrem Tod zu tun hat.»

«Warum überlässt du das nicht der Kripo?»

Marie ignorierte den Einwand. «Melli hat Drogen genommen. Man hat in ihrem Büro und in ihrer Wohnung eine größere Menge Pillen gefunden. Ich glaube, ihre Sucht hat auf Kreta begonnen. Nach ihrem Unfall hatte sie eine schwere Zeit. Und ein Eintrag in ihrem Tagebuch liest sich, als habe euer Freund Dittrich sie damals mit Drogen versorgt.» Sie hatte den Satz noch im Kopf: *Frederick ist mein Reiseführer in verborgene Innenwelten.*

Helmut schwieg. Er zerteilte das Eis mit dem Löffel, ohne weiter davon zu essen.

«Ihr seid eine Clique gewesen. Melli und Thorsten, Frederick Dittrich, Jürgen Neudecker und du. Und in den Unterlagen zu dem Immobilienfonds finde ich all eure Namen wieder. Was habt ihr ausgeheckt?»

«Was ich dir jetzt sage, muss unter uns bleiben.»

«Versprochen.»

«Weißt du, was mit dem Geld des Fonds gebaut wurde?»

«Die Stadthalle, das Messezentrum und das Konzertgebäude am Rheinufer.»

«Ganz genau. Kommunale Projekte. Und, fällt der Groschen?»

«Erzähl weiter.»

«Thorsten hat einige Entscheidungsträger in der Stadtverwaltung bestechen müssen, um den Deal zu machen. Und ich war der Geldbote.»

Marie schüttelte den Kopf. Sie hatte so etwas befürchtet.

«Als ich Leiter der Marketing- und Tourismus-GmbH wurde, wollte Thorsten das Spiel wiederholen und noch einmal mit meiner Hilfe städtische Aufträge an Land ziehen, aber da habe ich nicht mehr mitgemacht und ihm meinen Anteil an dem Fonds zurückgegeben. Mit unserer Freundschaft war es dann schnell vorbei.»

Marie blickte ihm streng in die Augen. «Der Helmut, den ich kannte, hätte schon beim ersten Deal nicht mitgemacht.»

«Ich war jung und brauchte das Geld.»

«Blöder Spruch, meinst du nicht?»

«Melli war auf Kreta nicht die Einzige, die Drogen nahm. Dittrich hat in seiner Wohnhöhle Crystal Meth gekocht, das Zeug war geil, und im Nu warst du davon abhängig. Am Anfang hat er es für lau spendiert, später verlangte er etwas dafür.»

«Du hast diesen Scheiß …»

Er nickte. «Und mit der Zeit brauchte ich mehr davon, und die Kosten sind gestiegen.»

«Ich hätte dich für klüger gehalten.»

«Auch ich hatte eine schwere Zeit.»

«Doch nicht etwa weil unsere dämliche Beagle-Befreiungsaktion nicht geklappt hat!»

Helmut senkte den Blick. Seine Hände drehten unaufhörlich die Schale mit dem geschmolzenen Rest Vanilleeis. «Ich weiß, was dir passiert ist», sagte er leise.

«Bitte?»

«Nachdem ich dich im Wald verloren hatte, bin ich zurückgekehrt. Da war ein Fenster.»

«Du hast zugesehen?»

«Ich bin zur Tür gelaufen und hab Krach geschlagen, doch die Typen in ihren blauen Uniformen haben mich zusammengeschlagen. Ich lag vor dem Zaun im Dreck, und alles tat mir weh. Es tut mir so leid, dass ich dir nicht helfen konnte. In meinen Albträumen höre ich noch immer deine Schreie.»

«Ich hab nicht geschrien.»

«Dann waren es eben die Beagles. Oder meine Phantasie. Zu Hause bin ich völlig durchgedreht. Dann habe ich meine Schwester angepumpt und drei Tage später war ich auf Kreta.»

«Matala.»

Er nickte. «Ich nahm alles, was zu kriegen war. Alkohol, Beruhigungsmittel, Crystal Meth.»

«Weißt du, was noch schlimmer war als die Vergewaltigung?»

«Nein.»

«Dein Verschwinden. Dass du wochenlang nicht greifbar warst.»

«Verzeih mir meine Blödheit, Marie, bitte.»

Er griff nach ihrer Hand, doch sie entzog sie ihm.

Sie schwiegen sich an. Er blickte auf seine Uhr.

«Man wird dich schon vermissen», sagte sie und erhob sich von ihrem Stuhl.

«Wann sehen wir uns wieder?»

«Ich weiß es nicht. Erst muss ich verdauen, was du mir gerade erzählt hast.»

Helmut nickte. Er kramte zwei Scheine aus seinem Geldbeutel und legte sie auf den Tisch.

Vor der Tür blieben sie stehen, um Abschied zu nehmen.

Marie verschränkte die Arme. «Zwei Fragen hab ich noch.»

«Bitte.»

«Wer hat dich mit Drogen versorgt, als du wieder hier warst?»

«Immer noch Frederick. Er hat gemeinsam mit Thorsten eine Chemiefabrik in Uerdingen erworben. Eine kleine Klitsche, die einst zum Imperium seines Großvaters gehört hat. Sie haben sie flottgemacht und stellen Hustensaft und Schlafmittel her.»

«Und Crystal Meth.»

«In einem Labor, zu dem nur Frederick Zutritt hat, braut er heimlich das Zeug. Es wird in den Hallen zu Pillen gepresst und wie ein reguläres Medikament in Blisterfolie verpackt. Zumindest war es damals so. Ich kann nur über die erste Zeit nach meiner Rückkehr reden. Seit Jahren halte ich mich von der Clique fern. Und von den Drogen sowieso.»

«Hat Frederick auch Melli beliefert?»

«Das nehme ich an.»

Marie überlegte, wie sie ihren Kommissar davon in Kenntnis setzen konnte, ohne ihr Wort zu brechen.

«Mach's gut», sagte Helmut und wollte gehen, doch Marie hielt ihn fest.

«Warte. Das Mietshaus im Medienhafen. Warum hast du es Thorsten nicht ebenfalls zurückgegeben?»

«Bequemlichkeit. Ich wohne in dem Haus. Es ist so praktisch. Ich komme zu Fuß an meinen Arbeitsplatz. Den Dienstwagen nehme ich nur für Rendezvous in Eiscafés.»

Er lächelte, aber Marie ließ sich davon nicht ablenken.

«Oder auch aus Gier?», fragte sie.

«Du kennst mich besser, Marie.»

«Ich kannte Helmut, den armen Studenten, den Rebellen ohne persönlichen Ehrgeiz. Das Haus ist im Lauf der Zeit beachtlich im Wert gestiegen. Und ich weiß, dass du einem Friseurmeister gekündigt hast, der dort seinen Salon hatte. Du wolltest die Miete erhöhen.»

«Du warst in dem Restaurant, das sich jetzt dort befindet?»

«Ja.»

«Sehen die Leute so aus, als könnten sie eine hohe Miete bezahlen? Marie, ich hab sie all die Jahre nicht heraufgesetzt.»

«Warum hast du dann den Friseur rausgeschmissen?»

«Weil sich bei ihm jeden Montag NPD-Leute getroffen haben. Du hättest mal hören sollen, welche Lieder da gesungen wurden. Ich wollte keinen Nazi-Treff in meinem Haus, verstehst du?»

Sie lächelte. «Das ist der Helmut, den ich kenne.»

Er berührte ihre Schulter. «Darf ich dich anrufen?»

Marie atmete einmal tief durch. «Ja, gern.»

Sie umarmten sich.

Marie blickte ihm hinterher. Im Gehen drückte Helmut den Funkschlüssel seines Autos, das mit zweifachem Blinken antwortete. Sieh an, ein schicker Audi, dachte Marie. Es war der Wagen gleich hinter dem Fahrrad, das der Windjacken-Typ vorhin zwischen die Fahrzeuge geschoben hatte. Am Lenker hing noch eine Einkaufstasche.

Helmut blickte sich um, sie winkten sich zu. Dann ging Marie zu ihrem Fahrrad, das sie am anderen Ende des Blocks an das nächste Verkehrszeichen gekettet hatte.

Noch bevor sie es erreichte, zerriss eine Detonation die Luft.

Ein Schmerz stach durch Maries Bein, und sie ging zu Boden. Sofort rappelte sie sich wieder hoch und musste sich dabei an der Hauswand festhalten. Statt der Straßengeräusche war nur ein penetrantes Klingeln in ihren Ohren, als sei ihr Kopf in Watte gepackt.

Marie ignorierte das Pochen in ihrem Bein und humpelte in Helmuts Richtung zurück. Der Audi war völlig demoliert. Von dem Fahrrad konnte Marie nur noch Trümmer erkennen. Gehsteig und Straße waren mit Nägeln und Splittern übersät. Die Fenster des Cafés hatten kein Glas mehr.

Dann sah sie Blut und Leichenteile. Ein abgerissenes Bein. Einen Torso ohne Kopf – das Jackett, das Helmut getragen hatte, hing daran in Fetzen.

Ihr wurde schlecht. Sie wandte den Blick ab und rang keuchend nach Sauerstoff. In einigem Abstand erkannte sie auf der anderen Straßenseite den Kerl wieder, der das Rad abgestellt hatte. Er steckte etwas in seine Windjacke, das wie ein Handy aussah. Neben ihm hielt ein Mann mit kahlgeschorenem Kopf zwei Fahrräder fest. Die beiden stiegen auf und fuhren davon. Der Schriftzug *Thor Steinar* prangte auf dem Rücken der hellen Windjacke.

Eine Nazi-Marke, wie Marie wusste.

Sie wählte die Nummer von Kommissar Veih.

Ein fremder Mann hielt sie fest. Marie schüttelte ihn ab. Er sagte etwas und deutete auf ihr Bein.

Marie berührte es. Ihre Jeans war nass. Woher kam die Flüssigkeit?

Sie spürte, wie ihr schwindlig wurde, und ließ sich auf der Bordsteinkante nieder. Sie nahm das Handy ans Ohr.

«Frau Corinth?», meldete sich der Kommissar.

«Zwei Nazis haben gerade Helmut Pabst getötet.»

Dann wurde ihr schwarz vor Augen.

88

▼

Vincent verließ das Krankenhaus. Vor seinem Auto stand eine uniformierte Angestellte des Ordnungsamts. Sie tippte etwas in ein Gerät, das aussah wie ein überdimensionierter Taschenrechner.

«Bitte nicht», sagte er.

«Sie stehen im Halteverbot.»

Vincent zeigte seine Kripomarke.

«Ausnahmsweise, aber nur weil ich das Kennzeichen noch nicht eingegeben habe.»

«Danke.»

Die Frau ging weiter. Vincent schloss das Fahrzeug auf und ließ sich auf den Fahrersitz sinken. Er legte das Gesicht in beide Hände.

Er hatte gerade noch ein paar Takte mit Marie Corinth reden können, bevor sie wegen der Wunde an ihrem Oberschenkel in den Operationssaal geschoben worden war. Dafür, dass sie noch ziemlich unter Schock stand, hatte sie erstaunlich klar wiedergeben können, was ihr Helmut Pabst unmittelbar vor seinem Tod über Frederick Dittrich und das Crystal Meth offenbart hatte.

Und sie hatte den Attentäter beschrieben, der die Bombe mit einem Fahrrad platziert hatte, sowie den zweiten Kerl, der weitere Räder für die Flucht bereitgehalten hatte – Dennis und Bolle, die untergetauchten Neonazis, da war sich Vincent sicher.

Die Frau vom Ordnungsamt war zurückgekehrt. Sie klopfte an die Scheibe und guckte böse.

Vincent fuhr los. Er rief das Innenministerium an und ließ sich mit der Verfassungsschutzbehörde Nordrhein-Westfalens verbinden.

«Es geht um den Anschlag auf Pabst», sagte er, nachdem er sich vorgestellt hatte. «Wir haben zwei Verdächtige, und ich möchte Sie um Beihilfe bitten.»

«Was können wir tun?»

«Ich weiß, dass Sie mindestens einen der beiden Rechtsextremisten als Spitzel führen.»

«Das kann nicht sein.»

«Dass Sie einen Neonazi als V-Mann anwerben?»

«Nein, dass Sie davon wissen.»

«Hören Sie, der Mann brüstet sich vor seinen Freunden damit, dass er von Ihnen bezahlt wird, ohne wirklich etwas auszuplaudern. Er heißt Dennis Molitor, und als leitender Ermittler brauche ich Ihre Akten.»

«Kann ich Sie zurückrufen?»

Vincent gab die Nummer durch.

Die Festung kam in Sicht. Er fand eine freie Lücke im Innenhof, stellte seinen Wagen ab und eilte zum Eingang. Mit dem Paternoster fuhr er nach oben.

Er versammelte sämtliche KK11-Mitarbeiter, die auf Zuruf greifbar waren, und erklärte ihnen die Lage. Die Fahndung nach Dennis und Bolle hatte oberste Priorität.

Das Telefon schrillte.

Kripochef Engel sagte: «Wir müssen sofort über den Mordanschlag reden, Herr Veih.»

An dem Gespräch nahm auch Markus Braun, der Pressesprecher, teil. Vincent berichtete, was er bis jetzt wusste. Noch hatte sich der Generalbundesanwalt aus Karlsruhe nicht eingeschaltet, aber es war jederzeit möglich, dass er wegen des vermutlich politischen Hintergrunds die Zuständigkeit im Fall Pabst übernahm und die Ermittlung an das Bundeskriminalamt übergab.

Immer wieder unterbrach sie das Telefon. Braun wimmelte die Presse ab, Engel informierte das Innenministerium. Besonderen Wert schien man dort auf die korrekte Sprachregelung zu legen. Bloß nicht zu früh von einem gezielten Attentat auf den Staatssekretär reden, bloß nicht einseitig von einem rechtsextremen Hintergrund – sollte sich morgen der Islamische Staat zu der Bombe bekennen, stünden wir dumm da.

Bullshit, dachte Vincent. Ich weiß, wer die Täter sind.

Auf dem Rückweg in sein Büro spielte sein Smartphone den Klingelton. Die Nummer auf dem Display stammte aus dem Innenministerium. Vincent nahm das Gespräch an.

«Veih.»

«Schmidt, Landesamt für Verfassungsschutz. Sie wollten die Akte der V-Person Dennis Molitor?»

«Richtig.»

«Die wurde leider schon vor drei Wochen vernichtet.»

«Bitte?»

«Aus Datenschutzgründen. Das machen wir routinemäßig. Die Akte enthielt ohnehin nichts von Bedeutung.»

«Das glaube ich Ihnen so wenig wie Ihren Namen, Herr Schmidt.»

Wütend tippte Vincent auf das rote Symbol.

Das Handy klingelte erneut.

Anna Winkler sagte: «Du hast mir auf die Mailbox gesprochen.»

«Wo steckst du?»

«Großes Meeting im Landeskriminalamt. Du kennst Bastian Schwenk?»

«Ich war neulich bei ihm.»

«Gemeinsam mit ihm und seinen Leuten planen wir die Festnahme von Oliver Bischoff. Wir glauben, dass wir genug für einen Haftbefehl gegen ihn in der Hand haben. Auch wegen der Leichensache Melli Franck.»

«Denkt daran, Bischoff könnte bewaffnet sein.»

«Ein Spezialeinsatzkommando macht das.»

«Und sei darauf gefasst, dass er den Mord an der Wirtin höchstwahrscheinlich gar nicht in Auftrag gegeben hat.»

«Wer dann?»

«Ist die Staatsanwältin bei euch?»

«Ja.»

«Gib sie mir mal.»

Nach wenigen Sekunden meldete sich Cornelia Förster.

«Warum sprechen Sie so entscheidende Dinge wie die Festnahme von Oliver Bischoff nicht mit mir ab?», fragte Vincent.

«Ich dachte, Ihre Baustelle ist jetzt das Attentat auf Pabst, Herr Veih.»

«Lassen Sie uns das Kriegsbeil begraben, Frau Förster.»

«Sie sind kein linker Randalierer, das habe ich begriffen. Aber trotzdem muss ich Sie nicht sympathisch finden.»

Vincent zählte in Gedanken bis drei, um ruhig zu bleiben. «Frau Förster, ich sage Ihnen jetzt etwas, das Ihrer Karriere einen enormen Schub verleihen wird. Bischoff war nur ein Rädchen innerhalb einer größeren Struktur. Während das SEK den Mann festnimmt, können Sie einen Schlag gegen die wirklichen Köpfe der Bande führen.»

«Und wer soll das sein?»

Vincent berichtete, was er von Marie Corinth wusste. «Sehen Sie, ich liefere Ihnen die Hintermänner sogar ohne langwierige Telefonüberwachung.»

«Und wie stellen Sie sich das vor?»

«Wir durchsuchen bei Dittrich und Franck.»

«Und ich soll die Beschlüsse ausstellen? Auf meine Verantwortung, ohne einen Richter zu fragen?»

«Es muss schnell gehen. Sobald die Herrschaften Lunte riechen, werden sie sich ins Ausland absetzen.»

«Okay, gegen Frederick Dittrich können wir vielleicht vorgehen. Er ist das schwarze Schaf seiner Familie, hat selbst nicht viel Einfluss. Aber Thorsten Franck – haben Sie eine Ahnung, mit wem wir uns da anlegen? Der Mann ist eine der größten Unternehmerpersönlichkeiten des Rheinlands. Nur weil ihm seine Angestellte ans Bein pinkelt …»

«Marie Corinth ist eine verlässliche Zeugin, Frau Förster.»

«Sind die Anschuldigungen dieser Frau verifiziert? Womöglich führt sie nur einen privaten Rachefeldzug. Außerdem beruft sie sich selbst nur auf Informationen vom Hörensagen, und ihr angeblicher Gewährsmann, Helmut Pabst, ist tot. Wir bewegen uns auf viel zu dünnem Eis!»

«Denken Sie an die Schlagzeilen, Frau Förster. Sie können einen wirklich großen Coup landen.»

«Wenn es gut ausgeht. Andernfalls …»

«Sie sind nicht die Frau, die sich eine solche Chance entgehen lässt. Sie wollen etwas werden, und Sie haben das Zeug dazu. Beweisen Sie es!»

«Herr Veih, ich erkenne Sie nicht wieder.»

«Lassen Sie sich die Sache durch den Kopf gehen, ich bitte Sie darum.»

Vincent legte auf. Er spürte Ekel vor sich selbst, weil er der Staatsanwältin Honig ums Maul geschmiert hatte.

Nora stand in der Verbindungstür zum Geschäftszimmer, ein breites Grinsen im Gesicht.

«Was ist?», fragte Vincent.

«Der Giftzwerg ist soeben beurlaubt worden. Allmählich glaube ich wieder an Gerechtigkeit auf dieser Welt.»

«Du bist aber leicht zu beeindrucken.»

«Was machst du für ein Gesicht?»

«Bin gerade der Staatsanwältin in den Arsch gekrochen.»

«Wenn's der Wahrheitsfindung dient.» Sie reichte ihm eine dünne Akte. «Erhan Altintop vom Staatsschutz hat das vorhin für dich abgegeben.»

«Der Junge gefällt dir, oder?»

«Wie kommst du darauf?»

«Was hältst du davon, wenn wir ihn zu uns ins KK11 holen?»

Mit einem betont lässigen Schulterzucken zog sie sich ins Geschäftszimmer zurück.

Vincent wählte Erhans Nummer.

«Was ist das für eine Akte, die du bei Nora abgegeben hast?»

«Hat mir unsere Sachbearbeiterin Rechtsextremismus gegeben. Kaum ist unser Chef weg vom Fenster, wird sie immer gesprächiger.»

Vincent schlug den Aktendeckel auf.

«Wenn einer von Molitors Kontakten die beiden Attentäter versteckt, dann ist das Peter Rost, meint sie. Vater von Anja Rost, der Freundin Molitors.»

Jahrgang 1954, las Vincent. Verwitwet, allein lebend. Rost war Filialleiter eines Bio-Supermarkts gewesen, bevor er in vorzeitigen Ruhestand ging. An die erste Seite war ein Foto geheftet. Darauf trug der Mann Strickjacke, kariertes Hemd und Jeans. Auffällig waren seine üppigen grauen Locken und langen Koteletten.

«Sieht gar nicht aus wie ein Neonazi», kommentierte Vincent. «Und wenn er noch in seinem alten Laden einkauft, kriegt sein Besuch wenigstens was Gutes zu essen. Zumindest gesünder als das Zeug in Molitors Frittenbude.»

Es gab noch weitere Bilder. Rost an der Haustür. Er begrüßte einen Kerl mit Baseballkappe, der einen Koffer bei sich hatte. An die Aufnahme war ein Observationsprotokoll geheftet.

«Laut meiner Kollegin bringt Dennis Molitor beim künftigen Schwiegerpapa meist seine Gäste von auswärts unter.»

«Also ist Rost ein Teil des braunen Netzwerks.»

«Allerdings sonst ein unbeschriebenes Blatt.»

Ein letzter Schnappschuss. Dieselbe Eingangstür, darüber eine Lampe, auf der in schwarzen Ziffern die Hausnummer stand. Rost und Molitor – sowie ein hagerer Typ mit Glatze und kurzgestutztem weißem Bart.

«Hast du das Foto mit dem Alten gesehen?», fragte Erhans Stimme aus dem Hörer.

«Hab's gerade in der Hand.»

«Ole Naumann. Ein ganz übler Bursche. Sie nennen ihn Odin. Ist angeblich so eine Art Möchtegernführer.»

Vincents Kehle wurde eng. Er musste sich räuspern. «Nimm Hamid mit und schaut euch bei Peter Rost um. Observiert das Haus und schnappt euch Molitor und seinen Komplizen, sobald sie sich blicken lassen.»

89

▼

Den ganzen Vormittag über hatte Ronny an seiner zweiten Geburt gearbeitet.

Er bummelte die Königsallee entlang, suchte die Boutiquen auf, deren Auslagen ihm gefielen, und kaufte ein. Seit er hier war, kleidete er sich wie ein Fettiger. Aber das war er nicht mehr, auch kein verdammter Legionär. Ronny dachte an die schicken Outfits, die Sandra trug. Er ließ sich von Schaufensterpuppen inspirieren und von Verkäufern beraten.

Zwei Hemden und ein Pulli von Etro. Ein Seidenschal bei Gucci. Im Prada-Shop war ihm der Anzug zu teuer, aber bei den Schuhen schlug er zu. Ein weiteres Paar bei Tods, leichte Loafers für den kommenden Sommer. Mehr als eine Stunde schlenderte er durch das Kaufhaus im Kö-Bogen am Ende des Boulevards. Der Verkäufer, der ihn dort bediente, wirkte selbst wie ein Modemacher. «Der hat Humor», sagte er über einen Anzug von Paul Smith, dunkelblau und eng geschnitten. Gekauft. Ein passendes Einstecktuch für neunundachtzig Euro obendrein – zur Feier des Tages.

Geld war kein Problem. Zuletzt hatte er bescheiden gelebt, die Spesenzulage genügte für den täglichen Bedarf, sein Gehalt blieb unangetastet und häufte sich auf dem Konto. Er bezahlte mit Kreditkarte und trug Tasche um Tasche zu seinem Auto. Den blauen Anzug behielt er an, samt einem der neuen Hemden. Stattdessen ließ er sich die ausgeleierte Jeans und das Sweatshirt einpacken, das am Halsausschnitt bereits franste.

Er lief zurück zu Prada und kaufte auch noch den Mantel aus dunkelbraunem Leder. Er begutachtete sich im Spiegel, und was er sah, gefiel ihm. Nur ein frischer Haarschnitt fehlte noch. Vielleicht konnte Vincent ihm einen Friseur empfehlen. Beim Gedanken an seinen Cousin zweiten Grades bekam er Lust auf einen Espresso. Er fand ein Café in einer Seitenstraße und ließ sich an einem Tisch beim Fenster nieder.

Der Espresso kam mit einem Keks und einem Glas Wasser. Im Hintergrund sang Paolo Conte *Blue Tango*. Draußen bekam der Himmel immer größere blaue Flecken, und die Sonne brachte die Porsches am Straßenrand zum Glänzen.

Heute Abend werde ich Sandra wiedersehen, dachte Ronny. Ist das Leben nicht großartig?

Sein Smartphone klingelte.

«Vogt.»

«Vincent hier.»

«Hab gerade an dich gedacht.»

«Was sagst du zu Helmut Pabst?»

«Wieso?»

«Schalt mal den Fernseher ein. Egal, ob das Erste, Zweite oder Dritte.»

Mist, dachte Ronny. Das verheißt nichts Gutes. «Hier im Café läuft keine Glotze», sagte er.

«Dann lies die Nachrichten auf dem Handy.»

«Schlimm?»

«Pabst ist bei einem Anschlag getötet worden, höchstwahrscheinlich von Dennis und Bolle.»

Schlimmer als schlimm, dachte Ronny. «Wenn du Verstärkung brauchst ...»

«Wär nicht schlecht.»

Ronny zog den Mantel an und machte sich auf den Weg.

In seinem Fiat Panda schaltete er das Radio ein. Die Bundeskanzlerin wurde gerade zitiert: *Trauer und Entsetzen über den Tod des nordrhein-westfälischen Staatskanzleichefs und engagierten Flüchtlingskoordinators ...*

Ronny fiel ein, dass Dennis Molitor den Politiker für alles Übel verantwortlich gemacht hatte, das seiner Familie widerfahren war: *Wenn Mama abnippelt, dann rumst es hier gewaltig.*

Während der Fahrt zum Präsidium fasste der Hörfunkmoderator das Ereignis des Tages zusammen: *Explosion eines Sprengkörpers ... Opfer als Helmut Pabst identifiziert ... politischer Hintergrund nicht mehr ausgeschlossen ...*

Ronny fragte sich, ob er eine Mitschuld an dem Verbrechen trug. Hätte ich Dennis nicht stoppen können?

Im nächsten Beitrag ging es um Liese Schittko, die sich seit gestern gemeinsam mit ihrem Anwalt und einem Beamten des

Münchner Spezialeinsatzkommandos auf der Flucht befand. Sie hatten zweimal ihr Fahrzeug gewechselt, zuletzt in der Gegend von Schwäbisch Hall. Seitdem gab es keine Spur von ihnen.

Unwillkürlich fasste Ronny an die Manteltasche, in die er das sichere Handy gesteckt hatte. Ihm war klargeworden, was der wahre Grund war, warum er Vincent nichts von Dennis Molitors Anruf bezüglich der NSU-Frau erzählt hatte.

Sie freut sich darauf, dich wiederzusehen.

Ronny umklammerte das Lenkrad fester und biss sich auf die Unterlippe.

Die dunkle Seite in ihm drückte Liese immer noch die Daumen.

90

▼

Hamid saß hinter dem Steuer des zivil lackierten VW Passat, den er sich bei der Fahrbereitschaft geholt hatte. Er verbarg sich hinter einer Zeitung, in die er ein Guckloch gerissen hatte. Erhan hatte ihn deshalb verspottet, aber Hamid fand die Tarnung gar nicht so schlecht – aus ein paar Meter Entfernung war das Loch wahrscheinlich kaum noch zu erkennen.

Auf seinem Schoß lag eines der Fotos aus der Staatsschutz-Akte, das Peter Rost zeigte. Es war aus dem gleichen Blickwinkel aufgenommen worden, aus dem Hamid jetzt auf das Haus spähte. Erhan döste auf dem Beifahrersitz. In seinen Händen hielt der junge Kurde eine Kamera mit Teleobjektiv.

Schulkinder lärmten auf dem Nachhauseweg. Ein Bus der Rheinbahn brummte vorbei. Dunkle Wolken zogen aus Westen heran und füllten den Himmel. Hamid hoffte, dass der angekündigte Regen ausbleiben würde.

Drüben ging die Haustür auf.

Ein Mann mit grauer Mähne erschien, fast ein Afro-Look.

«Das ist er», sagte Hamid.

Erhan hob die Kamera und knipste an der Zeitung vorbei. Rost blickte sich um. Erhan rutschte bis fast in den Bodenraum. Hamid starrte durch das kleine Loch. Der Mann überquerte die Straße und zielte mit einem Funkschlüssel auf einen silberfarbenen Ford Mondeo. Vor dem Einsteigen spähte er noch einmal in alle Richtungen.

«Hinterher», sagte Erhan.

«Zwecklos», widersprach Hamid.

«Warum?»

«Siehst du nicht, dass der Kerl auf der Hut ist? Er rechnet damit, observiert zu werden. Wenn wir nach dem dritten Abbiegen noch hinter ihm sind, weiß er Bescheid. Allein schaffen wir das nicht. Für eine Observation brauchst du ein Mobiles Einsatzkommando.»

Erhan fotografierte den Ford, wie er davonfuhr.

«Außerdem sitzen wir hier wegen Molitor und Stowasser», ergänzte Hamid.

«Wer sagt überhaupt, dass sich die da oben in der Wohnung aufhalten?»

«Niemand.»

«Komische Namen.»

«Wieso?»

«Dennis ist englisch, oder?»

«So heißen auch Deutsche.»

«Und Bolle?»

«Vielleicht ein Spitzname. Die Kurzform von Boleslaw oder so.»

«Das ist russisch.»

«Sind eben Multikulti-Nazis», sagte Hamid.

Sie lachten.

Ein gelber DHL-Transporter fuhr vor.

«Ich schau mal nach», sagte Erhan und stieg aus.

Hamid faltete die Zeitung zusammen und sah zu, wie der Kollege zum Haus Nummer siebzehn hinüberging und dem Paketboten ins Innere folgte. Dann schaltete Hamid das Radio ein. Politiker wurden zitiert. Der Bundesinnenminister hielt im Fall Pabst einen Angriff «militanter Asylkritiker», wie er es nannte, für vorstellbar, aber auch eine Attacke des Islamischen Staats. Der bayerische Ministerpräsident warnte vor einer desolaten Sicherheitslage aufgrund des Flüchtlingszustroms. Keiner wisse, wer da über die Grenzen komme. Die Souveränität des Staats sei deshalb nicht mehr gewährleistet. Seine Partei werde diesen Kurs nicht länger tolerieren.

Erhan kam zurück und stieg wieder zu Hamid ins Auto.

«Und?»

«Keine Geräusche.»

«Das muss nichts bedeuten.»

«Vielleicht hätte uns Rost zu den beiden geführt.»

«Fang jetzt nicht wieder damit an.»

Sie lauschten dem Radio. Der Moderator interviewte einen aufgeregten Reporter, der sich an der Unglücksstelle aufhielt. Es ging um die Frage, ob es ein gezielter Mordanschlag gewesen sei. Ein Zeitzünder spreche dagegen, ein Funkzünder dafür.

«Schlaues Kerlchen», sagte Erhan.

«Nur dass in der Praxis bei einer Explosion der Zünder zerbröselt und du diese Frage nie klären kannst.»

«Fabri und seine Leute werden schon etwas finden.»

«Wollen wir wetten?», fragte Hamid.

«Ich wette nicht.»

Hamid rief Vincent an.

«Wie sieht's aus?», fragte der Chef.

«Molitors Schwiegervater ist erst mal weg.»

91

▼

Ronny klopfte an die Tür zu Vincents Büro, doch niemand war da. Nebenan bot ihm die freundliche Sekretärin Apfelkuchen an und schenkte ihm Kaffee ein.

«Schick», sagte sie.

«Danke.»

«Sie dürfen aber kein Kilo zunehmen, sonst sprengen Sie das Sakko, so, wie das geschnitten ist.»

«Vielleicht sollte ich Sie beim nächsten Einkauf als Beraterin hinzuziehen.»

Den Kuchen ließ Ronny nach dieser Warnung unangetastet. Nachdem er seinen Kaffeebecher ausgetrunken hatte, nahm er an einer Besprechung mehrerer Kripoleute teil, in der es um die Bischoff-Bande ging. Oliver Bischoff hatte sich offenbar in der Wohnung seiner Freundin ohne Gegenwehr festnehmen lassen. Es ging ihm nicht gut – die Schussverletzung, die er beim Überfall am Samstagabend erlitten hatte, war schwer entzündet.

Zu seinen Drogengeschäften verweigerte er jegliche Angaben. Auch zum Tod des Afghanistanveteranen hatte er sich nicht geäußert, wie Ronny zu seiner Erleichterung erfuhr. Für alle drei Morde – Matthias, Toni Gogalla und Melli Franck – stritt Bischoff junior eine Beteiligung energisch ab.

Eine junge Staatsanwältin leitete die Besprechung. Als Nächstes sollten die Kollegen eine Fabrik im Raum Krefeld durchsuchen. Es fiel der Name Bastian Schwenk. Ronnys alter Kumpel und dessen Leute vom nordrhein-westfälischen Landeskriminalamt waren offenbar mit von der Partie.

Als Ronny den Besprechungsraum verließ, fand er Vincent an seinem Platz. Er telefonierte gerade – anscheinend ging es darum, Einsatzkräfte für eine Observation zu organisieren. Vincent wies auf die freien Stühle im Besprechungseck.

«Kein MEK?», rief Vincent in den Hörer. «Warum nicht?»

Ronnys Handy klingelte. Es war Sandra. Sein Herz tat einen Sprung.

«Ich habe eine Wohnung gefunden», sagte sie.

«Gratuliere.»

«Bis du etwas Neues hast, kannst du mit einziehen, wenn du willst.»

«Danke für das Angebot!»

«Übergangsweise.»

«Natürlich.»

Sie verabredeten, dass er am Abend bei ihr klingeln würde, sobald er nach Hause kam.

Sein Cousin legte geräuschvoll auf und wandte sich an Ronny. «Kennst du einen Peter Rost?»

«Wer soll das sein?»

«Vater von Anja Rost, der Freundin von Dennis.»

«Wusste gar nicht, wie sie mit Nachnamen heißt.»

Das andere Handy schrillte.

Das sichere.

Ronny zögerte.

«Geh schon ran», sagte Vincent. «Das ist bestimmt dein Kumpel Schwenk.»

Ronny kramte das Nokia-Teil aus der Tasche und klappte es auf. «Ja?»

«Du wusstest, dass wir uns wiedersehen», erwiderte eine Frauenstimme, die ihm nur allzu vertraut war. «Und ich hab beschlossen, dass es jetzt Zeit dafür ist. Na, was sagst du?»

«Gib ihn mir dann auch mal», sagte Vincent leise.

Ronny winkte heftig ab und legte den Finger auf den Mund.

«Nach vier Jahren, einem Monat und ein paar Tagen», ergänzte die Frau.

«Mensch, Liese. Schön, deine Stimme zu hören!»

Ronny sah, wie Vincent erstarrte.

92

▼

Rost war zurückgekehrt.

Hamid Belhanda beobachtete, wie der Grauhaarige in zweiter Reihe vor seiner Haustür parkte und zwei Einkaufstüten aus dem Kofferraum holte, mit denen er im Haus verschwand.

«Einkäufe.» Erhan ließ den Fotoapparat sinken.

«Das waren die Sachen, die er für sich selbst geholt hat. Wetten, dass er noch mehr besorgt hat? Den Rest wird er sicher gleich ins Versteck unserer beiden Gesuchten bringen.»

Erhan schwieg.

«Ach so, du wettest nicht. Verbietet dir das dein Glaube oder die PKK?»

«Lass den Scheiß.»

«Wir im KK11 wetten bei jeder Gelegenheit. Wenn du zu uns wechseln willst, musst du dich integrieren, Kollege. Leitkultur, verstehst du?»

Erhan verdrehte die Augen.

«Nur ein Scherz», sagte Hamid.

Sein Handy klingelte. Vincent Veih.

«Sämtliche MEKs sind bis morgen Abend ausgebucht. Wegen des Anschlags hatten alle möglichen Staatsschutzdienststellen des Landes plötzlichen Bedarf. Aber wir bekommen die Kollegen vom Projekt Anstiegsdelikte. Ein Kollege namens Miller wird sich bei dir melden.»

«Rost kann sich jederzeit wieder in Bewegung setzen.»

«Drücken wir die Daumen, dass die Kollegen vorher bei euch sind.»

Aufgelegt.

«Projekt Anstiegsdelikte», sagte Hamid zu Erhan. «Die jagen normalerweise Taschendiebe und Einbrecher.»

Das Handy. Hamid ging wieder ran.

«Stefan Miller, KK41. Ihr braucht Hilfe bei einer Observation?»

«Peter Rost. Er könnte uns vielleicht zu den Attentätern von Helmut Pabst führen.»

«Hab ich gehört. Euer Chef hat mir sein Foto aufs Handy geschickt. Ist die Frisur noch aktuell?»

«Ja. Ein Königspudel ist nichts dagegen.»

«Und der silberfarbene Mondeo in zweiter Reihe ist seiner?»

«Ich hab gehört, ihr seid auf Taschendiebe spezialisiert?», fragte Hamid zurück.

«Keine Angst, wir können auch Terroristen. Wir sind zu zehnt in fünf Fahrzeugen. Sechs Männer und vier Frauen.»

Hamid blickte sich um, konnte aber weit und breit niemanden erkennen.

«Ist das unser Pudel?», fragte Miller.

Rost kam aus dem Haus und ging zu seinem Wagen.

«Ja.»

«Folgt uns außer Sichtweite», sagte Miller. «Wir halten Kontakt über Funk, okay?»

93

▼

«War *sie* das?», schrie Vincent, nachdem sein Cousin das Nokia-Handy zusammengeklappt hatte. «Wo steckt die Frau?»

Ronny drückte die Fäuste gegen seine Schläfen.

«Du willst sie doch nicht etwa schützen, oder?»

«Odin Naumann hat beim Kameradschaftsabend am Freitag Andeutungen gemacht.»

«Was für Andeutungen?»

«Dass Liese befreit werden soll.»

«Warum hast du mir nichts davon erzählt?»

«Hab's einfach nicht ernst genommen.»

«Zwei tote Kollegen in München!»

«Ja, ich weiß! Willst du behaupten, dass ich sie auch noch auf dem Gewissen habe? Krieg dich ein, Vincent!»

«Sorry, ich weiß, du kannst nichts dafür.»

«Es hört niemals auf, oder?»

«Hat Liese Schittko gesagt, wo sie sich aufhält?»

«Nein, aber Dennis hat mich gestern gefragt, ob ich sie auf ihrer Flucht für ein, zwei Tage beherbergen könnte.»

«Molitor hat dich angerufen?»

Sein Cousin nickte.

«Noch etwas, das du mir nicht gesagt hast. Was ist los mit dir?»

«Ich weiß doch, wie das läuft. Du verlangst dann, dass ich mich mit Liese treffe und zum Schein mitmache.»

«Und wenn das die einzige Chance ist, sie einzufangen?»

«Genau davor hab ich Schiss. Verstehst du das nicht?»

«Nein, verstehe ich nicht. Es verlangt doch keiner, dass du wieder jemanden tötest.»

«Danke, sehr freundlich.» Ronny ging zum Fenster, knöpfte sein Sakko auf und wischte sich mit dem Ärmel über die Stirn.

«Und wie geht's weiter?», fragte Vincent.

«Sie will sich wieder melden.»

«Kannst du ihre Nummer erkennen?»

Ronny drückte ein paar Tasten, dann diktierte er die Nummer, die auf der Liste der eingegangenen Anrufe ganz oben stand. Vincent schrieb mit.

«Wird nichts bringen», sagte Ronny. «Garantiert ist das ein Prepaid-Handy, das sie nicht öfter als einmal benutzt. Liese ist nicht blöd, wirklich nicht. Sie hat bereits dreizehn Jahre im Untergrund hinter sich, und ich habe ihr einiges beigebracht.»

Vincents Telefon schrillte.

Die Staatsanwältin.

«Es wird Sie freuen zu hören, dass wir noch heute bei Frederick Dittrich durchsuchen.»

«Gute Entscheidung, Frau Förster.»

«Und vielleicht ist auch Ihr Hinweis auf Thorsten Franck nicht ganz falsch.»

«Freut mich, dass Sie das auch so sehen.»

«Die Vernehmungen von Oliver Bischoff und Tobias Hentrich haben zumindest in einem Punkt neue Erkenntnisse erbracht. Bischoffs Beziehung zu den sogenannten Legionären gestaltet sich nämlich anders, als wir bislang angenommen haben. Zumindest Hentrich und die beiden Lucke-Brüder stehen gar nicht auf dem Gehaltszettel der Bischoffs. Adrian und Heiko Lucke sind Angestellte eines Security-Unternehmens namens *Consulting Pro*. Es wird von Berlin aus verwaltet und gehört zum Imperium des Immobilienentwicklers und Fonds-Anbieters …»

«Thorsten Franck», fiel Vincent ihr ins Wort.

«Richtig. Er könnte demnach also nicht nur die Produktion des Crystal Meth, sondern auch die Verbreitung der Droge kontrolliert haben.»

«Wenn Lucky von Franck bezahlt wird, handelt er auch in dessen Auftrag.»

«Davon sollten wir ausgehen.»

«Demnach stünde tatsächlich Franck und nicht Bischoff hinter dem Mord an der Wirtin des *Greens*.»

«Hätten Sie das gestern noch für möglich gehalten?»

«Was?», fragte Vincent.

«Dass wir beide mal einer Meinung sind.»

94

▼

Es dämmerte bereits. Hamid und Erhan fuhren mit großem Abstand Rost und den Kollegen vom Projekt Anstiegsdelikte hinterher. Über Funk lauschten sie der Kommunikation der Observationsteams, die sich ständig abwechselten. Die Fahrt ging in den Düsseldorfer Südosten.

Im Stadtteil Garath hielt Rost schließlich vor einem Haus, klingelte und verschwand. Hamid und Erhan warteten zwei Straßen weiter. Erst einmal tat sich nichts.

Hamid lauschte einem Interview im Deutschlandfunk. Erhan griff nach vorn und schaltete das Radio aus.

«Hey!», protestierte Hamid.

«Immer das gleiche Politikergeschwafel.»

«Meinst du nicht, dass sich gerade etwas ganz dramatisch in diesem Land ändert?»

«Na, hoffentlich», antwortete Erhan. «Wie viele Ausländer sollen wir denn noch aufnehmen?»

«Du bist doch selber einer», antwortete Hamid.

«Ich bin deutscher Staatsbürger und Beamter, genau wie du.»

«Für die Biodeutschen sind wir Ausländer und werden es immer bleiben.»

«So denken doch nur die Rechten.»

«Sind aber viele und ganz schön laut, meinst du nicht? Mir macht das Angst. Wenn die an die Macht kommen, geht es uns an den Kragen, wetten?»

Erhan drückte erneut den Knopf der Audioanlage, das Radio lief wieder. Ein Innenpolitiker der CDU forderte eine Stärkung der Geheimdienste und mehr Spielräume für verdeckte Ermittler der Polizei.

«Find ich gut», sagte Erhan.

«Ich schau mich mal um», sagte Hamid und stieg aus.

«Hey, überlass das dem Observationsteam!»

Hamid ignorierte den Kollegen. Er streckte sich, dann mimte er einen Spaziergänger. Nach einer Minute erreichte er das kleine Einfamilienhaus älteren Baujahrs, das Rost aufgesucht hatte. Es lag etwas von der Straße zurückversetzt. Um das Klingelschild lesen zu können, hätte Hamid das Grundstück betreten müssen. Er ging weiter, spähte durch ein offenes Garagentor und fotografierte möglichst beiläufig das Nummernschild einer Harley.

Das Handy klingelte. Es war Miller.

«Was machst du da?»

«Ich musste mal frische Luft schnappen. Mein Kollege geht mir auf den Sack.»

«Dann geh woanders lang. Wenn Rost aus dem Fenster guckt, erkennt er den Bullen, und es ist vorbei!»

Hamid ging ruhig weiter und versuchte, von der Parallelstraße aus einen Blick auf die Rückseite von Haus und Garage zu werfen, was ihm aber eine Hecke verwehrte. Es war dunkel geworden, die ersten Lichter gingen an. Hamid wollte gerade den Rückweg antreten, als sein Telefon erneut klingelte.

Diesmal war es Erhan. «Wo steckst du?»

«Wieso?»

«Rost ist wieder weg, die anderen sind ihm hinterher. Soll ich dich abholen?»

«Bin gleich bei dir.»

Hamid kehrte zurück und setzte sich wieder ans Steuer.

«Was hat's gebracht?», fragte Erhan.

Hamid rief die Leitstelle an. Halterabfrage, Abgleich mit den Daten vom Einwohnermeldeamt. Der Besitzer der Harley hieß Michael Gesecke, die Adresse stimmte.

Und Gesecke war kein unbeschriebenes Blatt.

Er galt als führendes Mitglied des lokalen Chapters der

Bandidos. Vorbestraft wegen mehrfacher Körperverletzung. In einem Ermittlungsverfahren wegen Zwangsprostitution hatte er als Hauptverdächtiger gegolten. Doch weil die Zeuginnen schwiegen oder zu rasch in ihre Herkunftsländer im Westbalkan abgeschoben worden waren, mussten die Ermittlungen eingestellt werden. Auch eine Drogensache war auf ähnliche Art im Sand verlaufen.

Hamid ließ sich ein Foto von Michael Gesecke auf sein Smartphone senden. Es zeigte einen bulligen Kerl mit einem Vollbart, dessen zwei gezwirbelte Spitzen bis auf die Brust fielen. Das Bild weckte in ihm die spontane Lust, nach einer Schere zu greifen.

Er startete den Wagen und fuhr ihn in die Nähe des Hauses von Gesecke. Von ihrem neuen Standpunkt aus hatten sie den Eingang und die Garagenzufahrt im Blick.

«Du weißt, was du tust?», fragte Erhan.

«Nein, aber vielleicht bringt es trotzdem etwas.»

Erhan drehte den Funkempfänger lauter. Es herrschte Aufregung unter den Observationsteams. Rost hatte sich offenbar auf dem Heimweg befunden, war dann aber nicht in die Straße abgebogen, in der er wohnte, sondern fuhr weiter. Hatte er seine Verfolger entdeckt?

Hamid und Erhan fragten nicht nach, um die Kommunikation der anderen nicht zu stören. Wie sie verstanden, verließ Rost den Südring, und ein anderer Wagen setzte sich hinter ihn. Sie zweigten in einen asphaltierten Weg ab, der durch ein Kleingartengelände führte. Dort hielt Rost an.

Mit Hilfe von Nachtsichtgeräten beobachteten Millers Leute in den folgenden Minuten aus der Distanz, wie Rost den Inhalt seines Kofferraums in eine Hütte trug. Dreimal ging er zwischen dem Mondeo und dem Schrebergarten hin und her.

«Könnte das Versteck von Molitor und Stowasser sein», kommentierte Hamid.

«Und wir sitzen hier am Arsch der Welt», erwiderte Erhan.

Sie bekamen mit, dass Rost wieder wegfuhr. Die Kollegen vom Projekt Anstiegsdelikte blieben offenbar in der Nähe des Schrebergartens. Zwei von ihnen spekulierten eine Weile über Funk, ob sich jemand in der Hütte aufhielt.

Das Handy. Hamid ging ran. Es war Vincent.

«Wo seid ihr?», fragte er.

Hamid erklärte es ihm.

«Miller meint, in dem Schrebergarten sei derzeit niemand, aber die Gesuchten können jederzeit aufkreuzen. Ich habe zusätzlich ein Spezialeinsatzkommando angefordert.»

«Womöglich sind sie auch hier in Garath bei den Bandidos», sagte Hamid.

«Ruf mich an, sobald ihr sie seht.»

Für einen Moment fiel Licht in den Passat. Ein mächtiger Pick-up rollte vorbei und hielt vor Geseckes Haus. Ein großgewachsener Kerl stieg aus. Als er durch das Gartentor trat, ließ ein Bewegungsmelder Scheinwerfer aufflammen, die das gesamte Grundstück taghell erleuchteten. Erhan schaltete die Kamera ein und hob sie an sein Auge.

Der Große klingelte an der Haustür. Trotz der winterlichen Witterung trug er nur eine Jeansweste über seinem T-Shirt. Die Arme waren bis zu den Handgelenken tätowiert, die Weste über und über mit Aufnähern bestickt. Er klingelte noch einmal, dann verschwand er im Haus des Bandido-Häuptlings.

95

▼

Vincent raste durch die Tempo-dreißig-Zone und fand die schmale Querstraße, die Miller ihm beschrieben hatte. Hoher Maschendrahtzaun auf beiden Seiten. Das Kleingartengelände bildete einen Puffer zwischen einer Wohnsiedlung und dem nahe gelegenen Autobahnzubringer. Beständiges Rauschen tönte durch die Pappelreihen im Westen. Eine entfernte Laterne warf schwaches Licht herüber.

Miller erwartete ihn, in der Hand das Funkgerät. Er zeigte Vincent, wo er sein Auto abstellen konnte. Zu Fuß kehrte Vincent zum Eingang des Schrebergartens zurück. Miller hob das Funkgerät ans Ohr und bat seine Leute um Rückmeldung.

Von allen Posten die gleiche Auskunft: keine Menschenseele in Sicht.

«Und in der Hütte?», fragte Vincent leise.

«Außer Rost haben wir niemanden gesehen.»

Was nichts bedeuten muss, dachte Vincent. Sie betraten den Garten. Vincent zog die Dienstpistole aus dem Holster. Miller tat es ihm nach. Ihre Schritte knirschen leise auf dem Plattenweg. Im Funk war es still.

Miller spähte durch das Fenster in die Hütte. Vincent legte das Ohr an die Tür. Kein Mucks zu hören.

Vincent griff nach der Klinke. Miller nickte ihm zu. Er riss die Tür auf, und sie traten rasch ins Innere. Dabei knipste Vincent seine Taschenlampe an und hielt die Handgelenke gekreuzt – mit der Walther zielte er auf den Lichtfleck, den er durch den Raum huschen ließ. Es roch wie in einer ungelüfteten Kellerkneipe – ein Gemisch aus Bier, Schweiß und Moder.

Miller fand den Lichtschalter. Zwei Neonröhren flackerten unter der Decke auf. Ein plötzliches Rumpeln ließ Vincent erschrecken, doch es war nur ein Kühlschrank, der angesprungen war.

Er steckte die Waffe in das Holster zurück. «Man kann das Licht von außen sehen.»

«Meine Leute warnen uns, sobald sich jemand nähert. Aber du hast recht, wir sollten uns nicht lange aufhalten.»

Der Raum wirkte kleiner, als es die Hütte von außen erwarten ließ. Doch die Unordnung, die hier herrschte, hätte sich Vincent kaum größer vorstellen können. Es gab zwei Stühle, über die jede Menge Kleidung drapiert war. Vincent stieg über zwei Schlafsäcke. Leere Bierdosen und schmutziges Geschirr lagen in der Spüle. In einer Tasse befanden sich Zahnbürsten. Darüber war ein Hängeschrank befestigt, dessen Türen fehlten.

Auf dem Tisch häuften sich Lebensmittel, die Molitors Schwiegervater in spe offenbar geliefert hatte. Knäckebrot, Nutella, Teebeutel und H-Milch. Dosen mit Ravioli erinnerten Vincent an die Campingurlaube seiner Jugendzeit. Bio war nichts davon. Es gab Eier, Ketchup, Klopapier.

Daneben noch mehr benutzte Teller und Tassen, mit Marmelade verklebtes Besteck, an dem sich eine Fliege labte. Ein Abreißblock mit dem Werbeaufdruck der Biermarke Warsteiner und ein Kugelschreiber. Vincent fasste nichts an, um keine falschen Spuren zu legen.

Miller machte ihn auf eine Tür gegenüber dem Eingang aufmerksam. Ein Nebenraum.

Vincent zog erneut seine Waffe und legte das Ohr gegen das Holz.

Da war etwas: ein leises Scharren, dann Stille.

Vincent wollte die Tür öffnen, sie klemmte, ausgerechnet, er rüttelte fester, schließlich flog sie auf. Er zielte in eine muffige, fensterlose Kammer.

Da war wieder das Scharren.

Dann ein Winseln in hohen Tönen. Vincent nahm eine Bewegung wahr. Ein Augenpaar schimmerte im Dunkeln.

Ein noch sehr junger Schäferhund kam auf Vincent zu, soweit es das Seil erlaubte, mit dem man ihn an den Fuß eines Regals gebunden hatte. Das Tier zitterte. Vincent hielt ihm die Hand zum Beschnuppern hin und kraulte ihm den Nacken.

Bolles Hund, vermutete Vincent, denn in der Wohnung des Skinhead hatten die Kollegen bei der Razzia auch Halsbänder, Leinen und Futternäpfe entdeckt.

Er sah sich um. Ein Plastikvorhang teilte den Nebenraum in zwei Hälften. Dahinter stand eine Toilette mit altmodischem Spülkasten, davor erstreckte sich ein grobgezimmertes Regal entlang der Wand. In den Fächern standen Werkzeugkisten, Gartengeräte, mehrere gleich aussehende schwarze Pilotenkoffer sowie eine Sporttasche. Der Hund hatte sich hingelegt und verfolgte jede Bewegung mit aufmerksamem Blick.

Vincent streifte Latexhandschuhe über und nahm einen Koffer heraus. Er war aus billigem Kunstleder und gerade klein genug, um die Norm für Handgepäck in Flugzeugen zu erfüllen. Vincent ließ die Verschlüsse aufschnappen und blickte auf Tabletten in unzähligen Sichtverpackungen aus Kunststoff und Alufolie, jeweils zehn Stück davon mit einem Gummiband zusammengehalten.

«Medikamente?», fragte Miller.

«Drogen, Crystal Meth.»

Der Kollege pfiff leise durch die Zähne.

Vincent stellte den Koffer zurück. Er zählte vier Stück. Fünf waren es laut Ronny ursprünglich gewesen.

«Wir sollten allmählich aufbrechen», sagte Miller.

«Gleich.»

Vincent beschloss, auch die Sporttasche zu checken. Er zog sie aus ihrem Fach, ohne sie an den Tragegriffen anzufassen, und öffnete den Reißverschluss. Sportklamotten, eine Kapuzenjacke, ein Schal. Darunter lag etwas Hartes, in ein T-Shirt gewickelt. Vorsichtig holte Vincent es hervor.

Eine Handgranate.

Miller machte große Augen.

Auf dem Grund der Tasche lagen zudem zwei Pistolen und eine abgesägte Flinte.

Vincent legte die Waffen auf dem Boden ab und schob die Tasche ins Regal zurück. Unter der Küchenspüle fand er eine Rolle mit Müllbeuteln. Darin packte er die Waffen ein, vorsichtig, um keine Fingerspuren zu verwischen.

Miller sah auf die Uhr.

«Einen Moment noch», sagte Vincent.

Er ging zurück an den Tisch. Der Block mit dem Warsteiner-Aufdruck – Kellner benutzten so etwas für die Abrechnung. Vincent dachte an das *Gumbrecht 18*, wo Molitor gearbeitet hatte. Er hielt den Block gegen das Neonlicht. Etwas hatte sich durchgedrückt. Buchstaben oder Ziffern. Jemand hatte eine Notiz gekritzelt und den obersten Zettel abgerissen.

«Ein Bleistift wäre toll», sagte Vincent.

Miller nickte und ging hinaus. Er sprach in sein Funkgerät und entfernte sich. Kurz darauf kam er wieder. «Tut's auch ein Augenbrauenstift?»

Vincent nahm den Stift entgegen und schraffierte das Papier vorsichtig. Ein Buchstabe und drei Ziffern zeichneten sich schließlich ab.

P2-24.

Er warf Miller einen fragenden Blick zu, doch der Kollege konnte sich ebenfalls keinen Reim darauf machen.

96

▼

Ronny stieg zu Anna Winkler in den Wagen. Felix May fuhr den weinroten Astra, neben Ronny saß Samy Bräutigam vom KK22 auf der Rückbank. Während Ronny fast einnickte, diskutierten die anderen über Flüchtlingspolitik, über den Krieg in Syrien, über das Böse in der Welt. Als sie das Industriegebiet von Krefeld-Uerdingen erreichten, verstummte das Gespräch.

Der Blick aus dem Autofenster ging auf unüberwindbare Zäune und auf Hallen, die sich vor dem abendlichen Himmel groß und schwarz abhoben. Ab und zu ragte ein Bürogebäude mit Fenstern auf, die noch erleuchtet waren. Dazwischen schimmerte der nahe Rhein. Am Duisburger Ufer waren ebenfalls Fabriken zu erkennen. Neonlicht strahlte von Peitschenlampen, Schlote entließen Dampf und Rauch, aus einem Schornstein schlugen Flammen.

Der Konvoi rollte auf einen Parkplatz. Auf dem Schild am Firmentor stand *Westside Pharma*. Das Gebäude war schmal. Wie weit es sich nach hinten erstreckte, war nicht zu überblicken. Die Beamten stiegen aus. Der Wind trieb ihnen den kalten Nieselregen ins Gesicht.

Die halbe Mordkommission, eine Handvoll LKA-Leute sowie zwei Dutzend Uniformierte der Krefelder Polizei waren aufmarschiert. Sie brachen Türen auf, drangen in leere Büros ein und durchkämmten die Produktionsräume. Wie Ronny erfuhr, nahmen zeitgleich die Kollegen der örtlichen Kripo den Fabrikbesitzer Frederick Dittrich fest, der am anderen Ende Krefelds wohnte.

Ronny half, beschlagnahmte Akten und Computer aus den Büros zu den Fahrzeugen zu schleppen. Danach streifte er durch die Fabrikhallen, um nach Bastian zu sehen. Der erste Raum war gespenstisch menschenleer und finster, nur ein paar Notlampen und Schalter glommen grün oder rot. Ronny knipste seine Taschenlampe an. Außerhalb ihres Lichtkegels wirkte die Düsternis nur umso schwärzer.

In der zweiten Halle vernahm er Stimmen. Eine Stahltreppe führte nach oben. Ronnys Schritte hallten auf den Stufen, der Handlauf wackelte. Oben verlief sich Ronny zwischen den Maschinen und stieß sich den Kopf. Er fand einen Gang und sah ein Flackern und Blitzen in einem Nebenraum.

Hier stieß er auf die Kollegen vom Landeskriminalamt. Sie

stöberten und nahmen Proben fürs Labor, fotografierten und protokollierten ihre Funde. An den Wänden standen Blechregale mit Kanistern und Flaschen voller Chemikalien. Säcke mit italienischer Beschriftung, Kartons mit chinesischen Schriftzeichen. In der Mitte des Raums gab es einen Tisch und eine Spüle aus Edelstahl, mehrere große Gasbehälter sowie eine Art Kochstelle mit allerlei bizarren Apparaturen – von Chemie verstand Ronny nichts.

Grelles Licht blendete ihn.

«Ronny, du hier?»

«Hey, tu die Lampe weg, Bastian.»

Der Kegel schwenkte tiefer. «Und ich dachte, du wärst längst in Erfurt.»

Ronny zog sein Sakko glatt. «Hab ein paar Tage verlängert.»

«Sieh an, der Herr war shoppen! Todschicker Anzug, alle Achtung. Frau Meerkamm von Teufel-Immobilien wird beeindruckt sein. Gratuliere, mein Guter. Wieder richtig Lust aufs Leben bekommen?»

Ronny schluckte. Er hatte plötzlich das Gefühl, eine Menge Geld für die falschen Dinge verschwendet zu haben.

Bastian zupfte an Ronnys teurem Einstecktuch. «Manche Leute halten das für Schnickschnack. Ich sehe das anders. Leider nur das falsche Blau. Aber das wird dir Sonja schon verzeihen.»

«Sandra», verbesserte Ronny und musste sich räuspern. «Rate mal, wer mich heute angerufen hat.»

Sein Gegenüber schwieg. Im Halbdunkel des Labors war Bastians Gesicht nur schwer zu erkennen.

«Liese.»

«Was will sie von dir?»

«Hilfe bei der Flucht, schätze ich. Und mein Cousin hätte gern, dass ich zum Schein darauf eingehe.»

«Gute, alte Undercover-Arbeit.»

«Meinst du wirklich, ich soll …»

«Unbedingt, mein Bester!»

«Ging schon einmal nicht gut aus.»

«Das darf sich auch nicht wiederholen. Wenn du willst, stehe ich dir bei.»

«Wie meinst du das?»

«Ganz einfach: Du gibst mich als Kameraden aus, und ich passe auf dich auf.»

«Liese wird mir schon nichts tun.»

«Aber kannst du ihren Begleitern vertrauen? Oder den Kollegen, die sie festnehmen? Rechne mit einem Spezialeinsatzkommando und großem Tohuwabohu. Und womöglich lässt sich auch der Verfassungsschutz die Aktion nicht entgehen.»

Und dort gibt es noch einige Personen, die sich nichts sehnlicher wünschen, als dass ich für immer schweige, überlegte Ronny.

«Denk drüber nach. Ein Anruf genügt, und ich bin dabei.» Bastian und sein LKA-Trupp traten mit Beuteln und Plastikwannen voller Asservate den Rückweg an. Ein Dutzend Stiefel ließen die Stahlstufen dröhnen. Ronny trabte hinterher.

Draußen stieg Bastian in einen Transporter, winkte ihm noch einmal zu, dann fuhr der Wagen mit Vollgas vom Parkplatz.

97

▼

Erhan war eingedöst. Hamid stieß ihn an. Ein weiterer Wagen fuhr vor, ein Geländewagen aus koreanischer Produktion. Er hielt hinter dem Pick-up. Ein Mann mit Brille und Walrossbart stieg aus und klingelte ebenfalls bei Michael Gesecke.

«Was wird das?», fragte Erhan und schoss Fotos. «Eine Zusammenkunft der örtlichen Rocker-Häuptlinge?»

Hamid überlegte kurz, dann verließ er den Wagen noch einmal. Während er quer über die Straße lief, öffnete er den Klettverschluss seines Holsters und zog die Walther P99. Mit dem Griff zerschlug er das rote Glas über dem rechten Rücklicht des SUV. In geduckter Haltung huschte er weiter zum Pick-up und tat dort dasselbe.

Sekunden später saß er wieder hinter dem Steuer des Passat.

«Was war das jetzt?», fragte Erhan.

«Wirst du gleich sehen.»

Doch zunächst tat sich nichts.

Erst nach einer Weile ging das Licht an der Haustür an. Drei Männer kamen heraus. Gesecke sah aus wie auf dem Foto: bullige Statur, langer Vollbart, der in zwei Spitzen auslief. Er und der Brillenträger mit dem großen Schnauzer erklommen den Pick-up auf der Beifahrerseite. Der Lange mit den tätowierten Armen klemmte sich wieder hinter das Steuer. Hamid sah die Rücklichter aufflammen, das linke rot, das rechte weiß – damit würde sich das Auto von allen anderen unterscheiden, die unterwegs waren.

Hamid gab den Bandidos etwas Vorsprung, dann startete er den Passat. Erst beim Einbiegen auf die Hauptstraße schaltete er das Abblendlicht ein. Jetzt hatte er keine Sorge, bemerkt zu werden. Eine Observation im Dunkeln fliegt nicht so leicht auf – Scheinwerfer sehen im Rückspiegel fast alle gleich aus.

Sein Handy klingelte. Vincent.

«Dennis und Bolle haben sich bislang nicht blicken lassen. Wir haben eine Notiz in ihrem Versteck gefunden. P2–24 – sagt euch das etwas? Wofür könnte das stehen?»

«Klingt wie eine Dienstwaffe. Oder ein Schachzug.»

«Also habt ihr auch keine Ahnung?»

Hamid fragte Erhan. Der Kollege schüttelte ratlos den Kopf.

«Seid ihr noch bei Gesecke?»

«Zurzeit folgen wir ihm quer durch die Stadt. Wenn du nichts anderes für uns hast, bleiben wir dran.»

«In Ordnung.»

Hamid stellte fest, dass sich inzwischen zwei Autos zwischen ihn und den Pick-up geschoben hatten. Doch dank des beschädigten Rücklichts entging es ihm nicht, als die Zielpersonen die Fahrspur wechselten und abbogen.

«War 'ne gute Idee», lobte Erhan. «Wo hast du das her?»

Hamid lachte und tippte sich gegen die Schläfe.

Es ging in den Norden der Stadt. Auf dem Kennedydamm beschleunigten die Bandidos ihren Wagen, der Abstand vergrößerte sich. Sie ordneten sich auf die Abbiegespur ein, fuhren aber nicht nach rechts zum Flughafen. Stattdessen nahmen sie die Brücke über die Autobahn, stoppten an der roten Ampel und blinkten links.

«Es geht auf die A44 in Richtung Mönchengladbach», sagte Erhan. «Oder zum Kreuz Strümp und dann nach Norden, womöglich nach Holland.»

Hamid trommelte leise aufs Lenkrad. Es gefiel ihm nicht, unmittelbar hinter dem Pick-up zu stehen.

«Haben wir überhaupt genug Benzin?»

«Ein Stück weit schaffen wir's noch.»

Die Ampel sprang auf Grün. Der Wagen vor ihnen röhrte und stieß eine Rußwolke aus. Doch an der nächsten Ampel mussten die Biker schon wieder halten.

Jenseits der Kreuzung würde es auf die Autobahn gehen.

Oder auf der rechten Spur zu den Messeparkplätzen.

Hamid kniff die Augen zusammen und erkannte im spärlichen Licht ein Schild mit der Aufschrift «P2/P3». Siedend heiß fiel ihm Vincents Frage ein.

Hamid rief ihn zurück. «Chef, ich weiß jetzt, was die Abkürzung bedeutet. P2–24. Die Nazis treffen unsere Bandidos auf dem zweiten Messeparkplatz in Abschnitt 24.»

Wieder ein lautes Röhren. Grünes Licht. Hamid ließ sich Zeit, der Abstand wuchs.

Der Pick-up wählte tatsächlich die Zufahrt zum großen Parkplatz.

Hamid kannte sich aus. Hier parkte er, wenn er ein Heimspiel der Fortuna besuchte. Das große Feld war in Abschnitte unterteilt, die mit Zwanzigerzahlen nummeriert waren. Bei der ersten Gelegenheit hielt Hamid an. Sein Herz klopfte.

Die rot-weißen Rücklichter verschwanden weiter hinten.

«Die haben uns nicht bemerkt», beschwichtigte Erhan.

«Wie willst du das wissen?»

Sie standen am Beginn von Sektor 26. Bei Fußballspielen oder wichtigen Messen reihten sich hier die Autos dicht an dicht, jetzt war alles völlig leer. Der weite Platz war nur spärlich beleuchtet. Die Sicht zu den übrigen Bereichen war durch Bäume und Büsche verwehrt.

Hamid wählte noch einmal Vincents Nummer und gab seine Position durch.

«Sind unsere Nazis da?», fragte der Chef.

«Ich könnte nachsehen.»

«Lass das mal die Männer vom SEK machen. In ein paar Minuten sind wir da.»

Hamid beendete das Gespräch.

Sie spähten in Richtung 24 hinüber.

«Ein Nachtsichtgerät wäre nicht schlecht», sagte Hamid.

«Jetzt bleib mal locker.»

Hamid schaltete den Klingelton seines Handys stumm. «Wer weiß, was in ein paar Minuten alles passieren kann», sagte er und stieg aus.

«Bleib da!»

Hamid legte den Finger an die Lippen und drückte leise die Tür ins Schloss.

Völlige Stille. Sogar der Regen hatte aufgehört.

Hamid schlug den Kragen hoch. In geduckter Haltung schlich er voran.

98

▼

Nachdem die Krankenschwester Maries Wunde neu versorgt und die Reste des Abendessens weggeräumt hatte, bekam Marie Besuch.

Im Fernsehen lief gerade die *Aktuelle Stunde* mit einem Bericht über den Mordanschlag auf Helmut. Marie erkannte den Tatort vor dem Café. Scherben und Trümmer auf dem Asphalt, das rot-weiße Absperrband der Polizei und Leute in weißen Schutzanzügen, die dahinter nach Spuren suchten. Marie glaubte, Blutflecken erkennen zu können, und durchlebte plötzlich die Detonation und die Momente danach noch einmal – ihr Herz klopfte heftig, auf ihrer Brust lastete ein tonnenschweres Gewicht, der Schweiß brach ihr aus.

Trotzdem schaffte sie es nicht, den Blick von den Bildern zu wenden.

Ein Klopfen, die Tür ging auf. «Frau Corinth?»

Es war die Freundin von Kommissar Veih. Marie ärgerte sich, dass sie sich ihren Namen nicht gemerkt hatte.

«Wie geht es Ihnen, Frau Corinth?»

Mist, warum muss ich jetzt heulen?

Veihs Freundin schaltete den Fernseher ab und ergriff ihre Hand. «Was macht das Bein?»

Marie fuhr sich mit dem Ärmel ihres Krankenhemds über das Gesicht. Sie bemühte sich um ein Lächeln. «Wenn es sich nicht entzündet, darf ich morgen vielleicht schon nach Hause.»

«Vincent meint, ich soll Sie zu uns holen. Können Sie gehen?»

Marie nickte. Mit Krücken hatte sie es bereits bis zur Toilette geschafft.

Aber warum sollte sie?

«Nur für die Nacht», ergänzte die Freundin des Kommissars. «Zur Visite sind Sie zurück.»

Endlich begriff Marie. «Bin ich hier etwa nicht sicher?»

«Vincent will kein Risiko eingehen.» Die Frau stellte ihre Tasche auf den Tisch und nahm Sachen heraus: Sportjacke, Jogginghose, Unterwäsche. «Wollen wir uns nicht duzen? Ich bin Nina.»

«Marie.»

Nina nickte ihr zu. Sie ist etwa in meinem Alter, schätzte Marie. Freundlich, aber reserviert. Marie zog sich vorsichtig an und schlüpfte in ihren Mantel, der wie durch ein Wunder keinen Schaden erlitten hatte.

Auf dem Weg nach draußen spürte sie nur ein leichtes Ziehen, wo sie am Schenkel genäht worden war. Die Schmerzmittel wirken Wunder, dachte sie. Doch als sie ins Auto stieg, fuhr ein heftiger Stich durch ihr Bein. Sie schloss die Augen, biss die Zähne zusammen und bereute, dass sie mitgekommen war.

Nina nahm ihr die Krücken ab und warf sie auf den Rücksitz. Mit dem Motor sprang der CD-Player an. Die Musik klang indisch. Monotoner Singsang, Sitar und Tablas. Der Schmerz ging in ein Brennen über und ließ langsam nach.

«Ich dachte, der Kerl, der mir in meiner Wohnung aufgelauert hat, sei festgenommen worden», sagte Marie.

«Das stimmt.» Nina hielt den Blick auf die Straße gerichtet. «Aber zuvor hat er noch versucht, einen Komplizen zu erstechen, der mit der Polizei kooperiert.»

Wieder kämpfte Marie mit den Tränen.

Was hat die Bombe bloß aus mir gemacht?

Ein Nervenbündel. Es ist schrecklich.

Nina schloss die Tür auf und machte Licht. Sie ging voraus ins Gästezimmer, schaltete auch hier die Lampe ein und drehte die Heizung auf. «Fühl dich wie zu Hause. Du kennst dich ja schon aus.»

«Ist Vincent nicht da?»

«Er jagt die Nazis, die für den Bombenanschlag verantwortlich sind.»

«Im Fernsehen hieß es, dass in alle Richtungen ermittelt wird.»

«Das sagen sie am Anfang immer. Vielleicht widerstrebt manchen Leuten auch die Vorstellung, dass es rechten Terror gibt. Als hätte Deutschland keine entsprechende Tradition. Hast du mitbekommen, dass Liese Schittko befreit wurde? Zwei Tote gestern früh in München.»

«Meinst du, das hängt mit der Bombe von heute Mittag zusammen?»

«Keine Ahnung.»

«Wollen wir nicht den Fernseher einschalten? Die bringen garantiert eine Sondersendung nach der Tagesschau.»

«Die Bilder werden dir wehtun.»

«Mir tut einiges weh. Ich gewöhne mich daran.»

«Wie du meinst.» Nina half ihr ins Wohnzimmer und schob einen Hocker vor das Sofa, damit Marie das Bein hochlegen konnte.

Die *Brennpunkt*-Sendung hatte bereits begonnen. Sie vermischte mehrere Themen: das Attentat auf Helmut, die Fahndung nach Liese Schittko, die Gefahr islamistischer Anschläge, den anhaltenden Zustrom von Flüchtlingen aus Syrien, Afghanistan und Eritrea.

Der Bundesinnenminister machte im Interview einen fahrigen Eindruck. Er sprach von einem möglichen Ausnahmezustand. Das Asylrecht sei auszusetzen, die Bundeswehr solle Polizeiaufgaben übernehmen – das Verfassungsgericht dürfe sich in der jetzigen Situation einer strengeren Sicherheitspolitik nicht widersetzen.

Nina brachte zwei Gläser Weißwein und blieb vor dem Minister stehen. «Wenn die Kanzlerin ihn nicht stoppt, sehe ich schwarz für die Demokratie.»

Marie machte eine abwehrende Geste. «Ich fürchte, Alkohol verträgt sich nicht mit meinen Medikamenten.»

Maries Handy klingelte in der Tasche ihres Mantels, der an der Garderobe hing. Nina holte es, dann zog sie sich in die Küche zurück.

Marie nahm das Gespräch an.

Es war Thorsten. Als sie seine Stimme hörte, begann sie zu zittern.

«Was macht der Zahn?», fragte ihr Chef.

Marie erinnerte sich daran, dass sie einen Zahnarzttermin vorgetäuscht hatte, als sie gestern aus dem Büro abgehauen war. «Schlimmer als gedacht», sagte sie.

«Marie, wo steckst du?»

«Warum fragst du? Möchtest du mir wieder einen Killer schicken?»

Für Sekunden war es still in der Leitung.

«Marie, beruhige dich. Das war ein Missverständnis. Ich will, dass du mit mir kommst.»

«Wozu?»

«Ich brauch dich, Marie. Steck deinen Pass ein und beeil dich!»

Für einen Moment war sie verwirrt. Noch gestern wollte er ihren Tod. Der Mann ist offenbar in heller Panik, sagte sie sich. Er muss fliehen und traut sich nicht, zuvor noch seine wichtigsten Unterlagen aus dem Büro zu holen. Ich bin die Einzige, die ihm helfen kann, auch im Ausland über sein Vermögen zu verfügen.

«Meinst du im Ernst, ich würde …»

«Du wirst es nicht bereuen, ich mache dich zur Eigentümerin ganzer …»

«Hör auf, ich weiß Bescheid, Thorsten. Du hast Dittrich die Fabrik gekauft, damit er in großem Stil Crystal Meth produziert. Und mit dem Drogengeld schmierst du Amtsträger, um Geschäfte auf Kosten der Allgemeinheit zu betreiben. Aber damit ist es vorbei.»

«Hat Melli dir den Floh ins Ohr gesetzt?»

«Sie hat dich mit keinem Wort verraten. Und trotzdem hast du sie töten lassen, du Schwein. Aber warte, die kriegen dich dran.»

«Hey! Arbeitest du jetzt bei der Polizei?»

Im Hintergrund hörte Marie eine Lautsprecherdurchsage und ein lauter werdendes Tosen.

Thorsten hob die Stimme. «Hör mir doch erst einmal zu.»

Nina kam herein. Sie trug ein Tablett mit Tassen und einer dampfenden Kanne.

«Scher dich zum Teufel!», rief Marie ins Handy.

Sie tippte auf das rote Symbol, wählte die Anrufliste und suchte fieberhaft nach der Nummer des Kommissars. Weil sie nicht gleich fündig wurde, fragte sie Nina danach. «Es ist dringend», fügte sie hinzu.

Seine Freundin diktierte ihr die Nummer – mit misstrauischem Blick.

Vincent Veih meldete sich sofort.

«Thorsten Franck will gerade das Land verlassen», sagte Marie hastig. «Es klang, als sei er bereits am Flughafen. Kennen Sie den Executive Terminal für Privatflugzeuge?»

«Die Kollegen finden das.»

«Es muss schnell gehen! Thorsten hat dort mehrere Jets, die er an Leute wie Johann Holtrup von *BetterPlace* vermietet. Vincent, Sie müssen ihn stoppen!»

99

▼

Hamid kniete hinter einem Baum, dessen Stamm kaum dicker war als sein Arm. Er hatte seinen dunklen Schal bis über die Nase hochgezogen, weil er fürchtete, sein helles Gesicht könne aufleuchten, sobald die Wolken am Himmel den Mond freigaben. Er atmete ganz flach und bewegte sich nicht.

Nur eine Fahrbahn trennte ihn von Sektor 24. Er sah den Pick-up mitten auf der leeren Fläche stehen, geschätzte dreißig Meter entfernt. Näher kam Hamid nicht heran, ohne dass ihn die Biker bemerken würden.

Zwei von ihnen standen an der Fahrerseite und rauchten. Viel mehr als die Glut ihrer Zigaretten und das gelegentliche Murmeln von Stimmen war nicht zu erkennen. Vom Flughafen wehte das Fauchen einer startenden Maschine herüber, dann brummte ein Hubschrauber in der Ferne.

Im Inneren des Fahrzeugs bewegte sich etwas. War da mehr als eine Person? Hamid überlegte, ob er sich nicht doch noch etwas nähern sollte.

In dem Moment ging die Innenbeleuchtung des Fahrzeugs an. Jetzt war sich Hamid sicher. Die Biker hatten jemanden getroffen. Aber wo war dessen Wagen? Hamid ließ den Blick noch einmal schweifen.

Weiter vorn, am Rand des Sektors, lehnten zwei Fahrräder unter einer Laterne.

Ihm fiel ein, dass sich Dennis Molitor und Bolle Stowasser laut der Zeugin per Rad vom Anschlagsort entfernt hatten.

Hamid kramte nach seinem Handy. Fieberhaft tippte er eine SMS an Vincent.

Sie sind da.

Hamid kniff die Augen zusammen. Er war sich jetzt sicher, zwei Personen in der Fahrerkabine auszumachen. Einen Bart mit zwei Spitzen. Den rasierten Schädel von Stowasser. Die beiden hantierten mit einem Gegenstand. Sie hoben ihn ins Licht. Hamid erkannte, um was es sich handelte.

Eine Maschinenpistole.

Die Typen neben dem großen Pick-up waren zu dritt, wie Hamid jetzt feststellte. Bei den Rauchern stand ein Mann mit Kapuzenjacke. Dennis Molitor, was wollen wir wetten?

Das Brummen des Helikopters wurde lauter und schwoll zu einem Dröhnen an. Die Maschine raste über dem Parkplatz heran. Ein starker Suchscheinwerfer fingerte herab. Gleißend hell traf sein Lichtstrahl den Boden.

Der Biker-Häuptling und der Skinhead sprangen aus dem Pick-up. Stowasser drohte mit der MP. Gesecke entriss sie ihm und steckte ein Magazin an die Waffe.

Hamid sah, wie die ersten SEK-Kollegen an einem Tau herabglitten, einer nach dem anderen, höchstens im Sekundentakt.

Gesecke richtete die MP auf den Hubschrauber.

Ohrenbetäubender Krach und Blitze – Blendgranaten. Hamid zitterte am ganzen Leib.

Zugleich rasten mehrere Autos auf den Platz und hielten schlitternd an. Türen sprangen auf, weitere Typen in schwarzen SEK-Overalls rannten auf den Pick-up zu und rissen die Zielpersonen zu Boden, den Schock ausnutzend, den die Granaten ausgelöst hatten.

Nur Augenblicke später rief eine Stimme: «Wir haben sie!»

Der Lichtkegel des Scheinwerfers erfasste Menschentrauben – die Festgenommenen wurden gefesselt und in die Fahrzeuge gestoßen.

Hamid bemerkte einen großen, stämmigen Glatzkopf, der mit wehender Jacke zu den Rädern rannte.

Es gab nur eine Richtung, in die er von dort aus fliehen konnte. Hamid lief zur Straße. Er hörte auch schon das Rasseln der Fahrradkette und das Keuchen des Kerls, der in die Pedale trat.

Hamid hechtete auf ihn zu. Er prallte mit dem Glatzkopf auf den Asphalt, schrammte sich das Knie auf und bohrte sich den Lenker in die Hüfte. Der Kerl unter ihm schrie auf, vor Schmerz oder Schreck, und versuchte zu entkommen. Hamid rammte ihm die Faust in den Leib und drehte ihm die Arme nach hinten. Er keuchte: «Ich verhafte Sie wegen Mordes an Helmut Pabst und weiteren Delikten.»

Der Kerl lag mit dem Gesicht im Dreck und stöhnte. Seinen Nacken verunzierte ein Tattoo, das wie ein halbes Hakenkreuz aussah. Er zappelte und bäumte sich auf. Hamid kniete auf ihm und tastete nach den Handschellen.

Nicht dabei.

Immer wütender versuchte der Skinhead, ihn abzuwerfen. Ein Tritt traf Hamids lädierte Hüfte. Hamid schrie nach den SEK-Leuten. Er schwitzte und erkannte, dass er den Kerl nicht länger halten konnte.

«Wen haben wir denn da?» Erhan war zu Hilfe gekommen, endlich. Zu zweit hielten sie Bolle Stowasser fest, bis die herbeieilenden SEK-Kollegen ihn fesselten und abführten.

Auf Erhan gestützt, folgte Hamid ihnen zu den Fahrzeugen. Bei jedem Schritt schmerzte seine Seite. Das Knie brannte. Er hatte seinen Schal verloren. In der Jeans klaffte ein Riss. Aber er fühlte sich großartig.

Auch Vincent war inzwischen eingetroffen. Sie begutachteten fünf grimmige Männer, die man an Händen und Füßen mit Kabelbindern fixiert hatte. Das Biker-Trio, dessen Pick-up Hamid und Erhan durch die halbe Stadt verfolgt hatten. Bolle

Stowasser, eine Schramme über dem Wangenknochen von der Rauferei, ein hasserfüllter Blick. Und ein junger Typ, den Hamid noch nie gesehen hatte. Die Haare gegelt und gescheitelt sowie am Hinterkopf und an den Schläfen rasiert. Wie Hitler, nur ohne Schnurrbart.

«Wo ist Dennis Molitor?», fragte Vincent.

Stowasser spuckte aus.

Der Junge hob die Fäuste mit ausgestreckten Mittelfingern. «Da, wo er immer ist. An der Spitze der Bewegung!»

100

▼

Als der Tag vorbei war, wurde Vincent klar, wie sehr er selbst, sein Team und alle übrigen Kollegen sich verausgabt hatten.

Die Bilanz der letzten Stunden: Bolle Stowasser und ein junger Komplize auf einem Messeparkplatz unweit der Esprit-Arena gefasst. Zudem drei Mitglieder einer Rockerbande, die einen Koffer mit Crystal Meth gegen automatische Waffen eintauschen wollten – zwei Kalaschnikows und haufenweise Munition. Ein wichtiger Erfolg, auch wenn sich Dennis Molitor noch auf freiem Fuß befand.

Frederick Dittrich, der kurz zuvor in Krefeld festgenommen worden war, bezichtigte seinen Geschäftspartner Thorsten Franck, Anstifter und Profiteur der Crystal-Meth-Produktion gewesen zu sein. Die Drogenküche im Stadtteil Uerdingen war stillgelegt, die Quelle der hochbrisanten Muntermacher zum Versiegen gebracht.

Zum Mord an Melli Franck konnte oder wollte er keine Angaben machen, doch dafür hatte der Legionär Tobias Hentrich sein Geständnis unterdessen erweitert. Es war, wie es Marie Corinth bereits vermutet hatte: Die Wirtin hatte vor lauter Panik, ihr Restaurant zu verlieren, ihren Ex erpresst und damit gedroht, seine Drogengeschäfte publik zu machen. Als ihre Geldforderungen nicht aufhörten und immer neue Dimensionen annahmen, reifte in Thorsten Franck die Gewissheit, dass die geschiedene Gattin ein zu großes Risiko für ihn darstellte.

Unmittelbar nach Vincents Telefonat mit Marie Corinth war Thorsten Franck von der Bildfläche verschwunden. Die Kollegen von der Flughafenwache an der Frachtstraße trafen um wenige Minuten zu spät am Executive Terminal ein, obwohl sie nur einen knappen Kilometer zurücklegen mussten. Francks Maschine, eine Challenger CL 604, war bereits gestartet. Als ihr Ziel galt der *Aeroport Nice Côte d'Azur* – als Vincent noch einmal mit Marie Corinth telefonierte, tippte sie darauf, dass sich ihr Chef in der Villa seines Freundes Johann Holtrop verstecken wolle, des Vorstandsvorsitzenden von Deutschlands größtem Kaufhauskonzern.

Doch um Mitternacht war der Jet noch immer nicht in Nizza gelandet. Seine Reichweite betrug knapp siebeneinhalbtausend Kilometer, wie Vincent erfuhr. Und ein Unternehmer wie Franck verfügte über ein gutgeknüpftes Geflecht an Beziehungen. Vincent stellte sich auf eine intensive Fahndung ein.

Als er seinen Wagen zu Hause abstellte, fühlte er sich nur noch müde.

Morgen würde die Arbeit weitergehen. Noch mehr Durchsuchungen, vor allem bei *Franck Development*. Das Briefing der Zielfahnder. Die Auswertung des beschlagnahmten Materials. Vernehmungen, die sich über viele Tage erstrecken würden. Hinzu kamen die nötigen Berichte an die Behördenleitung und Meetings wegen der Pressearbeit. Schließlich die Vorbereitung auf langwierige und vielbeachtete Gerichtsverfahren und seine eigenen Pflichtauftritte als Zeuge – bloß nicht daran denken, sagte sich Vincent.

Er schloss die Wohnungstür auf. Nina kam ihm im Flur entgegen, deutete auf das Gästezimmer und legte einen Finger an ihre Lippen.

«Schläft sie schon?», flüsterte er.

«Schon ist gut. Hast du mal auf die Uhr gesehen?»

«Wie geht es ihr?»

Nina verzog das Gesicht. «Dass ihr Chef noch auf freiem Fuß ist, hättest du ihr vielleicht nicht sagen sollen. Sie glaubt, dass er ihr weiterhin nach dem Leben trachtet. Ich hab ihr ein Beruhigungsmittel gegeben.»

Vincent schenkte sich Rotwein in ein Glas und starrte aus dem Fenster in die Nacht.

Kurz darauf ging er zu Bett. Nina legte ihr Buch weg und löschte das Licht.

«Sie ist sehr attraktiv, nicht wahr?», fragte sie nach einer Weile.

«Wer?»

«Du weißt genau, wen ich meine.»

«Du bist doch nicht etwa eifersüchtig auf unseren Gast? Nina, die Frau ist eine Lesbe.»

«Glaub ich nicht.»

«Sie hatte mit Melli Franck eine Beziehung.» Zumindest fast, dachte er. Aber auch mit Helmut Pabst, vor langer Zeit.

Vincent drehte Nina den Rücken zu. Er wollte schlafen, nicht diskutieren.

Nur wenige Stunden später weckte ihn hektische Musik.

London Calling – sein Smartphone.

Es war Ronny. Das Display zeigte, dass es kurz nach halb drei war.

«Mensch, weißt du, wie spät es ist?», fragte Vincent leise, aber aufgebracht.

Nina atmete gleichmäßig. Mondlicht fiel durch das Fenster.

Vincent nahm die Konturen der Einrichtung wahr, keine Farben.

«Liese hat angerufen.»

«Wie bitte?» Vincent setzte sich auf, hellwach.

«Sie will sich mit mir treffen.»

«Wann?»

Vincent spürte Ninas Hand auf seinem Schenkel. «Bleib hier», murmelte sie. «Du brauchst deinen Schlaf.»

«In einer Stunde», antwortete Ronny.

«So schnell kriege ich kein Spezialeinsatzkommando.»

«Dann bin ich erleichtert. Ich will mit der Sache sowieso nichts mehr zu tun haben. Sorry, dass ich dich gestört habe. Gute Nacht.»

«Bist du verrückt?»

Vincent gab seiner Freundin einen flüchtigen Kuss, griff nach den Klamotten von gestern und ging damit auf den Flur hinaus.

«Natürlich triffst du sie!», rief er in sein Handy. «Wohin soll ich kommen?»

101

▼

Zehn Minuten später stand Vincent an einer Zapfsäule der nächstgelegenen Tankstelle und starrte auf die Anzeige. Zum Volltanken fehlte ihm die Geduld, Benzin für zwanzig Euro musste genügen.

Die flüchtige NSU-Terroristin hatte als Treffpunkt die Scheune am Niederrhein angegeben, in der vor einigen Tagen das Kameradschaftstreffen stattgefunden hatte. Ronny hatte ihm die Adresse genannt. Laut Navi betrug die Fahrtzeit eine knappe Stunde.

Er bezahlte, steckte die Quittung ein und rannte zum Auto zurück.

Wenn ich ordentlich Gas gebe, schaffe ich es.

Er trug seine Waffe im Schulterholster unter der Lederjacke. Eine schusssichere Weste wäre nicht schlecht gewesen, und irgendwo hatte er so ein Ding zu Hause, doch die Suche hätte zu viel Zeit in Anspruch genommen.

Das Navi lotste Vincent über die Rheinkniebrücke stadtauswärts. Im Kaarster Kreuz wechselte er auf die A57. Trotz einer Baustelle verringerte er sein Tempo kaum. Wo sich tagsüber der Verkehr kilometerlang staute, war zu dieser Stunde kaum etwas los.

Er hatte gerade das Kreuz Moers passiert, als sein Handy wieder klingelte.

«Liese hat den Treffpunkt geändert.»

«Was soll das?»

«Duisburger Zoo, der Parkplatz beim Haupteingang. Weißt du, wo das ist?»

«Und die Uhrzeit?»

«Es bleibt bei halb vier.»

«Misstraut sie dir?»

«Warum sollte sie? Nein, dafür hat sie eigentlich keinen Grund.»

Vincent sah, dass sich die nächste Anschlussstelle näherte. Er wechselte auf die rechte Spur und fuhr ab, um die Autobahn zu überqueren und auf der anderen Seite wieder aufzufahren. Für eine neue Programmierung seines Navis hätte er anhalten müssen. Vincent beschloss, seinem Ortssinn zu vertrauen.

«Ich weiß nicht, ob ich's pünktlich schaffe», rief er ins Handy.

«Dann werde ich sie so lange hinhalten, oder wir überrumpeln sie.»

«Wir?»

«Bastian Schwenk steht mir bei.»

«Sie wird abhauen, sobald sie ihn sieht.»

«Bastian hält sich versteckt. Hey, wo ist das Risiko? Mit deiner Hilfe schaffen wir das.»

Vincent trat das Gaspedal durch. Die Tachonadel zitterte nach rechts. Seine Finger schlossen sich noch fester um das Lenkrad.

Ronny fuhr seinen Panda über den Parkplatz bis an den Fußweg zum Haupteingang, wo die Imbissbude des Vietnamesen stand, den er vor einer Woche für Bischoff senior aufgesucht hatte. Der weiße Kasten war verschlossen, das Fenster zugeklappt, die Tafeln mit den angebotenen Speisen im Inneren verstaut.

Bastian stieg ebenfalls aus und ging hinter den Imbisswagen, um zu pinkeln.

Ronny blickte auf die Uhr. «Was machen wir, wenn Vincent nicht rechtzeitig kommt?»

«Dann nehmen wir Liese in deinem Auto fest», rief Bastian herüber. «Wird nicht schwer sein, sie dazu zu bringen, bei dir einzusteigen. Sie will doch, dass du ihr Unterschlupf gibst, oder?»

«So habe ich sie verstanden.»

Bastian kehrte zurück und schloss den Reißverschluss. «Okay, sie soll sich auf den Beifahrersitz setzen. Ich versteck mich dahinter und hab sie im Handumdrehen gefesselt.»

«Und wenn sie nicht einsteigen will?»

«Dann werden wir improvisieren.»

«Und wenn sie nicht allein kommt?»

«Nervös?»

«Du nicht?»

«Bloß nicht bange werden, mein Guter. Das Überraschungsmoment ist auf unserer Seite. Tu einfach so, als würdest du dich freuen, sie zu sehen. Und, gib's zu, die Frau löst noch immer etwas in dir aus, nicht wahr?»

Der Mond verschwand hinter Wolken, der Wind frischte auf, und es begann wieder zu regnen.

«Warten wir im Auto», schlug Bastian vor.

Es dauerte keine zwei Minuten.

Ein VW Golf fuhr auf den Parkplatz, rollte am Panda vorbei, wendete in großem Bogen und blieb in einigen Metern Abstand stehen.

Zwei Personen saßen im Wagen.

Mist, dachte Ronny und stieg aus.

Der Große am Steuer bewegte sich nicht. Er trug eine helle Jacke, sein Gesicht befand sich im Schatten. Regenschlieren an der Scheibe, ab und zu bewegte sich der Wischer.

Liese verließ den Golf. Im Näherkommen strich sie ihr dunkles Haar nach hinten.

Ronny war sich unsicher, wie er sie begrüßen sollte. Liese machte keine Anstalten, ihn zu umarmen, also verzichtete er ebenfalls darauf.

«Hallo, Ronny.»

Sie klang reservierter, als er gedacht hatte. «Schön, dich zu sehen», erwiderte er. «Hast dich nicht verändert. Siehst gut aus.»

«Schmeichler.»

«Nein, gar nicht.»

«Aber du hast dich verändert.»

«Das ist nur der Bart.» Er sah an sich herab. «Und vielleicht die neuen Klamotten.»

Sie verschränkte die Arme. «Weißt du was, Ronny? Ich muss dauernd an den vierten November denken. Du nicht auch?»

Ronny hatte mit einem Mal die Bilder vor Augen, die er gern für immer verdrängt hätte. Eisenach und das Wohnmobil. Die toten Gesichter von Max und Gerri.

«Na klar. Ein schlimmer Tag.» Seine Stimme kam ihm zittrig vor.

Sie griff in ihre Jacke und hielt plötzlich eine Pistole in der Hand. «Du hast mich angelogen, Ronny.»

«Wie kommst du darauf?»

«Du standst schon immer auf der anderen Seite.»

Ronny sagte nichts.

«Du hast Gerri und Max ermordet, gib's zu.»

«Liese, wie kannst du nur so etwas denken?»

«Aktion Wolfsspinne.»

Ronny war verwirrt. Nur eine Handvoll Mitarbeiter des Erfurter Verfassungsschutzamtes waren eingeweiht gewesen. Woher kannte Liese das Codewort?

Ihm fiel auf, dass sie für einen Moment an ihm vorbeiblickte. Ronny wandte sich um. Sein Kumpel Bastian stieg aus dem Panda, lehnte sich gegen die Fronthaube und zeigte keine Regung.

«Ich weiß Bescheid», sagte Liese. «Du kannst mir nichts mehr vormachen.»

Vincent fuhr ostwärts auf der A40 und telefonierte mit den Kollegen der Duisburger Polizei. Sie versprachen, alle verfügbaren Einsatzkräfte in Bewegung zu setzen. Vincent schärfte ihnen ein, auch Notarzt und Rettungssanitäter zu alarmieren. Er überquerte den Rhein, raste die Ruhr entlang und erreichte das Kreuz Kaiserberg. Er fuhr in einer großen Schleife ab.

An der nächsten Kreuzung blinkte die Ampel gelb im Nachtbetrieb. Vincent raubte einem Auto, das von rechts kam, die Vorfahrt. Gehupe, wütendes Aufblenden. Im letzten Moment erkannte Vincent die Zufahrt zum Parkplatz – hoffentlich der richtige.

Sein Wagen holperte über den unebenen Boden. Ein weißer

Anhänger reflektierte am anderen Ende sein Fernlicht. Dann erfassten die Scheinwerfer ein Paar, das zwischen zwei Autos stand: Ronny und eine Frau mit dunklem, halblangem Haar. Vincents Pulsschlag beschleunigte sich.

«Meister der Tarnung. Schlägt blitzschnell zu.» Tränen hatten ihre Augen gefüllt, rannen herab und mischten sich mit dem Regen auf ihren Wangen.

«Tu's nicht, Liese. Wenn du mich erschießt, bist du die Nächste. Wir wissen beide zu viel, deshalb sollen wir sterben. Begreifst du das denn nicht?»

Wieder warf Liese Bastian einen Blick zu.

Ronny deutete mit dem Daumen über seine Schulter nach hinten. «Er wollte, dass ich auch dich töte», sagte Ronny. «Aber ich konnte das nicht. Nicht nach allem, was mal war.»

Liese ließ die Waffe sinken. «Nach allem, was war», wiederholte sie und wischte sich kurz mit der Hand über das Gesicht. «Ich hab's verbockt, nicht wahr? Wir hätten doch nach Schweden gehen sollen.»

«Du musst dein Leben ändern.»

«Wie stellst du dir das jetzt noch vor?»

Ein Auto bog am anderen Ende auf den Parkplatz ein und rumpelte in hohem Tempo auf sie zu, im Slalom den Bäumen ausweichend, die man gepflanzt hatte, um im Sommer Schatten zu spenden.

Vincent, dachte Ronny. Endlich.

Lieses Begleiter stieg aus dem Golf. Ronny erkannte Dennis Molitor, der mit einem Sturmgewehr winkte, Uzi oder Kalaschnikow. «Mach endlich, Kameradin! Der Kerl ist ein Verräter durch und durch!»

Sie zielte wieder auf Ronny. Er spürte, wie ihm heiß wurde. Dann bemerkte er, dass Liese zu zittern begann.

«Ich kann das nicht!» Sie warf die Pistole ins Gras.

Dennis hob die Automatikwaffe. «Dann geh zur Seite, schnell!»

Ronny wandte sich um. Vincents Wagen pflügte durch den matschigen Untergrund. Ein Schlingern, der Motor jaulte beim Zurückschalten, Schlamm spritzte.

Er warf Bastian einen Blick zu. Der Mann, der einst sein bester Kumpel war, wirkte angespannt. Seine Kiefermuskulatur arbeitete.

Ronny hielt die Luft an. *Beeil dich, Vincent!*

Im gleichen Moment krachte es.

Es kümmerte Vincent nicht, wie die Schlaglöcher den Stoßdämpfern seines Wagens zusetzten. Als er den Schuss hörte, legte er eine Vollbremsung hin und löste den Gurt. Sein Wagen schleuderte und kam zum Stehen.

Während er die Tür aufstieß und aus dem Auto sprang, um nach Ronny zu sehen, fuhr der Golf los. Die Vorderräder drehten durch, Grasbüschel flogen hoch.

Bastian Schwenk griff in seine Jacke, zog eine Pistole und zielte mit beiden Händen auf die Fliehenden.

«Nicht!», schrie Vincent.

Schwenk feuerte sein ganzes Magazin leer.

Der Golf krachte gegen einen Baum. Die Hupe dröhnte im Dauerton. Der Fahrer war offenbar auf das Lenkrad geknallt. Schwenk wechselte das Magazin.

Ronny lag auf dem Boden. Sein Puls war kaum noch zu spüren. Nur ein Treffer, doch der Einschuss saß in der Herzgegend – vermutlich großer Blutverlust, auch wenn außer einem Loch im feinen Sakko nichts zu erkennen war.

Vincent berührte Ronnys Wange. «Gleich kommt ein Rettungswagen. Halt durch!»

Ronnys Lider flatterten. Er hustete und spuckte Blut.

Vincent hob ihn in eine sitzende Position und umarmte ihn.

Er dachte an den stillen Jungen aus dem Osten, den er einst nicht ganz für voll genommen hatte. Wie habe ich mich in dem Kerl geirrt.

Ronny hob den Blick. Seine Augen weiteten sich. Vincent wandte sich um.

Bastian Schwenk erreichte den immer noch hupenden VW Golf und zerrte an der verzogenen Beifahrertür, bis sie aufsprang. Liese wollte aussteigen, doch Bastian stieß sie zurück, hob seine Waffe und gab einen einzelnen Schuss ab.

«Was soll das?», schrie Vincent.

Schwenk machte kehrt und nickte ihm einen Gruß zu, ohne Ronny zu beachten, der wieder hustete. «Sie können es bezeugen, Herr Veih!» Er ließ die Pistole im Schulterholster verschwinden. Ein vages Lächeln auf den Lippen, ein beschwörender Blick. «Dass die verdammte Terroristenschlampe mich bedroht hat!»

Ronny hörte auf zu husten. Vincent erkannte, dass sein Cousin auch das Atmen einstellte. Die Stirn war feucht, der Puls nicht mehr zu spüren – Vincent begann mit der Herzdruckmassage. Kräftig, ohne Rücksicht darauf, ob die Rippen dem standhielten.

Polizeisirenen wurden lauter, gleich darauf hielten mehrere Streifenwagen der Duisburger Kollegen im Halbkreis. Blaulicht flackerte und spiegelte sich in den Pfützen. Ein Zivilwagen der Kripo kreuzte auf – Beamte der Kriminalwache, schätzte Vincent.

Endlich traf auch der Rettungswagen ein, gefolgt vom Transporter eines Notarztes. Vincent winkte die Leute zu Ronny herüber. Auch sie versuchten, ihn wiederzubeleben.

Nach einer Weile gaben sie auf.

Vincent setzte sich in seinen Wagen. Er wollte nicht hören, welche Geschichten Bastian Schwenk den Duisburger Kollegen erzählte. Er war voller Wut auf den Mann. Und frustriert über sein eigenes Versagen.

Ich bin zu spät gekommen.

Mir fehlen die Beweise, um das Schwein zur Strecke zu bringen.

Schwenk hatte die geflohene Terroristin und ihren Helfer, den Mörder von Helmut Pabst, getötet, also würde er für alle Welt als Held gelten. Die letzte Überlebende des sogenannten NSU-Trios war abgeschaltet und damit die Aktion vollendet, die Ronny an einem Freitag im November vor gut vier Jahren begonnen hatte.

Aktion Wolfsspinne.

Die Wahrheit würde nie ans Licht kommen.

Ich kenne die Geschichte, dachte Vincent.

Aber nur Ronny hätte sie erzählen können.

EPILOG

Ich stehe am Grab meines Vaters und höre seine letzten Worte: *Nadire, geh zu Mama.*

Es ist mild, die Vögel zwitschern in den Bäumen. Aus der Erde ragt nur ein Quader aus weißem Marmor. Mein Vater liegt auf dem Friedhof des Dorfs, in dem er vor dreiundvierzig Jahren geboren wurde. Hier, zwei Stunden über Landstraßen von Istanbul entfernt, gehört ihm ein Ferienhaus. Die meisten Nachbarn sind auf irgendeine Art verwandt mit mir.

Das Land ist mir weitgehend fremd. Ich verstehe die Feinheiten der Sprache nicht, falle meist als Deutsche auf. Doch die Herzlichkeit der Leute wärmt mich.

Gestern liefen in den türkischen Nachrichten Bilder von der Beerdigung dieser Mörderin. Ein asketischer Herr mit weißen Haarstoppeln hat eine Ansprache gehalten. Die Trauergemeinde war riesig. Fanatische Männer, Groupies der Terrortante. Und die gleichen Visagen werden am kommenden Montag wieder in Dresden marschieren.

Später am Abend haben sie im deutschen Fernsehen eine Dokumentation über Liese Schittko gesendet. Warum veranstalteten die deutschen Medien ihretwegen einen solchen Rummel? Warum stellt man sie so oft als naives Mädchen dar, das von falschen Freunden verführt wurde, betont ihre Liebe zu Katzen, zur Oma, ihr angeblich häusliches Wesen?

Über dich, Papa, wurde nie ein Film gedreht.

Mit dem Tod dieser Frau begrabe ich meine letzte Hoffnung zu erfahren, warum du sterben musstest.

In der Ruhe des Friedhofs denke ich an meine Heimat. Lohnt es sich, um sie zu kämpfen? Wie gerne wüsste ich den

Rat meines Vaters, des Blumenhändlers. Soll ich mir eine neue Heimat in der Fremde suchen?

Ich weiß es nicht.

ANHANG

Todesopfer rechter Gewalt in Deutschland seit dem 3. Oktober 1990:

Andrzej Fratczak, 7. Oktober 1990, Lübbenau (Brandenburg)

Amadeu Antonio Kiowa, 25. November 1990, Eberswalde (Brandenburg)

Klaus-Dieter Reichert, 11. Dezember 1990, Berlin-Lichtenberg

Nihad Yusufoglu, 28. Dezember 1990, Hachenburg (Rheinland-Pfalz)

Ein unbekannter Obdachloser, 31. Dezember 1990, Flensburg (Schleswig-Holstein)

Alexander Selchow, 31. Dezember 1990, Rosdorf (Niedersachsen)

Jorge João Gomondai, 31. März 1991, Dresden (Sachsen)

Matthias Knabe, 8. Mai 1991, Gifhorn (Niedersachsen)

Helmut Leja, 4. Juni 1991, Gifhorn-Kästorf (Niedersachsen)

Agostinho Comboio, 15. Juni 1991, Friedrichshafen (Baden-Württemberg)

Wolfgang Auch, 16. September 1991, Schwedt (Brandenburg)

Samuel Kofi Yeboah, 19. September 1991, Saarlouis (Saarland)

Mete Ekşi, 27. Oktober 1991, Berlin-Charlottenburg

Gerd Himmstädt, 1. Dezember 1991, Hohenselchow (Brandenburg)

Timo Kählke, 12. Dezember 1991, Meuro (Brandenburg)

Ein Paar aus Sri Lanka und sein Baby, 31. Januar 1992, Lampertheim (Hessen)

Dragomir Christinel, 15. März, Saal (Mecklenburg-Vorpommern)

Gustav Schneeclaus, 18. März 1992, Buxtehude (Niedersachsen)

Ingo Finnern, 19. März 1992, Flensburg (Schleswig-Holstein)

Erich Bosse, 4. April 1992, Hörstel (Nordrhein-Westfalen)

Nguyen Van Tu, 24. April 1992, Berlin-Marzahn

Thorsten Lamprecht, 9. Mai 1992, Magdeburg (Sachsen-Anhalt)

Emil Wendland, 1. Juli 1992, Neuruppin (Brandenburg)

Sadri Berisha, 8. Juli 1992, Ostfildern-Kemnat (Baden-Württemberg)

Dieter Klaus Klein, 1. August 1992, Bad Breisig (Rheinland-Pfalz)

Ireneusz Szyderski, 3. August 1992, Stotternheim (Thüringen)

Frank Bönisch, 24. August 1992, Koblenz (Rheinland-Pfalz)

Günter Heinrich Hermann Schwannecke, 29. August 1992, Berlin-Charlottenburg

Waltraud Scheffler, 11. Oktober 1992, Geierswalde (Sachsen)

Rolf Schulze, 7. November 1992, Lehnin (Brandenburg)

Karl-Hans Rohn, 13. November 1992, Wuppertal (Nordrhein-Westfalen)

Alfred Salomon, 21. November 1992, Wülfrath (Nordrhein-Westfalen)
Silvio Meier, 21. November 1992, Berlin-Friedrichshain
Bahide Arslan, 23. November 1992, Mölln (Schleswig-Holstein)
Ayse Yilmaz, 23. November 1992, Mölln (Schleswig-Holstein)
Yeliz Arslan, 23. November 1992, Mölln (Schleswig-Holstein)
Bruno Kappi, 15. Dezember 1992, Siegen (Nordrhein-Westfalen)
Sahin Calisir, 27. Dezember 1992, Meerbusch (Nordrhein-Westfalen)
Karl Sidon, 15. Januar 1993, Arnstadt (Thüringen)
Mario Jödecke, 24. Januar 1993, Schlotheim (Thüringen)
Mike Zerna, 19. Februar 1993, Hoyerswerda (Sachsen)
Mustafa Demiral, 9. März 1993, Mülheim / Ruhr (Nordrhein-Westfalen)
Hans-Peter Zarse, 12. März 1993, Uelzen (Niedersachsen)
Matthias Lüders, 24. April 1993, Obhausen (Sachsen-Anhalt)
Belaid Baylal, 8. Mai 1993, Belzig (Brandenburg)
Gürsün Inçe, 29. Mai 1993, Solingen (Nordrhein-Westfalen).
Hatice Genç, 29. Mai 1993, Solingen (Nordrhein-Westfalen).
Hülya Genç, 29. Mai 1993, Solingen (Nordrhein-Westfalen).
Saime Genç, 29. Mai 1993, Solingen (Nordrhein-Westfalen).

Gülüstan Öztürk, 29. Mai 1993, Solingen (Nordrhein-Westfalen).

Horst Hennersdorf, 5. Juni 1993, Fürstenwalde (Brandenburg)

Ein unbekannter Obdachloser, 16. Juli 1993, Marl (Nordrhein-Westfalen)

Hans-Georg Jakobson, 28. Juli 1993, Strausberg (Brandenburg)

Bakary Singateh, 7. Dezember 1993, Buchholz (Niedersachsen)

Ali Bayram, 18. Februar 1994, Darmstadt (Hessen)

Eberhart Tennstedt, 5. April 1994, Quedlinburg (Sachsen-Anhalt)

Klaus R., 28. Mai 1994, Leipzig (Sachsen)

Beate Fischer, 23. Juli 1994, Berlin-Reinickendorf

Jan W., 26. Juli 1994, Berlin-Friedrichshain

Piotr Kania, 6. November 1994, Rotenburg / Fulda (Hessen)

Michael Gäbler, 20. November 1994, Zittau (Sachsen)

Horst Pulter, 5. Februar 1995, Velbert (Nordrhein-Westfalen)

Peter T., 25. Mai 1995, Oberwald (Sachsen)

Dagmar Kohlmann, 16. Juli, Altena (Nordrhein-Westfalen)

Klaus-Peter Beer, 7. September 1995, Amberg (Bayern)

Maiamba Bunga, 18. Januar 1996, Lübeck (Schleswig-Holstein)

Nsuzana Bunga, 18. Januar 1996, Lübeck (Schleswig-Holstein)

Françoise Makodila, 18. Januar 1996, Lübeck (Schleswig-Holstein)

Christine Makodila, 18. Januar 1996, Lübeck (Schleswig-Holstein)

Miya Makodila, 18. Januar 1996, Lübeck (Schleswig-Holstein)

Christelle Makodila, 18. Januar 1996, Lübeck (Schleswig-Holstein)

Legrand Makodila, 18. Januar 1996, Lübeck (Schleswig-Holstein)

Jean-Daniel Makodila, 18. Januar 1996, Lübeck (Schleswig-Holstein)

Rabia El Omari, 18. Januar 1996, Lübeck (Schleswig-Holstein)

Sylvio Amoussou, 18. Januar 1996, Lübeck (Schleswig-Holstein)

Patricia Wright, 3. Februar 1996, Bergisch Gladbach (Nordrhein-Westfalen)

Sven Beuter, 15. Februar 1996, Brandenburg / Havel (Brandenburg)

Martin Kemming, 15. März 1996, Dorsten-Rhade (Nordrhein-Westfalen)

Bernd Grigol, 8. Mai 1996, Leipzig-Wahren (Sachsen)

Boris Morawek, 11. Juli 1996, Wolgast (Mecklenburg-Vorpommern)

Werner Weickum, 19. Juli 1996, Eppingen (Baden-Württemberg)

Achmed Bachir, 23. Oktober 1996, Leipzig (Sachsen)

Phan Van Toau, 31. Januar 1997, Fredersdorf (Brandenburg)

Frank Böttcher, 8. Februar 1997, Magdeburg (Sachsen-Anhalt)

Stefan Grage, 23. Februar 1997, Roseburg (Schleswig-Holstein)

Olaf Schmidke, 17. April 1997, Berlin-Treptow

Chris Danneil, 17. April 1997, Berlin-Treptow

Horst Gens, 22. April 1997, Sassnitz (Mecklenburg-Vorpommern)

Augustin Blotzki, 8. Mai 1997, Königs-Wusterhausen (Brandenburg)

Matthias Scheydt, 23. September 1997, Cottbus (Brandenburg)

Erich Fisk, 23. September 1997, Angermünde (Brandenburg)

Josef Anton Gera, 14. Oktober 1997, Bochum (Nordrhein-Westfalen)

Jana Georgi, 26. März 1998, Saalfeld (Thüringen)

Nuno Lourenco, Juli 1998, Leipzig (Sachsen)

Farid Guendoul, 13. Februar 1999, Guben (Brandenburg)

Egon Efferts, 17. März 1999, Duisburg (Nordrhein-Westfalen)

Peter Deutschmann, 9. August 1999, Eschede (Niedersachsen)

Carlos Fernando, 15. August 1999, Kolbermoor (Bayern)

Patrick Thürmer, 2. Oktober 1999, Hohenstein-Ernstthal (Sachsen)

Kurt Schneider, 6. Oktober 1999, Berlin-Lichtenberg

Hans-Werner Gärtner, 8. Oktober 1999, Löbejün (Sachsen-Anhalt)

Daniela Peyerl, 1. November 1999, Bad Reichenhall (Bayern)

Karl-Heinz Lietz, 1. November 1999, Bad Reichenhall (Bayern)

Horst Zillenbiller, 1. November 1999, Bad Reichenhall (Bayern)

Ruth Zillenbiller, 1. November 1999, Bad Reichenhall (Bayern)

Jörg Danek, 29. Dezember 1999, Halle-Neustadt (Sachsen-Anhalt)

Bernd Schmidt, 31. Januar 2000, Weißwasser (Sachsen)

Helmut Sackers, 29. April 2000, Halberstadt (Sachsen-Anhalt)

Dieter Eich, 25. Mai 2000, Berlin-Pankow

Falko Lüdtke, 31. Mai 2000, Eberswalde (Brandenburg)

Alberto Adriano, 11. Juni 2000, Dessau (Sachsen-Anhalt)

Thomas Goretzky, 14. Juni 2000, Dortmund (Nordrhein-Westfalen)

Yvonne Hachtkemper, 14. Juni 2000, Waltrop (Nordrhein-Westfalen)

Matthias Larisch von Woitowitz, 14. Juni 2000, Waltrop (Nordrhein-Westfalen)

Klaus-Dieter Gerecke, 24. Juni 2000, Greifswald (Mecklenburg-Vorpommern)

Jürgen Seifert, 9. Juli 2000, Wismar (Mecklenburg-Vorpommern)

Norbert Plath, 27. Juli 2000, Ahlbeck (Mecklenburg-Vorpommern)

Enver Şimşek, 9. September 2000, Nürnberg (Bayern)

Malte Lerch, 12. September 2000, Schleswig (Schleswig-Holstein)

Eckhardt Rütz, 25. November 2000, Greifswald (Mecklenburg-Vorpommern)

Willi Worg, 25. März 2001, Milzau (Sachsen-Anhalt)

Fred Blanke, 26. März 2001, Grimmen (Mecklenburg-Vorpommern)

Mohammed Belhadj, 22. April 2001, Jarmen (Mecklenburg-Vorpommern)

Abdurrahim Özüdoğru, 13. Juni 2001, Nürnberg (Bayern)

Süleyman Taşköprü, 27. Juni 2001, Hamburg-Bahrenfeld

Dieter Manzke, 9. August 2001, Dahlewitz (Brandenburg)

Dorit Botts, 17. August 2001, Fulda (Hessen)

Habil Kılıç, 29. August 2001, München (Bayern)

Axel Obernitz, 24. Mai 2001, Bad Blankenburg (Thüringen)

Ingo B., 6. November 2001, Berlin-Hellersdorf

Kajrat Batesov, 4. Mai 2002, Wittstock (Brandenburg)

Klaus Dieter Lehmann, 15. Mai 2002, Neubrandenburg (Mecklenburg-Vorpommern)

Marinus Schöberl, 12. Juli 2002, Potzlow (Brandenburg)

Ahmet Sarlak, 9. August 2002, Sulzbach (Saarland)

Hartmut Balzke, 25. Januar 2003, Erfurt (Thüringen)

Andreas Oertel, 21. März 2003, Naumburg (Sachsen-Anhalt)

Enrico Schreiber, 29. März 2003, Frankfurt / Oder (Brandenburg)

Günter T., 20. April 2003, Riesa (Sachsen)

Gerhard Fischhöder, 10. Juli 2003, Scharnebeck (Niedersachsen)

Thomas K., 4. Oktober 2003, Leipzig (Sachsen)

Hartmut Nickel, 7. Oktober 2003, Overath (Nordrhein-Westfalen)

Mechthild Bucksteeg, 7. Oktober 2003, Overath (Nordrhein-Westfalen)

Alja Nickel, 7. Oktober 2003, Overath (Nordrhein-Westfalen)

Petros C., 6. Dezember 2003, Kandel (Rheinland-Pfalz)

Stefanos C., 6. Dezember 2003, Kandel (Rheinland-Pfalz)

Viktor Filimonov, 20. Dezember 2003, Heidenheim (Baden-Württemberg)

Aleksander Schleicher, 20. Dezember 2003, Heidenheim (Baden-Württemberg)

Waldemar Ickert, 20. Dezember 2003, Heidenheim (Baden-Württemberg)

Oleg Valger, 21. Januar 2004, Gera (Thüringen)

Martin Görges, 30. Januar 2004, Burg (Sachsen-Anhalt)

Mehmet Turgut, 25. Februar 2004; Rostock (Mecklenburg-Vorpommern)

Thomas Schulz, 28. März 2005, Dortmund (Nordrhein-Westfalen)

Ein unbekannter Obdachloser, 1. Juli 2005, Essen (Nordrhein-Westfalen)

Ismail Yaşar, 9. Juni 2005, Nürnberg (Bayern)

Theodorus Boulgarides, 15. Juni 2005, München (Bayern)

Tim Maier, 26. November 2005, Bad Buchau (Baden-Württemberg)

Andreas Pietrzak, 6. Mai 2006, Plattling (Bayern)

Mehmet Kubaşık, 4. April 2006, Dortmund (Nordrhein-Westfalen)

Halit Yozgat, 6. April 2006, Kassel (Hessen)

Andreas F., 1. Januar 2007, Wismar (Mecklenburg-Vorpommern)

Michèle Kiesewetter, 25. April 2007, Heilbronn (Baden-Württemberg)

M. S., 14. Juli 2007, Brinjahe (Schleswig-Holstein)

Peter Siebert, 26. April 2008, Memmingen (Bayern)
Bernd Köhler, 22. Juli 2008, Templin (Brandenburg)
Karl-Heinz Teichmann, 23. Juli 2008, Leipzig (Sachsen)
Hans-Joachim Sbrzesny, 1. August 2008, Dessau (Sachsen-Anhalt)
Rick Langenstein, 13. August 2008, Magdeburg (Sachsen-Anhalt)
Marcel W., 24. August 2008, Bernburg (Sachsen-Anhalt)
Marwa El-Sherbiny, 1. Juli 2009, Dresden (Sachsen)
Sven M., 14. Mai 2010, Hemer (Nordrhein-Westfalen)
Kamal Kilade, 24. Oktober 2010 Leipzig (Sachsen)
Duy-Doan Pham, 27. März 2011, Neuss (Nordrhein-Westfalen)
André Kleinau, 27. Mai 2011, Oschatz (Sachsen)
Klaus-Peter Kühn, 16. Juni 2012, Suhl (Thüringen)
Karl Heinz L., 30. September 2012, Butzow (Mecklenburg-Vorpommern)
Konstantin M., 17. Juli 2013, Kaufbeuren (Bayern)
Ein Flüchtling aus Ruanda, 23. Oktober 2014, Limburg (Hessen)

Quelle: Antonio Amadeu Stiftung
Fettdruck: die Opfer des NSU

Im Jahr 2015 zählte das Bundesinnenministerium in Deutschland 921 rechtsextrem motivierte Gewalttaten. Dabei wurden 691 Menschen verletzt. Gegenüber dem Vorjahr ist das ein Anstieg von sechzig Prozent. Gegen 17 Täter wurde ein Haftbefehl erlassen.

DANKSAGUNG

Frederic Brozy für die Observation
Samy Charchira für Hamids Zuhause
Klaus Dönecke für die Festung
Klaus Eckert für die kritische Begleitung
Merle Forchmann für Brigittes Fotoworkshop
Hermann Gläser für die nötige Prise Kriminalistik
Rainald Goetz für Johann Holtrop
Thomas Kürten für *Golden Daffodil*
Karoline Merz für *BetterPlace*
Friederike Ney für das entscheidende Quantum an Stringenz und sprachlicher Qualität
Armin Rode für das Tau und den Suchscheinwerfer
Semiya Simsek für Nadire
Kathie Wewer-Eckert für alles.

Und der Landeshauptstadt Düsseldorf für die Auszeichnung des Manuskripts mit dem Arbeitsstipendium Literatur 2016.

Weitere Titel von Horst Eckert

Vincent Veih ermittelt

Schwarzlicht

Schattenboxer

Wolfsspinne

Horst Eckert
Schwarzlicht

Walter Castorp ist tot. Der Ministerpräsident von NRW liegt ertrunken in seinem Swimmingpool. Sechs Tage vor der Wahl. Vincent Veih führt die Ermittlungen. Der Hauptkommissar ist gerade erst zum Leiter des KK11 ernannt worden. Nicht alle Kollegen sind davon begeistert. Als alle Spuren auf einen Mord deuten, gerät Vincent auch politisch unter Druck. Doch er ermittelt gegen alle Widerstände. Denn Gerechtigkeit geht Vincent über alles. Auch wenn es bedeutet, dass der Sohn einer RAF-Terroristin sich seiner eigenen Vergangenheit stellen muss …
Je höher das Amt, desto tiefer der Fall – ein packender Thriller um dunkle Machenschaften in der Politik.

384 Seiten